外国文学名著丛书

〔俄〕陀思妥耶夫斯基／著

白　痴 上

南江／译

"外国文学名著丛书"编委会

人民文学出版社
PEOPLE'S LITERATURE PUBLISHING HOUSE

Ф. М. ДОСТОЕВСКИЙ
ИДИОТ
根据 Ф. М. ДОСТОЕВСКИЙ, СОБРАНИЕ СОЧИНЕНИЙ, Т. 6
(ГОСЛИТИЗДАТ, МОСКВА)1957 年版译出。

图书在版编目(CIP)数据

白痴:全 2 册/(俄罗斯)陀思妥耶夫斯基著;南江译. — 北京:人民
文学出版社,2019(2022.11 重印)
(外国文学名著丛书)
ISBN 978-7-02-015067-0

Ⅰ.①白… Ⅱ.①陀…②南… Ⅲ.①长篇小说—俄罗斯—近代
Ⅳ.①I512.44

中国版本图书馆 CIP 数据核字(2019)第 032325 号

责任编辑　柏　英
装帧设计　刘　静
责任印制　王重艺

出版发行　人民文学出版社
社　　址　北京市朝内大街 166 号
邮政编码　100705

印　　刷　北京新华印刷有限公司
经　　销　全国新华书店等

字　　数　571 千字
开　　本　850 毫米×1168 毫米　1/32
印　　张　27　插页 4
印　　数　12001—15000
版　　次　1989 年 3 月北京第 1 版
印　　次　2022 年 11 月第 4 次印刷

书　　号　978-7-02-015067-0
定　　价　99.00 元(全两册)

如有印装质量问题,请与本社图书销售中心调换。电话:010-65233595

陀思妥耶夫斯基

出 版 说 明

人民文学出版社自一九五一年成立起,就承担起向中国读者介绍优秀外国文学作品的重任。一九五八年,中宣部指示中国科学院文学研究所筹组编委会,组织朱光潜、冯至、戈宝权、叶水夫等三十余位外国文学权威专家,编选三套丛书——"马克思主义文艺理论丛书""外国古典文艺理论丛书""外国古典文学名著丛书"。

人民文学出版社与中国科学院文学研究所,根据"一流的原著、一流的译本、一流的译者"的原则进行翻译和出版工作。一九六四年,中国社会科学院外国文学研究所成立,是中国外国文学的最高研究机构。一九七八年,"外国古典文学名著丛书"更名为"外国文学名著丛书",至二〇〇〇年完成。这是新中国第一套系统介绍外国文学作品的大型丛书,是外国文学名著翻译的奠基性工程,其作品之多、质量之精、跨度之大,至今仍是中国外国文学出版史上之最,体现了中国外国文学研究界、翻译界和出版界的最高水平。

历经半个多世纪,"外国文学名著丛书"在中国读者中依然以系统性、权威性与普及性著称,但由于时代久远,许多图书在市场上已难见踪影,甚至成为收藏对象,稀缺品种更是一书难求。在中国读者阅读力持续增强的二十一世纪,在世界文明交流互鉴空前频繁的新时代,为满足人民日益增长的美好生活的需要,人民文学出版社决定再度与中国社会科学院外国文学研究所合作,以"网罗经典,格高意远,本色传承"为出发点,优中选优,推陈出新,出版新版"外国文学名著丛书"。

值此新版"外国文学名著丛书"面世之际,人民文学出版社与中国社会科学院外国文学研究所谨向为本丛书做出卓越贡献的翻译家们和热爱外国文学名著的广大读者致以崇高敬意!

"外国文学名著丛书"编委会

二〇一九年三月

编委会名单

目　次

译 本 序

屠格涅夫在谈到一个真正艺术家的特点时,有一段相当精辟的论述:"在文学天才身上……而且,我还认为,在一切天才身上,重要的是我敢于称之为自己的声音的东西。是的,重要的是自己的声音,重要的是生动的、独特的、自己个人的音调,这些音调在其他任何人的喉咙里是发不出来的。"陀思妥耶夫斯基(1821—1881)就是这样一个文学天才,他以十九世纪四十年代的《穷人》为开端,唱出了"自己的声音",发出了"生动的、独特的、自己个人的音调",在俄国文学史上赢得了特殊的地位。在陀思妥耶夫斯基的创作中,卓越的才能和巨大的艺术表现力,广泛而重大的社会问题和伦理问题,忠实于生活的执着态度,保守落后的观点,这一切都错综复杂地交织成一个整体,构成了陀思妥耶夫斯基作品的特殊复杂性和矛盾性。

果戈理的"自然派"孕育了陀思妥耶夫斯基。继普希金的《驿站长》之后,从《外套》到《穷人》等,在思想上一脉相承,这些作品剖析了社会弊端,表现了"小人物"的悲惨生活,保护了被欺凌与被侮辱者。在俄国现实主义发展的道路上,陀思妥耶夫斯基以其鲜明的创作个性丰富了俄国文学。这种鲜明的创作个性,不仅表现在作家对资本主义金钱势力的抗

1

议、对大城市的贫民窟和黑暗角落里阴暗生活的揭露、对人物的心理状态的细腻刻画等方面,而且也表现在他对现实主义的理解不同于其他俄国作家(如冈察洛夫、屠格涅夫、列夫·托尔斯泰等)。陀思妥耶夫斯基始终强调自己创作的现实主义性质,他不同意当时批评界对他的意见:"人们称我为心理学家,不对,我只是最高意义上的现实主义者,即刻画人心深处的全部奥秘。"作家在一八六八年十二月给俄国诗人阿·尼·迈科夫的信中,更进一步指出了他对于现实主义的独特见解:"我对现实和现实主义的理解与我们的现实主义作家和批评家完全不同。我的理想主义比他们的现实主义更为现实。天哪!讲清楚我们大家,我们俄国人,在近十年来我国思想发展过程中的体验,这难道不会引起现实主义作家的大喊大叫,说这是虚幻吗!可是这却是本来的真正的现实主义!"对陀思妥耶夫斯基的这些论述,不应当望文生义地简单理解为他企图超越时空,摆脱现实主义,否定创作的真实性原则。纵观陀思妥耶夫斯基的全部创作,他的"最高意义上的现实主义","比现实主义更为现实"的理想主义,实际上就是强调他在不断探索形象地概括现实的途径时,极力要使作品遵循自己的创作思想原则,表达自己的审美要求,渗入自己的世界观。在这方面,《白痴》堪称范本,这部作品特别有力地将对客观现实的真实描绘同强烈的主观意识融汇在一起,它是使陀思妥耶夫斯基获得世界声誉的最优秀的作品之一。

《白痴》写成于一八六八年,是陀思妥耶夫斯基创作成熟期的作品。青年时期的陀思妥耶夫斯基曾经受到果戈理和别林斯基的积极影响,十九世纪四十年代空想社会主义的传播,又在他的思想发展过程中留下过痕迹,他憎恨专制农奴制度,不过这种憎恨并没有上升到先进的革命思想的水平。一八四九年开始的连续九年的流放、苦役生活结束以后,作家又回到社会生活和文学生活中来。苦役和流放虽然扩大了他的社会视野,使他接触了社会底层生活,了解到人民的疾苦,深化了对人生哲理的思考,但是,俄国反动势力的猖獗,西欧一八四八年革命的失败,以及小资产阶级社会主义思想的破产,激化了他的精神悲剧。反映在继《穷人》之后的早期作品中的矛盾,这时变得更为尖锐,更为深刻了,思想上的矛盾使他表现为既是一个政治上的保守主义者,同时又憎恨组成反动阵营的统治阶级。

在陀思妥耶夫斯基的全部作品中,《白痴》就其创作思想的矛盾而言是极为突出的。作家企图在作品中真实地反映废除农奴制前后俄国"近十年来……思想发展过程中的体验"、社会生活中的问题、人们的心理状态、精神面貌和道德表现。构成作品特点的,一方面是小说中众多的鲜明形象、曲折离奇的情节、入木三分的深刻心理分析;而另一方面则是作家世界观中的矛盾所产生的人道主义的意图同敌视革命思想的虚伪的反动观点的冲突。作家认为十九世纪六十年代是一个过渡的、动荡不安的时代,金钱势力日益增长,具有毁灭一切的性质;它支配着人与人间的关系,决定他们的道德观念和命运;它取代一切人性,造成社会的分裂。作家认为这些现象具有极大的普遍性。长篇小说中所有的主要人物都不满意自己周围的畸形生活,都表现得心绪不宁,有的人还呈现出某种歇斯底里症状,惶惶然不可终日。因此,在这部小说中,以俄国社会问题为基础的道德问题和心理问题,比在陀思妥耶夫斯基的其他作品（如《被欺凌与被侮辱的》《罪与罚》等）中，更有力地吸引了作家的注意。同时，按照陀思妥耶夫斯基的理解，农奴制废除以后，俄国进入了历史性危机时期，随着资本主义的发展而来的是资产阶级的小市民理想的胜利——道德感的衰落和沦丧，个性的堕落和退化，美被亵渎和毁灭，便是这种小市民理想获得胜利的标志。作家广泛真实地反映了这一切，然而他不是从支配人们行为的社会动机来考虑人们的一切冲突、斗争和悲剧性的命运，反而无视社会的制约，将这一切归结为所谓美德与自私、善与恶在人物内心的斗争。

《白痴》的男主人公梅什金公爵，是寄寓作家理想的一个基督式的人物。作家在创作笔记里曾写道，梅什金公爵是基督。这是陀思妥耶夫斯基称之为"比现实主义更为现实"的理想主义的一个典型。小说的情节就是围绕梅什金和罗戈任同纳斯塔霞·菲利波夫娜的关系展开的，虽然推动情节发展的不是梅什金，但是各种情节线索都汇合到他身上，使他居于几乎介入一切生活冲突的重要地位。作家塑造这个再世基督的"圣洁"形象，本意是要端出一个"在道德上与精神上达到完全均衡的人物典型"（萨尔蒂科夫-谢德林语），这个人物典型既能同陀思妥耶夫斯基对现实的真实描绘、对生活的看法、对理想的概念结合在一起，又能以此为榜样把世界从矛盾和灾难中拯救出来，指引人们去追求美好的未来。这当然是一个十分困难的任务，作家本人也充分意识到了这一点："长篇小说（指《白痴》）的主要思想，是描绘一个绝对美好的人物，世界上再也没有比这件事更难的了，特别是现在。所有的作家，不仅是俄国的，甚至是全欧洲的作家，如果谁想描绘绝对的美,总是感到无能为力。因为这是一个无比困难的任务。美是理想,而理想,无论是我们,还是文明的欧洲,都还远未形成。"

《白痴》塑造正面的美好人物的创作实践,对于陀思妥耶夫斯基来说,确实是失败了。但就整个俄国文学的发展进程而言,陀思妥耶夫斯基则是作了一个言过其实的偏颇的论断。一八六一年的农奴制改革以后,社会在呼唤新人,孕育新人,而十九世纪的许多优秀俄国作家,也一直在孜孜以求地解决现实生活提出的正面人物问题,俄国先进文学界在六十年代初期更把创造正面人物形象作为一项迫切的重要任务。车尔尼雪夫斯基用毕生的革命活动和创作实践,对此作出了肯定的回答,《怎么办?》中的新人,尤其是"特殊的人"拉赫梅托夫,就是六十年代平民革命家的美好理想的体现者。

梅什金公爵体现了陀思妥耶夫斯基关于"绝对美好的人物"的理想,但是,这个形象在小说中的发展,却证明了作家"对于生活和生活中的各种现象有着某种过于天真的、表面的理解"(萨尔蒂科夫-谢德林语)。当然,这也只是一种温和的批评意见而已。梅什金形象的客观意义同作家的构思未能一致,主要还是由于作家的创作思想同他所揭示的现实现象的性质、特点相背离。小说一开头,梅什金像一个远离人寰的天外来客出现在读者面前,接着便引来了各种事件,出现了各种人物。公爵自幼父母双亡,而且身患重症,被送往瑞士治疗。他是在远离俄国的异乡成长起来的,是一个在肉体上和精神上都有缺陷的人。他不谙世事,也没有受过高深的教育,在社交场合不善应酬,远远脱离自己出身的贵族阶级,完全不了解这个社会的阶级的本质,"在发育、心灵、性格,也许甚至在智慧方面","完全是一个孩子"。他虽然给人以"白痴"的印象,却有一颗仁爱之心,纯净无瑕,乐于助人。他曾生活在孤苦伶仃之中,根据自己的痛苦体验,深知受人唾弃与欺凌的苦涩,因此对于人们(不论他们的贫富)的不幸一律表示同情。这是一个具有堂吉诃德色彩、对于生活的理解带有某种抽象性的形象。他总是想用感化的手段来改变罪恶的生活,挽救那些堕入邪恶和非正义深渊中的人们,结果连自己在精神上也被吞噬了。面对俄国旧制度的崩溃和资本主义的发展,梅什金公爵要同卑鄙丑恶的现实生活抗争,是完全无能为力的,他只能宣传顺从、宽恕、不用暴力抵抗邪恶等理论,既不能使人信服,也不能改变任何社会现象。

爱情能考验一个人的精神价值,梅什金公爵并没有经受住这种考验。在纳斯塔霞·菲利波夫娜眼里,公爵是道德纯洁的象征,同他结合只会玷污他,不会给他带来幸福,因此她极力促成公爵同阿格拉娅的婚姻。纳斯塔霞·菲利波夫娜这种痛苦、复杂、矛盾的感情,梅什金是不能理解的。他只是以基督教的怜恤式的同情、兄弟友爱关系和禁欲原则来回答纳斯塔霞·菲利波夫娜和阿格拉娅的尘世的爱慕之情。的确,梅什金善良,温柔,坦白,可是仅此而已。他并不是生活的旁观者,总是介入生活中的各种冲突;但结果不仅没有改善人们的处境,反而使本来已经十分复杂的冲突更加尖锐了。他力图在尖锐的冲突中找到一条和解的道路,现实的答复却严酷地违拗他的初衷:他曾主动向罗戈任解释自己同纳斯塔霞·菲利波夫娜的关系,以消除罗戈任的敌意,但等待他的却是后者手中匕首的寒光;罗戈任杀死了纳斯塔霞·菲利波夫娜,梅什金陷入恐怖之中,但主宰着他的仍是忍耐和顺从。在同罗戈任的较量中,梅什金是彻底的失败者,他的道德理想在罗戈任的私有观念冲击下完全崩溃了。

陀思妥耶夫斯基通过梅什金公爵与道德沦丧、人欲横流的资本主义世界的鲜明对比,创造了一个充满矛盾的形象。这个精神分裂、不懂社会斗争和社会利益的"基督",只不过是一个无济于事的济世标本而已。陀思妥耶夫斯基在塑造他的美好理想的体现者梅什金公爵形象方面虽然失败了,但在表现生活真实、不违背生活发展的逻辑方面,他却是诚实的,而且表现出对生活的敏锐的洞察力。

陀思妥耶夫斯基在构思《白痴》的时候,曾谈到作品的整个构思"体现在主人公身上……除了男主人公,还有一个女主人公,因而是两个主人公!!"这个女主人公就是纳斯塔霞·菲利波夫娜,这是作家着力塑造的一个最动人的中心人物形象。

纳斯塔霞·菲利波夫娜的悲剧是《白痴》的真正的核心和情节的基础,作品中各种事件的开展,对各种不同的人物及其心理状态的剖析,对各色人等的复杂关系的揭露,尖锐、紧张和深刻的戏剧性场面的出现,都是围绕着她进行的。这是一个貌似天仙、妩媚动人的女性,是美的象征,具有高尚的禀赋和独立精神。可是在贪婪的财欲必然孳生无耻的情欲的社会里,美被践踏和亵渎了。美貌出众的纳斯塔霞·菲利波夫娜在十六岁时便成了贵族地主托茨基丑恶情欲的牺牲品,从此揭开了她悲剧性命运的序幕,随后她又成了"倾倒者们"进行无耻交易的工具。在尔虞我诈、勾心斗角等等丑恶现象比比皆是的社会里,她充分意识到自己在许多方面都比周围的人优越,相信自己的灵魂是纯洁的。然而,被欺凌与被侮辱的身世又造成了她的畸形心理状态和永远不能摆脱的自卑感。她生活在各种阴谋的中心,既表现出自暴自弃、玩世不恭的态度,又对贵族资产阶级社会的上层分子以及支配这个社会的法则提出了抗议,她态度傲慢,视钱财如粪土,竭力维护人的尊严。这是一个有血有肉的丰满形象。她以傲慢作为抵御无赖和鄙俗的自卫手段,却孤立无援;她灵魂深处对生活、对人、对自己的种种合乎人情的要求,是注定得不到满足的。精神上的创伤一直压抑着她的心灵,像梦魇一样使她窒息,同时她又憧憬着一种新的生活,渴望复仇。她把十万卢布付之一炬,这是她在可能的范围内对金元王国的大胆挑战和尽情报复。她取得了精神上的胜利,但并未获得心灵深处的宁静;旧仇宿怨在那被世人奉为至宝的十万卢布燃起的熊熊烈焰中得到了发泄,但内心的创伤却并未因此平复。不过,这一近似疯狂的行动还是无情地惩罚了加尼亚——在他身上,贪财的欲念取代了爱情;同时也尖刻地挪揄了罗戈任的铜臭熏天的丑恶灵魂——对女人的占有欲取代了他对金钱的占有欲。在纳斯塔霞·菲利波夫娜所处的罪恶环境中,梅什金公爵是惟一珍惜她的美、懂得她的美的价值的人,因此她认为公爵是"一个真正忠实的人"。在纳斯塔霞·菲利波夫娜举行的招待晚会上,罗戈任以重金收买她的美色,女主人公眼看要被推入危险的深渊。公爵真挚地同情她的不幸遭遇,为了帮助她摆脱厄运,便以救世主的姿态向她求婚。纳斯塔霞·菲利波夫娜虽然自认为完全配得上他,但傲慢和自卑却使她欲爱不能。尽管托茨基当年毁掉了她,在她的心灵上留下了永远不能愈合的创伤,但她现在却不愿意昧着良心毁掉像孩子般纯洁的梅什金;可是另一方面,她又认为梅什金对她的感情并不是真正的爱情,而只是为了抚慰她的灵魂而表现出来的一种怜悯和施舍,这就更加深了她的屈辱感。如果委身罗戈任,也就是屈从于金钱的淫威,则意味着道德沦丧和人格毁灭。她的这一番苦心既折磨着自己,也折磨着并不理解这番苦心的梅什金。她已是走投无路,进退维谷了,但她没有屈服,她不惜以毁掉自己作为代价,对这个社会的虚伪与权势投以最后的蔑视,她面对托茨基、叶潘钦等卑鄙而伪善的一群,挑战似的宣布:"罗戈任,开步走!再见,公爵,我还是第一次看到一个真正的人!……"

纳斯塔霞·菲利波夫娜所象征的美,在资本主义的私有制度下毁灭了,但她的抗议精神却给人留下了深刻的印象。毁了她的是伪君子托茨基和手执屠刀的罗戈任,但是心地善良的梅什金也不能辞其咎。他悲天悯人,为敌对双方的和解而奔走呼号,但他实际上并没有帮助纳斯塔霞·菲利波夫娜摆脱内心的屈辱和自卑,使她逐渐树立自信心,在精神上获得新生,在生活中找到自己的位置,彻底改变自己的命运。纳斯塔霞·菲利波夫娜的抗争,对当时俄国现实的丑恶作了淋漓尽致的揭露,这是有积极意义的,但她以一种近乎病态的愤世嫉俗作为抗争的手段,毕竟不能动摇金钱势力的根基,到头来只能以失败告终。

《白痴》描写的是十九世纪中期的彼得堡,作品再现了俄国农奴制度废除以后彼得堡的广阔图景,但作家不像他在以前的作品中那样着重描写下层社会及其各种人物;在《白痴》中登场的众多角色,主要是贵族和官僚上层社会的代表,还有活跃在资本主义城市里的不同社会阶层和从事不同职业的人物。陀思妥耶夫斯基在所有这些人物的全部活动和相互关系中，批判地描写了统治阶级，揭穿了资产阶级私有制的种种罪恶；他抓住金钱势力的本质，对资产阶级表现出来的卑鄙、猥琐、尔虞我诈、弱肉强食等各种特征，进行了无情的鞭挞。集中体现了这些特征的，就是农奴制废除后支撑着贵族地主和官僚社会的托茨基们、罗戈任们、叶潘钦将军一家和伊沃尔金一家等。

贵族地主托茨基是纳斯塔霞·菲利波夫娜的保护人，在鉴赏女性美方面他是一个"精确无误的行家"，并且善于适时地"享用"女性。女主人公生日晚会上的"沙龙游戏"，令人作呕地暴露了这个衣冠楚楚的伪君子卑鄙丑恶的灵魂。虽然一个受了他的欺凌与侮辱的女性给了他报复性的一击，曾把他置于十分狼狈的境地，然而托茨基深知，纳斯塔霞·菲利波夫娜"在法律上"是抓不住他的把柄的，因而有恃无恐，"甚至认为可以重新利用这个女人"，继续凌辱她。

罗戈任则是私有制黑暗势力的化身。金元王国的全部毒菌已侵入了他的骨髓，主宰着他的灵魂。他语言粗俗，行为放肆。在他的心目中，金钱万能，一切都会屈从于它的权势。他想用十万卢布的高价，像买一宗货物一样买下他垂涎已久的纳斯塔霞·菲利波夫娜。可是罗戈任怎么也不能理解，美可以毁灭，可以玉碎，却是重金莫赎的——纳斯塔霞·菲利波夫娜就在他的身边，但并不真正为他所有，他在嫉妒、恼怒和绝望中亲手杀死了她。

在俄国贵族资产阶级社会中，叶潘钦将军一家很有典型性。这是一个"人丁兴旺"的家庭，然而，徒有其表的美满幸福并不能掩盖它的空虚无聊和家庭成员之间的互相欺骗。将军不是名门之后，但因善于钻营，投靠权贵，所以出现在读者面前时已是一个体面殷实的富翁了。他同妻子伊丽莎白·普罗科菲耶夫娜"一辈子都过得很和睦"，对她"言听计从和百依百顺"，但就是这样一个丈夫，为了博得纳斯塔霞·菲利波夫娜的垂青，竟在她的生日那天，"以自己的名义馈赠一串价值昂贵的绝妙的珍珠"，妄图使她在嫁给加尼亚之后充当自己的情妇。在这个家庭中，与众不同的是将军的小女儿阿格拉娅。她"刚满二十岁，完全是个美人，在社交界已相当引人注目"。阿格拉娅的性格似乎不乏真诚，但寄生性的闲逸生活造成了她的娇生惯养和任性，她蔑视周围的环境，曾对加尼亚怀有好感，也曾对公爵钟情；但她没有明确的生活目标，只能虚度年华。

与叶潘钦家庭不同，退役将军伊沃尔金一家是个小市民家庭。伊沃尔金嗜酒如命，女儿瓦里娅是高利贷者的妻子，儿子加尼亚更加庸俗和卑鄙。这个家族日趋解体，伤风败俗，勾心斗角，相互仇恨，同时又虚情假意地维护表面的尊严。

在这个由托茨基们、罗戈任们、叶潘钦们和伊沃尔金们组成的魑魅魍魉的世界里，出身贫苦的伊波利特只能注定夭折，他在绝望中说："人们生来就是为了互相折磨。"苦闷、悲观以至于仇恨，伴随着他对于生活、幸福、正义的憧憬。这也是一个被欺凌与被侮辱者，他的内心同样充满对不合理的生活的抗议。小官吏列别杰夫在这个社会里扮演着小丑的角色，他逢迎权贵，同时又憎恨他们，诅咒资本主义这个充满"罪恶和铁路的时代"，在这个时代里，"财富是多了，但是力量却少了；团结人类的思想没有了；一切都变软了，一切东西都是软绵绵的,所有的人也都委靡不振!"他感受到了新的生活法则的兽性的本质,但并不理解正在俄国形成的资本主义秩序的相对进步性。在列别杰夫的这一指责里,可以听到陀思妥耶夫斯基本人的声音。

陀思妥耶夫斯基在写完《白痴》后不久给俄国政论家尼·尼·斯特拉霍夫的信中说:"长篇小说中许多地方写得匆忙,许多地方拖泥带水,不很成功……"其原因何在?陀思妥耶夫斯基在同一封信中接着写道,"我维护的不是长篇小说,而是我的思想",原因就在这里。"我的思想"——这就是作家多次谈到的创作意图,即"描绘一个十全十美的人"。作家的社会理想的深度和内涵对于作品是具有决定意义的,而陀思妥耶夫斯基的生活和创作道路又是一个极为深刻的悲剧。作家表现了被欺凌与被侮辱者的深重苦难和无限隐痛,同时又激烈地反对他们通过任何实际的斗争摆脱这种处境以求得解放;他主张以宗教的方式解决社会问题,希冀用宗教的微弱烛光来照亮令人窒息的重重黑暗。陀思妥耶夫斯基关于"描绘一个十全十美的人"的创作思想,实际上是力图通过梅什金公爵这个在与世隔绝的环境中成长起来的孤独病态的灵魂,对重大的社会问题表明自己的见解。因此,作家不惜在《白痴》中的许多地方脱离了作品思想与艺术的自然发展,生硬地插入和补充了许多同作品的情节与主题无关的内容,添加了许多赘物,如反对革命民主主义者的社会观,对所谓虚无主义者、社会主义者的评论,等等。这一切都使作品的艺术结构失之松散,使作品"拖泥带水",同时也损害了作品的形象体系:作品中曾经受到谴责的人物,后来被随心所欲地美化为正人君子;原来曾激起人们愤怒的角色,尔后又毫无缘由地被戴上了高贵的花环。

在十九世纪六十年代俄国的阶级斗争激化和各种思潮激烈交锋的形势下,梅什金公爵的形象带有明显的论战性质,他的许多特征带有很大的反动性,锋芒指向革命民主主义者。革命民主主义者认为,美好的正面人物应是统一的、完整的,在生理和精神两个方面都该得到和谐的发展,有崇高的社会理想,对生活满怀信心,有克服困难的勇气。在被称为"生活教科书"的《怎么办?》里,新人洛普霍夫、基尔萨诺夫、韦拉和"特殊的人"拉赫梅托夫等就是这样的人。他们有明确的生活目的,志趣高尚,道德纯洁,乐于助人,在需要放弃个人利益的时候,他们义无反顾,但并不认为这是自我牺牲。他们以唯物主义的观点来论证善恶的根源,车尔尼雪夫斯基借助小市民俗物玛丽亚·阿列克塞夫娜·罗查利斯卡雅的形象指出,世上没有天生的坏人,人之所以变成他们那个样子,完全取决于他们不得不生活在其中的社会环境。

陀思妥耶夫斯基笔下的正面人物梅什金,却是一个生理上和精神上都有严重缺陷的人,他似乎超然于尘世之上,不食人间烟火,不论在社会生活方面还是个人生活方面,都同样地软弱无能。逆来顺受和忍辱含垢是梅什金公爵的生活信条;在他看来,受苦受难也是一种善行,他说:"譬如说拷打吧;它会使人受苦、受伤,也就是肉体上受到折磨,但这一切反而能分散你精神上的痛苦,你只须忍受那些创伤给你带来的痛苦,直到死去。"

梅什金公爵在叶潘钦家客厅里的一席长谈,对于说明作家后期的理想、他的哲学观和社会观,具有诠释意义。梅什金以反对天主教、捍卫基督教"纯洁性"的卫道士面目出现,执意把天主教和无神论、社会主义放在一起，肆意进行抨击："无神论！……起初是由于愚昧和听信谎言，如今则是由于狂热，由于憎恨教会和基督教！……社会主义也是天主教和天主教本质的产物！社会主义跟它的兄弟无神论一样，是从绝望中产生的……不是凭基督、而是凭暴力来拯救人类！这也是一种凭借暴力获得的自由，这也是一种凭借剑与血取得的统一！"梅什金把压迫者奴役被压迫者的暴力行为同被压迫者摆脱奴役的暴力斗争混为一谈，断言通向幸福的途径不是革命，不是社会主义，而是传播俄国斯拉夫派的理想——这是陀思妥耶夫斯基通过梅什金公爵向革命民主主义者的挑战，是他对车尔尼雪夫斯基《怎么办?》的反驳。梅什金还运用作家反动的"根基论"，特别指出自己不会为那些"失去了根基的特殊阶层"，即平民知识分子、革命民主主义者担心，不会为他们辩护；他面对客厅里的显贵们，向整个贵族阶级痛心疾首地呼吁："我们为什么要自行消亡，让位给别人呢？只要我们成为先进者，我们也就会成为领导者。"艺术家的陀思妥耶夫斯基在这里完全以说教者的面目出现，他硬塞给梅什金的一些思想，显然是主人公的智力所难以企及的。

　　《白痴》确实存在一些无可讳言的缺陷，但它依然是使陀思妥耶夫斯基蜚声世界文坛的优秀作品之一，因为它不但广泛地描绘了俄国当时的社会生活，深刻地揭露和批判了资本主义的罪恶，而且塑造了许多极为鲜明、具有丰富而深刻的心理活动的人物。因而，这部小说至今仍为各国读者所欣赏，依然具有永不衰竭的艺术魅力。

童 树 德

第 一 部

一

十一月末，正是解冻天气，上午九时左右，在彼得堡—华沙的铁路上，一列全速行驶的客车即将抵达彼得堡。天气很潮湿，雾又很浓，好不容易天才破晓。从车窗里朝铁路两侧看去，十步以外的景物就难于辨认了。旅客中也有些人是从国外回来的；然而比较拥挤的还是三等车厢，乘客都是短途旅行的小商贩。大家照例都很疲劳，经过一夜的颠簸，眼皮已抬不起来，人人都冻坏了，面色发黄，跟雾的颜色倒很相称。

在一节三等车厢里，有两名旅客从天刚破晓就面对面地坐在车窗边。这两个人都很年轻，都没带多少行李，衣着都不考究，相貌也与众不同，此外，双方又都乐于攀谈。倘若他们二位都知道对方此时此刻有什么特别与众不同之处的话，那么，对于命运居然会如此奇特地使他们面对面地坐在彼得堡—华沙铁路的三等车厢里这一点，他们肯定会感到惊讶。他们之中的一位身材不高，二十七岁上下的年纪，头发卷曲而且颜色发黑，灰色的眼睛虽小，但炯炯有神。他的鼻子宽阔扁平，脸上颧骨突出；两片薄嘴唇不时露出一种傲慢、嘲讽、甚至恶毒的微笑；但是他天庭饱满，这就使面孔的下半部显得不那么俗气了。在这张脸上，特别显眼的是像死人一般苍白的面色，年轻人的体格虽然相当健壮，可是这面色却使他的整个容貌都变得疲惫不堪。与此同时,他还流露出一种使他感到痛苦的热情,这和他那傲慢粗鲁的微笑,和他严厉自负的眼神都不协调。他穿得很暖和,一件宽大的、黑色的羊羔皮挂面皮袄,使他夜里没有受冻。但是,坐在他对面的人对于俄国十一月潮湿的寒夜显然缺乏准备,所以只得浑身发抖,饱尝它的淫威。他穿着一件相当肥大的无袖斗篷,这斗篷带有一顶硕大的风帽,跟远离俄国的瑞士或意大利北部的旅客们冬季常穿的斗篷一模一样,当然喽,那些旅客并不打算在埃德库宁①上车一直坐到彼得堡。但是,在意大利适用而且能使人十分满意的东西,到了俄国便不完全适用了。这件带风帽的斗篷的主人是个年轻人,也有二十六岁或二十七岁,略高于中等身材,一头浓密的淡黄色头发,面颊下陷,疏疏落落地长着一点尖尖的、几乎全白的小胡子。他的一双大大的、聚精会神的碧眼,流露出一种平静然而忧郁的神色,充满一种奇怪的表情,有些人一眼看去,就会猜出他患有癫痫症。不过年轻人的面孔是讨人喜欢的、清癯瘦削的,只不过缺乏血色,现在甚至冻得发青。他手里摇晃着一个用褪色的旧绸子包的小包袱,这大概就是他的全部行装。他的脚上穿着带鞋罩的厚底皮鞋,完全不是俄国人的打扮。坐在他对面的那个穿着挂面皮袄的黑发旅客,把这一切都瞧在眼里,多多少少是出于无事可做,终于像人们有时见到邻居倒霉而幸灾乐祸那样,放肆而随便地用毫不客气的嘲讽口吻问道:

"很冷吧?"

他还耸了耸肩膀。

<hr>

① 埃德库宁,当时普鲁士和俄国边界上的一个普鲁士火车站。

"冷得要命，"坐在对面的人非常痛快地答道，"您瞧，这还是解冻时节呢。要是到了大寒时节，那又会怎样呢？我真没想到，咱们国家会这么冷。我已经不习惯了。"

"您是从国外回来吧？"

"是的，从瑞士回来。"

"嘘！原来如此！……"

黑发的人吹了声口哨，哈哈大笑起来。

二人攀谈起来。披着瑞士斗篷的那个淡黄色头发的青年在回答那个皮肤黝黑的人的一切问题时都非常痛快，就是对于那些很不客气、很不妥当、十分无聊的问题，他也毫不在意。他回答时顺便提到，他离开俄国的确已经很久，有四年多了，他到国外去是为了养病，他患有一种奇怪的神经病，类似癫痫症或舞蹈病，有些震颤和痉挛。皮肤黝黑的人听他说话时，冷笑了好几次。有一次他问："怎么样，给您治好了吗？"淡黄头发的人答道："不，没有治好。"这时皮肤黝黑的人笑得特别厉害。

"嗨！钱大概都白花了吧？可咱们这里的人却还是相信他们。"皮肤黝黑的人尖刻地说。

"千真万确！"一个坐在旁边的人插嘴道。这位先生衣着寒伧，像是个只会抄抄写写的小官员，四十来岁，体格强健，红鼻子，满脸粉刺，"千真万确，先生，他们只是白白地骗取俄国的一切资源！"

"噢，就我的情况而论您可就错了，"从瑞士回来的病人用平静而和蔼的口吻应声说道，"由于我不了解整个情况，当然我不能同您争辩；不过，我的医生却拿出他最后的钱给我做回国的路费，而且我在国外的时候，他几乎养活我两年。"

"怎么？没有人供给您钱？"皮肤黝黑的人问。

"是的，供养我在国外生活的帕夫利谢夫先生在两年前去世了；后来，我写信给国内我的远房亲戚叶潘钦将军夫人，可是没有接到回信。所以我只好回来了。"

"那么您投奔何方呢？"

"您是说我要在哪里落脚吗？……老实说，我还不知道呢……是这样……"

"还没有决定吗？"

听他讲话的两个人又哈哈大笑起来。

"您的全部财产大概都在这个包袱里吧？"皮肤黝黑的人问道。

"我敢打赌，准保没错，"红鼻子的官员非常满意地附和道，"他也没有在行李车里寄放什么东西。不过还是不能不指出，贫非罪也。"

果然如此：淡黄头发的青年马上急不可耐地承认了这一点。

"您的包袱毕竟还是有点用处，"官员继续说，这时他们已经笑够了（最妙不过的是，末了就连包袱的主人也瞧着他们笑了起来，这使他们越发开心了），"虽说可以打赌，说里面没有一包包外国的拿破仑金币、腓特烈金币和荷兰金币，只要看看您那双外国皮鞋上的鞋罩，就可以确定这一点，可是……要是在您的包袱之外再添一个像叶潘钦将军夫人那样的亲戚，那么这个包袱就会具有另一种意义；当然，这必需有一个前提，那就是叶潘钦将军夫人果真是您的亲戚，您没有因为心不在焉而弄错……人们由于心不在焉或……想象力太丰富，常常会发生错误。"

"噢,您又猜对了,"淡黄头发的青年应声说道,"我真是几乎弄错了。这就是说,她几乎并不是我的亲戚。我没有收到她的回信,老实说,当时我甚至都毫不惊奇。我早就料到了。"

"您白花了寄信的邮资。噢……起码您是老实而真诚的,这倒值得称赞!噢……我认识叶潘钦将军,先生,因为他是社会名流。在瑞士供给您生活费的那位已故的帕夫利谢夫先生,如果就是尼古拉·安德烈耶维奇·帕夫利谢夫的话,那么我也认识,先生。姓帕夫利谢夫的有两个人,是堂兄弟。另一个至今还住在克里米亚。已故的尼古拉·安德烈耶维奇是一位可敬的人,他交游很广,在世时有四千名农奴,先生……"

"不错,他是叫尼古拉·安德烈耶维奇·帕夫利谢夫。"年轻人回答以后,就好奇地凝视着这位万事通先生。

在有的社会阶层里,有时会碰到这种万事通先生,甚至会经常碰到。他们无所不知,无所不晓。他们那整天苦苦钻研的头脑和种种才能,全都不可遏止地用在一个方面。当然,当代的思想家一定会说,这是因为他们缺乏更为重要的生活趣味和见解。不过,所谓"无所不知,无所不晓"这句话,只是指一个非常狭小的范围而言,就是说,某人在什么机关供职,他认识什么人,他有多少财产,在哪一省当过省长,娶什么人为妻,妻子陪送多少嫁妆,他的堂兄弟是谁,表兄弟又是谁,如此等等。这种万事通大都穿着磨破了袖子的衣服,每月领十七卢布的薪俸。被他们打听到全部底细的那些人,当然想不出他们这样做是出于什么动机,不过,他们有许多人都从这种足以和一门完整的学科媲美的知识中得到充分的慰藉,获得了自尊心,甚至精神上也得到了高度满足。这倒真是一门富有魅力的学科。我看到过一些文人学者、诗人和政治家,在这门学科里寻找并找到了极大的乐趣和最高的目的,甚至单单就靠这个而飞黄腾达。在这次谈话期间,那个皮肤黝黑的青年自始至终都在打哈欠,毫无目的地向窗外张望,急不可耐地盼望及早结束这次旅行。他有点心不在焉,简直是心神不定,几乎是心慌意乱,甚至都变得有些古怪:有时似听非听,似看非看;有时他笑了起来,却连自己都不知道、也不明白笑的是什么。

"请问尊姓大名……"满脸粉刺的先生蓦地对拿着包袱的那个淡黄头发的年轻人说。

"列夫·尼古拉耶维奇·梅什金公爵。"对方马上很痛快地答道。

"梅什金公爵?列夫·尼古拉耶维奇?我不知道,先生。我甚至都没有听说过,先生,"官员沉思着回答,"我讲的不是姓氏,这个姓氏古已有之,在卡拉姆辛的历史书里可以找到,也准能找到。① 我指的是您本人,先生。真的,梅什金公爵家族的人现已无处可寻,甚至音讯全无,先生。"

"噢,可不是嘛!"公爵立刻答道,"梅什金公爵一族的人,现在只剩我了。我觉得,我是本族最后一个男人。至于我父亲一辈和祖父一辈的老人,他们过去都是我国的独院小地主②。不过,家严是士官学校出身,当过陆军少尉。我不知道

① 在俄国史学家卡拉姆辛(1766—1826)所著之《俄国史》中确有梅什金家族的名字。
② 独院小地主,俄国农奴制时代低级官吏后裔出身的小地主,土地不多,可蓄农奴,并与农民同样负担赋役。

叶潘钦将军夫人怎么也算是梅什金公爵家族的一员，也是本族的最后一个女人……"

"嘿嘿嘿！本族的最后一个女人！嘿嘿！您真会说笑话！"官员嘻嘻地笑起来了。

皮肤黝黑的人也冷笑了一声。淡黄头发的青年对于自己居然会说出这么一句相当拙劣的双关语①，不禁感到有点惊讶。

"您要知道，我完全是不假思索地说出来的。"他终于惊讶地解释道。

"当然当然，先生。"那官员开心地唯唯称是。

"公爵，您在国外可曾跟大学教授学过什么学问？"皮肤黝黑的人突然问道。

"是的……学过……"

"我可从来没有学过任何学问。"

"我也只是学了一星半点罢了，"公爵几乎是以抱歉的口吻补充道，"他们认为我有病，不能按部就班地求学。"

"您认识罗戈任家的人吗？"皮肤黝黑的人急忙问道。

"不，我完全不认识。我在俄国认识的人很少。您姓罗戈任吗？"

"是的，我姓罗戈任，名叫帕尔芬。"

"帕尔芬？不就是那个罗戈任家的人吗……"那官员以特别傲慢的神气开始说。

"是的，就是那一家，就是那一家。"皮肤黝黑的人粗暴无礼地急忙打断官员的话。不过，他对这个满脸粉刺的官员压

---

① 在俄文中，"本族的"这个词组，也作"就某一点而论"解。

根就没瞧过一眼,一开始就只对公爵一个人说话。

"不过……这是怎么回事呢?"那官员惊呆了,几乎把眼睛都瞪了出来。他的整个面孔立刻露出一种虔敬的、奴颜婢膝的、甚至惊慌失措的神情,"您就是那位世袭荣誉公民谢苗·帕尔菲奥诺维奇·罗戈任的少爷吗?他不是在一个月以前去世,留下二百五十万遗产吗?"

"你怎么知道他留下二百五十万现金呢?"皮肤黝黑的人打断他的话,就连这一次他也不屑于瞧那官员一眼。"您瞧!(他指着官员对公爵使了个眼色)他们马上像一群饿狗似的围了过来,这对他们有什么好处呢?我的父亲的确是死了,我过了一个月才从普斯科夫回家奔丧,几乎连一双皮鞋都没有。不论是我的混账哥哥,还是我的母亲,都既不给我寄钱,也不通知我一声!简直像对待一条狗!我在普斯科夫害了热病,整整躺了一个月!……"

"现在您一下子可以拿到一百多万,这还是最起码的呢,我的主啊!"那官员举起双手一拍。

"请问,这与他有什么相干!"罗戈任又气忿地、恶狠狠地冲他点了点头,"哪怕你在我面前拿大顶,我也不给你一个戈比。"

"我要拿的,我要拿的。"

"你瞧!哪怕你整整跳一星期舞,我也决不给你,决不给你!"

"你不给就不给吧!我本来就该这样做;你不给就不给吧!我还是要跳舞。我就是把老婆孩子都扔掉,也要在你面前跳舞。我应该向你致敬,我应该向你致敬!"

"去你的吧!"皮肤黝黑的人啐了一口唾沫,"五周以前我也像您一样,"他对公爵说,"拿着一个小包袱,离开父亲,跑到普斯科夫去找姑妈;我在那里害热病,躺倒了。我不在的时候,父亲去世了。他是中风死去的。愿死者的英名永垂不朽!不过,他当时几乎把我活活打死!您信不信,公爵,这是真的!当时我若不逃走,他就会一下子把我打死的。"

"您做了什么使他生气的事吧?"公爵问道,带着一种特别好奇的神情仔细打量穿皮袄的百万富翁。虽说万贯家私和继承遗产本身确有引人注目之处,不过,使公爵惊讶并感到兴味的却还有另一种因素。罗戈任不知为什么也特别乐意跟公爵攀谈,虽说他所以要攀谈,多半是出于肉体上的需要,而不是出于精神上的需要;多半是由于心神不宁,而不是由于心地忠厚;他由于心慌意乱、忐忑不安,所以总想看看什么人,讲讲什么事。仿佛他至今还害着热病,至少是情绪激昂。至于那个官员,他死盯着罗戈任,连大气都不敢出;他倾听着、掂量着罗戈任的每一句话,仿佛在寻觅钻石似的。

"他的确是生气了,而且不一定没有道理,"罗戈任答道,"但是我的哥哥却叫我无法忍受。我不能责怪母亲,因为她是个老太婆,整天读《每日读物月书》①,和老太婆们坐在一起闲聊,对我的哥哥先卡②言听计从。他为什么不及时通知我呢?这我明白,先生!不错,我当时的确神志不清。听人家说,家里打电报来了。但是,那电报是打给我姑妈的。她在那里守了三十年寡,从早到晚同疯修士鬼混。她修女不像修女,甚至比这还糟。她接到电报以后十分害怕,没有拆开,就把它

---

① 《每日读物月书》,供东正教教徒每日阅读的书,主要内容为圣徒言行录,每月一册。
② 先卡,谢苗的昵称。

送到警察局去,它至今还留在那里。只有科涅夫,瓦西里·瓦西里奇,很帮我的忙,把一切都写信告诉我了。一天夜里,我的哥哥把家严锦缎棺罩上的金缨络割了下来,说道:'它们值多少钱啊!'单单为了这一桩事情,只要我愿意,就可以把他流放到西伯利亚去,因为这是大逆不道。喂,你这个小丑!"他对那官员说,"在法律上这是不是大逆不道?"

"大逆不道! 大逆不道!"那官员立刻随声附和道。

"犯了这种罪,是不是该流放西伯利亚?"

"流放西伯利亚! 流放西伯利亚! 立刻流放西伯利亚!"

"他们以为我还在生病呢,"罗戈任继续对公爵说,"但是我一句话也不说,悄悄地带病上了火车,动身回家。谢苗·谢苗内奇老兄,你给我开门吧! 我知道他对我那去世的父亲说过我的坏话。不过,我当时的确是为了纳斯塔霞·菲利波夫娜把父亲惹恼了,这是实情。这是我一个人做的事。鬼迷了我的心窍。"

"为了纳斯塔霞·菲利波夫娜吗?"那官员若有所悟地、低声下气地说。

"你知道什么!"罗戈任不耐烦地对他喊道。

"我知道!"那官员得意洋洋地答道。

"又来了! 纳斯塔霞·菲利波夫娜有的是! 我对你说,你真是个无耻的家伙! 我早就知道,一定会有这种家伙立刻来纠缠的!"他继续对公爵说。

"也许我真知道,先生!"那官员坐立不安了,"我列别杰夫是知道的! 阁下,您现在责备我,但是假如我拿出证据来又怎么样呢? 说起纳斯塔霞·菲利波夫娜,就是为了她令尊要用荚蒾木棍子教训您一顿。纳斯塔霞·菲利波夫娜姓巴拉什科娃,也算是位贵族小姐,也是本族的一位公主,她和一位姓托茨基的有来往,那人的名字叫阿法纳西·伊万诺维奇,她只和他一个人要好,他是地主,又是大资本家,许多公司和协会的股东,因此和叶潘钦将军成了至交……"

"啊,原来你是这样的人!"末了,罗戈任的确大吃一惊,"活见鬼,他果然知道。"

"我全知道!列别杰夫无所不知!阁下,我给利哈乔夫·亚历萨什卡当过两个月跟班,那也是在他父亲死后。我认识所有角落和胡同,结果没有我列别杰夫,他就寸步难行。他现在在蹲债户拘留所。可当时我却有机会认识了阿尔曼斯、科拉菲娅、帕茨基公爵夫人和纳斯塔霞·菲利波夫娜,也有机会长了许多见识。"

"纳斯塔霞·菲利波夫娜?难道她和利哈乔夫在一起?……"罗戈任恶狠狠地看了他一眼,气得嘴唇都发白了,还不住地哆嗦。

"没有什么!没有什么!真是没有什么!"那官员顿觉失言,便连忙说道,"利哈乔夫用多少钱也弄不到她!不,她决不是阿尔曼斯那样的女人。她只跟托茨基一人。她晚上常常坐在大剧院或法国剧院的包厢里。那里的军官们彼此之间无话不说,但是他们也抓不到什么把柄,只是说'这就是那个纳斯塔霞·菲利波夫娜',也就完了;往下再也没说什么!因为根本也就没有什么可说的。"

"的确是这样,"罗戈任皱着眉头忧郁地证实道,"扎廖热夫当时也是这样对我说的。公爵,我当时穿着家严用了三年的大衣,穿过涅瓦大街,她正从一家商店里走出来,登上一辆轿式马车。我立刻像浑身起火似的。我后来遇到了扎廖热夫,他跟我可不一样。他就像理发馆的伙计,用带柄眼镜。但在我父亲的家里,我们穿的是漆皮靴,喝的是素菜汤。他说,我配不上她。他说,她是一位公爵小姐,名叫纳斯塔霞·菲利波夫娜,姓巴拉什科娃,和托茨基同居。托茨基现在正不知道该怎样甩掉她才好,因为他已经完全达到人生最好的年龄——五十五岁,想娶全彼得堡首屈一指的一位美女为妻。他当时又对我说,当天就可以在大剧院见到纳斯塔霞·菲利波夫娜,她准是坐在楼下一侧厢座的包厢里看芭蕾舞。在我父亲家里,只要你想去看芭蕾舞,那准会受到惩罚,准会把你打死!但是,我偷偷地跑去看了一小时,又见到了纳斯塔霞·菲利波夫娜。当天夜里,我通宵没睡。第二天早晨,现已去世的父亲给我两张利息五厘的证券,每张五千卢布,他说,你去卖掉它,然后把七千五百卢布送到账房去,交给安德烈耶夫,你不要到别处去,把那一万卢布中剩下的钱给我拿回来;我等着你。证券我卖掉了,钱到了手,但是我没有到账房去找安德烈耶夫,我哪儿也不看,一直跑到一家英国商店,挑了一对耳环,每只耳环上的钻石几乎有核桃那么大,我拿出所有的钱,还少四百卢布,我说出自己的名字,这才赊给我。我拿了耳环去找扎廖热夫,千方百计地央求他说,老兄,把我带到纳斯塔霞·菲利波夫娜那里去吧。于是我们就去了。当时我的脚底下是什么,前面是什么,旁边是什么——我一概不知,也记不得了。我们径直走进她的客厅,她亲自出来接见我们。我当时没有说出我姓甚名谁,只是由扎廖热夫说:'这是帕尔芬·罗戈任送给您的,作为昨天的见面礼。请您笑纳。'她打开一看,笑着说:'请向您的朋友罗戈任先生致谢,谢谢他的一番盛情。'然后她就告辞出去了。我当时为什么不死在那里呢!

我所以前去,就是因为我心里想:'我反正不活着回家啦!'最使我生气的,就是那个小鬼扎廖热夫占尽了便宜。我的个子矮小,衣着像个奴仆,因为感到害臊,就一言不发地站在那里,睁大眼睛看着她。可他却十分时髦,头上抹了发蜡,烫成发卷,面色红润,领带是带格子的。他真是十分体面,十分潇洒。她当时肯定把他当成我了!我们出来以后,我就说:'喂,你今后休想再进我家的门,明白吗!'他笑着说:'但是,你现在怎样向谢苗·帕尔菲奥内奇交代呢?'我当时真不想回家,不如往水里一跳拉倒,但是转念一想:'事已至此,随它去吧。'于是,就像犯了弥天大罪似的回家去了。"

"哎哟!嘿!"那官员扮了一个鬼脸,甚至哆嗦起来,"别说为了一万卢布,就是为了十个卢布,您的亡父也会把人送往阴间。"他对公爵点点头。公爵好奇地打量着罗戈任,罗戈任的脸色这时仿佛更加苍白了。

"把人送往阴间!"罗戈任重复道,"你怎么知道?"他继续对公爵说,"家严立刻就知道了一切,扎廖热夫更是逢人便讲。父亲把我抓住,锁在楼上,整整教训了我一个钟头。他说:'我这只是让你先作好准备,到了夜里,我再来向你告别。'您猜怎么着?老头子竟跑到纳斯塔霞·菲利波夫娜家里,向她一躬到地,老泪纵横地央求她;她终于把那个盒子拿出来,扔给他说:'老大爷,把你的耳环拿去吧。这对耳环既然是帕尔芬冒了那样的风险给我买来的,它的价值现在对我来说已增加了十倍。请你代我问候并感谢帕尔芬·谢苗内奇。'好吧,当时我得到母亲的帮助,向谢廖日卡·普罗图申借了二十卢布,就乘火车到普斯科夫去了,到了那里,我就得了寒热病。老太婆们开始对我念圣徒传。我却醉醺醺地坐在那里,后来我用最后的几个钱去逛酒店,整夜不省人事地躺在街头。第二天早晨我就发起烧来,还叫狗咬了一夜。我好容易才醒过来。"

"好啦,好啦,先生,现在纳斯塔霞·菲利波夫娜可以给我们唱歌啦!"那官员搓着双手,嘻嘻地笑了起来,"老爷,现在耳环算得了什么!现在我们可以赏给她一副同样的耳环……"

"你要是再有一句话提到纳斯塔霞·菲利波夫娜,上帝作证,我就要揍你一顿,别看你给利哈乔夫当过跟班!"罗戈任紧紧抓住他的一只手喊道。

"要是您揍我,那就是说您不会抛弃我了!您揍吧!您揍了我,就会在我身上留下您的手印……哦,我们到啦!"

火车果然进站了。罗戈任虽然自称是偷偷到来的,但已有几个人前来接他。他们叫喊着朝他挥动帽子。

"瞧,扎廖热夫也来啦!"罗戈任喃喃道,露出洋洋得意的、甚至仿佛是恶狠狠的微笑,看着那些人,接着又忽然对公爵说:"公爵,我不知道为什么爱上了你。也许是因为我是在这时候遇见你的。但是,我也遇见了他(他指指列别杰夫),却并未爱上他。公爵,你去我家吧!我们可以给你脱下这鞋罩,让你穿上最考究的貂皮大衣;再给你定制一套头等燕尾服,一件白色的、或者别的什么颜色的背心,把钱塞满你的口袋……咱们一同乘车去见纳斯塔霞·菲利波夫娜!你去不去呀?"

"您好好听着,列夫·尼古拉耶维奇公爵!"列别杰夫威严而得意地应声说道,"啊,您可别错过这个机会!啊!您可别错过这个机会!……"

梅什金公爵欠起身来,彬彬有礼地向罗戈任伸出手去,客气地对他说:

"我非常乐意到您府上去,承蒙厚爱,我不胜感激。倘若我来得及,说不定今天就去。因为,我老实对您说,我很喜欢您,尤其是在您谈到钻石耳环的时候。甚至在讲耳环以前,虽然您愁容满面,我也喜欢您。我还得感谢您答应送给我衣服和皮袄,因为我的确马上就需要衣服和皮袄。眼下我身边几乎是一文不名。"

"钱会有的,晚上就会有的,你就去吧!"

"会有的,会有的,"官员附和道,"不用等到天黑就会有的!"

"公爵,您很喜欢女人吗?要是喜欢,就请您早说!"

"我,不,不!我……您也许不知道,我由于先天的缺陷,甚至根本就没和女人发生过关系。"

"哦,既然如此,"罗戈任喊道,"公爵,你完全成了一个疯修士,上帝就喜欢你这样的人!"

"上帝就喜欢你这样的人。"那官员又附和道。

"牛虻,你跟我去吧!"罗戈任对列别杰夫说,大家一齐下了火车。

列别杰夫终于达到了自己的目的。这一群人吵吵嚷嚷地快步朝耶稣升天大街走去。公爵要拐到翻砂街去。天气潮湿。公爵向行人问清了道路,——他要去的地方大约还有三俄里,于是他决定雇一辆马车。

二

　　叶潘钦将军住在自家的宅子里,距翻砂街不远,挨着变容救主寺。除去这栋有六分之五已租了出去的豪华宅邸以外,叶潘钦将军在花园街还有一所巨宅,房租的收入也很多。除了这两所宅子以外,他在彼得堡近郊还有很大一片收益极丰的田产。在彼得堡县里,他还有一家工场。众所周知,叶潘钦将军早先包收过捐税。如今他是几家殷实的股份公司的股东,拥有很大的发言权。他是一个出名的大忙人,钱财多,交游广。在有些地方,特别是在他任职的机构内,他很会装出一副少了他就不行的派头。但是,大家也都知道,伊万·费奥多罗维奇·叶潘钦没受过教育,是一个军人的儿子。他的出身,无疑只会给他增光。将军虽然是个聪明人,但也不是没有一些小小的、完全可以原谅的弱点,也不爱听某些含沙射影的话。不过,他显然是个精明能干的人。例如,他的处世之道就是在该回避时就回避,不可出头露面。许多人敬重他,正是由于他平易近人,正是由于他一向有自知之明。但是,那些评论他的人怎能知道,这个很有自知之明的伊万·费奥多罗维奇的心中有时会掀起什么波澜!他虽然在为人处世方面确实有些阅历和经验,也有卓越的才干,但是他总喜欢表现出自己没有主见,只会按照别人的意图行事,是一个"不善于巴结的老实人"①,甚至会顺应时代潮流,成为一个热心的俄国人。在这个方面,他还闹过几次有趣的笑话。但是,即使闹出天大的笑话,将军也永远不会垂头丧气。何况他运气很好,连赌牌也是如此。他下的赌注很大,他不但不愿意隐瞒他喜欢赌钱这个至关紧要并使他多次大为得益的小小的弱点,反而故意拿它来炫耀一番。他交的朋友很杂,当然都是所谓的"大亨"。不过,他的前程非常远大,他有的是时间,只要有时间办一切事情,一切荣华富贵都会应运而至。就是拿年纪来说,叶潘钦将军也还正是所谓年富力强,就是最多五十六岁;无论如何,这正是壮年,真正的生活就是从这个年龄真正开始的。身体健康,满面红光,虽然已经发黑然而相当结实的牙齿,矮小而壮实的体格,上午上班时那副操心的模样,晚上坐下来赌牌或待在公爵大人那里时的满面春风,——这一切使他现在和未来都会得到成功,给这位将军大人的人生之路铺满玫瑰花。

将军拥有一个人丁兴旺的家庭。当然,家中也并不都是玫瑰花,不过,将军大人早就开始认真而热忱地把他最主要的希望和目标都寄托在家中的许多方面了。而且,在生活中,有什么目标能比父母的目标更重要也更神圣呢?一个人不依靠家庭,还依靠什么呢?将军家里有一位夫人和三位已成年的女儿。将军结婚很早,那时他还是一名陆军中尉,新娘几乎和他同岁,既不漂亮,又没有学识。将军从她那里总共只弄到五十名农奴的嫁妆,不过说实在的,这些农奴却成了他日后走鸿运的基础。此后,将军从来不抱怨自己的早婚,从来不把这件

---

① 这是沙皇保罗一世和亚历山大一世的幸臣阿拉克切耶夫的纹章上的一句箴言。

事看作一个冒失青年的一时冲动。他非常尊敬自己的夫人，有时还很怕她，结果竟爱上了她。将军夫人出身梅什金公爵一族，这一族虽然不是望族，但很古老，她因为出身名门，所以自视很高。当时有一个权倾一时的人物，一个可以白送人情的施主，愿意关照年轻公主的婚姻。他给这位青年军官打开方便之门，把他推了进去；就是不推，只要给他使个眼色，他也不会坐失良机！除去很少的例外，他们夫妇一辈子都过得很和睦。将军夫人由于出身名门，而且是族里最后一个女人，但也许是由于她个人性格上的原因，在很年轻的时候，就给自己找到了几个地位很高的女保护人。后来，当她的丈夫有了财产和地位的时候，她甚至开始跻身于上流社会了。

近几年来，将军的三个女儿——亚历山德拉、阿杰莱达和阿格拉娅，都长大成人了。她们三人虽然只不过是叶潘钦家的人，但是她们的母亲出身于公爵世家，她们的嫁妆相当可观，她们的父亲前程似锦，同样十分重要的是，她们都是天生丽质，就连已经过了二十五岁的大姐亚历山德拉也不例外。二姑娘二十三岁，最小的阿格拉娅刚满二十岁。这位最小的姑娘完全是个美人，在社交界已相当引人注目。这还不算；她们三人又都很有教养，而且聪明能干。大家都知道，她们热烈地相亲相爱，互相帮助。甚至有人说，两位姐姐为了全家的共同偶像——小妹妹，不惜牺牲自己。她们在社交界不但不爱出风头，甚至过于谦逊了。任何人也不能责备她们傲慢自大，然而大家也都知道，她们都很自负，而且知道自己的身价。大姐是音乐家，二姐是杰出的写生画家；但是许多年来几乎没有人知道这一点，此事直到最近才被人发现，而且是无意中发现的。总之，大家对她们真是赞不绝口。可是也有一些不怀好意的人。有人谈到她们读过多少书的时候竟大惊失色。她们并不急于出嫁；她们虽也重视一定的社会地位，但是并不过分。这一点尤其值得注意，因为她们都知道父亲的志向、性格、目标和愿望。

公爵拉将军住宅的门铃时，已经十一时左右了。将军住在二楼上，他的房间虽然十分简朴，但和他的地位还是相称的。一个穿仆役制服的仆人给公爵开了门，公爵不得不向这个仆人解释了很久，因为仆人一开始就很怀疑地瞧着公爵和公爵的包袱。末了，他一再确切无误地声明，他的确是梅什金公爵，有要事非见将军不可，那个将信将疑的仆人才把他领到书房旁边、客厅前面一个小小的前厅里，把他交给了另一个人，那人每天早晨在这个前厅里值班，专管向将军通报来客姓名。这个在前厅值班的人穿着燕尾服，四十岁上下的年纪，一副忧心忡忡的面孔，他是书房的专职听差，负责向将军大人通报，所以很知道自己的身价。

"请在客厅里稍候，把包袱留在这里。"他说着就不慌不忙、大模大样地在自己的圈椅上坐下，严厉而又惊讶地打量着公爵。公爵立刻拿着包袱在他身旁的椅子上坐下。

"如蒙允许，"公爵说，"我最好是同您一起在这里等候，我一个人坐在客厅里有什么意思呢？"

"您不该留在前厅里，因为您是访问者，换句话说就是客人。您想见将军本人吗？"

听差想必不愿意放这么一个客人进去，所以决定再问他一次。

"是的，我有事……"公爵开始说。

"我不是问您有什么事，——我的职务只是通报您大驾光临。但是我已经说过，不经过秘书，我可不能去给您通报。"

这人的疑心看来是越来越大了；公爵跟平时来访的那些客人太不相同了，虽然将军经常会客，几乎每天都在一定的时刻接待来宾，特别是为了公事，有时甚至接见三教九流的客人，听差虽然已经养成习惯，而且得到放宽限制的指示，但还是满腹疑虑，觉得非通过秘书去报告不可。

"您当真是……从国外回来的吗？"他终于有点不由自主地问道，并且不知所措了；他也许是想问："您果真是梅什金公爵吗？"

"是的，我刚下火车。我觉得您本来想问：我果真是梅什金公爵吗？但由于客气，您没有这么问。"

"噢……"听差感到惊讶，便哼哼哈哈地说。

"请您相信，我的确没有对您撒谎，您不会因为我而受到训斥的。至于我居然是这副模样，还带着包袱，您也不必惊讶。现在我的处境不佳。"

"噢。您瞧，我并不是为这个担心。我应该去通报，秘书也会出来见您，除非您……除非您……这叫我怎么说呢……我冒昧地问您一句，您不是由于贫穷而来向将军求助的吧？"

"噢，不是，这一点请您完全放心。我有别的事。"

"请您原谅，我是看到您的模样才这么问的。您等一下秘书，将军现在正有事和上校商量，不一会儿秘书就会来的……他是公司里的秘书。"

"既然要等很久，那我只得请问：能不能在这里的什么地方抽抽烟？烟斗和烟叶我都有。"

"抽——烟——吗？"听差轻蔑而困惑地瞥了他一眼，仿佛还不相信自己的耳朵，"抽烟吗？不，您不能在这里抽烟，您就是有这个念头也很可耻。嘿……可真怪！"

"哦，我又不是请求在这个房间里抽烟；我知道这是不行的；我可以到您指定的地方去抽，因为我有抽烟的习惯，现在快有三个钟头没抽啦。不过随您的便吧，您知道，俗话说：入境问禁……"

"您这叫我怎么去通报呢？"听差几乎是情不自禁地嘀咕道，"第一，您不该留在这里，而应该坐在客厅里，因为您属于来访者之列，换句话说就是客人，我是要负责的……您是打算在我们这里住下吗？"他补充道，又瞟了一眼公爵的包袱，显然对那个包袱不大放心。

"不，我不想住在这里。即使他们请我，我也不会住下。我只是想和他们认识一下，别无他意。"

"怎么？认识一下？"听差惊讶地带着三倍的疑心问道，"您起初怎么说是有事才来的呢？"

"噢，几乎并没有什么事！不过也可以说是有事，只不过想请教一下。然而我主要是想作一番自我介绍，因为我是梅什金公爵，叶潘钦将军夫人也是梅什金一族的最后一位公主，除了我和她以外，梅什金一族就没有别人了。"

"那么你还是亲戚喽？"听差大为惊讶，几乎猝然一振。

"几乎不是。不过，倘若生拉硬套，我们当然是亲戚啦，不过是很远的，甚至不能被认为真是亲戚。我从国外给将军夫人写过一封信，可她没有回信。但我仍然认为回国以后应该见见她。我现在把这一切向您解释一下，以免您怀疑，因为我看您还不放心：您去通报一下，就说梅什金公爵求见，您通报时就会知道我前来访问的原因。要是接待我——那很好；

要是不接待——那也好，也许倒更好。不过看来他们不能不接待，因为将军夫人当然会愿意见见本族唯一的一个长辈。她很看重自己的门第，我的确听别人这样说过她。"

公爵这一番话仿佛非常老实；但是，在目前的情况下，越老实就越显得荒唐。老于世故的听差不能不产生这么一种感觉，这种感觉完全适合于人和人之间的关系，却完全不适合于客人和仆人之间的关系。因为仆人总是比他们的主人通常所认为的要聪明得多，所以这个听差也就想到，现在是二者必居其一：要么公爵是个无赖，准是登门求助的；要么公爵只是一个傻瓜，又没有自尊心，因为一个聪明而又自尊的公爵决不会坐在前厅里和仆人谈论自己的事，无论是哪种情况，他会不会连累自己呢？

"请您还是到客厅里去为好。"他竭力坚持道。

"要是坐在那里，就不能向您解释一切了，"公爵开心地笑了起来，"那样一来，您瞧着我的斗篷和包袱，就会老是心神不安。现在您也许就不必等候秘书，乐于亲自去通报了吧。"

"像您这样的访问者，不通过秘书，我可不能去通报。何况大人方才还特别嘱咐，上校在那里的时候，不许任何人打扰他老人家，只有加夫里拉·阿尔达利翁内奇不经通报就可以进去。"

"他是官员吗？"

"您是问加夫里拉·阿尔达利翁内奇吗？不是。他在公司里服务。您就把包袱放在这里吧。"

"我已经想到这一点；只要您允许就行。此外，我要把斗篷也脱下来吧？"

“那当然。总不能穿着斗篷去见他啊。”

公爵站了起来，急忙脱下身上的斗篷，露出一件相当体面、缝工精致、不过已经穿旧了的上衣。坎肩上挂着一条钢链，链上系着一块日内瓦制的银表。

听差已经认定公爵是个傻瓜，但末了他还是觉得，作为将军的近侍，倘若和来客继续交谈下去，总是不大体面，尽管他不知为什么倒很喜欢公爵，当然，这是就某一点而言。然而从另一种观点来看，公爵又分明使他大为恼火。

“将军夫人什么时候接见客人？”公爵问道，又在原来的座位上坐下了。

“这就不是我的事了，先生。她见客是分别对待的，看来人是谁而定。哪怕到了十一点钟还接见时装女工。加夫里拉·阿尔达利翁内奇也早于别人得到接见，甚至还请他用早餐。”

“冬天在你们的房间里比在国外暖和，”公爵说，“在国外，室外比我们这里暖和，但是在室内，到了冬天，俄国人要是没有住惯，那是待不下去的。”

“他们不生火吗？”

“是的，而且房屋的结构也不同，也就是炉子和窗户不一样。”

“嗯！您去了很久吧？”

“四年。不过，我几乎老是住在一个地方，在乡下。”

“过不惯我们的生活了吧？”

“这倒是真的。不知您信不信，我对自己居然没有忘记说俄语感到奇怪。我现在一面同您谈话，一面在想：‘我说得还不坏嘛。’也许就是由于这个原因，我才说得这么多。不错,从昨天起,我总是想说俄语。"

"嗯!嘿!您早先可曾在彼得堡住过?"(听差不论怎样竭力约束自己,也不能中断这种彬彬有礼、客客气气的谈话。)

"在彼得堡吗?几乎根本没有住过,只是路过罢了。早先我对这里的情况毫无所知,可现在我听说这里的新鲜事太多了,据说就是过去熟悉彼得堡的人,对它也只好刮目相看了。现在这里正在纷纷议论法院的事。①"

"哼!……法院。法院倒的确是有一些。外国的法院是不是比较公道?"

"我不知道。关于我们的法院,我倒听到过许多好话。我国又废除了死刑。②"

"外国处死刑吗?"

"是的。我在法国的里昂看见过。③ 什奈德尔带我去看的。"

"是绞死的吗?"

"不是。在法国一律砍头。"

"怎么,犯人喊叫吗?"

"哪里会喊叫!只是一瞬间的工夫。他们把罪犯放在那里,一把大刀就下来了,那种机器叫断头台,很重,又有劲……

---

① 由于俄国一八六四年的司法改革,早先不同等级各自设立的法院被各阶级共用的司法机关取而代之。新的法院与改革前的法院不同,案件都开庭审理,有陪审员和律师参加,开庭审讯的情况公诸报端。

② 俄国在一七五三至一七五四年间正式废除了死刑,然而不久又作为最严厉的惩罚用于国事犯、军事犯和其他某些罪犯。在六十年代,由于解放运动高涨,死刑的使用尤为频繁。

③ 十九世纪末叶以前,法国对刑事犯处以死刑时均公开执行。

你还没来得及眨眼，脑袋就掉了。准备工作非常费事。宣判的时候给犯人穿上衣服，用绳子捆好，带上断头台，真可怕！许多人跑去围观，连妇女都去了，虽说那里并不欢迎妇女去看。"

"那不是她们的事。"

"那当然！那当然！她们哪能看这样悲惨的场面！……我看到的那个罪犯是个聪明人，勇敢，结实，年纪不小了，他姓列格罗。我告诉您，信不信由您，他一上断头台就哭了，脸色苍白如纸。难道会有这样的事？难道这不可怕？噢，谁会由于恐怖而哭泣呢？我可没有想到，他又不是小孩子，而是一个从来没有哭过的大人，一个四十五岁的人，竟会由于恐怖而哭起来。当时他会有什么样的心情，他该有多么痛苦啊？那是对灵魂的侮辱，如此而已！《圣经》上说：'不可杀人！'那么，由于他杀了人，就该杀死他吗？不，这不行。我是一个月以前看见这件事的，可是至今犹历历在目。我梦见过五六次了。"

公爵说着说着竟兴奋起来，苍白的脸上泛起淡淡的红晕，虽说他的声音照旧很轻。听差深表同情并饶有兴味地瞧着他，仿佛瞧不够似的；他可能也是一个富有想象力并勤于思考的人吧。

"掉脑袋的时候，"他说，"不太痛苦，这还算好。"

"您知道吗？"公爵热烈地应声说道，"您注意到了这一点，大家也完全和您一样注意到了，于是就发明了断头台这种机器。我当时有这样一个想法：万一这样更坏，那会怎么样呢？您觉得这话可笑，您觉得这很奇怪，不过您只要稍加考虑，脑子里就也会产生这样的想法。您想一想：譬如说拷打吧；它会使人受苦、受伤，也就是肉体上受到折磨，但这一切反而能分散你精神上的痛苦,你只须忍受那些创伤给你带来的痛苦,直到死去。可是要知道,最主要、最剧烈的痛苦也许并不在于创伤,而在于你确切地知道再过一小时,再过十分钟,再过半分钟,就是现在,就在此刻——灵魂就要离开躯体,你将不再是一个人;而且这是肯定的;主要的是,这是肯定的。你把头放在刀子底下,听见刀子在你头上滑下来,这四分之一秒钟是最可怕不过了。您可知道,这并不是我的幻想,而是许多人都这样说过?我深信这一点,所以就坦率地把我的意见告诉您。为了杀人罪而杀人,是比犯罪本身还要坏好多倍的一种惩罚。根据判决杀人,比强盗杀人还要可怕好多倍。一个人被强盗杀害,不论是黑夜在树林里被砍死,或是用别的办法弄死,他肯定还希望能够得救,直到最后关头也还怀有这种希望。有过这样的例子:一个人的喉管被割断了,可他还怀着希望,或是逃走,或是哀求饶命。但是,要是被判处死刑,那么能使你在临死前轻松十倍的这种最后的希望,肯定被剥夺殆尽。既然已经判决,所以全部令人毛骨悚然的痛苦便在于你肯定躲不过去,世上没有比这更痛苦的了。您带来一个士兵,作战时把他放在一门大炮对面,然后向他开炮,他总还有一线希望,但是,如果对这士兵宣读肯定处死的判决,他就会发疯或哭泣。谁说人类的天性能够忍受这种事情而不会发疯呢?为什么要有这种丑恶的、不必要的、徒劳无益的暴行呢?也许还有这样的人,别人对他宣读了判决,让他受些折磨,然后又说:‘你走吧,饶你一命。’①这样的人也许会讲出点感受。基督也讲过这种痛苦和这种恐怖。不,对

---

① 陀思妥耶夫斯基在此首先是指自己和彼得拉舍夫斯基小组其他成员的遭遇。直到他们听完了死刑判决并准备接受枪决之后,才向他们宣布取消死刑。陀思妥耶夫斯基从报上获悉,后来别的犯人也经受过同样的折磨。

人可不能这样!"

听差虽然不能像公爵这样表达这一切,但他已经明白了主要意思,当然还没有全都明白,这从他深受感动的脸上就看得出来。

"您既然这样想抽烟,"他说,"那么您就抽吧,不过要快一点。因为要是将军忽然有请,而您却不在了,那就糟啦。您瞧,楼梯下面有一扇门。您走进门去,右面有一个小房间:那里可以抽烟,不过请您把通风的小窗户打开,因为这不合规矩……"

但是公爵没来得及去抽烟。一个拿着公文的年轻人突然走进前厅。听差动手给他脱大衣。年轻人斜睨了公爵一眼。

"加夫里拉·阿尔达利翁内奇,"听差偷偷地、几乎是亲昵地说,"有一位梅什金公爵求见,他说是太太的亲戚,乘火车从国外回来,拿着一个包袱,不过……"

因为听差开始附耳低语,下面的话公爵就听不见了。加夫里拉·阿尔达利翁诺维奇注意听着,极为好奇地不时瞧瞧公爵,最后,他不再听听差的话,忍不住走到公爵跟前。

"您是梅什金公爵吗?"他非常和蔼而客气地问道。这是一个很英俊的年轻人,也有二十八岁上下,体格匀称,淡黄色的头发,中等身材,蓄着拿破仑①式的小胡子,有一张聪明俊秀的脸。他的笑容虽然很殷勤,但是有点过于狡猾;露出来的珍珠般的牙齿有点过分整齐,他的眼睛虽然流露着愉快和十分忠厚的神情,但是有点过于热切和专注。

"他独自一个人的时候,想必不会是这副模样,也许永远

———————
① 拿破仑,指当时的法国皇帝拿破仑三世。

不会笑的。"公爵不知何故有这样的感觉。

公爵尽可能地迅速解释了一番,和方才对听差以及更早的时候对罗戈任所做的解释几乎一模一样。然而加夫里拉·阿尔达利翁诺维奇却仿佛想起了什么事情。

"是不是您,"他问道,"在一年以前,也许不到一年,仿佛是从瑞士寄了一封信来,寄给伊丽莎白·普罗科菲耶夫娜?"

"正是如此。"

"那么,这里的人是知道您的,而且肯定会记得您。您想见将军大人吗?我这就去通报……他一会儿就有空。不过请您……请您暂时到客厅里去坐一坐……为什么让客人待在这里呢?"他严厉地问听差。

"回您的话,是他自己不愿……"

这当儿,书房的门突然打开,有一名军人拿着皮包从里面走了出来,他一面大声说话,一面告辞。

"你来啦,加尼亚①?"书房里有人喊道,"请到这里来!"

加夫里拉·阿尔达利翁诺维奇对公爵点了点头,急忙走进书房。

过了两三分钟,门又开了,只听见加夫里拉·阿尔达利翁诺维奇用响亮而亲切的声音说:

"公爵,请进!"

---

① 加尼亚,加夫里拉的小名。

三

伊万·费奥多罗维奇·叶潘钦将军站在自己的书房中央,非常好奇地看着走进来的公爵,甚至走了两步迎上前去。公爵走上前去,作了自我介绍。

"很好,先生,"将军答道,"我能为您做些什么呢?"

"我没有任何急事;我只是想和您认识一下。我打扰您啦,因为我既不知道您哪一天会客,也不知道您怎样安排时间……但是我刚下火车……从瑞士回来……"

将军本想发笑,但是一转念又不笑了;后来他又想了一下,眯缝着眼睛,再次把客人从头到脚打量了一番,然后很快指给客人一把椅子,自己也稍稍斜对着客人坐下,不大耐烦地朝公爵转过身去。加尼亚站在书房一角的写字台前整理文件。

"我通常没有多少时间结识什么人,"将军说,"但是,因为您当然有自己的目的,所以……"

"这我早就料到了,"公爵打断了他的话,"您一定认为我的来访有什么特殊目的。不过除了乐于和您认识一下之外,我的确没有任何特殊目的。"

"当然,我见到您也非常愉快。但是,总不能老是寻开心,有时也得办事……而且,我至今无论如何还没能发现我们之间有什么共同之处……就是所谓的缘分……"

"没有什么缘分,这是无可争辩的,当然也很少共同之处。因为倘若我是梅什金公爵,而尊夫人又和我同宗,这当然并不是什么缘分。我很明白这一点。但是,这却是我到这里来的唯一理由。我离开俄国有四年多了。我离开的时候几乎处于精神失常的状态!当时我什么也不知道,现在就更糟了。我想结识一些好人。我想做一件事,但不知道去求谁是好。在柏林时我就想:'他们既然可以说是亲戚,那就从他们开始吧;我们彼此也许会有用处,他们对我有用,我对他们有用,——倘若他们是好人的话。'我听说你们都是好人。"

"我很感谢,先生,"将军感到惊奇,"请问,您住在哪儿?"

"我还没有住处呢。"

"这么说来,您是从火车站直接来找我的喽?而且……还带着行李吧?"

"我的全部行李只是一小包内衣,此外一无所有。我通常总是把包袱拿在手里。我晚上可以去住旅馆。"

"您现在还打算去住旅馆?"

"那当然喽。"

"从您的话来看,我还以为您是直接到我这里来借宿的。"

"这也有可能;不过这非得有您的邀请。老实说,即使您邀请我,我也不会留在这里,这并没有其他原因,而是……由于我的性格。"

"噢,正好我没有邀请过您,现在也不想邀请您。公爵,让我们一下子把事情全讲清楚:因为我们方才已经说好,我们之间谈不上有什么亲戚关系,当然,倘若确是亲戚,我会感到极为荣幸,所以……"

"那么我只好站起来告辞喽?"公爵欠起身来,尽管他的处境显然十分尴尬,可他还是开心地笑了起来,"将军,我的确一点也不知道这里的习惯,不知道这里的人们怎样生活,但是我早就料到,我们之间一定会发生现在这样的情况。也许就应该这样……那时你们也没有给我回信……哦,我告辞啦,我打扰了您,请原谅。"

这当儿公爵的眼神十分和蔼,他的微笑中也没有一丝深藏在心的不友好感情,将军不禁突然忍住自己的不耐烦情绪,不知何故还突然异样地看了客人一眼。他的神态顿时大变。

"您要知道,公爵,"他几乎用一种完全异样的声音说道,"我对您还不了解,伊丽莎白·普罗科菲耶夫娜也许想见见她的同宗……假如您有时间而又乐意的话,那就请您稍候片刻。"

"噢,我有时间;我的时间是完全属于我的(公爵立刻把他那顶圆边钦呢帽放到桌上)。老实说,我曾希望伊丽莎白·普罗科菲耶夫娜也许会想起我给她写过信。方才我在前厅等候您的时候,您的仆人疑心我是来求您救济的;我看出了这一点,您大概对此下过严厉的指令。但是,我确实不是为此而来,确实只是为了想和人们交往。我只是有点担心会打扰您,这使我感到不安。"

"是这样,公爵,"将军满面春风地说,"倘若您真是这样的人,那我将很高兴同您认识;不过您瞧,我是一个忙人,立刻又要坐下来批阅公文,签字,然后还要去见公爵大人,还要去上班,所以,虽然我很喜欢见人……就是说见好人……但是……不过,我相信您受过极好的教育……公爵,不知您贵庚多少？"

"二十六。"

"嗬！我还以为您年轻得多。"

"是的，人家说我的长相很年轻。我可以学会怎样才能不妨碍您，而且很快就会明白，因为我自己也很不喜欢妨碍别人……此外，我觉得，我们看上去是很不相同的人……从许多情况看来，我们也许不会有许多共同之处，但是，您要知道，我自己并不相信我方才说的这个想法，因为常有这样的情况：光从表面上看似乎没有共同之处，但实际上却有很多……只是由于人们懒惰，所以才按照外表进行分类，找不到任何……不过我也许开始叫您厌烦了吧？您仿佛……"

"恕我直言相问，先生：您有没有财产？哪怕是为数不多的财产？也许，您想干一番事业？请原谅我如此……"

"哪里的话，我很重视并理解您的问题。我暂时还没有任何财产，暂时也没有任何职业，可是我应该有，阁下。我现在的钱是别人的，是什奈德尔给我的旅费，他是我的教授，我在瑞士时，就在他那里治病和学习。他给我的旅费正好够用，就拿现在来说，我只剩下几戈比了。我确有一桩事情要别人出点主意，但是……"

"请问，您暂时打算怎样生活，您有什么打算？"将军打断了他的话。

"我想好歹找个工作。"

"噢，您简直是个哲学家；不过……您可知道自己有什么才能和本领？哪怕是聊以糊口的本领也成。再次请您原谅……"

"噢，您不必道歉。不，阁下，我想，我既没有什么才能，也没有特别的本领；甚至恰好相反，因为我是病人，没有按部就班地学习过。至于糊口嘛，我觉得……"

将军又打断了他的话，又开始盘问。公爵把说过的那一番话又重复了一遍。原来将军不但对已故的帕夫利谢夫早有所闻，甚至还跟他认识。帕夫利谢夫为什么关心对公爵的教育呢？对此就连公爵自己也无法解释，——也许只是由于他和公爵的亡父有老交情吧。公爵失去双亲时还是一个婴儿，一直是在乡村里生活并长大的，因为他的身体状况需要乡下的空气。帕夫利谢夫把他托付给自己的亲戚——两个年老的女地主；起初给他雇了一个家庭女教师，后来又雇了一个男教师。公爵说，他虽然什么事都记得，但是他做的解释却不大能令人满意，因为有许多事他都弄不清楚。他时常发病，这使他几乎完全变成一个白痴（公爵就是这么说的：白痴）。最后，他谈到帕夫利谢夫有一次在帕林和瑞士教授什奈德尔相遇的故事。什奈德尔碰巧专治这种病。在瑞士的瓦莱州开了一所医院，用独创的冷水疗法和体操疗法治病。他不但治白痴症，也治疯狂症，同时还进行教育，总之，是促使病人得到精神上的发展。大约在五年前，帕夫利谢夫打发公爵去瑞士向什奈德尔求医，但是两年以前，他本人竟突然死去，也没有留下遗嘱。什奈德尔把他留在那里又治了两年。他没有治好公爵的病，但帮了公爵许多忙。最后按照公爵自己的愿望，还因为发生了一桩事情，医生便打发他回俄国来了。

将军大为惊讶。

"您在俄国就没有一个熟人？一个也没有？"他问。

"现在还没有，但是我希望……我还接到过一封信……"

"起码，"将军没有听清信的事情便打断了他的话，"您总学过点什么,您的疾病不会妨碍您在什么机关找一个,譬如说吧,轻松的差事吧?"

"噢,那肯定不碍事。我很愿意找个差事,因为我想看看自己究竟能干什么。我四年来一直在学习,虽然受的不是正规教育,而是按照他的特殊方法学习的,我还读了许多俄文书。"

"读过俄文书?那么,您认识字,还会正确无误地写作?"

"噢,这不成问题。"

"好极了,先生。字写得怎么样?"

"字写得很好。也许我有这方面的天才;在这方面我简直是一个书法家。请给我笔和纸,我马上就可以写几个字试试。"公爵兴奋地说。

"那就请吧。甚至可说是应该如此……公爵,我喜欢您的爽快,您的确很可爱。"

"您的文具这么讲究,您有这么多铅笔,这么多羽笔,还有这么厚实可爱的纸……您的书房多可爱啊!这幅山水画我知道,这是瑞士的风景。我相信这个画家是画写生画的,我相信我看到过这个地方:这是在乌里州……"

"很可能,不过这是我在此地买的。加尼亚,给公爵一张纸;这是羽笔和纸,请到这张小桌上写吧。这是什么?"将军对加尼亚说,当时加尼亚正从自己的公事包里掏出一张大相片,递给了将军。"啊,这是纳斯塔霞·菲利波夫娜!这是她本人送给你的吗?是她本人送的吗?"他怀着极大的好奇心兴奋地问加尼亚。

"方才我去致贺的时候,她给我的。我早就请求她给我一张。我不知道她这样做是不是暗示我在这样的日子竟空着手前去,没有送礼。"加尼亚不愉快地微笑着补充道。

"嘿,不是的,"将军满有把握地打断他的话说,"你的想法可真古怪!她哪里会暗示……她根本不是一个自私自利的女人。再说,你拿什么去送礼呢?要花几千卢布啊!难道送相片?我顺便问一下,她还没有向你要相片吧?"

"没有,还没有要;也许永远不会要的。伊万·费奥多罗维奇,您一定记得今天的晚会吧?您是特邀的客人之一。"

"记得,当然记得,我一定去。哪能不去呢,这是她的生日,二十五岁的生日啊!哦……你知道,加尼亚,我要对你说明,你准备一下吧。她答应阿法纳西·伊万诺维奇和我,今天晚上她要在家里说出最后一句话:是或否!你走着瞧吧!"

加尼亚蓦地窘得脸色都有点苍白了。

"她果真是这样说的吗?"他问,声音似乎在颤抖。

"她是前天说的。我们俩一个劲地逼她,她只好答应了。不过她请我们不要预先告诉你。"

将军凝视着加尼亚。加尼亚的窘态显然使他很不高兴。

"您要记住,伊万·费奥多罗维奇,"加尼亚惊慌不安、犹豫不决地说,"在她自己作出决定以前,她给我充分的自由来作出决定,就是在她作出决定以后,我也还有说话的余地……"

"难道你……难道你……"将军忽然害怕了。

"我无所谓。"

"得了吧,你想把我们怎么办呢?"

"我并没有拒绝。我也许没说清楚……"

"你还能拒绝吗!"将军懊恼地说,甚至不愿意克制这种懊恼,"老弟,问题已经不在于你不拒绝,而在于你要心甘情愿地、愉快地、高兴地听她的话……你家里怎么样?"

"家里有什么?家里的事全由我作主。只有父亲照旧发傻,但是他完全是在胡闹;我已经不和他说话,但还是把他紧紧抓住。老实说,如果不是母亲,我早就把他赶出去了。母亲当然老是哭个不休;妹妹很生气。然而,我终于对她们直说,我是自己命运的主人,而且希望家里的人都……服从我。我当着母亲的面,至少把这一切都向妹妹交代清楚了。"

"老弟,我还是弄不明白,"将军若有所思地说,他微微耸起肩膀,稍稍摊开一双手,"尼娜·亚历山德罗夫娜前些天来的时候也是唉声叹气,你记得吗?我问她:'您怎么啦?'原来在她们看来,这是可耻的事情。请问,有什么可耻?谁能责备纳斯塔霞·菲利波夫娜,说她有什么地方不好?谁能指出她有什么过失?难道为了她曾和托茨基同居?可这只不过是胡说八道,在某些情况下尤其如此!她说:'您不是不让她跟您的几个女儿来往吗?'哼!岂有此理!尼娜·亚历山德罗夫娜居然这样!她怎么这样不明白,这样不明白……"

"不明白自己的身份吗?"加尼亚提示不知如何措辞的将军,"她是明白的。您别生她的气。不过我当时就把她痛骂了一顿,不许她管别人的闲事。我家里至今之所以还很平静,只是因为还没有说出最后的话,不过已是山雨欲来风满楼了。只要今天说出最后的话,那就会来个总爆发。"

公爵坐在屋角里试写字样的时候,听到了全部谈话。他写完就走到桌旁,把纸递上。

"这就是纳斯塔霞·菲利波夫娜吗?"他细心而又好奇地瞧了相片一眼,说道,"真美啊!"他立刻又热烈地补充道。相片上的确是一个异常美貌的女人。在相片里,她穿着一件式样非常素雅的黑绸衫;头发看来是深棕色的,梳成一般的家常式样;眼睛又深又黑,有个若有所思的前额,面部表情既热烈又似乎很傲慢。她的脸庞有点消瘦,也许还是苍白的……加尼亚和将军惊讶地看了看公爵……

"怎么,纳斯塔霞·菲利波夫娜!难道您就连纳斯塔霞·菲利波夫娜也知道啦?"将军问。

"是的。我回到俄国虽然只有一昼夜,却已经知道有这样一位绝色美人。"公爵答道,接着他便叙述他和罗戈任的相逢,还把罗戈任的话全部转述了一遍。

"又出新闻了!"将军又慌张起来,他非常细心地倾听了公爵的叙述,还寻根究底地打量了加尼亚一番。

"也许只不过是一桩丑行,"加尼亚嘟哝道,他也有点慌张,"一个商人的儿子在寻芳猎艳。我已经听说过他的情况。"

"是啊,老弟,我也听说过,"将军应声说道,"在耳环事件以后,纳斯塔霞·菲利波夫娜把这个笑话从头到尾说了一遍。但是现在情况已经不同了。他也许真有百万家产……再加上热情,就算是不成体统的热情,但毕竟还是洋溢着热情。大家都知道,这种先生喝醉了酒,什么事都干得出来!……哼!……可别闹出什么笑话来!"末了将军若有所思地说。

"您怕他的百万家产?"加尼亚咧着嘴大笑起来。

"您当然不怕喽?"

"公爵,您有什么高见?"加尼亚蓦地问他道,"他是一个正派人,或者只不过是一个花花公子?您有何高见?"

加尼亚提出这个问题时,产生了一种特殊的心情。他的脑子里仿佛燃起了一种新奇而特别的想法,这种想法还急切地在他的眼睛里闪现出来。将军却是打心眼里着实感到不安,他也斜睨着公爵,但是对于公爵的回答似乎并没有抱很大的希望。

"我不知道该怎样对您说,"公爵答道,"不过,我觉得他这人很热情,甚至是一种病态的热情。他自己也完全像是一个病人。到了彼得堡以后,过不了几天,他很可能又会病倒,特别是如果他大吃大喝的话。"

"是吗? 您以为是这样吗?"将军抓住了这个想法追问道。

"是的,我以为是这样。"

"不过这种笑话不一定非得在几天以后才会发生,兴许今天晚上以前就会弄出什么花样来。"加尼亚对将军笑了笑。

"嗯! ……那当然……也许会的。那时候一切都将取决于她的一闪念。"将军说。

"您可知道她有时是怎样一个女人?"

"你说她是怎样一个女人?"将军极为懊丧,又气势汹汹地责问道,"你听着,加尼亚,请你今天不要太和她过不去,要努力做到这一点,你知道……总而言之,要让她称心……嗯! ……你为什么这样歪着嘴? 你听着,加夫里拉·阿尔达利翁内奇,这正是时候,现在说简直是再合适不过了:我们为什么这样张罗? 你明白,在这件事情上,我自己的利益早就有了保障;无论如何,我办事总得对自己有利。托茨基已经斩钉截铁地作出决定,所以我有充分的信心。因此,假如我现在有什么愿望,那也完全是为你着想。你自己判断一下吧;你不信任我吗? 何况你这个人……你这个人……总之,你是个聪明人,我本来指望你……而这,在目前的情况下,这……这……"

"这是主要的。"在将军说不下去的时候,加尼亚又替他把话说完了。他撇着嘴唇,露出极恶毒的微笑,甚至都不想加以掩饰了。他用火辣辣的目光直视着将军的眼睛,似乎希望将军从他的眼神里看出他的全部想法。将军涨红了脸,大发脾气。

"不错,聪明是主要的!"他严厉地看着加尼亚附和道,"你真是个可笑的人,加夫里拉·阿尔达利翁内奇!我看出你似乎对那个商人的出现感到高兴,把这当作自己的一条出路。不过在这件事情上一开始就应该采取理智的态度;应该明白……双方都应该诚实而坦率地行事,否则……就应该预先通知别人,以免败坏别人的名声,而且时间是足够的,就是现在也还有很多时间(将军意味深长地扬起眉毛),虽然总共只剩下几个钟头……你明白吗?明白吗?你究竟愿意不愿意?倘若不愿意,你可以说嘛,——请吧。加夫里拉·阿尔达利翁内奇,没有人阻拦你,没有人硬把你推入陷阱,倘若你认为这里有陷阱的话。"

"我愿意。"加尼亚低声说,但口气很坚决。他垂下眼帘,愁眉苦脸地沉默了。

将军满意了。将军发了一通脾气,但是显然后悔自己做得太过火了。他蓦地向公爵转过身来,一个不安的念头仿佛突然从脸上掠过似的:公爵就在旁边,他无论如何也听到了方才的谈话。但是,他立刻又放下心来:只要看一眼公爵,就会完全放心的。

"哎呀!"将军看着公爵送上去的书写字样便喊了起来。"这简直是字帖嘛!而且是罕见的字帖!你瞧,加尼亚,真有才气!"

公爵在一张密实而有光泽的厚纸上用中世纪的俄文字体写了这样一句话：

"在下帕夫努季①住持亲书。"

"这字样，"公爵非常愉快而兴奋地解释道，"本是帕夫努季住持的亲笔签字，我是照十四世纪的拓本摹写的。我国这些老住持和总主教全都写得一手好字，有时还写得很有风格，很有功底！将军，难道您这里连波戈金的范本②都没有？我在这里又用另一种字体写了一些字，这是十八世纪法国的圆形粗大字体，有些字母的写法完全不一样。这是粗俗的字体，职业录事的字体，是我从他们的范本（我有一个范本）上摹写下来的。您会同意，这种字体并不是没有优点的。您看这几个圆圆的 э 和 а。我把法国字母的写法运用到俄文字母上去，这是很困难的，可是终于成功了。还有一种美丽而别致的字体，就是这个句子：'精诚所至，金石为开。'这是俄国字体，是文书的字体，或者不妨说是军中司书的字体。给重要人物的公文都是这样写的。这也是一种圆形字体，出色的黑体，写得黑黑的，但别具一格。书法家不赞成这种花笔道③，或者不如说是不赞成这种崇尚花笔道的风气，不赞成这些没有写完的小尾巴，——您注意到了吧，——您再从整体上看看，这些字形成一种风格，的确显露出军中司书的整个灵魂：他很想挥洒自如地露一手，可军服领子却扣得太紧，从字体上也能看出

_____

① 帕夫努季，十四世纪俄国科斯特罗马省丘赫洛姆县维加河上游一座小修道院的创建者。

② 指俄国历史学家波戈金出版的《斯拉夫—俄罗斯古字范本》，其中收有美术家特罗莫宁石印的四十四种古俄文手稿。

③ 花笔道，签字时由最末一个字母带出的，形同小尾巴。

纪律的约束,真是妙极了!新近有一张这种字样使我吃了一惊。我是偶然看到的,您猜在什么地方看到的?在瑞士!您再瞧瞧这种平常的、普通的、纯粹的英国字体,没有比这更雅致的了。这种字体真是妙不可言,就像小玻璃珠子,甚至像珍珠,可说是无懈可击了。这里还有一种变体,也是法国字体,是我从法国的一个跑外的店员那里摹写下来的,和英国字体一样,但是黑笔道比英国字体略浓,也略粗,您瞧,明暗也不协调。您还要注意:椭圆形变得更圆了一点,还加上了花笔道,这花笔道是最危险的东西!花笔道需要特殊的格调。不过只要写得好,只要写得匀称,那么这种字体就无与伦比了,能使人爱不释手。"

"啊哟!您居然研究得这么细致,"将军笑了,"老弟,您不仅是一位书法家,还是一位美术家啊!不是吗,加尼亚?"

"妙极了,"加尼亚说,"他还意识到了会让他干这一行哩。"他嘲笑着补充道。

"您尽管笑吧,尽管笑吧,然而这是有前途的,"将军说,"公爵,您知道我们现在要让您抄写给什么人物的公文?最初,可以给您三十五卢布的月薪。但是现在已经十二点半了。"末了他看了看表说道,"公爵,我得赶紧出去办事,今天咱们也许不能再见面了!您坐一会儿;我已经对您说过,我不能经常接见您;但是,我真心实意地愿意帮您一点忙,一点点的小忙,当然是最必要的,其余的您就可以自便了。我可以在办事处给您找一个小差事,难倒不难,但是需要认真。现在,我再谈另一件事情:我要给您介绍一下加夫里拉·阿尔达利翁内奇·伊沃尔金,在他的宅子里,也就是在我这位年轻朋友的家里,他的母亲和妹妹在自己的住宅里打扫出两三间带家具的房屋,打算租给有可靠保人的房客,还供给伙食和仆役。我相信,尼娜·亚历山德罗夫娜会接受我的介绍的。对于您来说,公爵,这是再好也没有了,因为,第一,您不会感到孤独,可以说是投入了家庭的怀抱。据我看来,您决不能一上来就在彼得堡这样的京城里独自居住。尼娜·亚历山德罗夫娜——就是加夫里拉·阿尔达利翁内奇的母亲,瓦尔瓦拉·阿尔达利翁诺夫娜——就是他的妹妹,都是我特别尊敬的女士。尼娜·亚历山德罗夫娜的丈夫阿尔达利翁·亚历山德罗维奇是位退役将军,我最初当差时跟他同过事,后来由于某种原因和他断绝了往来,不过这并不妨碍我在某一方面对他仍很尊敬。我对您说明这一切,公爵,是为了让您明白,我可以说是亲自介绍您前往,也就是替您作保。房租很低,我希望您的薪金很快就能完全够用。当然,一个人总需要零用钱,哪怕只有一点点也好,但是,公爵,如果我劝您最好不花零钱,根本不要在口袋里放什么钱,您也不要生气。我是根据我对您的看法才这样说的。不过,因为您现在囊空如洗,让我先借给您二十五卢布吧。当然,我们以后可以算账,倘若您就像在言谈中表现出来的那样是一个诚恳真挚的人,那么我们之间是不会有什么麻烦的。我这样关心您,是因为我对您有所指望;您以后会明白这一点的。您瞧,我对您完全是一片赤忱;加尼亚,你不会反对公爵到府上去住吧?"

"噢,正相反!妈妈一定会很高兴……"加尼亚客气而殷勤地说。

"你们那里仿佛还只有一个房间住了人。那个人叫什么名字……费尔德……费尔……"

"费尔德先科。"

"不错,我不喜欢你们这位费尔德先科,他是个淫猥的小丑。我不明白,为什么纳斯塔霞·菲利波夫娜那么夸奖他?他真是她的亲戚吗?"

"不,那完全是开玩笑!跟亲戚沾不上边。"

"哼,去他的吧!怎么样,公爵,您满意不满意?"

"谢谢您,将军,您对待我真是太好了,况且我并没有提出什么请求;我并不是由于傲慢才这么说的。我的确无处安身。方才罗戈任的确曾叫我到他那里去住。"

"罗戈任?那可不行;我要像慈父一般,或者换一个您更爱听的说法,像朋友一般,劝您忘掉这位罗戈任先生。总之,我劝您要跟您要去的那家和睦相处。"

"您既然有这样一片好心,"公爵开言道,"那我就有一事请教。我接到了一个通知……"

"哦,请原谅,"将军打断了他的话,"现在我一分钟的工夫也没有了。我立刻就去把您的情况告诉伊丽莎白·普罗科菲耶夫娜:倘若她现在就愿意接见您(我要竭力推荐您),我劝您利用这机会去博得她的欢心,因为伊丽莎白·普罗科菲耶夫娜对您可能大有用处;你们又是同宗。倘若她不愿意,那也请勿见怪,等下一次再说。加尼亚,你先看一看这些账单,我方才和费多谢耶夫绞尽了脑汁。你别忘了把这几笔账加进去……"

将军走了,因而公爵就未及说出他已经四次想说的那件事。加尼亚点了一支香烟,又递给公爵一支;公爵接过香烟,但是因为不愿意妨碍加尼亚办事,所以没有说话。他开始仔细观察书房。但是加尼亚几乎没看将军指给他看的那张写满数字的纸,他心不在焉:当室内只剩下他们俩的时候,在公爵看来,加尼亚的微笑、眼神和若有所思的神态变得更令人难堪了。加尼亚突然走到公爵面前;这当儿,公爵又站在纳斯塔霞·菲利波夫娜的相片前面仔细端详。

"您喜欢这样的女人吧,公爵?"加尼亚突然用锐利的目光瞧着公爵问道。他仿佛有什么特别的打算。

"一张奇怪的脸!"公爵答道,"我相信她有过不寻常的遭遇。她的脸色倒还愉快,可是她受过很大的苦,是吧?她的眼睛可以说明这一点,您瞧这两块颧骨,眼睛底下两腮上边这两个圆点。这是一张骄傲的脸,非常骄傲的脸,我不知道她的心地是不是善良,倘若心地善良那才好呢!一切也就都好办了!"

"您愿意娶这样的女人吗?"加尼亚接着问,一对发红的眼睛死死盯着对方。

"我不能娶任何女人,我有病。"公爵说。

"罗戈任会娶她吗?您的看法如何?"

"我认为兴许明天就会娶她;但是娶了以后,也许过一个星期就会把她宰了。"

公爵刚说出这句话,加尼亚蓦地打了个寒噤,公爵吓得几乎喊出声来。

"您怎么啦?"公爵抓着他的一只手说。

"公爵大人!将军阁下请您进去会见夫人。"一个仆人出现在门口禀报道。公爵便跟着仆人进去了。

四

　　叶潘钦家的三位小姐都十分健康,犹如盛开的鲜花,她们身材高大,肩膀宽阔,胸脯丰满,手臂强壮得和男子一般。当然,她们因为身体健壮,有时不免贪嘴,而且对此根本不想掩饰。她们的妈妈,即将军夫人伊丽莎白·普罗科菲耶夫娜,有时对她们不加掩饰的食欲很不以为然,女儿们对她的一些意见虽然表面上唯唯称是,但是这些意见在她们当中实际上早就失去了原先那种无可争辩的威信,末了三位姑娘采取的一致行动甚至常常占了上风,所以,将军夫人为了自己的尊严,认为倒不如不加争论,对她们让步为妙。当然,性格总是不肯顺从,不肯服从理智的支配;伊丽莎白·普罗科菲耶夫娜一年比一年更加任性,更加急躁,甚至成了一个古怪女人,但是因为她的手下毕竟还有一个言听计从和百依百顺的丈夫,她肚子里的气憋得过多了,通常都是向丈夫发泄,事后家中重又和谐如初,万事如意。

　　不过,将军夫人自己的食欲也不减当年,她照例在十二点半和女儿们一起享用几乎等于是午餐的丰盛早餐。在这之前,在整十点的时候,小姐们刚睡醒,每人就在床上先喝一杯咖啡。她们喜欢这样,所以这也就成了永久不变的规矩。十二点半,在靠近妈妈居室的小餐厅里摆好桌子。倘若时间允

47

许,将军本人有时也来参加家中这顿亲密的早餐。除去红茶、咖啡、乳酪、蜂蜜、奶油、将军夫人爱吃的一种特制的油炸饼以及肉饼等等而外,甚至还有又浓又热的肉汤。在我们这部小说开始的那天上午,全家都在餐厅里等候将军,他曾答应十二点半进来用餐。哪怕他迟误一分钟,也会立刻打发人去催请;但是,他准时进来了。他走上前来,向夫人问安,吻她的手,并且注意到她的脸上这回有一种十分特别的神色。他在头一天就预感到今天会由于一桩"笑话"(他惯于使用这个词)惹出点麻烦,他昨晚睡觉时就对此感到不安,可现在依然有点胆怯。女儿们来和他接吻;她们虽然没生他的气,可是神情也好像有些特别。由于某些情况,将军的确是过分多疑了;但是,因为他是一位富有经验、精明能干的父亲和丈夫,所以立刻就采取了自己的对策。

倘若我们在这里停顿一下,作一番解释,借以直接而明确地阐明在这部小说开始时围绕叶潘钦将军家庭的各种关系和环境,这对我们弄清这个故事的来龙去脉也许并不会有多大害处。我们方才已经说过,将军虽然没有什么学问,他本人也自称是一个"自学者",然而他是一位富有经验的丈夫和精明能干的父亲。譬如说,他的办法是不急于打发女儿出阁,也就是不对她们"纠缠不休",不以父母对子女幸福的过分操心而引起她们的不安,就连那些养着几个成年女儿的最聪明的家庭,也常常自然而然地、不由自主地急于打发女儿出嫁。他甚至还说服了伊丽莎白·普罗科菲耶夫娜采取这个办法,虽然一般说来,此事不大好办,——因为不大自然,所以就难办。但是,将军的论据是非常有力的,是以种种明显的事实为依据的。父母既然完全听任那些女儿自作主张,到了最后,她们自然不得不自谋出路,那时候事情就好办了,因为她们都乐意去张罗,把任性和过分的挑剔抛在一边。父母们只要比较警觉地、尽可能不露声色地在暗中观察,力求避免某种奇怪的选择,或是不自然的偏差,一旦碰到适当的机会,立刻鼎力相助,千方百计地玉成良缘。最后,仅就她们的财产和社会地位正一年年按几何级数增长这一点而论,时间拖得越久,女儿们的身价也就越高,哪怕她们年已及笄。但是,在所有这些无可辩驳的事实中间,又发生了另一桩事实:长女亚历山德拉忽然几乎完全出乎意外地(这种事向来如此)过了二十五岁。几乎与此同时,阿法纳西·伊万诺维奇·托茨基,一个结识权贵并腰缠万贯的上流社会的男人,再次表示了他想娶亲的宿愿。这是个五十五岁的男人,性格文雅,具有精细入微的审美感。他想攀一门好亲事;他是一个特别杰出的美女鉴赏家。由于他和叶潘钦将军的亲密友谊已持续了一段时期,由于他们都参加某些金融事业,他们的交情就更深了,所以他就把自己的心事对叶潘钦将军讲了,也可以说是跟将军商量和请教:他能不能和将军的一位女儿结婚?于是在叶潘钦将军像小溪一般平静美好的家庭生活里,显然发生了一个巨大变化。

上面已经说过,小妹妹阿格拉娅在家中是个无可争议的美女。就是像托茨基这样十分自私的人,也明白自己不应该在她身上打主意,阿格拉娅不是为他而生的。两个姐姐早已极为真诚地认定,阿格拉娅命中注定不会平凡地度过一生,而是要享尽人世的一切富贵荣华,这也许是由于两个姐姐有些盲目地爱她,她们的姐妹情谊过于热烈,所以把事情过分夸大了。阿格拉娅未来的丈夫应该具有一切优点,取得一切成就,至于财富,那就不必提了。两个姐姐虽然没有特别多说,但已互相约定,她们为了阿格拉娅的利益,必要时宁愿牺牲自己;她们预定给予阿格拉娅一笔数量极大的、很不平常的妆奁。父母知道两个姐姐达成的这项协议,因此当托茨基求教的时候,他们之间几乎毫无疑问地认定:两个姐姐之中肯定有一个不会拒绝实现他们的心愿,何况阿法纳西·伊万诺维奇又不会计较妆奁的多寡。将军对人生有独到的见解,他对托茨基的求婚立刻给予极高的评价。由于某种特殊情况,托茨基本人对此事十分谨慎,还处于试探阶段,所以父母只是隐隐约约地对女儿们透露了一些自己的打算。女儿们的回答虽然还不十分肯定,但至少是令人快慰的:大姐亚历山德拉也许不会拒绝。这个姑娘虽然性格倔强,但是心地善良,通情达理,为人非常随和。她甚至很乐意嫁给托茨基。她是一言既出,决不食言的。她不爱虚荣,不仅不会惹是生非和翻云覆雨,甚至还能使生活中充满乐趣和安宁。她虽然并不那么楚楚动人,但也长得很美。对于托茨基来说,还有什么能比这更好的呢?

然而,此事依然还处于试探阶段。托茨基和将军彼此友好地决定:暂时避免采取任何正式的、无可挽回的步骤。父母甚至还没有完全公开地向女儿们讲明;仿佛还开始出现了意见分歧:身为母亲的叶潘钦将军夫人,不知为什么表示不满,而这是很重要的。当时出现了一种阻碍一切顺利进行的情况,一桩麻烦复杂的事件,这个事件会使整个事情遭到无可挽回的失败。

这桩麻烦而复杂的"事件"(如托茨基所说),很早就开始了,远在十八年以前就开始了。在一个中部省份里,在阿法纳西·伊万诺维奇一个极为富裕的领地附近,住着一个破落贫穷的小地主。此人以不断遭到离奇的失败而闻名。他是一名退伍军官,出身世家,血统甚至比托茨基都纯,名叫菲利普·亚历山德罗维奇·巴拉什科夫。他欠了一身债,把财产典押一空;他长期从事艰苦的、几乎是农民们干的工作,才差强人意地挣下了一份小小的产业。每当得到一点点成就,他就大为振奋。他曾精神抖擞、满怀希望地动身到小县城里去逗留了几天,想和他的主要债主之一见面,倘有可能,就把事情彻底谈妥。在他进城的第三天,他那个小村庄的村长骑马赶来。村长的一边脸颊烧伤了,胡子也被烧焦。村长报告他说,头一天正午他的"世袭领地失火","夫人也被烧死了,只剩下几个孩子"。巴拉什科夫本来是"倒霉"惯了的人,但他也经受不住这场飞来的横祸;他疯了,过了一个月就害热病死去。他那被烧成灰烬的田产,连同沦为乞丐的农奴,都拍卖还债了。阿法纳西·伊万诺维奇·托茨基发了慈悲,把他的两个小女儿,一个六岁,一个七岁,领去抚养和教育。她们和阿法纳西·伊万诺维奇的总管的子女们一同受教育。这总管是个退职的官员,家中人口众多,而且是一个德国人。不久以后,只剩下一个女孩子纳斯佳[①],那个小的患百日咳死了。托茨基住在外国,很快就把她们忘得一干二净。过了五年,阿法纳西·伊万诺维奇有一次路过那里,想上自己的领地去看看,忽然在他乡下的房子里,在那个德国人的家中,看到一个很漂亮的孩子,一个十二三岁的小姑娘,她活泼可爱,聪明伶俐,是个美人胎子。在这方面,阿法纳西·伊万诺维奇是一个精确无误的行家。这一次,他在领地上虽然只住了几天,但他还是把这件事安排好了。对小姑娘的教育发生了极大的变化;聘请了一位

---

①　纳斯佳,纳斯塔霞的小名。

可敬的、已过中年的家庭女教师。她是瑞士人,对于姑娘们的高等教育颇有经验,而且满腹学问,除法语以外,还教过其他各种学科。她搬到乡下的房子里以后,小纳斯塔霞便开始接受范围很广的教育。整整过了四年,这种教育已告完成,家庭女教师走了,一位太太根据阿法纳西·伊万诺维奇的指示和委托,前来把纳斯佳带走,她也是个女地主,她的领地也跟托茨基先生的领地毗邻,不过那是在另一个遥远的省份里。在这块小小的领地上,也有一所虽说不大、却是刚盖好的木板房子。房子收拾得特别雅致,那个小村子也碰巧被人当之无愧地称作"快乐村"。女地主径直把纳斯佳带到这所宁静的小房里,因为她自己是个没有子女的寡妇,住的地方离这个小房只有一俄里远,所以也搬来和纳斯佳同住。纳斯佳身边出现了一个看门的老妪和一个年轻的、有经验的女仆。室内有乐器,有专为姑娘预备的精美图书,油画,版画,铅笔,羽笔,颜料,还有一只妙不可言的小狗。过了两周,阿法纳西·伊万诺维奇亲自光临了……从那个时候起,他不知何故特别眷恋这个偏僻的草原小村,每年夏天都要来一趟,每次住上两三个月,就这样安静地、幸福地、有趣地、美妙地度过了很长一段时间,大约有四年吧。

有一年初冬,那是在阿法纳西·伊万诺维奇夏天到快乐村小住(这次他只住了两周)之后的四五个月,传开了一个流言,或者不如说是有个流言不知怎么传进了纳斯塔霞·菲利波夫娜的耳朵里,说是阿法纳西·伊万诺维奇将要在彼得堡娶一位既美貌又富有的名媛,总之,他要攀一门人财两旺的亲事。事后发现,这个流言并非所有的细节都确切无误:当时这门婚事还只是在筹划中,一切都还十分渺茫。不过纳斯塔霞·菲利波夫娜的命运从这时起却发生了极为重大的变化。她忽然表现出异常的果断,显示出极为出人意外的性格。她没有多加思索,就抛开乡村的小屋,突然出现在彼得堡,独自一人直接去找托茨基。托茨基吃了一惊,开始劝她,但是他几乎一开口就忽然发现必须完全改变说话的音节、腔调,改变早先一直运用得很成功的那些有趣而文雅的话题,还有说话的逻辑,——一切的一切都得改变!他面前坐着的完全是另一个女人,跟他以前所认识的那个七月间刚在快乐村分手的女人截然不同。

首先,这位新的女人知道和明白的事情特别多,——多得使人非常惊讶:她究竟能从哪里得到这些知识呢?她怎么会有如此精密的见解呢?(莫非是从专供少女使用的那批藏书中得到的?)不仅如此,她对法律也很精通,虽然不能说她全知天下事,然而对于世界上发生的某些事情起码还是有所了解;其次,她的性格和从前截然不同,从前那种怯生生的、女学生般捉摸不定的神情(有时由于天生的活泼天真而显得迷人,有时却忧郁、深思、惊讶、怀疑、爱哭、不安),如今已看不见了。

不错,她已成为一个不同寻常的、出人意料的女人,她在托茨基面前哈哈大笑,用极其刻薄的冷嘲热讽挖苦他,公然向他表示,除去极深的蔑视以外,她的心里对他从来没有别的感情,这种令人作呕的蔑视在她初次感到吃惊以后就立刻涌上了她的心头。这个新的女人还说,哪怕他现在立刻就和任何一个女人结婚,她都毫不在乎;她所以前来阻止这门婚事,而且是出于怨恨来加以阻止,仅仅是因为她想这么干,因此也就应该这么干,"只要能让我尽情地嘲笑你一番也是好的,因为我现在终于也想笑一笑了"。

起码她是这么说的;至于她心里所想的一切,兴许还没有说出来呢。然而,在新的纳斯塔霞·菲利波夫娜一面哈哈大笑、一面叙述这一切的时候,阿法纳西·伊万诺维奇却在暗自考虑这件事,尽可能整理一下自己多少有点凌乱的思绪。这种考虑持续了很久;他几乎用了两周的时间反复掂量,以便下最后的决心。过了两周,他终于作出了决定。问题在于阿法纳西·伊万诺维奇当时已年近五十,又是一个十分稳重、已经定型的人。他在人世间和社会上的地位早就有了极为坚实的基础。他对于自己、对于自己的安宁和舒适的钟爱和珍惜,超过了对世上的一切,一个极其体面的人本来就应该如此。他毕生建立起来的、看上去如此优美的一切,是不容受到丝毫损坏和动摇的。从另一方面来说,托茨基由于富有经验并有远见卓识,因此很快就异常正确地明白了眼下他是跟一个极不寻常的人物打交道,此人不仅只是虚声恫吓,而且肯定会付诸行动,主要的是因为她根本不会在任何障碍面前止步,何况她还根本不把世上的一切放在心上,所以甚至都无法诱惑她。显然,其中还有别的因素,这是精神上和心灵上的一种烦躁情绪的流露,仿佛是一种只有天晓得是从何而来又是对谁而发的浪漫主义的愤怒,一种简直是不知天高地厚的、永远得不到满足的轻蔑感,总之,是一种极为可笑的、不能登大雅之堂的东西,不论哪一个正派人碰上它,都不啻是祸从天降。当然,托茨基本来可以仗着自己的财富和人缘,立即采取某种微不足道的、完全无罪的毒辣手段,以摆脱这种令人不快的局面。从另一方面来说,纳斯塔霞·菲利波夫娜本人显然几乎都不能伤他一根汗毛,哪怕在法律上也是如此;她甚至都闹不出什么大乱子来,因为不费吹灰之力就可以永远把她制服。不过这一切仅仅适用于在纳斯塔霞·菲利波夫娜决定像别人碰到这种情况时那样行事而不出大格的时候。但是,托茨基的准确的眼光在这件事上对他也是有用的。他能够猜到,纳斯塔霞·菲利波夫娜自己也十分清楚,她在法律上是抓不住对方把柄的,然而在她的脑子里……在她目光炯炯的双眸里,却完全是另一种意思。既然纳斯塔霞·菲利波夫娜不珍惜世上的一切,尤其不珍惜自己(必须具备绝顶的聪明和高超的眼力,才能在这时候猜到她早已不再珍惜自己,才能使他这样的怀疑派和上流社会的玩世不恭之徒相信这种感情是当真的),她就有可能无可挽回地、不顾体面地戕害自己,不惜流放到西伯利亚去服苦役,也要把她深恶痛绝的那个人尽情羞辱一番。阿法纳西·伊万诺维奇从来都不隐讳:他为人有些胆小,或者不如说非常守旧。譬如说吧,倘若他知道他将在举行婚礼时被杀害,或者发生这一类极不体面的、荒唐可笑的、为社会所不容的事,他当然是会害怕的;不过,他怕的倒并不是自己会被杀害,会受伤流血,或者会当众被人在脸上啐一口唾沫等等,而是怕这件事居然会如此反常并令人难堪地落到他的头上。纳斯塔霞·菲利波夫娜虽然还没有说出口来,其实已经透露了这个意思。他知道她对他了如指掌,已把他看透了,所以也知道该用什么手段打击他。由于阿法纳西·伊万诺维奇的婚事的确还在筹划阶段,所以他就只得向纳斯塔霞·菲利波夫娜屈服和让步了。

　　还有一个情况促使他作出这个决定:很难想象,这个新的纳斯塔霞·菲利波夫娜的脸庞和以前相比,居然发生了那么大的变化。以前只不过是一个很漂亮的小姑娘,而如今……

托茨基很久都不能原谅自己,因为他看了四年,竟没有看出这一点。这固然在很大程度上是由于双方在内心里发生了突然的变化。不过他记得,就是早先也往往有这样的情形:譬如说吧,只要朝这双眼睛瞧上一眼,他顿时就会产生一些奇怪的念头:他仿佛在这双眼睛里预感到一种深沉而神秘的阴郁。这种眼神瞧着你的当儿,就仿佛在给你出谜语似的。近两年来,他常为纳斯塔霞·菲利波夫娜面色的变化感到惊讶。她的面色变得异常苍白,奇怪的是,这反倒使她更加妩媚了。托茨基就像所有终生寻欢作乐的绅士那样,起初根本不把这个得来全不费功夫的黄毛丫头放在心上,近来他却有点怀疑自己的眼力了。早在当年春天,他就决定,无论如何也要尽快让纳斯塔霞·菲利波夫娜带上一笔财产,体面地嫁给一位在另一个省里供职的明智而体面的先生。(啊,如今纳斯塔霞·菲利波夫娜是多么可怕而恶毒地取笑这件事啊!)但是,阿法纳西·伊万诺维奇现在被这个新的人儿给迷住了,他甚至认为可以重新利用这个女人。他决定让纳斯塔霞·菲利波夫娜搬到彼得堡居住,给她安排一个奢华舒适的环境。虽说失之东隅,却也可收之桑榆:可以把纳斯塔霞·菲利波夫娜拿出来炫耀一番,甚至还可以靠她在某个小圈子里出出风头。阿法纳西·伊万诺维奇很重视他在这方面的声誉。

彼得堡的生活已经过去了五年,不消说,在这期间有许多事情已经明确了。阿法纳西·伊万诺维奇的处境并不令人宽慰;最糟的是:他一旦露了怯相,以后就再也安不下心来。他害怕,但自己也不知道是为什么,他就是害怕纳斯塔霞·菲利波夫娜。有一个时期,那是在最初两年间,他怀疑纳斯塔霞·菲利波夫娜自己想和他结婚,但是因为太爱面子,所以没有启齿,倔强地等候他来求婚。这种自命不凡未免有点奇怪,阿法纳西·伊万诺维奇不禁皱紧眉头深思起来。使他大为惊讶并且有点不愉快的(人心本来如此!)是,他根据当时发生的一件事突然确信,即使他当真求婚,对方也不会接受。他很久都不明白这个道理。他觉得只可能有一种解释,那就是"一个受尽侮辱的、荒诞不经的女人"的傲气已达到疯狂的程度,她宁肯拒绝求婚借以一下子表达出自己的轻蔑,也不愿永远确定自己的地位并获得凡人不可企及的荣华富贵。最糟的是,纳斯塔霞·菲利波夫娜几乎处处都占上风。她也不为利诱,哪怕是巨额厚利。她虽然接受了为她布置的舒适环境,但是她生活十分俭朴,五年来几乎毫无积蓄。阿法纳西·伊万诺维奇为了打碎自己身上的锁链,冒险采取了十分狡猾的手段:在他人的巧妙帮助下,他悄悄地、灵活地用各种最理想的诱惑物打动她的心,但是那些理想的化身,诸如公爵、骠骑兵、使馆秘书、诗人、小说家,甚至社会主义者等等,居然没有一个给纳斯塔霞·菲利波夫娜留下任何印象,她心如顽石,感情永远枯竭和凋谢了。她的生活几乎与世隔绝,她读书,甚至还学习,喜爱音乐。她的朋友很少;她只结交一些贫穷可笑的官太太,认识两个女演员、几位老太婆;她很喜欢一位可敬的教师的人口众多的家庭,在那个家庭里,大家也很爱她,很乐意接待她。晚上常来找她的朋友最多也只有五六个。托茨基经常按时去她那儿。最近,叶潘钦将军费了不少周折,也和纳斯塔霞·菲利波夫娜相识了。就在这个期间,一位年轻的官员却轻而易举地、不费吹灰之力地认识了她。那人姓费尔德先科,是一个十分粗野、爱说脏话的小丑,总是故作诙谐,还贪杯。她还认识一个年轻的怪人,姓普季岑。他谦虚认真,讲究打扮,出身寒微,却已成为一个高利贷者。最后,加夫里拉·阿尔达利翁诺维奇也和她相识了……结果,纳斯塔霞·菲利波夫娜博得了一种奇怪的名声:大家都知道她长得美,但也仅止于此;谁也不能夸口说受到她的青睐,谁也说不出占了她什么便宜。这样的名声,她的教养,优雅的举止,饶有风趣的谈吐,这一切使阿法纳西·伊万诺维奇终于确定了一个计划。就在这当儿,叶潘钦将军开始特别积极地介入了这一件事。

当托茨基十分殷勤地就将军的一个女儿的婚事请求将军给予友好的忠告时,他非常光明磊落地、极其充分而又坦率地表明了自己的心迹。他说自己决定不择任何手段以获得自由;即使纳斯塔霞·菲利波夫娜亲自对他宣布,说以后决不再打扰他,他也不会安心;他觉得空口无凭,他需要最充分的保障。他们商量好了,便决定采取共同行动。决定首先采取最温和的手段,试着触动所谓"高尚的心弦"。二人一同去见纳斯塔霞·菲利波夫娜。托茨基开门见山地向她说明自己的处境如何苦不堪言,并承担了全部罪责。他直言不讳地说,他对自己最初的轻薄举动并不后悔,因为他是一个不可救药的色迷,不能控制自己,但是现在他想结婚,而这门十分体面的上流社会的婚事的成败却完全取决于她;总之,他把全部希望都寄托在她那颗高尚的心上。接着,叶潘钦将军开始用父辈的口吻说话,说得合情合理,避免带上感情色彩,只说他完全承认她有权决定阿法纳西·伊万诺维奇的命运,并且巧妙地流露出自己的谦卑,表示他的一个女儿的命运,说不定还有另外两个女儿的命运,现在都由她来决定。纳斯塔霞·菲利波夫娜问道:"你们究竟要我做什么呢?"这时托茨基依然像先前那样用毫不掩饰的坦率口吻对她承认道:早在五年以前,他曾大吃一惊,直到如今,只要纳斯塔霞·菲利波夫娜还没有出嫁,他是不能完全放心的。他又立刻补充道,他提出这个请求并不是毫无根据的,否则就他这一方面而言,这个请求自然是荒唐的了。他清楚地看出并确切地知道,有一个出身名门并生活在一个极可尊敬的家庭里的年轻人,也就是加夫里拉·阿尔达利翁诺维奇·伊沃尔金(她认识他,而且常接待他),早已十分热烈地爱上了她,只要还有一线希望获得她的垂青,他肯定会不惜牺牲半个生命。加夫里拉·阿尔达利翁诺维奇出于友谊和年轻人的纯洁心灵,早就亲口对阿法纳西·伊万诺维奇承认了这一点,这个年轻人的恩人伊万·费奥多罗维奇也早已知道了这一点。最后,只要他阿法纳西·伊万诺维奇没有弄错,那么纳斯塔霞·菲利波夫娜本人也早就知道了这位年轻人的爱情,他甚至觉得,她对待他的爱情是很宽容的。当然,他比任何人都难于启齿讲这件事。但是,只要纳斯塔霞·菲利波夫娜认为他托茨基除了自私自利和打算安排自己的未来而外,对她也还怀有几分善意,那么她就会明白,他看到她那么孤独,早就觉得奇怪,甚至感到难过了。这种孤独只不过是一种模模糊糊的忧郁和对建立新的生活完全丧失了信心的产物,其实只要获得了爱情并建立了家庭,生活就可以重新大放异彩,从而确立新的目标。这种孤独会葬送一个人的才能,兴许还是辉煌的才能,这是对自己的忧郁孤芳自赏,总之,甚至是一种跟纳斯塔霞·菲利波夫娜健全的理智和高贵的心灵都不相称的浪漫主义。他又重复了一遍,说这件事他比别人更难于启齿,最后说,他不能放弃这样一线希望:倘若他诚心诚意地想保障她未来的命运,并愿送给她七万五千卢布,纳斯塔霞·菲利波夫娜是不会以轻蔑的口吻回答他的。

他又解释说,在他的遗嘱里反正已写明要给她这么一笔款子;总之,这根本不是什么报酬……再说,他很想做点什么来减轻良心的不安,为什么就不准他有这种人之常情,为什么就不能给予谅解呢?此外,他还说了许多,全是人们通常在这种情况下所说的那一套。阿法纳西·伊万诺维奇娓娓动听地说了很久,顺便还透露了一个很有趣的消息,说这七万五千卢布是他方才第一次提出的,就是在座的伊万·费奥多罗维奇以前都不知道;总之,没有一个人知道。

纳斯塔霞·菲利波夫娜的回答使两个朋友感到惊讶。

她非但没有流露出一点先前的冷嘲热讽、先前的敌意和憎恨,也没有像先前那样哈哈大笑(托茨基一想起她的哈哈大笑,至今脊梁上还会发冷),恰恰相反,她仿佛对于自己终于可以同什么人开诚布公地、友好地谈谈而感到高兴。她承认,她自己早就希望得到友好的忠告,但是由于傲慢而始终没有开口,可是现在坚冰已被打破,这再好也没有了。她起初忧郁地微笑着,后来则愉快活泼地大笑起来,她承认,决不会再像先前那样激动;她早已多多少少改变了对事物的看法,虽然她的心并没有变,但是对于既成事实毕竟不得不多加宽容。凡是做过的事情,好比木已成舟;凡是过去的事情,反正已成过去。所以她甚至都感到奇怪,阿法纳西·伊万诺维奇何以至今还那么战战兢兢。说到这里,她向伊万·费奥多罗维奇转过身去,毕恭毕敬地说她早就听到有关他的女儿们的许多情况,早就深深地、由衷地尊敬她们,只要想到自己对她们多少会有点用处,她就会感到幸福和自豪。她目前的确心绪不佳,感到烦闷,十分烦闷;阿法纳西·伊万诺维奇猜到了她的宿愿;她希望即使不在爱情里,也能在家庭里获得新生,看到新的目标。但是,关于加夫里拉·阿尔达利翁诺维奇,她几乎无话可说。他爱她,这也许是真的;她感到,倘若她能够相信他的爱情是忠贞不渝的,那么她也可以爱他,但是,即使他很诚恳,毕竟年纪太轻,所以她难于作出决定。不过她最喜欢的一点是他吃苦耐劳,独自维持全家的生计。她听说他是一个很有毅力并有自尊心的人,他追求功名,总想出人头地。她又听说加夫里拉·阿尔达利翁诺维奇的母亲尼娜·亚历山德罗夫娜·伊沃尔金娜是一位卓越的、十分可敬的女人;他的妹妹瓦尔瓦拉·阿尔达利翁诺夫娜是个十分出色而且很有毅力的少女;她从普季岑的口中听到过瓦尔瓦拉的许多情况。她听说她们母女很坚强地忍受着自己的不幸;她很愿意和她们相识。但是,这里还存在一个问题:她们是否会在自己的家中亲热地接待她? 总之,她丝毫没有表示这门婚事不能成功,而是表示还应该认真考虑一番,她希望不要催她。至于那七万五千卢布,其实阿法纳西·伊万诺维奇完全不必这样难于启齿。她自己也明白金钱的价值,当然会收下的。她感谢阿法纳西·伊万诺维奇用心良苦,不但对加夫里拉·阿尔达利翁诺维奇没有提及此事,甚至都没有告诉将军。但是,为什么不能让加夫里拉·阿尔达利翁诺维奇预先知道这件事呢? 她就是拿了这几个钱走进他们家里,也并没有什么可耻之处。无论如何,她决不愿为任何事情向任何人请求宽恕,而且希望别人也了解这一点。她在尚未肯定加夫里拉·阿尔达利翁诺维奇或他的家庭对她是否别有用心的时候,决不嫁给他。无论如何,她决不承认自己有什么罪过,最好让加夫里拉·阿尔达利翁诺维奇知道,她在彼得堡过的这五年是根据什么原则生活的,她和阿法纳西·伊万诺维奇有什么关系,是否积蓄了很多钱财。最后,倘若她现在收下这笔钱,那完全不是为了补偿失去的贞操(她在这方面并无过错),而只是为被蹂躏的命运索取报酬。

她在讲这一番话的时候,末了甚至十分激动和愤慨(不过这是十分自然的),这使叶潘钦将军感到十分满意,他认为事情已经了结;但是,一度受惊的托茨基,就是现在也还不敢完全相信,很久都在担心鲜花底下是否藏着毒蛇。但是,谈判已经开始;两个朋友的全部策略的立足点,就是纳斯塔霞·菲利波夫娜有可能垂青于加尼亚这一点,开始逐渐变得明确而肯定,这么一来,就连托茨基有时也开始相信有可能取得成功。与此同时,纳斯塔霞·菲利波夫娜已对加尼亚作了一番解释:她说的话很少,仿佛说多了会有损她的贞洁。不过她同意而且允许他爱她,但是她坚决声明,她不愿使自己受到任何约束。她在结婚(倘若能结婚的话)之前要始终保留说出"不"字的权利,一直保留到最后时刻。她也给予加尼亚完全相同的权利。不久,加尼亚通过一个送上门来的机会,确切地知道了纳斯塔霞·菲利波夫娜已十分详尽地获悉他全家对这门婚事以及对纳斯塔霞·菲利波夫娜本人没有好感(这是在家庭纠纷中暴露出来的)。她自己并没有向他谈起此事,虽说他每天都在等待。不过,关于这次说媒和谈判所暴露出来的全部事实和所有情况,本来还可以说上许多,但是我们已经离题太远,何况有些情况还纯属很不可靠的传闻。例如,托茨基不知从什么地方知道,纳斯塔霞·菲利波夫娜和叶潘钦家的女儿们发生了某种暧昧的、外人一概不知的关系,——这是一个根本靠不住的谣言。但是,他对另一种谣言却不由得不信,并且怕得要命:他确实听说,纳斯塔霞·菲利波夫娜心里很清楚:加尼亚只是为了金钱才想娶她,加尼亚居心叵测,为人贪婪、急躁、好妒,而且目空一切,简直到了不知天高地厚的程度。加尼亚虽然以前确曾热烈地想征服纳斯塔霞·菲利波夫娜的心,但是,等到两位朋友决定为了自己的利益而利用双方开始发生的好感,把纳斯塔霞·菲利波夫娜出卖给他做合法的妻子,以此来收买他的时候,他就像恨自己的梦魇一般恨她了。爱和恨似乎很奇怪地交织在他的心里,他经过一番痛苦的思想斗争,虽然终于同意娶这个"坏女人",但是他在心里赌咒发誓,一定要为此狠狠地报复她,照他自己的说法,就是以后"够她受的"。纳斯塔霞·菲利波夫娜仿佛知道这一切,并在暗中准备着什么。托茨基非常胆怯,甚至都不敢再把自己心中的不安告诉叶潘钦。但是,他有时也和一般软弱的人一样,毅然重新打起精神,而且很快就神采飞扬起来。例如,在纳斯塔霞·菲利波夫娜终于告诉两位朋友,说她将在自己生日的那天晚上讲出最后的话时,他就特别振奋。然而,只可惜有关极为可敬的伊万·费奥多罗维奇的一个极为奇怪、极为荒唐的谣言,却越来越确实了。

乍看上去,这一切纯粹是胡说八道。令人难于置信的是,年高望重的伊万·费奥多罗维奇尽管聪明过人而又深谙世故等等,居然被纳斯塔霞·菲利波夫娜给迷住了,而且迷恋到了使这种任性几乎与热情无异的程度。他在这件事上有什么指望,那是难以想象的;也许甚至是指望加尼亚本人的帮忙。至少托茨基有这一类的怀疑,即怀疑在将军和加尼亚之间存在着一种以相互了解为基础的、几乎是心照不宣的默契。不过大家都知道,一个被情欲所俘虏的人,尤其是上了岁数的,他会完全变成一个盲人,准备到根本没有希望的地方去寻找希望。不但如此,他会丧失理智,即使过去很聪明,也会像愚蠢的孩子一般行事。大家都知道,将军已准备在纳斯塔霞·菲利波夫娜生日那天以自己的名义馈赠一串价值昂贵的绝妙的珍珠。他明知纳斯塔霞·菲利波夫娜是个不贪财的女人,但对这一馈赠仍很关心。在纳斯塔霞·菲利波夫娜生日的前夕,尽管他很巧妙地掩饰自己,但仍像患了寒热病似的。叶潘钦将军夫人听到的也就是这串珍珠的事。诚然,伊丽莎白·普罗科菲耶夫娜早就开始感到丈夫为人轻浮,甚至对这种事都有点习以为常了。不过这件事却不能放过:她特别关心有关珍珠的谣言。将军预先侦查到了这种情况,头一天晚上就有一些闲言碎语。他预感到非作一番重要的解释不可,不免觉得害怕。在我们开始叙述这个故事的那天上午,他之所以很不愿意和家人一起吃早饭,原因就在这里。在公爵到来之前,他就决定借口有事避免作这一番解释。所谓避免,对于将军而言,有时简直就是逃跑。他希望能赢得这一天,主要是赢得这一天的晚上,千万别发生什么扫兴的事。恰巧就在这当口,公爵突然到来。“就像是上帝打发来的!”将军去找他的夫人的时候暗自想道。

五

将军夫人很珍视自己的出身。当她毫无思想准备地听到别人直截了当地告诉她,她已略有所闻的这个本族的最后一名公爵梅什金,只不过是一个可怜的白痴,跟乞丐相差无几,还要接受别人的施舍,这时她该怎么想呢?将军正是要取得这样的效果,一下子引起她的兴趣,从而转移她的全部注意力。

每当碰到意外情况,将军夫人通常总是把眼睛瞪得溜圆,身躯稍稍朝后一仰,没有表情地看着前方,一句话也不说。她是个身材高大的女人,年纪和丈夫相仿,黑发中羼杂着许多白发,但依然很浓密,鼻子有点弯,身子瘦削,脸颊发黄而且下陷,嘴唇很薄,而且凹了进去。她的前额很高,然而狭窄;在那双相当大的灰眼睛里,有时会流露出完全出人意料的神情。她一度有过一个弱点,就是相信自己的眼睛特别迷人,而且这个信念一直无法磨灭。

"接见吗? 您说现在立刻就接见他吗?"将军夫人竭力瞪大了眼睛瞧着在她面前忙个不休的伊万·费奥多罗维奇。

"噢,接见他可用不着任何客套,只要你,我亲爱的,愿意见他就成。"将军忙着解释道,"他完全是一个孩子,甚至是一个非常可怜的孩子。他得了一种什么癫痫症;他刚从瑞士回国,才下火车,衣着古怪,有点像德国人,再加上身无分文,真是囊空如洗;他几乎要哭出来。我送给他二十五卢布,还打算在我们的机关里给他谋一个录事的位置。女士们①,我请你们给他点东西吃,因为他好像是饿了……"

"您叫我吃了一惊,"将军夫人照旧接着说,"他又饿,又有癫痫症! 哪一种癫痫症?"

"噢,这种病并不经常发作,此外他几乎像一个孩子,不过很有教养。我想请你们,女士们,"他又对女儿们说,"考他一下,了解一下他能干什么,这毕竟是件好事。"

"考——他——一——下?"将军夫人曼声说道,无比惊讶地重又瞪起眼睛,把目光从女儿们身上移到丈夫身上,又从丈夫身上移到女儿们身上。

"唉,我亲爱的,你不必把这件事看得这么严重……但是随你的便吧。我的意思是要对他客气点,把他带到我们家来,因为这几乎是一桩善行。"

"带到我们家来? 从瑞士?!"

"瑞士并不会碍事;但是我再说一遍,随你的便好啦。我所以这样想,第一是因为他和你同宗,兴许还是亲戚;第二,他无处安身。我甚至认为你对他多少会发生点兴趣,因为他毕竟跟咱们同宗啊。"

"妈妈,既然不必和他讲什么客套,那又为什么不见他呢? 再说,他刚下车,一定想吃东西。他既然无处可去,为什么不请他吃一顿呢?"大女儿亚历山德拉说。

"再说,他完全是一个小孩子,我们还可以和他捉迷

---

① 原文为法文。本书中楷体部分文字在原文中是法文,除非另注。

66

藏哩。"

"捉迷藏？怎么捉法？"

"唉，妈妈，请你别装糊涂啦。"阿格拉娅懊恼地插嘴道。

二女儿阿杰莱达生来爱笑，她忍俊不禁，便大笑起来。

"爸爸，叫他进来吧，妈妈答应了。"阿格拉娅断然说。将军摇铃，吩咐请公爵进来。

"不过有一个条件，他坐下吃饭的时候，一定要在他脖子上系一条餐巾，"将军夫人坚持道，"把费奥多尔叫来，或者让玛夫拉……站在他背后，看着他吃饭。他发病的时候起码是安静的吧？他不故作姿态吧？"

"恰好相反，他受过很好的教育，举止非常文雅。有时有点发呆……现在他来啦！来，让我介绍一下，这位是族里最后一位公爵梅什金，同宗，兴许还是亲戚，请你们接待他吧，要亲切一些。早餐立刻送上，公爵，请您赏光……对不起，我已经耽误了，失陪啦……"

"我们知道你忙着去哪里。"将军夫人傲慢地说。

"我忙得很，忙得很，我亲爱的，我耽误了！把你们的纪念册给他，女士们，请他在上面给你们题几个字，他的书法可真是一绝！真是个天才！他在我那儿写了几个古体字：'帕夫努季住持亲书'……哦，再见吧。"

"帕夫努季？住持？您等一等，等一等，您到哪里去？帕夫努季又是谁？"将军夫人十分懊丧地、几乎是惊慌不安地对逃跑的丈夫喊道。

"是的，是的，我亲爱的，这是古代的一位修道院院长……我要到伯爵那里去，他早就在等我啦，主要是他亲自约定……公爵，再见吧！"

将军快步退了出去。

　　"我知道他去找哪一位伯爵！"伊丽莎白·普罗科菲耶夫娜厉声说道,同时气呼呼地把视线移到公爵身上,"是什么来着？"她一面嫌恶而又烦恼地回忆着,一面开口说,"是什么来着？哦,对了！哪一个住持？"

　　"妈妈。"亚历山德拉开口了,阿格拉娅甚至跺了一下脚。

　　"你别打搅我,亚历山德拉·伊万诺夫娜,"将军夫人一字一句地对她说,"我也想知道。公爵,请您坐在这里,就坐在这张圈椅上,在我的对面,不对,是在这里;请您稍稍地朝有阳光的地方,有光亮的地方挪动一下,好让我看得见您。噢,那是个什么住持？"

　　"帕夫努季住持。"公爵殷勤而认真地答道。

　　"帕夫努季吗？这很有趣。噢,他怎么样呢？"

　　将军夫人不耐烦地问着,她说得很快,语气生硬,同时目不转睛地瞧着公爵。公爵回答时每说一句话她都要点点头。

　　"帕夫努季住持是十四世纪的人,"公爵开始说,"他在伏尔加河岸,在如今我们的科斯特罗马省主持一座小修道院。他过着圣洁的生活,因而闻名于世。他常去金帐汗国,帮助他们处理当时的事务,并在一份文件上签过字,我看见过这个签字的副本。我很喜欢他的书法,便学会了。方才将军想看看我的字体,以便替我谋个差事,我便用各种字体写了几句话,又用帕夫努季住持本人的字体写出'帕夫努季住持亲书'几个字。将军很喜欢,所以刚才他提到了这件事。"

　　"阿格拉娅,"将军夫人说,"你要记住:帕夫努季,最好是写下来,不然我老是会忘。不过我本来以为会比这有趣。这个签字在什么地方？"

"仿佛留在将军书房里的桌子上了。"

"马上叫人去取来。"

"倘若您愿意,倒不如让我给您再写一遍。"

"那当然喽,妈妈,"亚历山德拉说,"可是现在最好是进早餐;我们想吃东西啦。"

"也好,"将军夫人决定道,"来吧,公爵,您很饿了吧?"

"是的,我现在很饿,很感谢您。"

"您这么客气,这很好。我看得出来,您根本不像……别人介绍的那样是一个怪人。来吧。您坐在这里,对着我,"大家走进餐厅以后,她便张罗起来,让公爵坐下,"我要看看您。亚历山德拉,阿杰莱达,你们来招待公爵。他根本不是那样一个……病人,不是吗?兴许连餐巾也用不着……公爵,您吃饭的时候有人给您系餐巾吗?"

"早先,当我七八岁的时候,仿佛有人给我系过餐巾,现在我吃饭的时候,通常把餐巾放在膝头上。"

"应该这样。但是癫痫症呢?"

"癫痫症吗?"公爵有点奇怪,"现在我很少犯病。不过我不知道究竟怎样,据说这里的气候对我有害。"

"他说得很好,"将军夫人对女儿们说,公爵每说一句话,她照旧要点一下头,"我真没有想到。这么说来,和通常一样,全是鸡毛蒜皮和胡说八道。公爵,请用餐。请您讲讲,您在哪儿出生?在哪儿受的教育?我全都想知道,您引起了我莫大的兴趣。"

公爵道了谢,一面津津有味地用餐,一面把当天上午已说过好几遍的故事又从头到尾讲了一遍。将军夫人越来越满意了。姑娘们也很专心地听着。他们谈起族谱来,原来公爵十分熟悉自己的家谱。但是,无论他们怎样往一起拉,他和将军夫人之间也几乎没有任何亲族关系。他们的祖父母之间还算得上是远亲。将军夫人特别喜欢这种枯燥的话题,她尽管非常愿意谈论自己的家谱,然而几乎从来都找不到机会,于是就十分激动地从桌旁站了起来。

"全都到我们的花厅去吧,"她说,"可以到那里去喝咖啡。我们有一个公用的房间,"她领公爵出去时对他说,"其实只不过是我的一间小客厅,在没有客人的时候,我们就聚在那里,各干各的事:亚历山德拉,就是这一位,我的大女儿,她弹钢琴,或者读书,或者缝纫;阿杰莱达画风景画和肖像画(可一幅也没能画完),只有阿格拉娅坐在那里什么事也不干。我也是干什么都不顺手,一事无成。好,我们到了。公爵,您坐在这里,坐在壁炉旁边,再讲点什么。我想知道您是怎么讲故事的。我但愿能完全信服,下次再见到别洛孔斯基公爵夫人那个老太婆的时候,我要把您的一切都讲给她听。我要使她们大家都对您发生兴趣。喂,您就说吧。"

"但是,妈妈,像这样讲故事是很奇怪的。"阿杰莱达说道,当时她刚整理好自己的画架,拿起画笔和调色板,着手根据一张版画描摹早就开始画的一幅风景画。亚历山德拉和阿格拉娅一同无所事事地坐在小沙发上,准备听这一场谈话。公爵发现,他已成为四面八方特别注意的人物。

"倘若有人这样吩咐我,我是什么也讲不出来的。"阿格拉娅说。

"那为什么?这有什么奇怪的?为什么他不能讲呢?他有舌头啊。我想知道他的口才究竟有多好。噢,随便讲点什么都成。请您讲讲,您可喜欢瑞士,谈谈您最初的印象。你们可以看到,他马上就会开始,而且开始得很好。"

"印象很深……"公爵开始说。

"你们瞧,"性急的伊丽莎白·普罗科菲耶夫娜应声对女儿们说,"他开始了。"

"您起码总得让他说下去呀,妈妈,"亚历山德拉阻止她,"这位公爵也许是个大骗子,根本不是白痴。"她对阿格拉娅耳语道。

"没错,我早就看出来了,"阿格拉娅答道,"他装模作样,真可恶。他想用这种方法占什么便宜吧?"

"最初的印象很深,"公爵重复了一遍,"在别人带我离开俄国,经过许多德国城市的时候,我只是默默地看着,我记得,我连一句话也没问。这是在我的病厉害地、痛苦地发作了多次之后。每当病情加重、连续发作几次的时候,我总要完全变成一个傻子,完全丧失记忆力,脑子虽然还能活动,但是正常的思路却似乎中断了。我不能合情合理地把两三个以上的想法联系在一起。我有这种感觉。但是,在病情好转的时候,我又变得健康而结实,就像现在这样。我记得:我心中的忧愁是难以忍受的;我甚至想哭;我老是感到惊惧不安。我看见一切都是陌生的,这对我发生了极大的影响。我明白这一点。陌生的世界使我非常痛苦。我记得,一天晚上,我完全摆脱了这种阴郁的心境,苏醒过来,那是在巴塞尔,就是在进入瑞士国境的时候。城内市场上的驴叫声把我惊醒了。这头驴子使我大吃一惊,不知为什么,我竟特别喜欢它。当时我头脑里的一切都豁然开朗了。"

"驴子?这可真怪,"将军夫人说道,"不过这并没有什么可奇怪的,有个女人还爱上了驴子哩。"这时姑娘们笑了起来,她说着还生气地瞧了她们一眼,"神话里就有这样的事。您接着往下说吧,公爵。"

"从那时候起,我就非常喜欢驴子。它们简直成了我心爱的动物。我开始打听驴子的情况,因为我以前没有见过它们。我立刻相信,这是极有益的动物,会干活,有力气,能吃苦耐劳,价钱又便宜。由于这头驴子,我忽然爱上了整个瑞士,先前的忧愁也就烟消云散了。"

"这一切都很奇怪,但是驴子的事可以不谈;让咱们换一个话题吧。你为什么老是笑呀,阿格拉娅?还有你,阿杰莱达,笑什么呀?公爵讲驴子的事讲得很好。他亲眼见过驴子,可你见过什么?你没有去过外国吧?"

"我见过驴子,妈妈。"阿杰莱达说。

"我也听到过驴叫。"阿格拉娅附和道。三个姐妹又笑了。公爵也和她们一起笑了起来。

"你们太坏啦,"将军夫人说,"公爵,请您原谅她们,她们都是好心人。我总是和她们吵架,但是我爱她们。她们轻佻、浮躁,都是疯子。"

"为什么呢?"公爵笑了,"我要是她们,我也同样不会坐失良机。不过,我还是拥护驴子:驴子是善良有益的人。①"

"您善良吗,公爵?我是出于好奇才问您的。"将军夫人问道。

大家又笑了。

---

① 这句话可能是作者讽刺性地模仿作者本人的中篇小说《舅舅的梦》中莫兹格利亚科夫说的这样一句话:"我要向您证明,连驴子都能成为高尚的人!"

"又碰到这该死的驴子啦;我连想都没有想到过它!"将军夫人喊道,"请您相信我,公爵,我并没有任何……"

"任何暗示吗?噢,我无疑是相信您的!"

公爵仍笑个不停。

"您笑啦,这太好了。我看您是一个非常善良的年轻人。"将军夫人说。

"有时候也不善良。"公爵答道。

"可我是善良的,"将军夫人突然插嘴道,"也可以说一向为人善良。这是我唯一的缺点,因为人不应该永远善良。我常对这几个姑娘发火,特别是对伊万·费奥多罗维奇发火,然而糟糕的是:我在发火的时候竟最为善良。我方才在您进来以前就在生气,装出一副什么也不明白而且不会明白的样子。我常常这样,就像个孩子。阿格拉娅教训过我;谢谢你,阿格拉娅。不过这一切全是废话。我还没有看上去那么蠢,也不像女儿们想把我说成的那样笨。我有性格,也不大害羞。不过我说这话并无恶意。你到这里来,阿格拉娅,吻我一下,嘿……别再亲热啦,"当阿格拉娅柔情脉脉地吻过她的嘴唇和手的时候,她说,"接着往下说吧,公爵。也许您会想起比驴子更有趣的事来。"

"我还是不明白,这种事怎么能这么直率地讲出来,"阿杰莱达又说,"我可无论如何也办不到。"

"可是公爵却办得到,因为公爵特别聪明,至少有你十倍,也许十二倍的聪明。我希望你以后会感觉到这一点。公爵,您对她们证实一下。您接着说吧。驴子的确可以撇开不谈。您在国外,除去驴子还看见了什么?"

"关于驴子的话也说得很聪明,"亚历山德拉说道,"公爵把自己犯病时的情况,把他怎样由于一次外来的刺激而对一切都喜欢起来的经过,讲得十分有趣。对于一个人怎样发疯,以后又怎么痊愈,我一向都很感兴趣。尤其在突然发生这种情况的时候。"

"不是吗?不是吗?"将军夫人精神为之一振,"我看出你有时也还聪明。噢,别笑啦!您好像正讲到瑞士的自然风光,公爵,那就接着讲吧!"

"我们到了卢塞恩,把我带到湖上。我感到那里真美,同时心里又非常难受。"公爵说。

"为什么?"亚历山德拉问。

"我不明白。每当我初次看到这样的自然风光,总感到难受和不安;既愉快,又不安;但是,这都发生在我病还没好的时候。"

"我倒很想看一看,"阿杰莱达说,"我不明白,我们什么时候才能到国外去。我已经有两年找不到绘画的题材了:

东方与南方早被描绘……①

公爵,请您给我找找绘画的题材吧。"

"我对此一窍不通。我以为只要看一眼就能作画呢。"

"我可不会看一眼。"

"你们为什么尽打哑谜呢?我一点也不明白!"将军夫人打断他们的话说,"什么叫不会看一眼?既然有眼睛,那就看嘛。你不会在这里看一眼,到了外国也学不会的。公爵,您最好谈谈您自己是怎样看的。"

① 引自莱蒙托夫的诗《记者、读者和作者》(1840),但引文不大确切。

"这就好了,"阿杰莱达补充道,"公爵已在国外学会怎样看了。"

　　"我不知道。我只是在国外恢复了健康。我不知道我学会看了没有。不过我在那里几乎一直很幸福。"

　　"幸福!您会成为幸福的人吗?"阿格拉娅喊道,"那您怎么说您没有学会看呢?您还可以教教我们呢。"

　　"请您赐教吧。"阿杰莱达笑了。

　　"我什么也教不了,"公爵也笑了,"我在国外的时候,几乎一直住在那个瑞士的乡村里;只是偶尔到不远的地方去一趟;我能教你们什么呢?起初,我只不过不那么烦闷了;我很快就恢复了健康;以后,我觉得每一天都很宝贵,日子过得越久,就越觉得宝贵,因此,我也注意到了这一点。我睡觉的时候十分满意,起床的时候就感到更幸福了。这一切是为什么呢?我很难说清楚。"

　　"那么,您就不想到别的地方去啦?任何地方都不能吸引您啦?"亚历山德拉问。

　　"起初,就是一开头,倒也曾吸引过我。我当时非常不安。我老想我以后该如何生活;老想知道自己的命运如何,有些时候觉得特别不安。你们知道,确有这样的时候,尤其是在孤独中。我们那里有个不大的瀑布,高高地从山上泻下来,成为一条很细的线,几乎是垂直的。白色的瀑布发出喧哗声,泡沫四溅。它高高地泻下来,看上去却显得很低,站在半俄里以外,却像离它只有五十步似的。我夜里总爱听它的喧哗声;在这种时候我往往感到极为不安。有时在正午,我到山上去玩,一个人站在山上,周围尽是粗大的、树脂很多的古松;悬崖上面有一座中世纪的古堡,已是一片废墟。我们的小村子在山下的远方,看不大清楚。阳光明媚,天空湛蓝,一片寂静。这当儿,我总觉得有什么东西召唤我到什么地方去。我总觉得,倘若一直向前走,不停地走,一旦到达天壤相接的那条线,就可以找到全部谜底,而且立刻可以看到比我们的生活丰富热闹一千倍的新生活;我一直幻想着能看到一个像那不勒斯那样大的城市,城里处处都是宫殿、喧哗声、隆隆声和热闹的生活……的确,我幻想的东西可真不少!但是后来我又觉得,就是在监狱里也可以找到丰富多彩的生活。"

"最后这个值得称道的思想,我十二岁的时候就在《文选读本》里读到过。"阿格拉娅说。

"这全是哲学,"阿杰莱达说道,"您是哲学家,您是来教训我们的。"

"您的话也许是对的,"公爵莞尔一笑,"我也许的确是个哲学家,谁知道呢?我也许的确有教训的意思……也许是这样;真的,也许是的。"

"您的哲学和叶夫兰皮娅·尼古拉夫娜的一样,"阿格拉娅又插嘴道,"她是一名官员的遗孀,常到我们这儿来,像个女食客。她活着的全部目的就是占便宜;她活着就是为了尽可能多占便宜,一开口总离不开几个臭钱。请您注意,她有的是钱,她是个滑头。就跟您那丰富多彩的狱中生活一样,也许还和您在村里过的四年幸福生活一样,为了这种生活,您把您的那不勒斯城都出卖了,虽然只卖了几文钱,却好像赚了好大一笔似的。"

"关于狱中生活,可以有不同的意见,"公爵说道,"一个在狱中蹲了十二三年的人给我讲过一个故事。他是一个病人,在我的那位教授那里就医。他患癫痫症,有时感到不安,常常哭泣,有一次甚至想自杀。请你们相信,他在狱中的生活的确是很可悲的,但是,当然并不是微不足道的。他认识的只有一个蜘蛛和长在窗下的一株小树……但是,我最好对你们谈谈我去年和另一个人相遇的情形。这里有一个很奇怪的情况,——说实在的,怪就怪在这种事是很罕见的。有一次,这个人同别人一起被押上了断头台①。由于犯了政治罪,他被判处死刑。过了二十分钟,又宣布了特赦令,判了另一种刑。但是,在这两次判决之间,在这二十分钟内,或者至少是一刻钟内,他深信不疑地认为,再过几分钟他就会突然死去。他有时提起自己当时的印象,我就非常想听,有好几次我还重新向他打听详情。他对于全部经过记得特别清楚。他说,他永远不会忘记这几分钟的一切经历。断头台旁边站着一些群众和士兵,在离断头台二十来步的地方,竖了三根柱子,因为犯人有好几个。他们把头一批的三个犯人拉到柱子跟前,把他们绑上,给他们穿上死囚服(白色长袍),用白色尖顶帽盖住他们的眼睛,使他们看不见枪支。随后,每根柱子的对面都站了一排士兵。我的朋友排在第八名,所以他是第三批被拉到柱子前去的。神甫已经拿着十字架在大家面前走了一趟。这样,我那个朋友最多也只能再活五分钟。他说,他觉得这五分钟是无穷的期限,是一笔巨大的财富;他觉得他将在这五分钟内度过好几辈子,他现在还无须去想那最后的一刹那,因此他还作了各种安排。他匀出时间和同志们告别,这定为两分钟;以后又匀出两分钟作最后一次自我反省;然后最后一次环视

---

① 陀思妥耶夫斯基在此叙述了一八四九年十二月二十二日他在等候对彼得拉舍夫斯基分子判处死刑时的心情。

一下四周。他很清楚地记得,他的确作了这三种安排,的确是这样分配时间的。他才二十七岁①,正当年富力强的时候,却就要死去了。他和同志们告别的时候,记得曾向一个同志提出了一个很不相干的问题,甚至还十分关心对方的回答。他和同志们告别以后,就到了他匀出来自我反省的那两分钟。他预先知道他要想些什么。他总想尽快弄清楚,而且弄得越清楚越好,这究竟是怎么回事:他现在还存在着,还活着,但是再过三分钟,他就要成为一种东西,成为什么人或什么东西,——究竟是什么人呢?究竟在哪里呢?他想在这两分钟内确定这一切!附近有一座教堂,金碧辉煌的屋顶在明媚的阳光下闪耀。他记得,他曾目不转睛地盯着那个屋顶和屋顶上的反光。他的眼睛离不开那些反光;他觉得那些反光是他的新的本质,再过三分钟,他就要稀里糊涂地和它们融为一体了……他觉得,这种茫然无知,以及对于这种立刻就要来到的新东西的嫌恶,都是可怕的。但是他说,此时此刻,最使他感到难过的莫过于这样一个从不中断的念头:'要是我不死,那该有多好!倘若我能死而复生,那就会有无穷无尽的时间!一切都会是我的!那时候,我将使每分钟成为整整一个世纪,一点也不糟蹋,每分钟都计算清楚,连一分钟也不浪费!'他说,他这个想法最后使他恨不得让别人赶快把他枪毙才好。"

公爵蓦地沉默了。大家等他继续说下去并作出结论。

"您说完了吗?"阿格拉娅问。

"什么?我说完啦。"公爵从片刻的沉思中清醒过来,说道。

---

① 陀思妥耶夫斯基在一八四九年时几乎也是这个年龄——二十八岁。

"您讲这个故事的用意何在？"

"这是……我们的谈话……使我想起了……"

"您的话很不连贯，"亚历山德拉说道，"公爵，您一定是想表示，任何一个瞬间都不能用金钱来估价，五分钟的时间有时比一个宝库还珍贵。这一切都值得称道，但是，请问那位对您讲出这件可怕的事情的朋友……不是改变了对他的处罚吗？那就是说，给了他这种'无穷无尽的生命'。噢，以后，他怎样支配这笔财产呢？是不是每分钟都'计算'着过呢？"

"不，他亲自对我说，——我已经问过他这件事了，——他根本没有那样生活，浪费了许许多多光阴。"

"哦，这么说来，您得到了一个经验。这么说来，的确不能'计算'着时间过活。由于某种原因，这是不可能的。"

"是的，由于某种原因，这是不可能的，"公爵重复了一遍，"我自己也觉得是这样……但是，我总有点不信……"

"那么您认为您能比所有的人生活得聪明些吗？"阿格拉娅说。

"是的，我有时候也这样想。"

"现在还这样想吗？"

"现在……还这样想。"公爵答道，照旧温顺地、甚至胆怯地微笑着瞧瞧阿格拉娅；但是他又立刻放声大笑，并愉快地瞧了她一眼。

"真谦虚！"阿格拉娅说，她几乎生气了。

"你们可真勇敢，居然会笑起来。可我听到这个故事的时候却大为震惊，以后做梦都梦见它，就是梦见这五分钟……"

他再次好奇而严肃地扫了那几个听他讲话的女人一眼。

"你们不会是为了什么事而生我的气吧?"他蓦地问道,仿佛有点忸怩不安。不过他仍直勾勾地瞧着大家。

"为了什么呀?"三位姑娘很惊讶地喊道。

"就为了我仿佛在教训人⋯⋯"

大家都笑了。

"倘若你们生气了,就请你们别生气,"他说,"我自己也知道我的生活经验比别人少,我对生活的了解也比别人差。我的话有时也许很奇怪⋯⋯"

他分明是不好意思了。

"您既然说您过去很幸福,那么您的生活经验就不会比别人少,而是比别人多。那您又为什么要装腔作势,还要道歉呢?"阿格拉娅严厉地、纠缠不休地开始说道,"请您不必为了教训我们而感到不安,您并没有占到任何便宜。以您这种清静无为,很可以享一百年清福。倘若有人让您看死刑,又给您看一根小指头,您会从这两方面得出同样值得称道的想法并感到满足。像这样生活倒也轻松。"

"我不明白,你为什么老是生气。"将军夫人插嘴道。她早就在观察那些说话人的脸色,"你们说的是什么,我也弄不明白。什么小指头?这是什么废话呀?公爵说得很好,只是有点伤感。为什么你要使他扫兴呢?他开始说的时候一直在笑,可现在他一点精神也打不起来了。"

"不要紧,妈妈。公爵,可惜您没有见过死刑,不然我倒想问您一件事。"

"我见过死刑。"公爵回答。

"见过吗?"阿格拉娅喊道,"我本来应该猜到这一点!这是全部问题的关键。既然您见过,那您为什么说您一直过得很幸福呢？瞧，我对您说的不是实话吗？"

"莫非你们乡村里也处死刑？"阿杰莱达问。

"我是在里昂看见的，我是跟什奈德尔一起去的，是他带我去的。刚到那里就碰上了。"

"怎么样？您很喜欢吗？有很多教训吧？有很多有益的东西吧？"阿格拉娅问。

"我一点也不喜欢，我看后还生了一场小病，不过说老实话，我在看的时候就像被钉在那里似的，真是目不转睛。"

"要是我，我也会目不转睛。"阿格拉娅说。

"那里很不喜欢女人去看，后来，就连报纸都报道过那些女人。"

"既然他们认为这不是女人的事，那么他们的意思就是想说（因而也就是辩解）这是男人的事喽。我为了这种逻辑而向他们祝贺。您当然也是这样想的吧？"

"请您讲讲死刑的情况吧。"阿杰莱达插嘴道。

"我现在很不乐意讲……"公爵感到为难，几乎皱起了眉头。

"您好像舍不得对我们讲。"阿格拉娅挖苦了一句。

"不，因为我刚才已经讲过这次死刑的情况了。"

"对谁讲过了？"

"对你们的听差，我在等候……"

"哪个听差？"四面八方都有人问。

"就是坐在前厅里的那个白发红脸的人；我当时坐在前厅里等着谒见伊万·费奥多罗维奇。"

"这就怪了。"将军夫人说。

"公爵是民主派，"阿格拉娅斩钉截铁地说，"您既然对阿列克谢讲过,那就更不能拒绝我们了。"

"我一定要听。"阿杰莱达重复道。

"我刚才的确,"公爵对她说,又有点振奋起来(他仿佛轻而易举地就能很快振奋起来),"我的确有一个想法。在您向我要绘画题材的时候,我曾想给您一个题材,就是画一个被处决的人在断头刀落下去一分钟之前的面部表情,那时他还站在断头台上,没有躺到木板上去。"

"怎么是面部?只画面部吗?"阿杰莱达问,"这是一个奇怪的题材。那算什么图画呢?"

"我不知道,不过为什么不算图画呢?"公爵激动地坚持道,"前不久我在巴塞尔就看见过一幅这样的图画①。我很想对你们讲讲……我以后要讲的……这幅画使我大为震惊。"

"关于巴塞尔的图画,您以后一定要讲给我们听,"阿杰莱达说,"现在先给我解释一下这幅处死刑的图画吧。您能表达出您所想象的那种意境吗?这面部该怎么画呢?只画一个面部吗?这是个什么样的面部?"

"这是在临死前的一分钟。"公爵胸有成竹地开始说。他沉浸在回忆里,显然立刻忘却了其余的一切,"就在他登上小梯子,刚走上断头台的一刹那。他朝我这个方向看了一眼;我瞧了瞧他的脸就全明白了……不过这该怎么说呢!我非常希望、非常希望您或是别的人能把这情景画下来!最好是您!我当时就想到,这幅画会是有益的。您要知道,必须把先前发

---

① 一八六七年八月,陀思妥耶夫斯基到过瑞士的巴塞尔。他在此大概是指巴塞尔美术陈列馆收藏的汉斯·弗里斯(1450—1520)的绘画《施洗者约翰被斩首》,这幅画描绘了约翰在利剑已举到他头上时的面部表情。

生的一切都想象到,一切,一切都想象到。他蹲在狱中,估计行刑的日子至少还有一周。他指望能通过一般的手续,指望判决书还要送到什么地方去批,一周后才能回来。不料由于某种缘故,结案的期限突然缩短了。早晨五点钟,他还睡着。那是在十月底;五点钟的时候天气还冷,天色还黑。狱吏带着卫队悄悄地走进来,小心翼翼地推推他的肩膀;他欠起身来,用臂肘支撑着身体,看见灯光,他就问道:'什么事?''九点到十点处死刑。'他在朦胧中并不相信,起初争辩道,判决书过一周才能批回来,但是等到他完全清醒过来的时候,便停止了争辩,默不作声了,——别人是这么说的。后来他说:'这样突如其来,毕竟叫人难过……'说罢又沉默了,什么都不想再说了。以后三四小时,都用在无人不知的那些事上:见神甫,进早餐,早餐时有葡萄酒、咖啡和牛肉(这岂不是嘲弄吗?你想,这有多么残酷!但从另一方面来说,这些天真的人这么干还真是出于一片赤忱,他们认为这就是人道呢),以后是梳妆(你们可知道,给罪犯梳妆是怎么回事吗?),最后,便押着他游街,到断头台去……我认为他在被押着游街的时候依然觉得还可以永无休止地活下去。我觉得,他一路上一定在想:'还早着哩。还要走过三条街,够活一阵的;走完这条街,还有另一条街,以后还要走过右面有面包店的一条街……离面包店还远着哩!'四周全是人,呼喊声,喧闹声,成千上万张面孔,成千上万双眼睛,这一切都得忍受,而主要的是得忍受这么一个念头:'在这成千上万的人当中,没有一个要被处死,而我却要被处死!'哦,这一切只不过是准备阶段。有一个小梯子通往断头台。他在小梯子前面突然哭了起来。他是一个刚强结实的汉子,据说是个大坏蛋。神甫寸步不离地跟着他,和他同坐在一辆大车上,一直说着话,但是他却未必听得见,就算他起初想听,可是听了两句以后他就不明白了。准是这样。他终于登上了小梯子。他的两腿上了脚镣,只好用小步行走。神甫大概是个聪明人,他停止了说话,不停地把十字架递过去让他吻。他在梯子下面的时候面色就很苍白,一走上梯子,站到断头台上,他的脸忽然白得像一张纸了,完全像书写用的白纸。他的腿准是发软并麻木了,他还感到恶心,喉咙里仿佛堵着什么似的,使他感到发痒。在你们感到惊恐的时候,或是在十分可怕的时刻,当头脑还十分清楚,然而却丝毫无能为力的时候,你们可曾有过这种感觉?我觉得,一个人在必死无疑的当儿,例如房屋倒塌在他身上了,他会突然非常渴望坐起来,闭上眼睛等候——随它去吧!……在这种弱点开始暴露的时候,神甫连忙用敏捷的姿势,一言不发地突然把一枚小十字架,一枚银质的、有四个尖的小十字架送到他的唇边,经常地、一刻不停地送过去。只要十字架触到他的嘴唇,他就睁开眼睛,在几秒钟内似乎又复活了,腿也走得动了。他贪婪地吻着十字架,匆忙地吻着,仿佛急于让自己别忘了抓住什么东西以备万一,但是,他在这当儿未必有什么宗教感情。就这样一直持续到躺在木板上……奇怪的是,在这最后的几秒钟里,竟很少有人昏过去!他的头脑倒反而特别灵活,还不停地工作着,想必工作得很紧张,很紧张,像开动的机器那么紧张。我想象,这时他会产生各种各样的念头,都是不完整的,兴许还是可笑的、毫不相干的:'那个人在张望,他的前额上有一个疣子;刽子手衣服下面的一个纽扣长锈了……'这时候他什么都知道,什么都记得;有这么一个点,这个点是他无论如何也不会忘记的,他也不会昏过去,一切都围绕着它,围绕着这个点转动。你想一想,一直到最后的四分之一秒都是如此,那时候他的脑袋已经放在短圆木上,等候着……他知道,而且忽然听见铁器在头上发出嗖溜一声!他肯定听得见!要是我躺在那里,我就偏要听,而且听得见!那也许只有一瞬间的十分之一,不过肯定听得见!你们想,至今还有人在那里争论:当人头落地的时候,它也许在一秒钟内知道它已落地,——真是想入非非!倘若有五秒钟,那又会怎样!……您画断头台的时候得把小梯子的最后一个阶梯画在近处,让观众只能清楚地看见这一个阶梯;罪犯踏上了这个阶梯;一个脑袋,脸孔白得像纸,神甫把十字架递过去,罪犯贪婪地伸出发青的嘴唇并且瞧了一下,他全都明白了。一个十字架和一个脑袋——就是这么一幅画。神甫、刽子手及其两名助手的脸,还有下面的几个脑袋和一些眼睛,——这一切可以画成背景,用朦胧的色调,作为点缀……就是这么一幅画。"

公爵沉默了,并瞧了大家一眼。

"这当然和清静无为不同。"亚历山德拉自言自语地说。

"现在您谈谈您是怎样堕入情网的吧。"阿杰莱达说。

公爵惊讶地瞧了她一眼。

"您听呀,"阿杰莱达似乎有点性急,"您曾答应谈谈巴塞尔的那幅画,可是现在我想听听您是怎样堕入情网的。您别抵赖,您肯定恋爱过。何况只要一讲起故事来,您就不再是哲学家了。"

"每当您讲完一个故事,您就立刻对您所讲的故事感到害羞,"阿格拉娅蓦地指出,"这是什么缘故?"

"这话问得多蠢。"将军夫人斩钉截铁地说,同时生气地瞧着阿格拉娅。

"是不聪明。"亚历山德拉证实道。

"公爵，您别信她的，"将军夫人对公爵说，"她是出于气愤故意这么说的。她根本没有受过这么蠢的教育。她们这样打搅您，您可别介意。她们准是有什么打算。可是她们已经爱上您了。我是从她们的脸色看出来的。"

"我也从她们的脸色看出来了。"公爵特别加重语气地说。

"这是什么意思？"阿杰莱达好奇地问。

"您从我们脸上看出什么了？"另外两个姑娘也好奇地问。

然而公爵沉默不语，神态严肃；大家都在等候他的回答。

"我以后再告诉你们。"他很严肃地小声说。

"您分明是想引起我们的好奇心，"阿格拉娅喊道，"瞧您那副一本正经的样子！"

"那好吧，"阿杰莱达又忙着说，"您既然是相面的圣手，那您一定是恋爱过的；可见我猜对了。您讲呀。"

"我没有恋爱过，"公爵依然很严肃地小声答道，"我……有过另一种幸福。"

"怎么得到的？通过什么方式？"

"好吧，我就给你们讲讲吧。"公爵说，仿佛陷入了深思。

六

"你们，"公爵开始说，"现在都这么好奇地瞧着我，倘若我不能满足你们的好奇心，你们兴许要生我的气。不，我是开玩笑，"他连忙微笑着补充道，"那里……那里全是孩子，我在那里总是同孩子们在一起，只同孩子们在一起。他们都是那个村子里的孩子，有一大群，在学校里读书。我并不教他们。噢，不是的，教他们的是小学教师茹勒·蒂波。我兴许也教过他们，可是我多半只是和他们在一起，我的四年光阴全都这样度过了。我不需要任何别的东西。我什么话都对他们讲，一点也不隐瞒。他们的父亲和亲属全都生我的气，因为到了后来，孩子们都离不开我了，他们全都围着我，那个小学教师末了甚至成为我的头号敌人。我在那里树敌很多，全是由于孩子们的缘故。就连什奈德尔也责备我。他们为什么这样害怕呢？对孩子可以无话不说，什么都可以说。有一个想法经常使我吃惊，那就是大人何以不大了解孩子，甚至父母都不大了解他们的子女。不要借口孩子们年纪还小、不该懂事太早而对他们隐瞒任何事情。这是一种多么可悲而又不幸的想法！孩子们自己也很明白：父亲认为他们年纪太小，一点也不懂事，其实他们全懂。大人们不知道，即使碰到最困难的事，孩子也能提出非常重要的建议。主啊！当这只美丽的小鸟那么信任而愉快地瞧着您的时候,您怎么好意思去欺骗它呢！我所以称他们为小鸟,就是因为世上再也没有比小鸟更好的东西了。不过村里的人生我的气,多半是为了这么一件事……至于蒂波,他不过是嫉妒我罢了。他起初老是摇头称奇:为什么孩子们在我这儿什么都懂,到了他那儿却几乎什么都不懂呢？以后我对他说,我们俩教不会他们任何东西,他们反而会教我们,他便开始取笑我。他自己也同孩子们在一起生活,他怎么能嫉妒我,还造我的谣呢？孩子们能医治你的心灵……什奈德尔的医院里有一个病人,是个很不幸的人。那可是极大的不幸,类似的不幸未必会有。那人是由于发疯而被送去治疗的;据我看,他并不是疯子,他只是异常痛苦,他的全部病症就在于此。倘若你们知道,到了最后,我们的孩子们对他来说居然成了……不过关于这个病人的事,我不如以后再告诉你们。我现在先谈谈这一切是怎么开头的。孩子们起初不爱我。我是那么大,又总是那么笨;我知道我长得不好看……最后,我还是个外国人。孩子们起初取笑我,后来看见我吻玛丽,甚至朝我身上扔石头。不过我只吻了她一次……不,你们别笑,"公爵急忙阻止听他讲话的女人们的讥笑,"这里根本没有爱情。倘若你们知道她是一个多么不幸的人,那么你们自己也会十分可怜她,和我一样。她是我们村里的人。她的母亲是一个老太婆。她们那个破旧不堪的小屋有两扇窗户,经村长的许可,把其中的一扇隔开了;允许她从这扇窗户里出售丝带、针线、烟叶、肥皂,这些东西全都值不了几个钱,她就借此度日。她有病,她的腿全肿了,所以总是坐在那里不动。玛丽是她的女儿,二十岁上下,身子瘦弱;她早就得了肺痨,但是还去替别人打零工干重活,如擦地板、洗衣服、扫院子、侍候牲口。一个过路的法国掮客勾引了她,把她拐走了,可是过了一周,却把她一个人扔在路上,自己悄悄逃走了。她沿途行乞,回到家中时浑身泥污,穿着破衣烂衫和一双千疮百孔的鞋;她徒步走了一个礼拜,夜间在野外露宿,得了重伤风,两脚受了伤,手也肿了,布满了裂纹。不过她原先就长得不大好看;只有眼睛是文静的、善良的、天真的。她几乎从不开口。先前有一次,她干活的时候突然唱起歌来,我记得,大家全都感到吃惊,便笑着说:'玛丽唱歌啦!这是怎么回事呀?玛丽唱歌啦!'她听了非常害臊,以后就再不出声了。那时候,大家对她还很温存,可是等她生了病、受尽了折磨走回家来的时候,就没有一个人对她有一点点同情心了!他们在这方面有多么残忍啊!他们对这种事的看法有多么顽固啊!母亲第一个对她表示怨恨和轻蔑:'你现在丢尽了我的脸!'她第一个把玛丽交给人们去羞辱。村里的人听说玛丽回来了,都跑来看她,几乎全村的人都挤到老太婆的小屋里:老头,小孩,姑娘,媳妇,全都争先恐后地来看她。玛丽躺在老太婆脚边的地板上,饥肠辘辘,衣衫褴褛,正在啼哭。当大家全都跑来的时候,她用披散的头发盖住自己的脸,脸朝下躺着。大家围着看她,像看一个坏蛋。老人们斥责和辱骂她,年轻人居然笑了,女人们骂她,责备她,轻蔑地看着她,仿佛在看一个蜘蛛。母亲任凭大家这样做,自己却坐在那里频频点头表示赞许。当时母亲已病得很重,几乎快咽气了。过了两个月,她果然死了。她知道自己已不久于人世,可是一直到死仍不想跟女儿和解,甚至一句话也不对她说,还把她赶到穿堂里去睡,几乎不让她吃东西。母亲需要时常把有病的脚泡在温水里。玛丽每天给她洗脚,侍候她,她老是默默地接受玛丽的一切效劳,连一句亲热的话也不对女儿说。玛丽忍受着一切。后来，当我认识她的时候，我发现她自己也赞同这一切，还自认为是一个最下贱的畜生。当老太婆卧床不起的时候，村中的老太婆们轮流前来侍候她，这是当地的习俗。当时，人们已经根本不管玛丽的饮食了。村里的人都驱逐她，甚至都没有一个人像先前那样愿意叫她干活。仿佛人人都唾弃她，男人们甚至都不再把她当作女人，老是对她说些不堪入耳的脏话。有的时候（不过这种时候很少），酒鬼们在星期天喝醉以后，为了取乐，扔给她几个铜板，就这样直接朝地上扔。玛丽默默地捡了起来。当时她已开始咯血。最后她落到了衣不蔽体的境地，不好意思在村中露面了；她自从回家以后就赤脚走路。那时候有一大帮孩子，那是四十多个小学生，他们开始戏弄她，甚至朝她身上甩烂泥。她恳求牧人允许她去放牛，但是牧人把她赶走了。这时她也不经许可，就擅自离家，跟着畜群整天在外面奔走。由于她使牧人得到很多好处，牧人也看出了这一点，便不再撵她，有时还把自己吃剩下的干酪和面包之类给她吃。他认为这样做就是他的莫大恩惠。玛丽的母亲死后，牧师居然毫不害臊地在教堂里当众羞辱玛丽。玛丽跟先前一样穿着破衣烂衫，站在棺材后头哭泣。有许多人围上前来，看她怎样哭泣，怎样跟着棺材朝前走。那个牧师还是个年轻人，他的毕生抱负就是成为一个大传教士。当时他面对大家，指着玛丽说道：'你们瞧，她就是置这位可敬的女人于死地的祸根，'（这话不对，因为老太婆已经病了两年）'她就站在你们面前，不敢正眼看你们，就是因为上帝正伸手指着她哩。现在她赤着脚，穿着破衣烂衫，这正是那种道德沦丧的人的下场！她是什么人？她是死者的女儿！'说的全是这一套。你们想想看,这种丑恶行径几乎使他们都很高兴。可是……后来发生了一桩特殊事故。孩子们出来打抱不平,因为他们这时候已经站在我这一边,爱起玛丽来了。是这么回事。我想给玛丽帮点忙;她很需要钱,可是我一向身无分文。我有一枚小钻石别针,我把它卖给了一个商贩;他走村串乡,买卖旧衣。他给了我八个法郎,可那枚别针确实值四十法郎。我久已渴望和玛丽单独见一次面。最后,我们终于在村外的篱笆旁边,在进山的一条小径上的一棵树后相遇了。我在那里给了她八个法郎,叫她省着花,因为我再也没有钱了,以后我吻了她一下,并对她说,请她不要以为我有什么坏心,我吻她不是因为我爱上了她,而是因为我很可怜她,我从一开头就一点也不认为她有罪,只是认为她是一个不幸的女人。我当时很想安慰她,使她相信,她不应该认为自己比大家都下贱,可是她仿佛没有明白我的意思。虽然她几乎始终默默地站在我的面前,垂下视线羞愧得无地自容,可是我立刻就看出了这一点。我说完以后,她吻了吻我的手,我立刻抓起她的手想吻,可是她尽快挣脱了。这当儿,忽然有一大群孩子偷偷地看见了我们。我事后才知道,他们早就在那里窥探我了。他们开始吹口哨,拍手,哄笑。玛丽跑开了。我本想说话,可是他们开始朝我身上扔石子。当天大家都知道了,全村都知道了。对玛丽重又群起而攻之:大家更不喜欢她了。我甚至听说有人打算判她有罪好惩罚她,可是,谢天谢地,总算混过去了。不过,孩子们一点也不让她安宁,比以前戏弄得更加厉害,朝她身上甩污泥。他们追她,她就逃。她的肺部很弱,跑得喘不上气来,而孩子们却在她的后面喊叫和辱骂。有一次,我甚至跑过去和他们打架。以后我就开始对他们讲道理,只要有可能,每天都讲。

他们虽然还在辱骂，可有时也止步倾听。我对他们讲，玛丽是一个多么不幸的女人；他们很快就停止了辱骂，默默地走开了。我们渐渐谈起话来，我什么都不对他们隐瞒。我把一切都对他们讲了。他们很好奇地听着，很快就可怜起玛丽来了。有些孩子碰见她的时候，开始亲热地跟她打招呼。按照那里的风俗，只要两人相遇，不论是否相识，都要互相鞠躬，并且说'您好'。我想象得到，这使玛丽有多么惊讶。有一天，两个小姑娘弄到一些食物，便给她送去了，回来还告诉了我。她们说玛丽大哭不止，她们现在很喜欢她。不久，大家全都喜欢她了，同时也突然喜欢起我来。他们常常到我家里来，要我给他们讲故事。我觉得我讲得还好，因为他们很爱听我讲。以后我无论是学习还是读书，也都是为了日后好给他们讲故事，此后的三年间，我一直给他们讲故事。后来大家都责备我，就连什奈德尔也不例外，说我不该像对待大人那样对待他们，什么都不隐瞒，我回答他们说，对孩子们撒谎是可耻的，不论你怎么隐瞒，他们也全会知道，他们听到的事也许对他们是有害的，可是从我嘴里他们却不会听到对他们有害的事。大家只要回忆一下自己儿时的情景就行了。他们不赞成我的话……我吻玛丽是在她母亲去世的两周以前。当牧师布道的时候，孩子们已经完全站在我这一边了。我立刻把牧师的行为告诉了他们，并加以说明。孩子们都很生他的气，有几个孩子竟用石块砸碎了他窗上的玻璃。我阻止了他们，因为这不好。但是村里的人立刻都知道了这件事，开始责备我，说我把孩子们教坏了。以后大家听说孩子们全爱玛丽，不禁大为震惊；但是玛丽已经很幸福了。村里的人甚至不准孩子们和玛丽见面，可是他们偷偷地跑到她放牛的地方去找她，那地方很远，离村子将近半俄里。他们给她带去糖果,有些孩子跑去只是为了拥抱她,吻她,对她说:'我爱您,玛丽!'说完就拼命往回跑。这种突然降临的幸福使玛丽几乎乐得发狂。她做梦也没有梦见过这样的幸福。她又是羞,又是喜。主要的是,那些孩子们,特别是女孩子们,总想跑到她那里去,告诉她说:我爱她,还给他们讲了许多关于她的事。他们告诉她,是我把一切转告他们的,所以他们现在都喜欢她,可怜她,并将永远这样。以后他们又跑到我这儿来,一个个小脸蛋上都洋溢着喜悦和急切的神色,他们告诉我说,他们刚去看望玛丽,玛丽向我致意。到了晚上,我常到瀑布那里去。那里有一个从村子里完全看不见的地方,四周长着白杨。每到傍晚,孩子们便跑到那里去找我,有的甚至是偷偷跑去的。我觉得,他们知道我爱着玛丽,心里一定十分高兴,然而在我住在那里的整个期间,单单在这一件事上我欺骗了他们。我没有告诉他们,说我根本不爱玛丽,也就是说我并没有迷上她,我只是十分可怜她罢了。我从一切迹象看出,他们最乐于看到的,莫过于一切都能按照他们所想象的和他们彼此所认定的那样发展,因此我只好沉默不语,装出一副他们已经猜到的样子。这些幼小的心灵是多么温柔体贴啊。顺便说说,他们认为,他们的好列昂①这么爱玛丽,而玛丽竟穿得这么坏,连鞋都没有,这实在叫人不能容忍。你们想想看,他们居然给她弄到了鞋、袜子、内衣,甚至还弄到了一件连衣裙。他们究竟是用什么花招弄到的,我不清楚。是大家一起干的。我盘问他们,他们只是开心地笑着,小姑娘们拍着手,还吻我。我有时也偷偷地跑去和玛丽

---

① 列昂,梅什金公爵的俄语名字"列夫"在法语中的读法。

见面。她已经病得很厉害,走路都吃力。末了,她完全不给牧人帮忙了,但每天早晨仍随牛群出去。她坐在旁边。在那儿的一个几乎是垂直的峭壁上有一块凸出的地方。她坐在一个谁也看不见的角落里的一块石头上,整天几乎一动不动地坐在那里,从早晨一直坐到牛群回家的时候。她由于患肺痨,身体十分虚弱,所以越来越多的时间都闭着眼睛坐在那里,把头靠在峭壁上打盹,很吃力地喘着气。她的脸瘦得像骷髅,前额和两鬓都在冒虚汗。我遇到她的时候她总是这样。我在她那里只待片刻,也不愿意被人家看见。玛丽一看见我就打个寒噤,睁开眼睛,扑上来吻我的手。我已经不再把手挪开,因为吻我的手对她来说是一种幸福。我坐在那里的时候,她一直哆嗦着哭个不停。她虽然有好几次都开口想说点什么,可是她的话很难懂。她往往像疯子似的非常激动和兴奋。有时候,孩子们和我一起去。在这种情况下,他们通常都站在不远的地方,保护我们不受别的事或别的人的干扰,他们认为这是莫大的愉快。我们走后,玛丽又独自留在那里,照旧一动不动地闭上眼睛,把头靠在峭壁上。她兴许梦见了什么。一天早晨,她已经不能到牛群那里去了,便留在自己那个空屋子里。孩子们立刻听到了这个消息,当天几乎全都到她家里去探望。她孤孤单单地躺在床上。头两天只有那些孩子轮流到她那里去侍候她。后来,村里人听说玛丽真的快要死了,老太婆们也离开村子去她家里,坐在那里守护她。村里的人仿佛开始可怜她了,至少已不再像先前那样阻止孩子们接近她,也不骂他们了。玛丽一直处于昏迷状态,梦中也不得安宁,因为她咳得十分厉害。老太婆们把孩子们撵走,可他们还是跑到窗前,有时只待一分钟,只为了说一句:'你好呀,我们的好玛丽!'她只要看见他们，或者听见他们的声音，便活跃起来，不听老太婆们的劝告，立刻竭力用胳膊支起身子，朝他们点头，向他们道谢。他们照旧送给她糖果，可是她几乎一点也不吃。请你们相信，由于这些孩子，她死去时几乎是很幸福的。由于这些孩子，她忘记了自己极大的不幸；她仿佛从孩子们那里得到了宽恕，因为她一直到死都认为自己是一个罪孽深重的女人。他们像小鸟般在她的窗前拍着翅膀，每天早晨对她喊道：'我们爱你，玛丽。'她很快就死了。我曾以为，她会活得久些。在她死去的头一天，我在日落之前到她那里去了一趟。她仿佛认出我来了。我最后一次握她的手。她的手多瘦啊！翌日凌晨，忽然有人前来对我说玛丽死了。那时候孩子们是根本拦不住了。他们在她的棺材上面放满了鲜花，在她的头上戴了一个花环。牧师在教堂里已不再羞辱死者，可是送殡的人很少，只有几个人出于好奇去看热闹。抬棺材的时候，孩子们一拥而上，抢着去抬。他们虽然抬不动，但是争着帮忙，所有的孩子都在棺材后面奔跑，大家全哭了。从那时候起，孩子们常到玛丽小小的坟头去致敬。他们每年在她的坟头放些鲜花，周围种上玫瑰。但是安葬以后，由于孩子的缘故，我竟成了全村的众矢之的。主谋者是牧师和那个小学教师。他们甚至严禁孩子和我见面，并叫什奈德尔监督此事。然而，我们还是可以见面，从远处用手势交谈。他们给我写小纸条，以后这一切都顺利解决了，而且反倒更好：由于村里人的迫害，我和孩子们更接近了。在最后的一年间，我甚至和蒂波与牧师都几乎言归于好了。什奈德尔对我讲了许多话，批评我对孩子们采取了有害的'方法'。其实我哪里有什么方法！最后，什奈德尔对我说出了一个很奇怪的想法，那是在我即将离开那里之前,他对我说,他完全相信,我自己完全是一个孩子,也就是一个十足的孩子,只是身材和面孔像成年人,至于在发育、心灵、性格,也许甚至在智慧方面,我都不是成年人,即使我活到六十岁,我也将是这样。我大笑起来:他当然说得不对,因为我怎么会是个孩子呢?但他有一点是对的,我的确不喜欢和成年人,也就是和大人们在一起。我早就注意到这一点了。我所以不喜欢跟他们在一起,是因为我不善于和他们打交道。不论他们跟我说什么,不论他们对我怎么好,不知为什么,我同他们在一起依然总是感到难受。只要我能尽快到同伴们那里去,我就高兴得要命,而我的同伴永远都是孩子。但是,这并不是因为我自己也是孩子,只不过是因为有一种力量把我吸引到孩子们那里去。还在我乡居生活的初期,我常独自跑到山里去发愁,有时独自在村中徘徊,每当我(特别是在正午放学时)遇见一大群吵吵嚷嚷的孩子,他们背着书包和石板奔跑、喊叫、嬉笑、玩耍的时候,我的全部心灵蓦地就倾注到他们身上去了。我也不知道是怎么回事,但是每当我和他们相遇,我总会产生一种异常强烈的幸福感。我常常停住脚步,幸福得笑了起来,瞧着他们那些小小的、一闪一闪的、永远在奔跑的小腿,瞧着在一起奔跑的男女孩子,瞧着他们的笑和泪(因为有许多孩子在从学校回家的途中要打架、哭泣,事后又言归于好,一同游戏),那当儿,我就把自己的一切烦恼全都忘得干干净净。在以后的三年内,我甚至都无法理解,人们怎么会烦恼,为什么要烦恼?我的全部身心都倾注在他们身上了。我从未考虑过离开村子的事,至于我有朝一日要到这里来,要回俄国,这一点我连想都没有想过。我觉得我会永远寄居国外,但是,我终于看出什奈德尔不能养活我了,当时突然发生了一件看来相当重要的事,什奈德尔竟亲自催我动身,并且代我作了答复,说我就要回来了。我要看一看究竟是怎么回事,还要和什么人商量一下。我的命运也许要完全改变,但是,这一切都无关紧要。主要的是:我的整个生活都改变了。我在那里留下了许多东西,多得很。不料一切都消逝了。我坐在车厢里想道:'现在我正走向人间:我也许什么都不知道,但是新的生活已经到来。'我决定诚实而坚定地完成自己的事业。和人们在一起,我也许会感到寂寞和难受。首先,我决定以谦恭有礼和诚恳坦率的态度对待一切人;未必有人会向我提出更高的要求。在这里也许有人会把我当作孩子,——随他去吧!不知为什么,大家还认为我是白痴,我的确生过病,病中像是个白痴。但是现在我既然明白人家把我当作白痴,我还算什么白痴呢?我去拜访别人的时候,心里常常想道:'人家把我当作白痴,然而我毕竟是聪明的,他们都猜不到……'我常有这种想法。我到柏林时,收到从瑞士寄来的几封小小的信(他们已经会给我写信了),我才明白我是多么喜欢他们。收到第一封信的时候,我是很难受的!给我送行的时候,他们多伤心啊!他们在我动身前一个月就开始准备送行:'列昂要走啦,列昂一走就再也不回来啦!'每天晚上我们照旧在瀑布旁边聚会,谈论着我们的分离。有时还和以前一样快乐;只有在夜里分手时,孩子们才紧紧地、热烈地拥抱我,这种情况先前不曾有过。有些孩子瞒着所有的人,偷偷地跑到我那里去,只是为了避开大家单独来拥抱我,吻我。我动身的时候,大家成群结队地送我上车站。火车站离我们村子约有一俄里。他们竭力忍住眼泪，但是有许多孩子忍不住了，终于哭出声来，特别是小姑娘们。我们生怕误点，赶紧往车站走，但是半路上常有一个孩子蓦地从人群里向我扑来，用小手拥抱我，吻我，使大伙儿都停止不前。我们虽然急于赶路，可是大家全都站下了，等候他和我道别。当我坐上火车，火车开动的时候，他们齐声对我呼喊：'乌拉！'久久地站在那里，直到火车完全消失。我也望着他们……你们要知道，当我方才走到这儿来，看到你们可爱的面孔（我现在总是很仔细地端详人们的面孔），并听到你们最初几句话的时候，我的心里才感到轻松，这是从那时以来我第一次感到轻松。我刚才已经想到，也许我真的是一个幸福的人。我知道，能使人立刻发生好感的人不是很快就能遇到的，但是我刚下火车，立刻就碰上了你们。我很清楚，一个人向大家诉说自己的感情是可羞的事，可现在我对你们说话却并不感到羞愧。我不善于交际，也许很久都不会再到你们这儿来了。但愿你们不要以为这是故意怠慢：我说这话，并不是因为不尊重你们。你们也不要以为我是为了什么事生气了。你们问过我，你们的脸长得怎样？我在你们的脸上看出了什么？这我很乐意对你们讲讲。阿杰莱达·伊万诺夫娜，您满脸福相，在所有这三张脸中是最讨人喜欢的。您除了长得很美以外，别人见了您还会这样说：'她有一副好心的姐妹的脸。'您待人直爽开朗，但您善于很快地了解人们的心。我对您的面相就是这种看法。亚历山德拉·伊万诺夫娜，您的脸也很美，很可爱，但是您也许有什么隐忧；您的心灵无疑极为善良，可是您并不快乐。您脸上有一种特殊的风韵，就像收藏在德累斯顿的那幅贺尔拜因画的圣母像①。这就是我对您的脸的看法。我相得准吗？是你们自己把我当作相面的了。至于您的脸，伊丽莎白·普罗科菲耶夫娜，"他蓦地对将军夫人说道，"从您的面相来看，我不但有这种感觉，而且简直深信您是一个十足的孩子，虽说您已经上了岁数，可是从一切方面，从一切方面，从一切好的方面和一切坏的方面来看，都是这样。我这么说，您不会生我的气吧？您可知道，我把孩子看作什么样的人？我刚才很坦白地谈出我对你们的面相的意见，但是你们不要以为这是出于天真。不，完全不是这样！兴许我也有自己的用意。"

---

① 指德国宗教改革运动时期画家汉斯·贺尔拜因（1497—1543）的作品《圣母与雅各·梅耶尔市长一家》。

七

公爵说完后，大家都开心地瞧着他，连阿格拉娅也不例外，而伊丽莎白·普罗科菲耶夫娜则更是如此。

"这算考完啦!"她喊道，"小姐们，你们以为你们会像保护穷人似的保护他，可是他勉强地领了你们这份情，还附带提出一个条件，说他日后只能偶尔来一两趟。我们倒成傻瓜啦，尤其是伊万·费奥多罗维奇，不过这倒叫我很高兴。真妙，公爵! 刚才有人叫我们考您一下。您对我的面相发表的意见是完全正确的: 我是个孩子，我也知道这一点。我比您知道得还早。您一句话就把我的意思表达出来了。我认为您的性格和我完全一样，我很高兴。真像两滴水一样相似。只不过您是男子，而我是女人，又没有去过瑞士。只有这一点区别。"

"您别急呀，妈妈，"阿格拉娅喊道，"公爵说，他说的那些话全都含有特殊用意，不是无缘无故说出来的。"

"是啊，是啊。"另外两个姑娘笑了。

"亲爱的，你们不要取笑他，他兴许比你们三个人加在一起还要狡猾呢。你们会看到的。但是公爵，您为什么对阿格拉娅什么也没说? 阿格拉娅等候着，我也等候着。"

"我现在什么都不能说。我以后再说。"

"为什么? 她不是很引人注目吗?"

"是很引人注目。阿格拉娅·伊万诺夫娜,您是一位绝色美人。您美得叫人都不敢看您。"

"就只有这一点?她的禀性呢?"将军夫人追问道。

"美是很难评价的。我还没有准备好。美是一个谜。"

"这就是说,您给阿格拉娅出了一个谜,"阿杰莱达说,"阿格拉娅,你猜猜吧。她到底美不美?公爵,美不美?"

"太美了!"公爵入迷地瞧了阿格拉娅一眼,热情地答道,"几乎和纳斯塔霞·菲利波夫娜一样美,虽说面孔完全不同!……"

大家惊讶得面面相觑。

"像——谁——呀?"将军夫人曼声说道,"像纳斯塔霞·菲利波夫娜?您在哪儿看见纳斯塔霞·菲利波夫娜啦?是哪一个纳斯塔霞·菲利波夫娜?"

"方才加夫里拉·阿尔达利翁诺维奇给伊万·费奥多罗维奇看过她的相片。"

"怎么?他把相片给伊万·费奥多罗维奇拿来啦?"

"拿给他看过。纳斯塔霞·菲利波夫娜今天送给加夫里拉·阿尔达利翁诺维奇一张相片,他就拿来给伊万·费奥多罗维奇看。"

"我想看看!"将军夫人几乎跳了起来,"那张相片在哪里?如果是送给他的,那就应该在他手边。他当然还在书房里吧。他每星期三都到这里来工作,四点钟以前从不离开。立刻把加夫里拉·阿尔达利翁诺维奇叫来!不,我并不急着要见他。劳您的驾,公爵,亲爱的,请您去一趟书房,向他要那张相片,拿到这里来。您就说有人要看看。请吧。"

"人倒不错,不过太傻了。"公爵出去以后,阿杰莱达说。

“是的,是有点太那个,”亚历山德拉承认道,“甚至有点可笑。”

她们两人似乎都没有完全说出自己的想法。

“不过他给我们相面,倒顺利脱身了,”阿格拉娅说,“他把大家都恭维了一番,连妈妈也在内。”

“请你别说俏皮话!”将军夫人喊道,“不是他恭维了我,而是我受了恭维。”

“你以为他方才是想脱身?”阿杰莱达问。

“我觉得他并不那么傻。”

“去你的吧!”将军夫人生气了,“据我看,你们比他还可笑。他虽然有点傻气,但是倒很有心眼,当然,这是从最高尚的意义上来说的。他完全和我一样。”

“我脱口说出了相片的事,这当然很不好,”公爵朝书房走去时暗自寻思,感到有点内疚,“但是……我说漏了嘴,兴许倒做了一件好事……”他脑子里开始闪现一个奇怪的念头,不过这个念头还不十分清晰。

加夫里拉·阿尔达利翁诺维奇还坐在书房里,正埋头处理公文。他想必的确不是白白领取股份公司的薪俸。公爵向他要那张相片,并说出了女人们是怎样知道了相片的事,这时,加夫里拉·阿尔达利翁诺维奇简直是狼狈不堪。

“唉!您干吗这么多嘴!”他气急败坏地喊道,“您什么也不知道……白痴!”他喃喃自语道。

“对不起,我根本就没加考虑,顺口就说了出来。我说,阿格拉娅几乎和纳斯塔霞·菲利波夫娜长得一样美。”

加尼亚请他比较详细地谈谈事情的经过;公爵说了一遍。加尼亚又带着嘲笑的神情瞧了他一眼。

"您倒把纳斯塔霞·菲利波夫娜记在心上了……"他嘟哝道，但是没有说完就沉思起来。

他显然惶惶不安。公爵又提起了那张相片。

"公爵，您听着。"加尼亚蓦地说道，仿佛他突然有了主意，"我想请您帮一个大忙……不过我真是不知道……"

他犹豫起来，没有把话说完。他正在下决心，仿佛在作思想斗争。公爵默默地等候着。加尼亚再次用审视的、专注的目光瞧了他一眼。

"公爵，"他又开始说道，"她们现在对我……为了一桩非常离奇……而且可笑的事……在这件事上我并无过错……噢，总之这是多此一举，——她们好像有些生我的气，所以一段时期以来，只要她们不找我，我是不愿到她们那里去的。我现在非常需要和阿格拉娅·伊万诺夫娜谈谈。我预先写了几句话(他的手里有一张折叠起来的小纸条)，可是不知道怎样交给她。公爵，您现在能不能替我交给阿格拉娅·伊万诺夫娜，不过只能交给阿格拉娅·伊万诺夫娜一人，也就是不要让别的人看见，您明白吗？这并不是什么了不起的秘密，没有任何那种……但是……您办得到吗？"

"我不大乐意做这件事。"公爵答道。

"唉，公爵，这事对我来说至关紧要!"加尼亚开始央求他，"她也许会答复……请您相信，我只是在迫不得已、万般无奈的情况下才会求……有谁能给我送去呢？……这是很重要的……对我来说至关紧要……"

加尼亚唯恐公爵不答应，便怯生生地带着哀求的神情不时瞧瞧公爵的眼睛。

"好吧，我替您转交。"

"不过不能让任何人看见，"加尼亚高兴起来，又恳求道，"公爵，我希望您能保证决不食言，行吗？"

"我决不给任何人看。"公爵说。

"这信没有封，但是……"加尼亚过于慌张，不禁脱口而出，后来又不好意思地住口了。

"哦，我决不看。"公爵十分干脆地答道，拿起相片就走出了书房。

加尼亚独自留在那里，捧着自己的脑袋。

"只要她说一句话……我……我，也许真的会一刀两断！……"

他由于激动和期待，不能再坐下办公，便开始在书房的两个墙角之间踱来踱去。

公爵边走边想。加尼亚委托他办的事使他惊讶和不快，想到加尼亚给阿格拉娅写的信，也使他惊讶和不快。但是，他走到离客厅还有两间屋子远的地方，却蓦地站住，仿佛想起什么事情，向四周打量了一番，然后走到窗前，凑在光线下看起纳斯塔霞·菲利波夫娜的相片来了。

他仿佛想要猜出隐藏在这张脸上的那种方才曾使他惊讶的什么东西。他几乎还没有忘掉方才的印象，现在仿佛是急于把什么东西重新检验一番。这张在美貌和别的方面都不同寻常的脸，现在使他更为惊讶。这张脸上仿佛含有无限的骄傲和轻蔑，几乎是仇恨，同时还有一种轻信的、无比天真的神态。看到这张脸的当儿，这两种截然相反的特点甚至似乎引起了一种恻隐之心。这种令人目眩的美简直使人受不了，一张苍白的脸，几乎是凹陷的双颊和一双炯炯有神的眼睛，都是那么美；奇特的美！公爵看了片刻，这才豁然醒悟，环视了一下四周，匆忙把相片凑到唇边吻了一下。过了一会儿，他走进客厅时，他的脸色已经完全平静下来。

但是，他刚走进餐厅（和客厅隔着一个房间），阿格拉娅便从里面走出来，几乎和他在门口撞个满怀。她是单独一人。

"加夫里拉·阿尔达利翁诺维奇叫我转交给您。"公爵说着就把信递给了她。

阿格拉娅站住了，她接过信，有点奇怪地瞧了公爵一眼。她的目光里没有一丝腼腆，只是多少流露出一点诧异的神情，但这诧异仿佛也只是由公爵一人引起的。阿格拉娅仿佛在用眼神要求他作出解释：他是怎么和加尼亚一起卷进这件事里去的？她安详而傲慢地要求着。他们相对站了两三秒钟。末了，她的脸上微微露出一种嘲讽的神情。她微微一笑，走了过去。

将军夫人带点轻蔑的神气默默地把纳斯塔霞·菲利波夫娜的相片察看了一番。她伸出一只手捏住相片，特意装腔作势地把相片拿得离眼睛远些。

"不错，是个美人，"她终于说道，"甚至很美。我见过她两次，只不过是从远处看的。看来您很欣赏这样的美啰？"她蓦地对公爵说。

"是的……我喜欢这样的……"公爵有点吃力地答道。

"就是这样的美吗？"

"就是这样的美。"

"为什么呢？"

"在这张脸上……有许多悲哀……"公爵情不自禁似的说道，他仿佛在自言自语，并不是回答她的问题。

"不过您也许是在说梦话。"将军夫人断言道，随即用傲慢的姿势把相片抛在桌上。

亚历山德拉把它拿起来，阿杰莱达走到她身边，两人察看起来。这当儿，阿格拉娅又回到客厅里来了。

"真有力量！"阿杰莱达从姐姐的肩后贪婪地瞧着相片，蓦地喊道。

"在哪里？什么力量？"伊丽莎白·普罗科菲耶夫娜厉声问道。

"这样的美就是一种力量，"阿杰莱达热烈地说，"一个人有这样的美，可以把世界翻转过来！"

她若有所思地退到自己的画架旁。阿格拉娅仅仅朝相片瞥了一眼，她眯着眼睛，撇了撇下唇，便走到一旁，无所事事地坐下。

将军夫人摇铃。

"把加夫里拉·阿尔达利翁诺维奇叫到这里来，他在书房里。"她向进来的仆人吩咐道。

"妈妈。"亚历山德拉耐人寻味地喊了一声。

"我要对他说两句话，这就够了！"将军夫人连忙断然地说道，阻止女儿提出不同意见。她显然很生气。"公爵，您瞧，我们这里现在全是秘密，全是秘密！必须如此，这是一种礼节，真是愚蠢。又是在这么一件最需要坦率、明确和真诚的事情上。正在筹办几门婚事，我不喜欢这些婚事……"

"妈妈，您这是怎么啦？"亚历山德拉又急忙阻止她。

"你怎么啦，我的宝贝女儿？你自己难道就喜欢？公爵听见也不妨，我们是朋友嘛。至少我和他是朋友。上帝寻找的当然都是好人，他不需要反复无常的坏人。特别不需要翻手为云、覆手为雨的那种反复无常的人。你明白吗，亚历山德拉·伊万诺夫娜？公爵，她们说我是怪物，可我识别得出好歹。因为主要得看心眼好不好，别的全是瞎扯。当然也需要头脑……也许头脑是最主要的。阿格拉娅，你别笑，我并不自相矛盾。有心无脑的傻子和有脑无心的傻子一样不幸，这是古老的真理。我就是有心无脑的傻子，你是有脑无心的傻子。我们俩都不幸，我们俩都在受苦。"

"您怎么会那样不幸呢，妈妈？"阿杰莱达忍不住问道，在这伙人当中，看来只有她一个人还没有失去愉快的兴致。

"第一，是因为我有几个学识渊博的女儿，"将军夫人斩钉截铁地说道，"仅此一端就够受了，其余的就不必多说。已经费了很多唇舌。就让我们来看看，你们两个（我没把阿格拉娅算在内）老是这么聪明过人又多嘴多舌，将来可怎么办呢？最可尊敬的亚历山德拉·伊万诺夫娜，你和你可敬的先生将来会不会有幸福？……啊！……"她看见加尼亚走进来，不禁喊道，"又来了一个婚姻！您好！"她答谢了加尼亚的鞠躬，但并不请他坐下，"您快结婚了吧？"

"结婚？……怎么？……结什么婚？……"加夫里拉·阿尔达利翁诺维奇目瞪口呆地喃喃道。他极为狼狈。

"您是不是要娶老婆啦？倘若您偏爱这种说法，我就这么问吧。"

"不，不……我……不。"加夫里拉·阿尔达利翁诺维奇撒着谎，羞得满面通红。他向坐在一旁的阿格拉娅瞟了一眼，很快又把目光移开了。阿格拉娅却冷冷地、专注地、安详地瞧着他，目不转睛地观察着他的窘态。

"不？您说不吗？"心如铁石的伊丽莎白·普罗科菲耶夫娜执拗地追问道，"得了吧，我要记住，您在今天，在星期三的

107

上午,回答我的问题时说了'不'。今天星期几?是星期三吗?"

"好像是星期三,妈妈。"阿杰莱达答道。

"她们从来不知道日子。今天是几号?"

"二十七号。"加尼亚答道。

"二十七号?这倒怪好记嘛。再见吧,您大概很忙,我也要更衣出门了。把您的相片拿去吧,替我向不幸的尼娜·亚历山德罗夫娜请安。再见,亲爱的公爵!您常来玩呀。我要特地到别洛孔斯卡娅那个老太婆那里去谈谈您的情况。亲爱的,您听我说:我相信,上帝就是为了我才把您从瑞士送到彼得堡来的。您兴许还有别的事,但主要是为了我。上帝就是这样考虑的。再见吧,亲爱的女儿们。亚历山德拉,我亲爱的,你跟我来。"

将军夫人出去了。加尼亚一副垂头丧气、怅然若失的模样,他恶狠狠地从桌上拿起相片,狞笑着对公爵说:

"公爵,我现在就要回家。倘若您没有改变到我家去住的打算,我可以带您去,不然的话,您连地址也不知道。"

"您等一等,公爵,"阿格拉娅蓦地从圈椅里站起来说道,"您还得在纪念册上给我写几个字。爸爸说您是书法家。我这就去给您取来……"

她出去了。

"再见,公爵,我也要出去。"阿杰莱达说。

她紧紧地握握公爵的一只手,亲切而温柔地对他一笑,便出去了。她没有看加尼亚。

"全是您干的好事,"大家刚出去,加尼亚突然冲着公爵咬牙切齿地说,"我要结婚的事,是您泄露给她们的吧!"他很快地喃喃低语道,满脸是疯狂的神情,眼里闪着凶光,"您是个恬不知耻的饶舌鬼!"

"请您相信,您弄错了,"公爵泰然自若、彬彬有礼地答道,"我根本就不知道您要结婚。"

"您方才听见伊万·费奥多罗维奇说,今天晚上要在纳斯塔霞·菲利波夫娜家里决定一切,您把这话也转告她们了!您在撒谎!不然她们还能从哪里知道呢?撞到鬼了,除了您以外,有谁会告诉她们呢?难道老太婆没给我暗示吗?"

"倘若您觉得她们给了您暗示,那您就能更清楚地知道是谁告诉她们的了。对于这件事,我可连一句话也没有说过。"

"信转交了没有?……回音呢?"加尼亚极不耐烦地打断了公爵的话。不料就在这当儿,阿格拉娅回来了,公爵什么都没来得及回答。

"喂,公爵,"阿格拉娅说着就把自己的纪念册放在小桌上,"请您挑选一页,给我写几个字吧。笔在这里,还是新的哩。钢笔头可以吗?我听说,书法家不用钢笔头写字。"

她和公爵谈话时,仿佛没有注意到加尼亚就在跟前。但是,当公爵修理钢笔头,寻找空白页,准备落笔的时候,加尼亚走到壁炉旁,走到站在公爵右边的阿格拉娅跟前,几乎是附在她耳根用颤抖的、时断时续的声音说:

"一句话,只要您说一句话,我就得救了。"

公爵陡然转过身子,看了他们俩一眼。加尼亚的脸上流露出真正绝望的表情。他仿佛不假思索地、不顾死活地说出了这两句话。阿格拉娅瞧了他几秒钟,流露出一种平静的、诧异的神情,跟方才看公爵时一模一样。这种平静的、诧异的神情,这种仿佛由于完全不明白别人对她所说的话而感到困惑的模样,此刻对于加尼亚来说,比最厉害的轻蔑还要可怕。

"叫我写什么呢?"公爵问。

"我现在就口授给您,"阿格拉娅转身对他说,"准备好了吗?您就写:'我不想做买卖。'然后写上几月几日。给我看看。"

公爵把纪念册递给她。

"好极了!您写得太好了。您的书法真绝!谢谢您。再见,公爵……且慢,"她补充道,仿佛蓦地想起了什么事,"跟我来,我想送您一点东西作纪念。"

公爵跟着她走出去。但是,刚进饭厅,阿格拉娅就站住了。

"您读一读吧。"她说着便把加尼亚的信递给了他。

公爵接过信,莫名其妙地瞧了瞧阿格拉娅。

"我知道您没有读过这封信,您也不可能成为这个人的代理人。您读吧,我想叫您读一下。"

这封信显然是仓促写成的:

今天将要决定我的命运,您知道将怎么决定。今天我必须无可挽回地说出自己的话。我没有任何权利博得您的同情,我不敢存任何希望。但是,您从前说过一句话,只有一句话,这句话照亮了我这黑夜一般的一生,成了我的灯塔。现在请您再说一句这样的话,那您就可以使我免于灭亡!您只要对我说:同一切决裂,那我今天就同一切决裂。噢,您说这句话不费吹灰之力!我求您说这句话,是因为我把它当作您对我的同情和怜悯的象征,如此而已,如此而已!别无他求,别无他求!我不敢抱什么奢望,因为我不配。但是,一旦我得到您的一句话,我就又会安于贫困,愉快地忍受我这令人绝望的处境。我要迎接斗争,我将乐于面对这场斗争,我要以新的力量在这场斗争中获得新生!

给我这句表示同情的话吧。(我对您发誓,只要同情!)倘有一个绝望的人,一个即将溺毙的人胆敢作最后挣扎以避免灭顶之灾,那就请您别为他的鲁莽而动怒吧。

加·伊

"这个人要使我相信,"公爵读完以后,阿格拉娅厉声说道,"'同一切决裂'这句话不会损害我的名誉,不会使我受到任何约束,于是就给我这封信,您瞧,作为书面保证。请您注意,他是多么幼稚地忙着在几个字下面加上黑点,又是多么粗鲁地流露出他隐秘的念头。不过他知道,倘若他同一切决裂,而且由他独自一人来干,不等我说出那句话,甚至不告诉我这件事,对我不抱任何希望,那么,我也可能改变我对他的感情,说不定还会成为他的朋友。他肯定知道这一点!但是,他的灵魂是肮脏的:他明明知道,却还犹疑不决;他明明知道,却还要求给他保证。他不能凭信心作出决定。他要我给他一个能把我弄到手的希望,来补偿那十万卢布。至于他在信里说我以前似乎说过一句什么话照亮了他的一生,那是他厚颜无耻地在撒谎。我只是可怜过他一次。但是他既无礼又无耻:他立刻想入非非地以为可以把我弄到手。我马上明白了这一点。从那时候起,他就开始追我,直到现在还追。但是这些就不必多说了。请您把这封信拿去还给他,您一离开我们家就马上还给他;当然不能在这之前。"

"我怎么回答他呢?"

"当然什么都不必回答。这就是最好的回答。那么您打算住在他的家里吗？"

"伊万·费奥多罗维奇方才亲自给我介绍的。"公爵说。

"我预先警告您，您得防着他一点。您把这封信退还给他，他是饶不了您的。"

阿格拉娅轻轻地握了握公爵的手，就出去了。她的脸色严肃，还皱着眉头。在和公爵颔首告别的时候，她甚至没露出一丝笑容。

"我立刻就来，我只是要取我的包袱，"公爵对加尼亚说道，"取来我们就走。"

加尼亚不耐烦地跺了一下脚，他的脸甚至气得铁青。末了，两个人终于走到街上，公爵手里拿着自己的包袱。

"回信呢？回信呢？"加尼亚气急败坏地问他，"她对您说什么来着？信转交给她没有？"

公爵默默地把那封信交给他。加尼亚愣住了。

"怎么？我的信！"他喊道，"您根本就没有交给她！啊，我本该料到这一点！哼，真——可——恶……怪不得她方才什么也不明白！您怎么敢，怎么敢，怎么敢不交给她，唉，真——可——恶……"

"对不起，恰好相反，您刚把信交给我，我就马上转交给她了，而且是按照您要求的那样交出去的。它所以又到了我的手里，是因为阿格拉娅·伊万诺夫娜刚才把它退给我了。"

"什么时候？什么时候？"

"我在纪念册上刚写完字，她就把我请出去了。（您听见了吧？）我们走进餐厅，她把信递给我，让我读一下，又叫我退给您。"

"让——您——读！"加尼亚几乎可着嗓门叫喊起来，"让您读！您读了吗？"

他又站在人行道当中发起愣来，惊讶得连嘴都闭不上了。

"是的，我刚读过。"

"是她自己，她自己交给您读的吗？是她自己吗？"

"是她自己，请您相信，她不请我读，我是决不会读的。"

加尼亚沉默片刻，苦苦地思索着什么，后来突然喊道：

"不可能！她不可能叫您读！您撒谎！是您自己读的！"

"我说的是实话，"公爵仍用先前那种丝毫不动声色的口吻回答，"请您相信，这件事居然给您留下这么不愉快的印象，这的确使我觉得很遗憾。"

"但是，倒霉鬼，当时她起码总对您说了些什么吧？她总有回话吧？"

"那当然。"

"那您倒说呀，说呀，唉，真见鬼！……"

加尼亚把他那只穿着胶皮套鞋的右脚在人行道上跺了两下。

"我刚读完，她就对我说，您正在追求她。她说，您打算败坏她的名声，以便从她那里得到一线希望，然后凭借这个希望，毫不吃亏地抛弃另一个可以得到十万卢布的希望。她又说，倘若您不跟她讲价钱就这么办，不预先向她索取保证就自行同一切决裂，她兴许会成为您的朋友。仿佛就是这些。对啦，还有一点。我接过信以后，曾问她可有什么回话？她当时说，没有回答就是最好的回答，——仿佛就是这样。倘若我忘了她的原话，只好请您原谅。我是按照我的理解转告您的。"

加尼亚气愤若狂，他的狂怒不可遏止地爆发出来：

"啊！原来如此！"他咬牙切齿地说道，"竟把我的信任朝窗外扔！哼！她不愿做这笔买卖，我偏要做！咱们走着瞧吧！我有的是办法……咱们走着瞧吧！……我一定要制服她！……"

他的脸扭歪了，变得苍白，还口吐白沫；他举起一个拳头威胁着。他们这样走了几步。他对公爵一点也不客气，仿佛他是独自待在自己的房间里，这是因为他根本就不把公爵放在眼里。可是他蓦地想起了什么，便清醒过来了。

"这究竟是怎么回事，"他突然对公爵说道，"您（白痴！——他暗自补充道），您刚认识她两个钟头，怎么忽然就使她这么信任您？这是怎么回事？"

他尝尽了一切痛苦，唯独还不曾感到嫉妒。可是这当儿一股妒意竟蓦地袭上他的心头。

"这一点我可没法对您解释清楚。"公爵答道。

加尼亚恶狠狠地瞪了他一眼：

"她把您叫到餐厅里去，是不是就为了把她的信任送给您？她不是想要送给您什么东西吗？"

"我想只能是这样。"

"这究竟是为什么呢？碰到鬼了！您在那里究竟干了些什么？您怎么就博得了她们的欢心？您听我说，"他急得团团转（此刻他脑子里不知怎么乱得就像开了锅似的，使他无法集中思想），"您听我说，您能不能好好想想，有条不紊地想一下，你们在那里究竟说了些什么，把所有的话从头到尾都想出来？您可记得，您注意到什么没有？"

"噢，我当然可以，"公爵答道，"我走进去，跟她们认识以后，一上来就谈到瑞士。"

"哼,叫瑞士见鬼去吧!"

"后来又谈到死刑……"

"死刑?"

"是的;那是在谈到别的事情的时候……后来,我告诉她们,我在那里的三年是怎么过的,还讲了一个可怜的乡下姑娘的故事……"

"哼,让那个可怜的乡下姑娘见鬼去吧! 再往下说!"加尼亚不耐烦地催促道。

"后来我讲什奈德尔怎样把他对我的性格的看法告诉了我,他强迫我……"

"让什奈德尔见鬼去吧,管他有什么看法! 再往下说!"

"以后,我说着说着就谈到了人的面相,也就是面部表情,我说阿格拉娅·伊万诺夫娜几乎和纳斯塔霞·菲利波夫娜一样美。就在这时候我不小心提到了那张相片……"

"但是,您并没有把,没有把前不久在书房里听到的那些话都告诉她们吧? 没有吧? 没有吧?"

"我向您重复一遍,我没有说。"

"鬼知道是从哪里……呸! 阿格拉娅没有把信给老太婆看吧?"

"这一点我完全可以向您保证,她没有拿给别人看。我一直待在那里;再说她也没有时间这么办。"

"也许您没有注意到……噢! 该——死——的白痴!"他完全失去常态,喊叫起来,"什么话都不会说!"

加尼亚跟某些人一样,一旦开口骂人而又无人回敬,就会渐渐放肆起来。再过一会儿,他兴许就会朝别人啐唾沫;他已气极欲狂。正是这种狂怒使他变得盲目了;不然他早就该注意到他那么鄙视的那个"白痴",有时会非常迅速而机灵地了解情况,并令人十分满意地转告别人。但是突然发生了一件出人意料的事情。

"我应该告诉您,加夫里拉·阿尔达利翁诺维奇,"公爵蓦地说道,"我先前的确不很健康,的确和白痴差不多;可是现在我早就恢复了健康,所以只要有人当面称我白痴,我就有点不高兴。虽然考虑到您不走运,我可以原谅您,可是您在烦恼中竟骂了我两次。我很不喜欢这样,特别是像您这样和我第一次见面就突然这么做。现在我们正站在十字路口,我们还是分手的好:您朝右边走,回家去,我朝左边走。我有二十五卢布,我肯定能找到带家具出租的房间。"

加尼亚窘得要命,甚至羞愧得满面通红。

"对不起,公爵,"他很热烈地喊道,突然把辱骂的口吻变成了非常谦恭有礼的语气,"看在上帝的分上,原谅我吧!您瞧,我有多么倒霉!您几乎什么都不知道,如果您知道了全部情况,您一定多少会原谅我的。虽然我当然是不可原谅的……"

"噢,我并不需要这种长篇大论的道歉,"公爵连忙答道,"我也知道您很不高兴,所以您才骂人。好吧,我们就到您府上去吧。我很乐意……"

"不成,现在不能就这样放过他,"加尼亚暗自寻思,一路上不时恶狠狠地瞧瞧公爵,"这个骗子从我这里刺探到了一切,然后突然摘下假面具……其中定有奥妙。我们走着瞧吧!一切都会得到解决的,一切,一切!就在今天!"

他们已经站在房前了。

八

　　加涅奇卡①的寓所在三楼,有一条极为清洁、明亮而又宽敞的楼梯通往那里。这寓所有六七个大小不等的房间,房间虽然都极为普通,但是一个有家眷的官员,即使年薪二千卢布,无论如何也是住不起的。这寓所本来是要分别租给那些要求包伙并提供仆役的房客住的,加尼亚和他的一家租下来还不到两个月。这件事使加尼亚极不愉快,但是尼娜·亚历山德罗夫娜和瓦尔瓦拉·阿尔达利翁诺夫娜却坚决主张并一再要求这么办,因为她俩照样也想成为有用之人,并多少增加一点家庭的收入。加尼亚愁眉苦脸地认为,当二房东是一件不成体统的事。他一向都以前程远大的英俊青年的姿态出入于上流社会,从此以后他在上流社会里就仿佛没脸见人了。凡是这种对命运的让步,凡是这种令人遗憾的窘迫,都是他精神上的深刻创伤。若干时候以来,不论遇到什么鸡毛蒜皮的小事,他都要大发雷霆,火冒三丈,即使他暂时同意让步和忍耐,也只是因为他已经决定在最短的时间内改变和改造这一切。但是这种改变本身,他决定采取的办法本身,就包含着不小的困难,而克服这种困难却比处理过去的一切更为麻烦,也

---

　　① 加涅奇卡,和加尼亚一样,都是加夫里拉的小名。

更为令人痛苦。

寓所被一条直接从外室延伸过来的走廊分为两半。在走廊的一侧,有三个房间准备出租给"有人特别介绍"的房客。在走廊这同一侧,在它的尽头,厨房的旁边,还有一个小房间,它比其余的房间都狭窄,退伍将军伊沃尔金,这位一家之主,就住在里面。他睡在一张宽阔的沙发上,出入寓所必须穿过厨房,走后面的楼梯。加夫里拉·阿尔达利翁诺维奇的十三岁的弟弟,中学生科利亚①,也住在这个小房间里。家里叫他也挤在这个房间里学习,睡在另一张破旧不堪、又窄又短的小沙发上,沙发上铺着一块破床单,他的主要任务是侍候和监督父亲,这对父亲来说是越来越必要了。拨给公爵的是三个房间当中的一个;右面一间住着费尔德先科,左边一间还空着。但是,加尼亚首先把公爵带到自己一家住的那一半住宅里去了。他家住的那一半包括一间大厅(必要时可改作餐厅),一间客厅(不过它只是在上午才作客厅,一到晚上就成为加尼亚的书房和卧室),最后还有一个很窄的房间,总是关着门,这是尼娜·亚历山德罗夫娜和瓦尔瓦拉·阿尔达利翁诺夫娜的卧室。总之,这寓所里的一切都拥挤不堪。加尼亚只好暗暗地咬牙切齿。他虽然尊敬母亲,也愿意尊敬她,但一眼就能看出,他是家中的大暴君。

尼娜·亚历山德罗夫娜不是独自待在客厅里,瓦尔瓦拉·阿尔达利翁诺夫娜和她坐在一起。她俩正在那里做针线活,跟客人伊万·彼得罗维奇·普季岑聊天。尼娜·亚历山德罗夫娜有五十来岁,一张干瘦凹陷的脸,眼睛下面有很浓的

---

① 科利亚,尼古拉的小名。

黑圈。她带着病容,有点忧郁,但面部表情和眼神却相当招人喜欢。她一开口就显露出严肃的、充满真正尊严的性格。她虽然神态忧郁,却令人感到她很坚定,甚至很果断。她衣着非常朴素,穿着一件深色的、完全是老太婆式的衣服,但是她的言谈举止和整个风度,都说明她是一个见过大世面的女人。

瓦尔瓦拉·阿尔达利翁诺夫娜是个二十三岁左右的少女,中等身材,很瘦,她的面貌虽然不算很美,却含有一种并非以美色取悦于人却能使人为之倾倒的神秘风韵。她长得很像母亲,由于根本就不爱打扮,因此就连穿的衣服也几乎和母亲一样。她的灰色眼睛虽然有时也能流露出十分愉快而温柔的神色,但通常总是显得那么严肃而且若有所思,有时甚至很过分,尤其是在最近。她的脸上也有一种坚决果断的神情,但是令人感到她的坚决甚至比母亲更充满朝气,更富有魄力。瓦尔瓦拉·阿尔达利翁诺夫娜的脾气很暴躁,就连她的哥哥有时都怕她这种暴躁脾气。现在正坐在他们家里的客人伊万·彼得罗维奇·普季岑也有点怕她。此人还很年轻,不到三十岁,衣着朴素,但很雅致,风度翩翩,但有点过于庄重。他蓄着深褐色的小胡子,这表明他没在衙门里做事。他的谈吐机智而又风趣,但他经常默不作声。总之,他给人的印象不坏。他对瓦尔瓦拉·阿尔达利翁诺夫娜显然颇有好感,也不掩饰自己的感情。瓦尔瓦拉·阿尔达利翁诺夫娜对他很友好,但对他的一些问题却迟迟不答,甚至讨厌这些问题。不过普季岑却毫不灰心。尼娜·亚历山德罗夫娜对他很亲切,近来甚至很信任他了。不过大家都知道,他专放高利贷,收取比较可靠的物品作为抵押。他同加尼亚是莫逆之交。

加尼亚冷冰冰地向母亲问了安,根本没跟妹妹打招呼。

他详细地，然而断断续续地把公爵介绍了一番之后，立刻就把普季岑从房间里带到什么地方去了。尼娜·亚历山德罗夫娜听了加尼亚的介绍，对公爵说了几句亲切的话，就吩咐在门外窥探的科利亚把公爵领到中间那个房间里去。科利亚这个男孩子生着一张愉快的、十分可爱的脸，有一种轻信而天真的神气。

"您的行李在哪里？"他把公爵带进房间时问道。

"我有一个小包袱；我把它放在前厅里了。"

"我立刻给您拿来。我们家的仆人只有厨娘和马特廖娜两个人，所以我也帮着干活。瓦里娅①是总管，她好生气。加尼亚说，您今天从瑞士来，是吗？"

"是的。"

"瑞士好吗？"

"很好。"

"有山吗？"

"有。"

"我马上把您的那些包袱拿来。"

瓦尔瓦拉·阿尔达利翁诺夫娜走了进来。

"马特廖娜立刻就来给您铺床。您有箱子吗？"

"没有，只有一个小包袱。令弟去拿了，包袱在前厅里。"

"那里除了这个小包袱以外没有任何包袱。您放在哪里了？"科利亚回到室内后问道。

"就是这个，再没有别的了。"公爵收下自己的小包袱，郑重说明道。

① 瓦里娅，瓦尔瓦拉的小名。

"啊！我还以为是被费尔德先科偷去了呢。"

"不许胡说。"瓦里娅厉声说道。她对公爵说话也是冷冰冰的,只是稍微客气一点。

"亲爱的巴比特①,对我不妨温柔一些,我又不是普季岑。"

"科利亚,你太蠢啦,还该揍你一顿才是。公爵,不论您需要什么,都可以找马特廖娜。四点半开午饭。您可以跟我们一起吃,也可以在自己的房间里吃,随您的便。走吧,科利亚,别打扰他。"

"走吧,你这个倔脾气!"

他们出去的时候碰见了加尼亚。

"父亲在家吗?"加尼亚问科利亚,科利亚作了肯定的回答以后,加尼亚就附耳对他说了几句话。

科利亚点点头,跟着瓦尔瓦拉·阿尔达利翁诺夫娜出去了。

"我有两句话要对您说,公爵。我由于这些……事情,竟忘记对您说了。我有一个请求:如果您不觉得十分为难的话,那么请您费心不要在这里说出我方才和阿格拉娅之间发生的事,也不要在那里谈起您在这儿见到的情况;因为这里也有许多不成体统的事。不过见它的鬼……至少您今天要约束一下自己。"

"请您相信,我说过的话确实比您想象的要少得多。"公爵说,他对加尼亚的责难有些生气。他俩的关系看来越来越坏了。

──────────

① 巴比特,"瓦里娅"在法语中的读法。

"哼,由于您的缘故,我今天已经受够了。总之,我恳求您。"

"您还要注意这样一点,加夫里拉·阿尔达利翁诺维奇,我方才受过什么约束?为什么我就不能提起相片的事?您并没有请求我不提呀。"

"唉,多糟的一个房间,"加尼亚轻蔑地环视着四周说道,"这么黑,窗户还对着院子。从各方面来看,您到我们这里来得不是时候……嗯,这不关我的事;房间又不是我出租的。"

普季岑探头看了一下,便召唤加尼亚。加尼亚连忙离开公爵走了出去。他虽然还想说点什么,但看来犹豫不决,仿佛羞于启齿。他咒骂房间时也仿佛有点忸怩不安似的。

公爵刚洗完脸,把自己收拾得整齐了一点,门又开了,出现了一个陌生人。

这位先生有三十岁上下,个子不小,肩膀宽阔,硕大的脑袋上长着浅红色鬈发。他的脸多肉而红润,嘴唇很厚,鼻子又宽又扁,一对嘲弄人的小眼睛周围堆满了脂肪,仿佛在不停地眨动。总的说来,这一切都给人一种厚颜无耻之感。他的衣服很脏。

他起初只把门开到可以探进头来的程度。他探进头来朝室内环视了大约五秒钟。接着门慢慢地开了,他的整个身子出现在门口。但是,客人还没有进来,他仍站在门口眯着眼睛仔细打量公爵。末了,他关上门,走上前来,坐在椅子上,紧紧地握住公爵一只手,让公爵坐在斜对面的一张沙发上。

"费尔德先科。"他用探询的目光凝视着公爵的脸说。

"您有何贵干?"公爵几乎哑然失笑地答道。

"我是一个房客。"费尔德先科又说,照旧端详着公爵。

“您是想跟我结识一下吧？”

“唉,唉!”客人说着便把头发弄乱,还叹了一口气,开始观看对面的一个角落,“您有钱吗？”他蓦地朝公爵转过脸来问道。

“不多。”

“究竟有多少？”

“二十五卢布。”

“给我瞧瞧。”

公爵从背心口袋里掏出一张二十五卢布的钞票,递给了费尔德先科。费尔德先科把钞票展开,看了一眼,接着又翻过去,放在亮处察看。

“真奇怪,”他像陷入沉思般地说道,“为什么颜色这么深？这种二十五卢布的褐色钞票有的颜色很深,有的又很浅。您拿去吧。”

公爵收回了钞票。费尔德先科从椅子里站起来。

“我是来警告您的:第一,您不要借给我钱,因为我肯定会来借钱的。”

“好吧。”

“您在这里打算付钱吗？”

“是的。”

“我可不想付。谢谢。我住在您右边第一个门里,您瞧见了吗？您无须经常光临寒舍。我会到您这里来的,您不必担心。您见过将军没有？”

“没有。”

“也没听说过吗？”

“当然没有。”

"您会见到他并听到他的情况的。何况他甚至还向我借钱哩！预先警告。再见吧。姓费尔德先科的人还能有什么活路？啊？"

"为什么不能呢？"

"再见。"

他向门口走去。事后公爵获悉，这位先生仿佛自愿承担了专以独出心裁和逗人开心而使大家吃惊的任务，但是他从来没有做到这一点。有些人甚至对他的印象不佳，这使他实在伤心，但他依然没有放弃这项任务。他走到门口，跟一位正往里走的先生撞了个满怀，这才仿佛清醒过来。他让公爵不认识的这位新客人走进室内，在客人身后使了好几次眼色以示警告，就这样昂首阔步地走了。

新来的这位先生身材高大，年纪在五十五岁左右，甚至还要大些，身躯肥胖，生着一张血红的、多肉的、皮肤松弛的脸，脸上长着浓密的花白连鬓胡，还蓄了唇髭，眼睛很大，鼓得相当厉害。倘若他身上没有一种颓唐、衰老、甚至肮脏的气息，倒也称得上是仪表堂堂。他穿着一件破旧的常礼服，肘部几乎已磨出了洞，内衣也沾满油渍，总之是一副家常的打扮。靠近他的时候，可以闻到他身上有一股轻微的伏特加气味。但是他的风度却给人留下深刻的印象，他还有点装模作样，显然是一心要炫耀自己的体面。这位先生走到公爵跟前，从容不迫地、亲切地微笑着，默默地拉住公爵一只手，握在自己手里不放，他把公爵的脸端详了片刻，仿佛在辨认自己熟悉的面貌似的。

"是他！是他！"他轻声地、然而很庄重地说道，"真像他犹在人世！我听见他们一再提到一个熟悉而亲切的名字，不禁回忆起了一去不返的往事……您是梅什金公爵吧?"

"正是,先生。"

"伊沃尔金将军,一个退役的倒霉将军。请问您的大名和父名?"

"列夫·尼古拉耶维奇。"

"是的,是的!是我的朋友,也可以说是我的总角之交尼古拉·彼得罗维奇的公子吧?"

"先父的名字是尼古拉·利沃维奇。"

"是利沃维奇。"将军更正了一下,但他依然从容不迫,十分自信,仿佛一点也没有忘却,只是无意中说错了。他坐下了,依然拉住公爵一只手,让他坐在自己身边,"我抱过您呀,先生。"

"真的吗?"公爵问道,"先父已亡故二十年了。"

"是的。二十年了。二十年零三个月。我们曾一同求学;后来我直接进入军界……"

"先父也是军人,在瓦西里科夫斯基团当过少尉。"

"是在别洛米尔斯基团。他几乎是在临死前不久调到别洛米尔斯基团去的。他死的时候我在场,还祝福他永远安息。您的妈妈……"

将军仿佛因往事不堪回首而住口了。

"过了半年,她由于着凉也去世了。"公爵说。

"不是由于着凉。不是由于着凉,请您相信我这老头子的话。当时我也在场,我也给她送过殡。她不是由于着凉去世的,而是由于对丈夫的去世伤心过度。是的,先生,我至今还记得公爵夫人!青春啊!我和公爵本是总角之交,为了她,双方几乎拔刀相向。"

公爵听着听着,不禁怀疑起来。

"我热情地迷上了令堂,当时她还没有出嫁,是我好友的未婚妻。公爵发觉以后,不禁大吃一惊。一天早晨,在六点多钟的时候,他跑来唤醒我。我很惊讶地穿上衣服。双方都沉默不语。我全都明白了。他从衣袋里掏出两支手枪。以一方手绢为界。没有证人。再过五分钟,我们就要把彼此都送进阴间,又何必找证人呢?我们装好子弹,铺好手绢,站在那里,互相用手枪瞄准对方的心窝,彼此瞧着对方的脸。突然,我们俩的眼泪像泉水般涌出,手也直哆嗦。两个人,两个人同时这样!当然啰,我们就互相拥抱,互相谦让了。公爵喊:她是你的!我也喊:她是你的!总之……总之……您是到我家……来住的吧?"

"是的,也许要住一些时候。"公爵仿佛有点口吃地说。

"公爵,我妈请您去一趟。"科利亚从门外伸进头来喊道。公爵站起来想走,但是将军把右手放在他的肩上,友好地迫使他重又在沙发上坐下。

"作为令尊的知己,我想警告您,"将军说,"您自己也看得见,由于一场可悲的灾难,我受了苦。但是没有经过审判!没有经过审判!尼娜·亚历山德罗夫娜是一个罕见的女人,瓦尔瓦拉·阿尔达利翁诺夫娜,我的女儿,是一个罕见的姑娘!我们由于境况不佳而出租寓所,这真是前所未闻的没落!……我本来都快当总督了!……可我们是永远欢迎您的。不过我家里发生了一出悲剧!"

公爵探询地、极为好奇地瞧着他。

"正在筹备一门婚事,一门罕见的婚事。女方是个轻薄的女人,男方是个可以做宫中侍从的青年。他们要把这个女人领进我家来,可我家还有我的女儿和我的妻子哪!只要我有一口气,她就休想进门!我要躺在门槛上,让她跨过我的身体!……我现在几乎不跟加尼亚说话,甚至避免和他见面。我特地警告您。您既然要住在我们家里,反正总会看见。但是,您是我朋友的儿子,我有权希望……"

"公爵,劳您的驾,请到我的客厅里来一趟。"尼娜·亚历山德罗夫娜亲自到门口来请公爵。

"你想想看,亲爱的,"将军喊道,"原来我还抱过公爵呢!"

尼娜·亚历山德罗夫娜带着责备的神气瞅了将军一眼,又寻根问底地瞅了公爵一眼,但是一句话也没说。公爵跟着她走了。但是,他们刚刚走进客厅坐下,尼娜·亚历山德罗夫娜十分匆忙地刚刚开始低声告诉公爵什么事情,将军蓦地自动光临客厅。尼娜·亚历山德罗夫娜立刻不作声了,显然很懊丧地低头做起针线活来。将军兴许也看出了夫人的懊丧,但依然兴高采烈。

"这是我朋友的儿子!"他朝尼娜·亚历山德罗夫娜喊道,"真是不期而遇!我早就不再想了。但是,亲爱的,你难道不记得已故的尼古拉·利沃维奇?你不是……在特维尔见过他吗?"

"我不记得尼古拉·利沃维奇。他是令尊大人吗?"她问公爵。

"是先父。不过他好像不是死在特维尔,而是死在伊丽莎白格勒,"公爵怯生生地对将军说道,"我是从帕夫利谢夫那里听说的……"

"是在特维尔,"将军肯定道,"他是在临死前,甚至是病重前调到特维尔去的。您那时还太小,记不得调动和旅行的情况。帕夫利谢夫虽然是个非常好的人,可也会记错的。"

"您也认识帕夫利谢夫?"

"他是一个罕见的人,不过我是亲眼目睹令尊大人去世的。他弥留时我曾祝福……"

"先父是在候审的时候去世的,"公爵又说,"虽说我始终弄不清究竟为了什么;他死在医院里。"

"哦,那是跟列兵科尔帕科夫案件有关,毫无疑问,公爵是可以被判无罪的。"

"是吗?您肯定知道是这样?"公爵特别好奇地问。

"那当然!"将军喊道,"法庭未作任何判决就解散了。那是一桩不可思议的公案!甚至可说是一桩神秘案件。连长拉里奥诺夫中尉病危,公爵奉命暂时代理他的职务。好。列兵科尔帕科夫偷了同伴的制靴皮子,换酒喝了。好。公爵当着上士和军曹的面(请您注意这一点)把科尔帕科夫申斥了一顿,吓唬他说要用树条抽他。很好。科尔帕科夫走进营房,躺在铺板上,过了一刻钟就死了。好极了。但是,这是一桩意外的、几乎是不可思议的案件。不管怎么说,大家把科尔帕科夫埋了。公爵打了报告,然后就把科尔帕科夫的名字从花名册上勾去了。仿佛没有比这再好了吧?但是,整整过了半年,在全旅检阅的时候,列兵科尔帕科夫竟像没事人似的,在同师同旅的诺沃泽姆梁斯基步兵团①第二营第三连出现了!"

"怎么?"公爵大惊失色地叫道。

---

① 作者在此让将军说出从格里鲍耶多夫的名剧《聪明误》中借用的一个团队的名称,借以强调将军说的故事是杜撰的。

"不是这样,这弄错了!"尼娜·亚历山德罗夫娜蓦地对公爵说,几乎是烦恼地瞧着他,"我的丈夫弄错了。"

"但是,我亲爱的,说一声弄错了并不费劲,可是您自己来断断这样的公案吧!当时大家都束手无策。我可以第一个说事情弄错了。然而不幸的是,我是亲眼看见,而且亲自参加了委员会。所有对质的人都证明他就是那个列兵科尔帕科夫,就是半年前按照普通的仪式、敲着军鼓下葬的那个列兵。这事的确是罕见的,几乎是不可思议的,我同意这一点,不过……"

"爸爸,午餐给您准备好了。"瓦尔瓦拉·阿尔达利翁诺夫娜走进室内宣布。

"啊,这好极了,妙极了!我饿得要命……不过,这也可以说是一种心理现象……"

"汤又要凉了。"瓦里娅不耐烦地说。

"就来,就来,"将军嘟哝着走出房间,"而且,无论怎么调查也……"大家听到他走到走廊里还在嘀咕。

"倘若您在我们这里住下,对阿尔达利翁·亚历山德罗维奇要多加原谅,"尼娜·亚历山德罗夫娜对公爵说道,"不过,他也不会过多地打扰您;他是单独用餐。您也知道,每个人都有自己的缺点,自己的……特性,有些人也许比人们平时指责惯了的那些人还要特别。我有一件事要请求您:要是我的丈夫请您交付房租,您就对他说,已经交给我了。您就是付给阿尔达利翁·亚历山德罗维奇,反正也会记在您的账上,我只是为了怕出错,这才请求您……这是什么,瓦里娅?"

瓦里娅回到室内,默默地把纳斯塔霞·菲利波夫娜的相片递给了母亲。尼娜·亚历山德罗夫娜打了个寒噤,起初仿佛吓了一跳,接着又怀着极为痛苦的心情把相片端详了片刻。最后她用探询的目光看了看瓦里娅。

"这是她今天亲自送给他的,"瓦里娅说,"今天晚上他们要决定一切。"

"今天晚上!"尼娜·亚历山德罗夫娜绝望般低声重复道,"怎么办呢?这件事已经再也无可怀疑,也没有什么希望了。她用这张相片说明了一切⋯⋯是他自己给你看的吗?"她惊讶地补充了一句。

"您要知道,我们几乎有整整一个月没有说过一句话。这一切都是普季岑对我说的,相片就扔在那里一张桌子旁的地板上,我拾起来了。"

"公爵,"尼娜·亚历山德罗夫娜蓦地对他说,"我想问您(说实在的,我就是为了这件事才请您到这里来的),您是不是早就认识我的儿子?他说,您好像是今天才从什么地方来到的,是吗?"

公爵把自己的情况简略地说了一遍,略去了一大半内容。尼娜·亚历山德罗夫娜和瓦里娅倾听着。

"我现在问您,并不是想探听加夫里拉·阿尔达利翁诺维奇的什么情况。"尼娜·亚历山德罗夫娜说,"请您对这一点不要产生误会。要是他有什么事不能对我直说,我也不愿意背地里打听。说实在的,我所以这样问,是因为方才加尼亚在您面前的时候,以及在您走了以后,我曾问起过您的情况,他老是回答我说:'他全知道,不必和他客气!'这是什么意思?也就是说,我想知道,在多大的程度上⋯⋯"

加尼亚和普季岑突然走了进来。尼娜·亚历山德罗夫娜立刻住嘴了。公爵仍坐在她身边的椅子上,瓦里娅则退到一旁去了。纳斯塔霞·菲利波夫娜的相片放在极显眼的地方，就在尼娜·亚历山德罗夫娜面前的小工作台上。加尼亚一看见这相片，就皱起眉头，懊丧地把它从桌上拿起来，扔到摆在室内另一端的他那张书桌上去了。

"加尼亚，是今天吗？"尼娜·亚历山德罗夫娜突然问道。

"什么今天？"加尼亚猝然一振，蓦地攻击起公爵来了，"啊，我明白啦，您又来了！……您这究竟是什么毛病呀？您就不会忍一会儿？到头来您总会明白，公爵大人……"

"这是我的错，加尼亚，和别人不相干。"普季岑插嘴道。

加尼亚狐疑地瞧了瞧他。

"这倒更好，加尼亚。何况从另一方面来说，事情也已经了结了。"普季岑喃喃地说道，然后退到一旁，坐在桌子旁边，从衣袋里掏出一张写满铅笔字的小纸，开始仔细观看。加尼亚愁眉苦脸，很不安地站在那里，等候爆发一场家庭纠纷。他甚至都没有想到向公爵道歉。

"倘若一切都已了结，那么伊万·彼得罗维奇的话自然是对的，"尼娜·亚历山德罗夫娜说道，"加尼亚，请你不要皱眉，也不必生气。你自己不愿意说的事，我决不问你。请你相信，我已完全屈服。劳驾，别担心了。"

她说这番话的时候并没有停止工作，仿佛确实很泰然。加尼亚感到惊讶，却小心翼翼地一言不发，只是瞧着母亲，等候她说得更明白些。家庭纠纷已使他吃够了苦头。尼娜·亚历山德罗夫娜看出了他的谨慎，便苦笑着补充道：

"你还在那里怀疑，不相信我。你放心吧，决不会像以前那样又是眼泪又是哀求，至少我不会这样。我的全部愿望就是要使你得到幸福，这你也知道。我向命运低头了。不论我们今后是住在一起还是分居,我的心永远和你在一起。当然,我只能对自己的行为负责;你可不能向你妹妹提出同样的要求……"

"唉,又是她!"加尼亚讥讽而憎恨地瞧着妹妹喊道,"妈妈!我再次对您发誓,我一定要履行我已对您许下的诺言:只要我在这里,只要我活着,永远不会有人胆敢瞧不起您。不论是涉及什么人,也不论是谁跨进咱们家的门,我也一定要他对您表示最大的敬意……"

加尼亚很高兴,他几乎是和解地、几乎是温存地瞧着母亲。

"加尼亚,你要知道,我一点也不替自己担心。这些日子我不安,我痛苦,都不是为了自己。听说你们今天要结束一切?究竟结束什么呢?"

"她答应今天晚上在自己家里宣布是否同意。"加尼亚答道。

"我们几乎有三个礼拜避免谈论这件事,这比较好。现在,当一切都将了结的时候,我只想问一件事:你既然并不爱她,她怎么能对你表示同意,甚至把自己的相片送给你呢?难道你能把这样一个……这样一个……"

"富有经验的女人,是不是?"

"我并不想这么说。难道你能完全把她蒙在鼓里?"

这句问话突然流露出一种非常愤激的口气。加尼亚站在那里寻思了片刻。他并不掩饰自己嘲弄的神态说:

"妈妈,您太激动,又忍不住了。我们总是这样开始,越吵越凶。您不是说过:您决不再盘问我,也不再责备我,可是现在又来了!我们最好别谈啦,真的,别谈啦。至少您原先的心意是……不论发生什么情况,我也永远不离开您。如果换一个人,至少会从这样一个妹妹身边跑开,——您瞧她现在看着我的那副神气!我们就谈到这里为止吧!我本来已经那么高兴……您怎么知道我在欺骗纳斯塔霞·菲利波夫娜?至于瓦里娅,那就随她的便吧。够了。唉,现在已经完全够了!"

加尼亚越说越激动,漫无目的地在室内徘徊起来。这样的谈话立刻触及了家中全体成员的痛处。

"我说过,只要她来到咱家,我就离开这里,我也说话算话!"瓦里娅说。

"这是出于固执!"加尼亚喊道,"你不肯出嫁,也是出于固执!你为什么对我嗤鼻子?瓦尔瓦拉·阿尔达利翁诺夫娜,我才不在乎呢,随你的便,哪怕现在就实现你的心愿也无不可。你叫我烦透了。怎么?公爵,您终于决定离开我们吗?"他看见公爵从座位上站了起来,便对他喊道。

加尼亚的口气里已流露出深深的愤怒,一个人到了这步田地,几乎会为这种愤怒而沾沾自喜,会不可遏止地沉湎其中,几乎还会产生一种越来越强烈的快感,不论这会导致什么结果。公爵在门口转过身来,想顶加尼亚几句,但是,他看到侮辱他的人铁青的脸色,感到不可再火上加油,便转身默默地走出去了。过了几分钟,他从客厅里传出的声音中听出,他走后谈话变得更加喧闹而且毫无顾忌了。

他穿过大厅向前厅走去,以便进入走廊,再从走廊上回自己的房间。他走近通楼梯的正门的时候,听到有人在门外拼命拉铃。但是门铃大概坏了:它只是微微颤动着,发不出声来。公爵取下门闩,把门打开。他惊讶得往后一退,甚至浑身打了个寒噤。原来站在他面前的竟是纳斯塔霞·菲利波夫娜。他立刻就根据相片认出她来了。她看见他时眼中闪现出恼火的神色。她快步走进前厅,半路上用肩膀撞了他一下,脱皮大衣的时候她气愤地说:

"你既然懒得修理门铃,至少也该坐在前厅里静听是否有人敲门。瞧,你现在把我的皮大衣也弄掉了,蠢货!"

皮大衣果然掉在地板上了。纳斯塔霞·菲利波夫娜没有等候公爵替她脱皮大衣,自己连瞧也不瞧就从后面把皮大衣抛到他的手里,不料公爵没来得及把它接住。

"真该把你辞掉。你快去通报吧!"

公爵本想说点什么,但是由于心慌意乱,什么也没说出来。他捧着从地板上拾起来的皮大衣朝客厅走去。

"哼,现在又捧着皮大衣走了!你把我的皮大衣拿走干什么?哈哈哈!你是疯子吧?"

公爵转过身来,泥塑木雕似的瞧着她。她笑的时候,他也跟着笑,但舌头一直动弹不得。他给她开门的最初一刹那,他面色苍白,现在却突然满脸通红。

"真是个白痴!"纳斯塔霞·菲利波夫娜愤怒地喊道,还朝他跺了一下脚,"喂,你去哪里?你通报的时候,说什么人来啦?"

"纳斯塔霞·菲利波夫娜。"公爵喃喃地说。

"你怎么认识我?"她急忙问他,"我从来没有见过你呀!你快去通报吧……那里面喊叫什么?"

"他们在争吵。"公爵回答着就向客厅走去。

他在相当紧要的关头走了进去:尼娜·亚历山德罗夫娜已经准备完全忘掉她那套"逆来顺受"的处世之道。不过她护着瓦里娅。普季岑已经抛开他那张写满铅笔字的纸片,也站在瓦里娅身旁。瓦里娅自己也毫不胆怯,她不是那种胆小的姑娘。但是,哥哥的粗话越来越放肆,越来越叫人无法忍受。在这种情况下,她照例不再开口,只是嘲弄地、默默地、目不转睛地瞧着哥哥。她知道,这种策略可以把哥哥逼进死胡同。就在这当儿,公爵跨进室内,宣布道:

"纳斯塔霞·菲利波夫娜来了!"

九

　　室内顿时鸦雀无声。大家都瞧着公爵,仿佛不明白,也不愿意明白他的话。加尼亚吓得目瞪口呆。

　　纳斯塔霞·菲利波夫娜的光临,尤其是在此刻光临,对于大家来说都是一桩非常奇怪又极为麻烦的意外事件。单就纳斯塔霞·菲利波夫娜居然第一次光临这一点来看,就够奇怪的了。在这之前,她一直十分傲慢,和加尼亚谈话时,甚至都不曾表示想和他的亲人认识一下,最近简直完全不提他们了,仿佛世上根本就没有他们似的。虽说加尼亚由于避免了一次使他感到非常麻烦的谈话也有几分高兴,然而对她这种傲慢依然耿耿于怀。无论如何,他只能料到她会嘲笑和挖苦他的家庭,而不能料到她居然会来拜访他。他确实知道,她明白他的求婚使他家里出现了什么样的局面,他的亲人又是用什么眼光看她。她现在来访,在赠送相片之后,在她的生日当天,在她答应决定他的命运的日子来访,这几乎同这个决定本身具有同样的意义。

　　大家都莫名其妙地瞧着公爵,但这种情况并未持续很久。纳斯塔霞·菲利波夫娜本人已出现在客厅门口,她走进室内的当儿,又轻轻推了公爵一下。

　　"我终于进来了……你们干吗把门铃给拴上啦?"她愉快

地说着便向急忙跑上前来的加尼亚伸出一只手去,"您怎么满脸晦气?请您给我介绍一下……"

已经六神无主的加尼亚首先把她介绍给瓦里娅,这两个女人都先用奇怪的目光瞧了对方一眼,这才互相伸出手去。不过纳斯塔霞·菲利波夫娜笑了,还装出一副快乐的样子;但是瓦里娅不愿意伪装,她愁眉苦脸地凝视着对方,脸上就连起码的礼貌所要求的那一丝笑意也看不见。加尼亚愣住了。他知道恳求已毫无用处,而且也来不及了,便朝瓦里娅投去威胁的一瞥,她从这狠狠的一瞥中明白了,此时此刻对于她的哥哥意味着什么。这当儿,她仿佛决定对他让步了,便向纳斯塔霞·菲利波夫娜莞尔一笑。(他们全家的人彼此还是很友爱的。)尼娜·亚历山德罗夫娜稍稍缓和了一下气氛。加尼亚已晕头转向,他在介绍了妹妹之后才介绍母亲,甚至把母亲领到纳斯塔霞·菲利波夫娜面前。尼娜·亚历山德罗夫娜刚刚表示"承蒙光临,不胜荣幸",纳斯塔霞·菲利波夫娜却不等她讲完,也不等主人让坐,便在角落里靠窗的一张小沙发上坐下,急忙对加尼亚喊道:

"您的书房在哪儿?还有……房客在哪儿?你们不是出租房间吗?"

加尼亚的脸涨得通红,他结结巴巴地想回答点什么,可是纳斯塔霞·菲利波夫娜立刻又说:

"这儿哪有房客住的地方?您连书房都没有啊。这有好处吗?"她蓦地对尼娜·亚历山德罗夫娜说。

"是有点麻烦,"尼娜·亚历山德罗夫娜答道,"当然能挣几个钱。不过我们刚刚……"

但是纳斯塔霞·菲利波夫娜又不往下听了。她瞧着加尼

亚,笑着对他喊道:

"您的脸怎么啦?哎呀,我的天哪,此刻您怎么是这么一副面孔!"

她笑了一阵,加尼亚的确脸色大变。他那副呆若木鸡的模样,他那滑稽的、胆怯的、六神无主的神态,蓦地都消失了;但是,他的脸色异常苍白,他的嘴唇因痉挛而歪斜了;他用痴呆的眼神默默地、聚精会神地、目不转睛地瞧着女客人的脸,女客人仍在笑。

当时还有一个旁观者,他也还没有摆脱在看到纳斯塔霞·菲利波夫娜时那种发呆的神情。他虽然像"柱子"似的站在客厅门口原来的地方,但是他已注意到了加尼亚苍白的脸色和脸上不妙的变化。这个旁观者就是公爵。他几乎吃了一惊,突然无意识地往前跨了一步。

"喝点水吧,"他低声对加尼亚说,"别这样看人……"

看得出来,他说这话并无任何打算,也没有任何特别的用意,只不过是心血来潮,脱口而出;但是他的话却产生了很大效果,加尼亚的满腔怒气仿佛突然倾泻在公爵身上了;他抓住公爵一个肩膀,默默地看着公爵,充满了憎恨和复仇的渴望,仿佛都说不出话来了。大家都骚动起来:尼娜·亚历山德罗夫娜甚至轻轻地喊了一声。普季岑不安地向前跨了一步,科利亚和费尔德先科在门口一露面就惊得站住了,唯有瓦里娅照旧皱着眉头,却细心地观察着。她没有坐下,而是把两手交叉在胸前站在母亲身旁。

但是,加尼亚几乎在刚刚动手的那一瞬间就豁然醒悟,神经质地哈哈大笑起来。他完全清醒了。

"喂,公爵,您是医生吗?"他尽可能显得愉快而又天真地喊道,"他简直叫我吓了一跳。纳斯塔霞·菲利波夫娜,让我来给您介绍一下,这可是一位不可多得的人物,虽说我自己也是今天上午才认识他的。"

纳斯塔霞·菲利波夫娜莫名其妙地看着公爵。

"公爵?他是公爵?您瞧,我方才在前厅里竟把他当作仆人,还叫他上这儿来通报呢!哈哈哈!"

"没关系,没关系!"费尔德先科急忙走上前去说道,他看到大家都笑了,自己也高兴起来,"没关系,虽说不是真的①……"

"我差一点没骂您呢,公爵。请原谅。费尔德先科,您此刻怎么会在这儿呀?至少我没料到会在这儿碰见您。他是什么人?什么公爵?梅什金?"她一再地问加尼亚。其实加尼亚还没有松开抓住公爵肩膀的那只手就把公爵介绍给她了。

"我们的房客。"加尼亚又说了一遍。

他们显然把公爵当作一件珍品,几乎是硬塞给了纳斯塔霞·菲利波夫娜,借以打破僵局。公爵甚至清楚地听到"白痴"这个词儿,那仿佛是费尔德先科在他背后小声对纳斯塔霞·菲利波夫娜作解释的时候说的。

"请问,方才我那么荒唐地……错认了您,您为什么不提醒我呢?"纳斯塔霞·菲利波夫娜继续说,同时极不礼貌地把公爵从头到脚打量了一番。她不耐烦地等候公爵回答,仿佛深信公爵的回答一定十分愚蠢,不能不令人发噱。

"我居然这么突然地看到您,不觉吃了一惊……"公爵喃喃地说。

①　原文是意大利文。这句话的下半句是:"装得倒活灵活现。"

"您怎么知道是我呢？您早先在哪里见过我？真的，我好像在什么地方见过他，这是怎么回事呀？请问，您方才为什么站在那里发愣？我身上有什么可以叫您发愣的呀?"

"说吧,说吧!"费尔德先科继续扮着鬼脸,"您就说吧!哎呀,我的天哪,要是叫我回答这个问题,我有多少话要说啊!快说吧……公爵,我们今后要把您当成傻瓜啦!"

"我要是处在您的地位,我也会说一大堆,"公爵对费尔德先科笑着说道,"前不久,我看到了您的相片,不禁大吃一惊,"他继续对纳斯塔霞·菲利波夫娜说道,"后来我对叶潘钦家的人谈到过您……今天一大早,火车还没有到彼得堡,帕尔芬·罗戈任在车上对我讲了许多您的情况……就是我给您开门的时候,我也在想着您,不料您突然来了。"

"您怎么会认识我,知道是我呢?"

"是从相片上看出来的,还有……"

"还有什么?"

"还因为您正是我想象中的那个模样……我仿佛也在哪儿见过您似的。"

"在哪儿？在哪儿?"

"我仿佛在哪儿见过您的眼睛……但这是不可能的!我不过是这么……我从未到过这里。也许在梦中……"

"公爵真是好样的!"费尔德先科喊道,"不行,我要把我说过的虽说不是真的①收回。不过……不过,他这全是出于天真!"他惋惜地补充道。

公爵说这几句话时声音是不安的、时断时续的,他常常歇

---

① 原文是意大利文。

一口气。他显得内心非常激动。纳斯塔霞·菲利波夫娜好奇地瞧着他,但是已经不笑了。就在这当儿,从紧围在公爵和纳斯塔霞·菲利波夫娜四周的一群人后面,蓦地传来一个陌生的、洪亮的声音,简直可以说把这一群人劈开,分成了两半。站在纳斯塔霞·菲利波夫娜面前的是一家之主伊沃尔金将军。他穿着燕尾服和干净的胸衣;他的小胡子抹了油膏……

这叫加尼亚已无法忍受了。

他是个极爱面子而又好虚荣的人,甚至到了神经过敏和多疑的程度。两个月来,他一直在寻找一个据点,凭借这个据点可以使他显得比较体面也比较高贵。他感到自己在他选定的道路上还是一名新手,兴许会坚持不住。他在家里一向飞扬跋扈,绝望之余,他终于决定采取蛮不讲理的态度,但是在纳斯塔霞·菲利波夫娜面前又不敢如此行事。她直到最后一刻都叫他莫名其妙,并无情地对他占了上风。有人告诉他,纳斯塔霞·菲利波夫娜曾亲口说,他是一个"没有耐心的乞丐"。他一再赌咒发誓,日后定要叫她吃点苦头以报仇雪耻。然而与此同时,他有时又像孩子一般幻想息事宁人,消弭一切矛盾。孰料现在他还得喝下如此可怕的一杯苦酒,而且偏偏就在这个时候! 还有一种没有预见到的、但对于贪图虚荣的人来说却十分可怕的折磨,那就是他居然要在自己家里为自己的亲人而脸红,这多么令人痛苦啊! "到头来我还是得不偿失啊!"就在这一瞬间,加尼亚的脑海里闪过这么一个念头。

此时此刻所发生的,就是他两个月来只有在夜里做噩梦时才梦到过的那件使他害怕得发抖、羞愧得无地自容的事:他父亲终于在家里和纳斯塔霞·菲利波夫娜见面了。他有时为了刺激自己、惹自己生气,便试图想象出将军参加结婚典礼时的模样,但是他从来也没能完成这幅令人痛苦的图画,想了片刻就尽快把它抛开了。他也许过分夸大了自己的不幸,但是爱慕虚荣的人一向如此。在这两个月内,他经过再三考虑,终于下定决心,并对自己许下诺言:无论如何也要设法管住他的父亲,哪怕暂时管住也好,倘有可能,甚至可以让他父亲离开彼得堡,也不管母亲是否同意。十分钟以前,当纳斯塔霞·菲利波夫娜走进来的时候,他简直是惊呆了,竟完全忘记阿尔达利翁·亚历山德罗维奇会出场,事先他又没作任何安排。现在将军竟出现在众人面前,还郑重其事地作了准备,穿上了燕尾服,而此事又正好发生在纳斯塔霞·菲利波夫娜"巴不得找个机会把他和他家的人着实奚落一番"的时候。他确信她有这种意图,否则她这次来访还会有什么用意呢?她是来跟他的母亲和妹妹交朋友,还是打算就在他家里侮辱她们一番呢?但是,从双方的态度看来,已不可能产生什么怀疑:他的母亲和妹妹坐在一边,一副受到了侮辱的样子,而纳斯塔霞·菲利波夫娜简直就像忘了她们母女是和她同在一个房间里似的……她既然是这种态度,当然有自己的目的!

费尔德先科拉住将军,把他扶了进来。

"阿尔达利翁·亚历山德罗维奇·伊沃尔金,"将军庄重地说道,还笑着鞠了一躬,"一个不幸的老兵和一家之主,这一家由于有希望接纳这样一位美人而感到无比荣幸……"

他没有说完。费尔德先科急忙在他身后放了一把椅子,将军用餐以后两腿有点发软,所以他就一屁股坐了下去,或者不如说是掉进椅子里去了;不过这并没有使他感到不好意思。他坐在纳斯塔霞·菲利波夫娜的正对面,装出一副讨人喜欢的模样,慢吞吞地、卖弄地把她的几个手指托到自己唇边。一般说来,要让将军感到难为情,那是相当困难的。他的外表,除了有点邋遢之外,依然相当体面,对此他自己也很清楚。先前他也曾在上流社会里周旋,两三年前才完全被排斥出去。就从那时候起,他就毫不注意克服自己的各种弱点;但那种潇洒而优美的风度却至今犹存。纳斯塔霞·菲利波夫娜对于阿尔达利翁·亚历山德罗维奇的露面似乎感到非常高兴,当然,她已经听到别人谈论过这个人物了。

"我听说,我的儿……"阿尔达利翁·亚历山德罗维奇刚想开口。

"是的,您的儿子!您这位爸爸也不错呀!您为什么总不到我家里去?是您自己躲了起来,还是令郎把您藏起来啦?您可以到我家来,这不会败坏任何人的名誉。"

"十九世纪的孩子们和他们的父母……"将军又要开口。

"纳斯塔霞·菲利波夫娜!请您让阿尔达利翁·亚历山德罗维奇出去一会儿,有人找他。"尼娜·亚历山德罗夫娜大声说道。

"让他出去!得啦吧,我久闻他的大名,早就想见见他!他的情况怎样?他不是退役了吗?将军,您不会撇下我,不会走吧?"

"我可以对您保证,他会亲自到您府上去的,但是现在他需要休息。"

"阿尔达利翁·亚历山德罗维奇,有人说您需要休息!"纳斯塔霞·菲利波夫娜喊道。她带着不满和嫌恶的神情扮了一个鬼脸,就像一个被夺去了玩具的轻佻的傻丫头。将军却偏偏卖力地使自己的处境显得更加狼狈了。

"亲爱的！亲爱的！"他用责备的口吻郑重其事地对妻子说道，还把一只手按在心口上。

"您不会离开这里吧，妈妈？"瓦里娅大声问道。

"不，瓦里娅，我要一直坐在这里。"

纳斯塔霞·菲利波夫娜不会听不见这番问答，但她仿佛因此倒更加高兴了。她立刻又向将军提出各种问题，过了五分钟，将军就开始洋洋得意地大发议论，博得在座的人们阵阵响亮的笑声。

科利亚拉了一下公爵外衣的后襟。

"您最好设法把他拉出去！行吗？请您帮忙！"可怜的孩子眼里甚至都闪现出气愤的泪花，"唉，该死的加尼卡①！"他自言自语地补充了一句。

"我的确和伊万·费奥多罗维奇·叶潘钦是至交，"将军口若悬河地回答着纳斯塔霞·菲利波夫娜的问题，"我，他，还有已故的列夫·尼古拉耶维奇·梅什金公爵（我和他的公子分别了二十年，今天我又拥抱了他），我们三人形影不离，可以说是一群骑马出游的人，就像阿托斯、波尔托斯和阿拉米斯②一样。但是，可惜其中有一个被谣言和子弹所伤，已经进了棺材；另一个就在您的面前，仍在跟谣言和子弹搏斗……"

"和子弹搏斗！"纳斯塔霞·菲利波夫娜喊道。

"子弹就在这里，在我的胸膛里，是在卡尔斯③城下打中的。一碰到坏天气我就感觉得到。在其他方面，我过着哲学

---

① 加尼卡，加尼亚的蔑称。
② 阿托斯、波尔托斯和阿拉米斯，法国作家大仲马的长篇小说《三个火枪手》中的三个火枪手的名字。
③ 卡尔斯，土耳其东北部的一个城市。

家的生活,散步,游玩,在我常去的那家咖啡馆里下跳棋,像个退休的资产者,还读《独立报》①呢。但是,自从前年我和我们的波尔托斯——叶潘钦,为了在火车上发生的小狮子狗事件吵了一架之后,我就跟他绝交了。"

"小狮子狗!这究竟是怎么回事!"纳斯塔霞·菲利波夫娜特别好奇地问道,"小狮子狗事件?对不起,还是在火车上!……"她仿佛想起什么来了。

"唉,那是一桩蠢事,不值得再去提它。那是由于别洛孔斯基公爵夫人的家庭女教师史密斯太太,但是……不值得再去讲它。"

"您一定要讲!"纳斯塔霞·菲利波夫娜愉快地喊道。

"我也没有听过!"费尔德先科说,"这是新闻。"

"阿尔达利翁·亚历山德罗维奇!"又响起了尼娜·亚历山德罗夫娜央求的声音。

"爸爸,有人找您!"科利亚喊道。

"一桩蠢事,两句话就能说完,"将军洋洋得意地开始说道,"两年以前,是的!将近两年啦,一条新铁路刚刚通车,我那时已不穿军装,为了料理跟我交班有关的一些对我来说极其重要的事务,我买了一张头等车厢的车票。上车以后就坐下抽烟。其实我是继续抽烟,因为我在上车以前就抽上了。我独自坐在单间里。车上既不禁止吸烟,也不允许吸烟;通常是半准半禁;当然是因人而异。车窗开着。刚要鸣笛的时候,突然有两位女士带着一只小狮子狗走了进来,坐在我正对面。她们来迟了。有一位打扮得非常华丽,穿一身淡蓝色衣衫。

<hr>

① 指一八三〇年至一九三七年在布鲁塞尔发行的《比利时独立报》。

另一位比较朴素,穿一件带披肩的黑色绸衣。她们长得都不难看,神态傲慢,说英语。我当然毫不在意,照旧抽烟。其实我也犹豫了一下,但仍继续抽烟,因为车窗是开着的,我又坐在窗口。那只小狮子狗卧在穿淡蓝色衣衫的那位女士的膝上,像我的拳头那么小,黑毛白爪,确实罕见。它戴着一个刻着箴言的银脖套。我毫不理会。我只发现两位女士好像在生气,那当然是因为我在抽雪茄烟喽。一位女士举起玳瑁边的长柄眼镜看我。我还是满不在乎,因为她们一句话也没说呀!她们本应该说出来,警告我,请求我才是,因为她们毕竟是会说话的呀!可是她们不吭声……突然,——我对您说,她们事先也不打个招呼,真是连一点招呼都没打,完全像发了疯一样,——那个穿淡蓝色衣衫的女人从我手里把雪茄烟夺去就扔到窗外了。火车飞驰着,我发疯似的瞧着她。那是个野蛮女人;的确是一个完全处于野蛮状态的野蛮女人;不过这个女人身子结实,又高又胖,淡黄色的头发,红润的脸庞(甚至红润得过分了),目光炯炯地瞪着我。我一言不发,非常客气地、彬彬有礼地、甚至可说是毕恭毕敬地朝小狮子狗伸出两根手指,文质彬彬地捏住它的后脖颈,让它跟着那支雪茄烟一起飞到窗外去了。只听它尖叫了一声!火车继续飞驰……”

“您是个恶魔!”纳斯塔霞·菲利波夫娜嚷道,像小姑娘似的拍着手哈哈大笑。

“好哇,好哇!”费尔德先科喊道。普季岑看到将军进来本来也很不高兴,现在也笑了。就连科利亚都笑起来,他也喊道:“好哇!”

“我是有理的,有理的,三倍的有理!”洋洋得意的将军继续热烈地说,“因为火车里既然禁止吸烟,就更不准带狗了!”

"好哇,爸爸!"科利亚兴高采烈地喊道,"好极了!如果是我,我也一定,一定要这么干!"

"但是那位夫人怎样了呢?"纳斯塔霞·菲利波夫娜急切地问。

"她吗?一切烦恼都由此而来,"将军皱着眉头继续说,"她一句话也不说,事先也没打一点招呼,就给了我一个嘴巴!野蛮女人;完全处于野蛮状态!"

"您呢?"

将军垂下视线,扬扬眉毛,耸耸肩膀,抿紧嘴唇,摊开双手,沉默了半响,蓦地说道:

"我愣住了!"

"痛不痛?痛不痛?"

"说真的,并不痛!闯下了乱子,但是并不痛。我只是把手一挥,让她躲开。可是见了鬼啦:那个淡黄头发的女人原来是英国人,别洛孔斯基公爵家里的家庭女教师,甚至可说是他家的朋友,那个穿黑色绸衣的是别洛孔斯基公爵的大女儿,一个三十五岁左右的老处女。大家都知道叶潘钦将军夫人和别洛孔斯基家的关系。他们家的公主全都晕过去了,全都哭哭啼啼地为她们所宠爱的小狮子狗服丧。六位公主和一个英国女人的尖叫,闹得天翻地覆!我当然亲自登门道歉,请求原谅,还写了一封信送去。她们不接见我,也不收我的信。叶潘钦和我吵了一架,跟我绝交,把我撵了出去!"

"可是,对不起,这究竟是怎么回事?"纳斯塔霞·菲利波夫娜突然问道,"我经常看《独立报》,五六天以前,我在《独立报》上读到一个和这一样的故事!简直是一模一样!那是在莱茵河畔的一条铁路上,一个法国男子和一个英国女人在车厢里发生了同样的纠纷:也是同样被夺去了雪茄烟,也是同样把小狮子狗扔到窗外,最后的结局也和您说的一样。甚至那件衣衫也是淡蓝色的!"

将军满面通红,科利亚的脸也红起来,他用两手抱紧自己的脑袋。普季岑迅速转过身去。只有费尔德先科一个人照旧哈哈大笑。加尼亚的情况就不必说了:他一直站在那里,像哑巴吃黄连那样忍受着令人难堪的痛苦。

"请您相信,"将军喃喃道,"我的确遇到过同样的事情……"

"爸爸的确和别洛孔斯基家的家庭女教师史密斯夫人发生过不愉快的事,"科利亚喊道,"我记得。"

"怎么?完全一样的事?在欧洲的南北两端,居然会发生同样的事,就连所有的细节,包括淡蓝色衣衫在内,都一模一样!"纳斯塔霞·菲利波夫娜无情地坚持道,"我可以把《比利时独立报》送给你们看看!"

"但是您要注意,"将军仍不服输,"我碰到的这件事是在两年前发生的……"

"嘀,原来如此!"

纳斯塔霞·菲利波夫娜像歇斯底里发作一般哈哈大笑。

"爸爸,我请您出去,我要对您说两句话。"加尼亚不由自主地抓住父亲的肩膀,用颤抖的、痛苦的声音说,眼神里充满无限的憎恨。

就在这一刹那,从前厅传来震耳欲聋的铃声。这么个拉法会把门铃给拉掉的。这预示着一次不寻常的拜访。科利亚跑去开门。

十

前厅里突然异常喧哗,拥挤不堪。客厅里的人觉得已经有几个人走进屋来,还有几个人正在往里走。同时有好几个人在说话和吵嚷。楼梯上也有人在说话和吵嚷,听得出来,前厅的那扇通向楼梯的门没有关。这次访问非常奇怪,大家都面面相觑。加尼亚跑进大厅,但是大厅里也已经走进了好几个人。

"噢,他在这儿,这个犹大!"有一个公爵听来耳熟的声音喊道,"你好呀,加尼卡,你这个坏蛋!"

"就是他,就是他!"另一个声音附和道。

公爵毫不怀疑:一个声音是罗戈任的,另一个声音是列别杰夫的。

加尼亚像傻了似的站在客厅门口,默默地瞧着十一二个人跟着帕尔芬·罗戈任鱼贯地走进大厅,也没有上前阻拦。这是一群乌合之众,不但成员很杂,而且不成体统。有几个人就像在室外似的,连大衣和皮袄也不脱就走了进来。他们之中虽然没有酩酊大醉之徒,可是人人都醉意甚浓。大家都似乎需要互相鼓励才敢进来。谁也没有足够的勇气独自闯入,大家都像是在互相推搡,就连为首的罗戈任也小心翼翼地迈着步子。但是他心怀鬼胎,显得闷闷不乐、烦躁不安。其余的人只不过是一个合唱团,或者不如说是拉拉队。除了列别杰夫以外,卷发的扎廖热夫也来了。他把自己的皮袄扔到前厅里,大模大样、潇洒自如地走了进来。此外还有和他类似的两三个人,显然都是商人。有一个人穿着半军装式大衣。有一个人身材矮小,胖得出奇,一直笑个不停。有一个身高二俄尺十二俄寸的彪形大汉,也长得特别胖,他脸色特别阴沉,而且沉默寡言,总想显显自己一双铁拳的威风。有一个医学院的大学生,还有一个总爱跟在这一伙人后头的小个子波兰人。有两位女士从楼梯上朝前厅里张望,却不敢进来。科利亚就在她们面前砰的一声关上门,挂上了门钩。

"你好呀,加尼卡,你这个坏蛋!你没料到帕尔芬·罗戈任会来吧?"罗戈任走到客厅门口,在加尼亚面前站住,又说了一遍。但是这当儿他忽然看见纳斯塔霞·菲利波夫娜正面对自己坐在客厅里。他显然根本就没有料到会在这里遇见她,因为她的模样竟使他大吃一惊。他脸色苍白,连嘴唇都发青了。"如此说来,那是真的啦!"他自言自语一般小声说道,完全不知所措了。"完了!……我现在可就要对不起你啦!"他突然气愤若狂地看着加尼亚,咬牙切齿地说,"哼……唉!……"

他甚至上气不接下气,连说话都困难了。他不由自主地走进客厅。但是他跨过门槛的时候,蓦地看见尼娜·亚历山德罗夫娜和瓦里娅,便有点不好意思地站住了,尽管当时他很激动。跟罗戈任形影不离的列别杰夫随后走了进来,他已经醉得很厉害了。接着进来的是那个大学生,那位长着一对铁拳的先生,向左右两侧频频鞠躬的扎廖热夫,最后挤进来的是那个矮胖子。有几位女士在场,使他们多少还有点顾忌,而且显然大大地妨碍了他们的行动,当然啰,这种局面只能维持到

开始动手的时候,维持到他们找到了一个能使他们大喊一声
· · · ·
并开始动手的借口……到了那时,任何女人也妨碍不了他
· · ·
们了。

"怎么? 你也在这里,公爵?"罗戈任漫不经心地说,他遇
到公爵不免有点惊讶,"嘿,还穿着那副鞋罩!"他叹了一口气
就忘掉了公爵,又把目光移到纳斯塔霞·菲利波夫娜身上,她
像磁石一般吸引着他朝她走去。

纳斯塔霞·菲利波夫娜也是不安而又好奇地瞧着这伙
客人。

加尼亚终于清醒过来了。

"但是请问,这究竟是什么意思?"他严厉地打量着走进
来的人们大声说道,主要是说给罗戈任听的,"先生们,这里
不是马厩,我的母亲和妹妹在此……"

"我们看见了你的母亲和妹妹在此。"罗戈任从牙缝里挤
出这句话来。

"母亲和妹妹在此,这是明摆着的。"列别杰夫为了壮壮
声势便附和道。

长着一双铁拳的先生大概以为时机已到,便开始埋怨。

"岂有此理!"加尼亚蓦地像炸了锅似的用提得太高的嗓门
说,"第一,请你们大家离开此地到大厅去,第二,请问……"

"你瞧,他还装不知道呢!"罗戈任站在原地恶狠狠地龇
着牙说,"你不认识罗戈任吗?"

"就算我和您在什么地方见过面,但是……"

"还说在什么地方见过呢! 就在三个月前,我把父亲的
二百卢布输给了你,老头子还没查明这笔钱的下落就一命呜
呼了。你硬拉我入伙,克尼夫暗中作弊。你不认识我啦? 普

季岑可以作证！只要我现在从衣袋里掏出三个卢布，你就会为它爬到瓦西里岛去，——你就是这路货色！你就是这副心肝！我现在就是来用钱把你完全买下来。你别看我穿着这样的皮靴进来，我的钱多得很，老兄，可以把你整个都买下来，连你家的活人都一起买下来……只要我愿意，我就把你们全买下来！"罗戈任激动起来，醉意似乎越来越浓了，"唉！"他喊道，"纳斯塔霞·菲利波夫娜！您别赶我出去，请您说一句话：您是不是要跟他结婚？"

罗戈任就像一个心慌意乱的人那样向一位神灵提出了这个问题，但是他充满了一个因被判处了死刑而已无所顾忌的人的那种勇气。他忍受着死一般的痛苦静候回答。

纳斯塔霞·菲利波夫娜用嘲笑而傲慢的眼神把他打量了一番，又瞧了瞧瓦里娅和尼娜·亚历山德罗夫娜，还看了看加尼亚，突然换了一种口气。

"根本没有这么回事。您这是怎么啦？您何必煞费苦心地问这种事呢？"她严肃地低声答道，仿佛有点惊讶似的。

"没有吗？没有！！"罗戈任喜极欲狂地喊道，"那么说来，不是这么回事喽？！但是他们对我说……唉！你瞧！……纳斯塔霞·菲利波夫娜！他们说您和加尼卡订婚了！和他订婚？这怎么可能呢？（我对他们都这么说！）我可以花一百卢布把他整个买下来，要是我给他一千卢布，好吧，三千卢布，让他放弃这门亲事，他会在婚礼的前夜逃走，把他的未婚妻完全留给我。就是这样，加尼卡，你这个坏蛋！你一定会收下三千卢布！钱就在这里，就在这里！我现在跑来，就是要叫你具结。我说我要买下来，我就会买下来的！"

"你滚出去，你喝醉了！"加尼亚喊道，他的脸色红一阵，

152

白一阵。

他喊过以后,突然有几个人一齐喊叫起来。罗戈任的全班人马早就在等候动手的信号。列别杰夫非常殷勤地在罗戈任耳边说了些什么。

"对呀,你这个官员!"罗戈任答道,"对呀,你这个醉鬼!好,也只得这么办啦!纳斯塔霞·菲利波夫娜!"他像疯子似的瞧着她喊道。起初他还有点胆怯,后来忽然胆大包天,无所顾忌了。"这里是一万八千卢布!"他把用细绳交叉捆好的一个白纸包扔到她面前的小桌上,"这就是!往后……往后还有呢!"

他没敢全部说出他想说的话。

"不行,绝对不行!"列别杰夫惊恐万状地又对他耳语道。猜得出来,他怕的是数目太大,所以建议罗戈任先用小得多的数目试试。

"不行,老兄,你办这种事是个傻瓜,不知道该怎么办……看来我和你都是傻瓜啊!"罗戈任看到纳斯塔霞·菲利波夫娜炯炯的目光,蓦地醒悟过来,还打了一个寒噤,"唉,我听了你的话,把事情弄糟啦。"他后悔莫及地补充道。

纳斯塔霞·菲利波夫娜把罗戈任的沮丧的面孔端详了一阵,蓦地笑了起来。

"给我一万八?乡下佬的面目现在暴露啦!"她突然放肆地补充道,并从沙发上站了起来,仿佛打算离去。加尼亚揪心地观察着整个场面。

"那么我出四万,四万,不是一万八,"罗戈任喊道,"万卡①·普季岑和比斯库普答应在七点钟以前送四万卢布来。四万!

---

① 万卡,伊万的昵称。

即期付款!"

这场戏已经不堪入目了,可是纳斯塔霞·菲利波夫娜依然笑着不走,仿佛存心要把这场戏拉长似的。尼娜·亚历山德罗夫娜和瓦里娅也站了起来,她们惊慌地、默默地等待着事态的发展。瓦里娅目光炯炯,然而尼娜·亚历山德罗夫娜对这一切却感到痛苦。她哆嗦着,仿佛立刻就要昏倒似的。

"既然如此,就给十万吧! 我今天就送上十万卢布! 普季岑,你帮我一把,就会发一笔大财!"

"你疯了!"普季岑忽然小声说,他急忙走到罗戈任面前,拉住他一只手,"你喝醉了。人家会去叫警察的。你也不看看你待在什么地方?"

"他喝醉了酒在说胡话。"纳斯塔霞·菲利波夫娜说,仿佛在揶揄他似的。

"我不是说胡话,钱会有的! 到晚上就有了。普季岑,你帮我一把,你这个放高利贷的家伙! 利息多高都行,晚上就给我送十万卢布来。我要证明,我是不吝惜的!"罗戈任突然喜极欲狂。

"但是,这究竟是怎么回事呢?"阿尔达利翁·亚历山德罗维奇怒气冲冲地朝罗戈任走去,突然厉声喊道。迄今一言未发的老头子突然出此一举,给这场戏增添了不少滑稽色彩。一阵哄笑。

"这又是从哪里钻出来的?"罗戈任笑了,"咱们走吧,老头儿,准把你灌醉!"

"太下流了!"科利亚喊道,羞愧和懊恼使他放声大哭起来。

"难道你们当中就没有一个人能把这个死不要脸的女人

拉出去吗?"瓦里娅气得浑身发抖,蓦地喊道。

"竟管我叫死不要脸的女人!"纳斯塔霞·菲利波夫娜以愉快的口吻轻蔑地回敬道,"我还像个傻瓜似的跑来请他们到我家去出席晚会呢!您瞧,令妹就是这样对待我的,加夫里拉·阿尔达利翁诺维奇!"

加尼亚在妹妹发作的时候像遭到电击一般站了半晌。但是他看见纳斯塔霞·菲利波夫娜这次果真要走,便气急败坏地冲到瓦里娅面前,发狂般地拉住她一只手。

"你干的好事!"他瞪着她喊道,仿佛想把她就地烧成灰烬似的。他完全失去理智,脑子已不管用了。

"我干了什么啦? 你把我拉到哪儿去? 你这个贱货,是不是因为她跑来侮辱了你的母亲,丢尽了全家的脸面,却要我去向她赔罪呢?"瓦里娅又喊叫起来,洋洋得意地用挑衅的神态瞧着哥哥。

他们就这样面对面地站了片刻。加尼亚仍拉着她一只手不放。瓦里娅竭尽全力挣扎了两次,终于忍不住了,突然忘乎所以地朝哥哥的脸上啐了一口唾沫。

"这姑娘真行!"纳斯塔霞·菲利波夫娜喊道,"好样的,普季岑,我向您祝贺。"

加尼亚两眼发黑,他什么都不顾了,挥起拳头便朝妹妹死命打去。这一拳本来准会打到她的脸上。不料另一只手突然在空中把加尼亚的手拦住了。

公爵站在加尼亚和他妹妹中间。

"算啦,够了!"他坚定地说,但他浑身也在颤抖,仿佛受到极为强烈的震撼似的。

"你是要永远挡住我的路吧!"加尼亚咆哮着把瓦里娅的

手甩开,接着就用那只腾出来的手,极其疯狂地狠狠一抡,打了公爵一个耳光。

"哎呀!"科利亚举起双手一拍,"哎呀,我的天哪!"

喊声四起。公爵面色苍白。他用奇怪的责备目光瞪了加尼亚一眼;他的嘴唇哆嗦着,竭力想说点什么;他奇怪地、完全不合时宜地微笑了一下,把嘴唇都扭歪了。

"来吧,我随你打……反正我不能让她……挨打……"末了他轻声说道;但是他忽然忍不住了,就撇开加尼亚,双手捂面,向屋角走去,面对墙壁断断续续地说:

"啊,您会为这种举动羞愧得无地自容的!"

加尼亚果真不知所措地站在那里。科利亚跑上去拥抱并且亲吻公爵。罗戈任,瓦里娅,普季岑,尼娜·亚历山德罗夫娜,甚至老头子阿尔达利翁·亚历山德罗维奇,全都跟着他朝公爵跟前挤去。

"没关系,没关系!"公爵对周围的人喃喃道,依然面带那种不合时宜的微笑。

"他会后悔的!"罗戈任喊道,"加尼卡,你侮辱了这样的……绵羊(他找不到别的词儿了),会感到羞愧的!公爵,我亲爱的,别理睬他们,你啐他们一口,咱们就一起走吧!你会知道罗戈任有多么爱你!"

对于加尼亚的举动和公爵的回答,纳斯塔霞·菲利波夫娜也感到很吃惊。她的脸通常是苍白的、若有所思的,跟她方才那种仿佛是故意做出来的笑总是不大协调,然而现在这张脸却显然为一种新的感情所激动了。不过她仿佛仍不愿意流露出这种感情,仿佛在竭力保持脸上那种嘲弄的神态。

"我的确曾在哪儿看见过他的脸!"她蓦地又想起自己方

才提出的问题,突然一本正经地说。

"您也不害臊!难道您真是您现在扮演的这样一个女人吗?这怎么可能呢!"公爵忽然以发自肺腑的责备口吻喊道。

纳斯塔霞·菲利波夫娜吃了一惊,微笑了一下,但是她的笑里仿佛隐藏着什么。她有点窘,看了加尼亚一眼,就从客厅里出去了。她还没有走到前厅,突然又回过头来,快步走到尼娜·亚历山德罗夫娜面前,拉住她一只手举到自己唇边。

"他猜对了,我的确并不是这样的女人。"她迅速地、热烈地低语道,一阵冲动使她蓦地满面通红。她转过身去又走了,这次走得非常之快,叫任何人都来不及推测她方才为什么回来。大家只看见她对尼娜·亚历山德罗夫娜低声说了点什么,似乎还吻了吻她的手。但是瓦里娅却看见并听见了一切,惊讶地目送她离去。

加尼亚清醒过来,急忙去送纳斯塔霞·菲利波夫娜,但她已经走了。他在楼梯上追上了她。

"您别送啦!"她对他喊道,"再见,晚上见!一定要来呀,您听见了吧!"

他难为情地、若有所思地回去了;一个沉重的疑团压在他的心头,比以前还要沉重。他仿佛看见了公爵……他神思恍惚,几乎都没有看见罗戈任那一帮人马从他身旁走过,他们甚至还在门口推开他,跟着罗戈任匆匆走出他家。那群人正高声议论着什么。罗戈任和普季岑一起走着,固执地在强调一件重要的、显然还是刻不容缓的事。

"加尼卡,你输了!"罗戈任在走过加尼亚身旁的时候喊道。

加尼亚忐忑不安地瞧了瞧他们的背影。

十一

公爵离开客厅,回到自己房里便把门关上。科利亚立刻跑去安慰他。可怜的孩子现在似乎已经离不开他了。

"您走开了,这很好,"他说,"现在那边会比刚才吵得更加厉害。我们家里天天如此,全都是这个纳斯塔霞·菲利波夫娜惹出来的麻烦。"

"你们家里积下了许多叫人痛苦的事。"公爵说。

"是的,是积了不少。我们的事没什么可说的。全都是我们自己的过错。我有一个很好的朋友,他更加不幸。您可愿意让我把他介绍给您?"

"我很愿意。是您的同学吧?"

"是的,几乎跟同学一样。我以后再向您说明这一切……纳斯塔霞·菲利波夫娜长得很美,您以为怎样?我以前从未看见过她,却很想见她。今天她简直叫我把眼都看花了。只要加尼卡真是爱上了她,我可以完全原谅他,可他为什么要钱呢,这真糟!"

"是的,我不大喜欢您的哥哥。"

"那当然啰! 在发生了那件事情以后,您怎么会……不过您要知道,这些五花八门的意见我受不了。只要有一个疯子,或是一个傻瓜,或是一个装疯卖傻的坏蛋,打了某人一记耳光,那人就像一辈子都蒙受了不用鲜血就洗不掉的奇耻大辱似的,除非对方向他下跪求饶,他决不罢休。据我看来,这既荒唐又霸道。莱蒙托夫的剧本《假面舞会》写的就是这种事,我看这很蠢。我是想说,这是不自然的。但是这个剧本几乎是他在童年时代写的。"

"我很喜欢您的姐姐。"

"您看她啐加尼卡的嘴脸时有多威风!瓦里卡①真勇敢!您虽然没有啐他的脸,但我相信这并不是由于您缺乏勇气。您瞧,说到她,她就到。我知道她会来的。她为人高尚,虽然也有缺点。"

"这里没你的事,"瓦里娅一上来就责备他,"你到爸爸那里去吧。他叫您厌烦了吧,公爵?"

"恰恰相反,一点也不。"

"姐姐,去你的吧!她就是这一点不好。顺便说说,我本来以为爸爸一定会同罗戈任一起走的。现在他大概后悔了。我得去看看他怎么样啦。"科利亚一面往外走,一面补充道。

"谢天谢地,我把妈妈带走,安顿她睡下,总算天下太平啦。加尼亚难为情了,他心事重重。他也真该好好想想啦。这真是一次教训!……我是前来再次向您致谢的,公爵,我还要问一句:您以前不认识纳斯塔霞·菲利波夫娜吧?"

"不,不认识。"

"那您又有什么根据当她的面说她'不是这样的女人'呢?而且,您好像猜对了。她也许的确不是这样的女人。不过,她叫我捉摸不透!当然,她是蓄意侮辱我们,这很明显。

<hr />

① 瓦里卡,瓦尔瓦拉的小名。

我以前也听到过不少关于她的奇怪传说。但是,既然她是来邀请我们出席晚会的,她怎么能一来就那样对待妈妈呢?普季岑很了解她,他说,他方才也猜不透她是怎么回事。她对罗戈任是什么态度?一个人要是尊重自己,在自己的那位……的家里,决不能那样说话。妈妈为了您,也深为不安。"

"没有关系!"公爵说着把手一挥。

"她怎么会听您的话呢……"

"她听什么话啦?"

"您对她说,她应该感到害臊,她的态度突然完全变了。您对她很有影响,公爵。"瓦里娅微微一笑补充道。

门开了,加尼亚完全出人意料地走了进来。

他看到瓦里娅,甚至都没有犹疑一下。他在门口站了片刻,突然坚决地走到公爵面前。

"公爵,我做了一件卑鄙的事,亲爱的,请原谅我吧。"他忽然很动情地说道。他的脸上流露出十分痛苦的表情。公爵惊讶地瞧着他,没有立即回答。"原谅我!原谅我!"加尼亚很急切地一再请求,"只要您愿意,我立刻来吻您的手!"

公爵非常吃惊,默默地用双手拥抱加尼亚。两个人真诚地互相亲吻。

"我怎么也想不到,怎么也想不到您会这样,"公爵终于吃力地喘着气说,"我本来以为您是……不会这样的。"

"不会认错吗?……我方才怎么竟会把您当作一个白痴!您能注意到别人从来注意不到的事。跟您是可以谈谈的,但是……还是不谈的好!"

"您还得向这一位认个错才是。"公爵指着瓦里娅说。

"不,她们全是我的仇人。公爵,您应该相信,我试过多次了。她们是不会真心原谅人的!"加尼亚激动地脱口而出,随即转过身去,不看瓦里娅。

"不,我会原谅的!"瓦里娅蓦地说道。

"今天晚上你也到纳斯塔霞·菲利波夫娜家里去吗?"

"如果你叫我去,我是要去的。不过最好是你自己掂量一下:我现在还有可能去吗?"

"她可不是这样的女人。你瞧,她在叫我们猜什么样的哑谜啊!她有怪癖!"加尼亚狞笑起来。

"我自己也知道她不是这样的女人,她有怪癖。但是她这是什么怪癖呢?再说,加尼亚,她究竟把你当成什么人啦?即使她吻了妈妈的手。即使她有怪癖,但是她毕竟嘲笑了你!这可不是七万五千卢布所能抵偿的,真的,哥哥!由于你还能产生高尚的感情,我才对你这么说。唉,你自己也不必去啦!唉,你可要当心啊!这事决不会有好结果!"

瓦里娅十分激动,她说完这句话,便很快从室内出去了……

"她们总是这一套!"加尼亚笑了笑说,"难道她们以为我自己不知道这一点吗?我知道的比她们多得多。"

加尼亚说完就坐到沙发上,显然想延长这次访问。

"您既然自己知道,"公爵相当胆怯地问道,"您既然明知的确不值得为了七万五千卢布而吃这种苦头,那又何必自讨苦吃呢?"

"我说的不是这个,"加尼亚喃喃地说,"不过顺便请您告诉我您是怎么想的,我正是要知道您的意见:为了七万五千卢布而吃这种'苦头',究竟值不值得?"

"我看不值得。"

"嗯,我就知道您会这么说。结这门亲事是可耻的吗?"

"很可耻。"

"那么我就告诉您吧,我要娶她,现在这已是确定不移的了。方才我还拿不定主意,现在可不啦!您别说话!我知道您想说什么……"

"我要说的并不是您所想的那件事,不过您这种不可动摇的信心倒使我非常吃惊……"

"对什么的信心? 什么样的信心?"

"第一,您深信纳斯塔霞·菲利波夫娜肯定会嫁给您,深信这一切已成定局。第二,您深信她一嫁给您,七万五千卢布就会一下子进入您的腰包。不过其中有许多情况我当然还不知道。"

加尼亚猛然向公爵身边移去。

"您当然不知道全部情况,"他说,"否则我又何苦背上这副重担呢?"

"我觉得这种事是屡见不鲜的:有人为了金钱娶亲,而金钱却在妻子手里。"

"不,我们是不会这样的……其中……其中还有些情况……"加尼亚心慌意乱地喃喃道,"至于她的答复,那是没有疑问的,"他赶紧补充道,"您根据什么认为她会拒绝我呢?"

"除去我所见到的以外,我就一无所知了。方才瓦尔瓦拉·阿尔达利翁诺夫娜也说……"

"唉! 她们是不知该说什么是好了。纳斯塔霞·菲利波夫娜方才是取笑罗戈任,请您相信我,我看得很清楚。这是显而易见的。我方才也有点害怕,但是现在看清楚了。她对我父母和瓦里娅也采取同样的态度吧?"

"对您的态度也一样。"

"也许是的。然而这不过是一向就有的女人的报复行径,如此而已。她是个肝火极盛、神经过敏、自尊心也很强的女人,就像一个不得志的官员!她想表现自己,想表明自己根本就不把他们……和我放在眼里。确实如此,我不否认……但是,她终究会嫁给我的。您都想象不到,自尊心会驱使人玩弄什么样的阴谋诡计。她认为我是一个无赖,因为她是别人的情妇,而我竟公然愿意为了金钱而娶她,可是她不知道,如果是别人,就会用更加卑鄙的手段骗她。那种人会缠住她,开始向她灌输一些自由主义的进步思想,搬出各种妇女问题来把她诱入圈套,像把一根线穿进针孔似的。他会使咱们这位自尊心很强的傻娘们相信(而且不费吹灰之力!),他所以娶她,只是因为'她心灵高尚而又不幸',但实际上还是为了金钱。我得不到人们的欢心,是因为我不愿意阿谀奉承;其实我应该这样。她自己是怎么干的呢?不也是这一套吗?既然如此,她为什么还要看不起我,想出这些花招来呢?这是因为我自己不愿意屈服,而要摆摆架子。好吧,咱们走着瞧吧!"

"难道在这以前您爱过她吗?"

"起初是爱的。但是够了……有些女人只配做情妇,此外就毫无用处。我不是说她做过我的情妇。倘若她愿意过安生日子,我也能安生度日;倘若她要造反,我就立刻抛弃她,把钱抢到手里。我不愿成为笑柄,首先我不愿成为笑柄。"

"我总觉得,"公爵小心翼翼地说,"纳斯塔霞·菲利波夫娜很聪明。她既然预感到会吃这样的苦头,那又何必往圈套里钻呢?因为她也可以嫁给别的男人呀。使我感到奇怪的就是这一点。"

"这就是她的用心所在！您只知其一,不知其二,公爵……此外,她确信我疯狂地爱着她,我可以对您发誓,您可知道,我十分怀疑,她很可能也爱着我,也就是说,是用她自己的方式爱着我,就像俗话所说的'爱得越深,打得越狠'。她会一辈子把我当作红方块杰克①(说不定她也需要这样),但她依然会用自己的方式爱我。她准备这样做,她的性格就是如此。我告诉您,她是一个十足的俄罗斯女人。哦,我给她准备了一件意外的礼物。方才和瓦里娅演出的那一幕是无意中发生的,但是对我有利:她现在看到并深信我对她一往情深,为了她,我可以六亲不认。这就是说,咱们也不是傻瓜,请您放心吧。顺便问一句,您不会以为我是个饶舌鬼吧?亲爱的公爵,我信任您,这也许确实很蠢。然而正因为您是我所遇到的第一个高尚的人,所以我就向您发起了攻击,请您不要把'攻击'这个词当做双关语。您不会为了方才那件事生气吧?整整两年来,我也许是第一次说心里话。这里正直的人寥寥无几,没有比普季岑更正直的人了。您大概在笑我吧?卑鄙的人都爱正直的人,——您不知道这一点吗?我当然是个……不过,您凭良心告诉我,我究竟哪一点卑鄙?他们为什么全跟着她说我卑鄙?您要知道,我自己也跟在他们和她的后头骂自己卑鄙!这才叫卑鄙,真正的卑鄙!"

"今后我永远不会认为您卑鄙了,"公爵说,"方才我已经认定您是一个恶棍,但是您突然使我这么高兴。这真是一个

---

① "杰克"在俄语中意为奴才,"红方块"意为服苦役的("红方块爱司"是俄国苦役犯的标志,即犯人服背上的一个菱形的黄色镶条)。

教训:没有经验,就不能妄加判断。现在我看出,不但不能把您当作恶棍,也不能把您当作很坏的坏人。据我看,您只是一个最最平凡不过的人,而且太软弱,毫无出众之处。"

加尼亚暗自冷笑了一下,没有说话。公爵看出加尼亚不喜欢他的评语,感到不好意思,也就沉默不语了。

"家严向您要过钱吗?"加尼亚蓦地问道。

"没有。"

"他会要的,可是您别给他。我记得,他以前甚至是个体面的人哩。跟名流显贵都有往来。但是,这些体面人物一旦上了年纪,很快就穷愁潦倒!只要环境稍有变化,先前的一切就都化为乌有了,就像火药遇上了火。请您相信,他以前确实并不这么撒谎。以前他只是过于狂热,可是落得一个什么样的结局啊!当然,这得怪酒。您可知道他有一个姘头?他现在已不仅是一个天真烂漫的说谎者。我真不明白,我母亲怎么那样有耐心!他对您讲过围攻卡尔斯的故事没有?讲过他那匹拉边套的灰马开口说话的故事没有?他甚至落到了这步田地。"

加尼亚突然放声大笑起来。

"您干吗这样瞧我?"他问公爵。

"我觉得奇怪,您怎么会笑得这么真诚。您的确笑得像孩子一样。方才您进来跟我和解的时候说:'只要您愿意,我可以吻您的手。'这跟孩子们和解时的情况一样。看来您还能说出这样的话,做出这样的事。但是,您突然滔滔不绝地谈起这笔肮脏交易和七万五千卢布来了。这一切真有点荒谬,而且是不可能的。"

"您想从中得出什么结论呢?"

"那就是说,您的举止是不是过于轻率,您是不是应该首先慎重考虑一番?瓦尔瓦拉·阿尔达利翁诺夫娜的话也许是对的。"

"啊,满口仁义道德!我自己也知道,我还是个孩子,"加尼亚热烈地插嘴道,"就从我能和您作这样的谈话这一点来看,就可以说明问题。公爵,我做这笔肮脏交易并不是因为贪财,"他继续说道,仿佛一个年轻人的自尊心受了伤害似的,"如果是为了金钱,那我肯定打错了算盘,因为我的头脑还不够灵活,性格还不够坚强。我做这件事是出于一种热情,一种爱好,因为我有一个根本目的。您以为我得到七万五千卢布以后,立刻就会买一辆轿式马车。不,先生,我到那时还要穿前年做的那件破旧的常礼服,抛弃在俱乐部里结识的一切朋友。我们这里虽然都是放高利贷的,但是有耐性的人并不多,我却愿意忍耐。主要的是要坚持到底,这就是全部任务!普季岑十七岁的时候露宿街头,贩卖削铅笔的小刀。他开头只有一戈比,现在已经有六万卢布了。只不过这是经历了千辛万苦才得来的啊!我愿意吃尽这千辛万苦,一上来就发一笔大财。十五年以后,人们会说:'这位就是犹太王伊沃尔金!'①您对我说,我是个毫不出众的人。请您注意,亲爱的公爵,对于当代我们这一类人来说,最使他感到伤心的莫过于告诉他说,他毫不出众,性格软弱,没有特殊才能,不过是一个凡夫俗子。您甚至不肯认为我是一个出色的无赖,您要知道,方才就是为了这一点,我恨不得把您吞了!您对我的侮辱甚于

---

① 加尼亚在此暗指被钉在十字架上的耶稣基督脑袋上方的题字,但赋予"犹太王"这一封号以完全不同的涵义:交易所大王,金融寡头。

叶潘钦对我的侮辱,请您注意,他既不跟我商谈,也不设法诱惑我,就过分天真地认为我可以把老婆卖给他!老兄,他这种看法早就使我气愤若狂,可我需要金钱。等我有了钱,您要知道,我就会成为出类拔萃的人了。金钱之所以比什么都可鄙可憎,就是因为它甚至会赋予人以才能。而且直到世界末日都是如此。您会说这话太幼稚了,或者太富于诗意了,——那有什么,反正这么一来我会更加快乐,事情也毕竟能够办成。我要坚持和忍耐,谁笑在最后,谁才是真笑!叶潘钦为什么这样侮辱我?是出于怨恨吗?决不是的,先生。只是因为我太渺小了。一旦……但是够了,我该走啦。科利亚已经两次从门外探进头来;他是来请您用餐的。我要出去一趟。我有时会来看您的。您在我们家里会过得不错;现在他们简直会把您当作亲戚。可是您要留神,别泄露我的秘密。我觉得咱俩将来不是朋友就是仇人。您以为如何,公爵,倘若我方才吻了您的手(我是真心实意自愿这么做的),往后我会不会因此成为您的仇人?"

"一定会的,但不会永远如此。以后您会忍不住而原谅我的。"公爵寻思片刻,笑着断言道。

"唉!跟您相处可得小心点。天晓得,您在这里也注入了毒汁。谁知道,您也许就是我的仇人?这是顺便说说,哈哈哈!我忘记问您了:我觉得您很喜欢纳斯塔霞·菲利波夫娜,是吗?"

"是的……很喜欢。"

"爱上了吗?"

"没有。"

"但是脸都红了,一副苦苦思念的样子。好啦,没关系,

没关系,我决不笑话您。再见。您可知道,她是一个品行端正的女人,您会相信这一点吗?您以为她现在和那个托茨基同居吗?不!不!早就不同居了。不知您注意到没有,她自己也非常尴尬,方才有好几秒钟显得很难为情?真的。就是这种人专爱驾驭别人。噢,再见!"

加涅奇卡轻松愉快地走了出去,比进来时随便得多了。公爵一动不动地留在那里,寻思了十分钟光景。

科利亚又把脑袋从门缝里伸了进来。

"我不想吃饭,科利亚;我刚在叶潘钦家用过早餐,吃得很饱。"

科利亚走进门来,递给公爵一封便函。那便函是将军写的,被折叠起来并封上了。从科利亚的脸色可以看出,他很不乐意转送这封便函。公爵读罢,就站起来取帽子。

"只有两步路,"科利亚不好意思了,"他现在正坐在那里喝酒。我真不明白,他怎么能在那里赊酒喝呢?亲爱的公爵,请您不要对我家的人说我给您送了便函!我发过一千遍誓,决不再转送这种便函,但是我又可怜他。请您别跟他客气:给他几个零钱拉倒。"

"科利亚,我本来就有这个想法:我得去见见你爸爸……有件事……咱们走吧……"

十二

　　科利亚领着公爵走了不远,就到了翻砂街,走进一家附设弹子房的咖啡店。这家咖啡店设在一座楼房的底层,门朝大街。在右边一个角落的一个单间里,坐着阿尔达利翁·亚历山德罗维奇,那神气像是店里的老主顾了。他面前的小桌上放着一只酒瓶,手里果真拿着一份《比利时独立报》。他等候着公爵,一看见公爵驾到,立刻把报纸放下,开始热烈而啰嗦地解释起来。不过公爵几乎一点也听不明白,因为将军已经有几分醉意了。

　　"我没有十卢布的票子,"公爵打断他的话,"这是一张二十五卢布的,您去换一下,还给我十五卢布,因为我自己一个钱也不剩了。"

　　"噢,这毫无疑问,请您相信,我立刻就……"

　　"此外,我对您还有一个请求,将军。您从来没有到纳斯塔霞·菲利波夫娜家里去过吧?"

　　"我吗?我没有去过?您是对我这么说的吗?我去过几次,我亲爱的,好几次!"将军不禁沾沾自喜、洋洋得意地用讥讽的口吻喊道,"但是末了我主动跟她断绝了往来,因为我不愿意促成这门不体面的婚事。您自己也看见了,今天上午您已经亲眼看到:我做了一个父亲所能做的一切,而这是一个温和宽厚的父亲。现在另一种父亲要登场了,咱们等着瞧吧!到那时候,不是一个功勋卓著的老战士粉碎阴谋诡计,便是一个无耻的风流娘们走进一个极其高贵的家庭。"

"我正想求您一件事,今天晚上您能不能以一个熟人的身份把我带到纳斯塔霞·菲利波夫娜家里去?我今天一定要去。我有事。但是我完全不知道怎么去才是。方才我已被介绍给她,但是她没有邀请我:今天那里举行招待晚会。不过我准备违反一点礼节,也不怕人家笑话我,只要能进去就行。"

"我的年轻朋友,您的话正中下怀,"将军兴高采烈地喊道,"我叫您来并不是为了这几个小钱,"他继续说道,不过仍把钱抓在手里放进了口袋,"我叫您来,就是要请您和我一起向纳斯塔霞·菲利波夫娜家进军,或者不如说是去征讨纳斯塔霞·菲利波夫娜!伊沃尔金将军和梅什金公爵!这会使她作何感想啊!我呢,我要以祝贺生日为借口,末了说出自己的意见——是间接地,而不是直接地,不过会跟直接地说出一样。那时加尼亚自己就会看出他该怎么办:或是功勋卓著的父亲……可以说是……或者别的……但是,该怎么办就怎么办吧!您的主意好极了。我们九点钟动身,现在还早呢。"

"她住在哪儿?"

"离这里很远;在大剧院附近的梅托夫佐娃公寓,几乎就在广场上,她住二楼……虽说她今天过生日,可是去的人不会多的,而且会散得很早……"

夜幕早已降临。公爵依然坐在那里等候,一面听将军说话。将军讲了不计其数的趣事,但没有一个是有头有尾的。公爵来了以后,他又叫了一瓶酒,过了一小时才把它喝完,以后又叫了一瓶,也把它喝光了。这时将军大概已经把他的一生经历都讲完了。最后,公爵站起来说,他不能再等下去了。将军把瓶底的残酒喝光就站起身来,步履蹒跚地出去了。公爵感到绝望。他不明白,自己怎么会如此愚蠢地轻信别人。其实他从来也没有信任过将军,他只是打算让将军帮助他到纳斯塔霞·菲利波夫娜家里去一趟,哪怕闹出点乱子也无妨,不料竟闹出了这么大的乱子:将军已喝得酩酊大醉,口若悬河,滔滔不绝,而且感情冲动,几欲落泪。他喋喋不休地说,由于他全家老小品行不良,一切都破灭了,现在不能不加以阻止。他们终于来到了翻砂街。仍是解冻天气。凄凉的、温暖的、潮气很重的风在街头呼啸,马车在污泥里颠簸,走马和驽马用马掌叩击着路面,发出响亮的声音。成群结队的行人沮丧地、湿淋淋地在人行道上奔走,其中也不乏醉汉。

"您看见那灯火辉煌的二层楼了吗?"将军说,"我那些老同事全住在这里。我服役的时间最长,受的苦也最多,可我现在却徒步朝大剧院走,到一个不三不四的女人家里去!本人胸中吃了十三颗子弹……您不相信?然而皮罗戈夫①单单为了我,曾打电报给巴黎,而且暂时离开了被围困的塞瓦斯托波尔,巴黎的御医内拉通②为了科学事业,设法弄到一张通行证,跑到被围的塞瓦斯托波尔城里给我诊治。最高当局也知道了这件事:'啊,这就是那个中了十三颗子弹的伊沃尔金!……'他们就是这么说的!公爵,您看见这所

---

① 皮罗戈夫(1810—1881),俄国著名的外科医师,曾参加塞瓦斯托波尔保卫战,负责组织对伤员的医疗。一八五五年,他对最高统帅部的所作所为感到愤慨,并希望推动尼古拉一世死后国内行将发生的变革,便离开克里米亚前往彼得堡。

② 内拉通(1807—1873),法国著名的外科医师,巴黎医学科学院院士。

房子没有？我的老同事索科洛维奇将军就住在它的二楼上。他家人口众多，但为人都极其高尚。现在跟我有来往的，也就是我个人认识的，就是这一家，还有涅瓦大街上的三家，海洋街上的两家。尼娜·亚历山德罗夫娜早就向环境屈服了。可我仍旧想着过去……而且可以说是仍在那些老同事和至今还崇拜我的下属形成的一个有学识的圈子里盘桓。这位索科洛维奇将军（不过我已很久没有到他家里去了，也没有见到安娜·费奥多罗夫娜）……您知道，亲爱的公爵，一个人如果自己不接见宾客，他不知怎么也就不再去拜访别人了。但是……嗯……您好像不相信……但是，我为什么不能领我最好的朋友和总角之交的公子到这个令人神往的人家去呢？伊沃尔金将军和梅什金公爵！您会看到一个令人惊叹的姑娘，并且不是一个，而是两个，甚至是三个，她们全是京城和上流社会的骄傲：既漂亮，又有学问，还很时髦……她们能谈妇女问题，会吟诗，这一切融为一体就成了五光十色的幸福的化身，更不用说她们每个人至少有八万卢布的嫁妆了，全是现款，不论碰到什么妇女问题和社会问题，钱是永远不碍事的……总而言之，我一定要，一定要领您去一趟。伊沃尔金将军和梅什金公爵！"

"立刻就去？现在就去？但是您忘记了。"公爵刚开口。

"我一点也没忘记，一点也没忘记，我们去吧！上这儿来，走上这个富丽堂皇的楼梯。真奇怪，看门人怎么不在，但是……今天放假，看门人走开了。他们还没把这个醉鬼撵走。这个索科洛维奇一辈子升官发财，享尽清福，这多亏了我，多亏了我一个人，而不是任何别人，可是……我们到了。"

公爵已经不再反对这次访问,为了不触怒将军,他就顺从地跟在将军后面,他巴不得索科洛维奇将军和他全家都像海市蜃楼一样渐渐消失,化为乌有,那么他们就可以心安理得地回头下楼了。然而使他胆战心惊的是,这种希望竟开始幻灭,因为将军带他上楼时,装出一副确有朋友住在楼上的模样,不时补充一些有关主人的生平和战场的地形方面的细节,这些细节都像数字一般精确。最后,他们登上二楼,站在右首一个富丽的寓所门前,当将军伸手去拉门铃的时候,公爵才决心逃走;但是,一个奇怪的情况使他暂时留下了。

"您弄错了,将军,"他说,"门牌上写的是库拉科夫,而您是想找索科洛维奇呀。"

"库拉科夫……库拉科夫说明不了任何问题。这是索科洛维奇的寓所,我找的是索科洛维奇。我才不在乎什么库拉科夫……有人来开门啦。"

门果然开了。一个男仆探出头来,说:"主人不在家。"

"真可惜,真可惜,好像故意回避似的!"阿尔达利翁·亚历山德罗维奇深为惋惜地重复了好几遍,"请您禀报主人,我亲爱的,就说伊沃尔金将军和梅什金公爵本想前来表示敬意,不免感到非常非常遗憾……"

这当儿,又有一个面孔从室内朝敞开的门外瞥了一眼,那人看来是个女管家,说不定甚至是家庭女教师,四十来岁,穿一件黑色连衣裙。她听到伊沃尔金将军和梅什金公爵的名字,不禁好奇而又不大相信地走上前来。

"玛丽亚·亚历山德罗夫娜不在家,"她有点特别地打量着将军说,"她带着亚历山德拉·米哈伊洛夫娜小姐到外婆家去了。"

"连亚历山德拉·米哈伊洛夫娜也跟他们去了,天哪,真倒霉!您想,夫人,我老是碰到这种倒霉的事!我恭请您转达我的问候,并请亚历山德拉·米哈伊洛夫娜记住……总之,请您转告她,我衷心祝愿她在星期四晚上听肖邦的叙事曲时亲自表示的愿望能够实现;她会记得的……我衷心祝愿!伊沃尔金将军和梅什金公爵!"

"我不会忘记的,先生。"那位女士鞠了一躬,已经有点信任对方了。

下楼时,将军依然那么热情地为这次访友不遇、为公爵失去了这么令人神往的一次交友机会而惋惜不已。

"您知道,我亲爱的,我有点诗人的气质,您注意到这一点了吗?不过……不过,我们好像找错人家了,"他突然完全出人意料地说道,"我现在记起来了,索科洛维奇家住在另一幢公寓里,现在甚至可能在莫斯科。是的,我有点弄错了,但是……这不要紧。"

"我只想知道一件事,"公爵沮丧地说,"我是不是应该根本不再指望您,而由我独自前去呢?"

"不再?指望?独自?但是,既然这对我来说是一件性命攸关的大事,跟我全家的命运关系极大,那您又何必如此呢?但是,我的年轻朋友,您还不大了解伊沃尔金的为人。谁要是说'伊沃尔金',就等于说'铜墙铁壁'一样。我起初在骑兵连服役,那时人们就说:'伊沃尔金就像铜墙铁壁那么可靠。'我现在只是顺路到我的心肝住的那一家去看看,已经有好些年了,每当我碰到烦人的事和受到考验……"

"您想回家吗?"

"不!我想……去找捷连季耶娃,捷连季耶夫大尉的遗孀,他是我过去的部下……也是我的朋友……我在大尉夫人家里能重新振作起精神,所以常把我在生活中和家庭里碰到的不幸都带到那里去……由于我今天正好在精神上背着一个大包袱,所以我……"

"我觉得,即使方才我没有打扰您,我也已干下了一件天大的蠢事,"公爵喃喃地说,"何况您现在……再见吧!"

"但是我不能,我的年轻朋友,我不能放您走!"将军跳了起来,"一个寡妇,一家人的母亲,她从自己心底掏出的心弦在我全身都引起共鸣。拜访她只用五分钟,我去这一家用不着客气,我几乎等于住在那里。等我洗洗脸,作点最必要的打扮,咱们再坐马车到大剧院去。请您相信,整个晚上我都需要您……就在这幢房子里,我们已经到了……啊,科利亚,你已经来啦?怎么,玛尔法·鲍里索夫娜在家吗?要不你也是刚到?"

"不是的,"科利亚答道(他正巧在大门口碰见他们),"我早就在这里,陪着伊波利特,他的病更重了,今天早晨就躺倒啦。我现在到小铺里去买纸牌。玛尔法·鲍里索夫娜在等您。不过,爸爸,您怎么竟是这样!……"科利亚仔细观察着将军走路和立正的姿势,末了说道,"既然如此,我们就去吧!"

公爵遇到科利亚以后,就决定陪将军到玛尔法·鲍里索夫娜家里去一趟,但只待一会儿。公爵需要科利亚。他下定决心,无论如何要把将军甩掉,他不能原谅自己方才居然指望将军帮忙。他们顺着后面的楼梯登上四楼,走了很长的时间。

"您想把公爵介绍给他们吗?"科利亚在路上问道。

"是的,我亲爱的,我想介绍一下:伊沃尔金将军和梅什金公爵,但是……玛尔法·鲍里索夫娜……怎么样啦……"

"爸爸,您要知道,您最好别去!她会吃了您的!您有三天不照面,可她正急着用钱。您为什么答应给她钱呢?您老是这样!现在您自己去对付吧。"

到了四楼,他们在一扇低矮的门前站住了。将军显然有点胆怯,便把公爵推到前面。

"我要留在这里,"他喃喃地说,"我要给她来个出其不意……"

科利亚首先进去。有一位女士脂粉涂得很厚,穿着便鞋和短棉袄,头发编成一条条小辫,四十来岁,她从门内向外看了一下,于是将军的出其不意的战术也就出其不意地破产了。那位女士一看见他就立刻嚷了起来:

"他来啦!这个卑鄙阴险的家伙来了!我正惦记着他呢!"

"我们进去吧,没有关系。"将军对公爵喃喃地说,依然天真地满脸堆笑。

事实上并非没有关系。他们刚从黑暗低矮的前厅走进狭窄的大厅(大厅里摆着六把藤椅和两张呢面小牌桌),女主人立刻用通常那种训练有素的哀怨声继续说:

"你也不害臊,也不害臊,你这个野蛮人,我家的暴君!你这个野蛮人兼暴徒!你抢光了我的财物,吸尽了我的心血,可是还不满足。我再也忍不下去了,你这个卑鄙无耻的家伙!"

"玛尔法·鲍里索夫娜!玛尔法·鲍里索夫娜!这位是……梅什金公爵。伊沃尔金将军和梅什金公爵。"将军战战兢兢地、不知所措地喃喃道。

"您可相信,"大尉夫人蓦地对公爵说,"您可相信,这个无耻之徒竟毫不怜恤我的几个孤苦伶仃的孩子!他抢光了一切,弄走了一切,把一切都当尽卖光,什么都没留下。我拿着你的借据有什么用啊?你这狡猾的、没有良心的家伙!你回答呀,狡猾的东西,你回答我呀!你这个贪得无厌的黑心狼!我拿什么来养活我这几个孤儿呀?现在他喝醉了酒跑到这里来,站都站不住……我哪一点得罪了上帝,你回答呀,你这个卑鄙无耻、岂有此理的老滑头!"

但是将军顾不上这些了。

"玛尔法·鲍里索夫娜,这是二十五卢布……我只能给你这些,这还是一个极为高尚的朋友借给我的。公爵!我铸成了大错!人生……就是如此……但是现在……对不起,我站不住了,"将军继续说,他站在房间中央,朝四面八方鞠躬,"我站不住了,对不起!列诺奇卡!拿枕头来……亲爱的!"

列诺奇卡是一个八岁的小姑娘,她立刻跑去拿枕头,取来以后就把它放到又硬又破的漆布面沙发上。将军在沙发上坐下,他还有许多话想说,但是刚刚碰到沙发,就立刻侧身倒下,转脸对着墙壁酣然入梦了。玛尔法·鲍里索夫娜客气而又悲哀地请公爵坐在呢面小牌桌旁的一把椅子上,自己坐在对面一只手托住右腮,瞧着公爵默默地叹息起来。三个孩子(两个女孩,一个男孩,列诺奇卡是最大的)走到桌旁,三个人都把双手放在桌上,三个人都聚精会神地看着公爵。科利亚从另一个房间里走了出来。

"科利亚,我能在这里遇见您,这使我很高兴,"公爵对他说，"您能不能帮帮我的忙？我一定要到纳斯塔霞·菲利波夫娜家里去一趟。我方才求阿尔达利翁·亚历山德罗维奇带我去，但是他睡着了。请您送我去吧，因为我不认识路，街道也不熟。不过我有她的住址：大剧院旁边的梅托夫佐娃公寓。"

"纳斯塔霞·菲利波夫娜？她从来没有在大剧院旁边住过，父亲也从来没有到纳斯塔霞·菲利波夫娜家里去过，既然您想知道，我就只得告诉您了。真奇怪，您居然会指望他替您办什么事。她住在弗拉基米尔街的五角口一带，离这里很近。您现在就要去吗？现在是九点半。请吧，我带您去。"

公爵和科利亚立刻走了出去。唉！公爵连雇马车的钱都没有，只得步行前往。

"我本想把伊波利特介绍给您，"科利亚说，"他是那个穿短棉袄的大尉夫人的大儿子，住在另一个房间里。他身体不好，今天躺了一整天。但是，他这个人很奇怪。他的心眼小得要命，我觉得他见到您会难为情的，因为您在此刻到来……我可不像他那么爱面子，因为男方是我的父亲，女方是他的母亲，这里总有点区别，因为男性干这种事并不丢脸。不过我认为，在这种事情上男性总是处于比女性优越得多的地位，这也许是一种偏见。伊波利特是一个顶好的小伙子，但他也做了某些偏见的奴隶。"

"您说他有痨病？"

"是的，看来他倒不如赶快死掉。我要是处在他的地位，我一定希望早死。他很可怜弟弟妹妹，也就是您看到的那几个孩子。只要有可能，只要有钱，我就要和他租一所单独的住宅，和我们的家庭脱离关系，这是我们的理想。您可知道，方才我把您碰到的那件事讲给他听,他竟生起气来,说什么凡是挨了耳光却忍气吞声、不要求决斗的人,一定很卑鄙。不过他气得太厉害了,我也就不再跟他争辩。这么说来,是纳斯塔霞·菲利波夫娜立刻请您去找她的啰?"

"问题就在于并不是这样。"

"那您干吗去呢?"科利亚喊道,甚至在人行道中间站住了,"而且……还穿着这样的衣服,您不知道那里要举行招待晚会吗?"

"我真不知道怎么进去才好。如果他们让我进去,那当然好,如果不让我进去,这事就吹了。至于衣服,我又有什么办法呢?"

"您有事吗? 要不您只是为了到'上流社会'去消磨光阴?"

"不,其实我……本来是有事……我很难把我的意思表达出来,但是……"

"好吧,究竟有什么事我不管,随您的便好了。我觉得主要的是,您别硬往招待晚会里挤,别硬往风流娘们、将军和高利贷者的迷魂阵里钻。如果您硬往里钻,那么对不起,公爵,我就会嘲笑您,看不起您。那里正直的人太少了,甚至都没有一个人值得尊敬。人总是难免瞧不起别人的,而他们却全都要求别人尊敬。瓦里娅首先是这样。公爵,您也看到了,当代人全是冒险家! 特别是在我们俄国,在我们可爱的祖国。我不明白,怎么会弄成这样。早先一切都仿佛很稳固,可现在呢? 大家都这么说,到处都这么写。大家都在揭露别人。我们这里的人都在揭露别人。我们这里的父母首先改变主意,感到自己以前的道德观念可耻。譬如,在莫斯科就有一个父亲劝告他的儿子说,要毫不退让地去弄钱。① 这件事报上登过。您再看看我家的将军。唉,他成了什么样的人啦?不过您要知道,我觉得我家的将军还是一个诚实的人。确是这样!他只是有点不成体统,再加上贪杯,确是这样!我甚至很可怜他;不过我不敢说,因为会遭到大家耻笑。那些聪明人又怎么样呢?他们全是高利贷者,一个也不例外!伊波利特认为放高利贷是正确的,他说这是必要的,还谈到经济的剧烈变动,资本的涨落,真见鬼。我最不爱听他这一套,可是他很生气。您想,他的母亲,就是那个大尉夫人,从将军手里弄到钱,马上又以很高的利息借给将军。真是可耻已极!您要知道,妈妈,就是我的妈妈,将军夫人尼娜·亚历山德罗夫娜,经常帮助伊波利特,送给他钱、衣服、内衣和其他一切,还通过伊波利特多少送给那几个孩子一点东西,因为他们的妈妈不管他们。瓦里娅也这么办。"

"您瞧,您说没有正直而坚强的人,大家都是高利贷者;可是您的母亲和瓦里娅不就都是坚强的人嘛。难道此时在这种境遇下还帮助别人,还不能说明道德的力量吗?"

"瓦里卡这样做是出于好胜心,她想显示一下自己不比母亲落后。而妈妈却是真心实意……我尊敬她。是的,我尊敬并赞成这种行为。就连伊波利特都感觉到了,但他几乎对

---

① 一八六六年一月,莫斯科十九岁的大学生丹尼洛夫,为了抢劫财物而杀害了高利贷者波波夫和他的女仆诺德曼,被判服九年苦役。在狱中,他企图说服同狱犯格拉兹科夫把杀害波波夫的罪名揽在自己身上。格拉兹科夫在口供中说,丹尼洛夫不是独自作案的,而是征得了父亲的同意和父亲一起干的。父亲曾劝告儿子"为了自己的幸福,要不择手段地弄钱,哪怕为此犯罪也在所不惜"。科利亚所说的即格拉兹科夫就丹尼洛夫案件所作的供述。

任何人都冷酷无情。他起初嘲笑妈妈，认为妈妈这么做很卑鄙；但是现在他有时也开始感觉到了。哼！您管这叫力量吗？我要注意这一点。加尼亚不知道这件事，不然的话，他准会认为这是姑息纵容。"

"加尼亚不知道吗？看来加尼亚还有许多事都不知道。"公爵若有所思地脱口而出。

"您要知道，公爵，我很喜欢您。我总忘不掉前不久您碰到的那件事。"

"我也很喜欢您，科利亚。"

"请问，您打算在这里怎样生活呀？我很快就会找到一个职业，挣一点钱。让我们住在一起吧，我，您，还有伊波利特。我们三人租一个寓所。我们可以让将军常去我们那里。"

"我很乐意这样。但是，我们看看再说吧。我现在……心情很坏。怎么？已经到啦？在这所公寓里……多么华丽的大门啊！还有看门的。噢，科利亚，我不知道这件事会有什么结果。"

公爵心慌意乱地站在那里。

"您明天讲给我听吧！别太胆怯！愿上帝保佑您获得成功，因为对于任何事情我和您都有同样的看法！再见吧。我要回去告诉伊波利特。她会接见您的，这毫无疑问，您别担心！她是一个很特别的女人。从这座楼梯上去，在二楼，看门的会指点您的！"

十三

公爵上楼的时候感到十分不安,便竭力鼓励自己。他想:"大不了不接见我,还会对我有什么不好的想法,或者会接见我,当面嘲笑我一顿……哎,没关系!"他对这一点的确还并不怎么害怕;不过对于"究竟要去那里做什么,又为什么要去?"这个问题,他却根本找不到令人宽慰的答案。就算好歹找到一个机会能对纳斯塔霞·菲利波夫娜说:"您不要嫁给那个人,别毁了自己,他并不爱您,而是爱您的金钱,这是他亲口对我说的,阿格拉娅·叶潘钦娜也对我说过,于是我就来转告您。"也不见得在各方面都很稳妥。他还有一个无法解决的问题,一个根本的问题,公爵一想到这个问题就害怕,他不能甚至不敢允许这个问题存在,不知道该怎样表达这个问题,甚至一想到这个问题就不禁脸红心跳。尽管有着这一切令人不安和怀疑的因素,末了他还是进去求见纳斯塔霞·菲利波夫娜了。

纳斯塔霞·菲利波夫娜住在一个虽不很大却装饰得确实豪华的寓所里。在她居住彼得堡的五年内,开头有一个时期,阿法纳西·伊万诺维奇特别舍得为她花钱。那时他还指望博得她的欢心,主要是想用舒适与奢侈来诱惑她,他知道奢侈的习惯是很容易养成的,一旦奢侈渐渐成为生活的必需,要改掉这习惯可就难了。在这方面,托茨基从来都相信古老的优良传统,不作任何改变,极端尊重官能作用所具有的不可战胜的力量。纳斯塔霞·菲利波夫娜并不拒绝奢侈,甚至喜欢奢侈,但是,令人感到特别奇怪的是,她决不受奢侈的摆布,是否能过奢侈生活对她来说仿佛一向都无关紧要似的;她甚至有几次竭力说明这一点,使托茨基感到很不愉快。不过纳斯塔霞·菲利波夫娜还有许多地方使阿法纳西·伊万诺维奇感到不快,后来甚至都使他瞧不起她了。姑且不谈她有时接近而且也喜欢接近的那些人都很粗俗,她还不时流露出某些十分奇怪的习气:两种截然不同的爱好往往十分生硬地同时出现在她的身上,对于上流社会的正人君子似乎都不容其存在的那些事物和手段,她不但毫不在乎,甚至还感到满意。确实如此,举个例子来说吧,倘若纳斯塔霞·菲利波夫娜忽然表现出某种可爱而优雅的无知,例如她不知道农妇不能穿她穿的那种麻纱内衣,那么阿法纳西·伊万诺维奇对此倒似乎特别满意。按照精于此道的托茨基的计划,对纳斯塔霞·菲利波夫娜的全部教育从一开始就是要取得这样的结果。然而可惜的是,结果却很奇怪。虽说如此,纳斯塔霞·菲利波夫娜的身上毕竟还保留着一种气质,这种气质以其不同寻常的、令人心醉的独特风韵和力量,有时甚至会使阿法纳西·伊万诺维奇自己也感到惊讶,即使事到如今,当他以前对纳斯塔霞·菲利波夫娜的一切打算均已落空的时候,有时还会使他入迷。

一个姑娘(纳斯塔霞·菲利波夫娜家里的仆役向来都是女的)出来迎接公爵,公爵感到奇怪的是,女仆听到他请求禀报主人说他来求见,居然毫不疑惑。他那肮脏的皮靴,宽边的帽子,无袖的斗篷,以及他那副窘态,都没引起她的丝毫犹豫。

她替他脱下斗篷,请他在接待室里稍候片刻,便立刻进去禀报。

　　纳斯塔霞·菲利波夫娜家里的宾客全是那些最普通的常客。跟前几年过生日时举行的聚会相比,这一次来宾相当少。最重要的来宾是阿法纳西·伊万诺维奇·托茨基和伊万·费奥多罗维奇·叶潘钦。他们两人都和蔼可亲,但是由于他们都急于知道她是否同意嫁给加尼亚(这是她答应要在当天宣布的)而又难于掩饰这种急切心情,因而心中有些不安。不消说,除了他们以外,加尼亚也在场,他也是愁容满面,忧心忡忡,甚至可说是"毫不殷勤",大部分时间都站在稍远一点的地方,而且沉默不语。他没敢把瓦里娅带来,不过纳斯塔霞·菲利波夫娜也没有提到她;但她和加尼亚寒暄以后,却马上提到他方才和公爵发生的那场纠纷。叶潘钦将军还没有听说这件事,便打听起来。于是加尼亚便冷冷地、沉着地、然而又十分坦率地讲述了方才所发生的一切,还说他已向公爵道过歉了。此外,他还热烈地说出了自己的意见,他认为大家都管公爵叫"白痴",这是非常奇怪的,天晓得是什么缘故,他认为情况恰好相反,"公爵当然是一个很有头脑的人"。纳斯塔霞·菲利波夫娜很注意地听着这种评论,而且好奇地打量着加尼亚。但是话题立即转到罗戈任身上了。罗戈任在白天发生的事件中是一个极其重要的人物,阿法纳西·伊万诺维奇和伊万·费奥多罗维奇也非常好奇地开始打听他的情况。能够提供有关罗戈任的特殊情况的原来是普季岑,他直到晚上九点钟还和罗戈任在一起为罗戈任的事情奔忙。罗戈任竭力坚持当天就得弄到十万卢布。"他的确是喝醉了,"普季岑就此事指出道,"但是,无论有多么困难,看来他也可以弄到十万卢布，我只是不知道他今天能不能弄到，也不知道是否能全部弄到；有许多人，如金杰尔，特列帕洛夫，比斯库普，都在替他张罗；他不论多高的利息都肯出，当然，这全都是因为他喝醉了，一时心血来潮……"普季岑结束了他的话。大家都很有兴趣地听这些消息，虽说也觉得有点不是滋味。纳斯塔霞·菲利波夫娜默不作声，看来是不愿意表示意见。加尼亚也是如此。叶潘钦将军心里可以说是比任何人都更为不安，他一大早就送来的那串珍珠，是被对方以一种过于冷淡的客气态度，甚至是以一种特别的嘲笑神态接受下来的。在全体宾客中，只有费尔德先科一人喜气洋洋，兴高采烈，有时不知何故还高声哈哈大笑，这只是因为他自愿扮演小丑。阿法纳西·伊万诺维奇被公认为是一个巧妙而优雅的讲故事能手，早先在这种晚会上一般都左右着谈话，然而今天他显然心绪不佳，甚至流露出一种不合他的本性的局促不安。其余那些为数不多的宾客，非但不能使谈话显得特别活跃，有时简直就不知道说什么才好。他们之中有一个天晓得为什么被请来的寒酸的老教师，一个极其腼腆、始终一言不发的陌生小伙子，一个很活泼的、四十来岁的女演员，还有一个衣着无比华丽而又特别不爱说话的绝色少妇。

因此，公爵简直可说是来得正巧。女仆的通报引起了人们的困惑和有点古怪的微笑。当他们从纳斯塔霞·菲利波夫娜的惊讶神态中看出，她根本没有打算邀请公爵的时候，则尤其如此。但是纳斯塔霞·菲利波夫娜在惊讶之余蓦地露出非常高兴的样子，于是大多数宾客便立即准备用欢声笑语来迎接这位不速之客了。

"这也许是由于他太天真，"伊万·费奥多罗维奇·叶潘钦说道，"不论怎么说，鼓励这种习惯是相当危险的。但是此刻他能够想到光临，哪怕是用这种独特的方式，倒也确实不坏。至少我可以说，他也许会给我们增添一点乐趣。"

"何况他还是硬挤进来的！"费尔德先科立刻插嘴道。

"这又怎样呢？"将军冷冷地问道，他很憎恶费尔德先科。

"这就是说，他应该付入场费。"费尔德先科解释道。

"哼，梅什金公爵毕竟不是费尔德先科。"将军忍不住说。直到这时候，他一想到自己居然和费尔德先科在同一个交际场合平起平坐，心里就不痛快。

"喂，将军，您饶了费尔德先科吧，"费尔德先科得意地微笑着答道，"我可处于一种特殊地位。"

"您处于什么特殊地位呀？"

"上次我已十分荣幸地向诸位作了详细解释；现在我可以对阁下再重复一遍。阁下，请注意：大家都会说俏皮话，唯独我不会。为了弥补这个缺点，我请求大家允许我说实话，因为诸位全都知道，只有不会说俏皮话的人才说实话。再说，我是一个爱报复的人，这也是因为我不会说俏皮话。我甘心忍受各种侮辱，但是侮辱我的人一旦失败，我就不再忍受了；只要他一失败，我立刻就会记起前仇，并立刻设法报复，用伊万·彼得罗维奇·普季岑形容我的话来说，就是用脚去踢，当然啦，普季岑自己是永远不踢人的。阁下，您可知道克雷洛夫写的《狮子和驴子》那篇寓言？咱们俩就是这样，他写的就是我们。"

"您大概又胡扯起来了，费尔德先科。"将军发火了。

"您这是什么意思，阁下？"费尔德先科应声说道，他巴不得可以接过话茬儿再胡扯几句，"您不要担心，阁下，我知道自己的地位:倘若我说咱俩是克雷洛夫寓言中的狮子和驴子,那么驴子的角色当然由我充当,而阁下则充当狮子的角色,正如克雷洛夫的寓言所说:

> 威武的狮子,林中的霸王,
> 由于衰老而失去了力量。①

而我,阁下,我就是那头驴子。"

"我同意你最后一句话。"将军漫不经心地脱口而出。

这一切当然很粗鲁,而且是故意安排的,但是,允许费尔德先科扮演小丑已经成为一种习惯了。

"人家所以雇用我,让我到这里来,"有一次费尔德先科喊道,"就是因为我会这样说话。说真的,像我这样的人哪能受到接待呢?我明白这一点。嗯,怎么能让我这么一个费尔德先科同阿法纳西·伊万诺维奇这样一位高雅的绅士平起平坐呢?只能有一种解释:正是因为让我们平起平坐是不可思议的,所以才偏让我们平起平坐。"

他的话虽然粗鲁,但往往又很尖刻,有时甚至十分尖刻,纳斯塔霞·菲利波夫娜仿佛也喜欢这一点。凡是非去她家不可的人,只得甘心忍受费尔德先科这一套。他也许已经看穿了,觉得主人之所以开始接待他,可能是因为他第一次露面便使托茨基感到难堪。加尼亚也受过他无穷的折磨。在这方面,费尔德先科对于纳斯塔霞·菲利波夫娜是大有用处的。

"公爵先要给我们唱一支时髦的抒情歌曲。"费尔德先科断言道,同时瞧瞧纳斯塔霞·菲利波夫娜,想知道她要说

---

① 引自克雷洛夫的寓言《衰老的狮子》,但引文不准确。

什么。

"我看不会吧,费尔德先科,请您冷静些。"她冷冷地说。

"啊! 如果他受到特殊的庇护,我也只得妥协……"

但是纳斯塔霞·菲利波夫娜不听他的话,她站起身来,亲自去迎接公爵。

"我很抱歉,"她蓦地来到公爵面前说道,"方才我匆忙中忘记邀请您了。现在您亲自给我一个机会,使我能够感谢并赞扬您的毅然光临,我觉得十分高兴。"

她说这句话时,目不转睛地瞧着公爵,力求多少探明一下他的来意。

公爵对于她的客套也未尝不能应酬几句,但是他惊讶得目瞪口呆,连一句话也说不出来了。纳斯塔霞·菲利波夫娜满意地注意到了这一点。当天晚上她穿着盛装,特别惹人注目。她拉住他一只手,把他带到宾客面前。到了客厅门口,公爵突然站住,特别激动地急忙对她小声说:

"您是十全十美的……就连您瘦削的身材和苍白的脸色也都是这样……谁也不愿意说您不是这样……我非常想来拜访您……我……请原谅……"

"别道歉啦,"纳斯塔霞·菲利波夫娜笑了,"这会使那种奇怪而又独特的情趣遭到彻底破坏。大家都说您是个怪人,这倒是实话。那么说来,您认为我是个十全十美的人喽?"

"是的。"

"您虽然很会猜,不过您猜错了。我今天就可以让您看到这一点……"

她把公爵介绍给来宾,有一大半来宾都已经认识他了。托茨基立刻寒暄了几句。大家似乎都活跃了一点,顿时谈笑风生。纳斯塔霞·菲利波夫娜让公爵坐在自己身边。

"但是,公爵的光临有什么奇怪之处呢?"费尔德先科喊得比谁都响,"事情很明显,它本身就说明了问题!"

"事情太明显,也太说明问题了,"一直沉默不语的加尼亚蓦地应声说道,"从公爵上午在伊万·费奥多罗维奇的桌子上初次看到纳斯塔霞·菲利波夫娜的相片的那一瞬间开始,我今天几乎一刻不停地在观察他。我记得很清楚,我那时就想到一点,对此我现在已深信不疑。顺便说说,公爵自己也对我承认了这一点。"

加尼亚说这番话时神态非常严肃,没有一点开玩笑的样子,他甚至快快不乐,显得有点古怪。

"我没有对您承认过什么,"公爵满脸通红地答道,"我只是回答过您的问题。"

"好,好!"费尔德先科喊道,"至少是诚恳的,既狡猾又诚恳!"

大家都放声大笑起来。

"你别喊叫,费尔德先科。"普季岑嫌恶地低声对他说。

"公爵,我可没想到您还有这么一手,"伊万·费奥多罗维奇说,"您可知道,什么人才会这样? 我还以为您是一位道学家呢! 真不错,您这个暗地里偷鸡摸狗的家伙!"

"听了一句毫无恶意的玩笑话,公爵居然脸红得像一个天真的处女,从这一点看来,我可以断定他是个高尚的青年,胸怀悲天悯人之志。"那位迄今一直默不作声的、没牙的七十岁老教师,突然完全出人意料地说道,或者不如说是嘀咕道,谁也没料到他在今天晚上会开口说话。大家笑得益发厉害了。老教师大概以为是他的俏皮话引得大家发笑,于是瞧着大家,自己也笑得更厉害了,同时又剧烈地咳嗽不止,这就使得纳斯塔霞·菲利波夫娜不得不立刻去安慰他,吻他,并吩咐仆人再给他倒杯茶。也不知为什么,她特别喜欢所有这一类古怪的老头子和老太婆,甚至还喜欢傻子。她向走进来的女仆要了一件短斗篷裹在身上,又吩咐女仆再往壁炉里加点劈柴。她问现在几点钟,女仆回答说:已经十点半了。

"诸位,你们喝不喝香槟酒?"纳斯塔霞·菲利波夫娜蓦地邀请道,"我已经预备好了。这也许能给你们助兴。请别客气。"

纳斯塔霞·菲利波夫娜居然请大家喝酒,特别是还用如此天真的神态相邀,不禁使人感到十分奇怪。大家都知道,她以前举行招待晚会,总是非常守规矩的。总的说来,晚会的气氛变得欢快一些了,但和往常不一样。不过大家并不拒绝喝酒,将军首先开饮,接着是那个活泼的夫人,老教师,费尔德先科,末了大家都喝了起来。托茨基也拿起酒杯,希望缓和一下正在逐渐形成的一种新的气氛,尽可能使它轻松愉快。只有加尼亚一人滴酒未沾。纳斯塔霞·菲利波夫娜也举起酒杯,宣布她今晚要喝三大杯。今晚她举止奇特,有时还很急躁和敏捷,她忽而无缘无故地狂笑,忽而又默默地、甚至忧郁地沉思起来,使人感到莫名其妙。有些人怀疑她在发冷。末了他们终于看出她似乎在等待什么,她常常看表,变得焦躁不安,心不在焉。

"您好像有点发冷吧?"那位活泼的夫人问。

"不是有点发冷,而是冷得厉害,所以我才披上斗篷。"纳斯塔霞·菲利波夫娜答道,她的脸色果真更加苍白,有时仿佛在抑制自己剧烈的颤抖似的。

大家都惊慌和骚动起来。

"我们是不是让女主人休息一下?"托茨基瞧着伊万·费奥多罗维奇说。

"诸位,完全不必!我请你们都坐下。你们的光临,特别是在今天,对我来说是很必要的。"纳斯塔霞·菲利波夫娜突然坚决地、意味深长地说道。由于来宾几乎全知道今天晚上要作出十分重要的决定,所以她这几句话就显得特别有分量了。将军和托茨基再次交换了一下眼色,加尼亚浑身抽搐了一下。

"最好是玩玩什么沙龙游戏。"活泼的夫人说。

"我知道一种新的、妙不可言的沙龙游戏,"费尔德先科应声说道,"虽说这种游戏在世上只玩过一次,而且那一次也没玩好。"

"是什么游戏呀?"活泼的夫人问。

"有一次,我们几个朋友聚在一起,当然,都有了几分醉意。忽然有人提议,我们每一个人都不离开桌子,就地讲述自己干过的一件什么事情,不过每人都得真心实意地认为那是自己一生中干的一件最坏的事;但是要诚实,主要的是要说实话,不能撒谎!"

"奇怪的主意。"将军说。

"没有比这更奇怪的了,阁下,但是它妙也就妙在这里。"

"可笑的主意,"托茨基说,"不过也容易理解:这是一种特殊的吹牛方式。"

"也许正合我们的需要,阿法纳西·伊万诺维奇。"

"可是,这样的沙龙游戏只会使我们哭,不会使我们笑。"活泼的夫人说。

"这是一种令人十分难堪的、荒唐可笑的玩艺儿。"普季岑应声说道。

"你们成功了吗?"纳斯塔霞·菲利波夫娜问。

"没有,弄得很糟。每个人的确都说了一些,有许多人说的是实话,您瞧,有些人讲得还很得意呢。后来大家都感到可耻,大家都受不住了! 不过总的来说,倒别有一番情趣。"

"真的,这倒不错!"纳斯塔霞·菲利波夫娜突然精神抖擞地说道,"真的,诸位,让我们试一试吧! 我们的确有点不大快乐。如果我们每个人都同意讲点……这种事情,当然要经本人同意,完全出于自愿,是吧? 我们也许受得住? 至少这是个非常别致的事……"

"一个天才的主意!"费尔德先科应声说道,"不过,女士们除外,由男人开头。大家抓阄,跟那天一样,一定要这样! 一定要这样! 如果有人实在不愿意讲,当然也不勉强,不过只有那种特别不懂礼貌的人才会这样! 诸位,请把你们的阄放到这儿,放到我的帽子里,让公爵来抓。这事可是再简单不过了,讲讲自己一生中最恶劣的行为,这容易极了,诸位! 你们瞧着吧! 要是有人忘了,我立刻提醒他!"

谁也不喜欢这个主意,有些人皱着眉头,另一些人在调皮地微笑。有些人反对,但并不强烈,譬如伊万·费奥多罗维奇就是其中的一个,他不愿违拗纳斯塔霞·菲利波夫娜,因为他看出她很醉心于这个怪主意。只要纳斯塔霞·菲利波夫娜决定说出自己的心愿,她总是不达目的决不罢休的,哪怕这种心愿是异想天开,甚至对自己毫无益处。现在她仿佛歇斯底里发作了,不停地走来走去,痉挛地、疯疯癫癫地笑着,尤其是在托茨基惶惶不安地表示反对的时候。她的黑眼睛炯炯发光,苍白的面颊泛起两片红晕。有几个宾客的脸上流露出沮丧和嫌恶的神色,这可能使她嘲笑的愿望更为强烈了;她也许正是喜欢这个主意的玩世不恭和残酷无情。有的人认为她一定有特别的打算。但是大家都同意了:无论如何,这玩艺儿很新奇,对许多人很有诱惑力。最起劲的是费尔德先科。

"如果有些事情……当着女士们的面不大好讲,那怎么办呢?"一个沉默寡言的青年怯生生地说。

"那您就不讲好了;您就是不讲,这种丑事还嫌少吗?"费尔德先科答道,"唉,您这个年轻人!"

"可是,我不知道我的行为哪一桩最坏。"活泼的夫人插嘴道。

"可以免去女士们讲述的义务,"费尔德先科重复道,"不过只是免去而已;如果自愿要讲,自当受到欢迎。至于男人,如果实在不愿讲,也不勉强。"

"怎么证明我不是撒谎呢?"加尼亚问道,"倘若我撒了谎,这种游戏就完全失去了意义。而且,谁能不撒谎呢?每个人都肯定会撒谎的。"

"那就听听别人是怎么撒谎的,仅此一端就够有趣的了。至于你呢,加涅奇卡,完全不必特别担心你会撒谎,因为你最丑恶的行为已无人不知。但是你们要想一想,诸位,"费尔德先科突然灵机一动,便喊道,"你们只要想一想,在我们讲完以后,譬如说在明天,我们彼此还有脸见面吗?"

"难道真可以这样?难道当真要这么办,纳斯塔霞·菲利波夫娜?"托茨基一本正经地问。

"怕狼咬,就别进树林!"纳斯塔霞·菲利波夫娜用嘲笑的口吻说。

"但是请问，费尔德先科先生，难道这种沙龙游戏会有什么好结果吗？"托茨基益发惶惶不安地接着说，"请您相信，这种玩艺儿从来都不会成功。您自己也说，那一次就没有成功。"

"怎么没有成功！上一次我就讲我怎么偷了三个卢布，我当真痛痛快快地说出来了！"

"就算是这样吧。不过，您要说得仿佛真有其事并使大家相信，恐怕不可能吧？加夫里拉·阿尔达利翁诺维奇说得很对，只要使人觉得有一点虚假，游戏就会完全失去意义。只有在偶然的情况下才会说真话，也就是说，只有讲述人出于一种十分低级的趣味而想用这种特殊方式炫耀一番的时候，他才会讲真话，在我们这里，这是不可思议的，也是完全不成体统的。"

"您真是精明到极点了，阿法纳西·伊万诺维奇，甚至使我都感到惊讶！"费尔德先科喊道，"诸位，你们瞧，阿法纳西·伊万诺维奇方才说我不能把我偷东西的事讲得仿佛真有其事，这就是以最巧妙不过的方式暗示我是不会真正偷窃的（因为这种话直说出来是不体面的），尽管他的心里说不定完全相信，费尔德先科是很可能偷东西的！现在我们言归正传，诸位，言归正传。阄已经收来了。阿法纳西·伊万诺维奇，您也把阄放到里面了，这就是说，没有人拒绝参加。公爵，您抓吧！"

公爵默默地把手伸进帽子，掏出第一个阄，这是费尔德先科的，第二个是普季岑的，第三个是将军的，第四个是阿法纳西·伊万诺维奇的，第五个是他自己的，第六个是加尼亚的，如此等等。女士们没有放阄。

"天哪,真倒霉!"费尔德先科喊道,"我以为第一个会是公爵,第二个会轮到将军呢。但是谢天谢地,至少伊万·彼得罗维奇在我后面,我会得到补偿的。哦,诸位,我当然应该成为一个好榜样,但是现在最可惜的是,我这个人太渺小了,毫无出众之处,连我的官衔也小得不能再小了。其实我费尔德先科不论干了什么坏事,又有什么有趣之处呢?我最坏的行为又是什么呢?真是越多越难挑啊。难道还是讲那桩偷窃的勾当,好让阿法纳西·伊万诺维奇相信,即使不是贼,也会偷东西?"

　　"费尔德先科先生,您现在使我相信的是:即使没有人打听,就讲出自己那些卑鄙龌龊的行为,的确可以感到其乐无穷……不过……请您原谅,费尔德先科先生。"

　　"快开始讲吧,费尔德先科,您废话太多,总也说不完!"纳斯塔霞·菲利波夫娜烦躁而性急地命令道。

　　大家都注意到了,在方才那阵狂笑之后,她蓦地变得忧郁、乖戾和烦躁了;然而她依然顽固地、专横地坚持要玩那种令人难堪的古怪游戏。阿法纳西·伊万诺维奇感到非常痛苦。伊万·费奥多罗维奇也叫他非常生气:那人正若无其事地坐在那里喝香槟酒,甚至也许还在考虑:轮到他讲的时候该讲点什么。

十四

　　"纳斯塔霞·菲利波夫娜,我不会说俏皮话,所以尽讲废话!"费尔德先科一开头便喊起来,"要是我像阿法纳西·伊万诺维奇或伊万·彼得罗维奇那样会说俏皮话,我今天也一定坐在那里一言不发,跟阿法纳西·伊万诺维奇和伊万·彼得罗维奇一样。公爵,不知尊意如何?我总觉得:世界上的贼要比不是贼的人多得多,一辈子没有偷过一次东西的老实人,可以说一个也没有。这是我的看法,但是,我决不因此断定,世上的人全是贼,尽管说老实话,我有时真想得出这样的结论。不知尊意如何?"

　　"哼,您讲得真蠢,"达里娅·阿列克谢耶夫娜应声说道,"真是胡说八道!不可能人人都偷过东西;我就从来没偷过任何东西。"

　　"您从来没偷过任何东西,达里娅·阿列克谢耶夫娜;但是,公爵会说什么呢,他忽然满脸通红了。"

　　"我觉得您说的是实话,只不过说得太过头了。"公爵说,他不知何故的确满脸通红。

　　"公爵,您自己什么也没有偷过吗?"

　　"呸,这太可笑了!您冷静一点吧,费尔德先科先生。"将军插嘴道。

"道理很简单,您一入正题,就不好意思讲下去了,所以您想拉住公爵,好在他是一个唯唯诺诺的人。"达里娅·阿列克谢耶夫娜清清楚楚地说。

"费尔德先科,您要么就讲下去,要么就别吭声,别拉别人来陪绑。您叫人忍无可忍了。"纳斯塔霞·菲利波夫娜恼火地厉声说。

"我这就讲,纳斯塔霞·菲利波夫娜;既然公爵已经承认了(因为我坚决认为公爵的样子已经等于承认了),那么,譬如说,别人(我不指名道姓)一旦想说实话,他又有什么可说的呢?至于我,诸位,根本就没有更多的话可说:这很简单,既愚蠢,又令人作呕。不过请你们相信,我的确不是贼。我偷过东西,却不知是怎么偷的。这件事发生在两年前,在谢苗·伊万诺维奇·伊先科的别墅里。那是个星期天,几位客人在他家用午餐,午餐后,男人们还留在那里喝酒。我忽然想到去请主人的女儿玛丽亚·谢苗诺夫娜小姐出来弹钢琴。我穿过拐角的一个房间。在玛丽亚·谢苗诺夫娜的小工作台上放着三个卢布,那是一张绿色的钞票,是她取出来准备付家中什么费用的。屋子里一个人也没有。我拿了这张钞票,装进口袋,我也不知道这是为了什么。我也不明白我撞到什么鬼了。我只是赶紧回去,在桌边坐下。我老是坐在那里等候,心里非常不安,我絮叨个不停,又是讲笑话,又是嘻嘻哈哈。后来,我又跟女士们坐到一起去了。约莫过了半小时,主人发现了,便询问女仆们。他们怀疑是女仆达里娅偷的。我装出一副特别好奇和同情的样子。我甚至还记得,当达里娅惊慌失措的时候,我竟劝她认错,还用脑袋向她担保,说玛丽亚·谢苗诺夫娜心好,一定会原谅她。我这番话都是当着大家的面高声说出来的。大家都瞧着,而我却感到非常得意,这正是因为我虽然满口仁义道德,而那张钞票却放在我的口袋里。当天晚上,我就去餐厅用这三个卢布买酒喝了。我一进餐厅,就要了一瓶拉斐特酒①。在这之前,我从来不曾只要一瓶酒,别的一概不要。我想赶快把钱花掉。不论在当时还是以后,我的良心都没有感到特别不安。这种事我肯定不会再干了;你们信不信,随你们的便,我不感兴趣。好吧,全说完了。"

"不过,这当然不是您最坏的行为。"达里娅·阿列克谢耶夫娜极其厌恶地说。

"这是一种心理活动的结果,并不是行为。"阿法纳西·伊万诺维奇说。

"可是那个女仆呢?"纳斯塔霞·菲利波夫娜问道,毫不掩饰自己的无比嫌恶。

"那个女仆当然第二天就被解雇了。那一家很严厉。"

"您就听其自然?"

"这才妙呢!难道我还会跑去自首?"费尔德先科吃吃地笑了起来,不过由于大家听了他讲的故事都感到很不愉快,他不免有点惊讶。

"这有多卑鄙啊!"纳斯塔霞·菲利波夫娜喊道。

"哎呀!您既要听一个人讲他最丑恶的行为,又要求里面有什么光彩!最恶劣的行为总是很卑鄙的,我们马上就能从伊万·彼得罗维奇口中听到这种情况。有许多人因为自己有轿式马车,所以表面上都冠冕堂皇,总想装出一副正人君子的模样。有自备轿式马车的人多着哩……那是用什么

---

① 拉斐特酒,法国拉斐特地方产的一种红葡萄酒。

手段……"

　　总之，费尔德先科完全控制不住自己了，他勃然大怒，甚至忘乎所以，毫无顾忌了。他的整个面孔都歪了。不论有多么奇怪，然而十分可能的是，他本来指望自己讲的故事会产生完全不同的效果。这种低级趣味的"失败"和托茨基所说的"特殊方式的炫耀"，对费尔德先科来说是司空见惯的，是完全符合他的性格的。

　　纳斯塔霞·菲利波夫娜甚至气得打了个寒噤，她目不转睛地瞧着费尔德先科。费尔德先科立刻胆怯起来，不出声了，简直吓得浑身发冷：他已经做得太过分了。

　　"是不是到此为止？"阿法纳西·伊万诺维奇狡猾地问。

　　"现在轮到我了，但是我要利用对我的优惠，所以我就不讲了。"普季岑坚决地说。

　　"您不想讲啦？"

　　"我不能讲，纳斯塔霞·菲利波夫娜。而且我认为这种沙龙游戏是叫人无法忍受的。"

　　"将军，好像轮到您了，"纳斯塔霞·菲利波夫娜对他说道，"如果您也拒绝，那么我们这一切就会跟着您垮台，我也会感到很遗憾，因为我想在最后讲讲'我自己的一生'中的一个行为，只不过我想在您和阿法纳西·伊万诺维奇讲了之后再讲，因为你们定会鼓起我的勇气。"她说罢便大笑起来。

　　"噢，如果您也答应讲，"将军热烈地喊道，"我准备把我一辈子的事都对您讲一遍。不过老实说，我已经准备了一个故事，就等轮到我的时候……"

　　"从将军阁下的脸色就可以看出，他是以多么特别的创作欲构思了自己的故事。"费尔德先科虽然还有几分窘态，却也狞笑着大胆说了一句。

纳斯塔霞·菲利波夫娜瞥了将军一眼,也暗自笑了笑。但是看得出来,她心里的苦闷和烦恼越来越强烈了。阿法纳西·伊万诺维奇听到她答应讲故事,感到加倍地害怕。

"诸位,我和每个人一样,一生中做过一些不大体面的事,"将军开始说,"然而最奇怪的是,我自己认为我现在要讲的一段小故事,是我一辈子碰到的一件最糟糕的事。这件事几乎已过了三十五年;但是,每当我回忆起来,我永远不能摆脱一种可说是使人心乱如麻的印象。不过,这是一件非常愚蠢的事。那时我才刚刚当上准尉,在军队里干苦差事。大家都知道准尉是什么样的人:血气方刚,收入菲薄。我当时用一个名叫尼基福尔的勤务兵。他非常关心我的家务,他知道攒钱,缝补擦洗,什么都干,甚至为了贴补家用,到处去偷一切可以偷到的东西。他是一个非常忠诚老实的人。我对他当然很严,但还算公道。有一段时间,我们驻扎在一个小城里。我住在郊外,房东是一个退役少尉的寡妇。这位老太太约有八十岁了。她那所小木房已破旧不堪。她由于贫穷,连女仆也不用。不过她的主要特点,是她家里本来人丁兴旺,但是,有的已经过世,有的各奔一方,有的把老太婆给忘了,而她又在四十五年前把丈夫埋葬了。几年以前还有一个侄女和她同住,这个侄女是个驼背,又很凶,据说像个巫婆,有一次竟咬了老太婆的手指头,不过这个侄女也死了。因此老太婆已经对付着过了三年孤苦伶仃的日子。我住在她家里觉得有点无聊。再加上她又那么愚昧无知,我从她身上什么也得不到。末了,她偷了我一只公鸡。这事至今还查不清,不过除了她就没有别人会偷。我们为了那只公鸡吵起嘴来,而且吵得很厉害。

这时碰巧遇到一个机会,我刚提出搬家的要求,上面就把我分配到另一处寓所去了,那是在小城另一端的郊外,房主是个商人,家中人口众多,我现在还记得,这商人满脸大胡子。我和尼基福尔高高兴兴地搬走了,很生气地离开了那个老太婆。过了三天,当我操练完毕回家的时候,尼基福尔报告我说:'大人,我们不该把那只钵子留在早先那个女房东那里,现在没有东西盛汤了。'我当然觉得惊讶:'怎么?我们的钵子怎么会留在女房东家里呢?'尼基福尔惊奇地继续报告说,我们搬家的时候,女房东扣下了我们的钵子,因为我把她的瓦罐砸碎了,她为了补偿瓦罐的损失,就把我们的钵子扣下了,据她说,是我建议她这么办的。她这种卑鄙行径当然使我忍无可忍。我的热血沸腾了,我一跃而起,飞也似的跑出去。我跑到老太婆家里,可以说已经发狂了。我看见她一个人坐在穿堂的一个角落里,好像在躲避阳光,一只手还托着腮帮。你们要知道,我立刻像雷鸣似的向她怒吼道:'你这老混蛋!你这老东西!'总之,像俄国人那样臭骂了她一通。不过,我发现她的模样有点古怪:她坐在那里,脸朝着我,眼睛鼓了出来,一句话也不回答。她奇怪地,那么奇怪地看着我,身子好像在摇晃,最后,我息怒了,便仔细观察她,问她,她还是一言不答。我犹豫不决地站了片刻;苍蝇嗡嗡乱飞,太阳快落山了,一片寂静。我终于十分尴尬地走了。还没有走到家,少校就传我去,以后我又到连部去了一趟,因此回家时天已黑了。尼基福尔第一句话就是:'您可知道,大人,我们的女房东死了。''什么时候死的?''今天晚上,一个半小时以前。'如此说来,就是在我骂她的时候,她咽了气。这件事使我惊呆了,我跟你们说,我好容易才清醒过来。我心里老想着这件事,夜里也梦见了这件事。我自然并不迷信,可是到了第三天,我到教堂送殡去了。总之,时间隔得越久,我越想得厉害。倒也不是有什么大不了的,但是有时一想起来就觉得不舒服。主要的是我最后得出了什么结论呢?第一,这个女人,就是所谓的人,也就是现在所说的有人性的生灵,她曾经活着,活了很久,享了高寿。她从前有过孩子、丈夫、家庭、亲戚,这一切都曾在她周围欢蹦乱跳,都曾对她微笑,但是突然之间全都消失了,全都破产了,只剩下她一个人……像一只一出世就一直挨骂的苍蝇。最后,上帝领她走向末日。在一个静悄悄的夏日黄昏,我的那个老太婆也随着日落而逝,——当然,这里并非没有劝谕意义。就在那一瞬间,一个狂怒的年轻准尉,不但没有挥泪为她送终,反而为了一只毫无用处的钵子,就两手叉腰,蛮不讲理地用俄罗斯式不顾一切的臭骂,送她离开了人世!毫无疑问,这是我的过错。如今由于事隔多年,我的性情也变了,因此每当回顾自己的行为,我早就觉得那像是别人干的,尽管如此,我依然感到悔恨。所以,我再说一遍,我甚至觉得奇怪,她为什么偏偏想在那个时候死去呢?况且就算我有错,但也并不完全是我的过错。当然,这只能有一种解释,就是我的行为有几分是心理活动的结果。但是我仍不能安心,直到十五年以前,我自己掏钱把两个经常生病的老太婆送到养老院去,使她们能够凭借优厚的生活费安度晚年。我现在想留下一笔款子,永远做这种慈善事业。好啦,事情就是这样。我重复一遍,我这辈子也许做了许多错事,但是凭良心说,我认为这是我此生干的一件最坏不过的事。"

"阁下,您说的并不是一生中最坏的行为,而是优良行为之一;您欺骗了我费尔德先科!"费尔德先科下了结论。

"将军,说老实话,我可没有想到您毕竟有一颗善心;我甚至觉得抱歉。"纳斯塔霞·菲利波夫娜漫不经心地说。

"抱歉?为什么呢?"将军殷勤地笑着问道,还洋洋自得地喝了一杯香槟酒。

然而已经轮到阿法纳西·伊万诺维奇,他也准备好了。大家预料,他不会像伊万·彼得罗维奇那样拒绝,而且由于某种原因,大家都特别好奇地等候他讲,同时又不时瞧瞧纳斯塔霞·菲利波夫娜。阿法纳西·伊万诺维奇摆出一副完全符合他的威仪的非常尊严的气派,用平静而又亲切的口吻开始讲自己的一桩"动人的故事"。(顺便说说,他这人仪表堂堂,道貌岸然,身材魁梧,稍稍秃顶,略有几茎白发,身躯相当肥胖,面颊柔软红润,微微有些松垂,还镶了几枚义齿。他的衣服宽大而考究,内衣也极漂亮。他那双圆润白净的手令人百看不厌,右手的食指上戴着一枚贵重的钻石戒指。)在他讲故事的时候,纳斯塔霞·菲利波夫娜始终盯着自己衣袖上的花皱边,用左手的两个指头揪着它,所以一次也没有抬头看看讲故事的人。

"我之所以觉得完成我的任务毫不费力,"阿法纳西·伊万诺维奇开始说,"正是由于我必须讲出我一生中最坏的行为,而不是讲别的。在这种情况下,当然不可能有什么犹豫:良心和记忆马上会悄悄地提示你该讲什么。我要痛苦地承认,我这一生有过无数也许是冒失的和……轻佻的行为,其中有一件使我至今仍感到心情十分沉重。这事大约发生在二十年以前,当时我下乡去见普拉东·奥尔登采夫。他刚被选为首席贵族,带着年轻的妻子一同回到乡间欢度寒假。碰巧安菲萨·阿列克谢耶夫娜的生日快到了,决定举行两场舞会。

当时,小仲马的引人入胜的小说《茶花女》①正风靡一时,而且刚在上流社会引起轰动。据我看来,这部小说是不朽的传世之作。外省的女士们都赞不绝口,至少那些读过此书的女士无不如此。美妙动人的故事,主人公独特的处境,刻画得淋漓尽致的温柔乡,以及书中比比皆是的所有那些迷人的情节(例如交替使用白茶花与红茶花的情节②),——总而言之,所有这些美妙的细节及其构成的整体,简直使人拍案叫绝。茶花红极一时。人人都想要茶花,人人都寻觅茶花。请问诸位:在一个县城里,每人都要拿着茶花参加舞会,哪怕舞会次数不多,又能从哪里弄到这么多茶花呢?当时,彼佳·沃尔霍夫斯基那个可怜虫正对安菲萨·阿列克谢耶夫娜害单相思。真的,我不知道他们之间有没有什么,也就是说,不知道他是否真有成功的希望。这个可怜虫发狂似的要为安菲萨·阿列克谢耶夫娜弄到一束茶花,好让她晚上去参加舞会。大家都知道,从彼得堡来的索茨基伯爵夫人(省长夫人的贵宾)和索菲娅·别斯帕洛娃,一定会手持白茶花赴会。安菲萨·阿列克谢耶夫娜为了出出风头,想要弄些红茶花。可怜的普拉东险些儿跑断了腿;他是丈夫,当然责无旁贷。他已保证能弄到一束茶花,然而结果怎样呢?就在舞会的前夕,这束茶花竟被处处都跟安菲萨·阿列克谢耶夫娜过不去的死对头梅季谢娃,

━━━━━━━━━━━━━━━━━━

① 陀思妥耶夫斯基虽也承认小仲马的才气,但对他的小说《茶花女》持否定态度。在《白痴》中,作者让托茨基特别喜欢小仲马的这部小说,意在把小仲马笔下的茶花女的情操与命运,跟纳斯塔霞的命运作一对比。

② 《茶花女》的女主人公玛格丽特·戈蒂埃在娱乐场所露面时,手中必持一束茶花。在每个月的某些天,她持白茶花;另一些天则持红茶花。玛格丽特死后,她的情人按同样的规则交替在她的坟头献上白茶花和红茶花。

也就是卡捷琳娜·亚历山德罗夫娜截走了。不消说,夫人歇斯底里大发作,甚至晕了过去。普拉东完蛋了。事情很明显,只要彼佳能在这个有趣的时刻从什么地方弄到一束茶花,那么他的好事就可能大有进展。女人在这种情况下是会感激涕零的。他不停脚地东奔西跑;但是他的目的是达不到的,这就不必说了。在生日和舞会的头天晚上十一点钟,我突然在奥尔登采夫的女邻居玛丽亚·彼得罗夫娜·祖布科娃的家里遇到了他。他满面春风。我问:‘你这是怎么啦?’‘找到啦!我可找到啦!’‘老兄,你真叫我惊讶!在哪里找到的?怎么找到的?’‘在叶克沙伊斯克(二十俄里以外的一个小镇,不在我们那个县里)有个商人,叫特列帕洛夫,他满脸大胡子,很有钱,和老伴住在一起,他们没有孩子,只有一些金丝雀。老两口都爱花,他家有茶花。’‘得了吧,这可靠不住,万一他不肯给呢?’‘他不给我,我就下跪,跪着哀求他,直到给了我为止,不然我就不走!’‘你什么时候去呢?’‘明天破晓以前,五点钟。’‘好吧,上帝保佑!’你们要知道,我真替他高兴。我回到奥尔登采夫家里。最后,到半夜一点多钟,你们知道,我还想着这件事。我刚想上床睡觉,蓦地产生一个异想天开的念头!我立刻跑进厨房,把马车夫萨韦利唤醒,给了他十五个卢布,告诉他说,‘半小时以内把马套好!’不消说,过了半小时,带篷雪橇就停在大门前了。别人告诉我说,安菲萨·阿列克谢耶夫娜患偏头痛,发烧,还说胡话。我坐上雪橇走了。四点多钟,我到了叶克沙伊斯克的客店内。我等到天亮,只等到天亮;过了六点钟,我就到特列帕洛夫家里去了。我如此这般地说明来意,问道:‘您有没有茶花?老爷,我的亲爹,帮帮忙吧,救救我吧,我要给您叩头啦!’我看见那老头儿个子很高,白发苍苍，神色严峻，是个可怕的老头子。'不行，不行！我决不同意！'我扑通一声朝他跪下，简直就趴在地上了。'您怎么这样啊，老爷？您怎么这样啊，老大爷？'他吓坏了。'人命关天啊！'我对他喊道。他说：'既然如此，您就拿去吧，上帝保佑。'我立刻把许多红茶花剪了下来！花儿可真美，简直妙极了！他家有一间小小的暖房，里面都是这种花。老人直叹气。我掏出一百卢布来。他说：'不，老爷，你这么办可就是看不起我了。'我说：'老兄，既然如此，就请您把这一百卢布捐给此地的医院以改善经营与膳食吧。'他说：'老爷，这就是另一码事了。这是高尚的善行，是慈善行为，我可以为您的健康捐赠这笔钱。'你们要知道，我喜欢这位俄国老人，他可以说是一位地道的俄国人，土生土长的俄国人。我获得了成功，立刻欢天喜地地回去；我回家时绕道而行，免得遇见彼佳。回家后，不等安菲萨·阿列克谢耶夫娜醒来，就派人把那束花送去。你们不难想象，她当时是多么高兴和感激，甚至感激得流下了热泪！头一天还完全绝望、活像死人的普拉东，竟伏在我胸前号啕痛哭！唉！自从创立了……合法婚姻以来，所有的丈夫莫不如此！别的事我就不必多说了，不过在此事发生以后，那个可怜的彼佳的希望就彻底破灭了。我起初以为，他查明真相以后准会宰了我，我甚至已经准备要对付他，不料却发生了简直使我不能相信的事：他晕过去了，晚上说胡话，早晨发高烧；他像婴儿似的啼哭，浑身痉挛。过了一个月，他刚恢复健康，就请求调到高加索去。这简直成了一桩风流韵事！结果他在克里米亚阵亡了。当时，他的哥哥斯捷潘·沃尔霍夫斯基是团长，战功卓著。老实说，此后多年我一直受到良心的谴责：我有什么目的，又有什么理由要这样打击他呢？倘若当时我自己堕入了情网，那还情有可原。其实我只不过是闹着玩，只不过要向女人献献殷勤罢了，如此而已。倘若我不从他手里抢走那束花，谁知道呢，兴许他至今还活着，而且很幸福，还很有成就，根本不会想到要去打土耳其人。"

阿法纳西·伊万诺维奇仍像他开始讲故事时那样道貌岸然地沉默了。大家看到：阿法纳西·伊万诺维奇讲完以后，纳斯塔霞·菲利波夫娜的眼里闪动着有点特别的光芒，她的嘴唇甚至还哆嗦了一下。大家好奇地瞧着他们两人。

"又欺骗了我费尔德先科！竟这样骗我！不成，这完全是欺骗！"费尔德先科用哭声喊道，他明白这时可以而且应该插一两句话。

"谁让您这么不懂事？您应该向聪明人学习！"达里娅·阿列克谢耶夫娜几乎是洋洋得意地断然对他说（她是托茨基忠实的老朋友和同谋者）。

"您说得对，阿法纳西·伊万诺维奇，这沙龙游戏乏味得很，应该赶快结束，"纳斯塔霞·菲利波夫娜漫不经心地说，"我既然答应了，那就讲讲，然后大家玩牌吧。"

"但是首先要讲答应讲的故事！"将军热烈地赞许道。

"公爵，"纳斯塔霞·菲利波夫娜突然出人意外地急忙对他说道，"这里是我的两位老朋友，将军和阿法纳西·伊万诺维奇，他们总想叫我嫁人。请您告诉我，您以为如何：我能不能嫁人？您怎么说，我就怎么办。"

阿法纳西·伊万诺维奇脸色发白，将军也愣住了；大家都瞪着眼睛伸着头。加尼亚在原地发呆。

"嫁给……嫁给谁？"公爵用越来越低的声音问。

"嫁给加夫里拉·阿尔达利翁诺维奇·伊沃尔金。"纳斯塔霞·菲利波夫娜依旧生硬地、坚决地、明确地说。

沉默了几秒钟。公爵仿佛很想说话,可是胸脯上似乎压着很重的东西,怎么也说不出来。

"不,不……您别出嫁!"他终于低声说道,还吃力地松了一口气。

"那就这么办吧!加夫里拉·阿尔达利翁诺维奇!"她威风凛凛地、似乎还得意洋洋地对他说道,"您听见公爵的决定了吗?我的回答也是这样。这桩事就算永远了结啦!"

"纳斯塔霞·菲利波夫娜!"阿法纳西·伊万诺维奇颤声说道。

"纳斯塔霞·菲利波夫娜!"将军用那种既想说服别人但又焦急不安的声音说。

大家都动弹起来,开始感到不安。

"诸位,你们怎么啦?"她继续说,仿佛很诧异地打量着客人们,"你们为什么这么不安?你们大家的脸色怎么这样难看!"

"但是……您要记得,纳斯塔霞·菲利波夫娜,"托茨基讷讷地小声说道,"您已经答应了……完全出于自愿,您本来可以手下留情……我很为难……当然也很惭愧,但是……总之,现在,在这个时候,当着……当着众人,就这样……用沙龙游戏来了结一桩正经事,一桩有关名誉和爱情的事……这事牵连到……"

"我不明白您的意思,阿法纳西·伊万诺维奇。您的确完全糊涂了。第一,什么叫作'当着众人'?难道我们大家不都是至爱亲朋?这和沙龙游戏有什么相干?我的确想讲一个故事,现在我讲了出来,这难道不好吗?您为什么说'不正经'呢？难道这还不正经吗？您也听见了,我对公爵说:'您怎么说,我就怎么办。'如果他说个是字,那我就立刻同意,但是他说了个不字,所以我就拒绝了。我的一生全系于一发,还有什么比这更正经的呢？"

"但是,公爵是怎么回事,这与公爵有什么相干？公爵究竟是个什么人?"将军喃喃地说,他对于公爵居然拥有如此使人难堪的权威,几乎已按捺不住满腔怒火。

"公爵是我有生以来第一个能使我信任的人,因为他是个真正忠实的人。他一看见我就信任我,我也信任他。"

"纳斯塔霞·菲利波夫娜……对我非常客气,我只有感谢她的盛情,"加尼亚面色苍白,他终于歪着嘴用发颤的声音说道,"当然是应该如此……但是……公爵……公爵在这一件事情当中……"

"他想得到七万五千卢布,是吗?"纳斯塔霞·菲利波夫娜忽然打断他的话说,"您是想这样说吧？您别抵赖,您准是想这样说! 阿法纳西·伊万诺维奇,我还忘记补充这么一点:您把这七万五千卢布拿回去吧,您要知道,我让您不必花钱就获得自由。够了! 您也该松口气了! 九年零三个月! 明天就要重新开始,不过,今天是我的生日,也是我有生以来第一次能够自作主张! 将军,您把您的珍珠也收回去,送给尊夫人吧。这就是,您拿去吧! 从明天起我就要彻底从这个寓所搬走。诸位,以后再也不能举行晚会啦!"

她说完这一番话,蓦地站起身来,仿佛要走开似的。

"纳斯塔霞·菲利波夫娜! 纳斯塔霞·菲利波夫娜!"喊声四起。大家都开始感到不安,大家都站了起来,把她团团围住,忐忑不安地听着这一番激烈的、狂热的、发疯似的话。大家都感到有些不对头,但是谁都摸不着头脑,谁都弄不明白是怎么回事。这当儿,突然传来一阵响亮而剧烈的门铃声,跟方才加涅奇卡家的那阵门铃声一样。

"啊——啊!该收场了!终于到了!十一点半钟!"纳斯塔霞·菲利波夫娜喊道,"诸位,请你们坐下,这就是结局!"

她说完之后,自己先坐下了。她的唇边隐隐地流露出一丝古怪的微笑。她默默地坐着,瞧着门口,激动地等待着。

"毫无疑问,罗戈任带着十万卢布来了。"普季岑自言自语地说。

十五

女仆卡佳惊恐万状地走了进来。

"纳斯塔霞·菲利波夫娜，天晓得那里是怎么回事，闯进十来个人，他们都喝醉了，要求见您，说是姓罗戈任，还说您认识他。"

"对，卡佳，你马上就让他们都进来。"

"莫非……真让他们全都进来，纳斯塔霞·菲利波夫娜？他们简直不成体统。真可怕！"

"让他们全都进来，全都进来，卡佳，你别怕，让他们一个不剩地全都进来，不然他们自己也会进来的。你听，他们已经像前不久那样吵起来了。诸位，我当着你们的面接待这一帮人，"她对客人们说道，"你们也许要见怪吧？我很抱歉，请你们原谅，但是只能这样，我很希望，很希望你们在这收场的时候做我的见证人；不过也得请诸位自便……"

客人们仍很惊讶，他们交头接耳，面面相觑，但是终于完全明白了，这一切都是预先计划和安排好的，纳斯塔霞·菲利波夫娜当然是发疯了，现在已不可能使她回心转意。大家都产生了强烈的好奇心。而且，现在谁也不十分害怕了。只有两位女士在场：一位是达里娅·阿列克谢耶夫娜，这位夫人活泼大方，见过世面，不大容易使她感到难堪；另一位是个楚楚动人、沉默寡言的陌生女士，不过这位沉默的陌生女士不见得会明白什么；她是外来的德国女人，根本不懂俄语；此外，她的愚蠢程度大概和她的漂亮程度不相上下。她虽然是新来的，然而有些晚会却往往邀请她出席。她穿着华丽的服装，头发梳得就像专为供人参观似的，主人让她坐在那里，就像为了装饰一下晚会而摆了一幅美妙的图画，正如有些人为了举行晚会而向朋友临时借用图画、花瓶、塑像或屏风一样。至于男子们，例如普季岑，他和罗戈任本来就是朋友。费尔德先科如鱼得水，洋洋得意。加涅奇卡还没有清醒过来，他怀着一种虽然模糊不清但却抑制不住的强烈愿望，就是定要在自己的耻辱柱旁一直站到底。那位老教师不大明白是怎么回事，看见周围的人们和纳斯塔霞·菲利波夫娜都显得特别惊慌，他不禁吓得直哆嗦，几乎要哭出来。他非常疼爱纳斯塔霞·菲利波夫娜，就像疼爱自己的孙女。他宁死也不愿在这时候离开她。至于阿法纳西·伊万诺维奇，他当然不能让自己的名誉在这类事件上遭到损害；不过此事跟他休戚相关，尽管事态简直像发疯似的急转直下；再说纳斯塔霞·菲利波夫娜还说过几句对他有利的话，所以他在事情水落石出以前无论如何是不能走开的。他决定一坐到底，但一言不发，只是袖手旁观，当然，他的尊严也要求他如此行事。只有叶潘钦将军一人由于方才女主人那么不客气地、荒谬可笑地退还他的礼物，已经受了很大委屈，现在看到所有这些非常古怪的行为，或许是看到罗戈任闯入之类的事，当然会更加生气了。何况像他这种地位的人，肯和普季岑、费尔德先科之流平起平坐，就已经过分屈尊俯就了。然而不论强烈的情欲会对他产生多大的影响，这种影响末了仍有可能被责任感，被那种对自己的职务、官级和地位的珍惜以及自尊心所战胜,因此只要有将军大人在场,罗戈任及其一伙是无论如何也不能容忍的。

"啊哟!将军!"他刚向纳斯塔霞·菲利波夫娜表明态度,后者就立刻打断他的话说道,"我竟忘了!但是,请您相信,我已料到您会这样。如果您感到过于难堪,我也不强留您,虽然我现在倒很希望能看到您在我的身边。不管怎么说,您不肯和我相识,并且对我如此垂青,我是十分感激的,但是,如果您怕……"

"等一等,纳斯塔霞·菲利波夫娜!"将军突然像骑士般宽宏大量地喊道,"您这话是对谁说的呀?单单为了表示对您的一片赤忱,我现在也要留在您的身边。万一有什么危险……况且,老实说,我还非常好奇哩。我只不过想说他们会弄坏地毯,兴许还会砸碎什么东西……我看,不必让他们全都进来,纳斯塔霞·菲利波夫娜!"

"罗戈任来了!"费尔德先科宣布。

"您以为如何,阿法纳西·伊万诺维奇?"将军急忙对托茨基低声说道,"她莫不是发疯了?我不是打譬喻,而是真正从医学的角度来说的,您看呢?"

"我不是对您说过嘛,她一向都有点疯疯癫癫的。"阿法纳西·伊万诺维奇狡猾地耳语道。

"再加上寒热病……"

罗戈任一伙几乎还是白天的原班人马,只是增加了两个人,一个是不务正业的小老头,他主编过一份专门揭人阴私的下流小报。传说他有一件轶事:他曾摘下金牙当掉换酒喝。此外还有一个退伍的少尉,无论就他的职业而论,还是就他承担的任务而论,他都是白天那位长着一副铁拳的先生的死对头和竞争者,罗戈任一伙当中的任何人也不认识他,是从大街上,从涅瓦大街向阳的一侧把他带来的。他经常在那里拦住行人,用马尔林斯基①的文体乞求救济,而且很狡猾地说,他自己"也帮过乞求者的忙,每次给十五卢布"。这两个竞争者立刻互相仇视起来。那位长着铁拳的先生,在"乞求者"入伙以后,竟感到自己受了委屈,因为他生性沉默,所以有时只像狗熊似的吼几声,他非常轻蔑地瞧着"乞求者"对他的阿谀奉承。原来"乞求者"是一个文质彬彬、颇有手腕的人。从外表来看,一旦动起手来,少尉会以灵巧与机敏取胜,而不会以力气取胜,况且他的身材也比那位长铁拳的先生矮小。他虽不公然和别人争论,却已有好几次委婉地、但口气却非常自负地暗示,英国式的拳击具有种种优点。总之,他是一位纯粹的西欧派。长铁拳的先生听到"拳击"一词只是轻蔑而不满地笑笑,不屑于和他的对头公开争论,有时只是默默地、仿佛出于无心地露出,或者不如说是炫耀一种地道的国粹———一只青筋毕露、骨节粗大、长着一层棕黄色汗毛的大拳头,于是大家就明白了,一旦这个地道的国粹准确无误地落在什么上面,准会使它化为齑粉。

罗戈任一整天都念念不忘地要去拜访纳斯塔霞·菲利波夫娜,由于他的关注,他们这一伙才跟白天一样,没有一个喝得烂醉。他自己几乎已完全清醒过来,但是在他一生中这既不成体统又太不像话的一天里,纷至沓来的印象使他几乎变成了傻子。每一分钟,每一刹那,他的脑海里和心坎上都只惦

---

① 马尔林斯基(1797—1837),俄国十二月党人作家别斯图热夫的笔名。别林斯基曾对马尔林斯基小说过于华丽的文体提出批评。

记着一件事。他为了这一件事耗费了全部时间,从下午五时
直到十一时,一直非常苦恼而又焦急地和金杰尔、比斯库普之
流打交道。那帮人为了他的事也发狂似的、马不停蹄地东奔
西跑。十万卢布的现款毕竟弄到手了,这笔款子是纳斯塔
霞·菲利波夫娜以嘲笑的口吻偶然地、非常含糊地暗示过的。
至于利息,连比斯库普本人都不好意思和金杰尔大声谈论,只
是窃窃私语。

罗戈任跟白天一样,首先走了进来,其余的人跟在他的后
面,他们虽然充分感觉到自己占有优势,但是依然有点胆怯。
主要是害怕纳斯塔霞·菲利波夫娜,天知道这是什么缘故。
他们之中有些人甚至认为,立刻会把他们全都"踢下楼梯"。
顺便说说,花花公子和猎艳圣手扎廖热夫也有这种想法。至
于别的人,主要是那位长着铁拳的先生,虽然没有说出口来,
但是心里却非常看不起纳斯塔霞·菲利波夫娜,甚至还恨她,
所以到她家里来就像攻打城堡似的。但是头两个房间的豪华
陈设,他们前所未闻也从未见过的一些东西,珍贵的家具,一
幅幅图画,巨大的维纳斯塑像——凡此种种都使他们无法抗
拒地肃然起敬,甚至都有点害怕。当然,尽管有点害怕,但并
不妨碍他们大家怀着厚颜无耻的好奇心跟在罗戈任后面慢慢
挤进客厅。但是,当长铁拳的先生、"乞求者"和其他几个人
看见客人中有叶潘钦将军的时候,他们马上失去了锐气,甚至
开始渐渐朝另一个房间退却。只有列别杰夫一人最为勇敢,
也最有信心,他几乎和罗戈任并排前进,因为他明白一百四十
万财产和现已到手的十万现款的真正意义。不过应该指出,
他们大家,甚至包括万事通列别杰夫在内,对于自己究竟能在
多大的范围内逞多大的威风并不十分清楚,也不知道他们现

在到底能不能为所欲为。列别杰夫有时准备赌咒,认为他们可以为所欲为,但有时又感到不安,觉得为了防备万一,需要好好想想法典中那些主要是能鼓舞人心而又使人放心的条文。

　　然而纳斯塔霞·菲利波夫娜的客厅留给罗戈任的印象,跟留给他的所有伙伴的印象截然相反。门帘刚刚掀起,他就看到了纳斯塔霞·菲利波夫娜,于是其他的一切对他来说就都不复存在了,正如白天一样,甚至比白天尤甚。他面色苍白地站了一会儿;由此可以猜到,他的心正在剧烈地跳动。他怯生生地、神思恍惚地、目不转睛地瞧了纳斯塔霞·菲利波夫娜几秒钟。突然之间,他仿佛丧失了全部理智,几乎是步履蹒跚地走到桌旁;半路上撞着了普季岑的椅子,肮脏的皮靴又踩着了那个沉默寡言的德国美人华丽的淡蓝色连衣裙的花边装饰。他既没有道歉,也没有注意到这一点。他走到桌前,把一件奇怪的东西放在上面,他走进客厅时就用两只手把这东西捧在自己前面。这是一个大纸包,约有三俄寸高,四俄寸长,严严实实地包在一张《交易所公报》里,每一面都用绳子捆得很牢,而且十字交叉地捆了两道,就像捆大糖块一样。然后他站住了,一言不发地垂下手臂,仿佛等待宣判似的。他的衣着和白天一模一样,只是脖子上加了一条崭新的、大红大绿的丝围巾,还别了一只甲虫状的大钻石别针,右手一个肮脏的手指上戴着一枚沉甸甸的钻石戒指。列别杰夫在离桌子三步远的地方站住;其余的人都如上所述,慢慢地走进客厅。纳斯塔霞·菲利波夫娜的女仆卡佳和帕莎也跑来躲在掀起的门帘后面,不胜惊讶而又害怕地朝室内窥探。

　　"这是什么东西?"纳斯塔霞·菲利波夫娜好奇地盯了一

眼罗戈任，又用目光指着那包"东西"问道。

"十万卢布！"他几乎是耳语般回答道。

"啊，真是好样的，说话算话！请坐，请坐！就坐在这把椅子上吧；过一会儿我有话对您说。跟您同来的是什么人呀？是白天的全体人马？好吧，让他们进来坐；他们可以坐在那边沙发上，这儿也有一只沙发。那边还有两把圈椅……他们怎么啦？不愿意？"

果然有几个人狼狈不堪地退了出去，坐在另一个房间里等候；但是也有些人留下了，分别到女主人指定的位置坐下，不过离桌子远些，大都在角落里；有些人还想躲得远点，另一些人却快得出奇地恢复了勇气，而且勇气越来越大。罗戈任也在给他指定的椅子上坐下，但是坐了不久便立刻站起来，以后就不再坐下了。他渐渐开始辨认和打量那些客人。他一看见加尼亚，就狞笑了一下，喃喃自语地说："你瞧这家伙！"他并无窘态甚至也并不特别好奇地瞧了瞧将军和阿法纳西·伊万诺维奇。但是，当他看见公爵坐在纳斯塔霞·菲利波夫娜身边的时候，却目不转睛地看了很久，感到十分惊讶，似乎弄不清为什么会在这里见到公爵。人们难免会怀疑，他有时的确处于谵妄状态。除了这一天受到的一切刺激之外，昨天他通宵是在火车上度过的，几乎已有两昼夜没有睡觉了。

"诸位，这是十万卢布，"纳斯塔霞·菲利波夫娜用十分激动而又迫不及待的挑衅口吻对大家说，"就在这个醒醐的纸包内。前不久他曾像疯子一样喊叫，说是晚上要给我送来十万卢布，所以我一直在等他。他把我拍卖了：从一万八千起，突然加到四万，以后又加到十万。他总算没有食言！唉呀，他的脸色多么苍白！……这都是前不久在加涅奇卡家里发生的事情:我去拜访他的妈妈,拜访我未来的婆家,但是他妹妹当面对我喊道:'难道就不能把这个死不要脸的女人赶出去!'还朝他哥哥加涅奇卡的脸上啐了一口唾沫。一个有性格的姑娘!"

"纳斯塔霞·菲利波夫娜!"将军用责备的口气说。

他根据自己的理解,开始有点明白是怎么回事了。

"什么事,将军?是不是不体面?别再摆什么架子啦!我过去像一个不可侵犯的贞女似的坐在法国剧院的包厢里,五年来我像野人似的躲避所有那些追求我的人,摆出一副高傲而贞洁的模样,这全是因为我被糊涂想法给缠住了!我过了五年清白生活以后,竟有人当着你们的面跑来把十万卢布放在桌子上,而且肯定还准备了几辆三套马车在等我。他给我定的身价是十万卢布!加涅奇卡,我看你至今还在生我的气,是吗?难道你真想把我娶回家去?娶我这个罗戈任的女人!公爵方才说什么来着?"

"我可没有说您是罗戈任的,您不是罗戈任的!"公爵颤声说道。

"纳斯塔霞·菲利波夫娜,算了吧,我亲爱的,得了吧,我亲爱的,"达里娅·阿列克谢耶夫娜蓦地忍不住说,"既然他们使你这么难受,你又何必理会他们呢!难道你真想跟这样一个人走,哪怕能得到十万卢布!不错,十万卢布可非同小可!你把十万卢布收下,再把他赶走,对付这种人就得这样。唉,我要是处在你的地位,准把他们全都……我当真要这么办!"

达里娅·阿列克谢耶夫娜甚至都发怒了。她是一个好心的、非常容易受感动的女人。

"你别生气,达里娅·阿列克谢耶夫娜,"纳斯塔霞·菲利波夫娜对她冷笑了一声,"我对他说话的时候并没有生气。我责备他了吗?我简直弄不明白,我怎么会这么糊涂,竟想嫁到一个清白的人家去。我见到了他的母亲,吻了她的手。加涅奇卡,我前不久在你家里说了一番挖苦人的话,那是因为我故意要在最后一次亲自看一看:你自己会走多远?哼,你真叫我吃了一惊。许多事我都料到了,但没有料到这一点!你明明知道他几乎在你结婚的前夕送了我一串珍珠,我又收下了,难道你还能娶我吗?还有罗戈任呢?他在你府上当着令堂和令妹的面拿我做交易,而你在这之后还前来求婚,险些儿还把妹妹带来!罗戈任说,你为了三个卢布就肯爬到瓦西里岛去,莫非果真如此?"

"他会爬的。"罗戈任忽然轻声说道,但他的神气却是深信不疑的。

"倘若你快饿死了,那还情有可原,但是听说你的薪俸并不少!再说除了丢脸之外,你居然肯把自己所恨的女人娶回家去!(因为你是恨我的,这我知道!)不,现在我相信,像你这样的人,为了金钱是会杀人的!现在这种人全都贪得无厌,他们被金钱弄得神魂颠倒,就像昏了头似的!连一个孩子都想去放高利贷!我最近看到一条新闻,说是有一个人把绸子缠在剃刀上把刀捆紧,悄悄跑到朋友背后把他杀死,像宰一头绵羊。① 哼,你真是个不要脸的家伙!我是个不要脸的女人,可你比我更坏。至于那位弄到了花束的人,我就不说……"

~~~~~~~~~~

① 指一八六六年莫斯科商人马祖林杀害珠宝商卡尔梅科夫一案,此案对陀思妥耶夫斯基构思罗戈任的形象和他犯罪的某些细节颇有影响。

"这是您吗？这是您吗？纳斯塔霞·菲利波夫娜！"将军确实伤心地举起双手一拍，"您本是一个那么温文尔雅的女人，思想也那么敏锐，现在怎么变成这样！什么语言！什么腔调！"

"将军，我现在喝醉了，"纳斯塔霞·菲利波夫娜忽然笑了，"我要尽情欢乐一番！今天是我的生日，我的节日，我的大喜日子，我早就在等候这个日子了。达里娅·阿列克谢耶夫娜，你看这位弄到了花束的人，这位拿茶花的先生，他正坐在那里嘲笑我们哩……"

"我并没有笑，纳斯塔霞·菲利波夫娜，我只是在全神贯注地倾听。"托茨基庄严地反驳道。

"嗯，我为什么折磨了他整整五年，不放他走呢？这值得吗！他只不过是他本来就应该是的那样一个人……他还会认为我对不起他呢，因为他使我受到教育，把我当伯爵夫人来供养，花掉许许多多的钱，他在乡下给我寻找诚实的丈夫，在这里又找来了加涅奇卡。不知你会有什么想法：这五年来，我没有和他同居，不过还是从他那里拿钱，而且觉得我是对的！我把自己完全弄糊涂了！你说，我可以收下十万卢布，要是觉得讨厌，就把他赶走。实在是讨厌……我早就可以出嫁，不见得就是嫁给加涅奇卡，可我也觉得很讨厌。我为什么在怨恨中虚度了五年光阴呢？不知你信不信，我在四年前有时曾想，我何不就当真嫁给我的阿法纳西·伊万诺维奇呢？我当时是出于怨恨才这么想的。当时我心乱如麻。要知道，我会强迫他娶我的！你信不信？他自己也死气白赖地要娶我。的确，他爱撒谎，但是他好色成癖，控制不住自己。后来，谢天谢地，我又想：不值得对他这么生气！当时我忽然觉得他很讨厌，即使他亲自向我求婚,我也不会嫁给他。我就这样摆架子摆了整整五年!不,我还不如到街头去,那才是我该去的地方。要不就和罗戈任在一起鬼混,要不明天就去给别人洗衣服!因为我身上没有一点自己的东西。我走的时候,要把一切东西都掷还给他,连最后一块抹布都不拿。要是我一无所有,谁又会来娶我?你问问加尼亚会不会娶我?就连费尔德先科都不会娶我的!……"

"费尔德先科也许不会娶你,纳斯塔霞·菲利波夫娜。我是个直爽的人,"费尔德先科插嘴道,"不过,公爵会娶的!您老是坐在这里诉苦,也不看看公爵!我早就在观察……"

纳斯塔霞·菲利波夫娜好奇地向公爵转过身去。

"真的吗?"她问。

"真的。"公爵低声说。

"您会娶我这么一个一无所有的女人?"

"我会娶的,纳斯塔霞·菲利波夫娜……"

"又出了一桩新鲜事!"将军喃喃道,"这是可以料到的。"

公爵用忧郁、严厉而锐利的目光瞧着仍在打量他的纳斯塔霞·菲利波夫娜的脸。

"又找到了一个!"她突然又对达里娅·阿列克谢耶夫娜说道,"我知道,他的确是出于一片好心。我找到了一个恩人!人家说他有点……那个,这也许是真的。你既然这么爱我,愿意以公爵的身份娶罗戈任的女人为妻,但不知你往后靠什么维持生活?"

"我要娶的您是个清白的女人,纳斯塔霞·菲利波夫娜,并不是罗戈任的女人。"公爵说。

"你说我是清白的女人?"

"是的。"

"嘿,这些想法……全是从小说里看来的!亲爱的公爵,这全是陈腐的狂想,如今人们都变聪明了,你这一套全是无稽之谈!你哪能娶亲,你自己还得有一个保姆照顾呢!"

公爵站了起来,发出颤抖的、怯生生的声音,但同时又像一个充满信心的人那样说道:

"纳斯塔霞·菲利波夫娜,我什么也不知道,根本没见过世面,您的话是对的,但是我……我认为那将是您给了我面子,而不是我给您面子。我是一个无足轻重的人,而您却受尽了折磨,但您从这样的地狱里出来却还是一身清白,这是难能可贵的。您究竟为什么要感到羞愧,还想跟罗戈任去呢?这是一种病态……您把七万五千卢布交还给托茨基先生,还说要抛弃这里的一切,在座的人谁也不会这么干。纳斯塔霞·菲利波夫娜……我……我爱您。我可以为您而死,纳斯塔霞·菲利波夫娜。我不准任何人说您坏话,纳斯塔霞·菲利波夫娜……如果我们将来很穷,我可以工作,纳斯塔霞·菲利波夫娜……"

听到他最后那几句话,费尔德先科和列别杰夫不禁吃吃地笑了起来。连将军都很不高兴地暗自哼了一声。普季岑和托茨基也忍俊不禁,但是憋住了没笑。其余的人都惊讶得目瞪口呆。

"……但是我们也许不会受穷,反而会很富的,纳斯塔霞·菲利波夫娜,"公爵仍用那种怯生生的声音继续说道,"不过我还不能肯定,今天一整天我都在想这件事,直到现在我还弄不清一点眉目,真可惜。但是我在瑞士收到过一位叫作萨拉兹金的先生寄自莫斯科的信,他通知我说,我可以得到一大笔遗产。信就在这里……"

公爵果真从口袋里掏出一封信来。

"他莫不是在说胡话吧?"将军喃喃地说,"这儿真成了疯人院啦!"

接着是片刻的沉默。

"公爵,您好像是说,您收到了萨拉兹金的一封信?"普季岑问道,"他是法律界的一位极有名的人物,是个名律师。如果确是他通知您,那您完全可以相信。幸而我认识他的笔迹,因为不久以前我和他打过交道……倘若您能让我看看,我兴许可以告诉您是真是假。"

公爵伸出颤抖的手默默地把信交给了他。

"这是什么? 这是什么?"将军像疯子似的瞧着大家,豁然醒悟过来,"莫非是遗产?"

大家的视线全集中在看信的普季岑身上。大家的好奇心又得到了一次特别强烈的刺激。费尔德先科坐不住了。罗戈任莫名其妙而又极其不安地时而瞧瞧公爵,时而又瞧瞧普季岑。达里娅·阿列克谢耶夫娜如坐针毡似的急于明白究竟。连列别杰夫都忍不住从角落里走出来,深深地弯着腰,从普季岑背后伸头看信,那模样就像深怕有人会为此给他当头一棒似的。

十六

"真是这么回事,"普季岑终于宣布道,他把那封信折叠起来还给了公爵,"根据您姨妈这份无可争议的遗嘱,您不费吹灰之力就能得到一笔巨款。"

"这不可能!"将军像开枪似的喊道。

大家又目瞪口呆了。

于是普季岑便作了一番解释,主要是对伊万·费奥多罗维奇说的。他说,公爵的姨妈于五个月以前去世,这位姨妈是公爵的母亲的亲姐姐,莫斯科的三等商人帕普申的女儿,但公爵却从未见过他这位姨妈。帕普申经商破产,潦倒而死。但是这位帕普申的亲哥哥却是有名的富商,不久前也死了。一年以前,他仅有的两个儿子几乎就在同一个月里相继亡故。这使老人受到很大打击,不久自己也病死了。他是个鳏夫,除了公爵的姨妈,即大帕普申的亲侄女以外,没有一个继承人。这个女人很穷,一向寄人篱下。得到遗产时,这位姨妈患水肿病已奄奄一息,但是她立即开始委托萨拉兹金寻访公爵,并立下了遗嘱。看来无论是公爵还是医生(公爵在瑞士时就住在医生家)都不愿意等候正式的通知,也不愿作一番调查,公爵当即决定把萨拉兹金的信揣进口袋亲自回国……

"我只有一点可以告诉您,"普季岑末了冲着公爵说道,

"那就是这一切都确有其事,毫无问题,萨拉兹金既然在信上对您说,您继承遗产的事是毫无问题的和合法的,那您就可以把这一切当作口袋里的现金了。恭贺您,公爵!您兴许也可以得到一百五十万,或者更多些。大帕普申是个非常有钱的商人。"

"梅什金家族的最后一名公爵真棒!"费尔德先科喊道。

"乌拉!"列别杰夫用醉汉那种嘶哑的嗓门喊道。

"我前不久还把他当作穷光蛋,借给他二十五卢布呢,哈哈哈! 无非是怪事一桩!"将军说道,他几乎都惊呆了,"恭喜恭喜!"他站起来,走上前去拥抱公爵。别人也跟着他站起来,挤到公爵身边。就连退到门帘后面的那些人也跑进客厅里来了。说话声、喊叫声顿时响成一片,甚至有人要求开香槟酒。大家你推我搡,乱成一团。一刹那间,他们几乎忘记了纳斯塔霞·菲利波夫娜,忘记了她毕竟是今天晚会的女主人。但是过了一会儿,大家又几乎一下子想到公爵方才向她求过婚。此事使他们觉得比前面那件事加倍的疯狂和不同寻常。托茨基惊讶地耸耸肩膀;几乎只有他一个人坐着,其余的人全乱哄哄地挤在桌子周围。后来大家一口咬定,纳斯塔霞·菲利波夫娜就是从这时起发了疯。她依然坐着,用一种奇怪的、惊讶的眼色打量着大家,仿佛不明白是怎么回事,正在苦苦思索。后来她蓦地朝公爵转过身去,严峻地皱起眉头,目不转睛地打量他;但这只是一刹那工夫;也许她忽然觉得这全是玩笑和嘲弄;但是,公爵的神色立刻打消了她的疑虑。她深思片刻,接着又莞尔一笑,仿佛并不十分清楚为何要笑……

"这么说来,我真是公爵夫人了!"她嘲笑般喃喃自语道,无意中瞥了达里娅·阿列克谢耶夫娜一眼,便笑起来了,"出人意料的结局……我……我可没料到会这样……诸位,你们为什么站在这里?劳驾,请你们都坐下,祝贺我嫁给公爵!好像有人要喝香槟酒。费尔德先科,你去吩咐一下。卡佳,帕莎,"她蓦地看见自己的女仆都站在门外,"你们来呀,我要出嫁了,你们听见没有?嫁给公爵,他有一百五十万财产,他是梅什金公爵,他要娶我!"

"上帝保佑你,亲爱的,是时候了!别坐失良机呀!"达里娅·阿列克谢耶夫娜喊道,方才发生的事使她大为震惊。

"你坐到我身边来,公爵,"纳斯塔霞·菲利波夫娜继续说道,"这样就对了。现在酒也取来了,诸位,那就请给我道喜吧!"

"乌拉!"许多人都呼喊起来。许多人挤过去喝酒,罗戈任一伙几乎全在其中。他们虽然呼喊或准备呼喊,但是不管当时的情况和局面有多么奇怪,其中的许多人已经感觉到气氛正在发生变化。另一些人忸怩不安,满腹疑虑地静观事态发展。有许多人交头接耳,说这事其实也很平常,公爵们本来可以娶任何女人,甚至可以娶四海为家的吉卜赛女人。罗戈任站在那里观望,扭歪了的面孔流露出一副呆板的、困惑的笑容。

"公爵,我亲爱的,你清醒一下吧!"将军从一旁走到公爵身边,拉住公爵一只袖子,胆战心惊地低声说。

纳斯塔霞·菲利波夫娜看到这情况不禁哈哈大笑。

"不,将军!我现在已做了公爵夫人,您听见没有?公爵不会让我受委屈的!阿法纳西·伊万诺维奇,您也给我道喜吧;我现在不论到哪里都可以和尊夫人平起平坐了。您看我有这么一位丈夫好不好?一百五十万卢布,而且还是一位公爵,此外,据说他还是一个白痴,还有比这更好的吗?直到现在才开始真正的生活!你迟了一步,罗戈任!你把你那包钱拿走,我要嫁给公爵,我比你还富!"

不过罗戈任已明白了是怎么回事。他脸上流露出难以形容的痛苦表情。他举起两手轻轻一拍,从胸腔里吐出一声呻吟。

"让给我!"他对公爵喊道。

周围的人笑了起来。

"让给您?"达里娅·阿列克谢耶夫娜得意洋洋地应声说道,"瞧你这德行,把钱往桌子上一倒,乡巴佬!公爵是要娶她,而你却跑来胡闹!"

"我也要娶她!马上就娶,马上就娶!我不惜倾家荡产……"

"瞧你这个从小酒店里跑出来的酒鬼,该把你赶出去!"达里娅·阿列克谢耶夫娜气愤地重复道。

笑声更响了。

"你听见没有,公爵,"纳斯塔霞·菲利波夫娜对公爵说,"这个乡巴佬是怎样争夺你的未婚妻的。"

"他喝醉了,"公爵说,"他很爱您。"

"你的未婚妻险些儿跟罗戈任走了,你往后不会感到丢脸吗?"

"那是您在发高烧,您现在也在发高烧,简直就像神志不清。"

"倘若以后有人说你的妻子当过托茨基的姘妇,你不会害臊吗?"

"不,我不会害臊……您不是自愿要跟托茨基的。"

"永远不会埋怨我？"

"不会埋怨。"

"哼，你得当心，你可不能担保一辈子不埋怨！"

"纳斯塔霞·菲利波夫娜，"公爵仿佛出于怜悯似的轻声说道，"我方才对您说过，您同意嫁给我，我认为这是我的荣幸。是您给我面子，而不是我给您面子。您嘲笑了我这句话，我听见周围的人也笑了。也许我的话很可笑，我自己也很可笑，但是我总是觉得，我……明白什么是荣幸，并且相信我说的是实话。您方才想无可挽回地葬送自己，因为您以后可能永远不会宽恕自己这一点，其实您毫无过错。您的一生不可能就此断送。罗戈任到您这里来求婚，加夫里拉·阿尔达利翁诺维奇也想欺骗您，这有什么关系呢？为什么您老提这种事？我再对您说一遍，您做的事很少有人做得出。您想跟罗戈任去，那是您在发病的时候决定的。您现在还在病中，您最好是卧床休息。明天您宁肯去当洗衣妇，也不愿跟罗戈任在一起了。您很高傲，纳斯塔霞·菲利波夫娜，但是也许因为您过于不幸，所以才当真认为自己不对。对您应该多加照料，纳斯塔霞·菲利波夫娜。我要服侍您。前不久我看见了您的相片，就像看见了一个熟识的面孔。我立刻觉得您似乎已经在召唤我……我……我要尊敬您一辈子，纳斯塔霞·菲利波夫娜。"公爵突然结束了自己的话，仿佛蓦地清醒过来，脸涨得通红，因为他明白他是当着一些什么样的人说这种话的。

普季岑甚至羞愧得低头瞧着地面。托茨基暗自寻思："一个白痴，居然也知道阿谀奉承最能讨人喜欢。可见这是人的天性！"公爵还注意到加尼亚的眼睛在一个角落里闪闪发光，加尼亚仿佛要用这目光把公爵烧成灰烬似的。

"真是个好人!"深受感动的达里娅·阿列克谢耶夫娜欢呼道。

"是个有修养的人,但是已经被毁掉了!"将军低语道。

托茨基拿起帽子,准备站起来悄悄溜走。他和将军交换了一个眼色,打算一同出去。

"谢谢您,公爵,至今还没有一个人这样对我说话,"纳斯塔霞·菲利波夫娜说道,"大家都争先恐后地要买我,可是还没有一个正派人向我求过婚。您听见没有,阿法纳西·伊万诺维奇? 您对公爵说的一切有何感想? 简直有点不成体统……罗戈任! 你等一等再走。我看得出来,你也不会走的。说不定我还是要跟你走。你想把我带到哪里去呀?"

"去叶卡捷琳戈夫。"列别杰夫从角落里报告道,而罗戈任只是打了一个寒噤,睁大了眼睛瞧着,仿佛不相信自己似的。他完全变傻了,仿佛头上挨了一闷棍。

"你怎么啦? 你怎么啦? 亲爱的! 你确是病了;你莫不是发疯了?"达里娅·阿列克谢耶夫娜惊慌地喊道。

"你当真以为会这样?"纳斯塔霞·菲利波夫娜哈哈大笑着从沙发上跳起来,"以为我真要毁掉这么一个娃娃? 这是阿法纳西·伊万诺维奇的拿手好戏,他就喜欢娃娃! 我们走吧! 罗戈任! 拿好你的钱包! 你想娶我,这倒没什么,不过钱总得给我。我也许还不肯嫁给你。你以为你娶了我以后钱包还能归你吗? 想得倒好! 我是个死不要脸的女人! 我做过托茨基的姘妇……公爵! 你现在需要的是阿格拉娅·叶潘钦娜,而不是纳斯塔霞·菲利波夫娜。不然的话,费尔德先科是会指着你的脊梁骨嘲笑你的! 你虽不怕,可是我会担心我害了你,担心你以后会责备我! 你说我会给你面子,这事托茨基心里有数。加涅奇卡,你忽略了阿格拉娅·叶潘钦娜,你可知道这一点?你要是不跟她讨价还价,她准会嫁给你的!我奉劝你们大家:要么跟不名誉的女人来往,要么跟清白的女人结合——二者必取其一!不然你们准会弄糊涂的……你们瞧,将军正张着嘴在看……"

"不成体统,不成体统!"将军耸着肩膀一再地说道。他也从沙发上站了起来;大家又都站着了。纳斯塔霞·菲利波夫娜似乎发了狂。

"难道会这样!"公爵绞着自己的双手呻吟道。

"你以为不会?我虽然是个死不要脸的女人,但是我也许很高傲。你方才说我是十全十美的人。倘若只是由于想炫耀自己而不惜把百万家产和公爵封号踩碎,然后走进贫民窟,那倒算得上十全十美!然而在此以后我又怎么能做你的妻子呢?阿法纳西·伊万内奇,要知道我真的把百万家产扔到窗外去了!您以为我为了您那七万五千卢布,为了过幸福生活,就会嫁给加涅奇卡?收回你这七万五千卢布吧,阿法纳西·伊万诺维奇(你还没有出到十万,罗戈任赛过你啦!);对于加涅奇卡,我自己会安慰他的,我有了一个主意。现在我要寻欢作乐,我是个妓女嘛!我蹲了十年监狱,现在该我享福啦!你怎么啦,罗戈任!收拾一下,我们就走!"

"我们就走!"罗戈任吼叫起来,乐得几乎发狂,"喂,你们……给大伙……拿酒来!嘿!……"

"多准备点酒,我要喝。有没有音乐?"

"会有的,会有的!别靠近她!"罗戈任看见达里娅·阿列克谢耶夫娜朝纳斯塔霞·菲利波夫娜走去,就疯狂地喊道,"她是我的!全都是我的!我的女王!完事了!"

他乐得直喘。他围着纳斯塔霞·菲利波夫娜直打转,还对大家喊道:"别靠近她!"他那一伙全都挤到客厅里来了。有些人喝酒,有些人喊叫嬉笑,大家都兴奋得忘乎所以了。费尔德先科开始想加入他们那一伙。将军和托茨基又坐立不安地想赶紧溜走。加尼亚也拿起帽子,但是他还默默地站在那里,仿佛对面前这幅景象还有点恋恋不舍似的。

"别靠近她!"罗戈任喊道。

"你喊什么!"纳斯塔霞·菲利波夫娜对他哈哈大笑,"我还是这里的女主人。只要我愿意,还可以把你赶出去。我还没有拿你的钱,那笔钱还在那里放着。你把它拿来,整包拿来!这一包就有十万?呸,真讨厌!你怎么啦,达里娅·阿列克谢耶夫娜?难道真要我去害他?(她指着公爵。)他哪能娶亲,他自己还需要保姆照顾哩。将军就可以给公爵当保姆。你瞧,他老缠着公爵!你瞧,公爵,你的未婚妻拿了别人的钱,因为她是个荡妇,而你却还要娶她!你哭什么?你觉得伤心吗?依我看,你倒是该笑。"纳斯塔霞·菲利波夫娜继续说道,自己的脸上却闪烁着两大颗泪珠,"你得相信时间,一切都会过去的!现在最好是好好考虑一下,免得将来后悔……你们为什么全都哭啦——连卡佳也哭了!卡佳,亲爱的,你怎么啦?我要把许多东西留给你和帕莎,我已经安排好了,现在就再见吧!我过去硬要你这个清白的姑娘来侍候我这个荡妇……这样好些,公爵,这样的确好些,因为你以后会瞧不起我,我们不会幸福的!你不要发誓,我不信!发誓有多么愚蠢!……不,我们不如友好地分手,不然不会有好结果的,因为我自己也是个幻想家!难道我不曾幻想嫁给你这样的人?你说得对,我早就幻想着能这样。我曾孤孤单单地住

231

在乡下,在托茨基家住了五年,那时我就一直想啊想啊,老是梦想会有一个像你这样善良、诚实、美好、还带点傻气的人,突然跑来对我说:'您没有错,纳斯塔霞·菲利波夫娜,我崇拜您!'我有时想得出神,简直都发疯了……不料却来了这么一个人:他每年来住两个月,侮辱我,欺负我,勾引我,让我堕落,然后又走了。我简直有一千次想往池塘里跳,可是我没有出息,缺乏勇气;而现在呢……罗戈任,准备好了吗?"

"准备好了! 别靠近她!"

"准备好了!"有几个人齐声喊道。

"带铃铛的三套马车在等着呢。"

纳斯塔霞·菲利波夫娜把那包钱抓在手里。

"加尼卡,我产生一个想法。我想奖赏你一下,因为你何苦落得人财两空呢? 罗戈任,他会为了三个卢布爬到瓦西里岛去吗?"

"他会爬的!"

"好,你听我说,加尼亚,我想最后一次看看你的灵魂,你把我折磨了整整三个月;现在该轮到我了。你看到这包东西了,里面有十万卢布! 我现在要把它扔进壁炉,扔到火里去,当着大家的面,让大家做见证人! 等到整个纸包都烧着了,你就把手伸进壁炉,但是不准戴手套,要光着手,还得卷起袖子,把纸包从火里取出来! 只要你取了出来,那就是你的,十万卢布全是你的! 你只会烧伤一点手指,——可是你想想看,这是十万卢布呀! 不大的工夫就能取出来! 我要欣赏欣赏你的灵魂,看你怎样爬进火里去取我的钱。大家作证,这包钱一定给你! 你要是不取,那就让它烧光;我不准任何人去抢。走开! 全都走开! 这是我的钱! 是我从罗戈任那里挣来的过夜钱。

这是我的钱吧,罗戈任?"

"是你的,宝贝! 是你的,女王!"

"那么大家都走开吧,我想怎么办就怎么办! 别妨碍我! 费尔德先科,你把火拨旺!"

"纳斯塔霞·菲利波夫娜,我的手举不起来!"费尔德先科大为震惊地答道。

"嘿!"纳斯塔霞·菲利波夫娜喊道,她抓起火钳,扒开两块阴燃着的木柴。炉火刚刚着旺,她就把纸包扔进去了。

周围发出一片喊声,许多人甚至画起十字来了。

"她疯了! 她疯了!"周围的人们喊道。

"要不要……要不要……把她捆起来?"将军对普季岑低语道,"要不要去请…… 她发疯啦,是不是疯啦? 是不是疯啦?"

"不,这也许不完全是发疯。"普季岑低声说,他脸色像头巾一样苍白,浑身直哆嗦,目光都没法离开那个开始燃烧的纸包。

"她发疯啦? 她发疯啦?"将军喋喋不休地问托茨基。

"我对您说过,她是个非同寻常的女人。"阿法纳西·伊万诺维奇喃喃道,他的脸色也有点苍白。

"可是要知道,这是十万卢布啊! ……"

"主啊,主啊!"周围一片喊声。大家都挤到壁炉周围,大家都探着头看,大家都在叫喊……有些人甚至跳到椅子上,从别人头顶上探望。达里娅·阿列克谢耶夫娜跑到另一个房间去,惊慌地跟卡佳和帕莎窃窃私语。那个德国美人逃走了。

"我的妈呀! 女王! 全能的女神!"列别杰夫号叫道,他跪着爬到纳斯塔霞·菲利波夫娜面前,把一只手伸向壁炉,

"十万卢布！十万卢布！我亲眼看见的,当着我的面包上的!我的妈呀！仁慈的女神！让我爬进火炉去吧:我整个身子都要进去,把我整个头发斑白的脑袋全伸进火里！……我的妻子有病,卧床不起,我有十三个孩子,全是孤儿。我上星期埋葬了我的父亲,他是活活饿死的。纳斯塔霞·菲利波夫娜！"他嚎完了,就想往壁炉里爬。

"走开！"纳斯塔霞·菲利波夫娜一面推他,一面喊道,"大家让开一条路！加尼亚,你干吗站在那里？你别害臊!你拿钱吧！这是你的福气！"

然而加尼亚在这一天和这个晚上已经忍受得太多了,对这最后一个出乎意料的考验毫无准备。人群向两边分开,给他让出了一条路,他和纳斯塔霞·菲利波夫娜相隔三步面对面站着。她站在壁炉旁等候,一直用炯炯的目光盯着他。加尼亚穿着一件燕尾服,拿着帽子和手套,乖乖地默然站在她面前,交叉着两手瞅着炉火。他那像头巾般苍白的脸上浮现出疯子般的笑容。诚然,他不能把视线从火上、从开始燃烧的纸包上移开,但是仿佛有一种新东西涌上他的心头。他仿佛发誓要忍受这种折磨;他没有离开原地。过了片刻,大家开始明白,他不会去取那个纸包,他不愿去。

"喂,要是纸包被烧光了,人家会嘲笑你的！"纳斯塔霞·菲利波夫娜对他喊道,"以后你会上吊的,我不是开玩笑!"

起初在两块快烧尽的木柴中间还冒着火苗,当纸包落到上面把它压住的时候,火几乎都快灭了。但是下面一块木头的一端还冒着小小的蓝焰。最后,一条薄薄的、长长的火舌舐到了纸包,火一沾上纸包,就蔓延到纸包的各角,整个纸包突然在壁炉里燃烧起来,明亮的火焰直往上冲。大家都发出一声惊呼。

"妈呀!"列别杰夫嚎叫起来,又往前冲,但是罗戈任拉住他,又把他推开了。

罗戈任用凝然不动的目光全神贯注地看着。他目不转睛地盯着纳斯塔霞·菲利波夫娜,乐得就像登上了七重天似的有点飘飘然了。

"这才是女王派头!"他不时向周围随便什么人一再地说,"这才是咱们的气派!"他得意忘形地喊道,"喂,你们这些骗子,谁能来这么一手啊?"

公爵忧郁地默默观看着。

"只要有人给我一千卢布,我可以用牙齿把它叼出来!"费尔德先科提议。

"我也会用牙齿叼!"长铁拳的先生在大家背后不要命似的咬牙切齿地喊道,"见鬼! 烧起来啦! 会烧光的!"他看到火焰不禁喊道。

"烧起来了! 烧起来了!"大家齐声喊道,几乎全都向壁炉冲去。

"加尼亚,你别装腔作势啦,我最后一次告诉你!"

"快拿出来吧!"费尔德先科吼叫起来,简直像发疯似的跑到加尼亚面前直拉他的袖子,"你这个吹牛的家伙,去拿出来吧! 快烧光了! 唉,你这个该——死——的——东西!"

加尼亚用力推开了费尔德先科,转身向门外走去。但是还没有走上两步,就摇摇晃晃地咕咚一声倒在地板上了。

"昏过去了!"周围的人们喊道。

"妈呀,快烧光了!"列别杰夫喊道。

"要白白烧光啦!"人们从四面八方怒吼道。

"卡佳,帕莎,给他拿水来,拿酒精来!"纳斯塔霞·菲利波夫娜喊道,她抓起火钳把纸包取了出来。

外面的纸几乎已烧成灰烬,但是马上就能看出,里头却完好无损。那个纸包用报纸包了三层,钞票还是完整的。大家都松了口气。

"只有一千卢布略有损坏,其余的完整无缺。"列别杰夫深受感动地说。

"全是他的! 这包钞票全是他的! 诸位,你们听见了吧!"纳斯塔霞·菲利波夫娜把纸包放在加尼亚身边,宣布道,"他毕竟没有去拿,他忍住了! 这就是说,他的自尊心还是比他的贪财心更强烈。没关系,他会醒过来的! 不然他也许会杀人……你们瞧,他醒过来了。将军,伊万·彼得罗维奇,达里娅·阿列克谢耶夫娜,卡佳,帕莎,罗戈任,你们听见没有? 这包钱是他的,是加尼亚的。是我给他的,他有全权处理,这是补偿……不论是补偿什么都行! 你们告诉他吧。就让那个纸包放在他身边……罗戈任,开步走! 再见,公爵,我还是第一次看到一个真正的人! 再见吧,阿法纳西·伊万诺维奇,谢谢。"

罗戈任一伙紧跟在罗戈任和纳斯塔霞·菲利波夫娜身后,乱哄哄地吆喝着经过一个个房间向大门口走去。在大厅里,女仆们把皮大衣递给纳斯塔霞·菲利波夫娜。厨娘玛尔法从厨房里跑出来。纳斯塔霞·菲利波夫娜一一吻了她们。

"小姐,难道您真要完全离开我们啦? 您要到哪里去呀? 还是在您过生日的这天,在这么一个好日子!"哭哭啼啼的女仆们一边问,一边吻她的手。

"我要到街头去卖笑,卡佳,你听见了吧,那才是我该去的地方,要不我就去当洗衣妇!我跟阿法纳西·伊万诺维奇可是混够了!请代我向他致意。我有什么对不起你们的地方,请原谅吧……"

公爵拼命朝大门口奔去。在大门外,大家已经分别登上四辆带铃铛的三套马车。将军在楼梯上就追上了公爵。

"算了吧,公爵,你醒醒吧!"将军拉住公爵的胳臂说道,"别这样啦!你瞧她是个什么样的女人!我以父辈的身份对你说……"

公爵看了他一眼,但是没说一句话,挣脱身子就跑下楼去了。

几辆三套马车刚刚离开大门口,将军就到了那里,看见公爵喊住路过的头一辆出租马车,叫车夫跟着前面的几辆三套马车驶往叶卡捷琳戈夫。将军那辆套着灰马的快车随后赶来,把将军送回家去。将军萌生了一些新的希望和打算,他还揣着那串在忙乱之中也没有忘掉的珍珠。他打主意的时候,还隐隐约约地看到两三次纳斯塔霞·菲利波夫娜迷人的容貌。将军叹了一口气说:

"可惜!真是可惜!一个堕落的女人!一个发疯的女人!……嗯,不过现在公爵不会要纳斯塔霞·菲利波夫娜了……"

纳斯塔霞·菲利波夫娜的另外两个宾客决定徒步走一段路,他们一边走,一边也说了一番诸如此类的临别赠言和喻世名言。

"您要知道,阿法纳西·伊万诺维奇,听说日本人也往往如此,"伊万·彼得罗维奇·普季岑说,"在日本,一个人受了侮辱,他就会走到侮辱者面前说道:'你侮辱了我,因此我就要当着你的面剖腹自杀。'说着他果真就在侮辱者面前把自己的肚子剖开,而且想必感到特别满意,仿佛果真报了仇似的。世上真有不少怪人,阿法纳西·伊万诺维奇!"

"您认为今天的事与此类似吗?"阿法纳西·伊万诺维奇笑着答道,"哼!……不过您很俏皮地……打了一个绝妙的比喻。但是,您自己也看见了,亲爱的伊万·彼得罗维奇,我已做了我力所能及的一切,我不能做力不胜任的事,您同意吗?但是您也得承认,这个女人具有一些很可贵的品质……一些出色的特点。方才在那一片混乱之中,只要有可能,我甚至想对她喊道:虽说她总是指责我,但她本身却又再好不过地证明了我是无罪的。嗯,有时谁又能不对这个女人迷恋到丧失理智……和忘却一切的地步呢?你瞧那个乡巴佬罗戈任,竟给她抱来了十万卢布!就算刚才发生的一切是昙花一现,是带有浪漫色彩和不成体统的,但是您自己也会同意,那场面倒还真是有声有色,新颖别致。天哪,以她这样的性格,再加上这样的姿色,她本来会成为一个多么了不起的女人啊!但是,尽管费尽心血,甚至还让她受过教育,——到头来全化作泡影!她是一颗没有磨光的钻石,——这话我已讲过多次……"

阿法纳西·伊万诺维奇深深地叹了口气。

第　二　部

一

　　我们在结束本书第一部的时候,叙述了在纳斯塔霞·菲利波夫娜举行的晚会上发生的那桩怪事。在此事的两三天以后,梅什金公爵就匆匆到莫斯科接受那笔意外的遗产去了。当时有人说,他行色匆匆也许别有缘故,但是关于这一点,一如关于公爵在莫斯科期间乃至在他离开彼得堡之后的情况那样,我们所能提供的消息却很少。公爵离开彼得堡整整六个月,就连那些出于某种原因而关心他的命运的人,在整个这段时期也很难打听到他的情况。诚然,虽说有些人在十分偶然的情况下也听到了一点消息,但是这种消息多半都很离奇,而且几乎总是互相矛盾的。最关心公爵的自然是叶潘钦一家,公爵临走时甚至都来不及向他们辞行。不过当时将军倒和他见过面,甚至见过两三次;他们认真地讨论过什么事情。叶潘钦本人虽然见过他,但并未把此事告诉家里人。而且在最初的一段时期,也就是在公爵离开后几乎整整一个月内,叶潘钦家的人压根儿都不愿提到他。只有将军夫人伊丽莎白·普罗科菲耶夫娜一个人最初曾说,她"对公爵的看法大错特错了"。过了两三天,她又补充了一句,但已不再指出公爵的名字,而是泛泛地说她"一生最主要的特点,就是在对人的看法上不断地犯错误"。最后,过了十来天,她为了什么事对女儿们生气,又像说教似的说道:"我们错得够受了!往后可不能再错了!"同时也不能不指出,在很长的一段时期内,他们家里笼罩着一种不愉快的气氛。大家都感到沉闷和紧张,彼此都有隔阂,人人心存芥蒂。大家都皱着眉头。将军日夜奔忙,张罗各种事务;人们还很少看到他像这样忙碌,这样积极,尤其是在公务方面。家里的人几乎都看不见他。至于叶潘钦家的小姐们,在公开的场合当然什么也没说。甚至在她们单独相处的时候,兴许也说得很少。她们都是傲慢自大的小姐,有时哪怕在彼此之间也有些腼腆;不过她们不但可以从对方的一句话里,甚至还可以从对方的一瞥中,了解对方的心意,所以有时也就不必说得太多。

倘若那里有一个旁观者,他只能得出这么一个结论:从上述虽不丰富的一切材料来看,尽管公爵只到叶潘钦家去过一次,待的时间也很短,但他毕竟在那里留下了特殊的印象。也许这只不过是公爵的一些奇遇引起的一种好奇心。不管是怎么回事吧,反正印象是留下了。

由于情况不明,就连传遍全城的那些流言也逐渐蒙上一层靠不住的阴影。不错,据人们传说,有一位傻公爵(没人能确切地指出他的姓名)突然得到一大笔遗产,娶了一个外来的法国女人,巴黎百花宫①的一个著名舞女。但是另一些人说,继承遗产的是一位将军,至于娶了一个外来的法国著名舞女的,则是一个有万贯家产的俄国商人,他在结婚喜筵上喝醉了酒,仅仅是由于吹牛,就在一根蜡烛上烧掉了最近发行的七十万卢布的有奖债券。然而,所有这些流言很快就平息下来,

---

① 百花宫,巴黎的娱乐场所。

这多半是客观情况促成的。譬如说,在罗戈任那一伙里,本来有许多人都可以提供一些情况,可是他们正好在叶卡捷琳戈夫车站的狂饮(纳斯塔霞·菲利波夫娜也参加了)之后的一个星期,就全都跟着罗戈任到莫斯科去了。还有很少的几个关心此事的人根据道听途说,获悉纳斯塔霞·菲利波夫娜在叶卡捷琳戈夫狂饮的次日就逃之夭夭,不见踪影了,后来仿佛有人探明她已前往莫斯科,于是人们发现,罗戈任赴莫斯科一事跟这个传闻有点不谋而合。

加夫里拉·阿尔达利翁诺维奇·伊沃尔金在他自己那个圈子里也相当有名,关于他也有一些传说。但是他也出了一件事,此事使得那些对他不利的流言迅速冷却下来,最后完全消失了:他得了重病,非但不能在社交界露面,甚至都不能上班办公了。他病了一个来月才痊愈,然而不知是什么缘故,他完全辞去了股份公司的职务,他的位置已由他人顶替了。他也没有再到叶潘钦将军家里去过一次,所以就由别的职员给将军当秘书了。加夫里拉·阿尔达利翁诺维奇的仇人们可能认为,他是为了他所碰到的那一切而感到无地自容,以至于都不好意思出门了。但他的确是生了病,甚至是得了忧郁症,终日沉思默想,肝火很旺。瓦尔瓦拉·阿尔达利翁诺夫娜就在那年冬天嫁给了普季岑。认识他们的人都很坦率地指出,这门婚事是加尼亚不愿恢复原职所促成的,因为他非但不再养家,甚至自身也开始需要帮助,甚至还需要他人服侍了。

我们顺便说说,在叶潘钦家里,甚至从来都没有人提到加夫里拉·阿尔达利翁诺维奇,仿佛不仅在他们家里,就是在世界上也都没有这个人似的。但是,他们家里的人很快就都知道了有关加尼亚的一桩很值得注意的事,那就是:在决定他的命运的那天夜里,在纳斯塔霞·菲利波夫娜家里发生了那桩不愉快的事情以后,加尼亚回家后并没有睡觉,而是急不可耐地等候公爵回去。公爵到叶卡捷琳戈夫去了一趟,回去时已是凌晨五点多钟。当时加尼亚走进公爵的房间,把纳斯塔霞·菲利波夫娜在他昏倒时送给他的那包烧焦的钱放在公爵面前的桌子上。他恳切地请求公爵,一旦遇到机会,就把这份礼物退还纳斯塔霞·菲利波夫娜。加尼亚到公爵那里去的时候是怀有敌意的,几乎是豁出去了。但是在他和公爵仿佛只交谈了几句之后,加尼亚竟在公爵那里坐了两小时,一直悲恸欲绝地嚎啕痛哭。两人是在友好的气氛中分手的。

　　叶潘钦家里的人全都听到了这个消息,后来证实,这个消息完全可靠。当然,奇怪的是这种消息居然传播得如此之快,大家不久就都知道了。例如在纳斯塔霞·菲利波夫娜家里发生的一切,几乎到第二天就传到了叶潘钦家中,甚至所有的细节都相当准确。关于加夫里拉·阿尔达利翁诺维奇的消息,可以推测是瓦尔瓦拉·阿尔达利翁诺夫娜带到叶潘钦家里去的,她不知为什么突然去访问叶潘钦家的几位小姐,甚至很快就和她们交上了朋友,使得伊丽莎白·普罗科菲耶夫娜大为惊讶。不过,瓦尔瓦拉·阿尔达利翁诺夫娜虽然出于某种原因,认为必须和叶潘钦家的姐妹们接近,但是她跟她们无疑不会谈起自己哥哥的事。尽管她跟那个几乎是把她的哥哥赶了出去的人家交上了朋友,可她也是个相当骄傲的女人,只是这种骄傲有其独特之处罢了。她以前就认识叶潘钦家的小姐们,可是很少和她们见面。不过她现在也几乎不进客厅,而是从后门走进去,确切地说是跑进去。伊丽莎白·普罗科菲耶夫娜虽然很尊敬瓦尔瓦拉·阿尔达利翁诺夫娜的母亲尼娜·

亚历山德罗夫娜,然而无论是过去还是现在,始终不赏识瓦尔瓦拉。她既惊讶又生气,认为她的女儿们结识瓦里娅是出于任性和支配欲,说女儿们"已经不知该想出什么花样来跟她作对"。尽管如此,瓦尔瓦拉·阿尔达利翁诺夫娜却仍继续拜访她们,婚前婚后都是如此。

公爵走后一个月,叶潘钦将军夫人收到公爵夫人别洛孔斯卡娅一封信,这位老太婆是两周前到莫斯科去看望已出嫁的长女的。这封信对她发生了显著的影响。她虽然既没有向女儿们,也没有向伊万·费奥多罗维奇透露一点点信的内容,但是家里的人从许多迹象上都已看出,她不知何故显得特别兴奋,甚至十分激动。她不知何故开始特别奇怪地和女儿们攀谈,而且尽讲些不同寻常的题目。看来她是想说出自己的心事,但不知何故却忍住了。接到信的那天,她对大家都很亲热,甚至吻了阿格拉娅和阿杰莱达,对她们说了一些表示歉意的话,可是她究竟为什么道歉,她们却弄不清楚。甚至对整整失宠了一个月之久的伊万·费奥多罗维奇,她也突然宽大为怀了。当然,到了第二天,她就对自己昨天的多愁善感大发雷霆,还没到进午餐的时候就跟所有的人都吵过架了;可是到了晚上又雨过天晴。总之,在整整一周之内,她的情绪一直很好,这已是很久以来都不曾有过的了。

又过了一周,将军夫人又收到别洛孔斯卡娅一封信,这一次她决定说话了。她郑重其事地宣布,"别洛孔斯卡娅老太婆"(她在背后谈到公爵夫人时,从来都只用这种称呼)告诉她有关那个……"怪物,噢,就是那个公爵"的一些非常令人快慰的消息。那个老太婆在莫斯科找到了他的下落,便探问他的情况,终于打听到了一个很好的消息。末了公爵亲自去拜访她,给她留下了几乎是特别良好的印象。最后将军夫人说道:"她邀请他每天下午一至二时到她那里去,公爵也就每天前往,至今还没有使她厌烦,由此可见她对他的印象之好。"将军夫人又说,公爵经"老太婆"介绍,在两三个体面人家受到款待。"他不是老蹲在家里,也不像傻瓜那样害臊,这倒不坏。"小姐们听到这些消息,立刻察觉妈妈向她们隐瞒了信里的许多内容。也许她们是从瓦尔瓦拉·阿尔达利翁诺夫娜那里知道的,因为凡是普季岑所知道的有关公爵和他在莫斯科的情况,瓦尔瓦拉都可能知道,而且肯定已经知道了。而普季岑又可能知道得比别人都多。虽说他对业务方面的事一向守口如瓶,然而他对瓦里娅当然是会说的。因此将军夫人就立刻更加不喜欢瓦尔瓦拉·阿尔达利翁诺夫娜了。

然而无论如何坚冰已被打破,大家忽然可以大声谈论公爵了。此外,公爵在叶潘钦家中引起并留下的那种不寻常的印象和已经出了格的浓厚兴趣,也再次明显地表露出来。将军夫人感到诧异的是,来自莫斯科的消息竟会给她的女儿们留下如此深刻的印象。女儿们也感到吃惊,因为自己的妈妈竟如此郑重其事地向她们宣布,说她"一生最主要的特点,就是在对人的看法上不断地犯错误",同时又委托"有权势的"老太婆别洛孔斯卡娅在莫斯科对公爵多加关照,当然,对别洛孔斯卡娅必须苦苦哀求一番,因为这个"老太婆"在某些场合总是慢吞吞的。

然而坚冰刚刚打破,刚刚出现了一种新的气氛,将军也急忙发表意见了。原来他也非常关心这件事。不过他所谈的只是"问题的事务性方面"。原来,他为了公爵的利益,曾委托两位极为可靠的、在莫斯科有势力的先生监督公爵,特别是监督公爵的指导者萨拉兹金。关于遗产,"也可以说是关于遗产存在与否的事实",人们所说的一切都是正确的,但是归根结底,遗产本身根本不像人们最初传说的那么可观。财产有一半存在着种种难以解决的问题;既有债务,还有觊觎财产之辈,加以公爵虽然有人指导,但办起事来却很不在行。"当然,愿上帝保佑他。"如今"沉默的坚冰"既然已被打破,将军也就乐于"完全出于真心地"表明这一点,因为"这小子虽然有点那个",但他毕竟应该得到这种保佑。不过他还是干了些傻事。譬如说,已故商人的几个债主,竟拿着一些有争议的、毫无价值的借据前来讨债;还有些人暗中打听到公爵的为人,竟毫无凭据地跑来找他,——结果怎样呢?尽管公爵的朋友们都认为这帮小人和债主根本没有资格讨债,可是公爵却几乎有求必应,他这么干的唯一理由,就是其中有些人确实蒙受了损失。

将军夫人对此事发表议论说,别洛孔斯卡娅给她的信里也提到过这种事,"这真蠢,太蠢了:傻瓜是无可救药的。"她毫不客气地添了这么一句。但是从她的脸上可以看出,她是多么喜欢这个"傻瓜"的所作所为。到了最后,将军发现他的夫人关心公爵就好像关心亲儿子一般,对阿格拉娅不知为什么也变得异常亲热。伊万·费奥多罗维奇看到这种情形,在一段时间内摆出了一副极其郑重的姿态。

但是这种愉快情绪并没有存在多久。只过了两周,情况又突然变了,将军夫人皱着眉头,将军耸了几次肩膀,又向"沉默的坚冰"屈服了。是这么一回事:仅仅在两周以前,他偶然得到一个消息,消息很简短,所以也不大清楚,但是很准确。据说纳斯塔霞·菲利波夫娜起初在莫斯科失踪,以后又在莫斯科被罗戈任找到,以后再次失踪,又被他找到,直到最后才几乎肯定地答应嫁给他。仅仅过了两周,将军大人突然得到消息,说纳斯塔霞·菲利波夫娜在即将举行婚礼的时候第三次逃走了,这一次是逃往外省某地,同时梅什金公爵也从莫斯科失踪,把一切事务都托付给萨拉兹金处理。将军最后说,"是和她一齐走的,还是跟踪前往,——这还不得而知,但是其中定有文章。"伊丽莎白·普罗科菲耶夫娜也收到了令人不快的消息。归根结底,公爵走后两个月,在彼得堡就几乎再也听不到任何有关他的消息了,叶潘钦家的"沉默的坚冰"已不再被打破。不过瓦尔瓦拉·阿尔达利翁诺夫娜还是常去探望几位小姐。

为了结束所有这些谣言和消息,我们还要补充一点:快到春天的时候,叶潘钦家发生了很多变动,所以很难不把公爵忘掉,况且公爵自己也没有透露,兴许也不愿透露自己的消息。在冬季里,他们经过长期商量,终于决定到国外去消夏,也就是说,由伊丽莎白·普罗科菲耶夫娜带着女儿们前去;将军当然不能把时间浪费在"无聊的消遣"上。这个决定是由于小姐们特别固执地坚持自己的主张才作出的。她们深信,她们的父母之所以不愿带她们出国,是因为他们老是急于打发她们出嫁,不断给她们找未婚夫,到了最后,父母也许认为在国外也可以碰到未婚夫,出国避暑不但不会破坏他们的计划,说不定还可以"促其实现"。这里不妨顺便提一句,阿法纳西·伊万诺维奇·托茨基和叶潘钦家大小姐预订的那门亲事已经完全破裂,托茨基也根本没有正式求婚。这件事不知何故是自然而然发生的,既未多费唇舌,也没有引起任何家庭纠纷。自从公爵走后,双方忽然都不提这门亲事了。这个情况也是造成当时笼罩在叶潘钦家中的那种沉闷气氛的原因之一，虽说将军夫人当时就表示她如今不禁乐得要"用双手画十字"了。将军虽然失了宠，感到自己有错，但毕竟生了很久闷气；他很怜惜阿法纳西·伊万诺维奇，"挣下这么多财产，人又这么机灵！"过了不久，将军获悉阿法纳西·伊万诺维奇被一个外来的上流社会的法国女人迷住了，她是侯爵夫人，还是正统派。他们即将举行婚礼，婚后阿法纳西·伊万诺维奇将被带往巴黎，然后再去布列塔尼某地。"他跟法国女人将一去不返啦。"将军断言道。

　　叶潘钦一家本来准备在夏天到来之前动身。不料突然发生了一件事，再次改变了他们的全部计划，旅行再次延期，这使将军夫妇非常高兴。有一位公爵从莫斯科光临彼得堡，这位 Щ① 公爵是知名人士，不过是以人品极佳而出名。他是那种诚实而谦逊的人物，甚至可以说是当代的事业家，这种人真诚地、自觉地想做有益的事，孜孜不倦地工作着；他们的特点是具有一种罕见的、走运的本事，即永远找得到工作做。这位公爵不想出风头，总是回避残酷无情和空话连篇的党派之争，也不以领袖人物自居，然而对于近来发生的许多事却了解得很透彻。他以前做过官，后来开始参加地方自治局的工作。此外，他还是几个俄国学术团体得力的通讯员。他同一个熟识的技师合作，通过搜集材料和勘测，帮助确定了极为重要的一条计划修建的铁路的比较正确的走向。他有三十五岁上下。他是"最上等社会"的人，此外，如将军所说，他拥有一笔"可观的、不是闹着玩的、无可争议的"财产。将军为了一桩

---

　　① 音"xia"。

249

相当重要的事去见他的上司(一位伯爵),在那里碰巧遇到并认识了Ш公爵。Ш公爵出于一种特殊的好奇心,从来不回避和俄国的"实干家"结识。后来Ш公爵又认识了将军的家属。三姐妹中的第二位,阿杰莱达·伊万诺夫娜,给他留下了相当深刻的印象。快到春天时,Ш公爵向她求婚。阿杰莱达很喜欢他,伊丽莎白·普罗科菲耶夫娜也喜欢他。将军很高兴。不消说,旅行延期了。婚礼定在春天举行。

旅行本来可以在仲夏或夏末实现,哪怕由伊丽莎白·普罗科菲耶夫娜带着两个未嫁的女儿出去游玩一两个月,也可以消除对离开了她们的阿杰莱达的怀念。但是又发生了一件新鲜事:到了春末(阿杰莱达的婚礼已稍稍推迟到仲夏举行),Ш公爵把他的一个相知极深的远亲带到叶潘钦家里。他名叫叶夫根尼·帕夫洛维奇·拉多姆斯基,年纪还轻,二十八九岁,皇家侍从武官,一个如画的美男子,出身"望族",为人机智,才华横溢,是个"新派"人物,而且"学识渊博",拥有惊人的财富。对于最后一点,将军一向很慎重。他调查以后说:"确是如此,不过有待核实。"这个年轻的、"前途无量"的侍从武官在老太婆别洛孔斯卡娅从莫斯科寄来的信中被捧得很高。不过他的名声有点不妙,据说他曾跟好几个女人私通,"征服"过几个不幸女人的心。他见到阿格拉娅以后,就成了叶潘钦家的常客。虽说尚未作任何表示,甚至也没有任何暗示,但是父母还是觉得根本无须考虑夏天去国外旅行的事了。阿格拉娅本人也许有不同的看法。

此事正好发生在本书主人公第二次出场之前。那时候,从表面上来看,可怜的梅什金公爵在彼得堡已完全被人遗忘了。倘若他现在忽然出现在认识他的人们当中,那简直无异于自天而降。然而还是让我们再来补充一桩事实,借以结束我们这个引子。

公爵走后,科利亚·伊沃尔金起初继续像他先前那样生活,也就是上中学,找他的朋友伊波利特,照顾将军,帮助瓦里娅料理家务,也就是替她跑腿。但是,房客们很快就走光了:在纳斯塔霞·菲利波夫娜家出事以后三天,费尔德先科就搬了出去,很快就失踪了,因此也就音讯杳然;有人说他在什么地方喝酒,但是说话的口气并不肯定。公爵到莫斯科去了。于是房客就没有了。瓦里娅出嫁后,尼娜·亚历山德罗夫娜和加尼亚都随她一起搬到伊斯梅洛夫团普季岑家中;至于伊沃尔金将军,几乎就在这个时候碰到一桩完全意料不到的事:由于欠债而锒铛入狱了。把他送进狱中的就是他的女友大尉夫人,因为他曾陆陆续续签给她价值两千卢布的借据。此事完全出乎他的意料,可怜的将军"一向过分相信人心的高尚",不料竟成为这种信念的"牺牲品"。他对于签发借据和期票已习惯成性,以为这样做并没有什么,万万没有料到这些文件还会生效。原来并不是没有什么。"往后你再信赖人吧!你再掏出高尚的信任心吧!"当他在塔拉索夫公寓①里和新交的朋友坐下喝酒,向他们叙述卡尔斯被围②和一名士兵复活的故事时,他不禁悲从中来地这样喊道。不过他在那里过得很好。普季岑和瓦里娅说,这正是他应该住的地方;加尼亚完全赞成他们的话。只有可怜的尼娜·亚历山德罗夫娜暗

---

① 塔拉索夫公寓,彼得堡的一座债户监狱,位于伊斯梅洛夫团(彼得堡一地区名)。

② 指一八五五年六月至十一月(克里米亚战争时期)土耳其要塞卡尔斯被俄军围困。

自哀哀哭泣(连家里的人都为此感到惊讶),她虽然总是有病,却尽可能地经常到伊斯梅洛夫团去探视丈夫。

自从发生了科利亚所说的"将军事件"以来,其实自从科利亚的姐姐出嫁以后,科利亚就几乎完全摆脱了家里人的约束,最近甚至都不大回家过夜了。据说他结交了许多新朋友;此外,他在债户监狱里也变得很有名气。没有他,尼娜·亚历山德罗夫娜在那里什么事也办不成;家里的人现在甚至都不再出于好奇而打扰他了。先前瓦里娅对他很严厉,如今对他的行径一概不问;使家里的人感到十分奇怪的是,加尼亚虽然得了忧郁症,可现在无论是对科利亚说话,还是跟他相处,有时却表现得十分友好,这种情况是前所未有的,因为加尼亚已经二十七岁,他对十五岁的弟弟自然不会有一点友好的表示。他过去对科利亚很粗暴,要求家里的人对科利亚一味严厉,还常常以"揪耳朵"相威胁,使科利亚"简直无法忍受"。可以认为,如今对于加尼亚而言,科利亚有时简直是必不可少的了。加尼亚居然会把那十万卢布退回去,这使科利亚十分惊讶,为此他愿意对加尼亚多加原谅。

公爵走后过了三个月,伊沃尔金家里听说科利亚突然认识了叶潘钦家的人,而且受到几位小姐的殷勤款待。瓦里娅很快就知道了这件事;不过,科利亚并不是由瓦里娅介绍才认识她们的,而是"主动登门"的。叶潘钦家的人渐渐都喜欢他了。将军夫人起初对他很不满意,但是不久就"因为他为人坦率,不阿谀奉承"而开始喜欢他了。说科利亚不阿谀奉承,这是千真万确的;他在叶潘钦家保持着完全平等和独立的地位,虽说他有时也给将军夫人读读书报,但那是因为他一向爱替别人效劳。不过他有两次和伊丽莎白·普罗科菲耶夫娜吵得很凶,说她专横霸道,以后再也不登她家的门。第一次争吵是由"妇女问题"引起的,第二次是争论一年中什么季节捕黄雀最好。不论有多么不可思议,将军夫人在争吵后的第三天就派仆人给他送信,请他务必光临。科利亚并不装腔作势,而是立刻前往。只是阿格拉娅不知为什么对他总是没有好感,瞧不起他。不料命中注定要让他使阿格拉娅多多少少感到吃惊。有一次在复活节的时候,科利亚找到一个没有别人在场的机会,递给阿格拉娅一封信,只说有人托他亲自转交给她本人。阿格拉娅严厉地瞧了一眼"过于自信的孩子",但是科利亚也不等候就走开了。她拆开信封,读道:

> 我曾有幸蒙您信任。也许您现在完全忘记我了。我怎么居然会给您写信呢?我不知道。但是,我有一种不可抑制的愿望,就是要让您,而不是让别人,回忆起我来。我不知有多少次感到十分需要你们三位,但是在三位之中,我只想象得出您一个人。我需要您,非常需要。关于我自己,我对您没有什么可写,也没有什么可说的。我也不想这样做,我最希望的是您能得到幸福。您幸福吗?我想对您说的只是这一点。

> 您的兄长列·梅什金公爵

阿格拉娅读了这封简短的、相当没有条理的信以后,蓦地满面通红,沉思起来。我们很难表达她的思绪。顺便说说,她曾自问道:"要不要给别人看呢?"她有点害羞。不过她终于带着嘲讽的、奇怪的笑容,把这封信扔进了自己那张小桌的抽屉里。第二天,她又把信取出来,夹在一本装订得很牢的厚书里(她为了在需要的时候很快就能找到,总是这样处理自己的文件）。过了一周，她偶然看看那是一本什么书。原来是《拉·曼却的堂吉诃德》。阿格拉娅不禁哈哈大笑，也不知道笑什么。

也不知道她可曾把这封信给哪一个姐姐看过。

但是，她还在读信的时候就蓦地想到：公爵莫非选这个过于自信又爱吹牛的孩子跟他通信了？兴许是公爵在这里唯一的一个跟他通信的人吧？她虽然神态非常轻蔑，但还是把科利亚叫来盘问了一番。这个"孩子"尽管一向器量狭小，但这一次却对她的轻蔑毫不在意；他非常简短而且相当冷淡地对阿格拉娅解释说，在公爵离开彼得堡之前，他虽然把自己的永久通信处告诉了公爵以备万一，并表示愿为公爵效劳，然而这是公爵初次委托他办事，也是公爵初次给他写信，为了证明自己的话，他掏出了公爵写给他本人的那封信。阿格拉娅毫不在乎地把信读了。给科利亚的信上写道：

> 亲爱的科利亚，请您费神将附在此信中的一件封好的信转交给阿格拉娅·伊万诺夫娜。祝您健康。
>
> 爱您的列·梅什金公爵

"委托你这样的胖娃娃办事，毕竟是很可笑的。"阿格拉娅抱怨地说，她把信还给科利亚，鄙薄地从他身边走开了。

科利亚已忍无可忍了：他为了办这件事，特地向加尼亚借了一条崭新的绿色围巾戴上，但没说明为什么要借。他委屈极了。

二

六月上旬，整整有一周的时间，彼得堡的天气都非常好。叶潘钦家在帕夫洛夫斯克有一幢富丽堂皇的别墅。伊丽莎白·普罗科菲耶夫娜突然激动和振奋起来;忙了不到两天，他们就搬到别墅去了。

叶潘钦家搬走的第二天或第三天，列夫·尼古拉耶维奇·梅什金公爵乘早车从莫斯科来了。谁都没去车站接他;但是下车时，公爵突然觉得在包围着新到旅客的人群中，有两只眼睛放射出奇异而热烈的光辉。他定睛一看，却什么也看不见了。这当然只是一种幻觉，然而留下了不愉快的印象。何况公爵本来就很忧愁，他沉思着，仿佛有什么心事。

一辆马车把他送到翻砂街附近的一家旅店里。那家旅店不大好。公爵占了两个小房间，室内光线暗淡，陈设也很简陋。公爵洗了脸，换好衣服，什么也没有问，就匆匆出去了，仿佛唯恐错过了时间，或者担心他要找的人不在家。

倘若在半年以前他第一次到彼得堡时就认识了他的人们当中，有人现在看到他，兴许会认为，从外表看来，他已今非昔比了。其实未必如此。只是他的服装完全变了:他穿了一身新衣，是莫斯科的高级裁缝缝制的。不过他的服装也还有缺点:缝得过于时髦(那些极其认真然而并不很有才能的裁缝，总是这么缝制的），而且是穿在一个对于此道毫无兴趣的人身上；所以，那种过于喜欢嘲笑的人如果仔细看上公爵一眼，也许会找出一些笑料来。不过世上的笑料难道还少吗？

公爵雇了一辆马车去佩斯基。在几条圣诞节大街之中的一条大街上，他很快就找到一所小木房。使他惊讶的是：这所小房外表美观，干干净净，收拾得十分整齐，房前还有个栽满鲜花的小花园。临街的窗子开着，里面不断传出刺耳的说话声，几乎是喊叫声，仿佛有人在那里朗诵甚至发表演说似的；那声音间或被几个人的响亮笑声所打断。公爵进了院子，走上台阶，说是要找列别杰夫先生。

"他在那边。"一个把袖子卷到胳膊肘上的厨娘把门打开，指着"客厅"回答道。

这个客厅糊着深蓝色的壁纸，收拾得干干净净，而且相当讲究，也就是说有圆桌和沙发，有带玻璃罩的青铜时钟，窗间的墙上挂着一面狭长的镜子，一个不大的、古色古香的、带小玻璃片的枝形吊灯架，拴在一条青铜链子上，从天花板上吊下来。列别杰夫先生背朝着走进去的公爵站在客厅中央；他穿着背心，但没穿上衣，一身夏天打扮；他捶着自己的胸脯，正痛苦地就什么问题在大发议论。听众是：一个十五六岁的男孩，满面春风，看上去不笨，手里捧着一本书；一个二十来岁的年轻姑娘，全身穿着丧服，抱着一个吃奶的婴儿；一个十三岁的小姑娘，也穿着丧服，正咧着大嘴傻笑；最后，还有一个非常奇怪的听讲者躺在沙发上，那是个二十来岁的小伙子，长得很漂亮，脸色微黑，头发又长又密，两只大大的黑眼睛，脸上刚刚冒出一点颊须和胡子，这位听讲者仿佛常常打断列别杰夫的话并和他辩论。别的人大概就是为此发笑。

“卢基扬·季莫费伊奇！卢基扬·季莫费伊奇！真是的！你朝这边瞧瞧呀！……唉，你们可真无聊！”

厨娘挥了挥手就走开了，简直气得满脸通红。

列别杰夫回过头去，一看到公爵，他像遭了雷击似的站了半晌，然后低三下四地笑着向公爵奔去，但在半路上仿佛又愣住了，只是喃喃地说：

“尊——尊——尊贵无比的公爵！”

但是，他仿佛还没能使自己的神态恢复自然，便无缘无故地向那个抱着婴儿的戴孝姑娘奔去，那姑娘猝不及防，甚至急忙闪开身子；但是他立刻撇下她，又冲向那个十三岁的小姑娘，小姑娘一直站在通向邻室的门口，方才咧嘴傻笑的那副笑容尚未消失。她经不住他的喊叫，立刻溜到厨房去了。列别杰夫为了进一步吓唬她，甚至还在她身后直跺脚；但是，他看见公爵局促不安地瞧着他的眼神，便解释道：

“为了表示……尊敬，嘿——嘿——嘿！”

“这大可不必……”公爵刚刚开口。

“就来，就来，就来……像旋风那么快！”

列别杰夫转眼就从室内消失了，公爵诧异地看了看那姑娘、男孩和躺在沙发上的那个人。他们都在笑。公爵也笑了起来。

“他穿燕尾服去啦。”男孩说。

“这一切真叫人遗憾，”公爵开始说道，“我本以来……请问，他……”

“您以为他喝醉了吧？”从沙发上传来一个人的喊声，“一点也没醉！也许喝了三四杯，或者是五杯；但这算不了什么——简直是家常便饭。”

公爵本想回答从沙发上传来的声音,不料那姑娘可爱的脸上流露出非常坦率的表情,她开口说:"他早晨从来不多喝;假如您找他有什么事情,不妨现在就说。这正是时候。等到他晚上回来,就喝醉了。不过现在他夜里经常哭泣,给我们朗诵《圣经》,因为我们的妈妈在五周以前去世了。"

"他之所以逃走,大概是因为他很难回答您,"沙发上的那个年轻人笑了,"我可以打赌,他已经在骗您了,现在正打主意哩。"

"只有五周! 只有五周!"列别杰夫应声说道,他回到室内时已穿上了燕尾服,眨巴着眼睛从衣袋里掏出手帕来擦泪,"撇下一群孤儿!"

"您为什么穿着一身破烂衣服出来了?"姑娘说,"您那件新的常礼服放在门后,难道您没看见?"

"住口,蜻蜓姑娘①!"列别杰夫对她喊道,"唉,你呀!"他朝她跺起脚来。但是这一次她却笑起来了。

"您吓唬我干吗,我又不是塔尼娅,不会逃跑。您这样会把柳博奇卡吵醒,还会让她得急惊风……您嚷什么!"

"不——不——不! 你说这话要烂舌头,烂舌头……"列别杰夫蓦地惊恐万状,跑到睡在女儿怀里的婴儿面前,惊慌失措地在婴儿身上画了好几个十字,"愿主保佑她,愿主保佑她! 这是我亲生的吃奶婴儿,女儿柳博芙②,"他对公爵说,"是刚死的叶连娜,也就是我明媒正娶的妻子生的,她在分娩的时候死了。这个丑丫头是我的女儿薇拉,戴着孝……至于

---

① 蜻蜓姑娘,指活泼好动、不愿意安静下来的姑娘。
② 柳博芙,柳博奇卡的大名。

这个,这个,哦,这个……"

"怎么不说啦?"那年轻人喊道,"你接着往下说,别害臊呀。"

"公爵大人!"列别杰夫突然激动地喊道,"您老人家可曾仔细研究过报上所载的热马林一家被害的案子①?"

"我看过报。"公爵有点惊讶地说道。

"这就是杀死热马林一家的真正凶手,就是他!"

"您这是怎么啦?"公爵说。

"这是打比方而言,只要将来出现第二个热马林一家,他就是未来的第二个凶手。他正在作准备呢……"

大家都笑了。公爵觉得,列别杰夫也许果真是在装神弄鬼,这只是因为他预感到公爵要提出一些问题,而他却不知如何回答,所以要拖延时间。

"他造反啦! 他在耍阴谋!"列别杰夫喊道,仿佛已经控制不住自己了。"哦,我怎么能够,我哪有权利,把这个恶语伤人的家伙,也可以说是娼妇与恶棍,认作我的亲外甥,认作我已故的姐姐阿尼西娅的独子呢?"

"住嘴,你这醉鬼! 您要相信,公爵,他现在忽然想当律师,替人打官司;他决心培养自己的口才,在家里也老是用高级文体对孩子们说话。五天以前,他在治安法官面前讲过话。他是替谁辩护呢? 并不是替央告和哀求他的那个老太婆辩

---

① 指一八六八年三月一日在坦波夫发生的商人热马林一家六口被害一案。陀思妥耶夫斯基之所以对此案的凶手、十八岁的中学生维托尔德·戈尔斯基发生兴趣,是因为他认为凶手是受到六十年代"虚无主义"理论的不良影响的那一部分青年的代表。其实此案是一桩完全与政治无关的刑事案件。

护,有一个卑鄙的高利贷者抢走了她的五百卢布,把她的全部财产都据为己有了。他是替那个放高利贷的犹太人扎伊德列尔辩护,因为那个犹太人答应给他五十卢布……"

"只有胜诉才给五十卢布,败诉只给五卢布。"列别杰夫蓦地用一种与先前完全不同的声音解释道,就像他从来没有喊叫过似的。

"哼,他当然只是胡扯了一通。老规矩不顶用了,那里的人只是嘲笑了他一番。可他自己倒很得意。他说,诸位铁面无私的法官,请你们想想,一个卧病不起的可怜的老人,一向依靠正直的劳动为生,现在失去了最后一片面包:你们要想想立法者的一句名言:'法庭应以慈悲为重。'您要相信:他每天早晨都在这里对我们复述这篇演说,跟他在法庭上说的一字不差;今天是第五次了;就在您来之前他还在念,可见他多么喜欢这样做。他是在自我欣赏。他还打算替另一个人辩护呢。您大概就是梅什金公爵吧?科利亚对我提到您的时候总说,他至今在世界上还没有遇到过比您更聪明的人……"

"对!对!世上没有比他更聪明的啦!"列别杰夫立刻附和道。

"哼,他这是撒谎。一个是爱您,另一个却是在奉承您。不过您要知道,我根本不想巴结您。您不是糊涂人:您就评判一下,我和他究竟谁是谁非。喂,你可要让公爵给我们评判一下是非?"他对舅舅说,"公爵,您突然光临,我很高兴。"

"我愿意!"列别杰夫坚定地喊道,情不自禁地回头看了看重又向他围过来的那些人。

"你们在这里有何贵干啊?"公爵皱了皱眉头说。

他的头果真疼起来了,再加上他越来越相信列别杰夫是在欺骗他,而且巴不得能把正经事往后拖。

"是这么一回事。我是他的外甥,这一点他没有说谎,虽然他尽说谎话。我没有修完课程,但是我希望修完,而且坚持自己的想法,因为我是有个性的。但是为了生活,我暂时在铁路上谋到一个职位,每月有二十五卢布的薪水。此外,我承认他帮过我两三次忙。我曾有二十卢布,我把它输掉了。噢,您可相信,公爵,我居然那么卑鄙,那么下贱,竟把钱输掉了!"

"输给了那个坏蛋,那个不该给他钱的坏蛋!"列别杰夫喊道。

"是的,输给那个坏蛋了,但是钱还是应该给他。"那个年轻人继续说道,"说他是坏蛋,这我可以作证,但这不仅仅是因为他揍过你。公爵,他是个被淘汰的军官,一名退伍中尉,从前参加过罗戈任那一伙,现在教授拳术。罗戈任把他们赶走以后,他们现在只好流浪街头。最糟糕的是,我明明知道他是个坏蛋、恶棍、小偷,可我还是坐下来跟他赌钱,在赌到最后一个卢布的时候(我们赌"棍子"),我暗自想道:要是我输了,我就去哀求卢基扬舅舅,给他鞠躬,他不会拒绝的。这真下贱,真是太下贱了! 这是蓄意干出的卑鄙行为!"

"这真是蓄意干出的卑鄙行为!"列别杰夫重复道。

"哼,你别得意,再等一等,"外甥生气地喊道,"他还高兴呢。我到这里来找他,公爵,老老实实地说明了一切。我的行为光明磊落,我不原谅自己;我在他面前尽可能地把自己痛骂了一顿,这里的人都可以作证。为了在铁路上弄到这个职位,我必须换一套像样一点的衣服,因为我浑身全是破衣烂衫。您瞧这双靴子! 不然的话,我就没法去上班;要是我不能如期上班,别人就会顶替我的位置,那时我将再次流浪街头,不知何时才能找到另一个差事。现在我只向他借十五卢布，并且答应以后再也不向他借钱，此外还保证在三个月内把债全部还清，一戈比也不欠。我决不食言。我可以一连几个月靠面包和克瓦斯过活，因为我有个性。三个月我可以赚七十五卢布。加上我以前借他的钱，我共欠他三十五卢布，所以我还得起。他要几分利就给几分利，真是岂有此理！他难道还不了解我？公爵，您问他：以前他帮助我的时候，我还他钱没有？为什么他现在不愿借啦？他因为我付给中尉赌账而大动肝火；没有别的原因！您瞧，他就是这么一个人，——既不利己，也不利人！"

"他不肯走！"列别杰夫喊道，"躺在这里不肯走。"

"我对你说过了。你不给钱，我就不走。您干吗微笑，公爵？您大概认为是我不对吧？"

"我没有笑，不过据我看来，您的确有点不对。"公爵不乐意地答道。

"您不妨直截了当地说我根本不对，别拐弯抹角。什么叫作'有点'！"

"如果您愿意听，那我就说您根本不对。"

"如果我愿意听！真可笑！难道您以为我自己就不明白，这么办很容易被人误解，钱是他的，就应该由他作主，我这样做便成了强迫。但是公爵，您……不大了解生活。这种人不教训是不行的。他们需要教训。我的良心是纯洁的；凭良心说，我不会使他受到损失，我要连本带利还给他。他看见我低三下四，精神上也得到了满足。他还要什么呢？如果他不帮助别人，他还有什么用呢？得了吧，他自己在干什么呢？您问问他，他是怎样对待别人，怎样骗人的？他是凭着什么弄到这幢房子的？要是他过去没骗过您，也不想继续骗您，我情愿把脑袋砍掉！您在笑呢，您不相信吧？"

"我觉得，这一切跟您的事并没有多大关系。"公爵说。

"我已在这里躺了两天多，真是大开眼界！"年轻人没听公爵的话便喊叫起来，"您想想看，他竟会怀疑这个天使，这个姑娘，现在是个孤儿，我的表妹，他的亲女儿，他每天夜里到她屋里捉奸！他还偷偷到我这儿来，在我的沙发下面也到处搜查。他由于神经过敏都发疯了；他看见每个角落里都有小偷。一整夜他都不停地跳起来，一会儿看窗子关好没有，一会儿又推门试试，一会儿又朝火炉里瞧瞧，每夜总要折腾七八次。在法院里他替骗子辩护，可是自己一夜要起来祷告三四次，就跪在这间大厅里，叩起头来一叩就是半小时。一旦喝醉了酒，不论是谁他都为之祷告，不论对什么事他都放声恸哭。他还替杜·芭莉①伯爵夫人作安灵祷告呢，我是亲耳听见的，科利亚也听见了。他完全疯啦！"

"公爵，您看，您听，他是怎样辱骂我的！"列别杰夫喊道，他满脸通红，果真勃然大怒，"但是他不知道，虽说我也许是一个醉鬼和淫棍，强盗和恶徒，可我做过一件好事，那就是当这个好嘲笑人的家伙还是婴儿的时候，我曾把他裹进襁褓，在洗衣盆里给他洗过澡。我的姐姐阿尼西娅守寡以后一贫如洗，我也是一样的穷，可是我夜夜都坐在她那里，通宵不睡，侍候他们两个病人。我还到楼下看门人那里去偷木柴，唱歌给他听，用手指打榧子逗他玩，我饿着肚子，总算把他养大了，可

---

① 杜·芭莉(1743—1793)，法国伯爵夫人，路易十五的宠姬，根据革命法庭一七九三年十二月八日的判决被处死。

他现在竟嘲笑起我来！就算我有一次真的为了祝杜·芭莉伯爵夫人安息而在前额上画过十字，那又和你有什么相干？公爵，三天前我生平第一次在一部辞典里读到了她的传记。你可知道，她，杜·芭莉，是一个什么样的人吗？你说，你知道不知道？"

"哼，莫非只有你一个人知道？"年轻人嘲讽地、但又不大乐意地嘟囔道。

"她是这样一位伯爵夫人：虽然原先名声不好，后来却像皇后那样有权有势，有一位伟大的女皇，曾在一封亲笔信里称她为'我的堂妹'。有一位红衣主教，罗马教皇的使节，在朝服仪式（你可知道，什么叫做朝服仪式？）上自愿把一双丝袜穿在她的光脚上，还自以为很光荣哩。她就是这么一位崇高的、极其神圣的人物！你可知道这一点？我从你的脸色看出，你不知道！喂，她是怎么死的？你既然知道，就回答呀！"

"去你的吧！你烦死人了。"

"她在享尽了荣华富贵之后是这样死的：刽子手参孙无缘无故地把这位过去的统治者拖到断头台上，供巴黎那些女小贩取乐；她吓得都不明白自己究竟出了什么事。她看见刽子手揪住她的脖子就往大刀底下按，还对她拳打脚踢（观众哈哈大笑），她就喊道：'Encore, un moment, monsieur le bourreau, encore un moment!'意思是说：'再等一分钟，刽子手先生，再等一分钟！'也许就为了这一分钟，上帝会饶恕她，因为无法想象，一个人的心灵还能承受比这更可怕的米泽尔①。你可知道'米泽尔'这个词是什么意思？哦，我讲的这件事本

---

① 米泽尔，法文"苦难"的译音。

身就是米泽尔。我读到伯爵夫人呼喊'再等一分钟'的时候，心就好像被一把钳子给夹住了。我在临睡前作祷告时忽然想起为这位大罪人作安魂祈祷，又与你这蛆虫有什么相干？我之所以为她作安魂祈祷，也许是因为自从开天辟地以来，还没有一个人为她在前额上画过十字，甚至都没有人想到要这么做。倘若她的在天之灵知道世上居然还有一个和她同样的罪人为她祈祷，哪怕只祈祷了一次，她也会高兴的。你笑什么？你是个无神论者，所以你不相信。那你怎么会知道的呢？就算你偷听到了我的祷告，你也是撒谎。我并不是只替杜·芭莉伯爵夫人一个人祷告；我是这样哭诉的：'愿主让大罪人杜·芭莉伯爵夫人和一切同她相似的人的灵魂安息吧。'这完全是另一码事，因为这样的大罪人和命运无常的典型，以及那些如今正惶惶不可终日地在那里呻吟和期待的受苦人，比比皆是。当时我还为你，也为那些像你一样的无赖和恶霸祷告，既然你已费神偷听了我的祷告……"

"得了吧，够了，别说啦，你爱替谁祷告就替谁祷告好了，真见鬼，别喊叫啦！"外甥懊丧地打断了他的话，"他读了许多书，公爵，您不知道吗？"他尴尬地笑着补充道，"现在他老是阅读诸如此类的书籍和回忆录。"

"您的舅舅毕竟……不是一个冷酷无情的人啊。"公爵不乐意地说。他开始觉得这个年轻人非常讨厌。

"您这样夸他，会使他得意忘形的！您瞧，他立刻起了贪心，把手放在心口上，嘴也噘起来了。他也许并不是冷酷无情的，不过糟糕的是，他是个骗子。况且他还是个醉鬼，就像任何一个醉了好些年的人一样，浑身都松懈了，所以他从头到脚都嘎吱嘎吱地响。就算他爱孩子，也尊敬我去世的舅妈……"

他甚至也爱我,上帝作证,在遗嘱里,他还留给我一部分……"

"一点也不留给你!"列别杰夫冷酷无情地喊道。

"您听我说,列别杰夫,"公爵坚决地说,一面转过脸去不看那个年轻人,"我凭经验知道,您是一个能干的人,只要您愿意……我现在时间很少,假若您……请原谅,请问您的大名和父名是什么?我忘记了。"

"季——季——季莫费。"

"还有呢?"

"卢基扬诺维奇。"

室内的人又都笑起来了。

"撒谎!"外甥喊道,"他又撒谎了!公爵,他根本不叫季莫费·卢基扬诺维奇,而叫卢基扬·季莫费耶维奇!喂,你说,你为什么撒谎?你叫卢基扬也好,叫季莫费也好,对你来说岂不都是一样,这跟公爵有什么相干?请您相信,他撒谎的确只是由于养成了这种坏习惯罢了!"

"难道真是这样?"公爵不耐烦地问。

"的确叫卢基扬·季莫费耶维奇。"列别杰夫承认了,他觉得不好意思,便温顺地垂下了视线,又把一只手放在心口上。

"我的天,您为什么要这样呢!"

"因为我自卑。"列别杰夫喃喃地说,更加温顺地把头垂得更低了。

"唉,为什么要自卑呀!我只想知道,现在去什么地方能找到科利亚!"公爵说着就转身想走。

"我可以告诉您科利亚在什么地方。"年轻人又自告奋勇地说。

"不——不——不!"列别杰夫跳了起来,急得团团转。

"科利亚昨天在这里过夜,早晨一起来就找他的将军去了。公爵,天知道你为什么要把他从监狱里赎出来。将军昨天还答应到这里来过夜,但是他并未光临。他很可能是在'天平'旅馆里过了一夜,那儿离这里很近。所以科利亚若不是在那里,就是在帕夫洛夫斯克的叶潘钦家里。他身边有钱,昨天就想乘车前往。所以他不是在'天平',就是在帕夫洛夫斯克。"

"他在帕夫洛夫斯克,他在帕夫洛夫斯克!……咱们到这里来,到这里来,到花园里……喝一杯咖啡……"

列别杰夫拉住公爵一只手从室内出去,穿过小院,走进一扇便门。那里的确有一个很小也很可爱的小花园,因为气候良好,园中的树木都已披上了绿叶。列别杰夫请公爵坐在一条绿色的木制长凳上,面前是一张桌腿埋进地里的绿色的桌子,他自己也在公爵对面坐下。过了片刻,果真端来了咖啡。公爵没有谦让。列别杰夫依然奴颜婢膝地、贪婪地察看公爵的眼色。

"我都不知道您竟有这样的房产。"公爵说,但那神态却像完全在想别的事情似的。

"孤——孤儿们……"列别杰夫扭着身子刚要开口,但是立刻就住口了;公爵心不在焉地看着前面,不消说,他已把自己提出的问题给忘了。又过了片刻;列别杰夫在察言观色并等待时机。

"什么?"公爵仿佛醒了过来,说道:"啊,不错!列别杰夫,您自己也知道我们要办什么事:我是接到了您的信才赶来的。您说吧。"

列别杰夫觉得不好意思,本想说点什么,但只是结结巴巴地一句话也说不出来。公爵等候片刻,又凄然一笑。

"我觉得我很了解您,卢基扬·季莫费耶维奇,您大概没有料到我会来。您以为我决不会一接到您的通知,就从我那个穷乡僻壤跑来,您写信是为了问心无愧。但是我竟赶来了。噢,算了吧,您别骗人啦。别再侍候两个主子啦。罗戈任到此已三周了,我全知道。您已经像上次那样把她卖给他啦?您要说实话。"

"是那个恶棍自己打听出来的,自己打听出来的。"

"您别骂他;当然,他对您不好……"

"他打过我,他打过我!"列别杰夫无比激动地应声说道,"他在莫斯科纵狗咬我,从一条街的这头一直追到那头,那是一头母灵猩①,一条非常吓人的母狗。"

"您把我当成小孩啦,列别杰夫。您说,她在莫斯科当真把他甩啦?"

"当真,当真,又是在举行婚礼那天逃跑了。罗戈任已在计算还有几分钟就能把她弄到手,可她竟跑到彼得堡来,直接前来找我,说:'卢基扬,救救我吧,保护我吧,也公爵……'她怕您比怕他还怕得厉害,公爵,这真叫人捉摸不透!"

列别杰夫调皮地把一根手指戳在额上。

"您现在又把他们撮合在一起啦?"

"无比尊贵的公爵,我怎么能……我怎么能不让他们在一起呢?"

①　灵猩,一种跑得特别快的猎犬。

"哼,够啦,我自己什么都会弄清楚的。您只要告诉我,她现在在什么地方? 在他那里吗?"

"噢,不! 不——不! 她还是自由的。她说:'我是自由的。'您要知道,公爵,她顽强地坚持这一点。她说,'我还是完全自由的!'她还住在彼得堡岛我小姨子的家里,就像我给您的信上写的那样。"

"现在还在那儿吗?"

"是的,要是不在那儿,那就是因为天气好,到帕夫洛夫斯克去了,在达里娅·阿列克谢耶夫娜的别墅里。她说,'我是完全自由的。'昨天她还对尼古拉·阿尔达利翁诺维奇①大肆吹嘘一番自己的自由。不祥之兆啊,先生!"

列别杰夫咧着嘴大笑起来。

"科利亚常去她那里吗?"

"他为人冒失,叫人莫名其妙,嘴又不严。"

"您很久没到那里去啦?"

"每天去,每天去。"

"那么您昨天也去啦?"

"不——不;是大前天去的,先生。"

"可惜您喝了一点酒,列别杰夫! 不然的话我倒想问问您。"

"不——不——不! 我一点也没喝!"

列别杰夫盯着对方。

"您告诉我,您是怎么离开她的?"

"我离开她的时候,她在寻——寻找……"

---

① 尼古拉·阿尔达利翁诺维奇,科利亚的大名和父称。

"寻找?"

"她仿佛老在寻找什么,她仿佛丢失了什么。甚至一想
到结婚她就厌恶透了,她认为那是件令人难堪的事。在她的
心目中,他只不过是一块橙子皮。就是想到他,也是战战兢兢
地怕得要命。她甚至不准别人提到他的名字,除非迫不得已
决不和他见面……他也清楚地感觉到了这一点!但是没有办
法,先生!……她总不安心,爱嘲弄人,言行不一,脾气暴
躁……"

"言行不一,脾气暴躁?"

"是很暴躁;上次只为了一番话,她几乎揪我的头发。我
开始给她讲《启示录》①了。"

"你说什么?"公爵以为自己听错了,就再问了一句。

"讲《启示录》。她是个想象力丰富的女人,嘿嘿!我还
察觉,她很喜欢严肃的话题,哪怕是一些不相干的话题。她喜
欢这种话题,不但喜欢,甚至认为跟她谈论这种话题是特别尊
敬她的表现。是的,先生。我很会讲解《启示录》,已经讲解
了十四年。她赞成我的话,我说:我们现正处于第三匹马,也
就是黑马的时代,手持天平的骑士的时代,因为在这个时代,
一切都要用天平和合同来衡量;所有的人都只谋求自己的权
利;‘一个迪那里②买一俄斗小麦,一个迪那里买三俄斗大
麦’……与此同时,他们还想保持自由的精神、纯洁的心灵、
健康的体魄,以及上帝赐予的一切。但是,只靠权利是保持不
住的,随后就要来一匹灰色马和一个名叫‘死亡’的人,他的

---

① 《启示录》,《圣经·新约》中的一篇。
② 迪那里,古罗马的银币。

270

身后就是地狱……我们一见面就谈这些,这对她有很大影响。"

"您自己也信这些?"公爵用奇怪的眼神看了列别杰夫一眼,问道。

"我信,而且还加以解释。因为我穷,又是赤手空拳,是芸芸众生的一员。有谁尊敬列别杰夫?人人都挖空心思捉弄我,人人都想踢我一脚。但是在讲解《圣经》的时候,我等于是个大官。因为我精于此道!有一位大官坐在圈椅里揣摩《圣经》的真谛时……曾在我面前发抖。前年复活节之前,尼尔·阿列克谢耶维奇大人听说有我这么一个人(那时我还在他的司里供职),就特地派彼得·扎哈雷奇把我从值班室叫到他的办公室去,私下里问我:'你真是解释反基督者①的行家?'我没隐瞒,便说:'是的。'于是我就开始阐述和解释,我不但没有冲淡恐怖的气氛,而且打了一连串的比喻,故意把恐怖气氛渲染了一番,又列举了一些数字。他满面笑容,但是听我说到那些数字和类似之处的时候竟发起抖来,叫我把书合上并走开。他在复活节时给了我一笔奖赏,但是过了一周就见上帝去了。"

"真的吗,列别杰夫?"

"是真的。他午餐后从四轮马车上摔了下来……鬓角撞到路旁的一个石磴上,就像婴儿一样,就像婴儿一样,当场就咽了气,履历表上载明他七十三岁;他鹤发童颜,浑身洒满香水,总是面带笑容,总是面带笑容,就像一个婴儿。当时彼得·扎哈雷奇回忆起来,说道:'你预言过这件事。'"

<hr>

① 按照基督教的说法,在世界末日到来之前将出现反基督者。

公爵站了起来。列别杰夫对公爵的起立感到奇怪,甚至不知所措。

"您变得十分冷漠了,先生。嘿嘿!"他壮起胆子低声下气地说。

"我的确觉得不大舒服,脑袋沉甸甸的,大概是一路上太累了。"公爵皱起眉头答道。

"您最好到别墅去休息一下,先生。"列别杰夫怯生生地启发道。

公爵若有所思地站在那里。

"两三天以后,我自己也要带全家到别墅去,一来是为了这个刚出生的小家伙的健康,二来是想把这里的房屋大修一下。我们也要去帕夫洛夫斯克。"

"您也去帕夫洛夫斯克?"公爵蓦地问道,"怎么?这里的人全都要去帕夫洛夫斯克?您是说,您在那里也有一幢别墅?"

"不是全去帕夫洛夫斯克,先生。伊万·彼得罗维奇·普季岑把他廉价购买的别墅让了一幢给我。那边很好,地势高,绿树成荫,价钱又便宜,环境幽雅,乐声悠扬,所以大家都去帕夫洛夫斯克。不过我住在厢房里,至于那座别墅……"

"租出去啦?"

"不——不。不……不完全是这样,先生。"

"那就租给我吧。"公爵忽然提议道。

看来这正中列别杰夫下怀。三分钟以前,他脑子里闪过了这个念头。他本来并不需要房客;因为已经有一个要租别墅的人找过他,亲自对他说,也许要租他的别墅。列别杰夫确切地知道,这并不是什么"也许",而是肯定要租的。但是,他现在突然产生一个在他看来是十分有利的想法，就是趁先前那个承租人口气还不大肯定之机，把别墅转让给公爵。他蓦地想道："真是无巧不成书，来了个峰回路转。"他几乎是欣喜若狂地接受了公爵的建议，当公爵开门见山地询问房价的时候，他只是一个劲挥手。

"唉，随您的便；让我打听一下；您不会吃亏的。"

他俩已经动身离开花园。

"我可以告诉您……我可以告诉您……只要您愿意，最尊敬的公爵，我可以告诉您一件非常有趣的事，和那件事有关的事。"列别杰夫高兴得在公爵身边纠缠不休地嘟哝道。

公爵站住了。

"达里娅·阿列克谢耶夫娜在帕夫洛夫斯克也有一幢别墅，先生。"

"真的吗？"

"她有一个女朋友，看来那个女朋友在帕夫洛夫斯克打算常去拜访她。这是有目的的。"

"真的吗？"

"阿格拉娅·伊万诺夫娜……"

"啊，够了，列别杰夫！"公爵怀着一种不愉快的感觉打断了他的话，仿佛被人戳到了自己的痛处似的。"这一切……全不是那么回事。您最好告诉我，您什么时候动身？对我来说是越快越好，因为我住在旅店里……"

他们说着说着便走出了花园，没有回到室内就穿过小院子走到便门跟前。

"最好的办法，"列别杰夫终于想出一个主意，"就是您今天就直接从旅店里搬到我这儿来，后天我们一同去帕夫洛夫斯克。"

"让我想想。"公爵若有所思地说,随即走出大门而去。

列别杰夫瞧了瞧他的背影。公爵突如其来的心不在焉使他感到惊奇。他临走时甚至都忘了说"再见",连头也没有点一下,这同列别杰夫所熟悉的那个彬彬有礼、十分周到的公爵简直判若两人。

三

　　已经十一点多了。公爵知道,倘若他现在到城里叶潘钦家去,只能遇见公务缠身的将军一人,但也未必能遇见。他想,将军也许还会拉住他,立刻把他带往帕夫洛夫斯克,但他在此之前却很想先作一次访问。公爵宁可推迟去叶潘钦家的时间,宁可拖到第二天再去帕夫洛夫斯克,他决心先去寻找他急欲访问的那一家。

　　不过,从某个方面来说,这次访问对于他是有危险的。他感到为难,有点犹疑不决。他知道那幢房子在豌豆街,离花园街不远,便决定步行前往,希望在走到那里之前会作出最后决定。

　　走到豌豆街和花园街的交叉路口,他的心情异常激动,这使他自己也感到惊讶。他没有料到自己的心居然会跳得这么厉害。有一幢房屋,大概由于样子特别,老远就引起了他的注意。据公爵事后回忆,他当时曾对自己说道:"这肯定就是那幢房子。"他异常好奇地走上前去,想检验一下自己的猜测对不对;他感觉到,假如他猜到了,他不知为什么将特别懊丧。这幢房屋很大,阴森森的,共三层,谈不上是什么建筑式样,绿色的墙壁给人一种肮脏的感觉,在日新月异的彼得堡的这几条街上,至今还几乎原封不动地保留着若干建于上个世纪之末的这种房屋,不过已寥寥无几了。它们造得很结实,厚厚的墙,窗子很少。底层的窗上有的也装着栅栏。楼下一大半是个钱庄。开钱庄的那个阉割派①教徒租了楼上的房屋居住。这种房屋无论从外表来看还是从内部来看,都给人一种不大好客的、冷冰冰的感觉,仿佛包藏着隐私,至于为什么只看房屋的外貌就使人有这种感觉,那倒不容易说清楚。建筑艺术的线条配合自然有其奥秘。这些房屋里住的几乎全是商人。公爵走到大门口,看了看门牌,上面写着:"世袭荣誉公民罗戈任寓所"。

他不再迟疑,推开了玻璃门,那扇门在他身后关上时发出很大的响声。他顺着正面的楼梯走上二楼。石头楼梯黑黝黝的,修得很粗糙,两边的墙上涂着红漆。他知道,罗戈任和母亲与弟弟占了这幢沉闷的房屋的整个二楼。给公爵开门的仆人没去通报就领他往里走,而且走了很久。他们走过一间正厅,它的墙壁是"仿大理石"的,地板是用一块块橡木拼成的,二十年代的家具,又粗又重。他们走过一些很小的斗室,拐弯抹角,一会儿上两三级台阶,一会儿又下两三级台级,最后才去敲一扇门。门是帕尔芬·谢苗内奇亲自来开的。他一看见公爵,脸色立刻煞白,站在原地发呆,在一段时间里宛若一尊石雕,他瞪着一双呆滞而惊恐的眼睛,还把嘴一撇,露出一种惊诧莫名的微笑,仿佛认为公爵的来访是不可能的,几乎是不可思议的。公爵虽也料到会发生这种情况,但依然感到惊讶。

"帕尔芬,我也许来得不是时候,不过我可以走嘛。"他终于不好意思地说。

___

① 阉割派,十八世纪俄国的一个教派,认为生育是一种罪恶,应该阉割。

"正是时候！正是时候！"帕尔芬终于清醒过来，"欢迎，请进吧！"

他们彼此以你相称地攀谈起来。他们在莫斯科时经常见面长谈。在他们的会见中，甚至有些时刻在彼此的心中都留下了十分难忘的印象。现在他们已有三个多月没见面了。

罗戈任的脸色还是苍白的，仿佛还有轻微的痉挛不时从他脸上一掠而过。他虽然把客人请了进来，但仍非常局促不安。当他把公爵带到几把圈椅跟前请他在桌旁坐下的时候，公爵偶然朝他回过头去，看到他那非常奇怪而痛苦的眼神，不由得站住了。公爵想起了不久前的一桩令人苦恼的、极不愉快的往事。他没有坐下，却呆呆地站在那里，直勾勾地把罗戈任的眼睛看了半晌。在最初的一瞬间，这双眼睛闪现的光辉仿佛更加强烈了。罗戈任终于笑了一下，但是有点不好意思，仿佛六神无主了。

"你干吗这么死盯着我?"他嘟哝道，"请坐呀!"

公爵坐下了。

"帕尔芬，"他说，"你老实地告诉我，你知道我今天要到彼得堡来吗?"

"我想到你会来，你瞧，我没猜错，"罗戈任刻薄地笑了笑补充道，"但是我哪能知道你今天会来呢?"

在这回答中提出的反问里，有一种突如其来的冲动和奇怪的怒气，这使公爵更为惊奇了。

"就算你也知道我今天会来，又何必这么生气呢?"公爵不好意思地轻声说。

"你问这个干吗?"

"前不久我下火车的时候，看到一双眼睛，跟你方才从背后看我的那副眼神一模一样。"

"原来如此!那究竟是谁的眼睛呢?"罗戈任神态可疑地喃喃道。公爵觉得他打了个寒噤。

"我不知道;那是在人群里,我甚至以为那是我的错觉;我开始产生错觉啦。帕尔芬老兄,我觉得自己现在几乎就像五年前经常发病时那样。"

"也许是你产生了错觉;我不知道……"帕尔芬喃喃地说。

他脸上流露的那种温和的微笑,此刻跟他并不相称,仿佛在这个微笑中有什么东西损坏了,不论帕尔芬怎么努力,也不能使它恢复原状。

"怎么,你又要到外国去?"他问,蓦地又补充道:"你可记得去年秋天,我们同乘火车从普斯科夫出发,我到这里来,而你……穿着斗篷,你记得吧,还有鞋罩?"

罗戈任突然笑了,这一次他流露出一种不加掩饰的气愤,仿佛还因为他总算表达出了这种气愤而感到高兴。

"你到这里来定居啦?"公爵打量着书房问道。

"是的,我住在自己家里,不然叫我到哪里去住呢?"

"我们很久没见面了。我听到许多关于你的事情,那些事情简直不像是你做的。"

"管他们说什么呢。"罗戈任冷冷地说。

"不过你把那一伙人全解散了;自己待在老家里,不再胡闹了。这倒很好。这房子是你自己的,还是你们大家的?"

"是我妈妈的房子。穿过走廊,就是她的房间。"

"令兄住在哪里?"

"我哥哥谢苗·谢苗内奇住在厢房里。"

"他有家眷吗?"

"他的妻子死了。你问这些干吗?"

公爵瞧了他一眼,没有回答;他突然沉思起来,仿佛没有听见对方的问话似的。罗戈任并不追问,只是等待着。双方沉默了半晌。

"我方才来的时候,在百步之外就猜到这是你的房子。"公爵说。

"为什么呢?"

"我完全不知道。你的房子具有你们全家和你们整个罗戈任生活方式的外貌。你要问我为什么这样下结论,我却说不出一点道理。这当然是胡扯。我甚至担心,这会使我很不安。我以前没有料到你会住在这种房子里,现在一看到,立刻就想:'这正是他应该有的那种房子!'"

"你瞧!"罗戈任含含糊糊地笑了一下,他没有完全明白公爵模糊不清的想法,"这所房子还是我爷爷造的,"他说道,"原先老是租给姓赫卢佳科夫的那些阉割派教徒,现在他们还租我家的房子。"

"太暗了。你待在黑暗中。"公爵打量着书房说。

那个房间很大,很高,可是有点阴暗,堆满各种家具,多半是些大办公桌、写字台、书橱,橱里存放着营业账目和一些纸张。一张精制山羊皮做的、宽阔的红色沙发,显然是罗戈任的卧榻。公爵注意到,在罗戈任请他在其一旁坐下的那张桌子上有两三本书;其中一本是索罗维约夫的《历史》①,书已打

①　索罗维约夫(1820—1879),俄国历史学家,莫斯科大学教授。这里指他的著作《俄国史》。

开,还夹着一张书签。墙上挂着几幅油画,油画都装在已失去光泽的镀金框子里。画面已被熏黑,很难辨别画的是什么。一幅全身的画像引起了公爵的注意:那是个五十岁上下的男人,穿着德国式的常礼服,但衣襟很长,脖子上挂着两枚奖章,花白的胡须又稀又短,黄脸上满是皱纹,眼中流露出多疑、深沉而悲痛的神色。

"这不是令尊吗?"公爵问。

"就是他。"罗戈任不愉快地笑着答道,仿佛准备立刻就放肆地对他的亡父开个玩笑似的。

"他不是旧教徒吧?"

"不,他常去教堂。不过他曾说旧教比较正确。他也很尊重阉割派教徒。这是他过去的书房。你为什么要问他是不是旧教徒?"

"你要在这里举行婚礼吗?"

"是的。"罗戈任答道,他听到这个意外的问题几乎打了个寒噤。

"很快了吧?"

"你自己知道,这事能由我作主吗?"

"帕尔芬,我不是你的对头,也根本不打算妨碍你。早先有一次,几乎也是在这样的时刻,我曾对你这样说过,现在我再重复一遍。你在莫斯科筹办婚事的时候,我没有妨碍过你,这你是知道的。第一次,几乎就在举行婚礼的时候,她自己跑到我那里,求我把她从你手里'救出来'。我这是对你重复一遍她的原话。后来她从我那里逃走了;你又找到她,拉她去结婚,听说她又从你那儿逃到这儿来了。是这样吧?是列别杰夫告诉我的,所以我就来了。不过,关于你们俩在这里又和好了的事,我是昨天在火车上才听一个人说的,如果你愿意知道,我可以告诉你,那人就是你过去的一个朋友扎廖热夫。我到这里来是有目的的:我想劝她出国去疗养,她身心都很不正常,脑疾尤为严重,据我看,需要精心护理。我并不想陪她出国,而是要在我不去的情况下替她安排好这一切。我对你说的是真情实话。如果你们确已和好如初,那我就不让她见到我,往后也不再来找你了。你自己也知道,我不是骗你,因为我对你一向开诚布公。我从未向你隐瞒过我对此事的想法,总是说:她如果嫁给你,肯定会毁掉。你也会同归于尽……也许比她还糟。倘若你们又分开了,那我会十分满意;但是,我自己并不想妨碍你们、拆散你们。请你放心,别怀疑我。你自己也知道:我何曾做过你真正的情敌,即使在她逃到我那里去的时候也不例外。你现在笑了;我知道你笑什么。是的,那时我们是分开住的,而且是分居在两个不同的城市里,你肯定也知道这一切。我以前也对你说过,我爱她并非'出于爱情,而是出于怜悯'。我认为,我这话说得很确切。你当时曾说,你明白我这番话的意思。是吗?你明白吗?瞧你这副满腔憎恨瞧着我的样子!我跑来安慰你,是因为我对你也很有好感。我很喜欢你,帕尔芬。现在我要走了,而且再也不来了。再见。"

公爵站了起来。

"再陪我坐一会儿,"帕尔芬小声说,他坐在原处未动,用右手托着垂下的脑袋,"我很久没见你了。"

公爵坐了下来。两人又沉默不语。

"列夫·尼古拉耶维奇,只要你不在我眼前,我就立刻恨起你来。在我没见到你的这三个月内,我每分钟都在恨你,这是实话。我恨不得抓住你把你毒死！就是这样。现在,你和我坐在一起还不到一刻钟,我的怒火就已全消,我又觉得你跟先前一样可爱了。你陪我坐一会儿吧……"

"我和你在一起的时候,你相信我;我不在的时候,你立刻就不再相信我,又怀疑起我来。你真像令尊啊!"公爵答道,他很友好地莞尔一笑,竭力掩饰自己的感情。

"我和你坐在一起的时候,我相信你的声音。我也明白,我不能和你相比……"

"你干吗补充这么一句?你又动肝火了。"公爵说,他对罗戈任感到惊讶。

"老弟,这种事是没有人来征求我们的意见的,"罗戈任答道,"不跟我们商量就决定了。你瞧,我们就连恋爱的方式也不相同,在一切方面都有区别,"他沉默片刻,又轻声地继续说道,"你说,你爱她是出于怜悯。我对她可没有一点这种怜悯之心。她对我也是恨之入骨。我现在每天夜里都梦见她,梦见她老是和别的男人一起嘲笑我。老弟,她就是这么干的。她跟我一起去参加婚礼,可是心里根本就没有想到我,就像她在换一只鞋似的。你要相信,我已有五天没有看见她了,因为我不敢去找她;她会问我:'你为何光临?'她侮辱我还嫌不够……"

"她怎么会侮辱你呢?你怎么啦?"

"你还装着不知道呢!你方才不是说过,她在'举行婚礼'的时候和你一起从我那里逃跑了吗?"

"不过你自己都不相信……"

"她在莫斯科的时候,不是和那个军官泽姆秋日尼科夫一起侮辱过我吗?我的确知道她侮辱过我,而且是在她自己确定了婚期之后。"

"这不可能!"公爵喊道。

"我确实知道,"罗戈任深信不疑地确认道,"你说她不是这样的女人? 老弟,别说她不是这样的女人啦。这不过是胡扯。跟你在一起的时候她不会是这样的女人,兴许还非常怕干这种事情,可是跟我在一起的时候,她就是这样的女人。确是如此。她把我当作最无用的废物。我确实知道,她跟那个斗拳的军官凯勒鬼混,不过是为了要笑我……你还不知道她在莫斯科对我玩了多少花招! 至于金钱,我不知浪费了多少金钱……"

"既然如此……你现在怎么还要娶她! ……你以后怎么办呢?"公爵很害怕地问道。

罗戈任用痛苦而可怕的眼神看了公爵一眼,什么也没有回答。

"我现在已有五天没有到她那里去了,"他沉默片刻又继续说道,"我老是怕她会撵我。她说:'我还是自己的主人;只要我愿意,就可以把你赶走,自己到国外去。'她已经对我说过要出国去。"他仿佛是顺便说了这么一句,还有点异样地瞧了瞧公爵的眼睛。"不错,有的时候她只是吓唬我,不知为什么,她老是嘲笑我。但是也有一些时候,她当真愁眉苦脸,一句话也不说;我就是怕这个。几天以前我曾想,我不能空着双手去见她,——但这样只是引她发笑,以后她竟生起气来了。她把我给她的一条披巾送给了女仆卡季卡,即使她以前过惯了奢侈生活,恐怕也没见过那样的披巾。至于我们何时结婚,那可根本没法说。既然我简直都怕去看她,我还算得上什么未婚夫呢? 当我坐在家里实在忍不住的时候,我便偷偷地跑到她住的那幢房屋附近的街道上徘徊，或是躲在拐角里。几天前我曾在她的大门旁几乎一直守到天亮——当时我产生了一种幻觉。而她也许是无意中从窗口发现了我，便说：'要是你发现我骗了你，你会把我怎么样？'我忍不住就说：'你自己知道。'"

"她知道什么？"

"我怎么知道！"罗戈任恶狠狠地笑了起来，"在莫斯科，我虽然侦查了很久，也没有发现她跟任何男人有什么勾搭。那个时候，有一天我拉住她说：'你已答应跟我结婚，嫁到一个诚实的人家去，但是你可知道你现在是一个什么样的女人？'我说，'你就是那种女人！'"

"你对她说啦？"

"说了。"

"她怎么样？"

"她说：'我现在兴许都不愿收你做仆人，更不用说做你的妻子了。'我说：'那我就不走了，反正一样！'她说：'我立刻去把凯勒叫来，让他把你扔到大门外去。'我向她扑去，把她打得鼻青脸肿。"

"这不可能！"公爵喊道。

"我告诉你，是这么回事，"罗戈任小声地证实道，但两眼闪闪发光，"我整整三十六个钟头没有睡觉，不吃不喝，不离开她的房间。我跪在她面前说：'你不饶恕我，我就死也不走。你要是叫人把我撵走，我就投水自尽；因为现在要是没有你，叫我怎么办呢？'那一整天她都像疯子似的，一会儿哭，一会儿要用刀子杀死我，一会儿又骂我。她把扎廖热夫、凯勒、泽姆秋日尼科夫等人全都叫来，当着他们的面指着我的鼻子侮辱我。'诸位,咱们今天一齐去看戏,要是他不愿出去,就让他坐在这里,我不能被他给拴住。帕尔芬·谢苗内奇,我不在家,也会有人给您端茶的,您今天大概饿了。'她独自从戏院里回来时又说:'他们全是胆小鬼和贱骨头,都怕你,还吓唬我说:罗戈任不会走的,他也许会宰了你。可是我现在走进卧室,连门也不关;我就是这样怕你的!我要叫你知道这一点,看到这一点!你喝过茶啦?'我说:'没有,我不想喝。'她说:'我对你已仁至义尽,不过这对你很不合适。'她说到做到,果然不关房门。第二天早晨,她走出来笑着说:'你发疯了吗?你这样岂不会饿死?'我说:'你饶了我吧!'她说:'我已经说过,我不想饶恕你,也不嫁给你。难道你通宵都坐在这把圈椅上没有睡觉?'我说:'我没有睡觉。'她说:'你可真聪明!你现在还是不想喝茶和用餐吧?'我说:'我说过了,我不吃不喝。你饶了我吧!'她说:'你要知道,这对你不合适,就像给母牛配马鞍。你这不是想吓唬我吗?你饿着肚子坐下去对我又有什么坏处呢?你以为会吓住我吗!'她生气了,但是过了不久,就又嘲弄起我来了。我感到奇怪的是,她怎么连一点怒气都没有了呢?她可是好记仇的,她对别人总是长久怀恨在心!当时我想,她一定认为我渺小得简直不值得一恨。确是如此。有一次,她说:'你知道罗马教皇是什么吗?'我说:'我听说过。'她说:'帕尔芬·谢苗内奇,你根本就没学过世界史!'我说:'我什么也没学过。'她说:'那么咱们就读一读吧:从前有个教皇,他生一个皇帝的气,皇帝在他那里三天不吃不喝,赤着脚跪在教皇的宫殿前面等候教皇饶恕。在你看来,那个皇帝在跪着的三天里想过些什么?发过什么样的誓?……等一等,让我亲自给你读这段故事!'她跳起来,取来一本书,说道:'这是诗,'于是就开始对我朗诵诗句,诗中说这个皇帝在这三天里如何发誓要对那个教皇报仇。她说:'你难道不喜欢这个,帕尔芬·谢苗诺维奇?'我说:'你读的这一切都没错。'她说:'啊,你自己也说这没错,这就是说,你也许会发这样的誓:一旦她嫁给了我,我就要让她回忆起这一切,我就要肆意嘲弄她!'我说:'我不知道,也许我会这样想。'她说:'你怎么会不知道?'我说:'我真是不知道,我现在想的不是这一点。'她说:'那么你现在想的是什么呢?'我说:'只要你站起来,从我身边走过,我就瞧着你,监视着你;只要你的衣衫沙沙一响,我的心就往下一沉;只要你从室内出去,我就回忆你说过的每一句话,回忆你曾用什么嗓音说了些什么。昨夜我通宵什么都没想,一直在倾听你在睡梦中怎样呼吸,怎样动弹了两次……'她笑了起来,说道:'你也许连打过我的事也不想了,也不记得了吧?'我说:'我也许想的,我不知道。'她说:'要是我既不饶恕你,也不嫁给你呢?'我说:'我说过,我要投水自尽。'她说:'也许在这之前你要杀了我吧……'她说着就沉思起来。后来她一气之下就走了。过了一小时,她闷闷不乐地来见我,说道:'帕尔芬·谢苗诺维奇,我要嫁给你,但并不是因为我怕你,而是因为反正是死路一条。还能有什么更好的结局呢?'她又说:'你坐下吧,马上就会让你进餐。'她还加了一句:'我既然要嫁给你,就会做你忠实的妻子,对此你不必怀疑,大可放心。'她沉默了片刻又说:'你毕竟不是奴才,早先我认为你完全是个奴才。'她还定下了结婚的日期。可是过了一周,她又离开我跑到这儿找列别杰夫来了。我来后,她就说:'我并没有完全拒绝你;我不过还想等一等,爱等多久便等多久,因为我还是自己的主人。你愿意的话,你也等等吧。'我们现在就是这样……你对这一切有什么想法,列夫·尼古拉耶维奇?"

"你自己有什么想法?"公爵忧郁地瞧着罗戈任反问道。

"我还能有什么想法呢!"罗戈任脱口而出。他本想再说几句,但是无穷的烦恼使他沉默下来。

公爵站起来,又想离开。

"我反正不会妨碍你的。"他几乎是若有所思地轻声说,仿佛在回答深藏在自己内心的什么想法似的。

"你可知道,我有话要对你说!"罗戈任蓦地振作起来,他的眼睛闪闪发光,"我不明白,你怎么会对我这样让步呢? 是不是根本不爱她了? 我曾看出,你以前毕竟苦恼过一阵。既然如此,你现在又为什么拼命跑到这里来呢? 由于怜悯?(他扮了一个狞笑的鬼脸。)嘿嘿!"

"你以为我在骗你吗?"公爵问。

"不,我相信你,只是对这一点我觉得莫名其妙。最可信的是:你的怜悯兴许比我的爱情还深呢!"

他脸上流露出一种心怀怨恨和急欲说出自己看法的神情。

"唉,你的爱和恨是分不开的,"公爵莞尔一笑,"爱情一旦消失,也许会更加糟糕。帕尔芬老兄,这就是我要告诉你的……"

"我会杀她吗?"

公爵打了个寒噤。

"为了现在这样的爱情,为了你现在所受的这一切痛苦,你会对她恨之入骨。对我来说,最奇怪的是:她怎么能再次同意嫁给你呢? 我昨天听到这一点就不大相信,而且感到非常难过。她已甩掉你两次,而且是在举行婚礼的时候逃走的,可见她有一种预感!……她现在还需要你的什么呢?难道是你的金钱?这是胡扯。你的钱恐怕也花得差不多了。难道她只是为了找一个丈夫?除你以外她也能找别人。任何一个男人都比你强,因为你也许真会杀她,现在她也许已经十分明白这一点了。也许因为你爱她爱得太深?不错,也许就为了这个……我听说有些人专门寻找这种爱情……只不过……"

公爵住口了,便沉思起来。

"你怎么又朝我父亲的肖像发笑?"罗戈任问,他一直非常专心地在观察公爵脸上的一切变化、一切转瞬即逝的表情。

"你问我笑什么吗?我方才想到,假若你没有碰到这件倒霉的事,假若你没有产生这种爱情,你也许会成为一个和令尊一模一样的人,而且用不了多长的时间。你也许会独自和温顺寡言的妻子默默地住在这幢房屋内,你不常说话,但说起话来就很严厉;你不相信任何人,而且根本不需要相信人,只是默默地、愁眉苦脸地攒钱。你至多也不过赞美几句古书,对用两根手指画十字①发生兴趣,而这也只是在你年老的时候……"

"你尽管嘲笑吧。不久以前,她也看到了这幅肖像,当时她说的那番话跟你说的一模一样!你们现在怎么一言一行都这么一致,真奇怪……"

"莫非她已经到你这里来过?"公爵好奇地问。

"来过。她把这幅肖像看了很久,并且详细打听了先父的情况。'你也会变得和他一样,'她总算对我笑了笑,'帕尔

---

① 俄国东正教的旧派教徒使用右手的食指与中指画十字。

芬·谢苗内奇,你的情欲太强烈,倘若你没有头脑,这种强烈的情欲就会送你去西伯利亚服苦役。不过你倒是很有头脑的。'(她就是这样说的,你信不信? 我头一次听到她说这样的话!)她说,'你不如赶快抛弃现在这一套花花公子的习气!因为你是一个毫无教养的人,你会开始攒钱,跟令尊一样和那些阉割派教徒一起住在这幢房子里,也许到头来会改信他们的教,你还会狂热地爱上自己的钱财,结果不是只攒二百万,兴许还能攒一千万,甚至会饿死在自己的钱袋上,因为你对一切都贪得无厌,恨不得把一切都据为己有。'她就是这么说的,这几乎和她的原话一字不差。在这以前,她从来没有对我这么说过! 她尽和我说些废话,要不就嘲笑我;就是那一回,她起初也是嬉皮笑脸的,后来却变得那么闷闷不乐。她把整个这幢房子都走遍了,到处查看,仿佛害怕什么似的。我说:'我要把这一切都变更一下,装修一下,或者在我们结婚之前另买一幢房子。'她说:'不用,不用,这里什么也不必变更,我们就这样生活下去好了。我嫁给你以后,要和你妈妈住在一起。'我把她领到妈妈那里,——她很尊敬我妈妈,就像是我妈的亲生女儿一样。我妈妈已有两年神志不大清楚(她有病),自从我父亲死去以后,她完全变成婴儿了,不能说话,不能走路,老是坐在那里,不论看到谁就点头。要是不给她东西吃,她三天也想不起要吃东西。我抓住妈妈的右手,叠起她的手指,说道:'妈妈,请您祝福吧,她就要和我结婚啦。'她很热情地吻了吻妈妈的手,说道:'你的母亲一定受了很多苦。'她一看见我这本书,就说:'你开始读《俄国史》啦?'(在莫斯科时,她有一次对我说:"你最好自修一下,至少要读一读索罗维约夫的《俄国史》,因为你什么也不知道。")她又说:'这很好,你就这么办,读下去吧。我亲自给你开一张书目,告诉你应该先读哪一些书;你愿意吗?'她以前从来没有,从来没有这样对我说话,甚至都使我感到惊讶。我第一次像活人那样松了一口气。"

"我很喜欢这样,帕尔芬,"公爵很真诚地说,"我很高兴。谁知道呢,也许上帝会把你们弄到一起的。"

"永远办不到!"罗戈任激烈地喊道。

"你听呀,帕尔芬,既然你这么爱她,难道你不想赢得她的尊敬吗?如果你想这样,难道你不抱着希望?我方才说过,我弄不明白的是她为什么要嫁给你?但是,尽管我弄不清楚,但我依然确信,其中必有充分而又合理的缘由。她相信你的爱情,但也一定相信你的某些优点。否则她决不会这样!你方才说的话就证明了这一点。你自己对我说,她认为现在可以用和以前完全不同的口吻来对你说话了。你生性多疑,又好嫉妒,所以对于你碰到的一切坏事都要加以夸大。当然,她并不认为你就像你所说的那样坏。不然的话,她嫁给你就等于存心投水自尽或引颈就戮。难道会这样?谁会存心投水自尽或引颈就戮呢?"

帕尔芬苦笑着倾听公爵这一番热情的话。他的信念看来已不可动摇。

"你现在怎么这样可怕地看着我呀,帕尔芬!"公爵怀着沉痛的心情脱口而出。

"投水自尽或者引颈就戮!"罗戈任终于说道,"哼!她所以要嫁给我,正是因为她断定我会杀她!公爵,难道你直到如今果真还不明白问题的关键吗?"

"我不明白你的话。"

"也许你真不明白，哈哈！人家说你有点……那个。你要明白，她爱的是另一个人！她现在爱另一个人的程度，就跟我爱她的程度一样。你可知道这另一个人是谁吗？就是你！怎么，你不知道？"

"是我！"

"就是你。她从过生日的那一天起就爱上了你。不过，她认为她不可能嫁给你，因为这会使你蒙受耻辱，葬送你的一生。她说：'谁都知道我是个什么样的女人。'她至今还这么肯定地说。这些话都是她当着我的面说的。她怕毁了你，怕你蒙受耻辱，可是嫁给我却没什么关系，——她就是这么看待我的！这一点也请你注意！"

"可她怎么会从你那里逃到我那里，又……从我那里逃到……"

"又从你那里逃到我这里！哼！她经常心血来潮！她现在就像浑身发烧似的。有一次她对我喊道：'我嫁给你简直是投水自尽！赶快结婚吧！'她主动催我，还定了日子，可是等日子快到了，她又害怕起来，再不就是产生别的念头——天知道是怎么回事，你自己也看见：她一会儿哭，一会儿笑，像得了寒热病似的直发抖。她从你那里逃走，又有什么奇怪呢？她当时从你那儿跑掉，是因为她自己明白她是多么热烈地爱着你。她觉得不能再和你住在一起了。你方才说，我那时在莫斯科找到了她；这话不对，因为她是自己从你那里跑来找我的，她说：'你定日子吧，我准备好了！拿香槟酒来！我们到吉卜赛女人那里去玩吧！'她就这样叫嚷着！……要是没有我，她早就投水自尽了；这是实话。她所以没有投河，也许是因为我比河水还可怕。她要嫁给我也是出于怨恨……即使她将来嫁给我，我可以肯定地说，那也是出于怨恨才嫁的。"

"但是你怎么能……你怎么能这样！……"公爵喊了起来，但没有把话说完。他胆战心惊地瞧着罗戈任。

"你干吗不说完呢？"罗戈任龇牙咧嘴地补充道，"你可想让我说出你此时此刻的心情？你在这么想：'唉，她现在怎么还能嫁给他？我怎么能让她这样做？'我知道你想的是什么……"

"我不是为此而来的，帕尔芬；我对你说，我根本就没有这种想法……"

"也许你不是为此而来的，也没有这种想法，不过现在你肯定是为此而来的了，嘿嘿！哦，算了吧！你干吗这样心烦意乱呢？难道你过去果真不知道这件事？你真叫我觉得奇怪！"

"这全是嫉妒，帕尔芬，这全是病态，你过于夸大了这一切……"公爵特别激动地喃喃道，"你这是干吗？"

"你放下吧。"罗戈任说着就急忙把公爵从桌上那本书旁取来的小刀夺了过去，放回原来的地方。

"我到彼得堡来的时候，仿佛已经知道，仿佛已经预感到……"公爵继续说道，"我本来不想到这儿来！我本来想忘掉这儿的一切，从心里连根拔掉！好啦，再见吧……你这是干吗？"

公爵说话时又心不在焉地从桌上拿起那把小刀，罗戈任又再次从他的手里夺回小刀并扔到桌上。这是一把式样极为普通的小刀，鹿角把，不能折叠，刀刃长三俄寸半，宽度与长度相应。

罗戈任看到公爵特别注意这把刀子已被人从他手中夺走

两次,便气急败坏地抓起刀子夹进书内,把书扔到另一张桌子上。

"你是用它来裁书的吧?"公爵问,但是有点心不在焉,仿佛陷入深思之中仍不能自拔似的。

"是裁书的……"

"可这不是修枝刀吗?"

"是修枝刀。难道修枝刀就不能裁书?"

"不过……它是崭新的。"

"新的又有什么? 难道我现在不能买新刀子?"罗戈任越说越激动,终于疯狂地喊叫起来。

公爵打了个寒噤,定睛瞧了瞧罗戈任。

"唉,我们是怎么啦!"他完全清醒过来,蓦地笑了,"老兄,请原谅我,当我的脑袋像现在这样沉重的时候,加上这个病……我会完完全全变成一副心不在焉的可笑样子。我根本不想问你这件事……我不记得想问什么了。再见……"

"不是从这儿走。"罗戈任说。

"我忘了!"

"走这儿,走这儿,来吧,我给你带路。"

四

　　他们穿过公爵来时已经走过的那些房间。罗戈任走在前面，公爵紧跟在他后头。他们走进了大厅。大厅的墙上挂着几幅画，全是主教的肖像和什么也辨认不出的风景画。通第二个房间的门上挂着一幅画，这幅画的样子相当奇怪，宽约两俄尺半，高度却决不会超过六俄寸。上面画着刚从十字架上解下来的救世主。公爵瞥了它一眼，仿佛在回忆什么往事似的，不过他没有止步，而是想走到门外去。他感到很难受，想赶快离开这幢房子。不料罗戈任蓦地在那幅画的前面站住了。

　　"这里所有的画，"他说，"都是先父在拍卖时只花了一两个卢布买来的，他喜欢这些画。有一位内行把这里的画全都看了一遍；他说全是不值钱的货色，只有那幅画很有价值，就是挂在门上的那幅，也是花两卢布买来的。父亲在世的时候就有人肯出三百五十卢布购买这幅画，可是商人萨韦利耶夫，也就是伊万·德米特里奇，他很喜欢画，竟出价四百卢布，上周又对我哥哥谢苗·谢苗内奇说，可以加到五百卢布。我把它留下了。"

　　"这是……汉斯·贺尔拜因一幅画①的摹本，"公爵仔细

────

① 指德国宗教改革运动时期画家汉斯·贺尔拜因（1497—1543）的作品《棺中的耶稣》。

看了看这幅画以后说道,"我虽然不是多么了不起的行家,但是我觉得这是一幅出色的摹本。我在国外见过这幅画,难以忘怀。但是……你怎么啦……"

罗戈任突然离开了这幅画,顺着旧路向前走去。当然,罗戈任这种突如其来的冲动,可能是由于他精神恍惚,心里突然产生一种特别的、奇怪的烦躁情绪。但是,公爵依然觉得有点奇怪:这次谈话并不是他开的头,却这样突然中断了,而且罗戈任甚至都没有回答他的问题。

"列夫·尼古拉耶维奇,我早就想问你,你信不信上帝?"罗戈任走了几步,忽然又说起来了。

"你问得有多么古怪……你的眼神也很古怪!"公爵不禁说道。

"我爱看这幅画。"罗戈任沉默了片刻,又喃喃地说,仿佛又忘记了自己提出的问题。

"看这幅画!"公爵心血来潮,蓦地喊道,"看这幅画!有的人看了这幅画会丧失信仰!"

"本来就在丧失。"罗戈任突然出人意料地赞同道。他们已经走到临街的大门口了。

"怎么?"公爵蓦地站住,"你是怎么啦!我几乎是开玩笑,而你却这么认真!你干吗问我信不信上帝?"

"没有什么,随便问问。我以前就想问你。现在有许多人不信上帝。有一个人喝醉了酒曾对我说,在我们俄国,不信上帝的人要比别的任何国家都多。你在国外住过,你说他的话对吗?他说:'我们在这方面要比他们轻松一些,因为我们已经走在他们前面了。'……"

罗戈任挖苦地笑笑。他提出了自己的问题以后,突然打开门,抓住门锁的把手,等候公爵出去。公爵感到奇怪,但还是出去了。罗戈任跟随他走到楼梯口,关好了门。两人面对面站着,仿佛都忘了自己来到何处,不知现在该怎么办。

"再见吧。"公爵伸出手去说。

"再见。"罗戈任说着便紧紧地、但完全是不自觉地握住伸向他的那只手。

公爵走下一级台阶,转过身来。

"关于信仰嘛,"他微笑了一下开始说道(他大概是不愿意就这样离开罗戈任),此外,他又突然回忆起一件往事,因而兴奋起来,"关于信仰,我在上周的两天内曾有四次不同的遭遇。一天早晨,我乘火车在一条新铁路上旅行,跟一位 C 先生①在车厢里谈了大约四个小时,立刻就和他熟识了。我以前就常听别人谈到他,还说他是个无神论者。他的确是一个很有学问的人,我能和一个真正的学者交谈,觉得很高兴。此外,他是一个极有修养的人,所以在跟我谈话时,完全像是对一个跟他具有同样的学识和理解能力的人在谈话似的。他不信上帝。只有一件事使我惊讶:他仿佛自始至终都根本不是谈的这个问题。我之所以感到惊讶,正是因为不论我以前遇到过多少不信上帝的人,也不论我读过多少这一类的书,我总是觉得他们嘴里说的也好,书上写的也好,似乎完全不谈这个问题,虽说从表面上来看倒也是在谈这个问题。我当时就向他说明了这个意思,不过想必是说得不够清楚,或者是我不善于表达自己的意思,因为他一点也不明白……晚上,我在一

① 可能是指陀思妥耶夫斯基青年时代的密友之一、彼得拉舍夫斯基小组成员斯佩什涅夫(1821—1882),他的观点具有鲜明的唯物主义和无神论性质。

个县城的旅店里过夜。碰巧在头一天夜里，旅店内发生了一桩凶杀案，所以我到了那里的时候，大家都在议论此事。有两个农民，都上了岁数，并没有喝醉酒，彼此早就认识，是老朋友，他们喝完了茶，想一起睡在一个小屋里。但是近两天来，一个农民看见另一个农民有一块银表，系在一条用黄玻璃珠串起来的表链上。看来他以前没看见他的朋友有这块表。这个农民并不是小偷，甚至还很诚实，从农民的生活水平来看一点也不穷。但是，这块表太中他的意了，对他的诱惑力太大了，他终于憋不住拿起一把刀子，当朋友转过身去的时候，他蹑手蹑脚地从后面走上去，瞄准了目标，就举目朝天画了个十字，还暗自痛苦地祈祷说：'主啊，看在基督的面上饶了我吧！'然后就像宰一头绵羊那样一刀把朋友杀了，掏走了那块表。①"

罗戈任纵声大笑起来。他笑得就像神经病发作似的。刚才是那么一副愁眉苦脸的样子，现在却笑成这样，看上去简直令人觉得奇怪。

"我喜欢这样！不，这可是再好也没有了！"他笑得前仰后合地喊道，几乎喘不过气来，"一个根本不信上帝，另一个却信到这种程度，哪怕杀人的时候都要祷告……不，公爵老弟，你可编造不出这样的故事！哈哈哈！不，这可是再好不过啦！……"

~~~~~~~~~~~~~~~~~~~~~~

① 这是当时发生在彼得堡的一起凶杀案。亚罗斯拉夫省梅什金县的农民巴拉巴诺夫，为了窃取小市民苏斯洛夫的一块表，在苏斯洛夫吹旺茶饮的时候杀害了他，并说："主啊，看在基督的面上饶了我吧！"凶手作案是由于家境贫困，缺少土地，想接济留在乡下的家属。陀思妥耶夫斯基在本书中改变了作案的情节，旨在突出凶手的精神状态和宗教情绪。

"第二天早晨我在城里闲逛,"罗戈任刚刚止住笑,虽然他的嘴唇由于方才的狂笑还在一阵阵痉挛地颤抖,公爵就继续说道,"我看见一个喝醉酒的士兵,在木板铺的人行道上蹒跚而行,蓬头散发,衣衫不整。他走到我面前,说道:'老爷,请你买下这个银十字架吧,我只要二十戈比;这是银的!'我看见他拿着一个十字架,大概是刚从自己身上取下来的,上面系着一条破旧不堪的浅蓝色带子,不过一眼就看得出来,那十字架其实是锡的。它很大,有八个末端①,形成一幅完整的拜占庭图案。我掏出二十戈比给他,当时就把十字架挂在我脖子上,从他的脸色可以看出,他很得意,因为他骗过了一个愚蠢的老爷,他马上就会把卖十字架得到的钱拿去换酒喝,这是毫无疑问的。老兄,当时我到罗斯后纷至沓来的一切给了我极为强烈的印象。我以前对罗斯毫不了解,就像一个哑巴那样长大,在国外的五年间,我对祖国的回忆真有点离奇。我边走边想:'不,我不要急于责备这个出卖基督的人,因为天知道这些醉醺醺的弱者的心里隐藏着什么。'过了一小时,我在回旅店去的路上遇到一个农妇,她抱着一个吃奶的婴儿。农妇年纪还轻,婴儿出生还不满六周。婴儿对她笑了一下,据她的观察,这是他出生后第一次微笑。我看见,她忽然十分虔诚地在自己身上画了个十字。我说:'大嫂,你这是什么意思?'(我当时总是处处打听。)她说:'一个妈妈看见她的宝宝第一次微笑,就跟上帝在天上每次看见罪人在他面前诚心诚意地祷告一样高兴。'这是农妇对我说的,几乎就是她的原话,她

_____

① 十字架一般有四个末端,有八个末端的十字架多为东正教旧派教徒所佩戴。

298

这么深刻、这么巧妙地道出了宗教的真谛,一下子就揭示了基督教的全部精髓,那就是上帝就像我们的亲父亲、上帝看到人就像父亲看到亲生子女一样高兴这一整套想法,——这是基督最主要的思想!一个普通的农妇!不错,她是母亲……但是谁知道呢,这个农妇也许就是那个士兵的妻子。你听着,帕尔芬,你刚才问我,现在我就回答你:宗教感情的实质,与任何论断、任何过失和罪行无关,也与任何无神论无关;其中有着另一种东西,而且永远会有另一种东西;其中有这么一种永远会被各种无神论忽略过去、永远不会被谈到的东西,然而主要的是:你可以最快不过地在俄国人的心里最明显地看出这种东西。这就是我的结论!这是我从我们俄国得到的最重要的信念之一。大有可为啊,帕尔芬!相信我的话吧,在我们俄罗斯的大地上大有可为啊!你想想看,咱们在莫斯科的时候,不是有一个时期常在一起谈话嘛……那时我根本就不想在此刻回到这里来!也完完全全没有想到会这样和你见面!噢,好啦!……再见吧,再见!愿上帝保佑你!"

他转身下楼去了。

"列夫·尼古拉耶维奇!"当公爵走到楼梯第一个拐弯处的小平台上的时候,罗戈任从上面喊了一声,"你向士兵买的那个十字架带在身边吗?"

"是的,在我身上。"

公爵又站住了。

"你拿给我看看。"

又是一件怪事!他想了想,便上楼掏出十字架给罗戈任看,但是没把它从脖子上取下来。

"送给我吧。"罗戈任说。

"为什么？难道你……"

也许公爵舍不得这个十字架。

"我要戴它。我可以把自己的取下来给你戴。"

"你要交换十字架？好吧，帕尔芬，既然如此，我很高兴。咱们结拜兄弟吧!"

公爵取下自己的锡十字架,帕尔芬取下自己的金十字架,互相交换。帕尔芬不作声。公爵既痛苦又惊奇地发现,他的义兄脸上仿佛依然存在先前那种不信任的表情,依然存在先前那种几乎是嘲讽的苦笑,至少在某些瞬间这种表情流露得很明显。罗戈任终于默默地握着公爵一只手站了片刻,仿佛对什么事还没有下决心似的;末了他突然拉住公爵,用几乎听不见的声音说道:"咱们走吧。"他们经过二楼的楼梯台,在他们方才出来的那扇门对面的一扇门前拉了门铃。门很快就开了。一个弯腰驼背的老太婆穿着黑衣,扎着头巾,默默地向罗戈任深深鞠了一躬。罗戈任急忙问了她一句什么话,但并没有站住等她回答,就领着公爵进去了。他们又走过一些黑黢黢的房间。那些房间都特别清洁,不过显得有点冷清,那些蒙着干净的白套的古老家具,摆在室内也显得那么冷清和阴森。罗戈任没有通报就径直把公爵领进一个不大的房间,那个房间像是客厅,用一个锃亮的红木隔板隔开,旁边有两扇门,大概是通卧室的。一个小老太婆坐在客厅一角炉边的圈椅上,她的样子不算很老,甚至还有一张相当健康的、讨人喜欢的、圆圆的脸庞,但是头发已经完全白了。一眼看去就可以断定,她已完全是个老糊涂了。她穿一件黑色毛料连衣裙,颈上围着一幅很大的黑披巾,还戴着一顶系着黑带的、干净的白色包发帽。她的双脚搁在一张小凳上。她身边坐着另一个干干净净的老太婆,比她年长,也穿着丧服,戴着白色包发帽,大概是一名食客。这个老太婆正在默默地织袜子。她们俩想必一直就沉默着。头一个老太婆看见罗戈任和公爵,对他们笑了一下,和蔼可亲地频频点头表示很高兴。

"妈妈,"罗戈任吻了吻她的手说道,"这是我的好朋友列夫·尼古拉耶维奇·梅什金公爵。我和他交换了十字架。他在莫斯科的时候一度就像我的亲兄弟一样,替我做了很多事。妈妈,请你就像祝福你的亲儿子那样祝福他吧。别忙,老太太,要这样做,让我把你的手指叠在一起……"

但是,那老太婆不等帕尔芬动手就自动举起右手,把三根手指叠在一起,虔诚地给公爵画了三次十字。接着她再次和蔼可亲地对他点了点头。

"好啦,我们走吧,列夫·尼古拉耶维奇,"帕尔芬说,"我把你带来就是为了这件事……"

当他们又走到楼梯上的时候,他补充道:

"别人说的话她根本听不懂,我的话她也一点不懂,但她还是为你祝福了,可见她是出于自愿……好啦,再见吧。你该走了,我也该走啦。"

他打开了自己的房门。

"你这个怪人,在分别的时候总得让我拥抱你一下吧!"公爵用温和的责备神气看着他喊道,想去拥抱他。但是帕尔芬刚刚举起双手,立刻又放下了。他下不了决心;他转过身去不看公爵。他不想拥抱公爵。

"别怕!我虽然拿了你的十字架,但是不会为了一块表而去杀人的!"他含糊不清地说,忽然有点古怪地笑了起来。但是他的整个面孔突然变了样:脸色惨白,嘴唇发抖,眼睛冒

火。他举起双手,紧紧地拥抱公爵,气喘吁吁地说:

"你把她弄去吧,既然命中已经注定!她是你的!我让给你!……你记住罗戈任吧!"

他也不看公爵一眼,撇下公爵便匆匆走进自己的房间,砰的一声把门关上了。

五

时间已晚,快两点半了,公爵在叶潘钦家中没有看到将军。他留下一张名片,决定到"天平"旅馆去打听科利亚的下落。倘若科利亚不在那儿,就给他留一张便条。"天平"旅馆的人告诉他,尼古拉·阿尔达利翁诺维奇"一大早就出去了,先生,不过临走时留下话,说是如果有人找他,让我们告诉客人,说他可能在三点钟以前回来,先生。如果他三点半还没有回来,那就是乘火车去帕夫洛夫斯克,到叶潘钦将军夫人的别墅去了,先生,也就是还要在那里用餐,先生"。公爵坐下来等候,顺便要了一份午餐。

到了三点半钟,甚至到了四点钟,科利亚还没有回来。公爵走了,他不自觉地、毫无目的地信步而行。彼得堡的初夏有时异常优美——晴朗、炎热而又清静。这天碰巧正是这么一个难得的好日子。公爵漫无目的地溜达了一会儿。他不大熟悉这个城市。他有时在十字街头、在一些房屋的前面、在广场上和桥梁上停住脚步,有一次还走进一家糖果点心店去休息。他有时怀着莫大的兴趣打量行人;但是大部分时间他既不注意行人,也不关心自己正往何处走去。他的紧张和不安使他感到痛苦,同时他又觉得特别需要幽居独处。他想离群索居,完全被动地任凭这种非常痛苦的紧张把自己吞没,不想任何办法来摆脱它。他出于厌恶而不想去解决那些正涌向他的灵魂和心头的种种问题。"怎么,难道这一切都是我的过错?"他喃喃自语,几乎没有意识到自己说出了这么一句话。

快六点的时候,他发现自己站在皇村铁路的一个站台上。他很快就感到这种孤独难于忍受;一股新的激情热烈地抓住了他的心,一道明亮的光辉霎时间照亮了使他的心灵陷于忧愁的那一片黑暗。他买了一张去帕夫洛夫斯克的车票,急于马上动身。但是,当然有一种东西在推动他这样做,而且这种东西是现实的,并不是幻想,说不定他倒宁愿认为那是一种幻想。他快要坐进车厢时,突然把刚买到的车票往地上一扔,不好意思地、若有所思地转身离开了车站。过了一会儿,他在街上仿佛蓦地想起了什么,仿佛突然明白了一件使他长期不安的、十分奇怪的事情。他忽然意识到自己在做一件他已做了很久、然而在此以前一直没有觉察到的事情:早在去"天平"旅馆之后,也许甚至在去"天平"旅馆之前,他仿佛忽然开始在自己周围不时寻觅什么东西,这种情况已持续了好几个小时。他有时也会忘记这事,甚至忘得很久,忘却半个小时,但是突然又不安地环首四顾,在周围寻找起来。

但是,他刚刚发现早已控制了他的这种病态的、至今还完全是无意识的举动,却又蓦地回忆起另一件使他非常感兴趣的事。他回忆起,就在他发现自己老在周围寻觅什么的时候,他正站在一家小铺橱窗前的人行道上,十分好奇地观看橱窗内陈列的一件货物。他现在一定要验证一下:方才,也许仅仅是五分钟前,他是不是果真曾站在这个小铺的橱窗前?他是不是产生了幻觉,是不是弄错了?这个小铺、这件货物是不是果真存在?他今天确实感到特别不舒服,几乎和以前他的旧病开始发作时的情形一样。他知道,在癫痫症发作前的一段时期,他的精神特别恍惚,如果不特别专心地观看各种人和物,甚至常常分辨不清。不过他之所以急于知道他当时是否的确曾站在小铺前面,还有一个特殊的原因:在小铺橱窗内陈列的各种货物当中,他看见了一样东西,他甚至估计这东西值六十银戈比;他记得这一点,尽管他心不在焉而又惶惶不安。因此,假若这爿小铺是存在的,这件东西也确实陈列在许多货物当中,那么他就是为了这件东西才停住脚步的。这就是说,这件东西能够引起他极为强烈的兴趣,即使在他刚刚离开火车站、心情又如此沉重难堪的当儿,也能吸引他的注意。他走着,几乎是急不可耐地瞧着右边,心儿焦躁不安地突突直跳。然而这就是那爿小铺,他终于找到了它!他方才想到要回去时,离开那爿小铺已有五百步远。这就是那件价值六十戈比的东西。"当然,只值六十戈比,值不了更多!"他现在确认道,并笑了起来。但是,他笑得有点歇斯底里,他觉得很难过。他现在清楚地回忆起来,就在这儿,当他站在这橱窗前的时候,他曾突然回过身去,就像前不久发现罗戈任正注视着自己的时候那样。他确信自己没有弄错(其实他在验证之前就已完全相信自己没有弄错),便离开了小铺,赶紧从那儿走开。一定要尽快把这一切好好想想;现在他明白了,他在车站上并没有产生幻觉,他肯定是碰到了一件实实在在的事情,而且这件事肯定跟他以前的一切不安有关。但是,他心里的那种难以克制的厌恶重又占了上风:他什么都不愿去想,他也就不想了;他现在思考的完全是另一件事。

顺便说一句,他思考的是在他的癫痫症发作(只要是在醒着的时候发作)之前,总有这么一个阶段,那时他心情忧郁,浑浑噩噩,感到压抑,但是他的脑子有时会突然兴奋起来,他的全部生命力也会特别激动地一下子鼓得足足的。在这些像闪电般短促的瞬间,他对生命的感觉和自我意识几乎增加了十倍。他的头脑和心灵都被不寻常的光辉所照亮;他的一切焦虑、一切疑惑、一切不安,仿佛一下子都消释了,化为一种高度的宁静,宁静中还充满明朗和谐的欢乐与希望,充满理性和确定不移的根据。但是这种瞬间,这种闪光,只是对癫痫症发作前最后一秒钟(从来不超过一秒钟)的预感。这一秒钟自然是难于忍受的。后来他恢复了健康,每想到这些瞬间,常常对自己说:所有这些像闪电和闪光般的最高自我感觉与自我意识,因而也就是"最高存在",只不过是一种病态,是正常状态遭到了破坏。既然如此,这也就根本不是最高存在,而是与此相反,应该算作最低存在。但是,他最后毕竟得到一个非常离奇的结论:"即使这是病态,那又有什么呢?"他终于断定:"倘若结果本身,倘若在恢复健康之后被想起来加以回味的那种片刻的感觉,是极其和谐而优美的,能够给人一种直到那时为止还不曾听到也不曾料到的充实感、均衡感,以及与生命的最高综合热烈而虔诚地融为一体之感,那么这种紧张状态即使是不正常的,那又有什么关系呢?"他自己觉得这一番含混不清的话很容易理解,虽然表达得还太不充分。对于这确是"美和虔诚"、确是"生命的最高综合"这一点,他是不会怀疑,也不允许怀疑的。莫非他此刻就像服了印度大麻素、鸦片或烧酒那样,梦见了损害理智并使心灵变得畸形的什么不正常而又不存在的幽灵?对此他在病愈之后完全可以作出正确的判断。发病前的那些瞬间只不过是一种特别增强了的自我意识(倘若要用一个词来形容这种心理状态的话,那就是自我意识），同时也是一种特别加强了的最为直接的自我感觉。倘若在这一秒钟内，也就是在发病前最后一个有意识的瞬间，他碰巧还来得及明确而有意识地对自己说："是的，我不惜献出整个生命来换取这一瞬间！"那么这一瞬间当然值得用整个生命去换取。不过，他并不坚持他的结论的辩证部分，因为作为这些"最崇高的瞬间"的明显后果出现在他面前的竟是神志不清、浑浑噩噩和痴呆。他当然不会认真地跟别人争论。在结论里，也就是在他对这一瞬间的估价里，无疑包含着一种错误，但是，这种确实存在的感觉毕竟使他有点难堪。他究竟怎样对待这种确实存在的感觉呢？是的，他确实遇到了这种情况，而且就在那一秒钟内他对自己说过，由于他在这一秒钟里充分感到了无上的幸福，因此这一秒钟就和整个生命等值。"在这一瞬间，"有一天，他在莫斯科和罗戈任聚会的时候，对后者说道，"在这一瞬间，我不知怎么开始明白了不再有时日了[1]这句不寻常的话。"他又微笑着补充道："患癫痫症的穆罕默德大概就是在这一秒钟内，还不等被碰倒的水罐流出水来，就察看了真主的所有住所[2]。"是的，他在莫斯科常和罗戈任见面，谈论的也不只这一件事。公爵暗自想道："罗戈任方才说，当时他把我看作亲兄弟；今天他是第一次这么说。"

他坐在夏园一棵树下的长凳上想着这件事。当时是七点钟左右。花园里空荡荡的；一片阴影倏忽遮没了夕阳。天气闷热，大有雷雨将从远方袭来之势。他目前这种宁静无为的

---

① 此句出自《新约·启示录》。

② 穆罕默德（约570—632），伊斯兰教的创始人，据传说，他患癫痫症，发病时还会产生幻象和幻觉。

状态使他悠然神往。他可以把回忆和智慧寄托在身外的每一件事物上,这使他感到欣喜。他一直想忘却当前急待办理的一件事情,但是,只要他向周围看上一眼,他立刻又意识到了自己的忧思,他亟欲摆脱的忧思。他回忆起方才在小饭店里用餐时,曾和一名伙计谈到新近发生的一桩非常离奇的、轰动一时的凶杀案。但是,他刚刚回想起这件事,却又忽然碰到一个特殊情况。

　　一种异乎寻常的、无法抗拒的愿望,简直就像一种诱惑,突然使他的整个意志陷于瘫痪。他从长凳上站起来,离开花园,径自朝彼得堡岛走去。方才在涅瓦河的滨河街上,他曾向一个行人打听,怎样才能越过涅瓦河去彼得堡岛。行人告诉他了,但是当时他并没有去。无论如何今天不必前往;他知道这一点。他早就有了地址;他可以很容易地找到列别杰夫的一个女亲戚的住宅;但是,他几乎可以肯定,他去了也不会找到她。"她肯定到帕夫洛夫斯克去了,否则科利亚就会像事先约定的那样在'天平'旅馆里留话。"所以,即使他现在前往,当然并不是为了去见她。诱惑着他的是另一种阴郁的、使人痛苦的好奇心。他产生了一个突如其来的新想法……

　　但是他已经动身,也知道该往哪里走,这对他来说已经足够了。过了片刻,他几乎又是不顾一切地健步如飞了。他立刻感到,对这个"突如其来的想法"作进一步的思考,不但非常令人厌恶,而且几乎是不可能的了。他全神贯注地打量他遇到的一切,看看天空和涅瓦河。他跟遇到的一个小孩攀谈起来。他的癫痫症也许越来越厉害了。看来雷雨确已临近,虽然来得很慢。远处已开始传来雷声。天气更加闷热……

　　也不知为什么,他现在总是想起前不久见到的列别杰夫的外甥，犹如人们有时不由得会想起一支令人厌烦、催人作呕的曲调。奇怪的是，他一想起这个外甥，就觉得此人很像列别杰夫前不久向他介绍这个外甥时主动提到的那个凶手。是的，他最近还读到过有关这个凶手的新闻。自从回到俄国以后，他读到或听到的这种事可不少；他一直很注意这一切。他方才和那个伙计谈到热马林一家遇害案时甚至产生了极大的兴趣。他记得，那个伙计赞成他的看法。他也想起了那个伙计，那是一个并不愚蠢的小伙子，稳重谨慎，"不过，天知道他是个什么样的人。要在一个新的国度看透一群新的人物，那可不容易啊。"不过他已开始热情地相信俄国人了。啊，六个月来，他见识到了那么多对他来说是完全新奇的、意想不到的、前所未闻的和出乎意料的事物！但是，别人的心是不可知的，俄国人的心也是不可知的，对于许多人来说都是不可知的。例如，他和罗戈任相处了很久，过从甚密，情同"手足"，但是他了解罗戈任吗？在这一切当中，有时是多么混乱，多么糊涂，多么丑陋啊！他前不久遇到的列别杰夫的那个外甥，又是多么讨厌、多么自负的一个小家伙啊！但是，我怎么啦？（公爵仍在幻想）难道他杀死了那些生灵，杀死了那六个人？我好像弄混了……这多么奇怪！我有点头晕……列别杰夫的大女儿面孔多么讨人喜欢，多么可爱啊！就是抱着孩子站在那里的那个女儿，她的表情天真得简直和孩子一样，她的笑容也简直像孩子一样！奇怪的是，他几乎忘记了这张脸，现在才想起来。列别杰夫虽然向他们跺脚，但是大概也非常喜欢他们。不过就像二二得四那样完全可以肯定的是，列别杰夫也非常喜欢他的外甥！

　　不过，既然他今天刚到，又怎能作这样肯定的评论，下这样的判断呢？列别杰夫今天给他出了个难题：他何曾料到列别杰夫会是这样一个人呢？难道他以前了解列别杰夫是这样一个人吗？列别杰夫和杜·芭莉，——主啊！即使罗戈任杀人，起码也不会这样乱杀。不会这么胡来。哪能按照图样定制凶器①，并在完全丧失理智的情况下杀死六个人呢！难道罗戈任有按照图样定制的凶器？……他有……但是……难道能肯定罗戈任会杀人？！公爵蓦地打了个寒噤。"我这么无耻地公然作这样的推测，岂不是犯罪，岂不是卑鄙？"他这样喊道，一下子就羞得满面通红。他吃了一惊，纹丝不动地站在路上。他一下子就想起了当天去过的帕夫洛夫斯克车站、早晨到达的尼古拉耶夫斯克车站、他当面向罗戈任提出的眼睛问题、现在挂在他脖子上的罗戈任的十字架、罗戈任母亲的祝福（是罗戈任亲自把他领到她那儿去的），还有前不久在楼梯上的最后一次匆忙的拥抱和罗戈任最后的割爱，——在发生了这一切之后，他又发现自己正不停地在周围寻觅什么，还有那爿小铺，那件货物……这多么卑劣啊！而在发生了这一切之后，他现在竟还抱有"特殊目的"，怀着特别的"突如其来的想法"向前走！绝望和痛苦主宰了他的整个心灵。公爵立刻想回到自己下榻的旅店去；甚至已经转身往回走了；然而过了片刻他又站住，仔细想了想，重又回头向前走去。

他已来到了彼得堡岛，离那幢房屋很近了。不过他现在不是抱着原先那个目的到那里去的，也没有"特别的想法"！

---

① 这也是热马林一家遇害案的细节之一。戈尔斯基在准备行凶时预先弄到了一把手枪，送给一个钳工去修理。此外，他还专门绘制了一幅特殊的图样，让一名铁匠按照图样制作一件短锤状的工具，诡称他要用这件工具来做体操。

方才怎么会这样呢！是的,他旧病复发了,这是毫无疑问的;也许今天就会发作。这一切苦闷全都来自癫痫,他的"想法"也来自癫痫! 现在,苦闷被驱散了,魔鬼被赶走了,怀疑也不复存在,他的心里充满喜悦! 他已有很久没有看见她,他应该看到她,而且……是的,但愿现在能遇见罗戈任,他要拉着罗戈任的手一同前往……他的心是纯洁的;难道他是罗戈任的情敌? 明天他要亲自去对罗戈任说,他看见了她;正如罗戈任方才所说,他飞奔到这里来就是为了见她一面! 也许他会见到她,她并不一定在帕夫洛夫斯克!

是的,现在必须把这一切都弄清楚,彼此都要看清对方的心,不要再有像罗戈任方才表示的那种伤心而又热情的割爱,让这一切都自然而然又……光明磊落地付诸实现吧。难道罗戈任就不能光明磊落? 他说他并不那么爱她,他没有恻隐之心,没有"任何这样的怜悯心"。不错,他以后又补充说,"你的怜悯也许比我的爱还要深,"——不过他这是在诋毁自己。嗯……罗戈任居然看书了,——难道这不是"怜悯",不是"怜悯"的开端? 就拿这本书的存在这一点而论,不就证明他已完全意识到他对她的态度了? 还有他方才讲的那番话呢? 不,这比单纯的情欲还要深一些。难道她的脸只能激起人们的情欲? 莫非这张脸现在还能激起人们的情欲? 它激起的是痛苦,它主宰着整个心灵,它……公爵的心头蓦地回忆起一桩令人痛苦难忍的往事。

是的,是令人痛苦的。他回忆起,当他最近第一次发现她有发疯的迹象时,他有多么痛苦啊。当时他几乎陷于绝望。她当初从自己身边逃到罗戈任那里去的时候,他怎能抛开她不管呢? 他应该亲自跑去找她,而不是静候消息。但是……

难道罗戈任至今还没有看出她发疯了？……嗯……罗戈任对一切都有不同的看法，把一切都归结为情欲！多么疯狂的嫉妒心啊！方才罗戈任作出那样的推测，他想说明什么呢？（公爵蓦地面红耳赤，心里仿佛有什么东西颤动了一下。）

　　不过又何必去回忆这件事呢？双方都发疯了。热爱这个女人，对他这位公爵来说几乎是不可思议的，几乎是残酷的、不人道的。是的，是的！不，罗戈任是在诋毁自己，他有一颗巨大的心，这颗心可以受苦，也可以怜悯别人。当他明白了全部真相，确信这个受尽摧残的疯女人是多么可怜的一个生灵时，难道他不会宽恕她过去的一切，忘却自己的一切痛苦？难道他不会变成她的仆人、弟兄、朋友、上帝？同情心也会使罗戈任明白过来，教给他应该怎么做。同情是全人类存在的最主要的法则，也许是唯一的法则。啊，他是多么不可饶恕、多么可耻地冤枉了罗戈任啊！不，并不是"俄国人的心是不可知的"，既然自己会想象出这样可怕的事，那说明自己的心是不可知的。罗戈任在莫斯科时，由于几句发自肺腑的热情的话，竟把他称为自己的兄弟，而他呢……但这是病态和谵妄！这一切都会得到解决的！……方才罗戈任是多么伤心地说他正在"丧失信仰"啊！这个人一定非常痛苦。他说，他"爱看这幅画"；其实那并不是他爱看，而是他感到需要看。罗戈任并不只是一个被情欲所支配的人；他毕竟是一名斗士：他想强行夺回自己丧失了的信仰。他现在苦苦地需要信仰……是的，他需要信仰一种东西！需要信仰什么人！但是，贺尔拜因的那幅画是多么奇怪呀……噢，这就是那条街！大概就是这幢房子，就是它，十六号，"'十级文官之妻菲利索娃公寓'。就在这里！"公爵拉了一下门铃，求见纳斯塔霞·菲利波夫娜。

女主人亲自出来告诉他说，纳斯塔霞·菲利波夫娜一大早就到帕夫洛夫斯克找达里娅·阿列克谢耶夫娜去了，"甚至有可能在那里待好几天"。菲利索娃是个目光锐利、脸庞尖细的矮小女人，四十来岁，老用一种狡黠而又专注的神情看人。她问公爵的姓名时仿佛故意使用了一种神秘的口吻。他起初本来不想回答；然而立刻又转过身去，请她务必把他的姓名转告纳斯塔霞·菲利波夫娜。菲利索娃在接受这一固执的请求时全神贯注，还摆出一副特别神秘的姿态，显然是要表示："您放心吧，我明白啦，先生。"公爵的姓名显然给她留下了极深的印象。公爵漫不经心地瞄了她一眼，便转身回自己的旅店去。然而他走出来的时候，已经不是他拉菲利索娃家门铃时的那副样子。仿佛转眼之间他又发生了一种不寻常的变化：他又变得苍白、软弱、痛苦和激动了；他的膝盖在颤抖，他那发青的嘴唇上隐隐约约地流露出一丝迷惘的笑意：他那"突如其来的想法"忽然得到了证实，并被证明是正确的，——他又相信附在自己身上的魔鬼了！

但是，果真得到了证实吗？但是，果真已被证明是正确的吗？他为什么又这样发抖，直冒冷汗，感到茫然和心寒呢？是不是因为他方才又看见了那双眼睛？但是，他从夏园跑到这里来，唯一的目的就是看到那双眼睛！这也就是他的"突如其来的想法"。他定要再次看到"那双眼睛"，以便确定他肯定会在那里，会在那幢房屋附近碰见它们。这是他急不可耐的愿望。然而他方才果真看见了它们，却又为何如此沮丧和惊讶呢？就像不曾料到似的！是的，今天早晨，当他在尼古拉耶夫斯克火车站下车时，在人群中向他倏忽一闪的就是那双眼睛(就是那双眼睛,这一点现在已毫无疑问了!);后来,当他坐在罗戈任家的椅子上,他感到背后有人看他,那看着他的也是那双眼睛(肯定是那一双!)。罗戈任当时否认这一点:他撇着嘴,冷冰冰地笑着问道:"那究竟是谁的眼睛呢?"不久以前,当公爵在皇村铁路的车站坐上火车,准备去见阿格拉娅时,蓦地又看见了那双眼睛,这已是当天第三次看到它们了。当时他很想走到罗戈任面前告诉他"那是谁的眼睛"!但是,他从车站跑了出来,直到他站在刀剪铺前估计一件带鹿角柄的东西值六十戈比时,这才清醒过来。一个奇怪而可怕的魔鬼已紧紧附在他的身上,再也不想离开他了。当他坐在夏园的椴树下遐想的时候,这个魔鬼曾对他耳语道:如果罗戈任感到有必要从早晨开始就监视他,寸步不离地盯着他,那他准知道公爵不会去帕夫洛夫斯克了(这对罗戈任来说当然是个非常不幸的消息),罗戈任肯定会到那里去,到彼得堡岛的那幢房子去,肯定会在那里守候公爵。就在当天早晨,公爵还向他保证"不再见她","我到彼得堡来不是为了这件事"。可如今公爵却急不可耐地向那幢房子奔去,其实,就算他果真在那里遇见了罗戈任,那又有什么关系呢?他只不过看见了一个不幸的人,此人的心情虽然很坏,却很容易了解。这个不幸的人现在甚至也不躲躲闪闪了。是的,前不久罗戈任不知为什么矢口抵赖和撒谎,但是他站在车站上的时候却并不躲躲闪闪的。其实躲躲闪闪的倒是他——公爵,而不是罗戈任。现在他站在那幢房子斜对面的相距五十步的一条人行道上,交叉着双手等候着。他站在那儿非常显眼,似乎故意要引人注目。他站在那里就像一个原告,又像一名法官,而并不像……并不像什么人呢?

为什么他,公爵,现在不主动向他走去,却要转身背着他,假装什么也没看见,而其实他们的目光已经相遇呢?(是的,他们的目光相遇了!他们互相看了一眼。)他方才不是想拉着对方的手一起到那里去吗?他不是曾想明天去找他,并告诉他说,自己去过她那里了?他在去那里的半路上心里突然充满喜悦的时候,不是已摆脱附在自己身上的魔鬼了吗?莫非在罗戈任身上,也就是在这个人今天的整个形象里,在他的言谈、举止、行为和眼神的总和里,的确有这么一种东西能够证明公爵的可怕预感,以及附在他身上的魔鬼令人气愤的耳语都是正确的?莫非有这么一种东西,它不知不觉地出现在你面前,但是难于分析和描述,也拿不出足够的根据能证明它确实存在,但是,尽管存在着上述困难,它却依然能给你留下十分完整而又不可磨灭的印象,这种印象还会不知不觉地变成极其充分的信念?……

信念——对什么的信念呢?(啊,这种信念、“这种卑劣的预感”的可怕和“可鄙”使公爵多么痛苦啊!他曾多么无情地责备自己啊!)“假若你有勇气,你就说说,是对什么的信念?”他不断用责备和挑衅的口吻对自己说,“把你的全部思想都说出来,大胆地、明确地、毫不迟疑地把它表达出来!唉,我真卑鄙!”他气愤地重复道,脸也红了,“我今后这一辈子还有什么脸面去见这个人呢!唉,多倒霉的一天!天哪,多可怕啊!”

当公爵走完了这一段漫长而又令人痛苦的路程,从彼得堡岛回到他下榻的旅店时,片刻之间曾突然产生一个不可抗拒的愿望——立刻到罗戈任那里去等候他,满怀羞惭地流着眼泪去拥抱他,对他说出一切,一下子了结一切。但是,他已站在旅店前面……不久以前他是多么不喜欢这家旅店、这些走廊、整个这幢房子和他住的那个房间，一看见就不喜欢；这一天他有好几次一想起他必须回到这家旅店来，就不禁感到特别厌恶……"我今天怎么像一个生病的女人，尽相信预感呢！"他想道，同时在门口站住，烦躁地嘲笑着自己。他刚要走进大门，心头又涌起一股难于忍受的、几乎是绝望的羞愧之情，他又呆立在原地不动了。他停了片刻。这也是人之常情：每当你突然想起什么不堪回首的往事，尤其是这种回忆还使你感到羞愧的时候，你往往会在原地愣上一会儿。"是的，我是一个没有心肝的人，还是一个懦夫！"他闷闷不乐地重复了一遍，蓦地拔腿就走，但是……他又站住了……

逼近的雷雨前的乌云吞没了傍晚的微明，门内本来就很阴暗，这时就更暗了。公爵走到房屋跟前时，乌云突然裂开，顿时豪雨如注。当他停了一会儿，蓦地拔腿就走的时候，他正待在大门的入口处，也就是从大街上进门的地方。在昏暗中他蓦地看见门内深处的楼梯口有一个人。此人仿佛在守候什么，但他的身影倏忽一闪就消失了。公爵看不清楚此人，当然也就决不可能肯定地说他是何人。何况这里来来往往的人又那么多；这是一个旅店，不断有人出入，在走廊上来回奔跑。但是，他忽然非常充分地、不容反驳地相信：他认识此人，此人肯定是罗戈任。转瞬之间，公爵就跟在罗戈任后面登上楼梯。他的心都缩紧了。"现在一切都会解决了！"他怀着奇怪的信心暗自说道。

公爵从大门口跑上去的那座楼梯，通向二楼和三楼的走廊，走廊两侧都是旅店的房间。正如一切旧式房屋一样，这座楼梯是石砌的，黑暗而狭窄，围着一根粗石柱盘绕而上。在第一个楼梯台旁,这根石柱上有一个壁龛状的凹处,宽不到一步,深有半步。但是可供一个人藏身。不论多黑,公爵一跑上楼梯台,就立刻发现这个壁龛里不知何故竟藏着一个人。公爵突然想从旁边走过去,也不朝右看看。他已经跨了一步,但是忍不住又转过身来。

方才的一双眼睛,就是那双眼睛,蓦地和他的视线相遇了。藏在壁龛里的那人也从里面跨出了一步。他们两人几乎是面对面地紧挨在一起站了一秒钟。公爵蓦地抓住他的双肩,让他转身面向楼梯上有光亮的地方:他想把此人的脸看得更清楚些。

罗戈任目光炯炯,气愤若狂的笑容使他的脸都变歪了。他的右手举了起来,手里有一件东西闪出一道寒光;公爵并不想挡住那只手。他只记得自己仿佛喊了一声:

"帕尔芬,我不信!……"

接着他面前仿佛有什么东西蓦地裂开了:一种异常的内在的光照亮了他的心灵。这一瞬间也许只有半秒钟,然而他清楚而又清醒地记住了开头的情况,记住了自己第一声可怕的哀号,那是自然而然地从他胸中迸发出来的,他用任何力量都压抑不住。接着他的意识倏地丧失,他完全不省人事了。

已有许久没有发作的癫痫症又发作了。大家都知道,癫痫症,也就是羊痫风,总是突然发作的。在这一瞬间,患者的脸,特别是眼神,突然变得极不正常。整个身体,整个面庞,都不停地抽搐和痉挛。从胸中迸发出一种可怕的、不可思议的、令人不寒而栗的哀号,在这声哀号里,凡是带有人性的东西仿佛都倏然消失,一个旁观者无论如何也不能想象和肯定,至少也是很难想象和肯定,这就是那个人的叫声。你甚至会以为仿佛是另一个人在这个人的体内喊叫。至少有许多人曾这样说明自己的印象。有许多人一看到有人发羊痫风就会产生一种明显的、难以忍受的恐惧，这种恐惧甚至带有一种神秘色彩。不妨认为：这种突然袭来的恐惧，再加上这一刹那间其他一切可怕的印象，突然使罗戈任在原地愣住了，从而使公爵逃脱了已经向他落下来的那不可避免的一刀。罗戈任当时还没有猜到那是癫痫症发作，他一看见公爵慌忙从他面前闪开并突然仰面倒下，一直滚下楼梯，后脑勺猛烈地撞在石级上，他就拼命往楼下跑，绕过躺在地上的人，几乎是丧魂落魄地从旅店里逃走了。

由于抽搐、挣扎和痉挛，患者的身体顺着楼梯的阶梯（不到十五级）一直滚到楼下。很快，还不到五分钟，就有人发现了这个躺倒在地的人，一群人围了过来。他头旁的一摊鲜血引起了人们的怀疑：此人究竟是自己跌伤的呢，还是"歹徒作案"？但是，有几个人很快就看出他是羊痫风发作了；一名茶房认出了公爵是刚来的房客。幸亏这当儿发生了一件事，才使这场骚动终于极其圆满地平息下来。

科利亚·伊沃尔金本来答应四点钟以前回"天平"旅店，却又去了一趟帕夫洛夫斯克。他在那里突然想起了什么，便拒绝去叶潘钦将军夫人家"用餐"，回到了彼得堡，又急忙去"天平"旅店，晚七时左右，他便到了旅店。他从留给他的便条上获悉，公爵已到本市，便按便条上留的地址赶紧跑来找他。他在旅店里获悉，公爵已经出门，他便到楼下的餐室里等候，一面喝茶，一面听风琴演奏。他偶然听说有人癫痫症发作，凭着一种可靠的预感，他立刻赶到现场，认出了公爵。立刻采取了适当措施。人们先把公爵抬进他的房间。他虽然已经苏醒,但是很久都没有完全恢复知觉。请了一位医生来看他跌伤的头,医生给他作了罨敷,说是伤势毫无危险。过了一小时,公爵完全明白了周围发生的事,科利亚便用一辆轿式马车把他从旅店里送到列别杰夫家中。列别杰夫非常热情地、点头哈腰地接待了患者。为了这个患者,他决定提前搬到别墅去:到了第三天,大家都已在帕夫洛夫斯克了。

六

　　列别杰夫的别墅并不大，然而舒适，甚至很美。准备出租的那一部分还特别装饰了一番。在一个相当宽敞的凉台上，在从大街上进入室内的入口处，摆了一些绿色的大木桶，桶里栽着酸橙树、柠檬树和茉莉花，按照列别杰夫的看法，这能引人入胜。有几棵树是他连同别墅一起买下的，他被那几棵树给凉台增添的情趣迷住了，甚至决定趁机从拍卖行里添购同样一些栽在木桶里的树木来配套。在所有的树木终于都运到了别墅并摆好了的那天，列别杰夫三番五次顺着凉台的阶梯跑到下面的大街上，从大街上观赏自己的房产，每次都暗自决定，将来别人租他的别墅，他一定要提高租金。公爵身体虚弱，心情忧郁，筋疲力竭，所以很喜欢这个别墅。不过，在搬到帕夫洛夫斯克来的那一天，也就是癫痫症发作后的第三天，从外表上看，公爵已经和健康人差不多，虽然他心里感到自己还没有复原。他喜欢这三天来在自己周围看到的一切人，喜欢几乎没有离开过他的科利亚，喜欢列别杰夫的全家（只有那个外甥不知跑到哪里去了），也喜欢列别杰夫本人；他甚至很愉快地接待了在城里就拜访过他的伊沃尔金将军。就在他搬到这里来的那天晚上，凉台上有许多客人围着他：加尼亚首先来到，公爵几乎都认不出他了，因为在这一段时间里他的模样大变,也消瘦了。接着,瓦里娅和普季岑也来了,他们也是来帕夫洛夫斯克避暑的。伊沃尔金将军几乎一直住在列别杰夫家里,甚至像是和他一同搬来的。列别杰夫竭力设法不让他去见公爵,让他总是待在自己身边。他对将军很友好,看来他们已是老相识了。公爵发现,三天来他们有时作长时间的谈话,常常吵嚷和争论,似乎还谈一些学术问题,看来这使列别杰夫甚为高兴。不妨认为,他甚至需要将军。但是,自从搬到别墅以后,列别杰夫像对待将军一样,对自己的家属也采取了一些防范措施。他以不要打扰公爵为由,不准任何人到公爵那里去;他只要稍稍怀疑女儿们要到公爵所在的凉台上去,总是跺着脚向她们扑去,把她们赶走,就是对抱孩子的薇拉也不例外,尽管公爵一再求他别赶走任何人。

"第一,如果您这样放纵她们,她们就一点也不尊敬您了;第二,她们这样做也不体面哪……"在公爵坦率地质问他的时候,他终于这样解释道。

"这是为什么?"公爵批评他说,"说真的,您这一整套监视和防范措施只不过使我痛苦罢了。我一个人很寂寞,我已对您说过多次。您总是不停地挥手,还踮着脚走路,这使我更加难受了。"

公爵是在暗示,列别杰夫虽然借口病人需要安静,把家里的人全都赶走,但是他本人三天来几乎时时刻刻都去打扰公爵,他每次先打开门,伸进头向室内张望,仿佛要查明公爵是否果真待在室内,是否没有逃走。然后就踮起脚,悄悄地慢步走到圈椅跟前,有时甚至无意中把房客吓一跳。他不断地探询公爵需要什么,当公爵终于不得不叫他别去打扰他的时候,他便乖乖地、不声不响地转过身去,蹑手蹑脚地退到门外;他走的时候老是挥着双手,仿佛在告诉对方:他只是来看看,决不说一句话,他这不是已经走啦,也不会再来了;然而过了十分钟,最多一刻钟,他却又来了。科利亚有权在公爵那里自由出入,这使列别杰夫大为伤心,甚至满腔怨恨。科利亚发现列别杰夫常在门外一站就是半小时,偷听他和公爵的谈话,自然就把这事告诉了公爵。

"您好像已把我据为己有,所以把我锁在屋里,"公爵提出抗议,"至少在别墅里我不希望这样;请您相信:我想见谁就可以见谁,我想去哪里就可以去哪里。"

"这是毫无疑问的。"列别杰夫挥着双手说。

公爵聚精会神地把他从头到脚打量了一番。

"卢基扬·季莫费耶维奇,您把您那只挂在床头上边的小橱也搬来啦?"

"不,没有搬来。"

"难道留在那里啦?"

"不能搬,得从墙上撬下来⋯⋯钉得很牢,很牢。"

"也许这里有一个同样的小橱?"

"比那个还要好,比那个还要好,我买别墅的时候把它也买下了。"

"哦。方才有人来访,您没让他进来,那是谁呀?大约一小时以前吧。"

"那是⋯⋯那是将军,先生。我的确没有让他进来,他也不该到您这里来。公爵,我很尊敬这个人,他⋯⋯他是一位大人物,先生;您不相信?好吧,您以后会看出来的。不过⋯⋯最尊贵的公爵,您最好不要接见他,先生。"

"请问,那是为什么呢?列别杰夫,您现在为什么老是踮着脚站在那里,每当您走到我跟前的时候,又总像要附耳报告机密似的?"

"我觉得我很低贱,很低贱,"列别杰夫出人意料地答道,一边很动情地捶着自己的胸脯,"您不会觉得将军太殷勤了吗,先生?"

"太殷勤?"

"是太殷勤,先生。第一,他已经打算住在我这儿;这就随他去吧,先生,不过他过于热情,立刻会攀起亲戚来。我已跟他攀了几次亲,原来我们还是连襟呢。他昨天还告诉我说,您也是他的表外甥。假如您是他的表外甥,那么,最尊贵的公爵,我和您也是亲戚了。这还不要紧,先生,不过是一个小小的缺点;但是他方才还肯定地对我说,他这一辈子,从得到准尉军衔起直到去年六月十一日,他每天至少要供二百名食客吃饭。末了他甚至说,那些食客干脆不离席,一昼夜有十五小时都用来进午餐、进晚餐、喝茶,一连三十年从不间断,简直都没有时间换桌布。一个人刚刚站起来走了,另一个人就来了,逢年过节,食客竟多达三百人。在庆祝俄罗斯建国一千周年那天,他竟数出了七百名客人。这是一种怪癖,先生。这些情况是一种很不好的迹象,先生。谁都害怕接待这种殷勤好客的人,所以我想:对于咱们来说,像他这样的人岂不太殷勤了吗?"

"不过,您和他的交情似乎很好吧?"

"情同手足,我跟他是闹着玩的。就算我们是连襟吧:这对我没什么影响,——只能给我增光。就从他所说的招待二百名食客和庆祝俄罗斯建国一千年的那一番话中,我也能看出他是一个出类拔萃的人。我说的是真话,先生。公爵,您方才谈到秘密,先生,也就是说,您觉得每当我走到您跟前时总像要告诉您什么秘密。碰巧现在就有一个秘密:有一个女人方才对我说,她很想秘密会见您。"

"为什么要秘密会见呢？决不。我可以亲自去见她,今天去也行。"

"决不,决不,"列别杰夫摇着手说,"她并不是害怕您可能想到的那件事。顺便说说:那个恶棍每天都来打听您的健康情况,您知道吗？"

"您干吗常常管他叫恶棍,这使我觉得十分可疑。"

"您不能有任何怀疑,决不能有,"列别杰夫连忙否认,"我只是想说明,那个女人并不是怕他,她怕的完全是另一个人,完全是另一个人。"

"究竟怕什么呢,您快说呀。"公爵照着列别杰夫那种故作神秘的装腔作势的模样,急不可耐地问。

"秘密就在这里。"

列别杰夫笑了。

"谁的秘密？"

"您的秘密。最尊贵的公爵,是您自己禁止我在您面前说……"列别杰夫喃喃道,直到他把对方的好奇心刺激到实在难以忍受的程度,从而使他感到充分满足以后,他才突然说:"她怕的是阿格拉娅·伊万诺夫娜。"

公爵皱着眉头沉默了半晌。

"列别杰夫,我的确要离开您的别墅,"他蓦地说道,"加夫里拉·阿尔达利翁诺维奇和普季岑夫妇在哪里？在您这里？您把他们也拉过来了。"

"他们这就来啦,先生,这就来啦,先生。就连将军也随后就到。我要把所有的门都打开,把我的女儿们也都叫来,立刻就叫来,立刻就叫来。"列别杰夫惊恐地低语道,还挥着手从一扇门奔向另一扇门。

这当儿科利亚从街上走上凉台,他宣布:有几位客人随后就到,她们是伊丽莎白·普罗科菲耶夫娜和三个女儿。

"让不让普季岑夫妇和加夫里拉·阿尔达利翁诺维奇进来?让不让将军进来?"列别杰夫听到这个消息惊讶得跳了起来。

"为什么不呢?让他们全都进来,谁愿进来就可以进来。请您相信,列别杰夫,您准是一开始就不大明白我的态度;您始终在犯一个错误。我没有任何理由躲开什么人隐藏起来。"公爵笑了。

列别杰夫瞧着他,认为自己有义务跟着笑。列别杰夫虽然非常心慌,但显然非常得意。

科利亚报告的消息是正确的;他只比叶潘钦娜母女早到几步,为的是预先通报她们的到来,因此,客人们忽然同时从两个不同的方向走了进来,叶潘钦娜母女从凉台上进来,普季岑夫妇、加尼亚和伊沃尔金将军从室内进来。

叶潘钦娜母女刚从科利亚口中获悉公爵生病,而且带病来到了帕夫洛夫斯克。在此之前,将军夫人曾感到非常纳闷。将军前天就给全家看了公爵的名片,这张名片使伊丽莎白·普罗科菲耶夫娜深信,公爵将在递了这张名片之后很快前来帕夫洛夫斯克看望她们。姑娘们对她说,一个人半年没有来信,也许根本不会如此匆忙地赶来,除了看望她们而外,他在彼得堡也许还有许多事情要做,——谁知道他有些什么事呢?可是她们白费了一番口舌。将军夫人听了这一番话十分生气,还准备跟女儿们打赌,说公爵最迟第二天就会来,虽说这样也"为时已晚"。第二天,她等候了整整一个上午;大家等公爵去用午餐,去消磨晚上的时间;等到天完全黑了,伊丽莎白·普罗科菲耶夫娜见到什么都生气,跟所有的人都吵嘴,当然,吵嘴时并没有一句话提到公爵。第三天一整天也没有一句话提到他。阿格拉娅在进午餐时无意中脱口说道:"妈妈由于公爵没有来,正在生气。"对此将军立刻指出:"这不是他的错。"伊丽莎白·普罗科菲耶夫娜听到后就站了起来,气愤地离开餐桌走了。科利亚终于在黄昏时来到,报告了全部新闻,描述了他所知道的公爵的一切遭遇。结果,伊丽莎白·普罗科菲耶夫娜得意洋洋,但是科利亚却毕竟被狠狠地数落了一通:"他在这里一连转了好几天,撵也撵不走。即使他觉得自己不便前来,至少也该告诉我们一声哪。"听到"撵也撵不走"这句话,科利亚立刻要发脾气,但是他决定留待下次再说。如果这句话不是伤人太甚,他也许会完全予以谅解:因为伊丽莎白·普罗科菲耶夫娜听到公爵生病的消息是那么激动不安,这使他很高兴。她一直固执己见,主张必须立刻派人到彼得堡去请第一流的名医乘第一班列车赶到这里。但是女儿们把她劝住了。不过当妈妈立即准备去看望病人的时候,她们却不甘落后。

"他正处于生死关头,"伊丽莎白·普罗科菲耶夫娜手忙脚乱地说道,"我们何必还要遵守什么礼节!他是不是我们家的朋友?"

"可也不能不问深浅就往水里钻哪。"阿格拉娅说。

"好吧,那你就别去了,这倒也不错,因为叶夫根尼·帕夫雷奇快来了,没有人招待他。"

听了这句话,阿格拉娅自然就立刻跟着大家动身了。就是没有听到这句话,她也是要去的。Щ公爵正和阿杰莱达坐在一起,由于她的请求,立刻答应陪同她们前往。早先在他结识叶潘钦一家之初,他一听到她们谈起公爵的事就感到莫大的兴趣。原来他认识公爵,是不久以前在某地认识的,并在一个小城里同住了两周左右。这是大约三个月前的事了。Щ公爵甚至讲了许多有关公爵的事,而且总是用无比同情的口吻谈到他,所以他现在是真诚地乐意去访问旧友。这一天,伊万·费奥多罗维奇将军不在家。叶夫根尼·帕夫洛维奇也还没有来。

从叶潘钦一家的住处到列别杰夫的别墅不到三百步路。伊丽莎白·普罗科菲耶夫娜得到的第一个不愉快的印象就是在公爵周围碰见一大群客人,更不必说在这群人里还有两三个她恨之入骨的人;她得到的第二个印象使她吃了一惊:她原先以为公爵一定病入膏肓,奄奄一息,谁知她看到的却是一个看上去十分健康、衣着考究、笑吟吟地走上前来迎接他们的年轻人。她甚至莫名其妙地站住了,这使科利亚非常开心。在她离开自己的别墅之前,他本来可以很好地对她说明,没有任何人奄奄一息,也没有任何人行将就木。然而他当时并没有说明,而是调皮地预料,将军夫人准会发怒,那情景一定十分可笑;按照他的估计,她一见到自己的好朋友——公爵居然很健康,一定会生气的。科利亚甚至很不客气,为了大大激怒伊丽莎白·普罗科菲耶夫娜,他竟当众把自己的推测说了出来。他和将军夫人虽然有交情,可是二人常常吵架,有时还吵得很凶。

"伙计,你别急,等着瞧吧! 你可别败兴啊!"伊丽莎白·

普罗科菲耶夫娜在公爵给她放好的圈椅上坐下时回敬道。

列别杰夫、普季岑、伊沃尔金将军忙着给小姐们端椅子。将军递给阿格拉娅一把椅子。列别杰夫给 Щ 公爵也端了一把椅子，这时就连他弯腰的姿势都流露出非凡的敬意。瓦里娅照例兴高采烈地小声向小姐们问安。

"老实说，公爵，我原来以为我一定会看到你躺在病床上。我吓得把实际情况夸大了。我一点也不想撒谎，方才我看见你满面春风，觉得非常恼火。但是我可以对你发誓，这只是片刻之间的事，那当儿我还没来得及好好想想。我只要好好想想，不论说话还是做事，总是会聪明一些。我想你也是这样。老实说，我看到你恢复了健康，比看到我的亲儿子恢复了健康还要高兴，假若我真有亲儿子的话。如果你不相信我说的这一点，那是你可耻，而不是我可耻。可是这个小坏蛋竟敢跟我开比这还要厉害的玩笑。你好像是在袒护他，所以我警告你，将来总有一天早晨，请相信我的话，我要拒绝继续享受和他结识的荣幸。"

"我究竟有什么过错呢？"科利亚喊道，"不论我怎么叫您相信公爵几乎已经好了，可您总不愿意相信；因为想象着他躺在床上快要死去的情景，那可是有趣多了。"

"您打算在我们这里长住吗？"伊丽莎白·普罗科菲耶夫娜对公爵说。

"要住整整一个夏天，也许还要久些。"

"你是单身？没有娶亲？"

"不，没有娶亲。"公爵听到这句挖苦话说得这么天真，不禁微微一笑。

"有什么可笑的；常有这种事。我在想这幢别墅的事。

你干吗不搬到我们那里去住？我们的整个厢房都空着。不过随你的便吧。你是向他租的吗？向这个人租的?"她向列别杰夫点点头，低声补充道，"他干吗老是装腔作势?"

这当儿薇拉从室内来到凉台上，照例抱着婴儿。列别杰夫围着椅子乱转，简直不知待在哪儿是好，不过他非常不愿意走开，便突然朝薇拉扑去，向她挥舞双手，撵她离开凉台，甚至放肆地跺起脚来。

"他疯了吗?"将军夫人蓦地补充道。

"不，他是……"

"也许喝醉了吧？你的一伙人真不怎么样，"她把其余的客人都扫了一眼，毫不客气地说，"不过这位姑娘多可爱呀！她是谁?"

"这是薇拉·卢基扬诺夫娜，这位列别杰夫的女儿。"

"啊！……很可爱。我想和她认识一下。"

列别杰夫听到伊丽莎白·普罗科菲耶夫娜的夸奖，早已把女儿拉过来介绍给将军夫人。

"孤儿，孤儿!"他走上前去时都飘飘然了，"她抱着的那个孩子也是个孤儿，是她的妹妹，我的女儿柳博芙，是我明媒正娶的发妻叶连娜生的，叶连娜是在六周以前经上帝恩准，在分娩时去世的……是的，先生……她代替了母亲，其实只不过是个姐姐，只不过是个姐姐……如此而已，如此而已……"

"老兄，请恕我直言，你也只不过是个傻瓜。好吧，够啦，我想你自己会明白的。"伊丽莎白·普罗科菲耶夫娜突然非常气愤地断然说道。

"千真万确!"列别杰夫毕恭毕敬地深深鞠了一躬。

"您听着，列别杰夫先生，有人说您会讲解《启示录》，这可是真的?"阿格拉娅问。

"千真万确……讲了十四年多了。"

"我听到过您的事情。报上好像刊登过您的事迹吧?"

"不,那说的是另一个讲解人,说的是另一个人,那个人已经死了,我继承了他的事业。"列别杰夫得意忘形地说。

"劳您的驾,过一两天请您给我讲解一下,咱们是邻居嘛。我对《启示录》简直一窍不通。"

"我不得不预先警告您,阿格拉娅·伊万诺夫娜,他这一套只不过是招摇撞骗,您得相信我的话。"伊沃尔金将军蓦地很快插了一句。他如坐针毡,急不可耐地想引起一场谈话;他在阿格拉娅·伊万诺夫娜的身边坐下,"当然,避暑总会享有某种特权,"他继续说道,"也会得到某种乐趣,听这位非同一般的冒牌专家讲解《启示录》,也和别的消遣一样是一种消遣,甚至是一种很高雅的消遣,但是我……您看着我仿佛很惊讶,是吧?让我荣幸地介绍一下自己,我是伊沃尔金将军。我还抱过您呢,阿格拉娅·伊万诺夫娜。"

"幸会幸会。我认识瓦尔瓦拉·阿尔达利翁诺夫娜和尼娜·亚历山德罗夫娜。"阿格拉娅喃喃地说,她竭力克制自己以免笑出声来。

伊丽莎白·普罗科菲耶夫娜勃然大怒。心中蕴积已久的怒火眼看就要爆发。她对伊沃尔金将军已忍无可忍,她以前倒也认识他,但那已是很久以前的事了。

"老兄,你跟往常一样在撒谎。你从来没有抱过她。"她气愤地对他斩钉截铁地说。

"您忘啦,妈妈,他的确抱过我,那是在特维尔,"阿格拉娅忽然证实道,"当时我们住在特维尔。我记得,那时我才六岁。他给我做了弓箭,还教我射箭,我射死了一只鸽子。您可记得咱们一起射死鸽子的事吗?"

"当时他送给我一个纸板做的头盔和一把木剑,我也记得!"阿杰莱达喊道。

"我也记得这件事,"亚历山德拉证实道,"当时你们还为了那只受伤的鸽子吵了一架,后来罚你们站墙角,阿杰莱达站墙角时还戴着头盔、佩着木剑呢。"

将军对阿格拉娅说他抱过她,不过是为了找个话题随便说说而已,这仅仅是因为每当他要结识年轻人的时候,他几乎总是从这种话题入手。但是这一次他碰巧说了一句实话,而他又碰巧把这事给忘了。如今当阿格拉娅突然证实他俩一同射死过鸽子的时候,他一下子就想起了那件往事。人到了暮年,常常回忆起遥远的往事,现在将军也想起了那件事的一切细节。在这种回忆里究竟有什么因素竟能对可怜的、照例有几分醉意的将军发生如此强烈的影响,那是说不清;不过他突然深为感动。

"我记得,我全都记得!"他喊道,"我那时是上尉。您是那么小,那么好看。尼娜·亚历山德罗夫娜……加尼亚……我在你们府上……承蒙你们款待。伊万·费奥多罗维奇……"

"瞧你现在这副倒霉相!"将军夫人应声说道,"既然你这么感动,那就表明你还没有把自己的高尚感情全都喝光!可是你却把妻子折磨坏了。你本该教导子女,可你却蹲了债户拘留所。老兄,你还是离开这里,找个地方站在门后的角落里哭一场,想想你过去是多么清白,上帝兴许会饶恕你的。去吧,去吧,我是认真地在对你说话。改过自新的最好办法,莫过于忏悔过去的所作所为。"

但是,重申她是认真地在对他说话却不必了:将军和一切经常喝醉的人一样很重感情,也和一切陷得太深的醉鬼一样,一想到幸福的往事就感到难过。他站起来,恭顺地朝门口走去,这倒使伊丽莎白·普罗科菲耶夫娜立刻可怜起他来了。

"阿尔达利翁·亚历山德罗维奇,老兄!"她朝他的背影喊道,"你等一会儿。我们大家都是有罪的。当你感到良心不大责备你的时候,就到我家来吧,我们可以坐下来聊聊往事。我的罪也许比你大五十倍;好啦,现在你走吧,再见,你不必再待在这儿了……"她忽然害怕他会回来。

"您暂时不必去服侍他,"公爵看见科利亚想跟着父亲跑出去,便阻止他说,"不然的话,过一会儿他又要来发一通牢骚,把时光全给糟蹋了。"

"这话很对,你别管他;过半小时再去吧。"伊丽莎白·普罗科菲耶夫娜拿定了主意。

"他一辈子哪怕只说了一次实话,就感动得落泪了!"列别杰夫大胆地插了一句嘴。

"假若我听到的是实话,那么,老兄,你大概也是个好人。"伊丽莎白·普罗科菲耶夫娜立刻制止他。

公爵周围的所有客人之间的相互关系,渐渐明朗起来了。公爵当然能够珍惜,实际上也十分珍惜将军夫人和她的女儿们对他的同情。当然,他也很诚恳地对她们说,在她们来访之前,他就决定当天去拜访她们,尽管自己有病,而且时间已晚。伊丽莎白·普罗科菲耶夫娜瞄了瞄他的客人们,答道:这马上就能办到。普季岑是个彬彬有礼而且很随和的人,他很快站起来溜到厢房里去找列别杰夫,非常想把列别杰夫本人也带走。列别杰夫答应很快就去。这时瓦里娅和小姐们攀谈起来,就留在那儿了。她和加尼亚看到将军出去都很高兴;加尼亚也很快跟着普季岑告辞了。他曾和叶潘钦娜母女一起在凉台上逗留了几分钟,当时他的举止不卑不亢,尽管伊丽莎白·普罗科菲耶夫娜目不转睛地把他从头到脚打量了两遭,他也毫不惊慌。凡是以前就认识他的人的确可以认为他的变化很大。这使阿格拉娅很高兴。

"方才出去的就是加夫里拉·阿尔达利翁诺维奇吗?"她蓦地问道,她有时就爱这么大声地、生硬地提问,不惜打断别人的谈话,也没有具体的询问对象。

"就是他。"公爵答道。

"我几乎都认不出他了。他的变化很大……大有长进。"

"我很替他高兴。"公爵说。

"他生过一场大病。"瓦里娅欣慰而同情地补充道。

"他哪一点变好了呢?"伊丽莎白·普罗科菲耶夫娜气恼而又纳闷地问道,几乎是大吃一惊,"你这是从何说起? 一点也没变好。你觉得究竟好在哪里?"

"没有比'不幸的骑士'再好的了!"科利亚蓦地说道,他一直站在伊丽莎白·普罗科菲耶夫娜的椅子旁边。

"我也这样认为。"Щ公爵说着就笑起来了。

"我的意见也完全相同。"阿杰莱达郑重地宣布。

"什么'不幸的骑士'?"将军夫人问道,她莫名其妙地、懊丧地瞧了瞧所有说话的人,但是一看到阿格拉娅满脸通红,便气冲冲地补充道:"简直是胡扯! 这个'不幸的骑士'是什么人?"

"您宠爱的那个淘气包歪曲别人的话也不是头一遭啦!"

阿格拉娅傲慢而气愤地答道。

　　阿格拉娅经常发怒,每次发怒的时候,不管她表面上多么严肃和冷酷,却几乎总要流露出一种掩饰得不好的、带孩子气的、像小学生那样不耐烦的神情,使人看到她有时就不可能不发笑。不过使阿格拉娅非常气恼的是,她不明白别人在笑什么,不明白"他们怎么能笑,他们怎么敢笑"。现在,两个姐姐和Щ公爵都笑了,就连列夫·尼古拉耶维奇公爵也莞尔一笑,不知为什么,他的脸也红了。科利亚哈哈大笑,洋洋得意。阿格拉娅当真生气了,却显得加倍地美丽。她的窘态跟她非常相称,由于这种窘态而产生的那种自怨自艾的情绪,也跟她非常相称。

　　"他也常常歪曲你们的话呀。"她补充道。

　　"我是以您自己的感叹为根据的!"科利亚喊道,"一个月前您翻阅《堂吉诃德》的时候曾感叹地说:'没有比"不幸的骑士"再好的人啦。'我不知道您当时说的是谁:是说堂吉诃德呢,是说叶夫根尼·帕夫雷奇呢,还是说另一个人,不过您是有所指的,而且议论了很久……"

　　"我可爱的孩子,我看你胡猜乱猜有点没边了。"伊丽莎白·普罗科菲耶夫娜悻悻地阻止他说下去。

　　"难道只是我一个人这样?"科利亚不肯住口,"当时大家都这么说,现在大家也这么说。方才Щ公爵,阿杰莱达·伊万诺夫娜,还有别的人,都说自己拥护'不幸的骑士';可见'不幸的骑士'是存在的,是肯定有的,据我看,要不是阿杰莱达·伊万诺夫娜,我们大家早已知道这个'不幸的骑士'是谁了。"

　　"我有什么过错呢?"阿杰莱达笑了。

"您不愿意画他的肖像——这就是您的过错！阿格拉娅·伊万诺夫娜当时请您画'不幸的骑士'的肖像,甚至描述了她自己编的那幅画的全部内容。您还记得画的内容吗？您不愿意……"

　　"可是,叫我怎么画呢,画什么人呢？从内容上来看,这个'不幸的骑士'

　　　在别人面前
　　　从不掀开脸上的钢甲。

结果会是一张什么样的脸呢？叫我画什么呢:是画钢甲,还是画一个无名英雄？"

　　"我一点也不明白,哪里有什么钢甲!"将军夫人生气了,她开始清楚地明白,这个"不幸的骑士"的称号指的是谁(他们大概早已约定使用这个称号了)。然而使她大为恼火的是,列夫·尼古拉耶维奇公爵也感到不好意思了,末了竟像十岁的孩子一样羞得无地自容。"这种胡闹还有完没完？有没有人能对我讲讲这'不幸的骑士'究竟是怎么回事？难道这会是一个那么可怕的秘密,碰都碰不得吗？"

　　然而大家只是笑个不停。

　　"这不过是一首奇怪的俄国诗,"Щ公爵终于开始讲解道,他显然想尽快岔开话头,改变话题,"说的是一个'不幸的骑士',只不过是一个片断,无头无尾。一个月前,有一次大家用罢午餐在一起谈笑,照例为阿杰莱达·伊万诺夫娜未来的图画寻找题材。您要知道,为阿杰莱达·伊万诺夫娜的图画寻找题材,这早已成为全家的共同任务了。当时忽然想到了那个'不幸的骑士',究竟是谁第一个想到的,我记不得了……”

“是阿格拉娅·伊万诺夫娜!”科利亚喊道。

“也许是的,我同意,不过我记不得了,”Щ公爵继续说道,“有些人嘲笑这个题材,也有些人宣称,这个题材再高明也没有了,但是在画这个‘不幸的骑士’时,无论如何要画一张人脸;大家开始研究所有熟人的面孔,结果一个也不合适,这事也就不了了之。就是这么回事。我不明白,尼古拉·阿尔达利翁诺维奇为什么忽然想起了这一切并把它捅了出来?这事早先说起来倒也可笑,而且合乎时宜,可现在却毫无意思了。”

“因为它意味着又要来一通刻薄的、叫人不愉快的胡闹。”伊丽莎白·普罗科菲耶夫娜斩钉截铁地说。

“没有任何胡闹,只有最深的敬意。”阿格拉娅完全出人意料地用郑重而严肃的口吻说道,她已完全恢复了原状,抑制住了先前的窘态。不但如此,倘若你看看她,就可以从某些迹象上看出,对于这玩笑开得越来越大,她现在倒觉得高兴。她的这一变化完全是在公爵不断增强的窘态已昭然若揭并登峰造极的那一瞬间发生的。

“一会儿发疯似的狂笑,一会儿又突然冒出来最深的敬意!真是一群疯子!为什么会有敬意?你现在就说说,为什么你无缘无故地会突然冒出来最深的敬意?”

“产生最深的敬意是因为,”阿格拉娅还是那么严肃而郑重地回答她母亲那几乎是恶狠狠的质问,“是因为这首诗朴实无华地描绘了一个有理想的人;其次,这人一旦确定了自己的理想,又能信奉它,在信奉之后,还能盲目地把自己的一生都献给它。在我们这个时代,这种事并不多见。那首诗并没有说明'不幸的骑士'的理想究竟是什么,然而看得出来,这是一个高尚的形象,'纯洁之美的形象',那位多情的骑士竟用念珠代替围巾套在自己的脖子上。不错,诗里还有一句神秘莫测的简短铭文,那就是他刻在自己的盾上的 А.Н.Б. 三个字母⋯⋯"

"是 А.Н.Д.。"科利亚更正道。

"我说是 А.Н.Б.,我偏要这么说,"阿格拉娅懊恼地打断了他的话,"不管怎么说,这个不幸的骑士显然已毫不在乎:他不管爱人是谁,也不管她干了什么。只要他选中了她,相信她具有'纯洁之美',那就够了,往后他就永远崇拜她。他的功绩在于即使她以后做了小偷,他还是会相信她,并为她的纯洁之美赴汤蹈火。看来诗人是想用一个不寻常的形象,来概括一个纯洁而高尚的骑士心中那中世纪骑士般的、柏拉图式的爱情的整个宏伟概念。不消说,这一切全是理想。在'不幸的骑士'的身上,这种感情已达到登峰造极的地步,达到了禁欲主义。应该承认:人居然能产生这种感情,这具有重大意义,这种感情能给人留下深刻的印象,从某个方面来看,这种印象还是非常值得称道的,至于堂吉诃德,那就更不必说了。'不幸的骑士'就是堂吉诃德,不过是一个严肃的、而不是滑稽的堂吉诃德。我起初不了解,所以发笑,现在却喜欢这个'不幸的骑士',主要是尊敬他的功绩。"

阿格拉娅说完了。大家瞧着她,简直都难以肯定她是在说正经话,还是在开玩笑。

"哼,他准是一个傻瓜,连他的功绩也是这样!"将军夫人断言,"亲爱的,你信口雌黄,讲起来还一套一套的。据我看,这对你可不合适。无论如何是不能允许的。什么诗?你念念,你一定会背!我一定要知道这首诗。我一辈子见到诗就受不了,我仿佛有一种预感。公爵,看在上帝的分上,你忍耐一下吧,看来咱们俩只好一起忍耐了。"她对列夫·尼古拉耶维奇公爵说,神情非常懊丧。

　　列夫·尼古拉耶维奇公爵本想说点什么,但是由于还没有摆脱窘态,所以连一句话也说不出来。只有那个口若悬河的阿格拉娅,却不但毫不害羞,似乎还很高兴。她当即站起身来,依然那么严肃而郑重,那神气就像早就料到了这一着,只等别人邀请了。她走到凉台中央,站在公爵对面。公爵还坐在自己的圈椅里。大家都惊奇地看着她,Щ公爵,她的姐姐和母亲,总之,几乎所有的人都快快不乐地观看着这种新奇的、事先准备好的恶作剧,这种恶作剧无论如何也有点太过火了。但是看得出来,阿格拉娅喜欢的正是她开始诵诗仪式时那种装腔作势的模样。伊丽莎白·普罗科菲耶夫娜几乎想把她撵回原处。不料就在阿格拉娅刚刚开始朗诵那首著名的叙事诗的当儿,有两位新客人高谈阔论地从街上来到凉台。一位是伊万·费奥多罗维奇·叶潘钦将军,跟在他后面的是一个年轻人。这引起了一阵轻微的骚动。

七

　　陪同将军前来的那个年轻人有二十八岁左右,他身材高大,体格匀称,眉清目秀,显得很聪明,两只又大又黑的眼睛闪烁着充满机智与嘲弄神态的光芒。阿格拉娅甚至都没有看他一眼,她装腔作势地继续背诗,始终只看着公爵一个人,只对他一个人朗诵。公爵明白了,她这么干是别有用心的。但是,新来的客人多少改善了一点他难堪的处境。他一看到他们就欠了欠身,客气地从远处向将军颔首致意,还打了个不让中断朗诵的手势,自己却趁机溜到圈椅后面,把左臂支在椅背上,继续倾听那首叙事诗。他现在可说是处于一种比较舒适的状态,不像坐在圈椅里那么"可笑"了。伊丽莎白·普罗科菲耶夫娜下命令似的向走进来的人们挥了两次手,让他们止步。公爵对陪同将军前来的新客人很感兴趣;他知道此人肯定就是叶夫根尼·帕夫洛维奇·拉多姆斯基。他已经听到有关此人的许多情况,而且不止一次想到他。只有此人穿的便服使他莫名其妙,因为他听说叶夫根尼·帕夫洛维奇是一位军人。在朗诵时,这位新客人的唇边一直有一种嘲笑神情,仿佛他对"不幸的骑士"已早有所闻。

　　"也许是他想出来的主意。"公爵暗自想道。

　　但是阿格拉娅的情况却全然不同。她开始朗诵时那种装腔作势和自命不凡的神气已荡然无存,取而代之的是一种十分严肃和深刻领会诗作的精神与涵义的神态。她是那么融会贯通而又那么朴实无华地吐出每一个诗句,因而在朗诵结束时不但吸引了全体听众的注意,而且由于她表达出了这首叙事诗的崇高意境,从而表明她那么神气十足地走到凉台中央时过于装腔作势的自命不凡也是不无道理的。在这种自命不凡的神气里,现在只能看出她对于自己所要表达的那种意境的无限尊敬,甚至也许是天真的尊敬。她目光炯炯,俊俏的脸庞上有两三次由于灵感和兴奋而显现出轻微的、依稀可辨的痉挛。她朗诵道:

　　　　世上曾有个不幸的骑士,①
　　　　沉默寡言又老实,
　　　　看上去愁容满面脸苍白,
　　　　却生来勇敢无畏又爽直。

　　　　他有一个梦想,
　　　　真叫人难以想象,
　　　　还有一个印象
　　　　深深铭刻在他的心上。

　　　　从此他心急火燎,
　　　　碰到女人也不瞧,
　　　　直到躺进棺材
　　　　也不跟娘们来往。

①　这是普希金的诗作。

他把念珠套在脖子上
用它代替围巾，
在别人面前
从不掀开脸上的钢甲。

他满怀着纯洁的爱情，
忠实于甜蜜的梦想，
他用自己的鲜血
把 A.M.D.①写在盾上。

在巴勒斯坦的沙漠上，
骑士们高呼着女人的芳名，
在悬崖峭壁之间，
策马疾驰，奔赴沙场。

天堂的光辉，神圣的玫瑰!②
他粗野地使劲喊叫，
他声若雷鸣，
把穆斯林吓得心惊肉跳。

他回到遥远的城堡，
完全与世隔绝，

① 这是三个拉丁字的缩写,意为"伟大的圣母"。
② 原文是拉丁文。

他老是沉默，老是悲伤，

终于像疯子那样死亡。

公爵事后回忆起整个这段时刻，很久都感到非常困惑，为他难于解决的一个问题所苦恼：怎能把如此真诚美好的情感与如此明显恶毒的嘲笑融为一体呢？他毫不怀疑其中有嘲笑成分；他清楚地明白这一点，而且是有根据的：阿格拉娅朗诵时，竟将 А. Н. Д. 三个字母读成了 Н. Ф. Б. 三个字母①。他不能怀疑（而且后来也得到了证实），他并没有弄错，也没有听错。不管怎么说，阿格拉娅的举动当然是开玩笑，虽说开得过于尖刻，过于轻浮，但这举动是预先考虑好的。一个月前大家就谈论过（还"嘲笑过"）这个"不幸的骑士"。但是后来不论公爵怎么回忆，也觉得阿格拉娅在读出这三个字母的时候，不仅没有任何开玩笑的样子或嘲弄意味，甚至并未加重这三个字母的发音以便更突出地表达它们的内在涵义。恰恰相反，她的神态始终是一本正经而又天真烂漫的，使人以为叙事诗里本来就有这三个字母，书上也是这么印的。公爵不由得感到心情沉重，闷闷不乐。伊丽莎白·普罗科菲耶夫娜当然既不明白也没有察觉字母的更换和其中的含意。伊万·费奥多罗维奇将军只明白正在朗诵诗。在其余的听者当中，有许多人都明白了这个举动的大胆及其用心，不免感到惊讶，可是都不说话，竭力不露声色。但是叶夫根尼·帕夫洛维奇却不仅明白（公爵甚至敢对这一点打赌），而且竭力装出已经明白的样子：他带着明显的嘲弄意味笑了一下。

"妙极了！"朗诵刚刚结束，将军夫人就赞叹道，她的确被

<hr>

① 这三个字母是纳斯塔霞·菲利波夫娜·巴拉什科娃的姓名的缩写。

陶醉了,"这是谁的诗呀?"

"妈妈,这是普希金的诗。您别丢我们的脸啦,真叫人难为情!"阿杰莱达喊道。

"有你们这样的女儿,我迟早会变得更蠢!"伊丽莎白·普罗科菲耶夫娜痛苦地回敬道,"可耻!我们回家以后,你们立刻把普希金的这首诗拿给我看!"

"我们家里好像根本没有普希金的诗。"

"不知从什么时候起,"亚历山德拉补充道,"就有两卷破书扔在家里。"

"马上派人到城里去买,派费奥多尔或阿列克谢乘第一班火车进城,最好是派阿列克谢。阿格拉娅,你到这里来!吻我一下,你读得很好。但是,如果你是真诚地读的,"她几乎是耳语般补充道,"那么我为你惋惜;如果你是以嘲笑的口吻读的,那么我不赞成你的感情,所以无论如何最好是根本不读。你明白吗?你去吧,小姐,我还要和你谈谈,不过我们在这里待得太久了。"

这当儿,公爵向伊万·费奥多罗维奇将军问安,将军把叶夫根尼·帕夫洛维奇·拉多姆斯基介绍给公爵。

"我是在路上碰到他的,他刚下火车;他听说我要到这里来,我们家的人又都在这里……"

"我听说您也在这里,"叶夫根尼·帕夫洛维奇插嘴道,"因为我早就想找一个适当的机会,不但要和您结识,而且要和您交个朋友,所以我不愿坐失良机。贵体欠安吧?我刚刚才知道……"

"我很健康,幸会幸会。我久闻大名,甚至还和Щ公爵谈起过您。"列夫·尼古拉耶维奇伸出一只手去答道。

双方寒暄了一番,互相握手致意,彼此又全神贯注地瞧了瞧对方的眼睛。转瞬之间他们就聊起家常来了。公爵发现(他现在观察一切事物都既迅速又贪婪,甚至有可能注意到根本就不存在的东西):叶夫根尼·帕夫洛维奇穿的便服使所有的人都惊奇不已,一时间人们甚至把其他一切印象都遗忘了。不妨认为,这样更换服装含有特别重大的意义。阿杰莱达和亚历山德拉困惑莫解地盘问叶夫根尼·帕夫洛维奇。他的亲戚Щ公爵甚至深为不安,将军说话时几乎有些激动。只有阿格拉娅一个人好奇地、但又十分泰然地把叶夫根尼·帕夫洛维奇打量了片刻,仿佛只想比较一下,看他更适合于穿军装还是穿便服。但是过了一会儿,她却转过身去不再看他了。伊丽莎白·普罗科菲耶夫娜也不想问什么,虽说她兴许也有点不安。公爵觉得,叶夫根尼·帕夫洛维奇似乎并未博得她的欢心。

“他让我觉得奇怪,使我感到惊讶!”伊万·费奥多罗维奇对所有的问话一概如此回答,“我方才在彼得堡遇见他的时候,真不愿相信。为什么这么突然?这真令人费解!他自己首先大喊大叫地反对弄坏椅子①。”

从他们后来的谈话里可以知道,叶夫根尼·帕夫洛维奇早就说过他要退伍;但是每次都说得非常随便,叫人没法相信。何况他谈起正经事来总是一副开玩笑的神气,叫人根本弄不清他的真意,尤其是当他本来就不愿让别人弄清的时候。

“我退伍是暂时的,几个月,至多一年。”拉多姆斯基

---

① 果戈理的名剧《钦差大臣》第一幕中,市长曾提到有一位历史教员,因讲课时过于热情冲动,竟弄坏了几把椅子。“弄坏椅子”在此意为“过于冲动”。

笑了。

"完全没有必要,我至少还是了解您的情况的。"将军更加激动地说。

"但是怎么去巡视领地呢?您自己也劝过我呀;况且我还想到国外……"

不过话题很快就变了;但是根据在一旁观察的公爵的看法,那种十分特别而且一直存在的不安情绪毕竟超过了限度,其中必有特殊缘故。

"这么说来,'不幸的骑士'又登场啦?"叶夫根尼·帕夫洛维奇走到阿格拉娅身边问道。

公爵感到惊讶的是:她莫名其妙地、探询地看了他一眼,仿佛想告诉他说,他们之间根本就不可能谈论"不幸的骑士",她甚至不明白他的问题。

"迟了,迟了,现在派人到城里去买普希金的诗集已经迟了!"科利亚精疲力竭地和伊丽莎白·普罗科菲耶夫娜争论,"我对您说过三千遍啦:已经迟了。"

"是的,现在派人进城的确迟了,"叶夫根尼·帕夫洛维奇尽快离开阿格拉娅,介入了他们的谈话,"我想,彼得堡的书店已经关门,现在都八点多了。"他掏出表来证实道。

"您既然这么久也没有想到这件事,那就忍到明天再说吧。"阿杰莱达插嘴道。

"要是上流社会的人对文学太感兴趣,"科利亚补充道,"那也并不体面。您问问叶夫根尼·帕夫洛维奇吧。迷上一辆带红轮子的黄色敞篷马车要体面得多。"

"您又寻章摘句啦,科利亚。"阿杰莱达说。

"他说话总是寻章摘句的,"叶夫根尼·帕夫洛维奇应声说道,"他老是整句整句地照搬批评文章中的话。我老早就有幸恭听尼古拉·阿尔达利翁诺维奇的谈话,但是这一次他并没有寻章摘句。尼古拉·阿尔达利翁诺维奇显然说的是我那辆带红轮子的黄色敞篷马车。不过我已经换了一辆,您说迟了。"

公爵倾听着拉多姆斯基所说的话……他觉得拉多姆斯基举止大方,谦虚开朗,公爵特别喜欢他用完全平等的友好口吻跟老找他的碴儿的科利亚讲话。

"这是什么?"伊丽莎白·普罗科菲耶夫娜对列别杰夫的女儿薇拉说,薇拉拿着几册大开本的书站在她面前,那几册书装订得很考究,几乎还是新的。

"普希金,"薇拉说,"我们家收藏的普希金作品。爸爸叫我给您送来。"

"这是怎么回事?这怎么能行?"伊丽莎白·普罗科菲耶夫娜感到惊讶。

"不是送礼,不是送礼!我不敢这样!"列别杰夫从女儿背后跳上前去,"照价收钱,太太!这是我家祖传的普希金作品集,安年科夫版①,现在根本找不到了,——照价收钱,太太。我现在满怀敬意地给您拿来,想把它卖给您,借以满足夫人无比优雅的文学感情的高尚渴望。"

"既然你想卖,那就多谢了。你肯定不会吃亏的。不过请不要装腔作势,老兄。我听别人说起过你,都说你非常博学,往后找个时间咱们谈谈。你能亲自把书给我送去吗?"

①　指由安年科夫编辑的普希金作品集,共七卷,出版于一八五五至一八五七年。这是在对普希金的手稿进行研究的基础上出版普希金作品集的第一次尝试。

"我将五体投地……毕恭毕敬地给您送去!"无比得意的列别杰夫装腔作势地从女儿手中把书夺了过去。

"喂,你可别给我弄丢了,送去吧,毕恭毕敬倒也不必,只不过有一个条件,"她聚精会神地打量着他补充道,"我只准你走到我家门口,今天我不打算接待你。至于你的女儿薇拉,你现在就可以让她去我那儿,我很喜欢她。"

"您怎么不讲讲那几个人的事呢?"薇拉不耐烦地对父亲说道,"您要是不讲,他们会自动闯进来,他们已经嚷起来了。列夫·尼古拉耶维奇,"她对已经拿起自己帽子的公爵说道,"有几个人早就前来找您,那四个人正在我们那里等您,还骂骂咧咧的,可是爸爸不许他们来见您。"

"什么客人?"公爵问。

"他们说有事求见。不过他们都是那种人,您现在不让他们进来,他们就会在半路上拦住您。列夫·尼古拉耶维奇,最好还是让他们进来,以后就如释重负了。加夫里拉·阿尔达利翁诺维奇和普季岑正在那里劝他们,他们不听。"

"帕夫利谢夫的儿子! 帕夫利谢夫的儿子! 不值得,不值得,"列别杰夫挥着双手,"不值得听他们的,先生;而且,无比尊贵的公爵,您为他们的事操心对您也不体面。是的,先生。他们不配……"

"帕夫利谢夫的儿子! 我的天呀!"公爵非常尴尬地喊道,"我知道……但是我……我把这件事委托给加夫里拉·阿尔达利翁诺维奇代办了。方才加夫里拉·阿尔达利翁诺维奇对我说……"

然而加夫里拉·阿尔达利翁诺维奇已经从室内走到凉台上来了;普季岑跟在后面。从隔壁的一个房间里传来了喧嚷声和伊沃尔金将军洪亮的声音,将军仿佛想把别人的声音都压下去似的。科利亚立刻跑去看热闹。

"这倒很有趣!"叶夫根尼·帕夫洛维奇大声说。

"可见他知道这件事!"公爵想道。

"什么帕夫利谢夫的儿子?又……会是怎样的一个帕夫利谢夫的儿子呢?"伊万·费奥多罗维奇将军莫名其妙地问道,他好奇地打量着所有的面孔,惊奇地发现只有他一个人不知道这桩新鲜事。

的确,大家都流露出兴奋和期待的神情。公爵深感惊讶,这件事完全是他个人的私事,怎么在这里竟会使大家发生这么强烈的兴趣。

"倘若您现在亲自去了结这桩公案,那就太好了,"阿格拉娅神态特别严肃地走到公爵面前说道,"请允许我们大家给您作证。公爵,有人想玷污您的名声,您应该郑重地替自己辩护,我预先为您感到非常高兴。"

"我也但愿这桩卑鄙的勒索案能够了结,"将军夫人喊道,"公爵,你好好地教训他们一顿,别饶过他们!人们整天议论这桩案子,我都听腻了,我为你一直气得不行。再说,瞧瞧他们倒也怪有趣的。你叫他们进来,我们可以坐下。阿格拉娅的主意很好。您可曾听到别人提起这件事,公爵?"她对Щ公爵说道。

"当然听到过,就是在府上听到的。不过我特别想看看这些青年人。"Щ公爵答道。

"莫非他们就是所谓的虚无主义者?"

"不,他们并不是虚无主义者,"列别杰夫向前跨了一步,他也激动得几乎哆嗦起来,"这是另一种特殊人物,先生。我的外甥说他们比虚无主义者跑得还远,先生。如果您以为只要有你们在场,就会使他们有所收敛,那您就想错了,阁下;他们是不会害臊的,先生。虚无主义者有时毕竟还有渊博的知识,甚至还是学者,可是这些人却走得更远,先生,因为他们首先是实干家,先生。这其实是虚无主义造成的一种后果,但不是直接造成的,而是拾取了虚无主义的牙慧形成的变种,他们并不在报刊上发表什么文章表现自己,而是直接采取行动,先生。他们认为,譬如说吧,问题并不在于什么普希金的作品没有意义,譬如说吧,也不在于必须把俄国分割成几部分;不是的,先生,他们现在干脆认为,只要你很想得到什么东西,那么你就有权不在任何障碍面前止步,哪怕为此杀死八个人也在所不惜,先生。不过,公爵,我劝您还是别……"

但是,公爵已经去为客人开门了。

"你这是诬蔑,列别杰夫,"公爵微笑着说,"您的外甥使您很痛心。您别信他的话,伊丽莎白·普罗科菲耶夫娜。请您相信,戈尔斯基和丹尼洛夫①之流的确只是一些例外……而这些人只不过是……犯错误……不过我不想在这里,当着大家的面了结此案。请原谅,伊丽莎白·普罗科菲耶夫娜,他们进来以后,我请您看看他们,然后就把他们带走。诸位,请进吧!"

使他更为不安的是另一个叫他痛苦的想法。他仿佛觉得:莫不是有人预先把这件事安排在此时此刻,而且就是要让这些证人都看到,说不定还巴不得他会为此丢丑,而不希望他

---

① 这两个人都是当时著名的刑事犯,详见本书第 180 页和第 259 页的注释。

得胜？但是他觉得自己这种"可怕而又可恶的疑心病"未免太可悲了。倘若有人知道他的头脑里有这种想法，他还不如死了的好。他的这些新客人走进来时，他真诚地准备承认，在他周围所有的人当中，他在道德方面是最低下的一个。

走进五个人来，四个是新客人，跟在他们后面进来的是正在慷慨激昂地大肆发挥自己辩才的伊沃尔金将军。"这一位肯定拥护我！"公爵微笑着想道。科利亚跟着大家溜了进来，他正热烈地在和新来的客人之一——伊波利特说话；伊波利特边听边笑。

公爵请客人们坐下。这些客人都很年轻，甚至还没有成年，所以他们的来访以及对他们的这一番客套都不免使人感到诧异。譬如说，伊万·费奥多罗维奇·叶潘钦对于这个"新情况"就毫无所知，也毫不理解，他看到这样一帮年轻人，甚至感到气愤；要不是他的夫人对于公爵的私人利益热心得都使他觉得奇怪，他肯定会设法提出抗议。不过他依然留在那里，这部分是出于好奇，部分是出于一片好心，他甚至还想帮点忙，将军的权威无论如何还是有用的。但是伊沃尔金将军进来后远远地向他鞠了一躬，这又使他怒不可遏。他皱起眉头，决定一言不发。

不过在四个年轻客人之中有一个已经三十来岁，他就是那个退伍的"中尉，属于罗戈任一伙，拳术家，当年周济他人时每次给十五卢布"。猜得出来，他是以挚友的身份前来给其余的人撑腰壮胆，必要时助他们一臂之力的。在其余的人当中，最主要也最突出的角色就是被称作"帕夫利谢夫的儿子"的那个人，虽说他自称安季普·布尔多夫斯基。这是个年轻人，衣着寒酸而又邋遢，常礼服的袖子上尽是油污,磨得像镜子般锃亮。油污的坎肩一直扣到脖子上,根本看不见衬衫。他那条黑绸围巾满是油污,而且卷成了一条辫子。他的手没有洗,脸上长满粉刺。他的头发是淡黄色的,如果可以这样形容的话,那么他的眼神可说是天真而无耻的。他的个子不小,但身材瘦削,二十二岁上下的年纪。他的脸上没有丝毫讥讽或反省的表情;相反地,他完全是麻木不仁地陶醉在自己的权利之中,同时他还总有一种简直使人感到奇怪的特点,那就是渴望自己经常受人欺负而且感到自己受了欺负。他说起话来很激动,性急而且口吃,仿佛不能把话说全,就像是个口齿不清的人或外国人,其实论出身他是纯粹的俄罗斯人。

陪他前来的一个是读者已经熟悉的列别杰夫的外甥,另一个是伊波利特。伊波利特年纪很轻,有十七八岁,一副聪明相,但经常流露出生气的表情,疾病在他的脸上留下了可怕的痕迹。他瘦得像一具骨头架子,皮肤呈淡黄色,目光炯炯,两颊各有一块红斑。他不停地咳嗽,每说一句话,甚至每喘一口气,都要发出嘶哑的声音。看得出来,他的肺病已经到了最危险的程度。看来他最多只能再活上两三个星期。他很疲乏,第一个在椅子上坐下。其余的人进来的时候都有点拘束,甚至还有点局促不安,但是他们神态傲慢,大概怕丢面子,说来也怪,这完全不符合他们因否认上流社会的一切繁文缛节和偏见、否认除自己的利益之外的几乎是世上的一切而赢得的那种名声。

"安季普·布尔多夫斯基。""帕夫利谢夫的儿子"急忙结结巴巴地说。

"弗拉基米尔·多克托连科。"列别杰夫的外甥清楚而明确地自我介绍道,甚至仿佛在夸耀他姓多克托连科似的。①

"凯勒!"退伍中尉喃喃道。

"伊波利特·捷连季耶夫。"最后作自我介绍的客人突如其来地用尖嗓门叫道。末了,大家都在公爵对面的一排椅子上就座。他们在自我介绍以后,立刻皱起眉头,为了给自己壮胆,都把自己的制帽在两只手中倒来倒去。大家都准备说话,但是又默不作声,用挑衅的神态期待着什么,那模样仿佛是说:"不,老兄,你在撒谎,你别骗人!"使人感到,只要有人说出第一句话开个头,他们立刻就会争先恐后、互不相让地一齐说起话来。

---

① "多克托连科"一词与"博士"一词为同根词。

八

　　"诸位,我没料到你们之中的任何人会来,"公爵开始说道,"我在今天以前一直生病,您那件事(他对安季普·布尔多夫斯基说)我在一个月前就委托加夫里拉·阿尔达利翁诺维奇·伊沃尔金办理,当时也通知过您。不过我并不想逃避亲自加以解释的义务,不过您也会同意,在此时此刻……我请您和我一起到另一个房间去,如果时间不长的话……我的朋友们现在都在这儿,请您相信……"

　　"朋友……随便多少都行,不过,请允许……"列别杰夫的外甥突然用严厉教训的口吻插嘴道,虽说嗓门还没有提得很高,"请允许我们声明,您本来应该对我们客气一点,而不该让我们在您的下房里等候两小时……"

　　"当然啦……而我……这是公爵的派头!这……那么您是将军!我可不是您的仆人!而我,我……"安季普·布尔多夫斯基突然特别激动地嘟哝道,他的嘴唇哆嗦着,像受了莫大委屈似的,声音发颤,嘴里唾沫四溅。他仿佛浑身崩裂或破裂了,但突然又如此着忙,因而从他的第十句话开始就叫人听不懂了。

　　"这是公爵派头!"伊波利特用尖利而颤抖的声音喊道。

　　"如果这样对待我,"拳术家喃喃地说道,"也就是说,如

353

果这跟我这个体面的人有直接关系,那么我若是处在布尔多夫斯基的地位……我……"

"诸位,我刚刚才知道你们在这儿,这是实话。"公爵又重复了一遍。

"公爵,我们不怕您的朋友们,不管他们是什么人,因为我们有自己的权利。"列别杰夫的外甥再次声明。

"但是请问,您有什么权利,"伊波利特又尖声喊叫起来,不过已经非常激动,"把布尔多夫斯基的事拿来让您的朋友们裁判呢?我们也许并不愿意让您的朋友们来裁判;您的朋友们的裁判可能意味着什么,那是再清楚不过了!……"

"布尔多夫斯基先生,假如您末了不愿意在这里说,"公爵对于这样的开头感到非常吃惊,他好容易才插嘴说,"那么我对您说,咱们就立刻到另一个房间去,至于你们大家,我向你们重复一遍,我是刚刚才听说……"

"但是您没有权利,您没有权利,您没有权利!……把您的朋友们……是的!……"布尔多夫斯基蓦地又嘟哝起来,他羞怯地、提心吊胆地环首四顾,他越不相信人,越怕见生人,也就越激动,"您没有权利!"他说完这句话就戛然而止;他默默地瞪着那双非常凸出的、有几道很粗的红色脉络的近视眼,探询地盯着公爵,整个身子都向前倾。这一次公爵惊奇得也不作声了,也瞪着眼睛看着他,一句话也说不出。

"列夫·尼古拉耶维奇!"伊丽莎白·普罗科菲耶夫娜蓦地招呼他,"你现在就把这读一读,立刻读,这跟你的事有直接关系。"

她急忙递给他一张属于幽默杂志的周报①，指了指报上的一篇文章。在客人刚走进来的时候，列别杰夫就从一旁跳到伊丽莎白·普罗科菲耶夫娜身边去讨她的欢心。他一句话也不说，就从旁边的口袋里掏出了这张报纸，径直放到她的眼前，指了指报上的一个标明记号的专栏。伊丽莎白·普罗科菲耶夫娜读罢，感到非常惊讶和不安。

　　"不过是不是最好不要读出声来，"公爵十分难堪地嘟哝道，"我可以一个人去读……以后……"

　　"那么最好是由你来读，立刻就读，大声读！大声读！"伊丽莎白·普罗科菲耶夫娜对科利亚说道，公爵刚刚摸到报纸，她就不耐烦地从公爵手里把它抢走了，"对大家大声念，让每个人都能听见。"

　　伊丽莎白·普罗科菲耶夫娜是个性急的、容易冲动的女人，她有时也不好好想想，又不管天气好坏，突然一下子就起锚驶向辽阔的海洋。伊万·费奥多罗维奇不安地动弹了一下。然而正当大家起初不由自主地愣在那里纳闷地等候的时候，科利亚就已打开了报纸，开始从列别杰夫跳过来指给他看的那个地方朗诵道：

　　"无产者与贵族后裔，一桩寻常的白昼行劫案！进步！改革！公理！

　　"在我们所谓神圣的罗斯，在我们这个改革与公司昌盛

---

① 暗指一八五九至一八七三年在彼得堡出版的讽刺杂志《火花》（由诗人库罗奇金和漫画家斯捷潘诺夫主编）。该刊接近革命民主主义阵营，跟反动派和自由派作过不可调和的斗争。据考证，这篇专讲公爵的文章的第一部分，是讽刺性地模仿《火花》杂志的"读者来信"专栏刊载的那些文章写成的，该专栏的主持者是该刊著名撰稿人斯托帕诺夫斯基。

的时代,在民族至上和每年输出成亿卢布的时代,在奖励工业而手工劳动却陷于瘫痪的时代(如此等等,不胜枚举,读者诸君,还是让我们开门见山吧),怪事层出不穷。我们过去的一位贵族地主(发自肺腑!①)的后裔闹了一桩奇怪的笑话。这种贵族后裔的祖父在轮盘赌上把家产输得精光,父亲只得去当士官生和中尉,他们照例由于在支配公款方面犯了什么天真的错误而瘐死狱中,他们的孩子就像我们这个故事的主人公,长大后不是成为白痴,便是卷入刑事案件,不过陪审员为了让他们吸取教训并改过自新,会判他们无罪;也有的末了闹出一些骇人听闻的笑话,玷污我们这个本来就不体面的时代。我们这位贵族后裔,半年前穿了一双外国式的鞋罩,一件没有衬里的军大衣,浑身哆嗦着在冬天从瑞士回到俄国。他在瑞士治疗白痴症(确是如此!②)。应该承认,他很走运,因此,姑且不提他在瑞士治疗的那种有趣的病(试问:白痴症能治愈吗?!!),他本人也足以证明'吉人自有天相'这句俄国谚语是完全正确的。你们自己判断一下:当我们这位男爵的父亲去世时,男爵还是一个吃奶的婴儿,据说他的父亲是个中尉,由于赌博时突然输光了全连的公款,也可能是由于用树条抽打下属过于残忍而吃了官司(读者诸君,请记住这是旧时代的事!),终于死在狱中。一位有万贯家财的俄国地主发了慈悲,把我们这位男爵收养下来。这位俄国地主——我们姑且称他为Π③,——在早先的黄金时代拥有四千名农奴(农奴!诸位,你们可明白这个字眼?我不明白。应该查查详解辞典:

---

① 原文是拉丁文,这是天主教安灵祈祷的开头一句。
② 原文是拉丁文。
③ 音"bai"。

"往事历历,却教人欲信还疑"①),他显然是俄国的懒汉和寄生虫之一,在国外游手好闲地消磨时光,夏天在水上,冬天在巴黎百花宫,一辈子在那里挥霍掉无数金钱。可以肯定地说,以前农奴缴的租税,至少有三分之一落入了巴黎百花宫老板(他真是个有福之人!)的腰包。无论如何,无忧无虑的 Π. 把这位孤苦伶仃的小少爷当作一位公爵来精心培养,为他雇了男女家庭教师(他们无疑都长得很俊),他们都是他自己顺便从巴黎带来的。但是,族里的最后一名贵族后裔是一个白痴。从百花宫来的家庭女教师爱莫能助,所以我们这位学生到二十岁还没有学会任何一种语言,连俄语也不例外。不过这最后一点倒情有可原。末了,Π 的俄国农奴主的脑袋突然异想天开,认为在瑞士可以把白痴教育成一个聪明人。不过这个幻想是合乎逻辑的,因为一个寄生虫式的资本家自然想象得到,只要有钱,哪怕聪明才智也可以在市场上买到,尤其是在瑞士。于是这位白痴就在瑞士的一位著名教授那里治了五年,花了成千上万的钱。不消说,白痴并没有成为聪明人。不过据说他总算像一个人了,当然也有点勉强。Π 忽然暴卒。当然没留下任何遗嘱。他的事业照例是一团糟。贪婪的继承人蜂拥而至,他们对于族里那位靠别人的恩典在瑞士治疗先天性白痴症的最后一位贵族后裔毫无兴趣。这位贵族后裔虽说是个白痴,却隐瞒了恩人死亡的消息,骗过了教授,据说在教授那里白治了两年病。不过教授的骗术也很高明,他看见这位二十五岁的寄生虫囊空如洗,但胃口却很好,不禁害怕起来,便给他穿上自己的旧鞋罩,又把自己那件破破烂烂的军大

① 引自俄国剧作家格里鲍耶多夫《聪明误》第二幕第二场恰茨基的台词。

衣送给他,大开恩典地打发他乘三等车回俄国①,——如释重负地把他赶出了瑞士。我们的主人公似乎流年不利。其实并非如此:幸运之神宁愿使好几省的人民活活饿死,却把她的一切恩惠都一下子赐予这位贵族,好比克雷洛夫写的乌云,它从干旱的土地上空驰过,却在海洋上空下雨。几乎就在他从瑞士刚刚回到彼得堡的时候,他母亲(自然是商人出身)的一个亲戚在莫斯科去世,这个亲戚是个无儿无女的老光棍,一个蓄着大胡子的商人,分裂派教徒,他留下了几百万财产,全是无可争论的、十足的、纯粹的现款(读者诸君,这笔财产如能归你我所有,那该有多好!),而且全都给了我们的贵族后裔,全都给了我们这位在瑞士治过白痴症的男爵!喝,这么一来可就今非昔比了。在我们这位套着鞋罩的男爵周围,忽然聚集了一大群亲朋好友,而男爵本人也追求起别人的一个著名的、标致的姘妇来了。他甚至还发现了一些亲戚,更多的则是成群结队急于出嫁的名门闺秀,哪里去找比这位男爵更好的对象呢:贵族,百万富翁,又是个白痴——真是无美不备,打着灯笼都找不到这样的丈夫,定做都做不出来!……”

“这个……这个我就不明白了!”伊万·费奥多罗维奇气急败坏地喊道。

“别念啦,科利亚。”公爵用哀求的声音喊道。四面八方都喊叫起来。

“读下去! 无论如何要读下去!”伊丽莎白·普罗科菲耶夫娜断然说道,她显然在竭力抑制自己的怒火,“公爵! 要是不让他读,咱们会吵起来的。”

---

① 原文是德文。

毫无办法。科利亚怒火中烧,他涨红了脸,焦躁不安地用激动的声音继续读下去:

　　"但是,正当我们这位暴发户可说是飘飘然如羽化而登仙的时候,不料节外生枝,发生了新的情况。一天早晨,有一位客人来见他。这位客人脸色安详而严峻,说话虽然客气,然而十分得体而又公道,他衣着朴素大方,思想上显然有进步倾向,他用三言两语说明了来意:他是一位名律师;一个年轻人委托他办理一件案子;他代表那个年轻人前来访问。这年轻人就是已故的Ⅱ的儿子,虽然他换了个名字,Ⅱ是个好色之徒,青年时代勾引过女仆中一位贞洁的、贫穷的、但是受过欧洲式教育的姑娘(不消说,他这是利用了贵族在过去的农奴制时代享有的权利)。当他发现这段露水姻缘即将产生不可避免的后果时,就急忙把她嫁给一个既经营实业又担任公职的人,此人品德高尚,而且早就爱上了那位姑娘。Ⅱ起初还帮助这对新婚夫妇,但是新郎由于品德高尚,不久就拒绝接受他的帮助。过了一些时候,Ⅱ渐渐忘掉了这个姑娘,也忘掉了他和她生的那个儿子。后来正如众所周知的那样,他没有留下遗嘱便去世了。他的儿子是在那姑娘出嫁后出生的,用别人的姓氏长大,她母亲的丈夫品德高尚,完全承认他是自己的儿子。然而这位父亲死后,他只得靠自己的钱财生活,而且在一个遥远的省份里还住着他的一位饱经忧患、卧病不起的母亲。他在京城里每天凭高尚的劳动在商人家里教书,用挣来的钱供自己上学。起初他在中学读书,后来考虑到自己的前程,又去旁听对自己有益的课程。但是,在俄国商人家里教书每次只收十戈比,赚不了几个钱,何况他还要赡养一个卧病在床的母亲。末了他的母亲在遥远的省份死去了,但这几乎并未减轻他的任何负担。现在的问题是：我们的贵族后裔应该如何公正地作出决定呢？当然，读者诸君，你们以为他会对自己说：'我一生受尽了∏的恩惠；他为了教育我，为了给我请家庭女教师并治疗我的白痴症，在瑞士花了好几万。现在我拥有百万家产，而∏的那位品德高尚的儿子却为了教课而葬送自己的前程，其实他对自己那个轻浮的、把他遗忘了的父亲的一切行为并不负任何责任。用在我身上的一切，按理说都应该用在他的身上。为我花费的那笔巨款，实际上并不是我的。这只不过是命运之神偶然犯下的错误；那些钱应归∏的儿子所有。那些钱应该用在他的身上，而不该用在我的身上，因为我只不过是轻浮而善忘的∏一时冲动、逢场作戏的产物。倘若我为人十分高尚，能替别人着想而又办事公道，我就该把我继承的全部遗产分给他儿子一半；但是，由于我首先是一个精明的人，我很明白这件事不是法律问题，所以我不能把我的百万家产分出一半去。但是，倘若我现在不把∏为治疗我的白痴症而花去的几万卢布归还给他的儿子，那么我至少是太卑鄙太无耻了（贵族后裔忘了，这样做也不精明）。只能凭良心与公道行事！因为当时∏要是不教养我而去照顾自己的儿子，我又会怎么样呢？'

"然而实际情况却并非如此，读者诸君！我们的贵族后裔并不是这么想的。那位年轻人的律师仅仅是出于交情才替他张罗这件事，几乎违反了自己的意志，几乎是出于无奈。但是，不论律师怎样对他讲，怎样告诫他应该顾全名誉，维护体面和公道，甚至干脆给他讲明了利害得失，然而这位在瑞士受过教育的人却始终不为所动，结果如何呢？其实这也没有什么。确实不可原谅，也不能以任何有趣的疾病为由而予以宽恕,这位刚刚扔掉教授给他的鞋罩的百万富翁,竟不能了解那个品德高尚、在教书生涯中葬送自己的年轻人并不是要求他给予恩惠与救济,而是向他索取自己的权利和自己应得的东西,虽然法律上并未规定。他甚至并没有提出要求,而是朋友们替他提出的。我们这位贵族后裔由于可以利用手中的百万家产不受惩罚地欺压别人而沾沾自喜,他竟大模大样地掏出一张五十卢布的钞票,傲慢无礼地施舍给那位高尚的年轻人。诸君,你们不相信吧?你们感到愤慨,感到受辱,你们气得破口大骂。但是他已经这么做了!不消说,那笔钱当时就退还给他了,可以说是扔到他的脸上了。这件事究竟如何解决呢?这并不是一个法律问题,所以只得公之于众了!我们现在就把这段趣事公之于众,保证它绝对可靠。听说我国有一位极其有名的幽默作家曾信口诌了一首绝妙的讽刺诗①,这首诗不仅在反映我国习俗的外省特写中,而且在京城特写中,也应占有一席之地:

> 穿着什奈德尔②的军大衣,
>
> 廖瓦③玩了五年;
>
> 尽用无聊的琐事
>
> 浪费宝贵的时间。
>
> 他穿上狭窄的鞋罩回国,

---

① 据考证,这首讽刺诗是讽刺性地模仿一八六三年在《手稿》上发表的"诗体儿童故事"《过于自信的费佳》的片断写成的,该片断讽刺的对象是陀思妥耶夫斯基,其作者为萨尔蒂科夫–谢德林。陀思妥耶夫斯基在此把讽刺梅什金的这首短诗也说成出自谢德林的手笔。

② 什奈德尔,一位瑞士教授的名字。——诗作者注

③ 廖瓦,贵族后裔列夫的小名。——诗作者注

得到一百万遗产；

他像俄国人那样祷告，

却是个盗劫学生财物的罪犯。”

科利亚读完以后，急忙把报纸交给公爵，一句话也不说，就朝屋角跑去，紧贴墙根钻到屋角，用双手捂住脸。他羞愧得无地自容，他那颗幼稚的、对于卑鄙龌龊的事尚未习惯的敏感心灵，受到了过度的刺激。他觉得发生了一件一下子就摧毁了一切的不寻常事件，就凭他朗读了这篇文章这一点而论，此事几乎就是他造成的。

但是大家似乎也都有类似的感觉。

小姐们感到十分尴尬和羞愧。伊丽莎白·普罗科菲耶娜压住满腔的怒火，她也许对于自己卷入了此事感到追悔莫及；现在她默不作声。公爵也像那些过于腼腆的人在这种情况下常见的那样，替别人的行为感到无比羞愧，替自己的客人们感到无比羞愧，最初他竟不敢正眼去看他们。普季岑，瓦里娅，加尼亚，甚至列别杰夫，——大家都仿佛有点难堪。最奇怪的是，连伊波利特和“帕夫利谢夫的儿子”也仿佛对什么事感到惊讶；列别杰夫的外甥也显然有所不满。只有拳术家一个人泰然自若地坐在那里捻小胡子，他神态庄重，稍稍垂下视线，但这并不是由于难为情，相反地倒仿佛是出于高尚的谦虚和过于明显的得意似的。从一切迹象可以看出，他很喜欢这篇文章。

“鬼才知道这是什么玩艺儿，”伊万·费奥多罗维奇低声埋怨道，“就像是五十名奴仆凑在一起写出来的。”

“请问，阁下，您怎么能用这种假设来侮辱别人？”伊波利特浑身发抖地说。

"这,这,这对于一个高尚的人……您自己也会同意,将军,倘若是个高尚的人,这就是侮辱!"拳术家埋怨道,不知为什么也猝然一振,同时捻着小胡子,扯动着肩膀和身躯。

"第一,我不是你们的'阁下';第二,我不打算对你们作任何解释。"伊万·费奥多罗维奇非常激动,很不客气地答道,他从座位上站起来,一言不发地退到凉台的出口处,站在上面一层阶梯上,背朝着众人,——他对伊丽莎白·普罗科菲耶夫娜非常气愤,因为她直到现在还不想离开自己的座位。

"诸位,诸位,最后请允许我,诸位,说几句话,"公爵心烦意乱地喊道,"劳驾,让我们谈一谈以增进相互了解吧。关于这篇文章,诸位,我倒无所谓,随它去吧;不过,诸位,这篇文章里写的全不是事实:我所以这么说,是因为你们自己也知道这一点,这甚至是可耻的。所以,如果这篇东西是你们之中的哪一位写的,我会感到非常惊讶。"

"我在此刻之前对这篇文章毫无所知,"伊波利特声明道,"我不赞成这篇文章。"

"我虽然知道写了这篇文章,但是……我也不赞成发表,因为为时尚早。"列别杰夫的外甥补充道。

"我是知道的,但是我有权……我……""帕夫利谢夫的儿子"喃喃道。

"怎么!这全是您自己编的?"公爵好奇地瞧着布尔多夫斯基问道,"这不可能!"

"但是也可以不承认您有权提出这类问题。"列别杰夫的外甥插嘴道。

"我只是感到惊奇,布尔多夫斯基先生居然会……但是……我想说的是,您既然已把此事公之于众,那么我方才向我的朋友们谈起此事的时候,您干吗又那么见怪呢?"

"对呀!"伊丽莎白·普罗科菲耶夫娜气愤地嘟哝道。

"公爵,您甚至都忘了,"列别杰夫按捺不住,蓦地从几把椅子当中溜了出来,几乎像得了热病,"您忘了,先生,您接见他们,倾听他们说话,只是出于您的善良愿望和您的一片无可比拟的好心,他们没有任何权利提出这种要求,何况您已委托加夫里拉·阿尔达利翁诺维奇去办理此事,您这么做也是出于您的过分善良。如今,无比尊贵的公爵,您正和您的几位卓越的朋友聚会,您不能为了这几位先生而牺牲这一群朋友,先生,这么说吧,您本来可以立刻把这几位先生从门廊里撵出去,先生,我作为房东,甚至会感到非常高兴,先生……"

"完全正确!"伊沃尔金将军蓦地从房间深处雷鸣般叫道。

"够了,列别杰夫,够了,够了……"公爵开始说道,但是满腔怒火猝然迸发,他说不下去了。

"不,请原谅,公爵,请原谅,现在这已经不够了!"列别杰夫的外甥喊得比谁都响,"现在我们应该明确而坚定地把事情讲清楚,因为大家显然并不了解它。从法律上来说,这里是有一些可以挑剔之处,而他们就是根据这一点扬言要把我们从门廊里撵出去!公爵,难道您认为我们都已经蠢到连我们自己也不明白,我们这件事在多大的程度上并不是法律问题,如果从法律的角度考虑,我们无权向您要一卢布吗?但是我们明白,即使没有法律上的权利,那还有人道的、自然的权利,还有理智的权利和良心的呼声,即使我们这种权利没有载入任何人类的腐败法典,但是一个高尚的诚实的人,也就是一个头脑健全的人,即使在法典没有规定的那些方面也依然必须是一个高尚的诚实的人。因此我们来到了这里,不怕别人仅仅为了我们不是乞求,而是要求,为了我们在这么晚的时候(我们来的时候还不晚,是您迫使我们在下房里等了许多时候)前来作不体面的访问而把我们从门廊里撵出去(像你们方才所扬言的那样)。我对您说,我们之所以无所畏惧地前来,是因为我们估计您是一个头脑健全的人,也就是一个有良心的体面人。是的,不错,我们不是恭恭敬敬地走进来的,不像您那帮不要脸的食客和乞求者,而是像自由的人们那样昂着头,我们决不乞求,而是提出自由的、骄傲的要求(您听着,不是乞求,而是要求,您要好好记住这一点!)。我们现在体面地、直截了当地向您提出一个问题:在布尔多夫斯基一案中,您认为自己究竟对不对? 您是不是承认帕夫利谢夫曾施恩于您,甚至还救过您的命? 要是您承认(您显然会承认的),那么您在得到一百万遗产之后,是否愿意给这个贫困潦倒的帕夫利谢夫的儿子一点报酬,是否认为您应该凭良心报答他一下,虽说他已改姓布尔多夫斯基? 是还是不是? 如果是,换言之也就是说,倘若您果真拥有被您称作名誉和良心、却被我们更为确切地称为合理看法的那种东西,您就应该满足我们的要求,事情也就到此了结。您别指望我们的乞求和感谢,满足我们的要求吧,您别等候我们的乞求和感谢,因为您这样做并不是为了我们,而是为了公理。倘若您不想满足我们的要求,也就是回答一个不字,那么我们马上就走,事情也就到此为止。我们要当面对您说,当着您的所有证人的面说,您是一个愚蠢无知和缺乏教养的人;今后您休想、也没有权利自称是一个有名誉和良心的人,虽说您想用很低的价钱来购买这种权利。我说完了。我把问题提出来了。只要您有胆量,您现在就可以把我们从门廊里赶出去。您可以这样,您有这个力量。但是您要记住,我们毕竟只是要求,而不是乞求。是要求而不是乞求!……"

列别杰夫的外甥十分激动地停止了说话。

"我们是要求,要求,要求,而不是乞求!……"布尔多夫斯基喃喃道,脸红得像一只大虾。

列别杰夫的外甥说完那一番话之后,掀起了一阵普遍的骚动,甚至还有人埋怨起来。不过客人们显然都想避免介入此事。只有那个像是寒热病发作的列别杰夫一个人例外。(奇怪的是:列别杰夫明明是支持公爵的,但听了外甥的那篇演说却仿佛为家族感到自豪和喜悦;至少他是以一种特别满意的神态扫了大家一眼。)

"据我看来,"公爵用相当低的声音开始道,"据我看来,多克托连科先生,在您方才讲的那一番话里,有一半完全正确,我甚至同意有极大的一半是正确的。倘若您的话里没有漏掉什么的话,我本来可以完全同意您的意见。至于您究竟漏掉了什么,我却不能确切地告诉您,我做不到,但是要使您的话完全公道,当然还缺了点什么。不过我们现在还是言归正传吧。诸位,请问你们为什么要发表这篇文章?这篇文章里没有一句话不是诬蔑。因此,诸位,据我看来,你们干了一桩卑鄙的勾当。"

"不行!……"

"阁下!……"

"这……这……这……"激动的宾客们一下子都喧嚷起来。

"关于这篇文章,"伊波利特用尖嗓门应声说道,"关于这篇文章，我已经对您说过，我和别人都不赞成！这是他写的，"他指着坐在旁边的拳术家说道，"他写得不成体统，这我同意，他写得文理不通，而且用的是像他那种退伍军官所常用的文体。他愚蠢，况且还是个拳师，这我同意，我每天都直截了当地当面对他这么说。但是，他毕竟还有一半是对的：公之于众是每个人的合法权利，因此也是布尔多夫斯基的合法权利。如果他的言论没有道理，那要由他自己负责。至于我方才代表大家反对您的朋友们在场，诸位先生，我认为应该对你们解释一下，我之所以反对，只是为了表明我们的权利，然而实际上我们倒是愿意有证人在场的。方才我们还没有进来的时候，我们四个人就已经同意这一点了。不论您的证人是谁，哪怕是您的朋友也罢，由于他们不能不承认布尔多夫斯基的权利（这种权利显然和数学一般精确），所以如果这些证人是您的朋友，那倒反而更好；那会使真理更加鲜明。"

"这是事实，我们是同意这么办的。"列别杰夫的外甥证实道。

"既然你们愿意这么办，那么方才开始谈话的时候你们又干吗要那样大吵大闹呢？"公爵惊奇地问。

"关于这篇文章，公爵，"拳术家插嘴道，他迫不及待地想找机会说两句，现在显得兴高采烈（不难看出，女士们在场显然对他有强烈的影响），"关于这篇文章，我承认作者的确是我。我这位生病的朋友方才对它大肆攻击，但是由于他精力衰竭，我一向都原谅他。我把它写好以后，就送给一个好朋友办的刊物，用通讯的形式发表了。只有那首诗的确不是我做的，的确出于一位著名的幽默作家之手。我只对布尔多夫斯基念了一下，没有全念，他就立刻答应发表，但是您得承认，没有他的同意我也可以发表。公之于众是一种普遍的、高尚的、很有益的权利。公爵，我希望您这位进步人士不会否认这一点……"

"我什么也不否认，但是您得承认，在您的文章里……"

"您是想说太尖刻了吧？但是可以说对社会是有益的，这您应该同意。末了还有一点，怎么能把这么一件臭名远扬的事给漏掉呢？这对于有过失的那些人当然不利，但是，它首先对社会是有益的。至于说文内有一些不尽属实的地方，即所谓的夸张，那么您也得承认，重要的首先是动机，首先是目的和意图；重要的是有益的例子，然后咱们再去分析个别的事件，末了还有文体，还有所谓的幽默问题，末了再加上大家都是这么写的，您自己也会承认！哈哈！"

"这是完全错误的方针！请你们相信，诸位，"公爵喊道，"你们发表这篇文章，以为我无论如何不会答应布尔多夫斯基先生的要求，所以想用这个吓唬我一下，设法报复一下。但是你们哪里知道：我也许已决定满足布尔多夫斯基的要求了。我现在当着大家的面，开门见山地告诉你们，我可以满足……"

"瞧，这才是一个聪明而又无比高尚的人说的一句聪明而又高尚的话！"拳术家欢呼道。

"主啊！"伊丽莎白·普罗科菲耶夫娜脱口而出。

"这可叫人受不了！"将军喃喃道。

"请允许我，诸位，请允许我说明一下情况。"公爵恳求道："布尔多夫斯基先生，五周以前，您的代表和辩护人切巴罗夫到З① 城

① 音"zi"。

来见我。您在那篇文章里把他描写得太好了,凯勒先生,"公爵突然笑了起来,对拳术家说,"但是,我一点也不喜欢这个人。我一下子就明白过来,整个事情主要是坏在切巴罗夫身上了,也许就是他教唆您布尔多夫斯基先生这么干的,如果坦率地说,他是利用了您的憨厚掀起了这场风波。"

"您没有权利……我……并不憨厚……这个……"布尔多夫斯基激动地嘟哝起来。

"您没有任何权利作这样的推测。"列别杰夫的外甥用教训的口气插嘴道。

"这太无礼啦!"伊波利特尖叫起来,"这个推测是无礼的,错误的,与正事不相干的。"

"对不起,诸位,对不起,"公爵连忙认错,"请原谅。我所以这么说,就是因为我觉得咱们相互之间最好是完全开诚布公;不过这是你们的自由,悉听尊便。我曾对切巴罗夫说,由于我不在彼得堡,我要立刻委托一位朋友办理此案,而且,布尔多夫斯基先生,要把这一情况通知您。诸位,我要开门见山地告诉你们,我觉得这件事是一个大骗局,正是因为切巴罗夫介入了此事……啊,你们不要见怪,诸位!看在上帝的面上不要见怪!"公爵又看见布尔多夫斯基面有愠色,看见他的朋友们流露出激动和抗议的神情,就惊慌地喊叫,"如果我说我认为这件事是个骗局,那也不会与你们个人有什么相干!当时我并不认识你们之中的任何人,也不知道你们尊姓大名;我是根据切巴罗夫一个人下的判断;我只是一般地说说,因为……但愿你们能知道,自从我得到遗产以来,人们是多么可怕地欺骗我啊!"

"公爵,您太天真了。"列别杰夫的外甥嘲笑道。

"此外您还是公爵和百万富翁!您也许真有一颗善良纯

朴的心,但是不消说,您终究逃不脱一般的规律。"伊波利特宣布道。

"可能是这样,很可能是这样,诸位,"公爵急忙说道,"虽然我并不明白您说的是什么样的一般规律,但我还要继续说下去,只是请你们不要无端抱怨;我可以发誓,我没有丝毫侮辱你们的意思。诸位,这究竟是怎么回事呢:只要我开口说一句真心话,你们立刻就会见怪!但是,第一,使我非常惊讶的是,居然存在着一个'帕夫利谢夫的儿子',而且存在于像切巴罗夫对我解释的那样一个可怕的境遇里。帕夫利谢夫是我的恩人和先父的朋友。(哦,凯勒先生,您在那篇文章里,为什么对先父写下了那样的谎言?他并没有挪用连里的任何公款,也没有侮辱任何下属,——我对此深信不疑。您怎能举笔写下这种谤言?)您所写的关于帕夫利谢夫的那些话,令人完全无法忍受:您把这位德高望重的人称为贪淫好色的轻薄之徒,您说得那么大胆,那么肯定,就像您说的都是真话;其实他却是世上最纯洁的人!他甚至是一位杰出的学者;他曾和许多可敬的科学家通信,花了许多钱资助科学事业。至于他的心,他的善行,噢,您当然写得很对,我当时几乎是个白痴,什么也不明白(虽然我还能说,也能听懂俄语),但是对于我现在想起来的一切,我还是能作出评价的……"

"对不起,"伊波利特尖声叫道,"这是不是太多情了?我们不是小孩。您本来是要开门见山的;请别忘了,现在已经九点多啦。"

"好吧,好吧,诸位,"公爵立刻表示同意,"起初我怀疑过,后来我断定我可能弄错了,也许帕夫利谢夫真有一个儿子。但是,使我非常惊奇的是:这个儿子竟这么轻率,换言之,我是想说他竟当众泄漏自己出生的秘密,主要的是玷污自己母亲的名誉。因为切巴罗夫当时就曾以公之于众来吓唬我……"

"真是胡扯!"列别杰夫的外甥喊道。

"您没有权利……没有权利!"布尔多夫斯基喊道。

"儿子不能替父亲的荒淫无耻行为负责,母亲也没有过错。"伊波利特激烈地尖叫起来。

"所以我觉得,更应该怜惜……"公爵怯生生地说。

"公爵,您不仅是天真,也许比天真尤甚。"列别杰夫的外甥恶狠狠地冷笑了一声。

"您有什么权利!……"伊波利特用极不自然的声音尖叫起来。

"没有任何权利,没有任何权利!"公爵急忙插嘴道,"我承认您这话说得不错,但是,这是不由自主的,我当时就立刻对自己说,我的个人情感不应该影响这桩公案,因为既然我承认自己为了我对帕夫利谢夫的情谊而必须满足布尔多夫斯基先生的要求,那么不论在什么情况下,也就是说不管我尊敬不尊敬布尔多夫斯基先生,我也该满足他的要求。诸位,我一开头就这么说,是因为我总觉得儿子这样当众泄漏母亲的秘密是不正常的……总之,主要是我因此才深信切巴罗夫肯定是个骗子,是他自己用欺骗手段教唆布尔多夫斯基先生干这种诈骗勾当。"

"这真叫人不可容忍!"他的客人们叫道,其中有几个甚至从椅子上站了起来。

"诸位!正因为如此,我才断定这个不幸的布尔多夫斯基先生是个老实的、无力自卫的人,很容易上那些骗子的当,因此我觉得更加应该帮助他，像帮助'帕夫利谢夫的儿子'一样，——第一步，反对切巴罗夫先生；第二步，以我的忠诚和友谊来指导他；第三步，送给他一万卢布，按照我的计算，也就是帕夫利谢夫花在我身上的全部费用……"

"怎么！只有一万卢布！"伊波利特叫道。

"喂，公爵，您的算术太不高明了，但也许是太高明了，尽管您装出一副傻相！"列别杰夫的外甥喊道。

"我不同意一万卢布。"布尔多夫斯基说。

"安季普！你就答应了吧！"拳术家从伊波利特的椅背后面弯下身去，迅速而清晰地低语道，"你先答应下来，以后咱们再走着瞧吧！"

"您听着，梅什金先生，"伊波利特尖声喊叫道，"您要明白，我们并不像您的所有客人和这几位女士可能认为的那样是傻瓜，庸俗的傻瓜，这几位女士正十分气愤地朝我们冷笑，特别是这位上流社会的先生（他指了指叶夫根尼·帕夫洛维奇），我当然还没能荣幸地认识他，不过好像多少听别人谈到过他……"

"对不起，对不起，诸位，你们又误解我啦！"公爵激动地对他们说道，"第一，凯勒先生，您在那篇文章里把我的财产估计得非常不准确：我并没有得到几百万的遗产；我大概只有您所推测的数目的八分之一或十分之一；第二，在瑞士的时候，并没有在我身上花掉几万卢布；什奈德尔每年只收到六百卢布，而且只是在最初三年；帕夫利谢夫从来没有到巴黎去聘请过漂亮的家庭女教师；这又是诽谤。据我看，他花在我身上的钱远远不到一万卢布，但是我愿意拿出一万卢布来，你们自己也该同意，我无论如何不能拿出更多的钱向布尔多夫斯基先生还债，即使我非常爱他也罢，仅仅出于礼貌我就不这样做，因为我这是向他还债，而不是周济他。诸位，我不知道你们为什么竟不明白这一点！不过今后我愿意用我的友谊补偿这一切，我要积极地关心不幸的布尔多夫斯基先生的命运，他显然是受了骗，因为倘若他没有受骗，他自己就不可能同意干出这么卑鄙的勾当，譬如像今天在凯勒先生的文章里把他母亲的事公之于众……诸位，你们为什么又生气了！这样到头来咱们就根本没法互相了解啦！结果还是我的话说对了！我现在亲眼证实我的猜测是对的。"公爵急切地劝说道，他本想平息他们的激动，却没有发现自己反而使他们更加激动。

"怎么？您证实了什么？"大家几乎是发狂似的追问道。

"得了吧，第一，我已经把布尔多夫斯基先生看穿了，我现在亲眼看到他是一个什么样的人……他是一个天真纯朴的人，但是大家都骗他！他是一个无力自卫的人……所以我应该怜惜他。第二，我已把这件事委托加夫里拉·阿尔达利翁诺维奇办理，但我很久没有得到他的消息，因为我正在路上，以后又在彼得堡病了三天。方才，就在一小时以前，当他第一次和我见面的时候，他突然告诉我说，他已经弄清了切巴罗夫的用心，他有证据，可以证明切巴罗夫正是我所推测的那种人。诸位，我自己也知道，有许多人认为我是白痴，因为我素有随便把金钱送给别人的名声，所以切巴罗夫认为很容易骗我，他所指望的正是我对帕夫利谢夫的情谊。然而主要的是，——请把我的话听完，诸位，请把我的话听完！——主要的是，现在突然发现，布尔多夫斯基先生根本不是帕夫利谢夫的儿子！方才加夫里拉·阿尔达利翁诺维奇把这件事告诉了我,还肯定地说他弄到了确凿的证据。哎,你们会怎么想呢!在干出了这一切勾当之后,简直令人难于置信!你们听着:有确凿的证据!我现在还不相信,我向你们保证,连我自己都不相信;我还在怀疑,因为加夫里拉·阿尔达利翁诺维奇还没有来得及把全部细节告诉我,然而切巴罗夫是个骗子这一点,现在已经毫无疑义了!他把不幸的布尔多夫斯基先生,他把你们这些光明正大地跑来支持你们的朋友(因为他显然需要支持,我也明白这一点!)的先生,把你们全都骗了,让你们全都陷进诈骗勾当里,因为这实际上就是欺骗和敲诈!"

"怎么是敲诈!……怎么不是'帕夫利谢夫的儿子'?……这怎么可能!……"响起一片喊声。布尔多夫斯基那帮人全都陷入难于形容的惊惶失措之中。

"当然是敲诈!既然布尔多夫斯基先生现在并不是'帕夫利谢夫的儿子',那么在这种情况下,布尔多夫斯基先生的要求简直就是敲诈(当然,假如他知道真相的话!),但是问题在于是别人骗了他,所以我坚决主张宣布他无罪,所以我说他这种老实性格是值得怜惜的,不能不拉他一把;否则,他在这桩公案里也会成为一个骗子。我自己深信,他一点也不明白内情!我本人去瑞士之前也有过这种情况,也常常语无伦次,——有话想说却不知该怎么说……我明白这个;我可以深表同情,因为我自己几乎也是这样的人,我可以说这个话!尽管现在已经没有'帕夫利谢夫的儿子',而且这一切都是骗局,我依然不改变自己的决定,准备归还一万卢布以纪念帕夫利谢夫。我在布尔多夫斯基提出要求以前,就想捐赠一万卢布办个学校以纪念帕夫利谢夫,但是现在不论是捐资办学或是交给尔多夫斯基先生,反正都是一样,因为即使布尔多夫斯基先生不是'帕夫利谢夫的儿子',也几乎和'帕夫利谢夫的儿子'无异:因为他自己也被骗得好苦;他当真认为自己是帕夫利谢夫的儿子!诸位,请你们听听加夫里拉·阿尔达利翁诺维奇的话,让我们把这件事了结吧,你们不要生气,不要激动,请坐下!加夫里拉·阿尔达利翁诺维奇马上会对咱们说明这一切,老实说,我自己非常愿意知道一切细节。他说他甚至还去过普斯科夫,布尔多夫斯基先生,见过您的母亲,她根本不像他们逼您在那篇文章里写下的那样已奄奄一息……请坐,诸位,请坐!"

公爵坐下了,并让从座位上跳了起来的布尔多夫斯基先生一伙也都坐下来。在方才的十分钟或二十分钟里,他说话时慷慨激昂,嗓门很高,说得又急又快,像入了迷似的,竭力把别人的说话声和喊叫声都压下去,当然,事后他对一些脱口而出的话和推测也追悔不已。倘若不是别人惹恼了他,使他几乎失去了自制力,他决不会允许自己这么露骨而匆忙地大声说出他的一些猜测和过分坦率的话。然而他刚刚坐下,一股难以忍受的悔恨之感就立刻刺痛了他的心。他不但公然推测布尔多夫斯基先生患有他本人曾去瑞士治疗过的那种病,从而"侮辱"了布尔多夫斯基先生,此外他又答应把那本来要捐献出来开办学校的一万卢布像施舍一般送给布尔多夫斯基,这在他看来也是粗鲁无礼的不慎之举,尤其不该当着众人的面大声讲出来。"应该等一等,到明天再单独向他提出,"公爵立刻想道,"现在也许无可挽回了!是的,我是个白痴,真正的白痴!"他暗自断定,突然感到一阵羞愧和无比痛心。

在此之前,加夫里拉·阿尔达利翁诺维奇一直站在旁边一言不发,现在经公爵邀请走上前来,站在公爵身边,开始沉着而清楚地报告公爵委托他办理的那桩公案。所有的谈话顿时沉寂下来。大家异常好奇地倾听着,特别是布尔多夫斯基那帮人。

九

　　"您当然不会否认,"加夫里拉·阿尔达利翁诺维奇开门见山地开始对布尔多夫斯基说道,布尔多夫斯基惊讶得朝他瞪着眼睛,全神贯注地听着他讲,显然深为不安,"您不会否认,当然,也不想当真否认,您是在可敬的令堂和令尊十品文官布尔多夫斯基先生正式结婚之后两年出生的。您的出生时间实际上很容易证明,因此,凯勒先生的文章里那种使您和令堂过于难堪的歪曲事实之处,只能说是凯勒先生自己的幻想在开玩笑。他以为这样就可以更突出地显示您的权利,从而维护您的利益。凯勒先生说,他事先对您读过这篇文章,虽然并未全读……毫无疑问,他并没有对您读到这个地方……"

　　"的确没有读到,"拳术家打断了他的话说,"但是,全部事实是一位有资格人士告诉我的,所以我……"

　　"对不起,凯勒先生,"加夫里拉·阿尔达利翁诺维奇制止了他,"请让我说下去。请您相信,待会儿肯定会谈到您那篇文章,到时候您再作解释,现在我们最好是顺着次序往下说。在舍妹瓦尔瓦拉·阿尔达利翁诺夫娜·普季岑娜的帮助下,我完全偶然地从她亲密的女友薇拉·阿列克谢耶夫娜·祖布科娃(一个孀居的地主婆)那里,得到已故的尼古拉·安德烈耶维奇·帕夫利谢夫①的一封信，那是他二十四年前从国外寄给她的。我和薇拉·阿列克谢耶夫娜交往之后，根据她的指点，前去会见退休上校季莫费·费奥多罗维奇·维亚佐夫金，此人是帕夫利谢夫的远亲，也是他当年最要好的朋友。我从维亚佐夫金那里得到尼古拉·安德烈耶维奇的两封信，信也是从国外寄来的。从这三封信来看，从寄信的日期和信里所讲的各种事实来看，可以不容反驳甚至无可怀疑地确切证明，就在您布尔多夫斯基先生出生的整整一年半以前，尼古拉·安德烈耶维奇到国外去了，在国外一连住了三年。您也知道，令堂从来没有离开过俄国……现在我也不必读这几封信了。现在时间已晚；我只是说明事实。不过，布尔多夫斯基先生，倘若您愿意的话，我们可以约定在明天早晨到我那里见面，并且带上您的证人（不论多少都行）和专家一同来核对笔迹，那时您就不会不信我所讲的事实显然都是真的，对此我深信不疑。倘若果真如此，那么这桩公案也就算自行了结了。"

接着又是一阵普遍的骚动和深深的不安。布尔多夫斯基蓦地从椅子上站了起来。

"既然如此，那我是受骗了，受骗了，然而不是受切巴罗夫的骗，而是老早老早就受骗了；我不需要专家，也不想去跟您见面，我相信您的话，我拒绝……我不要一万卢布……再见吧……"

他拿起制帽，把椅子一推就想出去。

"倘若您能办到，布尔多夫斯基先生，"加夫里拉·阿尔

---

① 此人的名字和父称前作尼古拉·阿列克谢耶维奇。

达利翁诺维奇平静而又温和地阻止他，"就请您再待上五分钟。从这桩公案里还发现几个非常重要的事实，特别是对于您来说，这些事实无论如何都是非常有趣的。据我看来，您不该不知道这几桩事实，一旦这桩公案完全水落石出，您也许会更加高兴……"

布尔多夫斯基默默地坐下，微微低垂着头，仿佛深深陷入了沉思。列别杰夫的外甥本来也站了起来想陪他出去，这时也跟着他坐了下来。这个人虽然还没有张皇失措和失去勇气，但是看来已感到十分为难。伊波利特双眉紧锁，愁容满面，仿佛十分惊讶。不过这时他咳嗽得非常厉害，就连手帕上也都是血。拳术家几乎被吓住了。

"唉，安季普！"他痛苦地喊道，"我那时候……前天就对你说，你也许果真不是帕夫利谢夫的儿子！"

响起一阵克制的笑声，有两三个人笑得比别人都响。

"凯勒先生，您方才告诉我们的事实是非常可贵的。"加夫里拉·阿尔达利翁诺维奇应声说道，"然而根据极为确切的材料，我有充分的权利断言，布尔多夫斯基先生虽然肯定非常熟悉自己出生的时间，但是他完全不知道帕夫利谢夫侨居国外的情况，帕夫利谢夫先生在国外度过了大半生，回俄国逗留的时间一向很短。再说他当时出国又不是什么过了二十多年还会有人记得的重大事件，就连帕夫利谢夫的亲友也未必记得，更何况当时尚未出生的布尔多夫斯基先生。当然，现在进行调查也不是不可能的；不过我应该承认，我调查到的一切完全是偶然得来的，本来很可能是得不到的。因此，对于布尔多夫斯基先生来说，甚至对于切巴罗夫来说，即使他们也想去调查一下，这种调查的确几乎是不可能的。不过他们也可能并不想去……"

"对不起,伊沃尔金先生,"伊波利特突然气冲冲地打断他的话说道,"这一整套胡言乱语有什么用呢(请原谅我的唐突)?现在此事已经真相大白。我们愿意相信主要的事实,您又何必不厌其烦地扯上一大篇叫人难堪的废话来浪费时间呢?您也许想夸耀一番您的侦查手段如何高明,对我们和公爵显示一下您是一个何等出色的侦查员和密探?要不您是想出面替布尔多夫斯基辩解和开脱,说他是出于无知才卷入此案?但是,阁下,这太放肆了!但愿您知道,布尔多夫斯基并不需要您的开脱和辩解!他心里难过,您就是不说,他现在已经够难过的了,他处境尴尬,您应该估计到这一点,明白这一点……"

"够了,捷连季耶夫先生,够了,"加夫里拉·阿尔达利翁诺维奇打断了他的话说道,"您安静一下,别生气,您好像很不舒服?我同情您。在这种情况下,只要您愿意,我就可以结束讲话,也就是说,我将不得不只是简要地告诉你们这样一些事实,我相信,充分地了解这些事实并不是多余的,"他发现听众当中掀起了一种类似不耐烦的普遍骚动,便补充道,"我只想拿出真凭实据,让一切与此案有关的人都知道,布尔多夫斯基先生,令堂之所以得到帕夫利谢夫的好感和关怀,只是因为尼古拉·安德烈耶维奇·帕夫利谢夫在情窦初开的时候爱上了一个女仆,而令堂是那个女仆的亲妹妹;他对那个女仆一往情深,要是她不得暴病身亡,他一定会娶她为妻。我有证据可以说明这桩家庭私事是千真万确的,尽管知道这件事的人极少,它几乎完全被人忘记了。往下我还可以说明的是:在令堂还是十岁的孩子时,帕夫利谢夫就把她当作亲戚收养,并且给她一大笔妆奁,所有这些关怀在帕夫利谢夫的许多亲戚当中招来了种种令人极为不安的谣言,他们甚至以为他会娶他收养的姑娘为妻,然而结果呢,当她快到二十岁的时候,由于爱上测地官员布尔多夫斯基先生(我可以极为确切地证明这一点),就嫁给他了。我还搜集了一些确凿无疑的事实作为证据,譬如说,令尊布尔多夫斯基先生根本不是一个能干的人,在得到令堂那笔一万五千卢布的妆奁以后,便弃官经商,结果上当受骗,蚀了本,就开始借酒浇愁,并由此得病,在和令堂结婚后的第八年,终于过早地死去了。以后,据令堂亲自证明,她陷入贫困之中,要不是帕夫利谢夫经常慷慨解囊,她就完全毁了。他每年给她六百卢布的津贴。还有无数的证据可以证明,在您小的时候,他非常喜欢您,这些证据说明,而且令堂也加以证实:他所以爱您,主要是因为您在孩提时代笨嘴拙舌,像一个残废,像一个可怜而不幸的婴儿(根据确凿的证据,我断定帕夫利谢夫在一生中特别怜惜被压迫和被造化所欺的一切,对孩子们尤其如此,——我相信,这件事对于本案极为重要)。最后,我可以夸耀自己已极为精确地调查到一个重要的事实,那就是帕夫利谢夫对您的这种特殊的眷爱(由于他的努力,您进了中学,在特殊的监督下学习),末了竟使帕夫利谢夫的亲戚和家属渐渐产生一种想法,即认为您是他的儿子,令尊只是一个受骗的丈夫。然而主要问题在于直到帕夫利谢夫的晚年,认为您是他儿子的想法竟成为大家深信不疑的确凿事实,当时大家正为他的遗嘱而担心,最初的那些事实已被忘却,也无从调查。布尔多夫斯基先生,这种想法无疑也传进了您的耳中,而且完全支配了您。我有幸亲自见到令堂,据她说,她虽然也知道所有这些谣言,但是她至今还不知道(我也瞒过了她),您,她的儿子,会受到这种谣言的蛊惑。布尔多夫斯基先生,我在普斯科夫见到可敬的令堂时,她正有病在身,家境一贫如洗,她在帕夫利谢夫死后便陷入了这种困境。她含着感激之泪告诉我说,她只是因为有您和您的帮助才活在世上;她指望您前程远大,热烈相信您将来会获得成就……"

"这简直叫人无法忍受!"列别杰夫的外甥突然很不耐烦地大声嚷道,"您干吗要讲这一篇故事呢?"

"太不像话了!"伊波利特猛烈地动了一下。但是布尔多夫斯基却什么也没察觉,甚至一动也没动。

"干吗要讲?为什么要讲?"加夫里拉·阿尔达利翁诺维奇狡猾地表示惊讶,同时恶毒地准备说出自己的结论,"第一,布尔多夫斯基先生现在也许完全相信,帕夫利谢夫先生爱他是出于宽宏大量,而并不是把他当作自己的儿子。这就是布尔多夫斯基先生必须知道的唯一事实,因为方才读了那篇文章以后,他曾证实并赞许过凯勒先生的话。我所以这样说,是因为我认为您,布尔多夫斯基先生,是一位高尚的人。第二,在这个案子里,就连切巴罗夫也没有丝毫盗窃诈骗之意。这一点甚至对我来说也很重要,因为公爵方才发火时曾提到,说什么我也认为这个倒霉的案子是盗窃诈骗案。其实正好相反,有关各方都是深信不疑的。虽说切巴罗夫可能的确是个大骗子,但在这个案子里他只不过是个吹毛求疵的家伙,是个书吏和讼师罢了。他希望以律师的身份发笔大财,他的打算不但精明,而且十拿九稳:他的打算基于公爵资助他人十分慷慨,基于公爵对已故的帕夫利谢夫又满怀感激和敬意;最后,还基于公爵在名誉与良心的义务方面所抱的某种骑士般观点——这一点比什么都重要。至于布尔多夫斯基先生本人，那么甚至可以这样说，他出于自己的某些信念，在切巴罗夫和包围着他的那伙人的蛊惑下着手处理此案时，几乎根本不是出于私利，而是几乎就像在为真理、进步和人类效劳。在我把各种事实和盘托出之后，大家就会明白，不论从表面上来看是怎么回事，布尔多夫斯基先生毕竟是一个诚实的人，现在公爵会比方才更急于也更乐于给予他友好的协助，并像公爵方才谈到学校和帕夫利谢夫时所提到的那样积极帮助他。"

"住嘴，加夫里拉·阿尔达利翁诺维奇，住嘴！"公爵喊道，他当真吃了一惊，但为时已晚。

"我说过，我已经说过三次了，"布尔多夫斯基怒吼道，"我不要钱。我不能收……为什么……我不要……我要走啦！……"

他几乎要从凉台上跑出去了。但是列别杰夫的外甥拉住他一只胳膊，对他耳语了几句。他迅速转回身来，从口袋里掏出一个没有封口的大信封，扔到公爵身边的小桌上。

"这就是钱！您竟敢……竟敢如此！……钱！……"

"这就是您胆敢经切巴罗夫之手作为施舍寄给他的二百五十卢布。"多克托连科解释道。

"文章里说的是五十卢布！"科利亚喊道。

"是我的错！"公爵走到布尔多夫斯基面前说道，"我很对不起您，布尔多夫斯基，不过请您相信，我可不是作为施舍寄给您的。现在我也不对……方才是我错了。（公爵十分痛心，看上去疲惫无力，说话也语无伦次。）我说过敲诈行为……但这不是说您，我错了。我说您……您和我一样，也是病人。但是您并不像我……您……您在授课，赡养您的母亲。

我说过,您玷污了令堂的名声,可是您爱她;她自己也说……我以前不知道……加夫里拉·阿尔达利翁诺维奇方才并没有把一切都告诉我……我错了。我胆敢提出给您一万卢布,那是我的错,这事我不该这样办,可现在……办不到了,因为您看不起我……"

"这简直是疯人院!"伊丽莎白·普罗科菲耶夫娜喊道。

"当然是疯人院!"阿格拉娅憋不住尖刻地说,可是她的话音被大家的喧哗声淹没了;这时大家都在大声说话,议论纷纷,有的争辩,有的在笑。伊万·费奥多罗维奇·叶潘钦气极欲狂,他摆出一副尊严被冒犯了的模样等候着伊丽莎白·普罗科菲耶夫娜。列别杰夫的外甥插进了最后一段话:

"是的,公爵,应该替您说句公道话,您很会利用您的……噢,您的疾病(这是为了说得体面些);您居然会用如此巧妙的方式提供您的友谊和金钱,倒叫一个高尚的人现在无论如何也不能接受。这要不是太天真了,那就是太滑头了……不过最清楚这一点的还是您自己。"

"对不起,诸位,"加夫里拉·阿尔达利翁诺维奇打开装钱的信封喊道,"这里根本没有二百五十卢布,总共只有一百卢布。公爵,我这是为了避免发生什么误会。"

"算啦,算啦。"公爵对加夫里拉·阿尔达利翁诺维奇直挥手。

"不行,不能'算啦'!"列别杰夫的外甥立刻揪住不放,"公爵,您这句'算啦'是对我们的侮辱。我们并不隐瞒,我们公开声明;是的,这里只有一百卢布,而不是全部二百五十卢布,可是这难道不是一样……"

"不,这并不一样。"加夫里拉·阿尔达利翁诺维奇带着天真的困惑神情插嘴道。

"别打断我的话；我们并不是您所认为的那种傻瓜，律师先生，"列别杰夫的外甥又气又恼地嚷道，"当然，一百卢布不是二百五十卢布，它们并不一样，然而重要的是原则；重要的是动机，至于少了一百五十卢布，那只不过是细节。重要的是布尔多夫斯基不接受您的施舍，公爵大人，他把这笔钱当面掷还给您，从这个意义上来说，是一百还是二百五，都并没有什么两样。布尔多夫斯基没有接受一万卢布，这是您看见的。倘若他是个不诚实的人，这一百卢布他也不会带来！那一百五十卢布已付给切巴罗夫作为他去找公爵的盘缠。您尽可以耻笑我们笨拙，耻笑我们不会办事；您本来就已经费尽心机要使我们成为可笑的人物；但是您不能说我们不诚实。阁下，我们要一齐来凑足这一百五十卢布归还公爵；哪怕是一卢布一卢布地归还，我们也要还清，而且还要付利息。布尔多夫斯基很穷，布尔多夫斯基没有百万家产，而切巴罗夫回来后还提交了一份账单。我们本来希望能打赢这场官司……有谁处在他的地位会不这样做呢？"

"谁呢？"Щ公爵喊道。

"我简直要发疯了！"伊丽莎白·普罗科菲耶夫娜喊道。

"这使我想起，"站在那里观察了很久的叶夫根尼·帕夫洛维奇笑了，"不久以前一名律师的一篇著名的辩护词。他替一个一下子杀死了六个人的谋财害命的凶手辩护时，以凶手家境贫困为由要求予以赦免，末了突然说出这么一番话来，他说，'当然，我的委托人是由于贫穷才想到要杀死六个人，有谁处在他的地位会不这样想呢？'就是这样一番话，不过十分可笑。"

"够了!"伊丽莎白·普罗科菲耶夫娜蓦地宣称,她几乎气得发抖,"这种胡言乱语该收场了!……"

她怒不可遏,威严地仰起头来,目光炯炯地以傲慢、热烈而又急切的挑衅神情把全体客人环视了一遍,一时也分辨不清谁是朋友,谁是敌人。她那压抑已久的愤怒终于爆发出来,这当儿她的主要动机就是立即投入战斗,立刻需要尽快去攻击什么人。凡是了解伊丽莎白·普罗科菲耶夫娜的人,立刻感到她发生了什么特殊的情况。翌日,伊万·费奥多罗维奇就对Щ公爵说,"她常有这种情况,不过像昨天那么严重却不多见,最多三年一次,决不会再多!决不会再多!"他明确地补充道。

"够了,伊万·费奥多罗维奇! 请离开我!"伊丽莎白·普罗科菲耶夫娜喊道,"您为什么现在才把手伸给我? 您方才就该把我拉走;您是丈夫,您是一家之主;要是我不听您的话,不肯走,您应该揪住我这傻瓜的耳朵把我拽出去。就是为了女儿,您也该多操点心呀! 现在就是没有您,我们也认得路,这种耻辱一整年也洗刷不掉……且慢,我还想谢谢公爵! ……公爵,多谢您的款待! 我竟坐下来听年轻人讲话……这真卑鄙,卑鄙! 这是乌七八糟,不成体统,连做梦也梦不见的! 难道这样的人会很多吗? ……住嘴,阿格拉娅! 住嘴,亚历山德拉! 这不是你们的事! ……别在我身边转悠,叶夫根尼·帕夫洛维奇,我讨厌您! ……亲爱的,你竟请求他们原谅,"她又对公爵说道,"你说:'我错了,竟敢送钱给您……'你这个吹牛大王居然喜欢取笑别人,有什么可笑的!"她突然向列别杰夫的外甥发起攻击,"你说:'我们拒绝收钱,我们是要求,而不是乞求!'就像你不知道这个白痴明天又会慢吞吞地走到你们那里去奉献自己的友谊和金钱！你会去吗？你会不会去呀？"

"我会去的。"公爵用平静而温顺的声音说。

"你们都听见了！这就是你所指望的，"她又对多克托连科说，"现在那笔钱就等于放在你的口袋里了，所以你才哗众取宠……不，亲爱的，你去寻找别的傻瓜吧，我可把你们看透了……你们那套把戏我全看透了！"

"伊丽莎白·普罗科菲耶夫娜！"公爵喊道。

"咱们离开这儿吧，伊丽莎白·普罗科菲耶夫娜，早该走了，咱们把公爵也带走吧。"Щ公爵尽可能心平气和地微笑着说。

小姐们站在一边，几乎都吓坏了，将军完全被吓住了；大家都感到吃惊。站得较远的一些人偷偷地微笑着在交头接耳。列别杰夫的脸上流露出喜不自胜的表情。

"太太，不成体统和乌七八糟的情况比比皆是。"列别杰夫的外甥狼狈不堪地说了一句意味深长的话。

"不过并没有这么糟！先生们，并没有这么糟，不像你们现在这么糟！"伊丽莎白·普罗科菲耶夫娜就像歇斯底里发作一般幸灾乐祸地应声说道，"你们离开我好不好？"她对劝她的人们喊道，"不，叶夫根尼·帕夫雷奇，既然您方才亲口宣称，就连律师都会在法庭上声明，由于贫穷而杀死六个人是再自然不过的事，那么这真是末日来临了。我还没听说过这种事哩。现在我全明白了！难道这个口齿不清的家伙（她指着布尔多夫斯基，他一点也摸不着头脑地瞧着她）不会杀人？我敢打赌，他会杀人的！他也许不会要你的钱，不会要那一万卢布，也许是由于问心有愧而不肯要，可是夜里他会跑来杀人，从首饰匣里把钱掏走，问心无愧地掏走！这对他来说也就不算不诚实了！这是'高尚的绝望情绪的迸发'，这是'否定'，或者是鬼晓得的什么玩艺儿……呸！全都颠倒了，人人都脚朝上走路。一个姑娘在家里长大了，到了大街上却突然跳到一辆轻便马车上说：'妈妈，我前几天已经嫁给一个卡尔雷奇或伊万内奇，再见啦！'①你们认为这种行为好吗？值得尊敬吗？自然吗？这是妇女问题吗？就连这个孩子（她指着科利亚说）前两天也争辩说，这就是'妇女问题'。就算母亲是个傻瓜，你也该把她当人看待呀！……你们方才为什么仰着头走进来？你们好像是说：'闪开路，我们来了。把一切权力都交给我们，不准在我们面前讲一句话。你要对我们表示前所未闻的一切敬意，可是我们待你却还不如对待一个最下等的仆人！'这些人口口声声说要寻求真理，维护权利，但在文章里却像异教徒那样诋毁他。'我们要求，而不是乞求，您不会听到我们道一声谢，因为您是为了使自己问心无愧才这么做的！'真是奇谈怪论：要知道，如果公爵得不到你的任何感谢，那么公爵也可以回答你说，他对帕夫利谢夫也没有任何感激之情，因为帕夫利谢夫是为了使自己问心无愧才行善的。而你所指望的却正是他对帕夫利谢夫的这种感恩图报之心：因为他并没有向你借过钱，他不欠你的债，你不指望他的感恩图报之心还能指望什么呢？你自己又怎能不承认感恩呢？真是一群疯子！他们认为社会是野蛮的、残忍的，因为它诽谤被引诱的姑娘。你既然承认社会是残忍的，那么也就会承认姑

---

① 这是影射车尔尼雪夫斯基的《怎么办？》中韦拉·帕夫洛夫娜同母亲告别的场面（见该书第一章第20节）。

娘因社会的非难而感到的痛苦。她既然感到痛苦,那你为什么又通过报纸让她在这个社会面前出丑,还要求她不为此感到痛苦呢?真是一群疯子!沽名钓誉之辈!他们不信仰上帝,不信仰基督!其实,虚荣和骄傲已把你们吞噬了,结果你们会互相倾轧,这一点我要预先告诉你们。这不就是天下大乱,这不就是乌七八糟,这不就是不成体统吗?在这以后,这个不要脸的人居然还要爬到他们跟前去求饶!你们这种人多吗?你们笑什么:笑我跟你们混在一起会败坏自己的名声吗?可我已经败坏了自己的名声,现在已毫无办法了!……你别在我这儿笑,坏蛋!(她突然攻击伊波利特)自己都快断气了,还要引诱别人学坏。你把我这个孩子(她又指着科利亚)带坏了;他老是胡言乱语,说的全是你如何如何,你教他无神论,你不信仰上帝,而你却还没到可以不挨板子的年纪,先生,去你们的吧!……你去不去呢,列夫·尼古拉耶维奇公爵,明天你去不去他们那儿?"她几乎喘不过气来,又问了公爵一句。

"要去的。"

"往后我不再认你了!"她本想迅速转身离去,但突然又回来了。"你要去找这个无神论者?"她指着伊波利特。"你干吗笑我!"她不大自然地叫了一声,因受不了伊波利特的讪笑而蓦地向他扑去。

"伊丽莎白·普罗科菲耶夫娜!伊丽莎白·普罗科菲耶夫娜!伊丽莎白·普罗科菲耶夫娜!"顿时从四面八方传来一片喊声。

"妈妈,这是可耻的!"阿格拉娅大声嚷道。

"您放心吧,阿格拉娅·伊万诺夫娜。"伊波利特安详地答道。伊丽莎白·普罗科菲耶夫娜一下子就跑过去抓住伊波利特的一只胳膊，不知何故还紧紧抓住不放；她站在他面前，用疯狂的眼神死死地盯住他。"您放心吧，您的妈妈看得出来，不能攻击一个快死的人……我准备解释一下我为什么要笑……如蒙应允，我将十分高兴……"

他忽然剧烈地咳嗽起来，整整一分钟也没止住。

"人都快死了，还要夸夸其谈！"伊丽莎白·普罗科菲耶夫娜喊道，她放开了他的胳膊，几乎是恐怖地看着他擦去嘴唇上的血迹，"你怎么还能说话！你只应该去躺下……"

"我会去的，"伊波利特安详而嘶哑地答道，声音几乎像是耳语，"我今天回去后就立刻躺下……我知道，再过两周我就要死了……上周博特金①亲自告诉我……如蒙应允，我想在临别之际对您说几句话。"

"你发疯啦？简直是胡说八道！你应该治病，现在不是说话的时候！去吧，去吧，快去躺下！……"伊丽莎白·普罗科菲耶夫娜惊慌地喊道。

"我一旦躺下就起不来了，只好等死，"伊波利特微笑了一下，"我昨天就想卧床不起，一直到死，但是，我决定推迟到后天，只要两条腿还站得住……以便今天跟他们一起到这里来……只是太累了……"

"坐下吧，坐下吧，干吗站着呀！这把椅子给你。"伊丽莎白·普罗科菲耶夫娜急忙起身，亲自把椅子挪到他跟前。

"谢谢您，"伊波利特继续小声地说道，"请您坐在我对面，让我们谈谈……我们一定要谈谈，伊丽莎白·普罗科菲耶

---

① 指俄国著名内科医师谢尔盖·彼得罗维奇·博特金(1832—1889)。

夫娜,现在我坚持这一点……"他又向她微笑了一下。"您想想看,我今天最后一次外出和人们在一起,再过两周我准会入土。这就像是跟人们和大自然告别。我虽然并不十分感伤,但是您想,我很喜欢这一切都发生在帕夫洛夫斯克,因为在这里毕竟可以看见长着树叶的树木。"

"现在还谈什么话。"伊丽莎白·普罗科菲耶夫娜越来越吃惊了。"你浑身都在发烧。方才你还吱吱哇哇地乱叫,现在连气都喘不过来,快憋死了!"

"我马上休息。您为什么要拒绝我最后的愿望?……您可知道,我早就想和您交个朋友,伊丽莎白·普罗科菲耶夫娜。我久闻大名……从科利亚那里听到过许多您的情况。几乎只有他一个人不离开我……您是一个古怪的女人,不同寻常的女人,现在我也亲自看到……您可知道,我甚至有点喜欢您哩。"

"主啊,我竟险些儿揍他,真的。"

"阿格拉娅·伊万诺夫娜拦住了您。我没有说错吧?这位不就是令爱阿格拉娅·伊万诺夫娜吗?她长得太美了,我虽然从来没见过她,可是方才第一眼就猜到是她。让我此生最后一次看看一个美人也好啊,"伊波利特的脸上掠过一种难为情的苦笑,"公爵在这里,您的老伴也在这里,大家都在这里。您为什么拒绝我的最后愿望呢?"

"拿椅子来!"伊丽莎白·普罗科菲耶夫娜喊道,可是她却亲自动手抓了一把,在伊波利特对面坐下了。"科利亚,"她命令道,"你立刻和他一起动身,送他回去,明天我一定亲自……"

"如蒙应允,我想请公爵给我一杯茶……我太累了。您要知道,伊丽莎白·普罗科菲耶夫娜,看来您打算请公爵去您府上喝茶;请您留下,大家再坐一会儿,公爵肯定会请咱们喝茶的。请原谅我这样安排……可是我了解您,您是个好人,公爵也是……我们大家都是好到了可笑程度的大好人……"

公爵慌张起来,列别杰夫飞快地跑出房间,薇拉也跟着他跑了出去。

"不错,"将军夫人斩钉截铁地说道,"你说吧,不过要说得轻些,别太兴奋!你使我的心变软了……公爵!你不配留我在这里喝茶,不过既已如此,我也就留下吧,虽然我决不向任何人求饶!决不向任何人!这全是废话!……不过,假如我把你臭骂了一顿,公爵,那就请你原谅,——不过也得看你是不是愿意。不过我并不想拦阻任何人,"她忽然非常生气地对丈夫和女儿们说道,似乎他们也干了什么非常对不起她的事,"我一个人也能走回家去……"

然而大家没有让她说完。大家欣然走上前去围住了她。公爵立刻请大家留下喝茶,还对自己先前没想到这一点表示歉意。就连将军也非常客气,甚至还喃喃地说了几句令人快慰的话,并殷勤地向伊丽莎白·普罗科菲耶夫娜问道:"可是你不觉得在凉台上太凉吗?"他甚至还想问伊波利特:"你在大学里学了很久啦?"但是没有问出口。叶夫根尼·帕夫洛维奇和Щ公爵突然变得非常客气和愉快,阿杰莱达和亚历山德拉虽然还有些惊讶,可是脸上已流露出愉快的神色。总之,大家看到伊丽莎白·普罗科菲耶夫娜已经息怒,显然都很高兴。只有阿格拉娅一个人皱着眉头,默默地坐在稍远的地方。其余的客人也全都留了下来;没有一个人想走,就连伊沃尔金将军也不例外,不过列别杰夫顺便对他附耳说了几句可能是令人不大愉快的话,所以他立刻溜到角落里去了。对于布尔多夫斯基和他的一伙,公爵也走上前去一一邀请,无一例外。他们神色不大自然地嘟哝道,他们要等伊波利特,然后立刻退到凉台最远的一个角落,重又并排坐下。列别杰夫大概早就给自己预备好了茶水,所以茶水立刻就端了上来。打过十一点了。

十

伊波利特用薇拉·列别杰娃递给他的一杯茶润了润自己的嘴唇,就把杯子放到小桌上,突然仿佛觉得不好意思,几乎是尴尬地环顾了一下四周。

"伊丽莎白·普罗科菲耶夫娜,您瞧这些茶杯,"他有点古怪地急忙说道,"这些磁杯看来是极好的磁器,一向锁在列别杰夫的餐具柜的玻璃板门内;照例是从来不用的……这是他妻子的嫁妆……照例应该存放起来……现在他取出来请我们喝茶,当然是为了向您表示敬意,可见他多么高兴……"

他还想补充几句,但一时不知该说什么是好。

"他有点尴尬,果然不出我之所料!"叶夫根尼·帕夫洛维奇忽然对公爵耳语道,"这是危险的,是吗?这是一个最可靠的迹象,说明他现在心怀不满,想弄出点什么稀奇古怪的名堂,说不定就连伊丽莎白·普罗科菲耶夫娜也会坐不住的。"

公爵以疑问的目光看了看他。

"您不怕稀奇古怪的名堂吧?"叶夫根尼·帕夫洛维奇补充道,"我也不怕,甚至还想看看呢。说实在的,我愿我们可爱的伊丽莎白·普罗科菲耶夫娜受到惩罚,而且一定要在今天,就在此刻;不然我就不走。看来您得了热病吧?"

"以后再说,别妨碍我。是的,我不大舒服。"公爵心不在焉地、甚至不耐烦地答道。他听到了自己的名字,伊波利特提到了他。

"您不相信?"伊波利特歇斯底里地笑道,"也许会这样,不过公爵一下子就会相信,而且一点也不会吃惊。"

"你听见没有,公爵?"伊丽莎白·普罗科菲耶夫娜转身对他说,"你听见没有?"

周围的人都笑了。列别杰夫手忙脚乱地凑上前去,在伊丽莎白·普罗科菲耶夫娜面前转来转去。

"他说,这个小丑,就是你的房东……给那位先生修改过文章,就是方才读过的那篇关于你的文章。"

公爵惊奇地瞧了瞧列别杰夫。

"你干吗不说话?"伊丽莎白·普罗科菲耶夫娜甚至跺了一下脚。

"那有什么,"公爵喃喃地说,继续打量着列别杰夫,"我已经发现他修改过。"

"真的吗?"伊丽莎白·普罗科菲耶夫娜急忙向列别杰夫转过身去。

"千真万确,夫人!"他用一只手按住胸口,斩钉截铁地答道。

"他像是在夸口呢!"她几乎从椅子上跳起来。

"我真下贱,真下贱!"列别杰夫喃喃道,一面开始捶打自己的胸脯,越来越低地垂下头去。

"你下贱不下贱与我有什么相干! 他以为他一说他下贱,就可以溜之大吉。公爵,我还要问你,你和这种小人来往,不觉得害臊吗? 我永远饶不了你!"

"公爵会饶恕我的!"列别杰夫很有信心也非常感动地

说道。

"仅仅是出于义气,"凯勒蓦地跑上前来,用洪亮的声音开门见山地对伊丽莎白·普罗科菲耶夫娜说道,"仅仅是出于义气,太太,也为了不出卖一个名誉受到损害的朋友,我方才隐瞒了有人修改过文章的事,尽管方才您老人家也亲耳听见,他竟提议把我们从楼梯上赶下去。为了恢复事情的本来面目,我承认我的确花了六卢布请教过他,但决不是为了修饰文体,说实在的,而是要弄清我一多半都不知道的事实,因为他是个知情人。关于鞋罩,关于在瑞士教授家里时的胃口,关于只说付了五十卢布,而不说付了二百五十卢布,总之,文章的整个布局全出自他的手笔,付给他六卢布,不过他没有修饰文体。"

"我应该指出,"列别杰夫急不可耐地用一种巴结的口吻打断了他的话说道,这时发笑的人也越来越多了,"我只修改了那篇文章的前一半,由于我们对中间的一段有不同意见,还为了一个想法发生了口角,所以我并没有修改后一半,先生,所以其中一切文理不通之处(下半部简直文理不通!)不能归咎于我,先生……"

"原来他关心的是这一点!"伊丽莎白·普罗科菲耶夫娜喊道。

"请问,"叶夫根尼·帕夫洛维奇对凯勒说,"你们是什么时候修改文章的?"

"昨天上午,"凯勒答道,"我们见面时约定,双方要保守秘密。"

"这正是他趴在你面前让你相信他的一片忠心的时候!瞧这些势利小人!我不需要你的普希金全集,你的女儿也别登我家的门了!"

伊丽莎白·普罗科菲耶夫娜本想站起来,但突然气愤地对笑着的伊波利特说:

"亲爱的,你莫不是想把我摆在这里让众人取笑!"

"决无此事,"伊波利特佯笑着说道,"不过最使我惊讶的是您那非常古怪的性格,伊丽莎白·普罗科菲耶夫娜;老实说,我是故意引出列别杰夫修改文章这段故事的,我知道这会对您起作用,对您一个人起作用,因为公爵的确会原谅的,而且肯定已经原谅了……甚至可能已经在脑子里找到了原谅的理由,不是吗,公爵?"

他喘不过气来了,他每说一句话,他那古怪的兴奋就增加一分。

"怎么样?……"伊丽莎白·普罗科菲耶夫娜气愤地说,对他说话的口气感到惊讶,"怎么样?"

"关于您的这一类事情我已经听到很多……我很高兴……特别是我已经学会了尊敬您。"伊波利特继续说。

他说的是这一件事,却仿佛想用他就这件事所说的一番话来说明完全不相干的另一件事。他说话时带有嘲笑口吻,同时又过于激动。他神经过敏地东张西望,显然是局促不安,每句话都说得颠三倒四,这一切再加上他那副痨病鬼的模样和闪着奇特光辉的发狂般的眼神,使人们不由得始终被他所吸引。

"我虽然不懂人情世故(我承认这一点),不过方才您不但自愿留在我们这伙有损您的体面的同伴当中,而且还留下这几位……小姐来听这桩丑事,虽然她们在小说里全都读过,对此我不能不感到非常奇怪。不过我也许不知道……因为我给弄糊涂了,但是无论怎么说,除了您以外,谁还能答应一个孩子(不错,我再次承认我还是个孩子)的请求,陪他消磨了一个晚上,并且参与……一切……哪怕……到了第二天又感到羞愧……(不过我同意,我这么说并不恰当,)对这一切我都非常赞赏并深为尊敬,虽然仅从您的丈夫这位大人的脸色就可以看出,这一切使他感到多么讨厌……嘻嘻!"他吃吃地笑起来,完全语无伦次了,突然一阵剧烈的咳嗽使他有一两分钟不能继续说话。

"气都喘不上来了!"伊丽莎白·普罗科菲耶夫娜冷淡而生硬地说道,同时严厉而好奇地打量着他,"喂,可爱的孩子,收起你这一套。我们该走了。"

"先生,请允许我也从自己的角度向您进一言,"伊万·费奥多罗维奇忍无可忍,突然生气地说道,"内人是到这儿来拜访列夫·尼古拉耶维奇公爵的,他是我们大家的朋友和邻居。年轻人,您无论如何也不该评论伊丽莎白·普罗科菲耶夫娜的行为,也不该当面大声描述我脸上的表情。是的,先生。即使内人留在这里,"他继续说道,几乎每说一句就增加一分愤怒,"先生,那多半是出于惊奇,出于当今人人都不难理解的那种想看看这班古怪的年轻人的好奇心。我自己也留下了,就像我有时在街头看见什么值得一看的东西就站住了,就像……就像……就像……"

"就像奇珍异宝。"叶夫根尼·帕夫洛维奇提示道。

"妙极了,也对极了,"因不知打什么比方是好而有点尴尬的将军大人高兴起来,"正是就像奇珍异宝。但是,无论如何,我觉得最奇怪而又最叫人伤心的是,只要这么说合乎文法的话,那就是您这个年轻人竟不明白,伊丽莎白·普罗科菲耶夫娜现在所以跟您一起留下,就是因为您有病,——倘若您当真快要死去的话,——也可以说是出于一片恻隐之心,由于您说的那些抱怨的话,先生,任何污泥在任何情况下都不会玷污她的名声、品行和身份……伊丽莎白·普罗科菲耶夫娜!"末了将军面红耳赤地说道,"假如你想走,我们就向我们这位好心的公爵告辞吧……"

"多谢您的教诲,将军。"伊波利特若有所思地瞧着将军,突然很严肃地插嘴道。

"咱们走吧,妈妈,谁知道还要拖多久……"阿格拉娅从椅子上站起来,又气又急地说。

"再等两分钟,亲爱的伊万·费奥多罗维奇,倘若您允许的话,"伊丽莎白·普罗科菲耶夫娜庄重地转身对丈夫说道,"我觉得他浑身发烧,简直是在说胡话;我根据他的眼睛相信是这么回事;不能这样撇下他。列夫·尼古拉耶维奇!他是不是可以在你这里住一夜,免得今天把他送回彼得堡?亲爱的公爵,您觉得无聊吗?"她不知为什么蓦地对Щ公爵说,"上我这儿来,亚历山德拉;我亲爱的,你把头发理一理。"

亚历山德拉的头发根本无需梳理,母亲却给她梳理了一番,还吻了她一下。母亲叫她就是为了这个。

"我觉得您是有前途的……"伊波利特不再沉思,又说了起来,"是的!这就是我想说的话,"他仿佛蓦地想起什么,不禁高兴起来:"布尔多夫斯基真心想保护自己的母亲,不是吗?可是结果他反而侮辱了母亲。公爵想帮助布尔多夫斯基,真心实意要把自己的深情厚谊和金钱送给布尔多夫斯基,在你们所有的人当中,也许只有公爵一个人不讨厌他,但是他俩也像真正的对头似的互不相让……哈哈哈!你们大家都恨布尔多夫斯基,因为在你们看来,他对待自己的母亲既不优美也不高雅,是这样吧?对不对?对不对?你们过于偏爱形式的优美和高雅,你们只维护这个,对不对?(我早就料到,你们只维护这个!)现在就让我告诉你们,说不定你们当中还没有一个人像布尔多夫斯基那样热爱自己的母亲!公爵,我知道您和加涅奇卡已偷偷地给布尔多夫斯基的母亲寄钱去了,我敢打赌(嘻嘻嘻!——他歇斯底里地哈哈大笑),我敢打赌,布尔多夫斯基现在就会责备您采取的形式不高雅,责备您不尊敬他的母亲,确是这样,哈哈哈!”

这时他又气喘吁吁地咳嗽起来。

“喂,说完啦?现在全说完啦?全说完啦?好吧,你现在就去睡吧,你在发烧哩。”伊丽莎白·普罗科菲耶夫娜不耐烦地打断了他的话说,并用不安的眼神盯着他。“唉,主啊!他又说起来啦!”

“看来您在笑吧?您干吗总是笑我?我发现您老是笑我。”他忽然不安而又生气地对叶夫根尼·帕夫洛维奇说道;后者的确在笑。

“我只想问您,先生……伊波利特……对不起,我忘了您的姓氏。”

“捷连季耶夫先生。”公爵说。

“是的,捷连季耶夫,谢谢您,公爵,方才大家提到过,可我记性太坏……我想问您,捷连季耶夫先生,我曾听说,您认为只要您能对窗外的老百姓发表一刻钟的谈话,他们就会立刻赞成您的一切看法,并且立刻跟着您走,这可是真的?”

“我很可能说过……”伊波利特答道,仿佛想起了什么,“肯定说过!”他蓦地补充道,重又活跃起来,而且坚定地瞧了瞧叶夫根尼·帕夫洛维奇,"这又有什么呢?"

"根本没有什么;我只是想了解一下,以便作个补充。"

叶夫根尼·帕夫洛维奇不作声了,可是伊波利特却仍用焦急期待的神情看着他。

"怎么,说完啦?"伊丽莎白·普罗科菲耶夫娜对叶夫根尼·帕夫洛维奇说道,"老弟,你快结束吧,他该去睡啦。要不你是不知道该怎么结束吧?"(她非常懊恼。)

"看来我是很想作些补充,"叶夫根尼·帕夫洛维奇微笑着继续说道,"捷连季耶夫先生,我从你的伙伴们那里听到的一切,还有您方才以无可置疑的天才阐述的那一切,据我看来,可以归结为权力至上论,也就是权力第一,别的一切全是次要的,甚至排斥其他的一切,甚至可能比对权力究竟是什么进行的研究还重要。我也许说错了吧?"

"当然,您说错了,我甚至不明白您的意思……还有什么?"

屋角里也有人在絮絮低语。列别杰夫的外甥低声嘟哝着什么。

"几乎都说了,"叶夫根尼·帕夫洛维奇继续说道,"我只想指出,从这个立场出发,就会干脆拥护使用暴力之权,也就是拥护单凭拳头和个人意愿解决问题之权。不过世上的事倒也往往都是这么了结的。蒲鲁东①就拥护使用暴力之权。在美国内战期间,有许多最进步的自由主义者都宣布他们拥护种植场主,理由是黑奴毕竟是黑奴,比白种人低下,所以白种

---

① 蒲鲁东(1809—1865),法国小资产阶级经济学家和社会学家,无政府主义的创始人之一。

人应该拥有使用暴力之权……"

"那又怎么样?"

"这就是说,您并不否认使用暴力之权喽?"

"还有什么?"

"您倒能自圆其说。我只想指出,使用暴力之权跟老虎与鳄鱼的权力,甚至跟丹尼洛夫和戈尔斯基都相去无几。"

"这我不知道;还有呢?"

伊波利特不大听叶夫根尼·帕夫洛维奇说话,即使他也不断地对后者说"怎么样""还有什么",看来那也多半是他的口头禅,并非出于关心和好奇。

"再没有什么了……完啦。"

"不过我并不生您的气,"末了伊波利特完全出人意料地突然说道,他未必完全是有意识地伸出一只手去,甚至面带笑容。叶夫根尼·帕夫洛维奇起初吃了一惊,但是接着就非常严肃地碰了碰朝他伸来的手,仿佛在接受宽恕似的。

"我不得不再补充一句,"他依然用那种轻薄的尊敬口吻说道,"我感谢您允许我讲话的一番好意,因为根据我的多次观察,我们的自由派从来不能容忍别人持有自己的特殊信念,一旦碰到这种情况,他们就马上把自己的论敌臭骂一顿,甚至采取比臭骂还糟的手段……"

"您的话完全正确。"伊万·费奥多罗维奇将军指出,他倒背双手,流露出一副厌烦透了的表情,向凉台出口退去,在那里懊丧地打了一个哈欠。

"喂,老弟,你的话我听够了,"伊丽莎白·普罗科菲耶夫娜蓦地对叶夫根尼·帕夫洛维奇说道,"您都叫我感到厌烦了……"

"到时候了，"伊波利特忽然担心地、几乎还是吃惊地站了起来，怅怅不安地环顾四周，"我把你们给耽搁了；我本想对你们和盘托出……我寻思大家……最后一次……这是幻想……"

看得出来，他的兴奋是一阵阵突然发作的，他往往突然摆脱几乎是真正的谵妄状态，在很短的一段时间里突然十分清醒地回忆和说话，但他的话大都是支离破碎的，说不定是他在漫长而孤寂的患病期间，独自在病榻上为失眠所苦时早就想好并记熟了的。

"噢，再见！"他突然生硬地说道，"你们以为我对你们说声'再见'是很轻松的吧？哈哈！"他懊恼地对自己提出的这个不恰当的问题笑了一声。他仿佛由于自己总也说不出要说的话而生气，突然怒不可遏地大声说道："阁下！只要您肯赏光，就敬请光临我的葬礼……诸位，请大家都跟将军一起光临！……"

他又笑了；但这已是疯子的笑。伊丽莎白·普罗科菲耶夫娜吃惊地朝他走去，抓住他的一只手。他凝视着她，脸上依然挂着方才那副笑容，虽然他已经不笑了，而笑容却仿佛停留并凝结在他的脸上了。

"您可知道我是到这儿来看树的吗？就是这些……（他指着花园里的树）这不可笑吗？这没有一点可笑的地方吗？"他严肃地问伊丽莎白·普罗科菲耶夫娜，蓦地又沉思起来；过了片刻，他抬起头来，两眼开始好奇地在人群中搜寻。他在寻找叶夫根尼·帕夫洛维奇，后者正站在右首的近处，就是先前那个地方，——但他已经忘了，只得四处寻找，"啊，您还没走！"他终于找到了他，"您方才老是笑我想对窗外发表一刻钟的讲话……您要知道，我可不止十八岁：我在这个枕头上躺了多久啊，我朝这扇窗子外面看了多久啊，我又想了多久啊……什么人都想……这个……您要知道，死人是没有年龄的。上周的一天我半夜醒来的时候就想到过这一点……您可知道您最怕什么？您最怕我们的真诚，虽然您看不起我们！那天我半夜里在枕头上也想到了这一点……您以为我方才想取笑您吗，伊丽莎白·普罗科菲耶夫娜？不，我不是取笑您，我只是想夸奖您……科利亚说，公爵称您为孩子……这很好……我倒是……还想说什么来着……"

他双手捂面，沉思起来。

"是这么回事：方才您告辞的时候，我忽然想：现在这些人都在这里，将来他们永远不会有了，永远不会有了！树木也是这样，——只剩下一面砖墙，梅耶尔家的红砖墙……在我的窗户对面……喂，把这一切都告诉他们吧……试着告诉他们；这是一个美女……你可是个死人，你就说自己是个死人，你就说：'对死人可以无话不说'……公爵夫人玛丽亚·阿列克谢夫娜不会骂的①，哈哈！……你们没有笑吧？"他多疑地环视了大家一遭。"你们要知道，我在枕头上产生了许多想法……你们要知道，我相信造化很喜欢嘲弄人……方才你们说我是无神论者，但是你们要知道，这造化……你们干吗又笑了？你们太残忍了！"他忽然环视着大家，愁闷而气愤地说道，"我没有教科利亚学坏。"他仿佛突然又想起什么似的，末了用一种截然不同的严肃而肯定的口吻说。

---

① 典出《聪明误》第四幕第15场中法穆索夫最后一段独白的最末几句："噢！我的天啊！公爵夫人玛丽亚·阿列克谢夫娜会怎么说啊！"

"这里没有任何人，没有任何人在笑你，你放心吧！"伊丽莎白·普罗科菲耶夫娜几乎在受折磨，"明天要来一位新医生，先前那位医生误诊了；你坐下吧，你站不住啦！你在说胡话……唉，现在该把他怎么办呢！"她手忙脚乱地扶他在圈椅里坐下。她脸上闪现一颗泪珠。

伊波利特几乎惊呆了，他举起一只手来，怯生生地伸出去碰碰那颗泪珠。他像孩子般莞尔一笑。

"哦……对您……"他高兴地开始说道，"您不知道我对您……他总是那么兴高采烈地对我谈起您，就是他，科利亚……我喜欢他那种兴高采烈的样子。我没有教他学坏！我只会撇下他一个……我本想撇下所有的人，把什么人都撇下，——但愿这种人一个也没有，一个也没有……我想做一个活动家，我有权……啊，我曾想做多少事啊！我现在什么都不要，什么都不想要，我已经发誓不再要任何东西；就让他们撇开我去寻求真理吧！是的，造化是好嘲弄人的！它为什么，"他突然热烈地接着说道，"它为什么要创造一些最优秀的生灵，事后却又去嘲笑他们呢？它竟干出这样的事来，创造了被世人公认为十全十美的那个唯一的生灵……它竟干出这样的事来，它先让人们看到这个生灵，然后就让这个生灵说出一些导致血流成河的话来，倘若这血一下子全都流出，准会把人们全给淹死！啊，幸而我已不久于人世！不然兴许我也会说出什么可怕的谎言，造化是会这样捉弄人的！……我没有教任何人学坏……我曾想为了大众的幸福，为了发现和传播真理而生活……我瞧了瞧窗外梅耶尔家的墙，只想说一刻钟的话，并且说服大家，说服大家；即使我此生没有见到所有的人，但毕竟和您……相遇了一次！但是结果如何呢？一无所获！结果是您看不起我！所以我是没有用的,所以我是个傻瓜,所以我该死了！我没能给人留下任何回忆！没有留下一点声音、一点痕迹、一项事业,也没有传播任何信念！……别嘲笑蠢材！忘掉吧！忘掉一切……请忘掉吧,别这么残忍！您可知道,我即使不得这肺病,我也会自杀的……"

看来他还有许多话想说,但是没有说完便倒在圈椅里,双手捂面,像小孩一样哭起来了。

"请问现在该把他怎么办呢?"伊丽莎白·普罗科菲耶夫娜喊道,她赶紧上前抱住他的头,紧紧地、紧紧地搂在自己胸前。他抽抽搭搭地呜咽着。"得啦,得啦！喂,别哭啦,喂,够啦,你是个好孩子,由于你的无知,上帝会饶恕你的;好吧,够了,勇敢一些……再说以后你会害臊的……"

"我家里有,"伊波利特竭力抬起头来说道,"我家里有一个弟弟,几个妹妹,他们还是孩子,年纪小,既可怜,又天真……她会教他们学坏的！您是神圣的,您……自己就是个孩子,——您救救他们吧！把他们从那个女人手里夺回来……她……无耻……啊,帮帮他们吧,帮帮他们吧,上帝会给您一百倍的报答,看在上帝的分上,看在基督的分上！……"

"伊万·费奥多罗维奇,您说现在该怎么办呢?"伊丽莎白·普罗科菲耶夫娜怒吼道,"劳您的驾,打破您威严的沉默吧！要是您不作决定,那您就会知道,我要留在这里过夜;您的专横可把我折磨够了！"

伊丽莎白·普罗科菲耶夫娜激动而愤怒地问道,等待对方立刻回答。但是在这种情况下,尽管在场的人很多,但是大都保持沉默并消极地感到好奇而已,不愿承担任何责任,直到很久以后才表示自己的意见。在场的人们当中,也有一些人打定主意,哪怕坐到第二天早晨也不说一句话,譬如瓦尔瓦拉·阿尔达利翁诺夫娜整个晚上就一直默默地坐在较远的地方,异常好奇地侧耳倾听,也许她自有道理。

"我的意见嘛,亲爱的,"将军开口了,"这么说吧,现在急需的是一名助理护士,而不是我们的焦急,兴许还需要一个可靠而冷静的人守夜。无论如何得请教公爵,而且……要立刻让病人休息。可以到明天再想办法。"

"现在十二点了,我们走吧。他是跟我们一起走,还是留在您这里?"多克托连科烦躁而又气愤地对公爵说。

"只要你们愿意,你们也可以和他一起留下,"公爵说,"有地方住。"

"阁下,"凯勒先生出乎意料地、热情洋溢地跳到将军跟前,"如果需要一个合乎要求的人守夜,我愿为朋友作出牺牲……他是一个难得的人!我早就认为他很伟大,阁下!当然,我不学无术,但是,只要他批评起来,那真是字字珠玑,美不胜收啊,阁下!……"

将军绝望地转过身去。

"倘若他能留下,我是很高兴的,他现在回去当然有困难。"公爵这样回答伊丽莎白·普罗科菲耶夫娜气恼地提出的问题。

"你睡着了吗?要是你不愿意,老弟,我可以把他带到我那里去!主啊!他自己也快站不住啦!你病了吧?"

方才伊丽莎白·普罗科菲耶夫娜并没有发现公爵已奄奄一息,却反而被他的外表所迷惑,确实认为他的健康状况已完全不足为虑了,但是不久前发作的疾病,发病时产生的种种痛苦的回忆,今晚的忙碌带来的疲劳,"帕夫利谢夫的儿子"事件,现在的伊波利特事件——这一切的确都把公爵病态的敏感刺激到几乎是狂热状态。此外,现在他的眼睛里还有另一种忧虑,甚至是恐惧;他提心吊胆地瞧着伊波利特,仿佛预料他还会有什么举动。

伊波利特突然站起身来,他脸色煞白,变了相的脸上流露出一种可怕的、濒于绝望的愧色。这种表情主要是从他又恨又怕地看着大家的眼神里,从他颤抖的嘴唇上掠过的一丝茫然而又自卑的苦笑里流露出来的。他立刻垂下视线,依然面带笑容,步履蹒跚地朝站在凉台出口处的布尔多夫斯基和多克托连科慢慢走去:他要跟他们一起走。

"唉,我就怕这个!"公爵喊道,"这大概是不可避免的!"

伊波利特气极欲狂地迅速向他转过身来,看上去他脸上的每道线条都在颤动和说话。

"啊,您就怕这个! 您认为,'这大概是不可避免的'吗?那么您要知道,如果说我恨这里的什么人,"他用嘶哑的声音尖叫起来,唾沫四溅地喊道,"我恨你们大家,你们大家! 您,您,您这个口蜜腹剑的伪君子,白痴,乐善好施的百万富翁,我恨您超过恨世上的一切人和一切东西! 早在我听到别人说起您的时候,我就看穿了您并恨起您来,我对您恨之入骨……眼下这一切都是您一手造成的! 是您惹得我大发雷霆,您让一个垂死的人丢人现眼,您,您,我这种卑鄙的畏缩都是您的过错! 只要我能活下去,我就要把您宰了! 我不需要您的恩惠,我不愿从任何人手里,您听着,我不愿从任何人手里接受任何东西! 我说过胡话,你们休想得意! ……我诅咒你们大家,永远诅咒!"

说到这里,他完全喘不过气来了。

408

"他对自己流泪感到羞愧!"列别杰夫低声对伊丽莎白·普罗科菲耶夫娜说,"'这大概是不可避免的!'公爵真行!简直把他看透了……"

但是伊丽莎白·普罗科菲耶夫娜却不屑于看他一眼。她站在那里,骄傲地挺直身子,仰着头,怀着轻蔑的好奇心打量着"这些势利小人"。伊波利特说完以后,将军耸了耸肩;夫人怒气冲冲地把他从头看到脚,仿佛要求他对他的举动作出解释,然后立刻转向公爵。

"感谢您,公爵,我们家的怪朋友,感谢您让我们大家参加了一个愉快的晚会。现在您心里大概很高兴,因为您毕竟使我们全都卷进您的胡闹里去了……够了,我家的好朋友,谢谢您,您总算让我们看清了您的为人!……"

她愤怒地动手整理自己的短斗篷,等候"那帮人"动身。这时一辆出租的轻便马车驶来拉"那帮人",那是多克托连科早在一刻钟之前打发列别杰夫的儿子(就是那个中学生)去叫的。将军继夫人之后也立刻插了一句话:

"的确,公爵,我甚至都没料到……在发生了这一切事件之后,在我们友好地往来这么久之后……最后,伊丽莎白·普罗科菲耶夫娜……"

"怎么能这样,怎么能这样!"阿杰莱达喊道,她赶紧走到公爵面前和他握手。

公爵不好意思地对她笑笑。蓦地,一阵热烈急速的絮语声仿佛烧伤了他的耳朵似的。

"假如您不立刻抛弃这些卑鄙的家伙,我一辈子,一辈子都要恨您一个人!"阿格拉娅低声说道;她像是疯了,但是,公爵还没来得及看她一眼,她就把脸扭了过去。不过他现在已经没有任何人和任何东西可以抛弃：就在这当儿，那些人已经好歹把病人伊波利特挽上马车，马车已经走了。

"怎么，伊万·费奥多罗维奇，这局面还要持续多久呢？您有什么看法？这些不怀好意的小家伙还要把我折磨多久呢？"

"是的，我，亲爱的……当然，我准备……公爵……"

伊万·费奥多罗维奇已向公爵伸出一只手去，但还来不及握，就跟着吵吵嚷嚷、怒火满腔地走下凉台的伊丽莎白·普罗科菲耶夫娜跑了。阿杰莱达，她的未婚夫，还有亚历山德拉，都诚挚而亲切地同公爵告别。叶夫根尼·帕夫洛维奇也前去告别，只有他一个人心情愉快。

"果然不出我所料！只可惜您这个倒霉鬼也吃了点苦头。"他非常和悦可亲地笑着低语道。

阿格拉娅不辞而别。

但是这天晚上的好戏却还没有收场；伊丽莎白·普罗科菲耶夫娜不得不应付又一次完全出乎意料的会晤。

她还没有从楼梯上下来走到环绕公园的那条路上，突然有一辆套着两匹白马的豪华的四轮轻便马车打公爵的别墅旁边疾驰而过。马车上坐着两位雍容华贵的女士。但是那辆马车驶过不到十步就蓦地停下了，一位女士急忙转过身来，仿佛突然看到一个她正在寻找的熟人。

"叶夫根尼·帕夫洛维奇！是你吗？"一个清脆悦耳的声音突然叫道，这声音使公爵（也许还使另一个人）打了个寒噤，"嘿，我真高兴，我终于找到你了！我特地派人到城里去找你，派了两个人！他们整天找你！"

叶夫根尼·帕夫洛维奇站在楼梯的阶梯上，像五雷轰顶似的大吃一惊。伊丽莎白·普罗科菲耶夫娜也站在原地，但是不像叶夫根尼·帕夫洛维奇那样恐惧和发呆：她仍像五分钟前对待"势利小人"那样傲慢地用不屑一顾的神气瞧了瞧这个放肆的女人，立刻把自己专注的视线转移到叶夫根尼·帕夫洛维奇身上。

"有一件新闻！"那清脆的声音继续说道，"你别为库普费尔的期票担心啦。罗戈任已按三十卢布一张的价格收购下来，是我说服他这么办的。你至少可以得到两三个月的安宁。至于比斯库普和他那一群败类，凭着交情咱们准能对付！所以你瞧，一切都很顺利。祝你愉快。明天见！"

四轮马车开动了，很快就消失了。

"她是个疯子！"叶夫根尼·帕夫洛维奇终于喊道，他气得满面通红，莫名其妙地朝四下里看了看，"我根本不知道她说些什么！什么期票！她是什么人？"

伊丽莎白·普罗科菲耶夫娜继续看了他两三秒钟；末了她突然快步向自己的别墅走去，大家都跟着她。整整过了一分钟，叶夫根尼·帕夫洛维奇异常激动地返回凉台来见公爵。

"公爵，老实说，您不知道这是什么意思吗？"

"我什么都不知道。"公爵答道，自己也处于一种特别紧张而又痛苦的状态中。

"不知道？"

"不知道。"

"我也不知道，"叶夫根尼·帕夫洛维奇蓦地笑了，"真的，我和这些期票毫无瓜葛，请您相信这句实话！……您怎么啦？您要晕过去啦？"

"不，不，请您相信，决不会……"

十一

　　直到第三天,叶潘钦一家人的心才完全软下来。公爵虽
然照例把许多事都归罪于自己,真诚地等待报应,可是他一开
始就充分相信,伊丽莎白·普罗科菲耶夫娜不会当真生他的
气,而是主要生自己的气。因此到了第三天,持续了这么久的
敌意就不免使他闷闷不乐、一筹莫展了。还有一些情况也使
他处于这种状态,但主要是其中的一个情况。三天来,它在神
经过敏的公爵的心目中变得日益严重。(公爵近来曾责备自
己总爱走两个极端:一是自己那种根本"无法理解的、令人厌
烦的"轻信,一是"令人沮丧的、卑劣的"神经过敏。)总之,到
第三天晚上,那个马车里的古怪女人同叶夫根尼·帕夫洛维
奇谈话的事,在他的脑海里已达到使人害怕和神秘莫测的程
度。对于公爵来说,撇开事情的其他方面不论,这个谜的实质
就在于一个可悲的问题:这桩新发生的"怪事"是否应归罪于
他,或者只不过……但他没有说出还该归罪于谁。至于 H.
Ф. Б. 三个字母,在他看来只不过是一种天真的淘气,甚至是
最幼稚的淘气,因此只要想到这件事就使人感到害臊,从某个
方面来说,甚至几乎是可耻的。

　　公爵本是那个不成体统的"晚会"上惹出来的种种乱子
的"罪魁祸首",不过在那个"晚会"的翌日上午,公爵却有幸

接待了Щ公爵和阿杰莱达的来访:"他们主要是来探询他的健康状况",他俩是一起出来散步的。阿杰莱达方才在公园里发现了一棵树,这是一棵枝繁叶茂、妙不可言的老树,长着弯弯曲曲的长树枝,枝头长满嫩叶,树身有一个窟窿和一道裂缝;她决心一定要、一定要把它画下来!因此她在拜访公爵的半小时内,几乎总是讲这件事。Щ公爵照例是那么和蔼可亲,他向公爵打听往事,回忆他们初次相识的情形,因此几乎根本没有提到昨天的事。阿杰莱达终于忍不住莞尔一笑,承认他们是"微行①"私访,不过她承认的也只是这一点,尽管从这"微行"二字就可以看出她的父母,主要是伊丽莎白·普罗科菲耶夫娜心绪特别不佳。不过阿杰莱达和Щ公爵在这次访问的时候,无论是对伊丽莎白·普罗科菲耶夫娜,还是对阿格拉娅,都只字未提,甚至也没提到伊万·费奥多罗维奇。他俩再次出去散步时,也没有请公爵同往。至于请他到家中作客,那就连一句暗示的话也没说。关于这个问题,阿杰莱达甚至情不自禁地说过一句很值得注意的话。她在谈到她画的一张水彩画时,突然很想拿给公爵看看:"怎么能快一点让您看到呢?等一等,如果今天科利亚上我那儿去,我就叫他给您带来,要不等我明天再和公爵出来散步的时候亲自给您送来!"她终于结束了自己的困惑,由于自己居然这么巧妙而且对大家都很相宜地解决了这个难题而感到高兴。

末了,Щ公爵在告辞前仿佛蓦地想起:

"噢,对了,"他问道,"您可知道,亲爱的列夫·尼古拉耶维奇,昨天在四轮马车上喊叶夫根尼·帕夫洛维奇的那个女

---

① 原文是意大利文。

人是谁?"

"是纳斯塔霞·菲利波夫娜,"公爵说,"难道您还不知道她是谁?可我不知道跟她在一起的是谁。"

"我知道,我听说了!"Щ公爵应声说道,"不过那声喊叫是什么意思?老实说,这对我来说真是个难解的谜……不但对我来说,对别人来说也是这样。"

Щ公爵说这话时明显地流露出特别惊讶的神情。

"她提到叶夫根尼·帕夫洛维奇的什么期票,"公爵很随便地答道,"根据她的请求,罗戈任把它从一个高利贷者的手里弄过来,并答应叶夫根尼·帕夫雷奇,什么时候方便,就什么时候归还。"

"我听说了,我听说了,我亲爱的公爵,不过这是不可能的!叶夫根尼·帕夫雷奇决不可能出什么期票!他有那么大一笔财产……不错,早先他由于为人轻浮,也干过这种事……我甚至还搭救过他……但是一个人拥有这么大一笔财产,却还要给高利贷者出期票并为期票担心,这是不可能的。他也不可能和纳斯塔霞·菲利波夫娜以你相称,并保持这么亲密的关系,——主要问题就在这里。他发誓说,他根本摸不着头脑,我完全相信他的话。不过问题在于,亲爱的公爵,我想问您,您可知道一点什么?也就是说,您可曾非常奇特地听到什么消息?"

"不,我什么也不知道。请您相信,我跟这件事的确毫不相干。"

"唉,公爵,您变成什么样的人啦!我今天简直都认不出您了。难道我会认为您有可能参与这种事?……唉,您今天心绪不佳。"

他拥抱公爵，还吻了他一下。

"您说的'这种'事究竟是哪种事呀？我可没有看见任何'这种'事。"

"毫无疑问，这个女人是想用什么办法阻止叶夫根尼·帕夫雷奇做某件事，所以才在目击者们面前把他没有也不可能有的那些品质强加在他的身上。"Щ公爵相当冷淡地答道。

列夫·尼古拉耶维奇公爵窘住了，但依然目不转睛地、探询地瞧着Щ公爵，Щ公爵却不作声了。

"不就是期票的事吗？难道并不完全像她昨天所说的那样?"公爵终于有点不耐烦地嘟哝道。

"可我得告诉您，您自己想想看，叶夫根尼·帕夫雷奇和……她，再加上罗戈任，他们之间可能有什么共同之处呢？我对您再说一遍，他拥有巨额财产，这一点我完全清楚；他正在等候叔父遗留给他另一笔财产。只是纳斯塔霞·菲利波夫娜……"

Щ公爵突然又沉默了，这显然是因为他不愿意继续对公爵谈论纳斯塔霞·菲利波夫娜。

"这么说来，他肯定认识她喽?"列夫·尼古拉耶维奇公爵沉默片刻，蓦地问道。

"看来是这样。他是个轻佻的人！不过，即使认识，那也是在很早以前，也就是两三年以前。他还认识托茨基哩。如今不会发生任何这样的事了，他们永远不可能互相以你相称！您也知道，她一向不在这里，任何地方都没有见到过她。许多人还不知道她又露面了。我发现那辆马车最多只有三天。"

"多么豪华的马车!"阿杰莱达说。

"是的，马车是很豪华。"

他俩走了，不过临走时对列夫·尼古拉耶维奇公爵满怀着最友好的情意,甚至可说是手足之情。

可是对于我们的主人公来说,这次拜访却具有一种极其重要的意义。如果说从昨夜开始(也许还要早些)他自己就疑窦丛生,但是直到他们来访以前,他还不能完全肯定自己的怀疑是正确的。现在真相大白了:Щ公爵对事情的解释固然是错误的,但也并非捕风捉影,他毕竟明白其中必有阴谋。(公爵认为,Щ公爵也许完全心中有数,只是不愿意说明,所以才故意妄加解释。)最明显的是他们(而且偏偏还有Щ公爵)到他这里来是希望得到一些解释;倘若果真如此,那么他们简直认为他是这桩阴谋的参加者了。此外,倘若这一切果真如此,而且的确关系重大,那么她肯定抱有什么可怕的目的,究竟是什么目的呢? 真可怕!"怎么才能阻止她呢? 当她确信自己的目标时,就决不可能阻止她!"公爵凭经验已经知道了这一点。"她疯了。她疯了。"

但是,这天上午还有其他许多无法解决的难题在同一个时间里一起涌来,而且都需要立即解决,因此公爵忧心忡忡。使他稍感快慰的是,薇拉·列别杰娃带着柳博奇卡前来看他,还笑嘻嘻地说个不停。随后她的妹妹也张着嘴跑来了。接着跑来的是那个中学生,列别杰夫的儿子,他肯定地说,按照他爸爸的解释,《启示录》里提到的那颗落到众水的源泉上的"茵陈星"①,就是遍布欧洲的铁路网。公爵不信列别杰夫会

---

① 《启示录》第八章第10至11节说,在世界的末日将临的时候,"就有烧着的大星,好像火把从天上落下来,落在江河的三分之一,和众水的源泉上。这星名叫茵陈。众水的三分之一变为茵陈。因水变苦,就死了许多人。"列别杰夫把这个神秘的形象解释为与人敌对的物质文明的象征。

这样解释,便决定一有适当机会就去请教列别杰夫。公爵从薇拉·列别杰娃口中获悉,凯勒从昨天起就到她家住下了,从一切迹象来看,他一时不会离开他们,因为他找到了伙伴,而且和伊沃尔金将军交上了朋友。不过,他宣称,他住在他们那里只是为了提高自己的文化程度。总之,公爵对列别杰夫子女的喜爱与日俱增。科利亚一整天没有来,他一大早就去彼得堡了(列别杰夫在天还没亮的时候也到彼得堡去办理自己的一些琐事)。但是,公爵却急不可耐地等候着今天非来找他不可的加夫里拉·阿尔达利翁诺维奇来访。

　　下午六点多钟,刚用罢正餐,他就光临了。公爵一见到他就不禁想到,这位先生起码总该正确无误地知道全部底细,——既然他身边有瓦尔瓦拉·阿尔达利翁诺夫娜和她的丈夫这样的帮手,又哪能不知道呢?但是,公爵和加尼亚的关系一直有点特别。譬如说,公爵曾委托他办理布尔多夫斯基的案子,而且特别恳求了他一番;但是,尽管公爵这么信赖他,尽管彼此以前还取得了谅解,但在二人之间却始终存在着一些似乎是相互约定绝口不提的事。公爵有时觉得,加尼亚也许很想主动对他披肝沥胆,倾吐衷曲。譬如说,加尼亚现在刚刚进来,公爵就立刻觉得,对方已深信打破他们之间在所有问题上的那块坚冰的时候已经到来。(不过加夫里拉·阿尔达利翁诺维奇神色匆忙;妹妹正在列别杰夫那里等他,他俩都急于去办什么事情。)

　　但是,倘若加尼亚果真期待公爵迫不及待地提出一大串问题,情不自禁地吐露衷情并表示友好,那他当然就大错特错了。在他来访的二十分钟内,公爵一直心事重重,几乎是神不守舍。看来公爵不可能提出加尼亚所期待的各种问题,或者不如说不可能提出加尼亚所期待的一个主要问题。这时,加尼亚也就决定极其谨慎地说话。他一连讲了二十分钟,嘻嘻哈哈、又快又急地扯着非常轻松有趣的废话,但没有涉及主要问题。

加尼亚顺便谈到,纳斯塔霞·菲利波夫娜在帕夫洛夫斯克总共只待了四天,已经引起了大家的注意。她住在水手街上一所蹩脚的小房里,那是达里娅·阿列克谢耶夫娜的家;但是她的轻便马车在帕夫洛夫斯克却几乎是首屈一指的。她周围已经聚集了一大群老老少少的狂蜂浪蝶;有时还有骑马的人护送她的马车。纳斯塔霞·菲利波夫娜还和以前一样好挑剔,接待客人总要严加挑选,可她的身边依然聚集了一大帮人,一旦必要,总有人会替她撑腰。在住别墅的人们当中,有一位已正式订婚的未婚夫,已经由于纳斯塔霞·菲利波夫娜的缘故而和自己的未婚妻吵了一架;还有一位老将军,几乎把自己的儿子赶出家门。她常常带着一个非常可爱的小姑娘乘车兜风,小姑娘只有十六岁,是达里娅·阿列克谢耶夫娜的远亲。这个小姑娘唱得很好,所以每到晚上,她们那幢小房子就吸引了人们的注意。不过纳斯塔霞·菲利波夫娜举止非常正派,衣着也不奢华,只是特别高雅,所有的女士都"嫉妒她的高雅、美貌和马车"。

"昨天那件怪事,"加尼亚说道,"当然是预谋的,当然不算一回事。如果想挑她什么毛病,那就得故意去找,或者造谣诽谤,不过那些人很快就会这么干的,"加尼亚最后说,他预料公爵一定会问:"你为什么认为昨天的事是预谋的?为什么那些人很快就会这么干呢?"然而公爵并没有这么问。

有关叶夫根尼·帕夫洛维奇的情况,公爵并没有特别问起,又是加尼亚自动滔滔不绝地说起来的,这很奇怪,因为加尼亚是无缘无故地把他塞进谈话中去的。根据加夫里拉·阿尔达利翁诺维奇的意见,叶夫根尼·帕夫洛维奇以前并不认识纳斯塔霞·菲利波夫娜,现在跟她也只有一面之交,因为他是四天以前在散步的时候由别人介绍给她的,恐怕还没有和别人一起到她家里去过一次。期票的事也可能是真的(加尼亚甚至可以肯定这一点);叶夫根尼·帕夫洛维奇的财产当然很多,但是"庄园里的确有点杂乱无章"。加尼亚谈到这个有趣的问题时蓦地打住了。关于纳斯塔霞·菲利波夫娜昨天的举动,除去上面偶然提到的那些以外,他一句话也没多说。末了,瓦尔瓦拉·阿尔达利翁诺夫娜跑来找加尼亚,她坐了片刻,也是不等公爵问起就说:叶夫根尼·帕夫洛维奇今天或明天要去彼得堡,她的丈夫(伊万·彼得罗维奇·普季岑)也在彼得堡,几乎也是为了叶夫根尼·帕夫洛维奇的事,那里的确发生了什么事情。临走时她补充道,伊丽莎白·普罗科菲耶夫娜今天情绪极坏,最奇怪的是阿格拉娅跟全家都吵翻了,不但跟父母吵,还跟两个姐姐吵,她认为"这很不好"。兄妹二人仿佛无意中透露了最后这个消息(它对公爵来说有非常重大的意义),然后就走了。关于"帕夫利谢夫的儿子"事件,加涅奇卡也只字未提,这也许由于他假装谦虚,也许是"怕公爵伤心"。不过对于他努力了结此案,公爵还是再次向他道谢。

终于只剩下自己一个人了,公爵很高兴;他走下凉台,穿过道路,走进公园;他想考虑一番并确定一个步骤。但是这个"步骤"可不是那种需要好好考虑的"步骤",而是不必考虑只待决定的:他忽然极欲抛开这里的一切,回到他原来居住的地方,一个遥远的偏僻之乡,而且立刻就走,甚至不和任何人告别。他预感到，只要在这里再多待几天，他一定会无可挽回地陷入这是非之地，从此不能自拔。可是他考虑的时间还不到十分钟，他就立刻断定逃走是"不可能的"，认为这几乎是胆怯，他面临着许多难题，他现在甚至没有任何权利不去解决它们，起码也得全力以赴地去设法加以解决。他想着想着就回家了，散步的时间恐怕都不到一刻钟。这时他非常难过。

列别杰夫还没有回家，所以在黄昏时分凯勒就闯到公爵那里去了，他没有喝醉，但急欲对公爵倾诉衷肠。他开门见山地说，他是来向公爵叙述自己的身世的，他就是为此才留在帕夫洛夫斯克。赶走他是绝不可能的，因为他决不会走。凯勒本想东拉西扯地说很久，但是他刚说了几句，就结束自己的谈话，宣称他已经"不讲任何道德"（完全是由于不信仰至高无上的神），甚至偷起东西来了。"您想得到吗？"

"凯勒，您听我说。我若处在您的地位，只要不是出于特殊原因，最好是别供认这种事，"公爵开始说，"不过，您也许是故意说自己的坏话吧？"

"我是对您，单单对您一个人说的，而且只是为了提高自己的文化修养！我不会再对任何人说；我会死的，我要把我的秘密带进棺材！但是，公爵，您要知道，您要知道，在我们这个时代弄钱有多难啊！请问，上哪里去弄钱呢？只有一个答案：'拿黄金和钻石去换。'可那正是我没有的东西，这一点您想象得到吗？我等了又等，终于生气了。我说：'绿宝石能换钱吗？'对方说：'绿宝石也能换。'我说：'那好极了。'我戴上帽子就走了。我心里想：真见鬼，你们这群坏蛋！一点不假！"

"难道您有绿宝石？"

"我哪有什么绿宝石！哦，公爵，您还是把人生看得那么光明,那么纯朴,甚至可以说看成了一支田园牧歌!"

末了,公爵还说不上产生了恻隐之心,而是感到问心有愧。他甚至闪过这样一个念头:"是不是可以借助于什么人的良好影响使这个人改过自新呢?"由于某些原因,他认为自己的影响是完全无用的,——这不是由于自卑,而是由于自己对事物的看法有点特别。他们渐渐地谈得投机,一直谈到难舍难分的地步。凯勒特别爽快地供认了一些令人难以想象居然说得出口的事情。他每讲一件事都信誓旦旦地表示忏悔,说他心中"充满眼泪",但他讲话的神态却仿佛对自己的行为感到骄傲,有时又讲得非常可笑,末了他和公爵竟像疯子一般哈哈大笑起来。

"主要的是,您能像孩子那样信任别人,又非常诚实,"末了公爵说,"您可知道,就凭这一点,您就可以赎很多罪。"

"您真高尚,高尚,像骑士一般高尚!"凯勒深受感动地确认道,"但是您要知道,公爵,这一切只不过是幻想,也可以说是有点醉意,实际上永远不会有什么结果!为什么这样?我也弄不明白。"

"您别失望。现在可以肯定地说,您已把您的老底都告诉我了;至少我觉得除了您所讲的以外,现在再没有什么可补充了,是吧?"

"没有什么可补充了?!"凯勒用感到遗憾的口吻喊道,"唉,公爵,您可以说一向都用瑞士方式了解人,至今还是这样,简直有点执迷不悟了。"

"难道还可以补充?"公爵胆怯而又惊奇地说道,"那么您希望从我这儿得到什么呢,凯勒,请您告诉我,您干吗要到这儿来忏悔?"

"希望从您这儿得到什么？第一，光是看看您这副老实相就够叫人开心的了；坐下跟您聊聊也很有趣；我至少会知道，我面前是一个德行非常高超的人，第二……第二……"

他感到难于启齿。

"也许您想借钱？"公爵干脆一本正经地提示道，看上去甚至有点胆怯。

凯勒打了个寒噤；他像先前那样惊奇地迅速逼视了公爵一眼，用拳头狠狠捶了一下桌子。

"嘿，您这种手段真叫人晕头转向！得了吧，公爵：一会儿您是那么老实，那么天真，哪怕在黄金时代也没听说过；一会儿您又用这么高深的心理学察言观色，像利箭一般，把人都看穿了。然而对不起，公爵，这需要作些解释，因为我……我简直给弄糊涂了！当然，我的最终目的是借钱，可是，从您向我问起借钱的事的口气来看，似乎您并不觉得这有什么可耻，似乎应该如此。"

"是的……您也应该如此。"

"您不生气？"

"不……有什么可生气的呢？"

"您听我说，公爵，我从昨晚起就留在这里，第一点，是为了对法国大主教布尔达鲁①表示特别的敬意（我们在列别杰夫那里一直喝到凌晨三点）；第二点，也是主要的一点（我可以面向所有十字架发誓，我说的完全是真话！），我所以留在这里，可以说是因为想对您作一次彻底的、由衷的忏悔，以便

----

① 布尔达鲁(1632—1704)，耶稣会教徒，天主教传教士。凯勒在此使用布尔达鲁这个名字是有讽刺意味的，因为在他的口中这个名字语意双关（"布尔达"和"波尔多"谐音，后者是法国的佐餐葡萄酒）。

提高自己的修养;我抱着这种想法在三点多钟的时候含泪入睡了。不知您现在是不是相信一个无比高尚的人的话:就在我真诚地饱含着内心的眼泪和外表的眼泪(因为我末了毕竟大哭起来,我记得这一点!)即将入睡的时候,我产生了一个可恶的想法:'为什么不在忏悔以后向他借钱呢?'于是我就准备了一篇忏悔词,可以说就像烧了一盘泪汁肉①,好让这些眼泪使您大发善心,数给我一百五十卢布。您看,这岂不卑鄙?"

"可是这肯定不是真的,只不过是一种巧合罢了,两种想法不谋而合,这是屡见不鲜的。我也不断碰到这种情况。不过我认为这不好,您要知道,凯勒,我在这方面责备自己最为严厉。您方才讲给我听的就像是我自己的事。我有时甚至偶尔认为,"公爵十分严肃、真诚并深感兴趣地接着说道,"既然所有的人全都如此,我也就心安理得了,因为要和这双重的思想作斗争是非常困难的;我经历过。天知道这些思想是怎么出现和产生的。但是您竟干脆称之为卑鄙!现在我又开始害怕这些思想了。反正我又不是您的审判官。然而据我看来,毕竟还不能简单地称之为卑鄙,您以为如何?您要滑头,想用眼泪骗钱,但是您自己又发誓说,您的忏悔还有另一种高尚的目的,并不只是为了金钱;至于金钱,那您是要用来酗酒的,是吧?像您这样忏悔以后,这当然是缺乏毅力的行为。可是又怎能在片刻之间把酒也戒了呢?这不可能。怎么办呢?最好是凭自己的良心行事,您以为怎样?"

公爵极为好奇地瞧着凯勒。他显然早就在考虑双重思想

---

① 泪汁肉,一道法国菜的菜名,此处是讽刺性地摹拟。

的问题了。

"既然如此,我不明白为什么大家还叫您白痴!"凯勒喊道。

公爵的脸微微有点发红。

"就连传教士布尔达鲁也不宽恕别人,而您却宽恕别人,还很有人情味地评价我!为了惩罚自己,也为了表示我受了感动,现在我不想借一百五十卢布,您只要给我二十五卢布就够了!我需要的就是这些,起码够两个礼拜的花销。两周内我不再向您要钱。我曾想让阿加什卡快乐一番,但她不配享受这种快乐。噢,亲爱的公爵,愿上帝保佑您!"

列别杰夫一回家就到公爵屋里来了,他看见凯勒手里拿着一张二十五卢布的钞票,便皱起眉头。但是凯勒一拿到钱就急着想走,而且很快就溜掉了。列别杰夫立刻开始说他的坏话。

"您这话不公道,他的确做了真诚的忏悔。"末了公爵指出道。

"他的忏悔算得了什么!就和我昨天说'我真下贱,真下贱'一样,不过是一句空话罢了!"

"那么您说的只是一些空话?我还以为……"

"现在我只对您,只对您一个人说真话,因为您能把人看透:空话和行动,谎言和真话——汇集于我一身,而且十分真诚。真话和行动就是我的真诚忏悔,信不信由您,我可以发誓;空话和谎言就是我一向都有的坏念头,譬如怎样抓住别人的破绽啦,怎样通过忏悔之泪来得到好处啦!真是这样!这话我是不会对别人说的,因为别人会耻笑我或唾弃我;但是您,公爵,您会很有人情味地评价我的。"

"嘿,这和凯勒方才对我说的一模一样,"公爵喊道,"你们两人都像在夸口!您甚至使我惊讶,不过他比您诚恳,因为您已经把这一套变成谋生之道了。喂,够了,别皱眉头啦,列别杰夫,也别把双手按在心口上。您没有什么话对我说吗?您没事是不会来的……"

列别杰夫扭扭捏捏,装腔作势。

"我等了您一整天,想对您提一个问题;哪怕一辈子就这一次,也请您一开口就如实回答:昨天那辆马车的事跟您有什么瓜葛吗?"

列别杰夫又开始扭扭捏捏并吃吃地笑,他搓着双手,末了竟接连打起喷嚏来了,但仍未拿定主意说出要说的话。

"我看跟您是有瓜葛的。"

"不过是间接的,仅仅是间接的! 我说的完全是实话!我跟此事的瓜葛,仅仅是及时让某女士知道我家来了这样一群朋友,还有其他几个人在座。"

"我知道您打发您的儿子到那里去过,他方才亲自告诉我了,这真是一个卑鄙的阴谋!"公爵不耐烦地叫道。

"不是我的阴谋,不是我的,"列别杰夫直摇手,"是另一些人,另一些人,与其说是阴谋,还不如说是幻想。"

"究竟是怎么回事? 看在基督的分上,是不是对我解释一下? 难道您还不明白,这直接与我有关? 这简直是对叶夫根尼·帕夫洛维奇的诽谤。"

"公爵! 极其尊贵的公爵!"列别杰夫又装腔作势了,"是您不允许我说出全部真相;我已经开始对您讲实话了;讲过不止一次;可您不让我继续讲下去……"

公爵默然寻思片刻。

"嗯,好吧;您就说实话吧。"他吃力地说,内心显然经过一番激烈的斗争。

　　"阿格拉娅·伊万诺夫娜……"列别杰夫立刻开始说。

　　"住嘴,住嘴!"公爵疯狂地喊叫起来,由于愤怒,也许是由于害臊,竟满面通红。"这是不可能的,这全是胡说八道!这全是您自己想出来的,或者是和您一样的疯子想出来的。我永远也不想再听您说这种话了!"

　　夜晚,已经十点多了,科利亚带了一大堆消息跑来。他的消息有两种:一种是彼得堡的,另一种是帕夫洛夫斯克的。他很快地讲了讲彼得堡方面的主要新闻(多半是关于伊波利特和昨天那件事的),至于那些次要新闻则留待以后补充。接着他就尽快讲起帕夫洛夫斯克的新闻来了。三小时以前,他从彼得堡回来后,没有先找公爵,就径直到叶潘钦家去了。"那里发生了可怕的事!"当然,最重要的是马车事件,但是那里肯定还发生了别的事——他和公爵都不知道的事。"我当然没有去当密探,也不想盘问任何人;不过,他们接待我实在太周到了,周到得简直出乎我的意料;但是他们一句话也没有提到您,公爵!最重要也最有趣的是,方才阿格拉娅为了加尼亚跟家里人争吵起来。这件事的详情细节我不得而知,但仅仅是为了加尼亚(您怎能想到会有这样的事!),而且吵得非常厉害,所以准是什么重要的事。将军回来晚了,他皱着眉头,和叶夫根尼·帕夫洛维奇一起到来。大家无比殷勤地款待叶夫根尼·帕夫洛维奇,叶夫根尼·帕夫洛维奇本人也眉飞色舞,笑容可掬。最重要的新闻是:伊丽莎白·普罗科菲耶夫娜毫不声张地把坐在小姐们那里的瓦尔瓦拉·阿尔达利翁诺夫娜叫去,非常有礼貌地把她永远逐出了家门,——"这是瓦里娅亲口告诉我的。"但是，当瓦里娅从伊丽莎白·普罗科菲耶夫娜的室内出来和小姐们告别时，那些小姐并不知道她从此再也不能来了，也不知道她是最后一次向她们告辞。

"可是七点钟的时候瓦尔瓦拉·阿尔达利翁诺夫娜到我这儿来过呀。"公爵诧异地问道。

"她是在七点多或八点的时候被赶走的。我很可怜瓦里娅，很可怜加尼亚……毫无疑问，他们总是在耍阴谋，他们非这样不可。我从来也弄不清他们在想些什么，而且也不想知道。可是请您相信，我的亲爱的、好心的公爵，加尼亚的确是有良心的。当然，这个人在许多方面已无可救药，但是，他在许多方面还具有值得注意的特点。我早先不了解他，这一点我永远不能原谅自己……在发生了瓦里娅事件以后，我不知道我现在是不是还能去他们那里。不错，我从一开始就是完全独立自主而且独往独来的，不过还是得好好想想。"

"您不必太可怜您的哥哥，"公爵对他说道，"既然事情已经弄到这种地步，那么加夫里拉·阿尔达利翁诺维奇在伊丽莎白·普罗科菲耶夫娜的心目中就已成为危险人物，可见他的某些希望日益明确。"

"还谈得上什么希望！"科利亚惊奇地喊道，"您是不是认为阿格拉娅……这是不可能的！"

公爵沉默了。

"您是一个可怕的怀疑派，公爵，"过了两分钟，科利亚补充道，"我发现，从某个时候开始，您就渐渐变成一个极端的怀疑派；您开始什么也不相信，而且老是认为……在这种情况下我使用'怀疑派'这个词对不对？"

"我觉得是对的，虽然我自己也不知道是否果真如此。"

"但是，我自己拒绝使用'怀疑派'这个词，因为我发现了新的解释，"科利亚蓦地喊道，"您不是怀疑派，而是爱吃醋的人！您正为一个骄傲的少女而大吃加尼亚的醋！"

　　科利亚说完这句话就跳起来哈哈大笑，他也许从来还没有这样笑过。看见公爵面红耳赤，科利亚笑得更加厉害了。他想到公爵是为阿格拉娅吃醋，心里非常高兴，但他看见公爵当真感到不快，就立刻不作声了。后来，他们又十分严肃而担心地谈了一小时或一个半小时。

　　第二天，公爵为了一件急事去彼得堡逗留了一个上午。动身回帕夫洛夫斯克时已是下午四点多钟，他在彼得堡火车站遇见了伊万·费奥多罗维奇。后者迅速抓住他的一只手东张西望，仿佛感到害怕似的；他把公爵拉进头等车厢结伴同行。他急不可耐地要同公爵商量什么要事。

　　"第一，亲爱的公爵，你别生我的气，倘若我有什么不是，——你就忘了吧。我昨天就想登门拜访，但不知伊丽莎白·普罗科菲耶夫娜对此会有什么想法……我家里……简直成了地狱，住着一个神秘的怪人，我只有走来走去，什么都不明白。至于你呢，据我看，你的过错比我们大家都小；当然啦，有许多事都是你惹出来的。你瞧，公爵，行善是一件乐事，但也并不很乐。你也许已经尝到苦果了。我当然喜欢善心，而且尊敬伊丽莎白·普罗科菲耶夫娜，但是……"

　　诸如此类的话将军还说了很久，可是他说得颠三倒四，叫人根本没法听懂。看来他是对一件他一点也摸不着头脑的事感到震惊，不知如何是好了。

　　"我毫不怀疑，你跟这件事毫不相干，"他终于比较清楚地说道，"但是，在一段时期里你不要来看我们，等风向变了再说,我友好地请求你。至于叶夫根尼·帕夫雷奇,"他非常激动地喊道,"那全是荒唐的诬蔑,是最恶毒的诽谤!这是诋毁,是阴谋,旨在摧毁一切,离间我们。你瞧,公爵,我对你说句悄悄话:我们和叶夫根尼·帕夫雷奇之间还没有说起过这件事,你明白吗?我们不受任何约束,——但是,有可能说起此事,甚至很快,甚至可能马上就说出来!这是为了破坏!但这是为了什么目的,出于什么原因,——我不明白!她真是个不寻常的女人,古怪的女人,我怕她怕得几乎睡不着觉。多好的一辆马车,多好的两匹白马,真是希克①!真像法文里所说的希克!是谁给她的?我可真是罪过,前天我竟对叶夫根尼·帕夫雷奇产生了怀疑。但是后来发现,这是不可能的。既然不可能,她干吗又想从中作梗呢?问题就在这里!是为了留住叶夫根尼·帕夫雷奇吗?但是我再对你说一遍,而且对你发誓,他和她素不相识,至于那些期票,则完全是瞎编的!她竟那么厚颜无耻地在大街上你呀你的朝他喊叫,纯粹是一个阴谋!我们显然应该轻蔑地不予理睬,而对叶夫根尼·帕夫雷奇加倍尊敬。我对伊丽莎白·普罗科菲耶夫娜就是这么说的。我现在告诉你一个最隐秘的想法:我深信,她这是为了以前的事对我泄私愤,不知你可记得,虽说我从来没有任何对不起她的地方。我一回忆起来就会脸红。现在她又露面了,我还以为她销声匿迹了呢。请问,这个罗戈任究竟藏在哪儿?我以为她早就成为罗戈任太太了。"

总之,此人完全被弄糊涂了。在将近一个小时的旅途中,他总是一个人说,一个人提问,又自己解答,还老握公爵的手,

---

① 意为"富丽堂皇"。

他起码使公爵相信了这么一点:他对公爵决没有什么怀疑。这对公爵来说是重要的。最后,将军谈到叶夫根尼·帕夫雷奇的亲伯伯,彼得堡某机关的长官,"他身居要职,七十岁,一个好挥霍的美食家,总之是一个随和的老头子……哈哈!我知道,他听到过纳斯塔霞·菲利波夫娜的情况,甚至还追过她。我方才到他家里去过,他不舒服,没接见我,但是他很有钱,很有钱,还有地位……愿上帝赐他长寿,可是他的财产还是会留给叶夫根尼·帕夫雷奇的……是的,是的……我还是有点害怕!我也不明白为什么,可还是害怕……仿佛有什么东西在空中飞来飞去,灾难像一只蝙蝠似的在盘旋。我害怕,我害怕!……"

我们已在上面谈到,直到第三天,叶潘钦家才终于和列夫·尼古拉耶维奇公爵正式和解了。

十二

下午七时;公爵正打算去公园。伊丽莎白·普罗科菲耶夫娜突然独自走到凉台上来找他。

"第一,你不要以为,"她开始说,"我是来向你赔罪的。那是胡扯!全是你的错。"

公爵默然不语。

"是不是你的错呀?"

"我的错和您的错不相上下。不过无论是我还是您,我们都没有故意做任何错事。前天我认为自己错了,可现在我却认为并不是这样。"

"你原来是这样!那好吧;你听我说,你先坐下,因为我不想站着。"

二人都坐下了。

"第二,关于那些凶恶的坏小子,咱们一字不提!我要坐下来和你谈十分钟;我来向你打听一件事(天知道你有过什么想法?),只要你有一句话提到那些无礼的坏小子,我站起来就走,和你断绝一切往来。"

"好吧。"公爵答道。

"请问:两个月或两个半月以前,在复活节前后,你给阿格拉娅写过一封信吧?"

"写——过。"

"你用心何在？信里写的什么？把信给我看看！"

伊丽莎白·普罗科菲耶夫娜目光炯炯，她急得都快发抖了。

"信不在我身边，"公爵吃了一惊，不禁惶恐万状，"倘若那封信还完好无损，那它就在阿格拉娅·伊万诺夫娜手里。"

"别耍滑头！你写了些什么？"

"我不是耍滑头。我什么都不怕。我看不出有任何理由不让我给她写信……"

"住嘴！废话以后再说。信里写些什么？你为什么脸红？"

公爵考虑了片刻。

"我不明白您的意思，伊丽莎白·普罗科菲耶夫娜。我只看出您很不喜欢那封信。您得承认，我本来可以拒绝回答这样的问题；但是为了向您表明，我并不为了那封信而害怕，并不由于写了那封信而感到遗憾，现在也决不是为此而脸红（公爵的脸几乎加倍地红了起来），所以我这就把那封信背给您听，因为我似乎把它都背下来了。"

公爵说完以后，几乎一字不差地把那封信背了一遍。

"真是一派胡言！在你看来，这种胡说八道究竟有什么意思呢？"伊丽莎白·普罗科菲耶夫娜全神贯注地听完这封信后，毫不客气地问。

"我自己也不完全清楚；我只知道我的感情是真挚的。在那里，我常常充满活力和特别美好的希望。"

"什么希望？"

"这可说不清楚，不过决不是您现在可能认定的那种希望……噢,总而言之,那是对未来的希望,希望我在那里能够享受到不被看作外人或外国人的那种乐趣。我突然十分眷恋故土。于是,在一个阳光明媚的早晨,我拿起笔来给她写了这封信;至于为什么写给她,——我不知道。有时候一个人难免希望身边能有一个朋友;看来我也是希望能有一个朋友……"公爵沉默片刻,又补充道。

"你莫非堕入了情网?"

"不——不。我……我就像是给妹妹写信似的。落款我也写的是兄长。"

"哼!那是故意的;我明白。"

"我很难回答您这些问题,伊丽莎白·普罗科菲耶夫娜。"

"我知道你为难,不过你为难不为难跟我毫不相干。你听着,你要像对上帝说话一样对我说实话:你是不是在对我撒谎?"

"我没撒谎。"

"你说你没有堕入情网,这话当真?"

"看来是千真万确的。"

"真有你的,说什么'看来是'! 是那个坏小子把信送给她的吗?"

"我请求尼古拉·阿尔达利翁诺维奇……"

"那个坏小子! 那个坏小子!"伊丽莎白·普罗科菲耶夫娜非常激动地打断他的话说道,"我压根不知道这个尼古拉·阿尔达利翁诺维奇是何许人! 我就知道那个坏小子!"

"尼古拉·阿尔达利翁诺维奇……"

"我对你说,是那个坏小子!"

"不,不是坏小子,而是尼古拉·阿尔达利翁诺维奇。"公爵终于坚决地回敬道,虽然声音相当轻。

"那好吧,亲爱的,好吧!我以后再跟你算这笔账。"

她竭力克制自己的激动,休息了片刻。

"那篇《不幸的骑士》是什么意思?"

"我压根不知道;这与我无关。那是开玩笑。"

"乍一听来倒怪有趣的!不过她难道会对你发生兴趣?她常管你叫'畸形儿'和'白痴'呀。"

"您不必把这种事转告我。"公爵几乎是耳语般用责备的口吻说。

"你别生气。她是一个任性的、疯狂的、宠坏了的姑娘,——只要她爱上什么人,就准会大声辱骂他并当面挖苦他;我以前也这样。不过请别得意,亲爱的,她不是你的;我不愿意相信这个,她永远不会是你的!我这么说,是为了让你现在就采取措施。喂,你对我发誓,说你没有娶那个女人。"

"伊丽莎白·普罗科菲耶夫娜,您这是从何说起?"公爵惊讶得几乎跳了起来。

"你不是险些娶了她吗?"

"是险些娶了她。"公爵低声说,并垂下头来。

"这么说来,你是爱上她了?现在就是为她而来的?为了那个女人?"

"我不是为娶亲而来。"公爵答道。

"世上可有什么东西在你看来是神圣的?"

"有。"

"你发誓,说你不是为了娶她才来的。"

"您要我发什么誓我就发什么誓!"

"我相信；你吻我一下。我总算松了一口气；但是你要知道：阿格拉娅并不爱你，你要采取措施，只要我还活在世上，她是不会嫁给你的！你听见没有？"

"听见了。"

公爵面红耳赤，简直都不好意思正眼瞧瞧伊丽莎白·普罗科菲耶夫娜了。

"别忘啦。我曾像等候天神降临似的等候你（你不配！），我天天夜里流泪，把枕头都弄湿了，——但这不是为了你，亲爱的，你放心吧，我有自己的另一种痛苦，那是一种永恒的痛苦，而且一向都是那样。我所以这么急切地等候你，是因为我至今依然相信，是上帝亲自把你派来当我的朋友和亲兄弟的。除了别洛孔斯卡娅那个老太婆以外，我身边就没有一个朋友，现在连她也远走高飞了，况且她又上了年纪，蠢得跟山羊一样。现在你就简单明了地回答我是或非：你可知道她前天为什么要在马车上喊叫？"

"说实话，我没有参与那件事，所以一点也不知情！"

"够了，我相信你的话。关于这件事，现在我另有想法。昨天上午，我还把一切都归罪于叶夫根尼·帕夫雷奇。前天一昼夜，还有昨天上午，都是这样。现在，我当然不能不同意他们的意见：显然有人在那里像取笑傻瓜一样取笑他，也不知是什么原因，由于什么缘故，出于什么目的（这一点就很可疑！而且不成体统！），——但是阿格拉娅决不会嫁给他，这一点我可以告诉你！哪怕他是个好人，那也只能这样。我以前曾犹豫不决，可现在已拿定主意了。我今天清清楚楚地对伊万·费奥多罗维奇说：'除非您先把我装进棺材埋入土里，不然就休想把女儿嫁给他。'你瞧，我多么信任你，你看出来没有?"

"我看出来了,我明白。"

伊丽莎白·普罗科菲耶夫娜用锐利的目光打量着公爵;她也许很想知道,有关叶夫根尼·帕夫雷奇的这个消息给公爵留下了什么印象。

"加夫里拉·伊沃尔金的情况你一点也不知道?"

"您是说……我知道得很多。"

"你可知道他跟阿格拉娅有来往?"

"我一点也不知道,"公爵吃了一惊,甚至打了个寒噤,"怎么,您说加夫里拉·阿尔达利翁诺维奇跟阿格拉娅·伊万诺夫娜有来往? 这不可能!"

"这还是最近的事。他的妹妹整个冬天都像耗子似的忙于替他铺路。"

"我不信,"公爵激动地寻思了片刻,坚定地重复道,"假如有这种事,我肯定会知道。"

"难道他会自动跑来扑进你的怀抱,流着眼泪向你坦白! 唉,你真糊涂,真糊涂! 大家都在骗你,把你当作……当作……可你却信任他,你不觉得害臊吗? 难道你没看见他处处都在骗你?"

"我很清楚,他有时欺骗我,"公爵不乐意地低声说,"他也知道我了解这一点……"他补充道,但没有说完。

"既然了解,还要信任他! 真是岂有此理! 不,你是干得出这种事来的。我又何必感到奇怪呢。主啊! 什么时候见过第二个这样的人! 你可知道这位加尼卡,或者那位瓦里卡,竟安排她跟纳斯塔霞·菲利波夫娜往来?"

"安排谁?!"公爵喊道。

"就是阿格拉娅。"

"我不信！这不可能！这有什么目的呢？"

他从椅子上一跃而起。

"虽然证据确凿,我也不信。阿格拉娅是一个任性的姑娘,好幻想的姑娘,疯疯癫癫的姑娘！一个很厉害的,很厉害的,很厉害的姑娘！我要说一千年:她是个很厉害的姑娘！我那几个女儿现在都是这样,连那个可怜虫亚历山德拉也不例外,但是这个姑娘已经管不住了。可是我也不信她会干出这种事来！也许是因为我不愿意相信,"她自言自语似的补充道,"你为什么没有来？"她蓦地又转身对公爵说,"这三天你为什么没来？"她不耐烦地再次对他嚷道。

公爵本想开始解释不去的原因,可她又把他的话打断了。

"大家都认为你是傻瓜,大家都欺骗你！你昨天进城去了;我敢打赌,你一定跪着央求那个坏蛋接受一万卢布！"

"根本不是这么回事,我想都没有想过。我甚至都没有见到他,再说他也不是坏蛋。我接到他一封信。"

"把信拿给我看！"

公爵从皮包里取出一纸便笺,递给伊丽莎白·普罗科菲耶夫娜。便笺上写道:

先生,在人们的心目中,我当然没有任何权利维护我的自尊心。照人们看来,我根本不配有自尊心。但这是别人的看法,不是您的看法。先生,我深信您也许比别人好些。我不同意多克托连科的看法,在这方面我们俩有分歧。我永远不会收您分文,可是您帮助过我的母亲,所以我必须感谢您,虽然这也是出于软弱。无论如何,我对您的看法与众不同,我认为应该把这一点告诉您。因此我认为,我们之间今后不会有任何来往了。

安季普·布尔多夫斯基

又及:尚欠二百卢布,日后定将奉还。

"真是胡说八道!"伊丽莎白·普罗科菲耶夫娜把便笺扔还给他时说,"不值一读。你干吗笑得这么得意?"

"您应该承认,您读了这封信也很高兴。"

"什么!读了这一派浸透了虚荣心的胡言乱语会感到高兴!难道你没看见,他们全都由于骄傲和虚荣而发疯啦?"

"是的,不过他总算认了错,和多克托连科断绝了往来,甚至可以说他的虚荣心越强,他的虚荣心也就越是可贵。啊,您真像一个小孩子,伊丽莎白·普罗科菲耶夫娜!"

"你是想到头来挨我一记耳光吧?"

"不,我根本不想挨您的耳光。我所以这么说,是因为您看了这封便笺感到高兴,却又加以掩饰。您何必为自己的感情感到羞愧呢?您在一切事情上都是这样。"

"今后不许你迈进我家一步,"伊丽莎白·普罗科菲耶夫娜跳了起来,脸都气白了,"从现在起,连你的气味我都永远不想闻到!"

"三天以后,您自己会跑来叫我去的……喂,您怎么不害臊呢?这是您最优美的感情,您干吗要为此而害羞呢?您无非是自己折磨自己罢了。"

"我就是死了也永远不来叫你!我要忘掉你的名字!我已经忘了!!"

她撇下公爵就跑了。

"就是您不禁止我,也已经有人禁止我去您府上了。"公爵朝她的背影喊道。

"什——么？谁禁止你去？"

她一瞬间便转过身来，仿佛被针扎了似的。公爵迟迟没有回答她；他感到自己说漏了嘴，犯了一个大错误。

"谁禁止你啦？"伊丽莎白·普罗科菲耶夫娜发狂地喊道。

"阿格拉娅·伊万诺夫娜禁止……"

"什么时候？你——倒——是——说——呀！！！"

"今天上午她派人来，叫我永远不要到您府上去。"

伊丽莎白·普罗科菲耶夫娜站在那里像是愣住了，但她是在动脑筋。

"她派人送什么来了？派的是什么人？是那个坏小子吧？是带的口信吧？"她蓦地又喊叫道。

"我收到了一纸便笺。"公爵说。

"在哪里？给我！马上给我！"

公爵寻思片刻，但还是从背心口袋里掏出一张不整齐的纸片，上面写着：

> 列夫·尼古拉耶维奇公爵！在发生了过去的一切之后，倘若您还想光临我们的别墅而使我吃惊，那就请您相信，您是不会在欢迎大驾光临的人们当中找到我的。
>
> 阿格拉娅·叶潘钦娜

伊丽莎白·普罗科菲耶夫娜寻思片刻，接着突然朝公爵跑去，抓住他的双手把他拉走。

"马上就去！快去！偏要现在就去，立刻就去！"她突然特别激动而又急不可耐地喊道。

"可您这样会使我……"

"会使您怎么样？真是个天真的蠢货！简直都不像个男子汉！噢，现在我就要亲眼看见一切了……"

"您起码总得让我拿上帽子……"

"这就是你那顶该死的帽子！咱们走吧！甚至都不会挑时髦的样式！……这是她……这是她在前不久发生的那件事之后……在气头上写的，"伊丽莎白·普罗科菲耶夫娜喃喃地说道，她拽住公爵，一刻也不松手，"我前不久曾替你辩护，大声说你是个傻瓜，因为你不来……否则她就不会写这种颠三倒四的便笺了！一张不成体统的便笺！对于一个高贵的、有教养的、绝顶聪明的姑娘来说，这张便笺简直不成体统！……哼，"她继续说道，"当然，由于你不去，她自己也很难受，不过她没有想到，不能这样给一个白痴写信，因为他会当真的，实际上果然如此。你干吗偷听我的话?"她忽然发觉自己说漏了嘴，不禁喊道，"她需要像你这样一个小丑，她很久没见到了，她要你去就是这个缘故！我很高兴，我很高兴，现在她可以把你当作笑柄了！你也只配当笑柄。她很会这一套，哦，她可高明啦！……"

〔俄〕陀思妥耶夫斯基／著

白 痴 下

南 江／译

人民文学出版社

PEOPLE'S & LITERATURE PUBLISHING HOUSE

第　三　部

一

不断有人抱怨,说我国没有实干家;譬如说,我国有很多政治家,也有很多将军;至于各种管理人员,不论你要多少,都可以马上找到,——然而却没有实干家。至少大家都抱怨没有。据说在几条铁路上,甚至都没有像样的工作人员;据说有一家轮船公司怎么也不能设置一个勉强过得去的管理处。你可以听到在一条新筑的铁路上发生了撞车事故,或者有一列火车在过桥时倾覆了;有人报道,一列火车险些在冰天雪地里过冬:它刚行驶了几个小时,却在雪地里停了五天。据说,有成千上万普特的货物在某地堆了两三个月等候发运,结果都腐烂了;还有人说(不过这简直叫人难以置信),商行的掌柜一个劲地催那位负责人,也就是什么主任之类,尽快发运货物,不料非但货未发运,还挨了主任一记耳光,事后那位主任居然还以"一时性起"为由替自己的行政措施辩解。官爵之多,令人想起来就不寒而栗;过去人人做官,现在人人做官,将来大家还想做官,——因此就使人不禁纳闷:既然人才济济,怎么就不能设置一个像样的轮船公司管理处呢?

对于这个问题,人们有时回答得非常简单,——简单到甚至使人难以相信这种解释。不错,人们都说我国过去人人做官,或者现在人人做官,这是以德国为最好的楷模,从始祖到后辈已延续了二百年之久，——但是，做官的人也就是最不会办事的人，而且发展到甚至在做官的人们中间，直到最近，几乎仍把徒尚空谈和缺乏实际知识视为最大的美德和长处。不过我们不必议论那些做官的人，我们要说的倒是那些实干家。毫无疑问，我们常常认为畏首畏尾和毫无主见是实干家最主要也最出色的特征，——甚至现在依然这样认为。但是，倘若认为这种看法不过是一种指责，那我们又何必光指责自己呢？自古以来，在全世界的任何地方，缺乏创见一向被认为是精明强干的实干家的首要品质和最好优点，至少有百分之九十九的人（这是最低的估计）一向是这么看的，只有百分之一的人常有不同的看法，过去如此，现在亦然。

发明家和天才在他们初露头角的时候（即使在功成名就的时候也往往如此），在社会上几乎永远被看作无非是一些傻瓜，——这已是无人不知的老生常谈了。譬如说，既然几十年来，大家全把自己的钱往钱庄里送，按四厘利息送去了几十个亿，那么不消说，在钱庄不复存在、人们只得各行其是的时候，这些金钱大部分肯定会葬送在股票的涨落或骗子们的手中，——既然为人要彬彬有礼和循规蹈矩，那也就只能如此。为人就是要循规蹈矩；既然循规蹈矩的畏首畏尾和彬彬有礼的缺乏创见至今还被公认为能干的正派人必不可少的品质，那么过于突然的变化也就太不像话，甚至太不成体统了。譬如说，凡是热爱自己子女的母亲，在她的儿子或女儿稍有越轨行为的时候，哪会不感到吃惊并吓出病来呢？"不，还是让他幸福地过一辈子富裕的生活为好，不要标新立异。"——每一个母亲在给她的孩子推摇篮时都这么想。自古以来，我们的保姆们摇孩子睡觉时，都要念念有词地低声唱道："你长大了要穿金戴银,要当一名大将军!"由此可见,就连我们的保姆都认为赢得将军头衔是俄国人的无上幸福,因此也就是民众无不向往的一种安居乐业的理想。实际上也确是如此:在我国,只要马马虎虎地通过了考试,当了三十五年的官,末了谁又当不上将军,谁又会不在钱庄里积攒相当一笔款子呢?因此,俄国人几乎不费吹灰之力,最后总能获得精明的实干家的称号。实际上在我国只有标新立异的人,换言之就是不安分的人,才当不上将军。这里兴许也有什么误会;但是一般说来,这大概是对的,我们的社会给标准的实干家下的定义也完全正确。但是我们的废话毕竟说得太多了。其实作者本来是想对我们所熟识的叶潘钦一家略加说明而已。这一家人,起码是这一家中那些最有头脑的成员,常为一种几乎是他们全家的共性所苦,这种共性和我们方才在上文所论述的种种美德截然相反。他们并不完全了解事实(因为事实很难了解),但有时依然怀疑他们家中的一切总是与众不同。别人家里一切顺利,他们家里却别别扭扭;别人都在轨道上运行,他们却常常脱轨。别人总是像正人君子那样胆小怕事,他们却不是这样。不错,伊丽莎白·普罗科菲耶夫娜甚至过于担心了,但这毕竟不是他们所向往的上流社会那种循规蹈矩的胆小怕事。不过也许只有伊丽莎白·普罗科菲耶夫娜一个人惶惶不安:小姐们都还年轻,——虽然她们都很聪明,爱嘲弄人,——将军虽然也很聪明(不过并非毫不迟钝),但在碰到麻烦的时候却只会说:哼!末了只得把一切希望寄托在伊丽莎白·普罗科菲耶夫娜身上。也就是把责任推到她的身上。倒不是说这个家庭的特点,譬如说吧,就是喜欢独树一帜,他们脱离轨道也不是由于存心要标新立异,如果是这样,那就完全不成体统了。哦，不是的！老实说，根本不是这样，也就是说他们并没有自觉地确定任何目的，可是到头来还是出现了这么一种局面：叶潘钦一家虽然十分可敬，可还是跟一般可敬的家庭所应有的模样有点不同。近来，伊丽莎白·普罗科菲耶夫娜开始把一切都归咎于自己一人和自己的"倒霉"性格，——她的痛苦也因此增加了。她常常骂自己是"愚蠢的、不成体统的老怪物"，因多疑而苦恼，老是惶惶不安，就是碰到最普通的麻烦也束手无策，并且往往夸大不幸。

　　我们在本书的开头就提到过，叶潘钦一家受到大家真正的尊敬。就连出身微贱的伊万·费奥多罗维奇将军本人，也是无可争论地到处受到尊敬。他也应该受到尊敬，第一是因为他有钱有势，第二是因为他虽然不大聪明，但十分正派。不过有点迟钝的头脑看来即便不是每一个社会名流几乎必备的品格，起码也是每一个认真攒钱的人几乎不可或缺的品质。最后还因为将军举止大方，温文尔雅，善于保持沉默，同时又不让别人触犯自己，这不仅是由于他是个将军，而且还因为他是一位正直高尚的人。最重要的是，他有强大的靠山。至于伊丽莎白·普罗科菲耶夫娜，那么前面已经说过，她出身名门，虽说在我国并不十分重视人们的出身，因为出身再好却没有必不可少的交往那也是枉然。但她终于交了一些有权势的朋友，而且终于被那些人所敬爱，此后别的人自然也都尊敬她、接待她了。毫无疑问，家里的事给她带来的烦恼是没有根据的，是由一些鸡毛蒜皮的小事所引起的，却被夸大到了可笑的程度。但是，倘若你的鼻子上或前额上生了一个疣子，你便觉得无论是过去还是现在，所有的人在世上要做的唯一的一件事就是看你的疣子，嘲笑它，为了它而指责你，哪怕你同时还发现了美洲。毫无疑问,伊丽莎白·普罗科菲耶夫娜在社交界的确被认为是个"怪物",但人们同时又无可争论地尊敬她。不过,伊丽莎白·普罗科菲耶夫娜末了也开始不相信大家都尊敬她,——全部不幸就在于此。每当她看着女儿们的时候,她就心烦意乱,怀疑自己老是妨碍她们的前程,怀疑自己的性格可笑、不体面并令人难以容忍,——不消说,她为此也不断地责备女儿们和伊万·费奥多罗维奇,整天和他们争吵,同时又忘我地爱着他们,爱得几乎达到狂热的程度。

最使她苦恼的是,她怀疑她的女儿们会成为和她一样的"怪物",怀疑上流社会根本没有,也不应该有像她女儿那样的姑娘。"她们会成为虚无主义者,如此而已!"她常常自言自语地说。一年来,特别是在最近,这种可悲的想法在她心里越来越肯定了。"第一,她们为什么不出嫁呢?"她时刻询问自己,"为了折磨母亲,——她们认为这是她们生活的目的,准是这样,因为这全是新思想,全是该死的妇女问题!半年前,阿格拉娅不是曾想剪去她一头秀发?(主啊,就连我当年也不曾有过这么漂亮的头发!)她已经把剪刀握在手里,我只得跪下来求她别剪!……假定说,她这么干是出于恶意,是为了折磨母亲,因为她是一个很厉害的、任性的、宠坏了的姑娘,但主要是太厉害,太厉害,太厉害了!那个胖姑娘亚历山德拉不也要模仿她剪掉自己的发绺,不过她不是出于恶意,不是出于任性,而是像傻瓜一样真诚。阿格拉娅居然使她相信,没有头发可以睡得安稳些,又不会头痛。五年来,有多少人追求过她们,真是不计其数!的确碰到过一些优秀人物,甚至是出类拔萃之士!她们究竟等候什么?为什么还不出嫁呢?无非是为了让母亲伤心罢了,——没有任何别的原因,没有任何原因！没有任何原因！"

　　最后，太阳终于也为她那颗慈母之心升了起来。总算把一个女儿，就是阿杰莱达的亲事办妥了。"总算有一个女儿脱手了。"——伊丽莎白·普罗科菲耶夫娜每逢不得不大声表示自己意见的时候，总是这么说（在不出声地表示这番意思的时候，她却表示得比这温柔得多）。这件事办得真漂亮，真体面；就连上流社会的人谈起来也不禁肃然起敬。丈夫是知名人士，是位公爵，有财产，人品也好，最主要的是称姑娘的心，有什么比这更好的呢？不过她早先对阿杰莱达并不像对另外两个女儿那样担心，虽然阿杰莱达爱好艺术的脾性往往使伊丽莎白·普罗科菲耶夫娜那颗总是疑神疑鬼的心感到不安。"不过这个姑娘性格开朗，而且通情达理，她不会倒霉的。"她终于这样安慰自己说。她最担心的是阿格拉娅。顺便说说，对于大女儿亚历山德拉，伊丽莎白·普罗科菲耶夫娜自己也不知道该怎么办：是不是要替她操心呢？有时她觉得这个姑娘"彻底完了"；她已经二十五岁，所以只有当老处女了。而在另一方面，"她又是那么漂亮！……"伊丽莎白·普罗科菲耶夫娜甚至天天夜里为她流泪，可是就在这些夜里，亚历山德拉·伊万诺夫娜却睡得香极了。"她究竟是个什么玩艺儿？——是虚无主义者，或者干脆是个傻瓜？"她决不是傻瓜，对此就连伊丽莎白·普罗科菲耶夫娜也没有任何怀疑：她非常尊重亚历山德拉·伊万诺夫娜的意见，有事也喜欢和她商量。至于说她是"可怜虫"，这是毫无疑问的："她睡得那么香甜，推都推不醒！不过'可怜虫'也并不安生——唉！她们完全把我弄糊涂了！"伊丽莎白·普罗科菲耶夫娜对亚历山德拉·伊万诺夫娜怀着一种无法解释的怜悯和同情心，甚至比对她的心肝阿格拉娅更甚。但是,那些怒气冲冲的举动(她那母亲的关心和同情主要是通过这些举动表现出来的),奚落人的话,还有"可怜虫"之类的称呼,只不过使亚历山德拉觉得可笑。有的时候,甚至一些极其无聊的琐事也会使伊丽莎白·普罗科菲耶夫娜大动肝火,大发雷霆。譬如说,亚历山德拉爱睡懒觉,通常要做很多梦。不过她的梦总是特别空洞和天真,——就像七岁的孩子做的梦。不料就连这些天真的梦不知为什么也会触怒妈妈。有一次,亚历山德拉梦见九只母鸡,为了这件事,她又和母亲吵了一架,——为什么呢?——难以解释。还有一次,只有一次,她终于做了一个可说是古怪的梦,——她梦见一个修道士独自坐在一个黑房间里,她总不敢进去。两个妹妹听到这个梦不禁哈哈大笑,立刻得意洋洋地告诉伊丽莎白·普罗科菲耶夫娜。但是妈妈又勃然大怒,骂她们三个都是傻瓜。"哼!她悠闲得像个傻瓜,完全是一个'可怜虫',怎么也推不醒她,可是她也会发愁,有时完全是一副愁眉苦脸的模样!她愁什么?她愁什么呢?"她有时也向伊万·费奥多罗维奇提出这个问题,而且照例是歇斯底里地、威严地等候对方立即回答。伊万·费奥多罗维奇哼哼哈哈地皱着眉头,耸着肩膀,终于摊开双手断言道:

"她需要一个丈夫!"

"但愿上帝赐给她的丈夫不像您这样,伊万·费奥多罗维奇,"伊丽莎白·普罗科菲耶夫娜终于像炸弹似的爆炸了,"在发表意见和决定问题时不像您,伊万·费奥多罗维奇,也不像您这样粗鲁无礼,伊万·费奥多罗维奇……"

伊万·费奥多罗维奇立刻溜走了,伊丽莎白·普罗科菲耶夫娜在爆炸以后也就安静下来。当然,当天晚上,她不免对伊万·费奥多罗维奇,对那个"粗鲁无礼"的伊万·费奥多罗维奇,对她热爱的那个和蔼可亲的伊万·费奥多罗维奇,特别关心,特别温顺,特别体贴,也特别尊敬,因为她一辈子都喜欢,甚至热爱她的伊万·费奥多罗维奇,伊万·费奥多罗维奇本人也很明白这一点,所以他也无限敬重他的伊丽莎白·普罗科菲耶夫娜。

然而,使她经常感到烦恼的主要是阿格拉娅。

"跟我一模一样,跟我一模一样,在一切方面都跟我一模一样,"伊丽莎白·普罗科菲耶夫娜自言自语地说,"一个任性的、可恶的淘气鬼!虚无主义者,怪物,疯子,太厉害了,太厉害了,太厉害了!啊,主啊,她会倒大霉的!"

但是,我们已经说过,初升的太阳暂时温暖并照亮了一切。伊丽莎白·普罗科菲耶夫娜生平第一次无忧无虑地休养了几乎一个月。由于阿杰莱达的婚期将至,社交界也谈起了阿格拉娅,何况阿格拉娅的举止处处都那么优美,那么稳重,那么聪明,那么迷人,甚至有点高傲,但这跟她是那么相称!整整一个月,她对母亲是那么温存,那么殷勤!("当然,对这位叶夫根尼·帕夫洛维奇还得好好观察一番,把他了解清楚,况且阿格拉娅也不见得特别赏识他!")反正她突然变成了一个那么漂亮的姑娘,——她有多美呀,天哪,她有多美呀,一天比一天美!但是……

但是这个可恶的公爵,这个坏透了的白痴一露面,一切又都乱了套,家里的一切又被搅得底朝天!

可是,究竟出了什么事呢?

在别人看来,肯定什么事也没出。然而伊丽莎白·普罗科菲耶夫娜和别人不同的地方,就是她总能凭借她一向固有的不安性格,从乱七八糟的一大堆最平凡的事物中,看出一些有时会把她吓出病来的东西,由于这些东西会使她产生一种疑神疑鬼而又根本无法解释的恐惧,因此也就使她痛苦不堪。如今当她忽然从乱糟糟的一堆可笑的、毫无根据的忧虑中,当真开始发现一种仿佛确实重要,仿佛确实值得担心、怀疑和猜疑的东西,她的心情也就可想而知了。

"他们怎么敢,怎么敢给我写这封该死的匿名信,谈到那个畜生,说她和阿格拉娅有来往?"伊丽莎白·普罗科菲耶夫娜在拉公爵到她家里去时,一路上这样想道,到家以后,她让公爵坐在全家团聚的圆桌旁时,还在这样想。"他们怎么竟敢这样?只要我有一点点相信,或者把这封信给阿格拉娅看,我是会羞死的!这是对我们叶潘钦家的嘲弄!这全是,这全是伊万·费奥多雷奇的过错,这全是您伊万·费奥多雷奇的过错!唉,我们为什么没有到叶拉金岛上去避暑呢?我不是说过要到叶拉金岛去吗!这信也许是瓦里卡写的,我知道,或者也许……一切,一切都是伊万·费奥多雷奇的过错!这是那个畜生跟他开玩笑,以纪念他们以前的关系,让别人把他看作傻瓜,就像以前他送珍珠给她时那样把他当成傻瓜来尽情取笑,并牵着他的鼻子走……不过,我们到底还是被卷进去了,您的女儿们还是被卷进去了,伊万·费奥多雷奇,三个少女,千金小姐,上流社会的名媛,待字闺中的淑女,她们都在场,正站在那里,全都听到了;她们和那些坏小子一起被卷进去了,您高兴吧,她们也在那里,而且听到了!我决不饶恕,决不饶恕这个臭公爵,永远也不饶恕!阿格拉娅为什么犯了三天歇斯底里,为什么几乎和两个姐姐吵翻了,甚至和亚历山德拉也吵?——阿格拉娅一向像对母亲似的吻她的手,一向那么尊敬她！为什么她这三天让大家都捉摸不透？加夫里拉·伊沃尔金是怎么回事？为什么她昨天和今天竟夸起加夫里拉·伊沃尔金来,还大哭了一场？为什么这封匿名信里提到那个该死的'不幸的骑士',而她甚至都不给姐姐们看看公爵的来信呢？为什么……我方才为什么,为什么鬼迷心窍似的跑到他那里去,还亲自把他拖到这里来？主啊,我发疯啦,我现在干的是什么事啊！我和一个年轻男子谈论女儿的秘密,而且……而且还是几乎和他本人有关的秘密！主啊,幸亏他是个白痴,而且……而且……还是全家的朋友！莫不是阿格拉娅看上这个丑八怪了！主啊,我在胡扯些什么！呸！我们都是怪物……应该把我们大家都放在玻璃罩底下展览,首先展览我,十戈比一张门票。我不能饶恕您这一点,伊万·费奥多雷奇,永远不能饶恕！为什么她现在不挖苦他？她答应要挖苦,可是并没有挖苦！你瞧,她瞪大眼睛看着他,一声不响,也不走开,一直站在那里;可她曾不许他上门……他坐在那里,面色煞白。该死的,这个该死的饶舌鬼叶夫根尼·帕夫雷奇,他一个人控制了整个谈话！你瞧他口若悬河,都不让人插一句嘴。只要把话题引到这上面来,我马上就可以知道一切……"

公爵的确坐在圆桌旁边,脸色几乎是惨白的,他仿佛惶恐万状,但同时又常常感到一种连他自己都莫名其妙的满腔喜悦。啊,他多么害怕朝那边看去,害怕朝那个角落看去,因为有一双熟悉的黑眼睛正从那个角落里凝视他,但与此同时,在她给他写了那封信以后,他居然又能来到这里,坐在他们中间,还会听到一个熟悉的声音,这使他感到无比幸福。"主啊,她现在就要开口了！"他自己连一句话还没有说,一直紧张地听着"口若悬河的"叶夫根尼·帕夫洛维奇发议论;叶夫根尼·帕夫洛维奇很少像今天晚上这样心满意足,兴高采烈。公爵听着他讲了很久,却几乎连一句话也没听懂。除去伊万·费奥多罗维奇还没有从彼得堡回来以外,全家都到齐了。Щ公爵也在这里。他们仿佛准备待会儿在喝茶之前去听音乐。现在的谈话显然在公爵到来之前就开始了。不知从什么地方突然跑来的科利亚,很快就溜到凉台上来了。"这么说来,这里的人照旧接待他。"公爵暗自想道。

叶潘钦家的别墅是一座豪华的别墅,有瑞士茅舍的风味,到处都是花草,布置得很雅致。它的周围是一座美丽的小花园。大家都坐在凉台上,和在公爵那里一样;不过这里的凉台比较宽敞,也比较考究。

多数人都好像不喜欢现在的话题;不难猜到,这一番谈话是由一场激烈的争论引起的,大家当然都想换一个话题,但是,叶夫根尼·帕夫洛维奇却似乎变得更加固执,根本不理会别人的反应;公爵到来以后,他似乎更加兴奋了。伊丽莎白·普罗科菲耶夫娜皱紧眉头,虽然她也没有完全听懂。阿格拉娅坐在一旁,几乎是在角落里,她没有走,一直默默地听着。

"对不起,"叶夫根尼·帕夫洛维奇热烈地辩驳道,"我一点也不反对自由主义。自由主义并不是罪过;它是整体的一个必要的组成部分,没有它,整体就会瓦解或僵化;自由主义正如最正统的保守主义一样有存在的权利;但是我反对俄国的自由主义,我再重复一遍,我所以反对它,是因为俄国的自由派并不是俄国的自由派,而是非俄国的自由派。只要你们给我一个俄国的自由派,我可以立刻当着你们的面吻他。"

"只要他愿意吻您就好啦。"亚历山德拉·伊万诺夫娜异常兴奋地说。就连她的双颊也比平时红得厉害。

"你瞧,"伊丽莎白·普罗科菲耶夫娜暗想道,"她有时混吃闷睡,谁也推不醒她,可是每年总有一次,她会突然蹦出来说些叫人莫名其妙的话。"

公爵偶然发现,亚历山德拉·伊万诺夫娜看来很不喜欢叶夫根尼·帕夫洛维奇说得太高兴;他正在谈论一个严肃的问题,仿佛十分激动,但同时又似乎在开玩笑。

"方才,就是在您到来之前,公爵,我曾断言,"叶夫根尼·帕夫洛维奇继续说道,"迄今为止,我国的自由派无非是来自两个阶层,一是过去的地主阶层(现已不复存在),一是宗教学校学生。由于这两个阶层末了已变成十足的帮派,变成一种和民族完全无关的特殊东西,代代相传,越来越甚,所以他们过去和现在所做的一切,都完全不符合民族精神……"

"怎么? 如此说来,他们所做的一切全不符合俄罗斯精神?"Щ公爵反驳道。

"不符合民族精神。虽然也是俄国式的,但不符合民族精神。我国的自由派不是俄国的,保守派也不是俄国的,全不是……请你们相信,凡是地主和宗教学校学生所做的一切,民族决不会承认,现在不会,以后也不会……"

"真是妙极了! 如果您不是开玩笑,又怎能发表这样的妙论? 我不能容忍这种攻击俄国地主的狂言;您自己也是俄国地主。"Щ公爵激烈地反驳道。

"我并不是从您所理解的那种意义上来谈论俄国地主的。仅就我属于这个阶层这一点而论,这也是一个可敬的阶层;尤其是如今它已不复存在……"

"难道文学里也没有任何民族的因素?"亚历山德拉·伊万诺夫娜插嘴道。

"我对文学是门外汉,但是据我看来,俄国文学除去罗蒙诺索夫、普希金和果戈理以外,全都不是俄国的。"

"第一,这就不少啦;第二,他们之中有一位是平民出身,另外两位是地主。"阿杰莱达笑了起来。

"正是如此,但是您别得意。因为在所有的俄国作家中,至今还只有他们三位能各自说出一些的确是自己的、本人的、不是照搬任何人的话,因此,这三个人也就立刻成为民族的了。在俄国人中间,只要有人能说出、写出或做出什么自己的、自己独创的而不是照搬的东西,那他必然会成为民族的,即使他俄国话都说不好也没关系。这对我来说是公理。但是,我们开头并没有谈论文学,我们谈到社会主义者,谈话是从社会主义者开始的;噢,我可以断言,我国连一个社会主义者都没有;现在没有,过去也没有,因为我们所有的社会主义者也出身于地主或宗教学校学生。所有我们那些臭名昭著、自吹自擂的社会主义者,无论是国内的还是国外的,都不过是农奴制时代地主出身的自由主义者。你们笑什么?把他们的著作拿给我,把他们的学说和他们的回忆录拿给我,我虽不是文学批评家,但是可以给你们写一篇极有说服力的文学评论,一清二楚地证明他们那些书籍、小册子和回忆录的每一页都显示其作者首先是旧式俄国地主。他们的怨恨、愤怒和俏皮,全是地主的(甚至是法穆索夫①以前的地主!);他们的喜悦,他们的眼泪,也许是真正的、诚恳的眼泪,但也是地主的! 不

---

① 法穆索夫,《聪明误》中的人物。

是地主的,便是宗教学校学生的……你们又笑了,您也笑了吗,公爵?您也不赞成?"

果然大家都笑了,公爵也笑了。

"我还不能这么直截了当地说我赞成或不赞成,"公爵说道,他忽然止住了笑,像一个小学生干了坏事被捉住似的打了个寒噤,"但是请您相信,恭聆教诲的确使我非常高兴……"

他说这话时几乎喘不过气来,前额甚至都沁出了汗珠。这是他落座以后说的第一句话。他本想环顾一下四周,却又不敢;叶夫根尼·帕夫洛维奇看到他的模样不禁莞尔一笑。

"诸位,我要告诉你们一件事。"他用先前的口吻继续说道,也就是仿佛非常兴奋而又热情,同时又几乎是在嘲笑,也许是嘲笑他自己讲的话。"我有幸把观察和发现这件事的功劳归于自己,甚至只归于我自己一人;关于这件事起码在任何地方还没有人讲过或写过。我所说的那种俄国自由主义的全部实质就表现在这件事上。第一,自由主义为何物?一般说来,自由主义不就是攻击现有秩序吗?(至于这攻击是合理的还是错误的,那是另一个问题。)不就是这样吗?好,我要说的这件事就是俄国的自由主义并不攻击现有秩序,而是攻击我们各种事物的本质,攻击事物本身;它不只是攻击秩序,不只是攻击俄国的社会制度,而是攻击俄国本身。我所说的自由主义者竟堕落到否认俄国本身的地步,也就是憎恨和殴打自己的母亲。俄国的每一个不幸和失败,都会使他喜笑颜开,甚至欣喜若狂。他憎恨民间风俗,憎恨俄国的历史,憎恨一切。倘若要为他辩解,那除非是说他不明白自己在做什么,他把自己对俄国的憎恨当作最有成效的自由主义(噢,你们常常会在我国遇到这么一个自由主义者,别人对他鼓掌,其实他也许是个最荒唐、最愚蠢和最危险的保守派,而他自己却不知道这一点!)。不久以前,我国还有一些自由主义者几乎把这种对俄国的憎恨当作真正的爱国心,还夸口说,对于爱国心应该表现在什么方面这个问题,他们的看法比别人都高明。但是,现在他们已经变得更加露骨,甚至对'爱国'二字都感到羞耻,甚至认为这是个有害的、毫无价值的概念,干脆把它抛弃和废除了。确有这样的事,我敢担保,而且……总有一天得说明全部真相,简单明了地公开加以说明;但是,这种事又是自古以来无论何时何地、无论在哪个民族里都不曾有也不曾遇到的,所以我承认这种事是偶然的,是会消失的。在其他任何地方,都不会有这种憎恨自己的祖国本身的自由主义者。究竟应该怎样解释在我国出现的这一切呢?我觉得还要用以前的话来解释,那就是:俄国的自由主义者暂时还不是俄国的自由主义者;据我看,不可能有任何别的解释。"

"我认为您所说的一切都是开玩笑,叶夫根尼·帕夫雷奇。"Щ公爵严肃地反驳道。

"我没有见过所有的自由主义者,所以也不想发表意见,"亚历山德拉·伊万诺夫娜说,"但是,我听了您的想法感到愤慨:您把个别现象当成普遍规律,因此也就是诬蔑。"

"个别现象?啊——啊!竟说出这样的话,"叶夫根尼·帕夫洛维奇应声说道,"公爵,不知尊意如何,这是不是个别现象?"

"我也应该说,我见到过的自由主义者很少,也不大……和他们往来,"公爵说道,"但是,我觉得您的话也许有点道理,您所说的那种俄国的自由主义,的确有点倾向于憎恨俄国本身,而不仅仅是憎恨它的社会制度。当然,这只是在某种程度上……当然,决不能说都是这样……"

他犹豫不决,也就不再说了。尽管他十分激动,但是对这场谈话却极感兴趣。公爵有一个特点,那就是他总是非常天真地注意听取什么引起他兴趣的事,并且非常天真地回答别人此时向他提出的问题。在他的脸上,甚至在他身体的姿势上,都流露出一种天真的神气,流露出他无论对嘲笑还是对幽默都不怀疑的那种信任的神态。虽然叶夫根尼·帕夫洛维奇很久以来对他总是采取一种特别的嘲讽态度,但是现在听到他的回答,却不由得很严肃地瞧瞧他,似乎完全没有料到他会这样回答。

"啊……不过您可真有点奇怪,"他说,"您当真是严肃地在回答我的问题吗,公爵?"

"难道您不是严肃地问我吗?"公爵惊讶地反问道。

大家都笑了。

"您就相信他吧,"阿杰莱达说道,"叶夫根尼·帕夫雷奇总爱捉弄人!您可知道,他有时会一本正经地讲出什么样的故事来!"

"我觉得,这是一个沉闷的话题,根本就不该谈它,"亚历山德拉毫不客气地说,"我们本想出去走走……"

"我们走吧,多么美妙的黄昏!"叶夫根尼·帕夫洛维奇喊道,"但是,为了向你们证明我这一次说得十分严肃,主要是为了向公爵证明这一点(公爵,您引起我极大的兴趣,我可以对您发誓,我还不完全像你们认定的那样是个无聊的人,——虽然我实际上是一个无聊的人!),而且……倘若你们允许,诸位,我还要对公爵提出最后一个问题,这是出自我个人的好奇心,然后我们就结束谈话。这个问题是两小时以前仿佛故意刁难似的钻进我脑子里来的(您瞧,公爵,我有时也考虑严肃问题);我已经把它解决了,但是我们要看看公爵会说什么。方才我们谈到'个别现象'。这个词在我国是意味深长的,经常可以听到它。最近大家都在口头上或报刊上议论那个……年轻人谋害六条人命的可怕的凶杀案,议论辩护律师的奇谈怪论,据他说,凶手因家境贫寒,自然会想到杀死那六个人。这不是他的原话,但是大意如此,或者与此近似。据我个人看来,那位律师在表示这种奇怪的看法时,他非常充分地相信他所说的是当代可能说出的最自由主义、最人道、最进步的话。好吧,现在就听听您的看法:这种对概念和信念的曲解,对此案采取的这种歪曲的、奇妙的看法,究竟是个别现象呢,还是普遍现象?"

大家哈哈大笑起来。

"个别的;当然是个别的。"亚历山德拉和阿杰莱达都笑起来。

"请允许我再提醒你一句,叶夫根尼·帕夫雷奇,"Ш公爵补充道,"你的笑话已经太陈旧了。"

"不知尊意如何,公爵?"叶夫根尼·帕夫洛维奇没有听完就接着说,他发现列夫·尼古拉耶维奇公爵正好奇而又严肃地瞧着他。"您觉得这是个别现象呢,还是普遍现象?老实说,我是为了您才想出这个问题来的。"

"不,这不是个别现象。"公爵轻声说道,但口气是坚定的。

"得了吧,列夫·尼古拉耶维奇,"Ш公爵有点懊丧地喊道,"难道您没有看出他要抓您的把柄?他完全是在取笑您,想拿您寻开心。"

"我认为叶夫根尼·帕夫雷奇说话是严肃的。"公爵脸红了,他垂下了视线。

"亲爱的公爵,"Щ公爵继续说道,"您回想一下三个月前我和您谈过什么吧;我们当时说的正是在我们新建的那些法院里,可以举出多少卓越而能干的辩护人!陪审员们又作出了多少绝妙的判决?您当时是多么高兴,我当时又是怎样为您的高兴而高兴啊……我们说,我们可以自豪……这种不恰当的辩护,这种奇怪的论据,当然只是偶然现象,只有千万分之一。"

列夫·尼古拉耶维奇公爵想了想,便低声地、甚至仿佛是胆怯地、但却极为自信地答道:

"我只是想说,对各种观念和概念的曲解(如叶夫根尼·帕夫雷奇所说),是屡见不鲜的,不幸的是,这比个别现象普遍得多。因此,倘若这种曲解不是如此普遍,也许就不会发生诸如此类伤天害理的罪行……"

"伤天害理的罪行?但是,请您相信,像这样的罪行,也许还有比这更可怕的,的确早先就有,而且一向就有,不仅在我国有,而且到处都有,据我看,今后还会长期一再重演。不同之处在于:早先我国不大把它们公之于众,现在才开始大声谈论它们,甚至写文章议论它们,因此人们便觉得这种罪犯是现在刚出现的。您的错误就在这里,这的确是一个非常天真的错误,公爵,请您相信。"Щ公爵嘲讽地微笑了一下。

"我知道过去也有很多犯罪行为,而且同样可怕;我最近到狱中去过,有机会认识了几个罪犯和被告。在罪犯中还有比这个人更可怕的,他杀过十来个人,却毫不悔罪。不过我同时也发现这样一点:即使是最怙恶不悛又毫不悔罪的凶手,也都知道自己是一个罪犯,也就是在良心上承认自己干了坏事,虽然毫无悔罪之意。他们全是如此;但是,叶夫根尼·帕夫雷奇所说的那种人竟不愿承认自己是罪犯,还自认为有权利……甚至还觉得自己干得不错,也就是说几乎是这样。据我看,最大的区别就在这里。还要请你们注意,他们全是青年,也就是说,像他们那种年龄的人最容易接受种种歪理的影响,最缺乏抵抗力。"

Щ 公爵已经不笑了,而是困惑莫解地倾听着公爵说话。亚历山德拉·伊万诺夫娜早就想说什么,但一直没说,好像有一种特别的想法制止了她。叶夫根尼·帕夫洛维奇显然很惊奇地看着公爵,这一次已没有任何嘲笑意味了。

"我的先生,您干吗这么惊讶地看着他?"伊丽莎白·普罗科菲耶夫娜出乎意料地插嘴道,"难道他比您蠢,不能像您那样判断是非?"

"不,太太,我不是这个意思,"叶夫根尼·帕夫洛维奇说道,"不过,公爵(请原谅我提一个问题),既然您看到并发现了这一点,那您究竟为什么,为什么(再次请您原谅),在那桩奇怪的公案里……就是前几天……好像是布尔多夫斯基的公案里……您为什么就没有发现对各种观念和道德信念的歪曲呢?情况完全相同嘛!我当时觉得,您根本没有发现这一点。"

"是这么一回事,老弟,"伊丽莎白·普罗科菲耶夫娜激动起来了,"我们大家都注意到了。我们现在坐在这里,在他面前自吹自擂。但是,他今天接到他们当中一个人的信,就是那个最主要的人物,满脸都是粉刺的家伙,你记得吗,亚历山德拉?他来信请求公爵原谅,虽然是按自己的方式这么做的,还说,他和当时教唆他的那个伙伴分手了,——你记得吗,亚历山德拉?还说现在他最信任公爵。哼,虽然我们都会在这里嘲笑他,可是还没有收到过这样的信。"

"伊波利特方才也搬进我们的别墅来了!"科利亚喊道。

"怎么!已经来了?"公爵惊慌起来。

"您和伊丽莎白·普罗科菲耶夫娜刚走,他就来了;是我带他来的!"

"哼,我可以打赌,"伊丽莎白·普罗科菲耶夫娜突然生气了,她完全忘了自己方才还夸奖过公爵,"我敢打赌,他昨天一定到那个家伙住的阁楼上去下跪求饶,恳求那个狠心的坏家伙搬到这里来。你昨天去了吧?你刚才都承认了。是不是这样?你是不是下跪了?"

"他根本没有下跪,"科利亚喊道,"事实完全相反:昨天伊波利特拉住公爵的手吻了两次,这是我亲眼看见的,整个会见就是这样结束的。此外,公爵只不过说,伊波利特住在别墅里会愉快些。伊波利特立刻答应,等病情稍见好转便搬过来。"

"您这是何必呢,科利亚……"公爵喃喃地说,一面站起来取帽子,"您何必说这个,我……"

"你这是去哪儿?"伊丽莎白·普罗科菲耶夫娜制止他。

"您别担心,公爵,"科利亚兴奋地继续说道,"您别去,别去打扰他,他一路上累了,现在睡着了;他很高兴;您可知道,公爵,据我看,您今天最好不要见他,到明天再说,否则他又要感到难为情了。他今天早晨说,他已有整整半年没有感到自己这么健康,这么结实;甚至咳嗽也好了一多半。"

公爵看见阿格拉娅蓦地离开座位走到桌旁。他不敢瞧她,但是他的整个身心都感到她这一瞬间正看着他,也许还是很严厉地看着他,她那双黑眼睛里肯定闪耀着怒火,脸也肯定红了。

"尼古拉·阿尔达利翁诺维奇,我觉得您不该把他带到这里来,假如他就是那天哭着请我们参加他的葬礼的那个小痨病鬼,"叶夫根尼·帕夫洛维奇说,"他当时那么娓娓动听地谈起邻居的墙,他一定会怀念那面墙的,您得相信这一点。"

"你说得对:他会跟你吵嘴打架,随后一走了事,再没有别的可说了!"

伊丽莎白·普罗科菲耶夫娜煞有介事地把针线筐挪到自己身边,她忘记大家已经站起身来准备出去散步了。

"我记得他把那面墙大大夸奖了一番,"叶夫根尼·帕夫洛维奇又应声说道,"没有那面墙,他就不能夸夸其谈地死去,而他是很想夸夸其谈地死去的。"

"那有什么?"公爵喃喃道,"即使您不想原谅他,他得不到您的原谅也会死的……他现在是为了树木才搬来的。"

"哦,从我这一方面来说,我可以原谅他的一切;您可以把这一点转告给他。"

"这事不应该这么看,"公爵不乐意似的低声答道,一直眼也不抬地盯着地板上的某一点,"您也该同意接受他的宽恕。"

"这和我有什么相干?我有什么对不起他的呢?"

"倘若您不明白,那么……不过您是明白的;他当时曾想……祝福你们大家,并且接受你们的祝福,就是这样……"

"亲爱的公爵,"Ш公爵跟在座的几个人交换了一下眼色,有点提心吊胆地赶紧抢着说道,"地上的天堂难寻啊;不过您好歹还是想找到它;天堂是很难找到的,公爵,比您那颗善良的心所想象的要困难得多。我们最好别谈下去了,否则我们大家也许又会弄得很窘,到那时……"

"我们去听音乐吧。"伊丽莎白·普罗科菲耶夫娜生气地从座位上站起来,很不客气地说。

大家跟着她站了起来。

二

公爵突然走到叶夫根尼·帕夫洛维奇跟前。

"叶夫根尼·帕夫雷奇,"他抓住对方一只手,热情得出奇地说,"请您相信,不管怎么说,我认为您确是一个最最高尚而又非常优秀的人;请您相信这一点……"

叶夫根尼·帕夫洛维奇惊讶得甚至倒退了一步。一刹那间,他竭力克制自己,以免笑出声来;但是定睛一看,他发觉公爵仿佛有点精神恍惚,至少情绪有些特别。

"我敢打赌,"他喊道,"公爵,您想说的完全不是这一点,也许根本就不是对我说的……可是您怎么啦?您不舒服吗?"

"可能,很可能,您很敏锐地发现,我也许并不是想来找您!"

他说完以后,有点古怪地,甚至是可笑地笑了一下,但是蓦地又仿佛兴奋起来,喊道:

"您别对我提起我三天前的行为!我这三天感到十分羞愧……我知道我有过错……"

"可是……可是您究竟做了什么可怕的事呢?"

"我看您大概比任何人都更为我感到羞愧,叶夫根尼·帕夫洛维奇。您开始脸红了,这是心地善良的特征。我立刻就走,请您相信。"

"他这是怎么啦?他每次犯病总是这样开始的吗?"伊丽莎白·普罗科菲耶夫娜惊恐地对科利亚说。

"您不必担心,伊丽莎白·普罗科菲耶夫娜,我没有犯病;我立刻就走。我知道,我……先天不足。我病了二十四年,从出生一直病到二十四岁。您现在就把我当作一个病人,听我说几句。我立刻就走,马上就走,请您相信我。我不会脸红的,——因为由于这一点而脸红未免奇怪,不是吗?——但在社会上我是个多余的人……我不是出于自尊心……我在这三天里反复思考,决定我应该一有机会就诚实而高尚地告诉您。有一些理想,有一些崇高的理想,这是我不应该讲的,因为一讲起来准会惹来大家的嘲笑;Щ公爵方才提醒我的就是这一点……我没有优雅的风度,也不懂分寸;我只能说些与思想不符的不恰当的话,这就贬低了这些思想。因此我无权……何况我又多疑,我……我相信府上没有人会侮辱我,大家过分地爱我,使我受之有愧,但是我知道(我确切地知道),在病了二十年以后肯定会有后遗症,因此别人不会不取笑我……有时候……不是吗?"

他环顾四周,仿佛在等候回答和决定。这种出乎意料的、看上去无论如何是毫无缘由的、病态的乖常举动,使大家一点都摸不着头脑,只得站在那儿发愣。但是这个乖常举动却引起了一件怪事。

"您干吗在这里说这种话?"阿格拉娅忽然喊道,"您干吗对他们说这个?对他们!对他们!"

看来她已怒不可遏:两眼闪着怒火。公爵哑口无言地站在她的面前,脸色突然变得煞白。

"这里没有一个人配听这种话!"阿格拉娅突然发作了,"这里所有的人,所有的人都不及您的一根小手指,都没有您聪明,也没有您那样的好心!您比所有的人都正直,比所有的人都高尚,比所有的人都优秀,比所有的人都善良,比所有的人都聪明!这里有些人都不配弯下腰去拾起您方才掉落的手帕……您干吗要贬低自己,把自己说得不如大家?您干吗作践自己的一切,您为什么就没有自豪感呢?"

"主啊,谁会想到这样?"伊丽莎白·普罗科菲耶夫娜举起双手一拍。

"不幸的骑士!乌拉!"科利亚狂喜地喊道。

"住嘴!……有人竟敢在您家里侮辱我!"阿格拉娅突然对伊丽沙白·普罗科菲耶夫娜发动攻击,她已处于不顾一切、无法拦阻的歇斯底里状态。"为什么你们大家个个都折磨我!公爵,这三天来,他们为什么一直为了您而跟我纠缠不休?我无论如何也不会嫁给您!您要知道,我无论如何也永远不会嫁给您!您要知道这一点!难道可以嫁给一个像您这样可笑的人?您现在就用镜子照照自己,您现在站在这里像什么样子!……为什么,为什么他们尽逗我,说我想嫁给您呢?您应该知道这一点!您跟他们串通一气!"

"从来没有人逗过你!"阿杰莱达惊恐地喃喃道。

"谁都没有这么想过,谁都没有这么说过!"亚历山德拉·伊万诺夫娜喊道。

"谁逗她了?什么时候逗她了?谁会对她说这种话?她是不是在说梦话?"伊丽莎白·普罗科菲耶夫娜气得发抖地对大家说。

"这三天来,大家都这么说,每个人都这么说!我永远、永远也不嫁给他！”

阿格拉娅喊完以后，伤心地哭了起来，她用手绢捂住脸，在椅子上颓然坐下。

“他还没有向你求……”

“我还没有向您求婚，阿格拉娅·伊万诺夫娜。”公爵蓦地脱口而出。

“什——么？”伊丽莎白·普罗科菲耶夫娜忽然又惊讶、又气愤、又恐惧地曼声说，“这是怎——么——回——事？”

她不敢相信自己的耳朵。

“我想说……我想说……”公爵发起抖来，“我只不过想对阿格拉娅·伊万诺夫娜解释一下……我谨向诸位解释，我根本无意……也不配向她求婚……甚至将来也不……我在这件事情上毫无过错，真的，我没有过错，阿格拉娅·伊万诺夫娜！我从未有过这种心愿，从未有过这种想法，我永远不会有这种要求，您自己也看得出来：请您相信吧！准有什么坏人在您面前诽谤我！您放心吧！”

他一边说，一边走到阿格拉娅跟前。她拿开捂脸的手绢，匆匆瞧了他一眼，还瞧了瞧他整个惊慌失措的模样，明白了他说的那一番话，忽然面对着他哈哈大笑起来，——她笑得那么开心，那么痛快，那么滑稽，那么富有嘲弄意味，使得阿杰莱达首先忍俊不禁，尤其是当她也看了公爵一眼的时候，她向妹妹扑去，抱住她就哈哈大笑起来，笑得跟妹妹一样痛快，像小学生一样开心。公爵瞧着她们，突然也眉开眼笑，并带着愉快而幸福的表情一再地说：

“好啦，谢天谢地，谢天谢地！”

这时亚历山德拉也忍不住由衷地哈哈大笑起来。三姐妹就像再也笑不够了。

"哼,都是疯子!"伊丽莎白·普罗科菲耶夫娜喃喃地说,"一会儿吓死人,一会儿又……"

但是Щ公爵也笑了,叶夫根尼·帕夫洛维奇也笑了,科利亚哈哈哈地笑个不停,公爵瞧着他们,也哈哈大笑起来。

"我们去散步吧,我们去散步吧!"阿杰莱达喊道,"大家一齐去,公爵也一定要跟我们去。您不必走,您这个可爱的人!他是个多么可爱的人啊,阿格拉娅!是吧,妈妈?再说,我一定要,一定要吻吻他并拥抱他,为了……为了他方才对阿格拉娅作的那番解释。亲爱的妈妈,您允许我吻他吗?阿格拉娅,让我吻吻你的公爵吧!"这个淘气姑娘喊道,她果真跳到公爵跟前吻了吻他的前额。公爵抓住她的双手,紧紧地握住,使阿杰莱达几乎喊叫起来,他无比欢欣地瞧了瞧她,蓦地急忙把她的一只手举到唇边,一连吻了三次。

"我们走吧!"阿格拉娅唤道,"公爵,您挽着我。这可以吗,妈妈?可以让一个拒绝娶我的男人挽我吗?您不是已经永远拒绝我了吗,公爵?不是这样,不是这样把手伸给女人,难道您不知道应该怎样挽着女人?就是这样,咱们走吧,咱们要走在最前面;您可想走在大家前面,独自一个人?"

她滔滔不绝地说着,依然一阵阵发笑。

"谢天谢地!谢天谢地!"伊丽莎白·普罗科菲耶夫娜反复地说,自己也不知道高兴什么。

"真是些非常古怪的人!"Щ公爵想道,自从结识这些人以来,这也许是他第一百次这么想了,但是……他很喜欢这些古怪的人。至于公爵,他大概不很喜欢。在大家外出散步的时候,Щ公爵微蹙着眉头,仿佛有所担心似的。

叶夫根尼·帕夫洛维奇看上去非常开心,在去火车站的路上,他一直在逗亚历山德拉和阿杰莱达发笑。姐妹俩听到他说的笑话笑得特别快,这使他不禁有点怀疑她们根本就没听他的笑话。这个想法使他突然哈哈大笑起来,但他并未说明何以要笑,末了他甚至十分真挚地狂笑起来。(他的性格就是这样!)不过姐妹俩都非常开心,不断地瞧瞧走在前面的阿格拉娅和公爵。看得出来,妹妹给她们出了一个大哑谜。Ⅲ 公爵一直在卖力地和伊丽莎白·普罗科菲耶夫娜谈一些不相干的事,也许是想给她解闷,不料却使她非常厌烦。她仿佛心神恍惚,回答得牛头不对马嘴,有时根本就不回答。但是,这天晚上阿格拉娅·伊万诺夫娜的哑谜并没有结束。最后一个哑谜已经落到公爵一个人的身上。他们离开别墅一百来步的时候,阿格拉娅很快对始终保持沉默的男伴低声说:

"您朝右面看看。"

公爵看了一下。

"您仔细看看。您可看见公园里那条长凳,就在那三棵大树那边……一条绿色的长凳?"

公爵回答说,他看见了。

"您可喜欢这个地方? 我有时在早晨七点,当大家还没睡醒的时候,一个人到这里来坐坐。"

公爵喃喃地说,这个地方很美。

"现在您离开我吧,我不愿意再手挽手地和您一起走了。不过您最好还是挽着我走,但是一句话也别跟我说。我想独自考虑一下……"

不过这种警告完全是多余的:就是没有这道命令,公爵一路上也肯定不会说一句话。他听到对方谈起长凳，心跳得非常厉害。过了一会儿，他清醒过来，羞愧地驱走了自己的荒唐念头。

大家都知道，至少大家都这么说：平时聚集在帕夫洛夫斯克车站附近的人群，要比星期日和节日聚集在那里的人群"优秀些"。因为每逢星期日和节日，总有"形形色色的人"从城里涌来。人们的服装虽不华丽，但很雅致。听音乐已成为一种惯例。这里的乐队也许确是俄国公园乐队中的佼佼者，常常演奏新曲。人们都彬彬有礼，秩序井然，尽管一般说来有一种家庭气氛，甚至彼此都很亲密。避暑的人往往都到这里来会见朋友。许多人乐此不疲，而且就是为此而来。但是，也有些人单单是为了听音乐才来的。吵嘴打架的事特别罕见，不过就是在平时也偶或有之。这种事本来是难以避免的。

这一天的黄昏很美，游人也相当多。乐队正在演奏，周围座无虚席。我们的这一伙坐在靠边的椅子上，在车站最左边的出口附近。听众和音乐使伊丽莎白·普罗科菲耶夫娜活跃了一些，也给小姐们解了闷。她们已经和几个朋友交换了一下眼色，从远处向某人亲切地点点头。她们已经观察过人们的服装，发现了一些新奇之处，议论了一番，还嘲弄地笑了笑。叶夫根尼·帕夫洛维奇也常对别人颔首致意。阿格拉娅和公爵仍在一起，这已经引起了某些人的注意。有些熟识的青年人马上来到妈妈和小姐们身边；有两三个人留下和她们攀谈；他们都是叶夫根尼·帕夫洛维奇的朋友。其中有一位年轻英俊的军官，性格开朗，又很健谈。他急于和阿格拉娅攀谈，竭力使她注意自己。阿格拉娅对他很热情,而且动不动就笑。叶夫根尼·帕夫洛维奇经公爵同意,把这个朋友介绍给公爵;公爵虽然不大清楚他们的用意,但是双方算是认识了,二人互相鞠躬、握手。叶夫根尼·帕夫洛维奇的朋友提出一个问题,但是公爵仿佛没有回答,再不就是非常奇怪地暗自嘟哝了几句,使得军官不禁盯了他一眼,然后又看了看叶夫根尼·帕夫洛维奇,立刻明白对方为什么要做这番介绍了。军官淡然一笑,又跟阿格拉娅说话去了。只有叶夫根尼·帕夫洛维奇一个人注意到,阿格拉娅突然为此而脸红了。

公爵甚至都没有发现别人正在和阿格拉娅谈话,向她献殷勤;他有时几乎忘记自己也坐在她身边。他有时想一走了之,完全离开这里,他甚至乐于到一个黑暗僻静的地方去,只要能够独自冥想,使任何人都不知道他的去处。起码也要回到自己家里的凉台上去,但是不要有任何人在旁边,既不要列别杰夫,也不要他的子女;然后倒在沙发上,把脸埋进枕头,就这样躺上一天,一夜,再加一天。他有时也想到那些山峦,想到他熟悉的山上的一个地点。他一向喜欢回忆那个地点,他住在国外的时候,总喜欢到那里去,从那里瞭望下面的乡村,瞭望山下微微闪光的、像一条白线似的瀑布,瞭望白云,瞭望荒废了的旧城堡。哦,他现在多么希望到那里去想一件事,——哦,一辈子只想这件事——就是想一千年也想不够!但愿这里的人完全忘记他。哦,甚至应该这样,倘若大家根本就不认识他,他眼前的一切都不过是一场梦,那岂不更好。但是,梦境和现实岂不都是一样!他有时突然开始端详阿格拉娅,目光有五分钟没有离开她的脸;可是他的眼神太奇怪了:他瞧着她,就像瞧着一个离他有两俄里远的东西,或者就像在看她的相片,而不是看她本人似的。

"您为什么这样看着我,公爵?"她忽然中断了和周围的人的愉快谈笑,这样说道,"我怕您,我老觉得您想伸出手来,把手指伸到我的脸上去抚摩它。叶夫根尼·帕夫雷奇,他就是这副神气,不是吗?"

公爵听到有人对他说话,似乎感到诧异。他寻思片刻,虽然也许并不十分明白,也没有回答,不过他看见阿格拉娅和大家都在笑,忽然张开嘴巴,自己也笑起来了。周围的人笑得更厉害了;军官大概是个爱笑的人,也噗哧一声笑了。阿格拉娅突然气愤地自言自语道:

"白痴!"

"主啊!难道她会对这样一个……难道她完全疯了!"伊丽莎白·普罗科菲耶夫娜暗自咬着牙说。

"这是开玩笑。这跟当初提到那个'不幸的骑士'一样,不过是开玩笑,"亚历山德拉肯定地向她附耳低语,"如此而已!她和平时一样,又拿他来取笑。不过这个玩笑开得太过分了;应该加以制止,妈妈!她方才像演员那样装腔作势,只顾自己淘气,可把我们都吓坏了……"

"幸而她碰到的是这么一个白痴。"伊丽莎白·普罗科菲耶夫娜低声对她说。女儿的话毕竟使她感到轻松了一些。

可是公爵听见了有人叫他白痴。他打了个寒噤,但这不是因为有人叫他白痴。他立刻忘掉了"白痴"二字。但是,在人群中,在离他的座位不远的旁边什么地方——他怎么也指不出究竟是在什么地方的哪一点上——闪现出一张脸,一张苍白的脸,一头乌黑的鬈发,还有熟识的,十分熟识的微笑和眼神,——它一闪就不见了。这很可能只是他的想象;在他的全部幻觉中,留在他印象里的只有一丝苦笑、两只眼睛,还有系在那位一闪而过的先生脖子上的那条时髦的浅绿色领带。那位先生消失在人群中了,还是钻进了车站,公爵也无法肯定。

但是过了片刻,他忽然迅速地、不安地开始环顾四周;这第一个幻觉可能是第二个幻觉的预兆和先驱。肯定是这样。在动身到车站来的时候,难道他忘记了有可能见到某人?诚然,他到车站来的时候,也许并不完全知道是到这里来,——这就是他当时的精神状态。只要他善于或者能够稍微留心一些,那么他在一刻钟以前就会发现,阿格拉娅间或也仿佛焦躁不安地匆匆环顾一下四周,也好像在自己周围寻觅什么。现在,随着他的不安变得十分明显,阿格拉娅的激动和不安也在增强,他刚回头一看,她也立刻回头观望。使他们惶惶不安的原因很快就弄明白了。

车站的侧门离公爵和叶潘钦娜母女等人所坐的地方不远,从门里突然出来一大群人,至少也有十个。走在那群人前面的是三个女人;其中的两个貌若天仙,因此在她们后面跟着那么多崇拜者也就毫不足奇了。但是,这些崇拜者和女人都有一种特别的、跟前来欣赏音乐的其他听众截然不同的地方。大家几乎立刻就发现了他们,但是大部分人都竭力装出一副根本没有看见他们的样子,只有几个青年向他们微笑了一下,低声交谈了几句。根本不可能看不见他们:他们公开炫耀自己,高声谈笑。不难看出,他们当中有许多人已经喝醉了,虽然有几个穿着时髦而考究的衣服。但是,其中也有几个模样十分古怪的人,他们穿着奇装异服,脸也红得有些古怪;他们当中还有几名军人;有的已不是青年;有的穿着很合身的衣服,披着缝得很雅致的宽松的大氅,戴着戒指和领扣,还有漂亮的、漆黑的假发和颊须,脸上露出特别高雅、但是有点厌烦的神气,然而在社交界大家都像回避鼠疫似的回避他们。在我们郊外的那些聚会地当中,当然也有一些特别体面、名声颇佳的去处;但是,就是最谨慎的人也不可能时时刻刻保护自己不被邻家屋上掉下的砖头砸伤。这块砖头现在也打算落到前来欣赏音乐的这群安分守己的听众头上。

从车站走到乐队所在的平台,得下三级台阶。那群人在台阶前站住,没拿定主意是不是下去。但是有一个女人却一直朝前走,她的扈从中只有两个敢于跟随她前进。一个是相当稳重的中年人,从各方面看来都还体面,却完全是一副举目无亲的模样,也就是说,这种人从来不认识任何人,也没有任何人认识他。另一个寸步不离那个女人,他完全是个流浪汉,神态十分可疑。此外再没有人跟在那个古怪女人身后了。但是她下台阶的时候甚至都没有往身后瞧过一眼,仿佛认为是否有人跟着她对她来说根本无关紧要似的。她照旧大声说笑;她的衣着特别雅致,雍容华贵,但有点过于奢侈。她从乐队旁走过,走到平台的另一端,在那里的路旁有一辆自备四轮马车正在等候什么人。

公爵已有三个多月没看见她了。他来到彼得堡以后,这几天一直想去见她;但是,也许有一种神秘的预感阻止了他。至少他怎么也猜不出见到她时他会产生什么印象,有时他不禁心惊胆战地竭力去想象这种印象。有一点他很清楚,——这次会见将是痛苦的。这六个月来,他曾数次回忆起他还只是看到这个女人的相片时她的面孔给他留下的第一个感觉;

但是他回想起,甚至在相片引起的印象中也包含着过多的痛苦。那一个月他在外省几乎每天和她相见,这对他产生了一种可怕的影响,使得公爵有时甚至想忘却这不久以前的往事。这个女人的脸上总有一种使他感到痛苦的东西:公爵和罗戈任谈话时,曾把这种感觉说成是无限的怜惜感,这倒是实话:从看到她的相片时开始,这张脸就使他的心完全沉浸在怜惜的痛苦中;这种怜惜之情,甚至为这个女人而感到的痛苦,从来没有离开过他的心,现在也没有离开。啊,不,甚至更为强烈。但是,公爵并不满意他对罗戈任所说的话;直到现在,在她突然出现的这一瞬间,他可能凭借直觉才了解到他对罗戈任所说的话有什么不足之处。不足之处就是他不曾说过一句可以表达他的恐惧的话;是的,就是恐惧!如今在此时此刻,他充分感觉到了恐惧;他有自己特殊的理由相信,他完全相信,这个女人是个疯子。倘若你爱一个女人甚于世上的一切,或者预感到这种爱情有可能成功,却忽然看见她被铐在狱中,处于看守的棍棒的淫威之下,——那么这种感受就和公爵现在的心情相去无几了。

"您怎么啦?"阿格拉娅很快地低声说,她察看着公爵的神色,还天真地拽着他的手臂。

他转过头去看看她,瞧了瞧她那双此刻正使他莫名其妙的闪闪发光的乌黑的眼睛,勉强地对她笑了一下,但是转瞬之间仿佛又突然忘记了她,又把视线移向右方,又去监视自己特殊的幻象去了。这当儿,纳斯塔霞·菲利波夫娜正从小姐们所坐的椅子旁边走过。叶夫根尼·帕夫洛维奇继续对亚历山德拉·伊万诺夫娜讲着什么想必十分可笑而有趣的事,他讲得很快,也很兴奋。公爵记得阿格拉娅突然低语道:"这个女人多么……"

这是一句含糊不清的、没有说完的话;她立刻打住了,再没有多说一个字,但是这已经够了。纳斯塔霞·菲利波夫娜旁若无人似的走了过去,但是突然朝他们转过头来,仿佛直到现在才发现叶夫根尼·帕夫洛维奇似的。

"哎——呀!他在这里呢!"她蓦地站住,喊了一声,"人家踏破铁鞋无觅处,他倒故意刁难似的坐在这个叫人根本想象不到的地方……我还以为你在……你伯父那里呢!"

叶夫根尼·帕夫洛维奇满面通红,疯狂地瞧了瞧纳斯塔霞·菲利波夫娜,但是很快又转过脸去不理她了。

"怎么?!难道你不知道?你们瞧,他居然还不知道!他开枪自杀了!你的伯父今天早晨开枪自杀了!我还是方才在两点钟的时候听说的;现在城里有一半的人都知道了;听说亏空了三十五万公款,有的人说是五十万。我一直以为他还会给你留下遗产呢;其实他全花光了。他是个老色鬼……好啦,再见吧,祝你成功!难道你果真不去?怪不得你预先退职,滑头!不过这是胡说,你是知道的,预先就知道:也许昨天就知道了……"

在这种厚颜无耻的纠缠里,在这种故意强调并不存在的友谊和交情的做法里,虽然肯定含有什么目的,——现在这一点已经毫无疑问了,——但是,叶夫根尼·帕夫洛维奇起初却想设法敷衍过去,无论如何也不去理会那个侮辱他的女人。不过纳斯塔霞·菲利波夫娜的话对他却像五雷轰顶;他一听到伯父的死讯,脸色顿时变得煞白,他向报信的女人转过身去。这时候,伊丽莎白·普罗科菲耶夫娜急忙从座位上站起来,还叫大家也跟着她站起来,接着几乎是从那里跑掉了。只有列夫·尼古拉耶维奇公爵还在座位上待了一会儿，仿佛拿不定主意似的，叶夫根尼·帕夫洛维奇还站在那里发愣。但是，叶潘钦娜母女还没有走出二十步去，一幕可怕的丑剧就上演了。

那个和阿格拉娅谈话的军官，是叶夫根尼·帕夫洛维奇的挚友，他已经怒不可遏：

"就该用鞭子抽，否则就制伏不了这个贱货！"他几乎是高声说道。（他早先大概就是叶夫根尼·帕夫洛维奇的心腹。）

纳斯塔霞·菲利波夫娜立刻向他转过身去。她目光炯炯；她跑到站在两步开外的一个素不相识的年轻人跟前，从那人手中夺过一根细巧的藤编手杖，在侮辱她的人的脸上狠狠地斜抽了一记。这一切都发生在转瞬之间……军官勃然大怒，向她扑了过去。纳斯塔霞·菲利波夫娜身边已经没有一个扈从；那个体面的中年绅士已经溜得无影无踪，那个醉意朦胧的先生站在一旁纵情地哈哈大笑。要是再过一分钟，警察当然就会赶到，但是，倘若在这一分钟里纳斯塔霞·菲利波夫娜得不到意外的援助，她肯定要吃苦头：公爵也站在两步开外，他急忙从后面抓住了军官的双臂。军官一面挣脱自己的手臂，一面狠狠地推了一下公爵的胸脯；公爵倒退了两三步，倒在一把椅子上了。但是，纳斯塔霞·菲利波夫娜的身边又出现了两个保护者。一名拳术家站在那个意欲行凶的军官面前，他就是读者所熟悉的那篇文章的作者，罗戈任以前那帮喽啰中的骨干。

"我叫凯勒！退伍中尉，"他傲慢地自我介绍，"要是您想打架，大尉，我可以代替娘们前来奉陪。我学过全套英国拳术。大尉，您别推来推去的；我同情您受了血的侮辱，但是我不能允许当众向一个女人动拳头。如果您是一位体面的绅士，就应该用另一种方法，——您当然应该明白我的意思，大尉……"

但是大尉已经清醒过来，不再听他说话了。这时，罗戈任从人群中出现，他急忙挽起纳斯塔霞·菲利波夫娜的手臂把她带走了。罗戈任仿佛大为震惊，他面色苍白，浑身发抖。他带纳斯塔霞·菲利波夫娜走开的时候，还当面对那个军官狞笑了一下，像一个洋洋得意的商贩似的说道：

"哟！报应！满脸是血！哟！"

军官清醒以后，完全猜到了他在跟谁打交道，于是他彬彬有礼地（不过用手帕捂住脸）对已经从椅子上站了起来的公爵说道：

"您就是我有幸认识的梅什金公爵吧？"

"她是疯子！她疯了！请您相信我的话！"公爵用颤抖的声音答道，不知为什么还向军官伸出两只哆嗦的手。

"我当然不能夸口说我知道这种事情；但是，我应该知道您的大名。"

他点了点头就走了。在最后几个角色走开以后过了整整五秒钟，警察才赶到。不过这幕丑剧最多不过演出了两分钟。听众中有些人从椅子上站起来走了，另一些人只是换了一下座位；有些人很喜欢看热闹；还有些人议论纷纷，很感兴趣。总之，此事平平常常地结束了。乐队又开始演奏。公爵跟叶潘钦娜母女走了。倘若他在被人推到椅子上的时候能够想到或者来得及向左方看看，那他就会看见阿格拉娅正站在二十步开外观看这幕丑剧，根本就没理会已经走远的母亲和姐姐

479

的频频呼唤。末了 Щ 公爵跑到她面前,劝她赶快走。伊丽莎白·普罗科菲耶夫娜记得:当阿格拉娅回到她们身边的时候,激动得未必就听见了她们的呼唤。但是整整过了两分钟,他们刚刚走进公园,阿格拉娅就用她通常那种冷淡而任性的声音说:

"我是想看看这出喜剧怎么收场。"

三

车站上发生的事几乎把妈妈和女儿们都吓坏了。伊丽莎白·普罗科菲耶夫娜心慌意乱地领着女儿们几乎是从车站一直跑回家去的。按照她的看法和理解,这件事引起并暴露了很多东西,因此,尽管她六神无主、惊慌失措,脑子里却已产生了一些果断的想法。不过大家也都明白发生了一种特殊情况,也许还开始暴露出一种特殊的秘密,这倒是不幸中之大幸。不管Щ公爵以前怎样保证和解释,叶夫根尼·帕夫洛维奇"如今还是现了原形",被揭穿,被暴露了,"他和那个贱货的关系已昭然若揭"。伊丽莎白·普罗科菲耶夫娜这么想,就连她的大女儿和二女儿也这么想。这个结论带来的好处就是哑谜增多了。两位大小姐对于妈妈那么惊慌失措和那么明显的逃走,虽然也暗暗地有点生气,可是在她惊魂未定的时候却也没敢提出种种问题去打搅她。此外,她们不知为什么都觉得,小妹妹阿格拉娅·伊万诺夫娜对这件事要比她们和妈妈三个人知道得多。Щ公爵也是满面愁容,满腹心事。伊丽莎白·普罗科菲耶夫娜一路上没和他说一句话,可他却好像根本就没有注意到这一点。阿杰莱达曾试探着问他:"方才讲的是哪一个伯父?彼得堡出了什么事?"可是他却满脸不高兴地给了她一些十分含糊的回答,诸如什么有待调查啦,这一切当然都很荒唐啦。"这是毫无疑问的!"阿杰莱达答道,以后什么也不再问了。阿格拉娅不知何故变得特别安详,在路上只是说他们跑得太快了。有一次她转身看见公爵正在追赶他们。她看到他那副很想追上他们的模样,只是嘲讽地微笑了一下,再也不回头看他了。

最后,几乎已经到了别墅,她们遇到迎面走来的伊万·费奥多罗维奇,他刚从彼得堡回来。他一开口就打听叶夫根尼·帕夫洛维奇的情况。但是他的夫人威严地从他面前走过,没有答理他,甚至都没看他一眼。从女儿们和Щ公爵的眼神里,他立刻猜到家里起了风波。但是,即使没有这种情况,他自己的脸上本来就流露出一种特别不安的神色。他立刻挽住Щ公爵的手臂,让他在家门口站住,几乎是悄悄地和他说了几句话。后来他们两人登上凉台,朝伊丽莎白·普罗科菲耶夫娜那边走去,从这段时间他俩忧心忡忡的脸色上就可以猜到,他俩都听到了什么特别的消息。大家渐渐地在楼上伊丽莎白·普罗科菲耶夫娜室内聚齐,末了凉台上只剩下公爵一个人了。他坐在角落里,仿佛在等待什么似的,但是他自己也不知道为什么这样;他看到这一家乱成这样,竟没有想到走开;他似乎忘却了整个宇宙,打算一连坐上两年,不论让他坐在哪里都行。他有时听见楼上惊慌不安的谈话声。他自己也说不清在那里坐了多久。天色已晚,一片黑暗。阿格拉娅突然走上凉台;她看上去很镇静,虽然脸色有点苍白。阿格拉娅看到公爵,仿佛感到困惑似的莞尔一笑,"显然没有料到"会在这儿见到他坐在角落里的一把椅子上。

"您在这里干吗?"她走到他的跟前。

公爵不好意思地喃喃说了些什么,从椅子上跳了起来;但是阿格拉娅立刻在他身边坐下,于是他又坐了下来。她忽然很仔细地把他打量了一番,然后又毫无目的似的瞧瞧窗外,接着又看着他。"也许她想笑吧,"公爵不禁想道,"但是不会,如果要笑,她当时就会笑的。"

"您也许想喝茶吧?我这就去吩咐。"她沉默了片刻说。

"不——不……我不知道……"

"嘿,这还不知道!喂,您听我说:倘若有人要跟您决斗,您怎么办呢?我方才就想问您。"

"但是……谁会……谁也不会要我去跟他决斗。"

"嗯,倘若有人要跟您决斗呢?您会十分害怕吗?"

"我想,我会十分……害怕的。"

"当真?那么您是懦夫?"

"不是;也许不是。因害怕而逃跑的人才是懦夫;虽然害怕却并不逃跑的还不是懦夫。"公爵想了想,微笑了一下。

"您不会逃跑?"

"我也许不会逃跑。"他终于被阿格拉娅的问题逗笑了。

"我虽然是个女人,但是我决不逃跑,"她几乎是抱怨地说道,"不过您在笑我,而且还像您通常那样在装腔作势,以便引起别人的兴趣;请问:通常是不是在十二步以外开枪?是不是也有相隔十步的?这么一来,岂不肯定会被打死或被打伤吗?"

"大概很少有人会在决斗中丧命的。"

"怎么很少呢?普希金就被打死了。"

"那也许是偶然的。"

"一点也不偶然:那是一场致命的决斗,他被杀害了。"

"子弹的落点很低，丹特士①肯定是向高处瞄准的，对着他的胸部或头部；谁也不会瞄准那么低的部位，所以子弹很可能是偶然打中了普希金，是一次失误。这是内行的人告诉我的。"

"我有一次和一个士兵谈话，他告诉我，当他们散开射击的时候，要按照条令的要求朝半身瞄准，他们就是这么说的：'朝半身瞄准'。可见不是朝胸部，也不是朝头部，而是下令故意朝人体的中部射击。我以后问过一名军官，他说这完全正确。"

"是这样，因为他们是远距离射击。"

"您会开枪吗？"

"我从来没开过枪。"

"难道给手枪装弹药都不会？"

"不会。其实我明白该怎么做，不过我从来没有亲自装过。"

"这么说来您是不会了，因为这需要实践！您听我说，还得记牢：首先要买一些手枪用的上等火药，不要湿的(据说不能用湿的，要用很干的)，火药面要细，您就得买这种火药，不要买大炮用的那种。据说子弹都是自己动手铸的。您有手枪吗？"

"没有，也用不着。"公爵忽然笑了。

"唉，简直是废话！您一定要买，买一支好的，法国造或英国造的，听说那是最好的。然后捏一小撮或两小撮火药塞

---

① 丹特士，法国波旁王朝的亡命者，一八三四年赴彼得堡，在俄国禁卫军骑兵团供职，很快就追求普希金的妻子冈察罗娃。普希金为了维护自己的荣誉，要求跟丹特士决斗，不幸身受重伤而死。

进去。最好多塞点。然后压进一片毡子(不知为什么,听说非用毡子不可),这不难弄到,可以从褥垫上撕一片,有时门上也包着毡子。把毡子塞进去以后再放子弹,——您听见了吗,要先放火药,后放子弹,否则就射不出去了。您笑什么?我希望您每天射击几次,一定要学会射中目标。您能照办吗?"

公爵笑了;阿格拉娅懊恼地跺了跺脚。她说这一番话时那种一本正经的神气使公爵有点吃惊。他多多少少感觉到,他应该打听些什么,询问些什么,——反正是要比怎么给手枪装弹药更为重要的事情。但是,这一切都从他的脑子里飞走了,只剩下一件事,那就是她正坐在自己面前,他瞧着她,不论她谈起什么,此刻对他来说几乎都是一样。

伊万·费奥多罗维奇终于亲自从楼上走到凉台上来了;他皱着眉头,忧心忡忡,但又胸有成竹地要去什么地方。

"喂,列夫·尼古拉耶维奇,你⋯⋯现在到哪里去?"他问道,尽管列夫·尼古拉耶维奇根本就没想到要离开原地,"咱们走吧,我有话要对你说。"

"再见。"阿格拉娅说着便向公爵伸出一只手去。

凉台上已经很黑,公爵此刻根本看不清她的脸。一分钟后,当他和将军已经离开别墅的时候,他突然满面通红,捏紧自己的右手。

原来伊万·费奥多罗维奇和他同路;伊万·费奥多罗维奇不顾时间已晚,急于去找什么人商谈什么事情。但是眼下他突然急促地、惊慌地、前言不搭后语地跟公爵谈了起来,谈话中时常提到伊丽莎白·普罗科菲耶夫娜。倘若公爵此刻能稍加留意,他也许会猜到伊万·费奥多罗维奇还想顺便向他打听什么,或者不如说是想开门见山地、直截了当地问他什么事情,但是总也没能触及最主要的一点。使公爵感到羞愧的是,他完全心不在焉,起初竟什么都没有听见,等到将军在他面前站住,急切地向他提出一个问题时,他才不得不向将军承认,他一句也没有听懂。

将军耸了耸肩。

“你们都是一些怪人,从各方面来看都是这样,”他又开始说道,“我对你说,我完全不明白伊丽莎白·普罗科菲耶夫娜的想法和担忧。她歇斯底里发作,一面哭,一面说我们受了侮辱,丢了面子。然而是谁侮辱的呢?怎样侮辱的呢?和谁一起干的呢?什么时候又是为了什么呢?老实说,我是有过错的(我承认这一点),我有许多过错,但是,这个……不安分的、行为不检的女人的纠缠不休,末了总可以让警察来制止,我今天就想去见一个人,先给他打个招呼。一切都可以悄悄地、和风细雨地、甚至友好地解决,根本不必大吵大闹。我也同意,将来会有很多麻烦,会有很多说不清的问题。这里也有阴谋;但是,假若这里的人什么都不知道,那么那里的人就会什么都解释不清;要是我没有听见,你没有听见,他没有听见,她也没有听见任何消息,那么请问,究竟谁听见了呢?除非这件事有一半是海市蜃楼,是诸如月光……或其他幽灵之类并不存在的东西,否则照你看来又该怎么解释呢?”

“她是疯子。”公爵喃喃道,他突然痛苦地想起了不久以前的一切。

“如果你说的是她,那也正是我要说的。我多多少少也有这种想法,所以我能安然入睡。但是我现在发现别人的看法比较正确,便不相信她发疯了。就算她是个泼妇,可是她不但不是疯子,甚至还很精明。今天她对卡皮通·阿列克谢伊奇的越轨举动就足以证明这一点。从她那方面来说,那是骗人的勾当,至少也是别有用心的奸诈行为。"

"哪一个卡皮通·阿列克谢伊奇?"

"哎,我的天哪,列夫·尼古拉耶维奇,你根本就没听我的话。我一开头就对你谈到卡皮通·阿列克谢伊奇;我吓得直到现在手脚还在发抖。就是为了这件事,我今天才在城里耽搁久了。卡皮通·阿列克谢伊奇·拉多姆斯基是叶夫根尼·帕夫雷奇的伯父……"

"啊!"公爵喊道。

"今天早晨天刚亮,七点钟的光景,他开枪自杀了。这个可敬的老头儿七十岁了,是个享乐主义者。正如她所说的那样,亏空了偌大一笔公款!"

"她从哪儿……"

"知道的呢?哈哈!要知道,她一到这儿,周围就形成了一个完整的参谋部。你可知道,现在前去拜访她并谋求这种'结识她的荣幸'的都是些什么人物。不消说,她不久以前可能从那些客人口中听到了这个消息,因为现在整个彼得堡都已经知道了,在这儿,半个帕夫洛夫斯克,甚至整个帕夫洛夫斯克,也都知道了。不过她关于军装所发表的意见可真妙,我听说,她曾说叶夫根尼·帕夫雷奇是提前退职的!这真是一个恶毒的暗示!不,这并不表示疯狂。我当然并不相信叶夫根尼·帕夫雷奇会预先知道惨剧将在什么时候发生,也就是说将发生在某天的七点钟,等等。但他会预感到这一切。至于我,我们大家,还有Щ公爵,全都以为那老头子还会给他留下一份遗产哩!真可怕!真可怕!不过你要明白,我一点也不责怪叶夫根尼·帕夫雷奇,这一点我得赶紧向你说明,不过毕竟还是有点可疑。Ш公爵大为震惊。这一切都来得有点奇怪。"

"但是,叶夫根尼·帕夫雷奇的行为究竟有什么可疑之处呢?"

"一点也没有! 他的举止非常高尚。我也没作任何暗示。据我看,他自己的财产完好无损。伊丽莎白·普罗科菲耶夫娜当然听都不愿意听……然而主要的是,所有这些家庭灾祸,或者不如说所有这些无谓的纠纷,简直叫人不知称之为什么是好……说真的,列夫·尼古拉耶维奇,你是我们全家的朋友,你想想看,现在发现叶夫根尼·帕夫雷奇似乎在一个多月以前就已经向阿格拉娅求婚,却被她断然拒绝,不过这个消息还并不十分准确。"

"这不可能!"公爵激动地喊道。

"莫非你知道点什么? 你瞧,我最亲爱的,"将军猝然一振,纹丝不动地在原地站住,"我也许不该对你说这番不体面的话,但这是因为你……可以说因为你……是这么一个人。也许你知道什么特别的情况?"

"关于叶夫根尼·帕夫洛维奇……我一无所知。"公爵喃喃地说。

"我也不知道! 我……我,老弟,他们简直想把我活埋了,也不想一想这叫人多么难受,我也忍受不了。刚才又闹了一场纠纷,真可怕! 我现在是把你当亲儿子对你说话。主要的是,阿格拉娅好像在嘲笑她的母亲。她好像在一个月前拒绝了叶夫根尼·帕夫雷奇,彼此还相当正式地作了一番解释,这件事是她的姐姐们作为一种猜测告诉我的……不过这是一种很可靠的猜测。可是要知道,她是一个任性的、古怪的人,简直都没法说!她也许是宽宏大量的,心灵和头脑都具备一切卓越的优点——这一切她也许都有,然而同时她又很任性,爱嘲笑别人,——总之是魔鬼般的性格,此外还充满幻想。方才她竟当面嘲笑母亲,嘲笑姐姐们,嘲笑Щ公爵;对我就更不必说了,她很少有不嘲笑我的时候;至于我呢,你可知道,我爱她,就是她嘲笑我,我也爱她,——看来这个小淘气由于这个缘故而特别爱我,也就是胜过爱别的一切人。我敢打赌,她也为了什么事嘲笑过你。我方才看见,在楼上的那一场争吵结束以后,她和你在谈话;她和你坐在一起,像个没事人似的。"

公爵满脸通红,他攥紧右手,但是默然不语。

"亲爱的,我好心的列夫·尼古拉耶维奇!"将军突然很动感情地热烈地说道,"我……甚至还有伊丽莎白·普罗科菲耶夫娜(不过她又开始骂你了,还为了你连我带你一起骂,只是我不明白是为什么),我们毕竟是爱你的,真心地爱你并尊敬你,甚至不顾一切,也就是不管表面上怎样。但是你得同意,亲爱的朋友,你自己也得同意,当你突然听到这个冷漠的小淘气(因为她站在母亲面前,摆出一副对我们的一切问题,主要是对我的问题,根本不屑一顾的神气,因为我活见鬼似的干了一件蠢事,由于我是一家之主,所以想显显威风,——唉,就这样干了件蠢事),这个冷漠的小淘气突然冷笑着宣称,说那个'女疯子'(她就是这么称呼的,我觉得奇怪的是,她和你的说法一样,她说:'难道你们至今还没有看出来?'),说那个女疯子'自作主张,无论如何要让我嫁给列夫·尼古拉耶奇公爵,为此她要把叶夫根尼·帕夫雷奇从我们家里撵走'……当你听到她突然说出这番话来的时候,你会突然感到简直摸不着头脑,而且十分懊丧;她只说了这几句话,此外未作任何解释,哈哈大笑着把门砰的一关就出去了,弄得我们目瞪口呆。后来有人把方才你和她之间发生的那件意外的事告诉了我……还有……还有……你听我说,亲爱的公爵,你并不是一个器量狭小的人,又很通情达理,我在你身上看出了这一点,但是……你别生气:她的确是在嘲笑你。她老是像小孩似的嘲笑人,所以你别生她的气,但是确实如此。你别多心,——她不过由于无所事事才拿你和我们大家来寻开心罢了。好啦,再见吧!你可知道我们的感情?我们对你的一片真情?这种感情是永远不变的,在任何方面都不会变的……但是……我现在要去那里一趟,再见吧!我很少像今天这样心绪不佳(这么说没错吧?)……像这样避暑可真要命!"

公爵独自留在十字路口,环顾了一下四周,急忙穿过那条街,走到一幢别墅的一个有灯光的窗子跟前,打开方才和伊万·费奥多罗维奇谈话时一直紧捏在右手里的那张小纸条,借着微弱的光线读道:

明晨七时,我将在公园的绿凳上等您。我决定和您谈一件跟您直接有关的非常重要的事。

又及:希望您不要让任何人看到这封便函。虽说我不好意思这样开导您,但是我认为,对您就得如此,也就写下了,——您可笑的性格使我羞得脸都红了。

再及:我说的就是我方才指给您看的那条绿凳。您应该感到害臊!我不得不把这一点也写上。

这封便函很可能是阿格拉娅走到凉台上来之前仓促写成,马马虎虎折好的。公爵激动得难以形容,简直像吃了一惊似的把那张纸条又紧紧地捏在手里,赶紧从窗前的灯光下逃走,犹如一个受惊的小偷。不料这个举动使他和站在他背后的一位先生撞了个满怀。

"我在盯着您呢,公爵。"那位先生说。

"是您,凯勒?"公爵惊讶地叫道。

"我正在找您呢,公爵。我在叶潘钦家的别墅附近等您,我当然是不能进去的。您和将军同行的时候,我在后面跟着。公爵,我愿意为您效劳,凯勒任您差遣。倘有必要,我准备牺牲,甚至不惜一死。"

"哦……为什么呢?"

"哼,肯定会引起一场决斗。那个莫洛夫佐夫中尉,我知道他,不过并不相识……他受不了侮辱。对咱们哥们,也就是对我和罗戈任,他当然根本不看在眼里,也许是应该如此,所以他就只得找您一个人了。只好由您来付酒钱了,公爵。他打听过您的情况,我听见了。明天他的朋友一定会去找您,也许现在就已等在那里了。只要您在决斗时肯赏脸选我当证人,我愿意为您效劳;我就是为了这件事才来找您的,公爵。"

"您也谈起决斗!"公爵蓦地哈哈大笑起来,使凯勒非常惊讶。他笑得很厉害。凯勒在提出了愿当证人的要求但还没有得到满足的当儿,的确如坐针毡,现在看到公爵这样开怀大笑,几乎生气了。

"但是,公爵,您方才抓住了他的手臂。在大庭广众之间,这对于一个体面人来说是难以忍受的。"

"可是他推了我的胸脯!"公爵笑着喊道,"我们根本就不必决斗!我向他道个歉不就完了。如果一定要决斗,那就决斗吧!我甚至愿意让他开枪。哈哈!我现在会给手枪装弹药啦！您会给手枪装弹药吗,凯勒? 要先去买点火药,手枪用的火药,不要湿的,不要放大炮用的那种大粒的;要先放火药,再从门上什么地方取一片毡子,然后再塞子弹,而不是先放子弹,后放火药,因为这样是打不响的。凯勒,您听着:因为这样是打不响的。哈哈! 难道这不是挺有道理吗,亲爱的凯勒? 唉,凯勒,您可知道,我现在想拥抱您,吻您。哈哈哈! 您方才怎么忽然出现在他面前? 您赶快到我家里去喝香槟酒吧。咱们喝它个酩酊大醉! 您可知道,我有十二瓶香槟酒存在列别杰夫的地窖里? 那是前天,也就是我搬到他那里去的第二天,列别杰夫'偶然'卖给我的,我全部买下来了! 我要邀请一大批客人! 怎么,您今天夜里还想睡觉吗?"

"和每天夜里一样,公爵。"

"那么祝您安然入梦! 哈哈!"

公爵穿过街心消失在公园里了,撇下有点狼狈的凯勒站在那里沉思。他还没有见过公爵有这么奇怪的情绪,在这之前他简直都不能想象他会这样。

"也许是一时冲动,因为他是一个神经质的人,这一切对他发生了影响,但是他当然不会胆怯。这种人是不会胆怯的,真的!"凯勒暗自寻思,"嗯,香槟酒! 不过这倒是一个有趣的消息。十二瓶呐,先生,也就是一打;还可以,储备不算少。我敢打赌,这批香槟酒一定是列别杰夫从什么人那里收下当作抵押品的。嗯……但是他这位公爵倒相当可爱;是啊,我喜欢这种人;但是机不可失……要是有香槟酒,那么现在正是时候……"

他说公爵仿佛一时冲动,这当然是说对了。

公爵在黑暗的公园里徘徊了很久,终于"发现自己"正在一条林荫道上走来走去。他只记得,在从长凳到一株高大而又引人注目的老树之间总共一百多步的这一段林荫道上,他已经走了三四十个来回。他怎么也记不得,他在公园里度过的这一个多小时内想了些什么,即使他很想记得却也是枉然。不过他发觉自己有一个想法,这使他突然纵声大笑起来;虽然并没有什么可笑之处,可是他老是想笑。他认为,决不止凯勒一个人预料会发生决斗,因此关于怎样给手枪装弹药的那一番话也不是偶然说的……"啊呀!"他产生了另一个想法,便蓦地站住了,"她方才到凉台上去的时候,我正坐在角落里。她发现我在那里时曾大吃一惊,——还笑得那么厉害……她还谈到喝茶的事;其实她当时手里已经握着那张便条,因此她肯定知道我坐在凉台上,既然如此,为什么还要吃惊呢?哈哈哈!"

他从口袋里取出那张便条吻了一下,但是立刻止步并沉思起来。

"这可真怪!这可真怪!"一分钟以后,他甚至不无悲伤地说道。每当他感到极为快乐的时候,他总会悲从中来,他自己也不知道这是为什么。他仔细观看了一下四周,对于自己跑到这里来不禁感到诧异。他很累了,走到长凳跟前便坐了下来。四周非常安静。车站上的音乐已经停止。公园里可能已经没有人了;当然,至少也有十一点半啦。夜是静悄悄的、温暖的、明亮的①,——那是六月初的彼得堡之夜,然而在花草茂密、绿荫如盖的公园里,在他所在的那条林荫道上,却几乎已是一片黑暗。

～～～～～～
　　①　六月彼得堡的夜里有极光,称作"白夜"。

倘若此刻有人告诉他,说他已堕入情网,正在热恋之中,那么他会惊奇地否认这种说法,甚至也许会感到愤怒。倘若还有人补充说,阿格拉娅的便函是一封情书,是约他幽会的,那么他会为那人羞得无地自容,也许还要跟他决斗。这一切都是十分真诚的。他一次也不曾怀疑这个姑娘可能爱上他,或者他可能爱上这个姑娘,在这个问题上他也不允许自己有一点点"模棱两可的"想法。这个姑娘怎么会爱上他,爱上一个"像他这样的人",——他认为这简直是一件骇人听闻的事。他仿佛觉得,即使果真有什么名堂,那也只不过是她的淘气行为罢了;不过他对这种淘气行为本身有点过于冷淡,认为这完全是理所当然的;使他全神贯注并忧心忡忡的完全是另一件事。方才那位激动的将军曾不经意地说,她在嘲笑大家,特别是嘲笑他,嘲笑公爵,他完全相信这一番话。但是他并没有一点点受辱之感;他觉得应该如此。对他来说,主要的是明天一清早他又可以看见她,和她并排坐在绿凳上,听她讲解怎样给手枪装弹药,还可以瞧着她。此外他什么也不需要。至于她究竟要对他说什么,那桩和他直接有关的要事究竟是什么?——这个问题在他的脑海里也闪过一两次。此外,他一刻也不曾怀疑阿格拉娅找他去商量的那件"要事"是确实存在的,但是,他现在几乎完全没有想这件要事,甚至都没有一点点去想它的意思。

林荫道的沙地上响起了一阵轻轻的脚步声,使他抬起头来。有一个人走到长凳跟前,在他身边坐下,在黑暗中看不清这个人的面貌。公爵连忙朝那人靠拢,几乎挨在一起了,这时他才看清了罗戈任苍白的脸。

"我就知道你在这一带溜达,没多久就找到了。"罗戈任小声地喃喃道。

　　他们自从在旅店的走廊里相遇以来,这还是第一次见面。罗戈任的突然出现使公爵大吃一惊,他一时不知如何是好,痛苦的感觉又在他的心里复活了。罗戈任显然明白他给了对方什么样的印象;他虽然起初有点发慌,说起话来仿佛有一种故作轻松的神态,但是公爵很快就觉得罗戈任并没有任何故作轻松的神态,甚至也没有任何特别难堪的神情:即使在他的言谈举止中有什么不自在的表现,那也只是表面现象;这个人从内心来说是不会变的。

　　"你怎么……在这里找到了我?"公爵为了说点什么,便这样问道。

　　"是凯勒告诉我的(我到你那里去过),他说:'公爵到公园里去了。'嘿,我想,果然如此。"

　　"什么叫作'果然如此'?"公爵忐忑不安地就对方这句脱口而出的话问道。

　　罗戈任冷笑了一声,但未作解释。

　　"我接到了你的信,列夫·尼古拉耶维奇;你何必来这一套……你何苦呀!……我现在代表她前来见你:她请你务必去一趟;她有要事奉告。她请你今天就去。"

　　"我明天去。我现在要回家;你……到我家去吗?"

　　"我去干吗?我全都对你说了,再见。"

　　"你难道不去?"公爵轻声问他。

　　"你这人真怪,列夫·尼古拉耶维奇,你真叫人感到惊讶。"

　　罗戈任刻薄地笑了一下。

　　"为什么?为什么你现在这么恨我?"公爵伤心而又激动

地应声说道，"现在你自己也知道，你过去想的一切全都不对。不过我还是觉得你对我的怨恨还没有消除，你知道这是为什么？因为你曾想谋害我，因此你的怨恨还没有消除。我告诉你，我只记得那天跟我结拜兄弟的那个帕尔芬·罗戈任。我在昨天给你的信里提到了这一点，就是希望你完全忘却那场噩梦，不要再跟我谈起这件事情。你干吗躲开我？干吗把手藏起来不让我看？我告诉你，当时发生的一切在我看来只不过是一场噩梦：我现在完全了解你那天的心情，正如了解我自己一样。你想象的情况是不存在的，也不可能存在。因此，我们之间的怨恨又干吗要存在下去呢？"

"你会有什么怨恨！"罗戈任为了回答公爵这一番热情洋溢、突如其来的话，便又笑了起来。他的确躲着他站在一旁，还倒退了两三步，把双手藏了起来。

"我现在根本不能到您那里去，列夫·尼古拉耶维奇。"末了他慢吞吞地、耐人寻味地补充了一句。

"你恨我竟恨到这种地步？"

"我不喜欢你，列夫·尼古拉耶维奇，所以我干吗要到你那里去呢？唉，公爵，你就像一个孩子，你想找一个玩具——立刻就要，但是你不懂人情世故。你现在说的一切，跟你信上写的一模一样，难道我不相信你吗？我相信你的每一句话，我知道你从来没骗过我，今后也不会骗我；可我还是不喜欢你。你在信上写道，你已经忘记一切，只记得一个结拜兄弟罗戈任，而不记得当时向你举起刀来的那个罗戈任。你怎么会了解我的心情？（罗戈任又冷笑了一声。）从那时候起，我对这件事可能一次也没后悔过，而你却像兄弟一般写信宽恕了我。那天晚上我也许已经在想毫不相干的另一件事，至于这件事嘛……"

"你都忘记想了!"公爵应声说道,"那还用说!我可以打赌,当时你准是坐火车径直到帕夫洛夫斯克来听音乐,就像今天这样在人群里观察和窥视她。这并不使我惊讶!倘若你当时不是心中只能装下这一件事,你也许就不会向我举起刀来。那天从上午起我看着你就有一种预感;你可知道你当时是什么模样?我们交换十字架的时候,我可能就有了这种想法。你当时干吗把我领到老太太那里去?你是不是想借此来制止自己下手?你不可能明确地想到这一点,而只是像我一样感觉到……我们当时的感觉不谋而合。倘若你当时不曾向我举起手来(上帝把这只手拉开了),那我现在在你面前会是什么样呢?反正我确实怀疑过你会干这种事,我们的罪过是一样的,是相同的!(你别皱眉!喂,你笑什么?)你说你'没后悔过'!即使你想后悔,说不定也不会后悔,因为你也并不喜欢我。即使我在你面前像天使一般清白,只要你想到她不爱你,而是爱我,那么你还是容不得我。可见这就是嫉妒。不过这个礼拜我弄明白了,帕尔芬,我现在就告诉你:你要知道,她现在爱你也许胜过爱任何人,甚至她越是折磨你,也就越是爱你。她不会告诉你这一点的,你得善于观察。为什么到头来她还是要嫁给你呢?这一点她以后会告诉你的。有些女人就希望别人这样爱她们,她就是这种性格!你的性格和你的爱情会使她大吃一惊!你要知道,女人会用残酷和嘲笑来折磨男人,却从来不会受到良心的责备,因为她每次都会看着你暗自想道:'现在我把他折磨得要死,以后我再用我对他的爱情来弥补吧……'"

罗戈任听完公爵的话,哈哈大笑起来。

"公爵,你自己也碰到一个这样的女人了吧? 我听到有人谈起你的事,不会是假的吧?"

"什么,你会听到什么呢?"公爵蓦地打了个寒噤,非常不好意思。

罗戈任仍在笑。他不无好奇地,也许还不无愉快地听完了公爵的话;公爵那种欢乐而热烈的情绪使他大为吃惊,也大大鼓舞了他。

"我不但听到过,现在还亲眼看到,这是真的,"他补充道,"过去你什么时候曾像现在这样说话? 这一番话简直不像是从你嘴里说出来的。要是我没听到有人说你有这种事,我就不会到这里来了;何况又是公园,还在深更半夜。"

"我一点也不明白你的话,帕尔芬·谢苗内奇。"

"她早就对我说明了你的事,前不久我还亲眼看到了你和那位小姐坐在一起听音乐。她向我发誓,昨天和今天都发过誓,说你像一只小猫似的爱上了阿格拉娅·叶潘钦娜。公爵,这对我来说倒无所谓,跟我也不相干:即使你不再爱她,可她却还在爱你。你也知道,她一定要设法让你和那位小姐结婚,她竟发誓要办成这件事,哈哈! 她对我说:'不办成这件事,我就不嫁给你,只要他们进了教堂,我们也进教堂。'这究竟是怎么回事,我弄不明白,我一次也没有弄清:她要么是无限地爱你,要么……不过她既然爱你,为什么又要你跟别的女人结婚呢? 她说:'我想看到他获得幸福。'这么说来,她是爱你的。"

"我对你说过,在信上也写过,她……发疯啦。"公爵痛苦地听完罗戈任的话以后说道。

"天知道! 你也许弄错了……不过,今天当我把她从听音乐的地方拉走的时候,她把婚期都定下来了:她说,三周以后,也许还要早些,我们一定结婚;她起了誓,还把圣像取下来吻了一下。公爵,所以现在就看你的啦,哈哈!"

"这全是白日说梦! 你说的那件与我有关的事是永远、永远也不会有的! 我明天就去找你们……"

"她怎么会是疯子呢?"罗戈任说,"别人全都认为她神志清楚,怎么只有你一个人认为她是疯子? 她怎么会往那里写信呢? 如果她是疯子,那里从信上也看得出来。"

"什么信?"公爵惊恐地问。

"往那里写的,写给那位小姐的,那位小姐就读她的信。莫非你不知道? 好吧,你总会知道的;她肯定会亲自拿给你看的。"

"这真叫人没法相信!"公爵喊道。

"唉! 你呀! 列夫·尼古拉耶维奇,据我看,你对此道太不精通了,只不过是初出茅庐。你再等一会儿:你可以雇几名私人密探,亲自日夜监视,了解她的每一步行动,只要……"

"住嘴,永远别提这件事了!"公爵喊道,"你听我说,帕尔芬,方才你还没来,我在这儿散步,突然笑了起来,也不知笑什么。唯一的原因就是我想起明天恰巧是我的生日。现在快十二点了。走吧,我们去迎接这个日子! 我有酒,我们可以喝上两杯。你要向我祝贺,至于祝贺什么,现在连我自己都不知道,你祝贺就是了,我也祝你万事如意。不然你就把十字架还给我! 第二天你并没有把十字架还给我呀! 你戴在身上没有? 你现在还戴在身上吗?"

"我戴着哪。"罗戈任说。

"好吧,那我们就走吧。没有你,我也就不想迎接我的新生活了,因为我的新生活已经开始！帕尔芬,你不知道我的新生活是今天开始的吗?"

"现在我亲眼看见而且知道它已开始了;我还要让她知道。你完全变了一个人,列夫·尼古拉耶维奇!"

四

公爵和罗戈任一起走到自己住的别墅跟前时，非常惊奇地发现他的凉台上灯火辉煌，有一大群人在那里喧哗。这群人很开心地在哈哈大笑并高声喊叫，甚至仿佛是大吵大嚷地在争论。一眼看去就能知道他们正在欢天喜地地消磨时间。他走上凉台的时候，果真看见大家正在喝酒，喝的是香槟酒，似乎已经喝了很久，因此有许多来宾已经醉得手舞足蹈了。客人全是公爵的熟人，然而奇怪的是，他们仿佛接到邀请似的一下子都来了，虽说公爵并没有邀请任何人，就连当天是自己的生日这一点，他也是方才偶然想起来的。

"你一定告诉过什么人，说你要开香槟酒，所以他们就跑来了，"罗戈任喃喃地说，跟着公爵登上凉台，"这种事咱们见的多了；只要朝他们吹一声口哨……"他几乎是气愤地补充道，显然想起了不久前自己的遭遇。

大家向公爵叫喊和祝贺，把他包围了。有些人吵得很凶，另一些人却安静得多，但是一听说他过生日，大家就都急于轮流向他祝贺。公爵对某些人的光临感到兴趣，譬如布尔多夫斯基；然而最使他惊讶的是，叶夫根尼·帕夫洛维奇也突然出现在这群人之中。公爵几乎不相信自己的眼睛，看到他几乎吓了一跳。

这当儿,列别杰夫满脸通红,几乎是兴高采烈地跑上前去作解释;他已经醉得很厉害了。从他的絮叨里可以听出,大家完全是自然而然地,甚至是偶然地聚在一起的。将近黄昏时分,伊波利特首先到来,他感到自己的病情大有好转,想到凉台上来等候公爵。他躺在沙发上;后来列别杰夫跑来看他,接着他的全家,也就是几个女儿,还有伊沃尔金将军,也来了。布尔多夫斯基是陪着伊波利特来的。加尼亚和普季岑似乎刚刚才到,他们是顺路来看看的。他们正好是在车站上出事的时候到来;以后凯勒来了,他宣布当天是公爵的生日,便要香槟酒喝。叶夫根尼·帕夫洛维奇半小时以前才来。科利亚也竭力主张开香槟庆贺。于是列别杰夫便很痛快地把酒拿了出来。

"不过,这是我自己的酒,我自己的酒!"他对公爵嘟哝道,"为了庆贺您的生日,这次由我请客,还准备了酒菜、小吃,小女正在张罗。但是,公爵,但愿您知道他们在议论什么就好了。您可记得哈姆雷特所说的'活着还是死去'吗?一个当代的话题,先生,一个当代的话题!有问有答⋯⋯捷连季耶夫先生也极为⋯⋯他都不想睡觉啦!香槟酒他只喝了一口,只喝了一口,不会有什么害处⋯⋯公爵,您靠近些,现在由您作主!大家都在等待您,大家都在等待您那绝妙的智慧⋯⋯"

公爵发现了薇拉·列别杰娃温柔可爱的眼神,她也急忙从人群里向公爵挤来。他不理会别的人,首先向她伸出手去;她高兴得满脸通红,祝他"从今天起终生幸福",然后飞快地跑进厨房;她正在那里准备冷盘;在公爵回来之前,她只抽出了一点工夫跑到凉台上来,竭力倾听那些醉醺醺的宾客热烈争论某些极为抽象的、使她感到新奇的问题。她的小妹妹张着嘴,在隔壁房间的一口箱子上睡着了,但是那个男孩,列别杰夫的儿子,却站在科利亚和伊波利特身边,单从他那兴奋的脸色就能看出:他准备一动不动地站在那里欣赏和倾听,哪怕再一连站上十个钟头都不妨。

"我特意等候您,看到您这么愉快地回来,我感到非常高兴。"伊波利特说,因为公爵和薇拉握过手之后,就立刻走上前去和他握手。

"您怎么知道我'这么愉快'呢?"

"从脸色上就看得出来。您跟他们寒暄以后,请赶快到我们这里来坐。我特意等候您。"他补充道,意味深长地特别强调他在等候。公爵问道:"你坐这么久会不会损害健康?"他回答说,他自己也觉得奇怪,三天前他几乎要死了,可是今晚他却感到自己从来没有这样健康。

布尔多夫斯基跳了起来,喃喃地说他是"陪伴"伊波利特前来的,他也很高兴;还说他在信里写了些"废话",可现在"只是感到高兴……"他没有说完就紧紧地握了握公爵的手,在椅子上坐下了。

公爵最后才走到叶夫根尼·帕夫洛维奇面前。叶夫根尼·帕夫洛维奇立刻挽住他的胳膊。

"我有两句话要对您说,"他低声说,"有一桩非常重要的事;我们离开一会儿吧。"

"两句话。"另一个人在公爵的另一只耳朵边嘟哝道,另一只手从另一侧挽住他的胳膊。公爵惊奇地发现一个蓬头散发、满面通红的人正使着眼色在笑,立刻就认出他是费尔德先科,天知道他是从哪里钻出来的。

"您可记得费尔德先科?"那人问。

"您是从哪里来的?"公爵喊道。

"他在悔过!"凯勒跑过来喊道,"他躲起来了,他不愿意出来见您,他躲到那边的角落里去悔过,公爵,他觉得自己做了错事。"

"有什么错,有什么错?"

"我遇见了他,公爵,我方才遇见他,就把他领来了;在我的朋友们当中他是个不一般的人物,但是他在悔过。"

"诸位,我很高兴;来吧,和大家坐在一起吧,我马上就来。"公爵终于摆脱了他们,急忙朝叶夫根尼·帕夫洛维奇走去。

"您这里很有趣,"叶夫根尼·帕夫洛维奇说,"我很愉快地等了您半小时。是这么一回事,最亲爱的列夫·尼古拉耶维奇,我对库尔梅舍夫全说妥了,所以跑来安慰您。您不必担心,他对这件事的态度十分明智,何况在我看来主要是他的错。"

"哪一个库尔梅舍夫?"

"就是不久以前您拉住他的手……当时他气得发狂,已经打算明天派人来跟您讲理。"

"算了吧,真荒唐!"

"当然荒唐,而且结局肯定会同样荒唐;但是我们这里的这些人……"

"您到这里来也许还有别的什么事吧,叶夫根尼·帕夫雷奇?"

"噢,当然还有别的事情。"叶夫根尼·帕夫洛维奇笑了。"可爱的公爵,我明天破晓前就要去彼得堡办那件倒霉的事

（就是我伯父的事），您想：这一切都是真的，而且除我以外，大家都知道了。这一切使我惊讶得都来不及去那里（去叶潘钦家）；明天我也不会去的，因为我在彼得堡，您明白吗？我也许要过两三天才能回来。总之，我的事糟透了。虽然事情并不特别重要，但是我决定，我应该极其坦率地向您解释一下有关的情况，而且不能错过时机，也就是要在我离开这里以前。我现在想坐一会儿，等一等，如果您准许的话，就等这群人散了以后再说；况且我也无处可去：我很不安，简直都没法睡觉。最后，虽然我这样恬不知耻而又不顾体面地直接前来打搅您，但是我要开门见山地对您说：我亲爱的公爵，我是前来寻求您的友谊的；您是一个再好也没有的好人，也就是说，不是一个经常撒谎的人，也许根本就不撒谎，而我在一件事情上需要一个朋友和顾问，因为我现在已经彻底倒霉了……"

他又笑了。

"糟糕的是，"公爵寻思片刻，说道，"您想等他们散了再说，但是天晓得他们什么时候走。我们不如现在到公园里去，他们可以等一等，真的；我可以道歉。"

"不——不，我不想让别人怀疑我们是特地作一次紧急的谈话，我这样是有原因的；这里有些人对我们的关系很感兴趣，——您不知道这一点吗，公爵？ 最好是让他们看见我们本来就非常友好，而不只是碰到了意外的麻烦，——您明白吗？他们过两个钟头就会散去；我只耽误您二十分钟，或半个钟头……"

"不胜欢迎，请吧；您就是不解释，我也很高兴；您说我们建立了友好关系，我得感谢您这句善意的话。我今天心不在焉，请您原谅；您要知道，此刻我不知何故，怎么也不能集中注意力。"

"我看出来了,我看出来了。"叶夫根尼·帕夫洛维奇微笑着喃喃道。这天晚上他很爱笑。

"您看出什么来啦?"公爵猝然一振。

"难道您不怀疑,亲爱的公爵,"叶夫根尼·帕夫洛维奇继续笑着,并不直接回答问题,"您不怀疑,我到这里来只不过是要骗您,顺便向您探听什么事情?"

"您到这里来探听消息,这是毫无疑问的,"公爵终于也笑了,"您也许还决定稍稍骗我一下。可是要知道我并不怕您;再说我现在有点满不在乎,您相信吗? 而且……而且……而且因为我首先相信,您毕竟是一个极好的人,到头来我们也许果真会成为朋友。我很喜欢您,叶夫根尼·帕夫雷奇,您……据我看来,您是一个很正派的人!"

"哦,无论如何,和您打交道是很愉快的,甚至不论打什么交道都是这样,"叶夫根尼·帕夫洛维奇最后说道,"来,我为您的健康干一杯;我前来参加你们的盛会,这使我非常高兴。噢!"他突然站住了,"那位伊波利特先生搬到您这里来住啦?"

"是的。"

"我想,他不会马上就死吧?"

"什么?"

"没有什么;我和他在这里待了半小时……"

在这段时间里,伊波利特一直在等候公爵,当公爵和叶夫根尼·帕夫洛维奇在一旁谈话的时候,他不停地打量他们。当他们走到桌边的时候,伊波利特兴奋若狂。他心神不宁,又很激动,前额上直冒汗。在他闪闪发光的眼睛里,除了经常流露出一种迷惘不安以外,还有一种隐隐约约的焦急神情;他的视线毫无目的地从这个东西移往那个东西,从一张脸上移到另一张脸上。他虽然至今仍积极地和大家一起吵吵嚷嚷地谈话,但他的兴奋不过是一种狂热。其实他对谈话并不注意;他的论点是没有条理的、含嘲讽意味的,即使自相矛盾他也毫不在意。他还没把话说完,就把自己一分钟前热情洋溢地谈起的话题抛到一边了。公爵听说大家在当天晚上竟让他纵情地喝了满满两大杯香槟酒,他刚开始喝的那杯摆在他面前的酒已经是第三杯了,不禁感到吃惊和懊悔。然而公爵是事后才听到这个情况的,当时他并未留意。

"您要知道,今天恰巧是您的生日,这使我非常高兴!"伊波利特喊道。

"为什么?"

"您以后会知道的;快坐下吧。第一,因为您的……全班人马都聚齐了。我早就料到大家会来的;这是我生平第一次料事如神!可惜我以前不知道今天是您的生日,否则我要带点礼物来……哈哈! 也许我已经把礼物带来了! 还要很久才会天亮吗?"

"不到两小时天就要亮了。"普季岑看了看表说。

"既然不等天亮也能在室外读书,为什么现在还要盼天亮呢?"有人说道。

"因为我要看日出。是不是可以为太阳的健康干一杯,公爵,您看怎样?"

伊波利特生硬地问道,他对所有的人都毫不客气,一开口就像在发号施令似的,不过他自己仿佛并没有觉察这一点。

"那么我们就干一杯吧;不过您应该安静一下,伊波利特,是吗?"

"您老是劝人睡觉;公爵,您成了我的保姆啦！等太阳一露头,在天上'发出声响'(是谁在一首诗中说:"太阳在天上发出声响"?① 这话毫无意义,但是很好!)——咱们再睡觉。列别杰夫！太阳不是生命的源泉吗？《启示录》里所说的'生命泉'是什么意思？您可听说过'茵陈星',公爵?"

"我听说列别杰夫认为这个'茵陈星'就是遍布欧洲的铁路网。"

"不,先生,对不起,不能这样,先生!"列别杰夫喊道,他跳起来,挥着手,似乎想制止大家刚开始的哄笑,"对不起,先生! 跟这些先生们……所有这些先生们,"他蓦地朝公爵转过身去,"在某些问题上,这简直是……"于是他就毫无礼貌地在桌子上敲了两下,这却使大家笑得更凶了。

列别杰夫虽然像他往常那样"暮气沉沉",然而这一次他却很激动,前面那一段长久的"学术性"争论使他很生气;在这种情况下,他对自己的对手总是毫不掩饰地采取无限轻蔑的态度。

"这不对,先生! 公爵,我们曾在半小时前约定,当一个人说话时,别人不能打断他,不能哈哈大笑,让他尽情地发表全部意见,即使有哪位无神论者要反驳,也得等对方说完。我们推举将军当主席,是的,先生! 不然会怎么样呢? 那就会打断任何人的崇高思想,打断他的深刻思想……"

"您说吧,说吧:谁也没有打断您呀!"好几个人一齐

---

① 指歌德《浮士德》中《天上序曲》开头几行:"太阳按照古老的调门,跟群星兄弟竞相合唱,完成她的既定的旅程,她的脚步声像雷鸣一样。"(引自钱春绮译本)

说道。

"您尽管说,但是不要信口开河。"

"什么叫做'茵陈星'?"有人问道。

"我不明白!"伊沃尔金将军答道,他大模大样地重又在他方才坐的主席位子上坐下。

"我非常爱听所有这些争论和口角,公爵,这当然都是学术性的,"这时凯勒喃喃地说道,他非常兴奋,迫不及待地在椅子上扭来扭去,"是学术性的和政治性的,"他突然出人意料地对几乎是坐在他身边的叶夫根尼·帕夫洛维奇说,"您要知道,我非常爱读报上关于英国议会的报道,但这并不是说,我关心他们在议会里议论些什么(您要知道,我不是政治家),而是注意他们怎样互相交谈,怎样卖弄所谓政治家的风度,譬如'坐在对面的高贵子爵','赞成愚见的高贵伯爵','我的那位以其提案震惊欧洲的高贵论敌',诸如此类的词句,整个这套自由民族的代议制——这就是对我们同胞有吸引力的东西!我被迷住了,公爵。我在心灵深处永远是一个艺术家,我可以向您起誓,叶夫根尼·帕夫雷奇。"

"既然如此,"坐在另一个角落里的加尼亚兴奋起来了,"从您这番话里岂不是可以得出这么一个结论:铁路是可恶的,是人类的末日,是降临大地来搅浑'生命泉'的祸害?"

这天晚上,加夫里拉·阿尔达利翁诺维奇情绪特别高,公爵觉得,他很开心,几乎有点洋洋得意。当然,他是和列别杰夫开玩笑,刺激他一下,但是不久他自己也激动起来了。

"不是铁路,不是的,先生!"列别杰夫反驳道,他一面发火,一面感到无比快乐,"单是铁路并不会搅浑生命泉,但是总的来说这一切都是可恶的,我们近几个世纪的整个趋势,就其总的方面而言,就其科学和实践方面而言,也许的确是可恶的,先生。"

"是肯定可恶呢,还是只不过也许可恶呢? 在这个问题上,这一点至关重要。"叶夫根尼·帕夫洛维奇问。

"可恶,可恶,肯定可恶!"列别杰夫急忙确认道。

"您别急,列别杰夫,每天早晨您总是温和得多。"普季岑笑着说。

"但是到了晚上却更加坦率! 到了晚上更加真诚坦率!"列别杰夫热烈地对他说道,"更加老实,更加明确,更加正直,也更加可敬;我虽然把我的弱点暴露给你们,但是没关系,先生;我现在向你们大家,向一切无神论者挑战;你们用什么拯救世界,你们可曾为它找到一条正路,——我问你们这些科学家,实业家,公司老板,领工资的人和其余的人?靠什么呢? 靠信贷吗? 什么是信贷? 信贷会把你们引向何处?"

"您的好奇心可不小啊!"叶夫根尼·帕夫洛维奇说。

"我的看法是:谁要是不关心这些问题,他就是上流社会里的懒虫!"

"信贷起码可以导致普遍团结和利益均等。"普季岑说。

"如此而已! 如此而已! 这岂不是除了满足个人的利己主义和物质需要以外,不承认任何道德基础吗? 普遍的和平,普遍的幸福——都是必不可少的! 我斗胆请问一句,我的先生,我是否理解了您的意思?"

"但是,生存与饮食是一种普遍的需要,如果没有普遍的联合和利益的一致,就不能满足这种需要,这种极其充分的科学信念看来是一种相当可靠的思想,可以成为人类未来若干世纪的支柱和'生命泉'。"已经十分激动的加尼亚说。

"饮食的需要只是一种自我保存感……"

"难道只有自我保存感还不够？自我保存感是人类的正常法则……"

"这是谁对您说的？"叶夫根尼·帕夫洛维奇蓦地喊道，"说它是法则，这倒不错，然而倘若它是正常的，那么，毁灭的法则，也许还有自我毁灭的法则，岂不也是正常的。难道人类的全部正常法则仅仅在于自我保存？"

"嘿嘿！"伊波利特喊道，他急忙朝叶夫根尼·帕夫洛维奇转过身去，怀着强烈的好奇心端详他；但是看见他在笑，自己也笑了起来，并推了一下站在旁边的科利亚，重又问他现在几点钟，甚至亲自把科利亚的银表拽过去，贪婪地看了看指针。接着他仿佛忘记了一切，躺在沙发上，把双手垫在脑后，开始瞧天花板；半分钟后他又坐在桌旁，挺直身子，聆听无比兴奋的列别杰夫的唠叨。

"一个狡猾的、嘲弄人的思想，一个阴险的思想！"列别杰夫贪婪地抓住叶夫根尼·帕夫洛维奇的奇谈怪论说道，"说出这种思想的目的，是挑逗对手来打架，——不过这是一个正确的思想！因为您是上流社会的一位喜欢嘲弄别人的人，又是一名骑兵（虽说并非没有才能！），因此您自己也不知道您的思想是一个多么深刻的思想，是一个多么正确的思想！是的，先生。自我毁灭的法则和自我保存的法则在人世间是同样有力的！魔鬼同样在统治人类，一直要统治到我们还不知道的未来。你们笑什么？你们不相信魔鬼？不信魔鬼，这是法国人的思想，是一种轻浮的思想。你们可知道魔鬼是谁？你们可知道他的名字？你们连他的名字都不知道，却嘲笑他的模样,就像伏尔泰①那样嘲笑他的蹄子、尾巴和犄角,而这些东西就是你们发明的;因为魔鬼是一种强大可畏的魂灵,并没有你们发明的什么蹄子和犄角。但是现在的问题并不在魔鬼身上!……"

"您怎么知道现在的问题不在魔鬼身上?"伊波利特蓦地喊道,就像歇斯底里发作似的哈哈大笑起来。

"一个巧妙并带有暗示的想法!"列别杰夫赞许道,"但是问题依然不在这里。我们的问题在于'生命泉'是否枯竭了,自从增加了……"

"铁路?"科利亚喊道。

"年轻气躁的小伙子,不是铁路交通,而是那种可以拿铁路作为其写照和艺术表现的整个趋势。据说火车是为了人类的幸福才轰隆隆地匆匆疾驰。'人类变得过于喧闹,也太热衷于工业,缺少精神上的安宁。'一个隐居的思想家抱怨道。'随他去吧;但是,给挨饿的人类运粮食的大车的辚辚声,也许比精神上的安宁更好。'另一个云游四方的思想家用胜利者的口吻回敬他,说完便得意洋洋地离他而去。我这个下贱的列别杰夫,就不相信给人类运粮食的大车,因为这种大车的行为倘若没有道德基础,它们就会冷若冰霜地拒绝让相当大的一部分人类享用它们运来的粮食,已经有过这样的事……"

"大车会冷若冰霜地拒绝吗?"有人应声问道。

"已经有过这样的事,"列别杰夫也不理会别人的问话,

---

① 伏尔泰(1694—1778),法国文学家、哲学家和历史学家。

又重复了一遍,"已经有过一个马尔萨斯[①],他是人类之友。但是,缺乏稳固的道德基础的人类之友,就是吃人生番,至于他的虚荣心,那就不必说了。因为在这无数的人类之友当中,只要有一个人的虚荣心受到损害,他就会出于褊狭的复仇心理,立即准备从四面八方纵火烧毁世界,——不过说句公道话,我们每一个人也都是这样,就连我这么一个最最下贱的人也是这样,因为我也许会头一个送来木柴,然后自己跑开。但是,问题也不在这里!"

"那么到底在哪里呢?"

"真讨厌!"

"问题在于如下一段古老的故事,因为我必须讲一段古老的故事。当前,在我们祖国,诸位,我希望你们和我一样热爱祖国,因为我甚至不惜流尽我的鲜血……"

"往下说!往下说!"

"在我们祖国,正如在欧洲一样,根据可能作出的统计和我记忆所及,现在起码要隔四分之一世纪,就是每隔二十五年才会发生一次普遍的、遍及各地的、可怕的饥馑。精确的数字我说不出,然而比较起来是少多了。"

"跟什么比较?"

"跟十二世纪及其前后几个世纪比较。因为根据作家们的记载和证实,当时每隔两年,至少每隔三年,人类就会碰到一次普遍的饥馑,在这种情况下甚至发生了人吃人的现象,虽然他们对此保密。有一个寄生虫在临近暮年的时候,在没有任何人强迫他的情况下主动交代,他在漫长而贫困的一生中,

---

① 马尔萨斯(1766—1834),英国经济学家、牧师。

曾极其秘密地亲手杀死并吃掉了六十名修道士和几个俗人的婴儿，——六个小家伙，也就是比他吃掉的修道士的人数要少得多。至于成年的俗人，看来他还从来没有想到要拿他们充饥。"

"这不可能！"担任主席的将军几乎用气恼的口吻喊道，"诸位，我经常跟他议论和争辩诸如此类的思想；可他老是说出这种荒诞不经的话来，简直不堪入耳，一点也靠不住！"

"将军！你回忆一下卡尔斯被围的情况吧。诸位，你们要知道，我讲的故事是千真万确的。我只想指出，任何一种实际情况虽然几乎都具有其确定不移的法则，但几乎总是不可思议和不足信的。甚至越是真实，有时反倒越不足信。"

"难道会吃掉六十个修道士？"周围的人都笑了。

"他并不是一下子把他们全都吃掉的，这很明显。但是，他也许是在十五年或二十年间吃掉的，这就完全可以理解，而且很自然……"

"很自然？"

"是很自然！"列别杰夫像书呆子那样固执地顶了一句，"此外，天主教修道士生性随和而又好奇，别人很容易把他们诱入林中或其他僻静去处，按照上述办法收拾他们，——但是，我也并不否认，被吃掉的人数量太大，甚至都毫无节制了。"

"这也许是真的，诸位。"公爵蓦地说道。

在此之前，他一直默默地倾听人们争论，没有加入谈话；在大家哄堂大笑的时候，他也常常发出会心的笑声。看来他很喜欢这种愉快喧闹的场面，甚至喜欢他们这样开怀畅饮。他本来可以整个晚上都一言不发，但是突然之间他却不知为什么想说话了。他一开口神态就非常严肃,所以大家忽然都好奇地向他转过身去。

"诸位,我的意思是说,从前的确常常发生饥荒。我虽然不大懂历史,可我也听说过这种事。但是看来也确是如此。我进入瑞士的山区时,曾对古代骑士城堡的废墟大为惊讶,这些城堡建筑在山坡上,在至少有半俄里高的悬崖上(要走几俄里的山路才能到达)。你们知道,城堡就是一大堆石头。这是一种非常艰巨的、很难完成的工程!这当然全是那些穷人和农奴建造的。此外,他们还得缴纳各种赋税,供应僧侣。这么一来,他们又怎么养活自己并耕种土地呢?当时他们的人数已经很少,想必有许多人饿死了,他们可能的确是没有任何可吃的东西了。我有时甚至这样想:这些人当时怎么没有死绝、没有遇到什么不测,又怎么能支持和忍受呢?毫无疑问,列别杰夫说得对,当时有过吃人生番,也许还很多;只是我不明白,他为什么偏偏要把修道士扯进去,他这么做是要说明什么呢?"

"这大概是因为在十二世纪的时候只有修道士可以吃,因为只有修道士长得肥。"加夫里拉·阿尔达里翁诺维奇说。

"一个妙不可言的、极其正确的想法!"列别杰夫喊道,"因为他对俗人甚至碰都没碰。吃了六十个修道士,却连一个俗人都没吃,这是一个可怕的想法,历史学的想法,统计学的想法,最后,内行的人就是根据这些事实来再现历史的。因为有精确的数字可以证明,当时僧侣的生活同其余的人相比,至少要幸福和自在六十倍。或许也比其余的人至少胖六十倍……"

"太夸张了,太夸张了,列别杰夫!"周围的人哈哈大笑。

"我同意这是一个历史学的想法,但是您想由此得出什么结论呢?"公爵继续问道。(他说这话时十分严肃,虽然大家全都在嘲笑列别杰夫,他却没有任何开玩笑或嘲弄列别杰夫的意思,因此他的口气在整个这一伙人的共同口气中就不免有点滑稽可笑;只要他再稍有不慎,大家或许也会开始取笑他,但他并不在乎。)

"公爵,难道您没有看出他是一个疯子?"叶夫根尼·帕夫洛维奇朝他俯下身去。"方才这里有人对我说,他想当律师、想发表辩护演说都想疯了,他还想去应试呢。我看还有一出精彩的滑稽戏在后头。"

"我想得出一个重大的结论,"这当儿列别杰夫声若雷鸣地说道,"但是,让我们先来分析一下罪犯的心理状态和法律地位吧。我们可以看出,罪犯,或者也可以说是我的当事人,尽管根本不可能找到其他可吃的东西,然而在他有趣的生涯中却多次表示他想忏悔,拒绝再吃僧侣。我们通过种种事实明显地看出了这一点:方才提到,他毕竟还是吃了五六个婴儿,这个数目虽然比较小,但从另一方面来看却值得注意。看来他受到良心可怕的谴责(因为我可以证明,我的当事人是一个虔诚的、有良心的人),为了尽可能减轻自己的罪孽,他就作为一种试验,有六次把修道士的肉换成俗人的肉。我说这是一种试验,这也是毫无疑问的;因为倘若只是为了换换口味,那么吃六个就未免太少:为什么只有六个,而不是三十个呢?(也就是两种人各占一半。)但是,倘若这只是由于害怕渎神和侮辱教会而在绝望之余作的一种试验,那么'六'这个数字也就很容易理解了;因为试验本来就不会成功,做六次试验也就足以平息良心的谴责了。第一,据我看来,婴儿太小,也就是身躯不大，所以在一定的时间内，对俗人婴儿的需要量是对修道士的需要量的三倍或五倍，所以从一个方面来看罪孽虽然减少了，然而从另一个方面来看归根结底还是增加了，不是在质量上增加，而是在数量上增加了。诸位，我当然是深入到了那个十二世纪罪犯的心里才会有这种看法。至于我这个十九世纪的人，那么我也许会用另一种方式来判断，这一点我现在也告诉你们，所以你们诸位也不必咧着嘴笑我。将军，您这样可一点也不体面。第二，按照我个人的看法，婴儿没有养分，也许太甜，甚至甜得腻人，因而既不能满足需要，又只能使他受到良心的谴责。现在是结尾，也就是结局，诸位，在这个结局里包含着当时和现代一个极为重大的大问题的答案！结果，那个罪犯竟跑到僧侣们那里去自首，向政府投案。请问，在当时的情况下，他会受到什么样的酷刑，是用车轮碾死，是处以火刑，还是扔进火堆里呢？是谁促使他去自首的？为什么不干脆在六十这个数字上打住，至死保守秘密呢？为什么不干脆放弃僧侣，像隐士那样在忏悔中度日呢？最后，为什么自己不去充当僧侣？答案就在这里！可见一定有比火刑和火堆，甚至比二十年的习惯更厉害的东西！可见准有一种比一切不幸、歉收、酷刑、鼠疫、麻风和整个地狱还要强大的思想，人类若是没有那种能使人们团结、指导他们的心灵、充实生命源泉的思想，就不能忍受地狱般的苦难！在我们这个充满罪恶和铁路的时代，请你们给我指出，可有什么类似这种力量的东西……我本来应该说在我们这个轮船和铁路的时代，可我说成了在我们这个罪恶①和铁路的时代，因为我喝醉了，

---

① 俄语的"罪恶"和"轮船"这两个词发音相近。

不过我是对的！请你们给我指出，有什么思想能使现在的人类团结起来，哪怕它的力量只及那几个世纪的思想的一半。最后，请你们大胆地说，在这颗'星'底下，在缠住人们手脚的这个网底下，生命泉并没有枯竭，也没有浑浊。你们不必用你们的繁荣、你们的财富、饥馑的减少和交通的发达来吓唬我！财富是多了，但力量却少了；团结人类的思想没有了；一切都变软了，一切东西都是软绵绵的，所有的人也都委靡不振！我们大家，大家，大家都委靡不振！……但是够了，现在问题并不在这里，而在于是不是要请诸位客人享用专为他们准备的酒菜，极可尊敬的公爵？"

列别杰夫几乎使部分听众当真要动怒了（应该指出，有人一直在不停地开着酒瓶），不料现在竟以酒菜来结束他的演说，这就立刻使那些反对者心平气和了。他自己把这个结尾称作"像律师一般巧妙地来了个急转直下"。重又腾起一阵愉快的笑声，客人们活跃起来了；大家都从桌边站起，以便舒展一下四肢，在凉台上走走。只有凯勒仍对列别杰夫的演说耿耿于怀，而且非常激动。

"他攻击文明，宣扬十二世纪的残暴行为，装腔作势，甚至居心不良。请问，他自己是怎么赚到这幢房子的？"凯勒逢人便大声诉说。

"我见过《启示录》的一个真正解释者，"将军在另一个角落里对另一些听众说，顺便还抓住普季岑的一枚纽扣对他说，"那就是已故的格里戈里·谢苗诺维奇·布尔米斯特罗夫，他可以说能把人们的心点燃。他首先戴上眼镜，翻开一大本黑皮的古书，哦，他还有一把花白的胡子、两枚因捐款而得到的奖章。他开始讲解的时候总是那么严肃，那么厉害，将军们也得向他低头,女士们都昏了过去,——可是这一位却竟用酒菜来收尾! 真是不伦不类!"

普季岑面带笑容听着将军说话,他仿佛要去取帽子,但又似乎犹豫不决,或者总是忘记自己的打算。加尼亚早在大家从桌边站起来以前就忽然停止了喝酒,并推开了酒杯。他的脸上掠过一丝阴影。当大家从桌边站起的时候,他走到罗戈任跟前,和他并排坐下。看上去他们非常友好。罗戈任起初也有几次想悄悄地溜走,现在却纹丝不动地坐在那里垂着头,仿佛也忘了他曾想溜走。整个晚上他滴酒未沾,而且心事重重;他只是偶尔举目看看大家。现在可以认为,他在这里期待着一件对他来说是非常重要的事情,所以决定暂时不走。

公爵一共才喝了两三杯酒,却很快活。他在桌边欠了欠身,遇到叶夫根尼·帕夫洛维奇的视线,想起他们之间将要作一番解释,不禁亲切地笑了。叶夫根尼·帕夫洛维奇对他点了点头,蓦地朝伊波利特一指,当时他正聚精会神地在观察伊波利特。伊波利特躺在沙发上睡着了。

"公爵,这个孩子为什么老往您这儿钻呢?"他忽然说道,显然感到懊恼,甚至怀恨在心,公爵不禁为之愕然。"我敢打赌,他居心不良!"

"我看出来了,"公爵说,"至少我觉得,叶夫根尼·帕夫雷奇,他今天引起了您的浓厚兴趣。是吗?"

"您可以补充一句:我自己的处境就够我去想的了,可是我整个晚上却不能不看这副讨厌的面孔,这使我自己也感到惊讶!"

"他有一副漂亮的面孔……"

"您瞧,您瞧!"叶夫根尼·帕夫洛维奇拉住公爵的一只胳膊喊道,"您瞧!……"

公爵再次惊讶地瞧了瞧叶夫根尼·帕夫洛维奇。

五

在列别杰夫的高谈阔论快结束时,伊波利特在沙发上突然睡着了,现在他蓦地醒来,仿佛有人从旁推了他一下似的,他打了个寒噤便欠起身来环顾四周,脸色变得苍白;他甚至有点害怕地左顾右盼;但是,当他回忆起一切并明白过来以后,他的脸上几乎流露出恐怖的神色。

"怎么,他们要散啦? 完了吗? 全完了吗? 太阳升起了吗?"他抓住公爵一只手惊慌地问道,"几点钟啦? 看在上帝的分上请告诉我:几点钟啦? 我睡过头了。我睡了很久吧?"他几乎流露出绝望的神情补充道,就像他睡这一觉就失去了一种至少能决定他整个命运的东西似的。

"您睡了七八分钟。"叶夫根尼·帕夫洛维奇答道。

伊波利特贪婪地瞧了瞧他,思索了片刻。

"啊……只有七八分钟! 这么说来,我……"

他贪婪地深深吐了一口气,仿佛从身上卸去了特别沉重的负荷。他终于明白了,一切都"没有完",天还没有亮,客人们从桌边站起只是为了享用酒菜,只是列别杰夫的那一套废话已经说完。他微微笑了一下,痨病的红晕犹如两个鲜艳的红斑浮现在他的双颊上。

"我睡觉的时候,您还计算我睡了几分钟,叶夫根尼·帕夫雷奇,"他嘲笑地接着说道,"您整个晚上目不转睛地瞧着我,我看见了……啊! 罗戈任! 我方才梦见了他,"他对公爵耳语道,一面皱着眉头朝坐在桌旁的罗戈任点头示意。"噢,对啦!"他突然又改变了话题,"那位演说家在哪儿? 列别杰夫在哪儿? 莫非列别杰夫已经说完啦? 他说了些什么? 公爵,您有一次说'美'可以拯救世界,这可是真的? 诸位,"他对大家高声喊道,"公爵断言,美能拯救世界! 而我却要断言,他所以会有这种开玩笑的想法,是因为他现在堕入了情网。诸位,公爵堕入了情网;方才他刚进来,我就看出了这一点。您别脸红,公爵,这会使我可怜您。什么样的美能拯救世界呀? 这话是科利亚转告我的……您是一个热心的基督徒吧? 科利亚说您自称是基督徒。"

公爵仔细打量着他,没有回答。

"您不回答我? 您也许认为我很喜欢您吧?"伊波利特突然唐突地补充了一句。

"不,我并不这么想。我知道您不喜欢我。"

"怎么! 从昨天那件事情以后还这样? 昨天我对您不是很诚恳吗?"

"我昨天就知道您不喜欢我。"

"那是因为我嫉妒您,嫉妒您,是这样吧? 您总是这么想,现在还这么想,可是……可是我干吗对您说这一点呢? 我还想喝香槟酒;请您给我倒一杯,凯勒。"

"您不能再喝了,伊波利特,我不让您……"

公爵说着就把酒杯从他面前挪开。

"真的……"他若有所思地立刻同意了,"也许别人会说……不过我才不管别人会说什么! 对不对,对不对? 以后就随他们去说吧,对不对,公爵?以后怎么样,跟我们大家又有什么相干!……不过我还没有完全醒过来。我做了一个可怕的梦,现在才想起来……我不希望您做这样的梦,公爵,虽然我也许的确不喜欢您。不过,即使您不喜欢一个人,又何必希望他倒霉呢,对不对?我为什么总是问个没完,总是问个没完!您把手伸给我;我要紧紧地握握您的手,就是这样……您到底还是把手伸给我啦?这么说来,您是知道我会诚恳地握您的手啦?……也许我不会再喝酒啦。几点钟了?不用啦,我知道现在几点钟。时间到了!现在正是时候。怎么,在那边角落里摆上了酒菜?这么说来,这张桌子就空着啦?好极了!诸位,我……但是这些先生都没有听……我想读一篇文章,公爵;酒菜当然更有趣,但是……"

突然,他完全出人意料地从衣服上方一侧的口袋里掏出一个盖着大红印的大公文信封。他把它放在自己面前的桌子上。

这个突如其来的举动,在这群对此毫无准备的或者不如说虽有准备①却未料到这一着的人们当中产生了效果。叶夫根尼·帕夫洛维奇甚至从椅子上跳了起来。加尼亚迅速朝桌子靠近;罗戈任也是这样,但是他流露出一种表示不满的懊恼神情,仿佛明白是怎么回事似的。列别杰夫正好站在旁边,他睁着好奇的眼睛走到跟前,看着信封,竭力想猜透是怎么回事。

"您这是什么东西?"公爵不安地问。

"只要太阳一露头,我就要躺下,公爵,这我已经说过了;

---

① 在俄语中,"有准备"一词还作"有醉意"解,在此是语意双关。

这是实话：您会看到的！"伊波利特喊道，"但是……但是……难道您以为我不会拆开这个信封？"他补充道，以一种挑战的神情环视着大家，仿佛对大家十分淡漠。公爵发现他浑身颤抖。

"我们谁也没有这样想，"公爵代表大家答道，"您为什么认为有人会有这种想法……您怎么会产生读什么东西的奇怪念头？您要读的是什么呀，伊波利特？"

"是什么呀？他又出什么事啦？"周围的人们问道。

大家都走了过来，有的人还吃着酒菜；那个盖着红印的信封像磁铁似的吸引了大家。

"这是昨天我自己写的，公爵，我答应到您这里来住以后就立刻动笔。我昨天写了一天一夜，今天早晨才写完；昨天夜里，天快亮的时候，我做了一个梦……"

"明天读岂不更好？"公爵怯生生地打断了他的话。

"明天就'不再有时日了'①！"伊波利特歇斯底里地一笑，"不过请您放心，有四十分钟，最多一个小时，我就可以读完……您瞧，大家都发生兴趣了；大家都走过来了；大家都在看我的这个红印，要知道，倘若我不把这篇文章封在信封里，它就不会有任何效果！哈哈！这就是所谓的神秘性！拆不拆开，诸位？"他用自己奇怪的笑声笑着喊道，眼睛闪闪发光。"秘密，秘密！公爵，您可记得，是谁宣布'不再有时日了'？那是《启示录》里的一位大力天使宣布的。"

"最好别读！"叶夫根尼·帕夫洛维奇突然喊道，但是他流露出一种出乎意料的不安神色，使许多人都感到奇怪。

---

① 这是《启示录》里的一句话。

"别读啦!"公爵也喊起来,用一只手按住信封。

"有什么好读的呀? 现在是吃酒菜的时候。"有人说道。

"是一篇文章吗? 是要送给刊物发表的吧?"另一个人问道。

"也许很枯燥吧?"第三个人补充道。

"究竟是什么东西呀?"其余的人纷纷打听。但是,公爵胆怯的手势仿佛使伊波利特本人也害怕了。

"那么……就不念啦?"他有点提心吊胆地低声对公爵说,发青的嘴唇上掠过一丝佯笑。"不念啦?"他喃喃地说,一面环视着众人,打量着大家的眼睛和面孔,仿佛又像先前那样咄咄逼人地在找大家的碴儿,"您……害怕啦?"他又向公爵转过身去。

"怕什么?"公爵问道,脸色变得越来越难看了。

"谁有一枚二十戈比的银币?"伊波利特蓦地从椅子上一跃而起,似乎有人拽了他一下。"什么钱币都成,谁有?"

"这儿有!"列别杰夫立刻递了过去;他脑子里闪过一个想法:有病的伊波利特发疯了。

"薇拉·卢基扬诺夫娜!"伊波利特急忙请求道,"您拿去扔在桌子上:看看是正面朝上还是反面朝上? 如果是正面朝上,那就该念!"

薇拉惊恐地瞧了瞧银币和伊波利特,然后又看看父亲,有点难为情地把头一仰,仿佛认为她自己不应该看那枚银币似的,接着她把银币往桌上一扔。结果是正面朝上。

"应该念!"伊波利特似乎被命运的决定所压倒,不禁喃喃地说;即使判他死刑,他的脸色也不会比现在更为苍白。"但是,"他沉默了半分钟,突然打了个寒噤,"这是怎么回事?

难道我方才抛签了?"他又以那种有感染力的坦率神情环视了大家一遭。"但是,这是一种奇怪的心理特征!"他突然确实感到惊讶地对公爵喊道。"这是……这是一种不可思议的特征,公爵!"他生气勃勃地证实道,仿佛清醒过来了。"公爵,您可以写下来,记住它,您大概正在收集有关死刑的材料……别人告诉我的,哈哈!啊,主啊,那是多么荒唐的事啊!"他在沙发上坐下,把双肘支在桌子上,双手捧住头。"这简直是可耻!……我才不管可耻不可耻呢!"他几乎立刻抬起头来。"诸位!诸位!我现在要拆开信封了!"他突然下定决心宣布道,"不过,我……我并不强迫你们听!……"

他用激动得发抖的双手拆开了信封,从中掏出几张写满小字的信纸,把它们放在面前展开抚平。

"这是什么? 这是什么玩艺儿? 要读什么?"有几个人闷闷不乐地喃喃道;另一些人却沉默不语。但是,大家全都坐了下来,好奇地瞧着。也许他们果真在等候什么不寻常的事情。薇拉紧紧抓住她爸爸坐的那把椅子,吓得险些哭起来;科利亚几乎和她一样害怕。列别杰夫已经坐下,蓦地又欠起身来,拿起蜡烛,放在距伊波利特更近的地方,使他能在更明亮的光线下阅读。

"诸位,你们立刻就可以看到,这……这是什么玩艺儿,"伊波利特不知为什么补充道,他突然开始念道,"《必要的解释》!……题词是:'我死后哪怕他洪水滔天'①……呸!见鬼!"他喊道,仿佛被烫痛了似的。"难道我会当真写下这么愚蠢的题词?……你们听着,诸位!……请你们相信,这一切

---

① 相传这句话是法王路易十五的情妇庞巴杜尔侯爵夫人说的。

归根结蒂也许的确都是穷极无聊的废话！这只不过是我的一些想法……如果你们认为这里……有什么神秘的……或者犯禁的……总之……"

"无需开场白，您就读吧。"加尼亚打断了他的话说。

"装腔作势！"另一个人补充道。

"空话连篇。"一直默不作声的罗戈任插嘴道。

伊波利特忽然瞧了瞧他，他俩的视线相遇的时候，罗戈任痛苦而刻薄地咧着嘴大笑起来，还慢吞吞地说出一句奇怪的话：

"这件事不该这么办，小伙子，不该这么办……"

罗戈任想说什么，当然谁也不明白，不过他的话给大家留下了相当奇怪的印象；每个人的心头都掠过一个共同的想法。这句话给伊波利特留下了可怕的印象：他哆嗦得那么厉害，公爵不由得伸出手去扶他；看来他的声音猝然中断了，否则他准会喊叫起来。他有整整一分钟说不出话来，吃力地喘着气，一直瞧着罗戈任。末了，他气喘吁吁地用尽了力气说：

"原来是您……是您……您？"

"我怎么啦？我干什么啦？"罗戈任莫名其妙地答道，但是伊波利特勃然大怒，几乎突然像发狂似的厉声喝道：

"上周一天夜里，您在一点多钟的时候到我那里去过，就是我上午去找过您的那一天。那是您!! 您老实说，是您吗？"

"上周的一天夜里？你果真发疯了吧，小伙子？"

"小伙子"又沉默了片刻，把食指戳在前额上，仿佛在思索什么；但是在他那由于一直恐怖地撇着嘴而浮现的苍白的笑容里，蓦地掠过一种仿佛是狡猾的、甚至是得意的神情。

"那就是您!"最后,他几乎是耳语般重复道,但那口气却非常肯定,"是您到我那儿去,在我家靠窗的一把椅子上默默地坐了整整一个小时;不止一小时;在半夜十二点多到快两点的时候;后来,在两点多钟的时候,您站起来走了……那一定是您,是您! 您为什么吓唬我,您为什么要跑来折磨我,——我不明白,但那肯定是您!"

他的眼神里突然闪现出无限的仇恨,尽管他由于恐惧仍在不停地发抖。

"诸位,这一切你们立刻就会知道……我……我……你们听着吧……"

他再次急不可耐地抓住他那几张信纸;那些信纸都弄散了,他努力把它们叠在一起;信纸在他颤抖的手里抖动着;他好久也没能把它们整理好。

朗读终于开始。起初约有五分钟,这篇出人意料的文章的作者还在呼呼直喘,读得颠三倒四,时断时续;可是后来他的声音稳定下来,开始充分表达出他所读的文章的涵义。有时只有相当剧烈的咳嗽打断他的朗读;文章读到一半,他的嗓音就嘶哑得很厉害了;他越读越兴奋,末了竟达到狂热的程度;他给听众的痛苦的印象也达到了不堪忍受的程度。下面就是这篇"文章"的全文。

"我的必要的解释"

> "我死后哪怕他洪水滔天!"

"公爵昨天上午到我家来;他顺便劝我搬到他的别墅里去。我早就知道他肯定会坚持这一主张,并且相信他会十分直率地对我说,我到了别墅以后,'在人们和树木中间可以死

得轻松些'，这是他的原话。可是他今天没有说出死字，却说
'可以过得舒服些'，然而处于我的地位，这对我来说几乎都
是一样。我问他，他不断提到'树木'究竟是什么意思？他干
吗老用这些'树木'来纠缠我，——当时我惊讶地听到他说，
似乎那天晚上我自己也曾说过，我是最后一次到帕夫洛夫斯
克来看树木。我向他指出，不论是死在树下，还是瞧着窗外的
砖墙而死，反正都是一死，反正只有两周的时间，因此就不必
这么客气，他立刻就同意了；不过照他看来，树木和新鲜空气
肯定会使我的体质发生一些变化，我的亢奋和我的梦也会变
的，说不定会有所减轻。我又笑着对他说，他说话很像唯物主
义者。他微笑着回答我说，他一向都是唯物主义者。由于他
从不撒谎，所以他这番话倒有点意思。他笑起来很好看；我现
在把他仔细打量了一番。我不知道，我现在是不是喜欢他；眼
下我没有时间研究这一点。五个月来我一直恨他，但是应该
指出，近一个月来这种仇恨已经完全消失了。谁知道呢，我去
帕夫洛夫斯克，兴许主要就是为了看他。可是……我当时为
什么离开我的房间呢？被判处死刑的人不应该离开自己的角
落；倘若我现在不作出最后决定，相反地却决定等候最后时刻
的到来，那么我当然决不会离开自己的房间，也决不会接受他
的建议搬到帕夫洛夫斯克去'死'在他那里。

　　"我得在明天以前赶紧写完这篇《解释》。因此，我不会
有时间把它重读一遍并做些修改；明天我再重读吧，那时我要
对公爵和我想在他那里找到的两三个证人朗读。因为这篇文
章里没有一句谎话，句句都是实情，是庄严的最高真理，所以
我预先就感到好奇：当我着手重读此文的时候，它会给我自己
留下什么样的印象？不过我不必写'庄严的最高真理'这句

话;本来就不值得为两周的时间撒谎,因为再活两周本身就毫无意义;这是我只写实话的最好证明。(注意①:别忘掉这么一个想法:我在此刻,也就是有的时候,是不是发疯了? 有人肯定地对我说,痨病患者到了最后阶段有时会暂时发疯的。明天在朗读时要通过听众的反应来检验这一点。这个问题定要一丝不苟地加以解决,否则我就会一筹莫展。)

"我觉得,我方才写了一些愚不可及的话;但是我说过,我没有工夫修改了;此外,我特意决定不修改这篇手稿的任何一行,哪怕我自己发现每隔五行就有自相矛盾的地方,我也不改。我正是想在明天朗读时弄清楚,我的思路是否正确;我是否能发现自己的错误;也就是说,弄清楚这六个月来我在这个房间里反复思考的一切是否正确,或者只不过是胡思乱想。

"倘若在两个月以前,我像现在这样不得不完全离开我的房间,告别梅耶尔的墙壁,那么我相信我会感到难过的。可现在我却没有任何感觉,而明天我就要永远离开这个房间和这面墙了! 因此,我相信不值得为两周的时间而惋惜,也不值得产生什么感觉,这种信念竟制服了我的天性,现在就已经能支配我的一切感情了。但是,这是真的吗? 我的天性现在完全被制服了,这是真的吗? 倘若有人现在拷打我,我肯定会喊叫,决不会说因为我只能再活两周,所以不值得喊叫和感觉痛苦了。

"但是我果真只能再活两周,不能再多活些日子? 当时我在帕夫洛夫斯克说了谎话:博特金什么都没对我说,也从未

<hr>

① 原文是缩写的拉丁文。

见过我。可是一周前有人领一个姓基斯洛罗多夫①的大学生前来见我。从他的信念来看，他是唯物主义者，无神论者，虚无主义者。我所以把他叫来，就是因为这个缘故；到了最后，我需要一个人对我讲出赤裸裸的真理，既不委婉，也毫不客气。他正是这么做的，不但十分痛快，而且毫不客气，甚至明显地感到高兴（据我看来这未免过分了）。他直率地对我说，我只能活一个来月；倘若环境良好，也许能多活些日子；但是，说不定很快就会死的。照他看来，我会猝然死去，甚至明天就会死；这种事是常有的，在科洛姆纳就有一位年轻的女士得了痨病，情况和我相似，前天她正打算去市场上买食物，忽然感到不舒服，便躺到沙发上，叹了一口气就死了。基斯洛罗多夫告诉我这一切的时候，甚至有点佯装麻木不仁和漫不经心，仿佛借此给我一个面子，也就是借此表示他认为我和他本人一样，也是那种否定一切的高尚人物，当然，在他看来，死是无足轻重的。归根结底，这毕竟是一桩已得到证实的事：只有一个月的时间，决不会更多！我完全相信他在这件事上没有弄错。

　　"使我大为惊讶的是：前不久公爵为什么会猜到我常做'噩梦'。他一字不差地说，在帕夫洛夫斯克，'我的亢奋和梦'会发生变化。为什么偏偏提到梦呢？他要么是一位医生，要么的确是聪明过人，几乎无所不知。（不过他毕竟是个"白痴"，这是毫无疑问的。）说来也巧，就在他到来之前，我做了一个好梦（不过这种梦我现在有好几百个）。我睡熟了，——我觉得就是在他到来之前一小时，——梦见我在一个

---

①　这个人物的姓氏具有讽刺意味（"基斯洛罗德"的意思是氧气）。陀思妥耶夫斯基以此影射他的无神论和唯物主义信念。

房间里（但那不是我自己的房间）。那个房间既比我的大，又比我的高，室内陈设也比我的好，又很明亮；有衣柜、五斗橱、沙发，还有我那张又宽又大的床，床上铺着绿绸面的纩过的棉被。但是，我在这个房间里发现一个可怕的动物，那是一个怪物。它像蝎子，但不是蝎子，比蝎子还要丑恶，而且可怕得多，看来正是由于自然界并没有这种动物，它是特意在我那里出现的，因而其中似乎含有什么秘密。我看得很清楚：它是一个褐色的、有硬壳的爬行动物，长四俄寸，头部有两指厚，越靠近尾巴就越薄，因此尾巴尖的厚度还不到十俄分。在离头一俄寸处伸出两只爪子，和躯体成四十五度角，一边一只，长约两俄寸，所以从上面看去，整个动物就像一支三叉戟。我没有看清头部，只看见两根不长的触须，像两枚硬针，也是褐色的。尾巴尖和每个爪尖上也都有两根触须，因此一共是八根。那个动物用爪子和尾巴支撑着身子，在房间里迅速地爬来爬去，它爬的时候躯体和爪子像小蛇一样扭动，虽有硬壳，却爬得飞快，使人看了十分厌恶。我极怕它螫我；我听说它有毒，然而最使我苦恼的是：是谁把它弄到我的房间里来的？他们想把我怎么样？其中有什么秘密？它藏在五斗橱和衣柜底下，向角落里爬。我在一把椅子上盘腿坐下，把双足压在身子底下。它迅速地斜穿过整个房间，消失在我的椅子附近。我吓得到处张望，但是，因为我是盘腿而坐，所以希望它不会爬到椅子上来。蓦地我听见在我身后，几乎就在我的脑袋旁边，响起一种簌簌的爆裂声。我转过身去，看见那爬虫在墙上爬着，已经和我的头一般高，它的尾巴旋转扭动得极快，甚至碰到了我的头发。我跳起来，那动物又不见了。我害怕上床就寝，因为它也许会爬到枕头底下去。我的母亲和她的一个熟人走进室内。他们开始捕捉那个爬虫,但是他们比我镇静,甚至并不害怕。但是,他们什么也不明白。突然那爬虫又爬出来了;这一次它爬得很慢,仿佛有一种特殊的意图,它慢慢地扭动着,又斜着穿过房间向门口爬去,那模样更加丑恶了。这当儿,我母亲打开门,吆喝我们的狗诺尔玛。那是一条毛茸茸的黑色的纽芬兰大狗;它在五年前死了。它跑进室内,在爬虫旁边愣住了。那爬虫也停住了,但依然扭动着,用爪尖和尾尖叩击地板。如果我没有弄错的话,动物是不会感到神秘的恐惧的。但此刻我觉得诺尔玛的恐惧中似乎含有一种很不寻常的、几乎就是神秘的因素,可见它也和我一样预感到,这个野兽身上包含着一种不祥之兆和一种秘密。它慢慢地从那爬虫前面向后退,那爬虫却悄没声儿地、小心翼翼地向它爬去,看来是想突然扑上去把狗蜇一下。诺尔玛虽然吓得要命,四条腿直哆嗦,但看上去却凶得要命。它突然慢吞吞地露出可怕的牙齿,张开血盆大口蹲伏着,它作好准备,下定决心,突然咬住那只爬虫。那只爬虫想必是猛然一冲打算溜掉,所以当它逃跑的时候,诺尔玛再次抓住它,在它逃跑时两次把它吸进自己的大嘴里,好像要把它活吞了。硬壳在狗的牙缝间噼啪作响;露在狗嘴外面的爬虫的尾巴和爪子飞快地摆动着。诺尔玛忽然惨叫了一声,原来那爬虫已经蜇了它的舌头。它痛得张开嘴巴尖叫和哀号;我看见那条被咬碎的爬虫还横在它的嘴里动弹,从半压扁的躯体上渗出许多白汁,流到狗的舌头上,就像被压扁的黑蟑螂流出的那种白汁……这时我醒了,公爵走了进来。”

“诸位,”伊波利特突然停止朗读,几乎不好意思地说道,“我没有把文章重读一遍,但是看来我的确写了许多废话。

这个梦……"

"一点不错。"加尼亚急忙插嘴道。

"我承认,文中个人的东西太多,也就是仅仅关于我自己的……"

伊波利特说这话时显得筋疲力竭,他用手帕擦去前额上的汗水。

"是的,先生,您太关心自己了。"列别杰夫低声埋怨道。

"诸位,我再说一遍,我不强迫任何人听;谁不想听,就请自便吧。"

"住在别人家里……还要把人赶走。"罗戈任用依稀可辨的声音埋怨道。

"要是我们忽然全都站起来就走,那又会怎样呢?"费尔德先科蓦地说道,不过在这以前他可不敢大声说话。

伊波利特突然垂下视线,抓住那叠手稿;但是转瞬之间他又抬起头来,目光炯炯,颊上出现两个红斑,他盯着费尔德先科说道:

"您一点也不喜欢我!"

响起了一阵笑声;不过大多数人没有笑。伊波利特满面通红。

"伊波利特,"公爵说,"把您的手稿合上交给我;您自己就在这儿,在我的房间里睡觉。在您睡觉之前,以及在明天,我们可以谈谈;可是您永远不能再翻开这部手稿。您愿意吗?"

"难道这可能吗?"伊波利特十分诧异地瞧了他一眼。"诸位!"他叫了一声,又狂热地兴奋起来。"这是一桩无聊的小事,我举止失当。我不会再次中断我的朗读。谁想听——

就听下去好了……"

他急忙拿起玻璃杯喝了一口水,急忙把胳臂肘支在桌上以避开众人的视线,开始固执地继续读下去。不过他的羞愧之心不久就消失了……

"只活几周是毫无意义的(他继续朗读),我认为,约在一个月前,当我还能再活四周的时候,我当真开始有了这种想法;但是直到三天以前,当我在帕夫洛夫斯克从那次晚会上回来的时候,这种想法才完全支配了我。我是在公爵的凉台上第一次充分而又直接地理解这个想法的,也就是在我想最后一次试着活下去、想看看人们和树木(就算这话是我自己说的吧)的那一瞬间;就是在我慷慨激昂地坚决维护'我的邻人'①布尔多夫斯基的权利,幻想他们都将突然张开双臂来拥抱我,求我宽恕,而我也向他们求恕的那一瞬间;总之,结果我就像一个无能的蠢才。就在此刻,我心头涌现了'最后的信念'。现在我觉得奇怪的是:在我还没有这种'信念'的时候,我怎么还能再活了整整六个月呢!我确实知道我得了治不好的痨病;我并不欺骗自己,我清楚地了解自己的处境。但是,我了解得越是清楚,便越是急切地想活下去;我紧紧抓住生命不放,无论如何想活下去。我承认我当时也可能怨恨过冷酷无情的命运,因为它下令像压死一个苍蝇似的压死我,当然,我并不知道这是为什么;但是,为什么我并不只是一味怨恨呢?我明知自己已经不能重新开始生活,为什么却又当真开始生活了呢?我明知自己已不必再作任何尝试,为什么还要尝试呢?当时我甚至都不能把书读完,便停止了读书:只剩下

---

① 按照基督教的观点,自己以外的人都是一同住在世上的"邻人"。

六个月,何必还要读书,何必还去求知呢? 这种想法不止一次使我抛开了书本。

"是的,梅耶尔的这面墙会转述许多见闻! 我在这面墙上记载了许多事情。在这面肮脏的墙上,没有一个斑点不被我牢记在心。该死的墙啊! 可它对我来说仍比帕夫洛夫斯克的一切树木都更加珍贵,也就是说,如果我现在并不是对一切都无所谓,那它就会比一切都更珍贵。

"我现在想起,我当时是多么入迷地开始观察他们的生活;我以前不曾有过这样的兴趣。在我因病重而不能离开房间的时候,我有时焦急地等候着科利亚,还咒骂他。我十分注意一切琐事,对任何传闻都深感兴趣,看来我简直成为一个好播弄是非的人了。譬如说,我不明白,这些人既然精力这么充沛,怎么就不能成为富翁(不过我现在也不明白)。我认识一个穷人,后来听说他饿死了,我记得,这使我很愤慨:假如能使这个穷人复活,看来我会处死他。有时我一连几周感到病情有所好转,可以到外面去走走;但是外面的情况终于使我痛心疾首,尽管我可以和大家一样外出,可我却故意整天蹲在家里。我受不了人行道上那些在我身边走来走去的人们,他们四处奔波,忙忙碌碌,老是忧心忡忡、愁眉苦脸和惶惶不安。他们为什么总是这么忧愁、惊慌和忙碌呢? 他们为什么总是愁眉苦脸、牢骚满腹(因为他们有气,有气,有气)? 他们虽然还能再活六十年,但是他们都很不幸,也不会生活,这究竟是谁的过错呢? 扎尔尼岑还能再活六十年,为什么却让自己活活饿死了? 每个人都让别人看看自己的破衣烂衫和一双劳动的手,气愤地喊道:'我们像牛马一般劳动,我们天天做工,可是我们却像狗一样挨饿,还得受穷! 有些人既不工作,又不劳动,却很富有!'（老是这一套!）跟他们在一起的是一个'贵族出身'的可怜虫,伊万·福米奇·苏里科夫,——他住在我们的公寓里,在我们楼上,——从早到晚东奔西跑,忙个不停,袖子的肘部总是破的,纽扣也总是掉个精光,他要听从各种人差遣,替他们办事,从早忙到晚。你跟他谈话,他总是说:'穷呀,没钱花,吃不饱,妻子死了,没钱买药,一个孩子在冬天冻死了;大女儿给人家当姘头……'他老是诉苦,老是哭泣!哦,不论是从前还是现在,我一点都不可怜这些傻瓜,一点都不可怜,——我要自豪地这样说! 他为什么不是罗特希尔德[①]? 他不像罗特希尔德那样有百万家财,他没有堆积如山的俄国金币和拿破仑金币,没有像谢肉节期间集市上堆积的商品那么高的金山,究竟该怪谁呢? 他既然活在世上,他就应该主宰一切! 他不明白这个道理,那又该怪谁呢?

"噢,现在我已经无所谓了,现在我已经没有时间怨恨,然而在当时,我再说一遍,在当时,我简直气愤得整夜咬我的枕头,撕破我的被子。噢,我当时是多么幻想,多么希望,而且仿佛是有意作对似的,巴不得我这个几乎没有衣穿、没有被子盖的十八岁孩子突然被人赶到街上,孤苦伶仃,没有住处,没有工作,没有一块面包,没有亲属,没有一个朋友,在一个大都市里挨饿挨打(这样更好!),但是身体倒很健康,那时我就让他们瞧瞧……

"让他们瞧什么呢?

"噢,难道你们以为我不知道,我这篇《解释》已经使我的

---

① 罗特希尔德(1792—1868),法王路易·菲利普临朝时垄断公债的巴黎最大的银行家。

尊严受到多大的损害！唉，谁都会认为我是一个不懂人情世故的可怜虫，忘记我已经不是十八岁，忘记我像这六个月来这样生活就等于活到了白发苍苍的年纪！可是让他们笑吧，让他们去说这一切全是童话吧。我也确实常给自己讲童话。我用这些童话打发一个个通宵；我现在还记得这些童话。

"但是，难道在现在，在童话的时代对我来说已经成为过去的现在，我还得把这些童话重复一遍？而且对谁去讲呢！有一次我忽然想研究希腊文法，然而当我看清了就连这件事都不准我干的时候，我就只得拿童话来消愁解闷。我念第一页时就曾想道：'不等我读到句法，我就会死的。'于是就把书扔到桌子底下去了。它现在还扔在那里；我不准马特廖娜去拾它。

"凡是见到我这篇《解释》并耐心读完它的人，也许会认为我是个疯子，或者认为我是个中学生，最可能的是认为我是一个被判了死刑的人，这都随他们去吧，一个被判了死刑的人，当然会觉得除他之外所有的人都太不珍惜生命，总是满不在乎地浪费它，过于懒惰也过于无耻地享受它，因此他们每一个人都不配享有生命！究竟是怎么回事呢？我现在宣布，我的读者弄错了，我的信念和我被判处死刑完全无关。你去问问他们，你只要去问问他们，他们大家，他们每一个人，是不是明白什么是幸福？啊，请你们相信，哥伦布感到幸福并不是在发现美洲之后，而是在他快要发现美洲的时候；请你们相信，他最幸福的时刻也许就在发现新大陆的前三天，当时叛变的船员在绝望中险些把他们的船驶回欧洲！问题并不在于新大陆，即使它突然消失，那也无妨。哥伦布几乎没有看到新大陆就死了，实际上他并不知道他发现了什么。问题在于生命，仅仅在于生命,——在于发现它,在于永远不断地发现它,而根本不在于发现的本身!但是,说这些又有什么用呢!我怀疑,我现在所说的一切很像老生常谈,大家准会认为我是一个低年级的小学生,不过在交一篇以《日出》为题的作文,或者会说我也许想发些议论,可是徒有这种心愿却不善于……'发挥'。不过我要补充一句,在每一个天才的或新颖的人类思想里,甚至就在从某人头脑里产生的任何一个严肃的人类思想里,永远有一种无论如何也不能言传的东西,哪怕您著作甚丰,并用了三十五年的时间来解释自己的思想。永远会有一种东西不愿离开您的头脑,而且始终依附于您,您会带着它死去,说不定连您的思想的最主要之点也无人知晓。倘若我现在也没能表达出六个月来折磨着我的一切,那么人们起码也会明白,为了得到现在这个'最后的信念',我也许曾为它付出了极高的代价。这就是我认为必须在我这篇《解释》里特地说明的一点,因为我自有用意。

　　"不过还是让我继续写下去吧。"

六

"我不愿撒谎:六个月来,现实也诱我上了钩,有时竟使我迷恋到忘记我死期将至的地步,或者不如说我不愿意去想它,我甚至工作起来了。顺便谈谈我当时的情况。八个月前,当我已经病入膏肓的时候,我停止了一切交往,抛开了我以前的所有朋友。由于我一向是个郁郁寡欢的人,所以朋友们很容易就把我忘掉了。当然,即使没有这种情况,他们也会忘掉我的。我在家中的处境,也就是'在家庭里',也是孤独的。五个月前,我一劳永逸地把房门从里面锁上,让自己和家里人住的房间完全隔绝。家里人一向顺从我,除了在一定时间前来收拾房间并给我送饭以外,谁也不敢进我的房间。母亲非常害怕我下的命令,我有时决定让她进屋,她甚至都不敢在我面前哭泣。她常常为了我而殴打孩子们,不许他们吵闹,不许他们打扰我。可我还是常常抱怨他们总是喊叫;问题就在于他们现在大概还很爱我!'忠实的科利亚',我这样称呼他,我认为我把他折磨得够受。近来他也折磨我:这一切都很自然,人们生来就是为了互相折磨。然而我发现,他所以能忍受我的坏脾气,是因为他仿佛早就发誓要宽恕生病的人。当然,这叫我生气;但是看来他想模仿公爵那种'基督徒的恭顺',这未免有点可笑。他是一个年轻的、热心的男孩子,当然什么都要模仿;不过我有时觉得,他已经到了用自己的头脑生活的年纪。我很爱他。我也折磨过住在我们楼上、从早到晚替别人跑腿的苏里科夫。我经常向他证明,他贫穷全怪他自己,末了他竟害怕起来,不再来看我了。他是一个很温顺的人,再温顺不过了(注意①:据说温顺是一种可怕的力量;这一点应该向公爵请教,因为这是他自己的说法);但是,当我三月里上楼到他家去看看他所说的那个被他们'冻死'的婴儿的时候,我无意中朝他的婴儿的尸体冷笑了一下,因为当时我又开始对苏里科夫解释,说这都'怪他自己',这个可怜虫的嘴唇突然颤抖起来,他一只手抓住我的肩膀,另一只手指着房门,悄悄地,也就是几乎像耳语般地对我说:'您走吧,先生!'我走了,这使我很高兴,就在当时,甚至就在他赶我出去的那当儿,我就很高兴。但是事后我回忆起来,他的话却叫我难过了很久:我本来根本就不想可怜他,不料却产生了一种奇怪的、看不起他的恻隐心。甚至在受到这般侮辱的时候(因为我感到我侮辱了他,虽然这并不是我的初衷),甚至在这种时候,这个人都不会发怒!虽然当时他的嘴唇在颤抖,但是我可以起誓,这决不是由于愤怒。他抓住我一只胳臂,毫不生气地说出了'您走吧,先生!'这句极其动人的话。他举止庄重,甚至很有气派,这跟他毫不般配(老实说,因此也就相当可笑),可是没有愤怒。兴许他不过是突然看不起我了。从那时候起,我有两三次在楼梯上碰见他,他忽然在我面前摘下帽子(先前他从来不曾这样),但他已经不像先前那样站住,而是不好意思地从我旁边跑了过去。如果他这是蔑视我,那他也是采取

① 原文是拉丁文缩写。

了一种独特的方式:他是在'温顺地蔑视'。他摘下帽子也许
只是由于害怕女债主的儿子,因为他常欠我母亲的债,怎么也
摆脱不掉债务。这是最可能的。我本想对他作一番解释,而
且确切地知道,十分钟以后他就会向我赔罪;但是我最后决
定,还是不理他为妙。

　　"在这时候,也就是在苏里科夫把婴儿'冻死'的三月中
旬前后,我不知为什么突然感到病情大有好转,这样持续了大
约两周。我开始出门,多半是在黄昏时分。我喜欢三月的黄
昏,那时天气开始变冷,人们点燃煤气灯。我有时走得很远。
有一次,在六铺街上,一位'贵族'在黑暗中追上了我,我没有
看清他的脸;他拿着一个纸包,穿着一件短小难看的外
衣,——薄得不合时令。他走到路灯下面的时候,在我前面约
有十步远,我发现有件东西从他的口袋里掉出来。我急忙把
它拾起——拾得正是时候,因为有一个穿长衫的人这时已跳
了过来。但是,他看见东西落到我的手里,也不跟我争论,只
是匆匆瞥了一眼我手中之物,就从旁边溜走了。那玩艺儿是
一只很大的、旧式的、精制的山羊皮钱夹,塞得满满的;可是不
知为什么,我一眼就猜到里面装的是别的东西,决不是钱。那
个丢东西的行人离开我已约有四十步,很快就在人群中消失
了。我跑上前去朝他喊叫;但是由于我只能喊'喂!'此外什
么也喊不出来,所以他也没有转过身子。他突然朝左一拐,走
进一幢公寓的大门。等我跑进黑黢黢的大门时,已经不见人
影了。这幢公寓很大,是投机商修建的那种分单元出租的庞
然大物之一;这种公寓有时有上百个单元。我跑进大门时,觉
得在右边,在大院后面的一个角落里,仿佛有一个人在行走,
虽然我在黑暗里看不大清楚。我跑到那个角落,看见有一个

通楼梯的门。楼梯很窄，非常脏，一盏灯也没有。但是可以听见高处有一个人还在顺着楼梯往上跑，于是我也跑上楼梯，心想等到有人给他开门时，我就可以追上他。就这么办。每一段楼梯都极短，但是段数却多极了，累得我上气不接下气。五楼上有一个门打开后又关上了，我在二楼的楼梯上就听出来了。等到我跑了上去，在楼梯台上歇了一口气，再去找门铃的时候，已经过了几分钟。末了，一个正在很小的厨房里生茶炊的婆娘给我开了门。她默默地听了我提出的问题，当然，什么也没听懂，又默默地给我打开旁边一个房间的门，那个房间也很小，而且低得要命，放着一些粗劣的必备家具，还有一张挂着床幔的又宽又大的床，'捷连季伊奇'（婆娘这样喊了他一声）就躺在上面，我觉得他喝醉了。桌上铁烛台里的蜡烛头已快燃尽，还有一只几乎已倒空了的酒瓶。捷连季伊奇对我咕哝着什么，又向里屋的门挥了挥手，当时那个婆娘已经走了，我除了去开那扇门以外就毫无办法。我就如此行事，走进了另一个房间。

　　"这个房间比前面那一间更窄更挤，我甚至不知该在哪儿转身；墙角放着一张狭窄的单人床，占了好大一块地方；其余的家具总共只有三把普通的椅子，上面堆满各种破衣烂衫，一只极普通的、厨房用的木桌放在一个漆布面旧沙发前面，因此桌子和床之间几乎就无法通行了。桌上摆着一个跟前面那个房间里一样的铁烛台，点着一支脂油蜡烛。一个小小的婴儿在床上尖声哭叫，从哭声判断，他也许刚生下三周。一个有病的、面色苍白的女人正在给他换尿布。这女人看上去年纪很轻，很随便地穿着内衣，也许是产后刚刚下床。但是婴儿仍不停地哭叫，等着吮吸干瘪的乳房。另一个娃娃睡在沙发上，那是个三岁的小姑娘，看来盖着一件燕尾服。桌旁站着一位先生，他穿着一件很破的常礼服（他已经脱下大衣，大衣放在床上），正在打开一个蓝纸包，里面包着大约两俄磅白面包和两条小腊肠。此外，桌上还放着一壶茶和几块黑面包。床底下露出一只没关好的皮箱和两个包着破布的包袱。

"总之，乱得可怕。我觉得，我一眼就看出他们两个人，无论是先生还是太太，都是体面人，但是由于贫穷而潦倒了，从此混乱状态终于战胜了任何想改变这种状态的尝试，甚至使人痛苦地感到需要在这种与日俱增的混乱之中寻找一种辛酸的、仿佛是报仇雪恨的快感。

"我进去时，那位先生也刚刚在我之前进去，正在打开他那些食品包，同时很快也很激动地和妻子说着什么。妻子还没有换好尿布，但是已经啜泣起来；她听到的想必照例是坏消息。这位先生看上去有二十八岁，他的面孔黝黑消瘦，长着黑色连鬓胡子，下巴剃得精光，我觉得这倒很体面，甚至讨人喜欢。他的脸色阴沉，眼神是忧郁的，但也流露出一种病态的、很容易动怒的傲气。我进去的时候，出现了一个奇怪的场面。

"有些人能从自己器量狭小、易于动怒的性格中获得强烈的快感，尤其在怒火燃烧到登峰造极的地步的时候（这种情况一向来得很快）；在这一刹那，他们甚至觉得受侮辱要比不受侮辱还叫人开心。这些动了肝火的人，当然喽，只要他们为人聪明，能够认识到自己的怒火已经超出了应有限度的十倍，那么事后他们总是会痛悔不已的。这位先生惊奇地瞧了我片刻，妻子流露出害怕的神气，居然有人会到他们家里来，这仿佛是一件骇人听闻的怪事；但是，他突然冲着我大发雷霆。我还没来得及说上两句话,他想必就认为自己受到了莫大的侮辱,因为我竟敢那么放肆地闯入他的角落,而且看见了使他自己感到那么丢脸的整个不像样子的情景,尤其是他还看到我的衣着很体面。他能得到一个机会在别人身上发泄一下因自己的潦倒而郁积在胸的怒火,当然十分高兴。一时间我甚至觉得他要跑过来跟我打架;他的面色白得就像犯了女人常犯的歇斯底里,这使他的妻子大惊失色。

"'您怎么敢擅自进来?滚出去!'他喊着,浑身发抖,甚至几乎说不出话来。可是他突然看见自己的皮夹子握在我的手中。

"'可能是您遗失的,'我尽可能安详而冷淡地说。(不过也应该这样。)

"他十分吃惊地站在我面前,一时仿佛一点也摸不着头脑;接着他急忙抓住自己上衣一侧的口袋,吓得张大了嘴,用手敲了一下自己的前额。

"'主啊!您在哪里拾到的?怎么拾到的?'

"我用三言两语向他作了解释,而且尽可能说得更加冷淡些。我谈到我怎样拾起皮夹,怎样边跑边喊叫他,最后又根据猜想,几乎是摸索着跟随他走上了楼梯。

"'噢,主啊!'他对妻子喊道,'我们所有的证件都在这里,我仅有的用具都在这里,一切都在这里……啊,先生,您可知道,您为我做了一件多大的好事?不然我就完啦!'

"这时我抓住门上的把手,本想不作回答就走。可是我自己喘不过气来了,我的兴奋蓦地激起一阵极其剧烈的咳嗽,我几乎支持不住了。我看见那位先生急得团团转,想给我找一把空椅子,末了他从一把椅子上抓起破衣烂衫扔到地板上,急忙把椅子递给我，小心翼翼地扶我坐下。但是我仍咳嗽不已，咳了三分钟还没有止住。当我恢复过来的时候，他已坐在我身边的另一把椅子上，上面的破衣烂衫大概也被他扔到地板上去了，他正聚精会神地在打量我。

"'您看来是……有病吧?'他用医生开始给病人看病时常用的那种口吻说。'我本人是……医务人员（他没说是医生）,'他说完这句话以后，不知为什么便指着那个房间叫我看，似乎对他目前的处境提出抗议似的,'我看，您……'

"'我有痨病,'我尽可能地说得简短些，说完便站了起来。

"他也立刻跳了起来。

"'您也许说得太严重了……服了药以后……'

"他已六神无主，仿佛还没有清醒过来；那只皮夹捏在他的左手里。

"'哦，您放心吧,'我又打断他的话，抓住了门把手,'上周博特金给我看过病（我又把博特金扯了进去），我的命运已定。对不起……'

"我又想去开门，然后离开我的这位不好意思的、满怀感激的、羞愧得无地自容的医生，但是，该死的咳嗽偏偏再次袭来。我的这位医生这时坚持让我再坐下来休息一会儿；他给妻子递了个眼色，她没有离开原地，对我说了几句表示感谢和欢迎的话。她说话时显得很窘，因而在她白中泛黄的瘦脸上浮现出红晕。我留下了，但是我的神态每秒钟都向他们表明，我很害怕使他们感到拘束（应该如此）。我看得出来，我的这位医生的悔恨之心终于使他感到十分痛苦。

"'假如我……'他开始说，但他常常中断他的话，常常改

546

变话题，'我很感谢您，我很对不起您……我……您瞧……'他又指了指他的那个房间，'目前我处于这种境地……'

"'噢，'我说，'不必看了；情况大家都知道；您大概是丢掉了职位，到这儿来申诉，想再找一个职位吧？'

"'您……怎么知道的？'他惊讶地问。

"'一眼就看出来了，'我不禁用嘲笑的口吻答道，'许多人满怀希望从外省来到这里，他们跑来跑去，也是这样生活的。'

"他突然激动地打开了话匣子，嘴唇直哆嗦；他开始诉苦，开始叙述。老实说，他把我吸引住了；我在他那里几乎坐了一个小时。他对我讲了自己的全部经历，不过这经历很平常。他曾是省里的医生，担任公职，可是有人在背地里捣鬼，把他的妻子也扯进去了。他的尊严受到冒犯，不禁动了肝火；省里的官员在人事上的变动对他的对头有利。有人陷害他，控告他，结果他就失去了职位，用最后几个钱到彼得堡来申诉。到了彼得堡以后，大家都知道，他们申诉很久无人受理；后来受理了，却又被驳回；后来向他许下诺言，但又严辞回绝；然后让他提出书面申诉，却又拒不接受他写的东西，叫他另递呈文，——总之，他已跑了四个多月，把家产都吃尽当光了；连妻子的最后几件破衣服都送进了当铺；这时又生了一个孩子，而且……而且……据他说，'今天对我递的呈文下达了最后的驳复，而我几乎已经没有面包，一无所有了，妻子又生了孩子。我，我……'

"他从椅子上跳起来，转过身去。他的妻子在角落里哭泣，婴儿又尖声啼哭起来。我掏出我的记事簿开始记载。当我记完站起来的时候，他站在我面前，怯生生地、好奇地瞧着我。

"'我记下了您的名字,'我对他说:'哦,还有其余的一切:如供职单位,贵省省长的姓名,年月日等。我有一个小学同学,姓巴赫穆托夫,他的伯伯叫彼得·马特维耶维奇·巴赫穆托夫,是四级文官,现在当司长……'

"'彼得·马特维耶维奇·巴赫穆托夫!'我这位医生喊道,几乎哆嗦起来,'这一切几乎全得取决于他呀!'

"的确,在我的这位医生的经历及其因偶然得到我的帮助而出现的结局中,一切竟像事先特意安排好的那样得到顺利解决,简直就跟小说里描写的没什么区别。我对这对可怜的夫妇说,请他们切勿对我抱任何希望,我只是一个穷学生(我故意夸大自己的卑微;其实我早已毕业,不再是中学生了),他们也不必知道我的姓名;不过我要立刻前往瓦西里岛去找我的同学巴赫穆托夫,因为我确实知道他的伯伯,即那个四级文官,是个没有子女的单身汉,非常崇拜自己的侄子,对他宠爱备至,认为他是家族的一根独苗,所以我说:'我的同学也许会为你们,当然也是为我,在他伯伯身上下点功夫……'

"'但愿能允许我向那位大人解释一下!但愿我有幸能口头解释一下!'他目光炯炯地喊道,像得了寒热病似的直哆嗦。他就是这么说的:'但愿我有幸'。我又重复了一遍,说这事兴许办不成,结果一切都是枉然,接着又补充道,假如明天上午我不来找他们,那么这事也就完了,他们不必再等。他们一再鞠躬送我出去,几乎都发狂了。我永远忘不掉他们脸上的表情。我雇了马车,立刻去瓦西里岛。

"我上中学的时候,有好几年一直和这个巴赫穆托夫不和。在我们学校里,大家认为他是个贵族,至少我是这么称呼他的:他服饰华丽,乘自备马车上学,不过一点不摆架子,一向是个极好的同学,总是非常愉快,有时甚至还很俏皮,虽然他并不聪明,在班上却总考第一。而我却从来没有考过第一。除我一人以外,别的同学全喜欢他。那几年里,他有好几次想接近我,但我每次总是沉着脸生气地躲开他。如今我已有一年光景没见他了。他在上大学。八点多钟的时候我到了他家(那里很讲究礼节:要由仆人先去禀报我的姓名),他见到我时起初不无惊讶,甚至都没表示欢迎,但立刻就快活起来,瞧着我突然纵情大笑。

“‘您怎么会想到来找我,捷连季耶夫?’他以平素那种亲切随便的态度喊道,这种态度有时未免失礼,但是从来不会使人受辱,我很喜欢他这种态度,同时也为此而恨他。‘这是怎么回事?’他惊慌地喊道,‘您病得这么厉害!’

“咳嗽又开始折磨我,我在椅子上颓然坐下,几乎喘不过气来。

“‘您放心吧,我得了痨病,’我说,‘我是有求于您而来的。’

“他诧异地坐下了。我立刻把医生的事从头到尾给他讲了一遍,并且解释说:他对伯伯有极大影响,也许可以帮帮忙。

“‘我可以帮忙,一定帮忙,明天就向伯伯进攻。我甚至乐于帮忙。您把这一切讲得这么好……但是,捷连季耶夫,您究竟怎么会想到来求我呢?’

“‘因为这件事几乎完全取决于您的伯伯,此外,巴赫穆托夫,咱俩一向是对头,既然您是一个高尚的人,所以我认为您不会拒绝一个对头。’我用讽刺的口吻补充道。

"'就像拿破仑向英国求援①！'他喊着便哈哈大笑起来，'我要帮忙，要帮忙！如有可能，我甚至可以马上就去！'他看见我认真严肃地从椅子上站起来，又急忙补充道。

"这件事经我们的努力果然进行得意外得顺利，真是再顺利不过了。过了一个半月，我们这位医生在另一个省里又谋得了一个职位，领到了驿马费，甚至还得到了津贴。我怀疑常到他家里去的巴赫穆托夫（我却因此故意不登他家的门，医生来看我时，我对他几乎也很冷淡），——我怀疑巴赫穆托夫甚至可能说服医生接受了他给的借款。这六周内，我见过巴赫穆托夫两次，第三次见面是在给医生饯行的时候。巴赫穆托夫在自己家里设筵为医生饯行，还备了香槟酒，医生的妻子也出席了；不过她很快就回家去看孩子。那是五月初的一个晴朗的黄昏，巨球似的太阳正向海湾坠落。巴赫穆托夫送我回家；我们在尼古拉耶夫桥上走着，两人都有点醉意。巴赫穆托夫说这事解决得如此圆满，使他喜出望外，不知为什么他向我道谢，还说他在做了这件好事以后目前十分愉快；他还肯定地说，这完全是我的功劳；可现在有许多人在倡导和鼓吹，说什么个别行善是毫无意义的，——这种说法不对。我也很想谈谈自己的看法。

"'凡是攻击个别"行善"的人，'我开始说，'就等于攻击人的天性，蔑视个人的尊严。但是，举办"公益事业"和个人自由问题——这是两个不同的、但并非互不相容的问题。个人行善会永远存在下去，因为这是个人的需要，是一个人要直

<hr />

① 一八一五年，拿破仑在滑铁卢之役失败和第二次逊位之后，打算逃往美国，然而由于驻罗什福尔港的一支英国分舰队的封锁，他被迫着手跟自己的敌人——英国人谈判，终于被流放到圣赫勒拿岛。

接影响另一个人的实际需要。莫斯科住着一位老人，一位"将军"①，也就是四等文官。他取了一个德国人的名字。他一生都在巡视监狱和探望罪犯中度过；每一批被流放西伯利亚的犯人都预先知道，到了雀山就会有一位"老将军"去看望他们。他非常认真而虔诚地做自己的工作；他到达以后，便从一排排流刑犯面前走过，流刑犯们把他团团围住，他在每个人的面前都要停留片刻，问他缺什么东西，几乎从来不教训任何人，对谁都叫"亲爱的"。他送给他们金钱和各种日用品，——包脚布啦，粗麻布啦，等等。他有时带来一些劝善的小册子，分送给每个识字的人，深信他们会在路上阅读，识字的人还会念给不识字的人听。他很少打听他们犯了什么罪，除非罪犯主动谈起，他才去听。他对罪犯一视同仁。他跟他们说起话来简直情同手足，但是后来他们自己却把他看成了父亲。倘若他看到一个怀抱婴儿的女流刑犯，他会走过去爱抚那个婴儿，打着榧子逗他发笑。多年来他一直这样做，直到去世；后来全西伯利亚、全俄国都知道他了，也就是说所有的罪犯都知道他了。有一个去过西伯利亚的人告诉我，他亲眼看见有些怙恶不悛的罪犯怀念那位将军，可是将军在看望他们时，施舍给每个人的钱却很少能超过二十戈比的。诚然，罪犯们怀念他时情绪并不怎么热烈，心情也并不十分沉重。在这些"不幸者"中间，有一个人（据说真有这种人）只不过为了取乐就杀死了十二个人，刺死了六个孩子。有朝一日，这个人

①　陀思妥耶夫斯基在此说的是莫斯科监狱医院的主任医师哈兹（1780—1853）。在尼古拉一世治下，哈兹为改善监禁囚犯和押解流刑犯的严酷条件做了许多工作，他关怀犯人，免费诊治病人，还往往倾囊相助，从而受到广大居民的欢迎。

会忽然无缘无故地叹口气(也许这是二十年来头一次)说:
"现在那位老将军怎么样啦?还活着吗?"说这话时,说不定
他甚至还会冷笑一声,——也不过就是如此。可您怎能知道,
他二十年一直没忘的这位"老将军",永远在他的心田里播下
了一粒什么样的种子?您怎能知道,巴赫穆托夫,一个人对另
一个人的了解,对被了解的人的命运有多大的意义?……要
知道,这是一辈子的事,还会萌发出我们看不见的无数分枝。
一个最优秀的象棋选手,也就是他们当中最高明的,也只能预
先看出几步棋。一名法国棋手能预先看出十步棋,报上就把
他吹得神乎其神。在这件事上究竟要走多少步棋,我们看不
出的又有多少?您在播种的时候,您在播下您的"恩惠"、您
的任何形式的善行的时候,您就把您的一部分个性交了出去,
接受了另一个个性的一部分;你们互相了解了。如再稍加留
意,您便会得到补偿,因为您将获得知识,将有出乎意料的发
现。最后,您一定会把您的事业看作一种学问;它会吸引您的
整个生命,可以充实整个生命。另一方面,您的一切思想,您
播下的一切也许已被您遗忘的种子,都会变成具体的东西并
滋长起来,从您手中得到这些种子的人,又会把它们转送给别
人。您怎么知道,在将来决定人类的命运时您会起什么样的
作用?如果知识和毕生从事这种工作终于使您高尚得足以播
下巨大的种子,留给世人一种伟大的思想,那么……'诸如此
类的话我当时说了许多。

"'想不到您虽然这么说,可是却不让您活下去了!'巴赫
穆托夫仿佛在激烈地责备什么人似的喊道。

"当时我们正站在桥上凭栏眺望涅瓦河。

"'您可知道我想起了什么?'我说,一面把俯在桥栏上的

身子弯得更低了。

"'莫非您想投河?'巴赫穆托夫几乎是吃惊地喊道。他也许从我的脸色猜到了我的想法。

"'不,目前还只是这么一种想法:我现在只能再活两三个月,也许四个月;但是,譬如说,在只剩两个月的时候,要是我很想做一件好事,而做这件好事却需要劳碌、奔波和张罗,就像我们这位医生的事一样,那么在这种情况下,由于我剩下的时间不够,我就只得放弃这件事,另找一件比较简单的、我力所能及的"好事"去做(假定我一心想做好事的话)。您应该同意,这是个有趣的想法!'

"可怜的巴赫穆托夫为我深感不安;他一直送我到家,而且非常圆滑,一次也没有试图安慰我,几乎始终默不作声。他向我告别时,热烈地握住我的手,请求我允许他常来看我。我回答他说,假如他想以'慰问者'的身份来看我(因为即使他一言不发,他毕竟还是以慰问者的身份前来的,我向他说明了这一点),那么他每来一次都会使我更多地想到死的问题。他耸了耸肩,但同意了我的说法;我们相当客气地分手了,我甚至都没有料到这一点。

"然而,就在这个晚上和这天夜里,播下了我的'最后信念'的第一粒种子。我贪婪地抓住这个新思想,贪婪地分析它的一切细微差别和它的一切形式(我通宵没睡),我研究得越深入,领会得越多,就越害怕。最后我竟怕得要命,以后几天也一直害怕。有时在想起我这种经常感到的恐怖时,我很快又因一种新的恐怖而浑身发抖。根据这种恐怖,我可以断定我的'最后信念'已经深深地印在我的心中,总有一天会实现的。可是我没有足够的决心来实现。过了三周,一切都已结束,决心也有了,但它来自一桩非常奇怪的事情。

"在我这篇解释里,我记下所有的天数和日期。当然,对我来说一切都无所谓,但是现在(也许仅仅是在此刻),我希望那些日后评价我的行为的人能够很明显地看出,我的'最后信念'是从一连串多么合理的推论中产生出来的。我方才写道,我缺乏实现我的'最后信念'的最后决心,但是这种决心看来根本不是来自合理的推论,而是来自一种奇怪的冲动,来自一种可能和事态的发展风马牛不相及的奇怪情况。大约十天以前,罗戈任为了一件私事前来找我,这件事我就不在这里赘述了。我早先从未见过罗戈任,不过他的事我倒听到过很多。我向他提供了他想知道的一切情况,他很快就走了。由于他只是前来作调查,所以我们的来往也可就此结束。但是,他使我产生了浓厚的兴趣,那一整天我都摆脱不掉一些奇怪的想法,因此我决定翌日亲自去他府上回访。罗戈任显然不喜欢我,甚至'委婉地'暗示,我们不必继续来往。但是我毕竟度过了很有趣的一小时,他大概也是如此。我们俩截然不同,我和他(尤其是我)都不可能不注意到这一点:我是一个死期将至的人,而他却过着非常充实、非常实际的生活,只看重眼前,毫不关心'最后'的结论、天数或其他任何东西,除去那件……那件……那件使他发狂的事;请罗戈任先生恕我写下这句粗话,因为我不过是一个不会表达自己思想的蹩脚文人。尽管他不大客气,但我觉得他是个聪明人,能够明白许多事情,虽然他对与己无关的事不大感兴趣。我没有向他暗示我的'最后信念',但是也不知为什么,我觉得他在听我说话时已经猜到了。他一直沉默着,很不爱说话。我临走时对他暗示,尽管我们俩很不相同,甚至截然相反,——但是极端相接①(我用俄语对他解释了这句话),所以看上去他距我的'最后信念'也许并不很远。对此他扮了一个十分阴沉、很不愉快的鬼脸作为对我的回答,然后站起来,亲自替我找到制帽,做出一副似乎是我自己想走的模样,其实是他把我从那幢阴森森的屋子里赶出去的,他还装出恭恭敬敬地送我的神气。他的房子使我吃了一惊,因为它犹如一座公墓;不过他似乎倒很喜欢它,然而这也容易理解:他所过的那种极其充实的实际生活本身就够丰富的了,不需要再做什么点缀。

"对罗戈任的这次回访使我疲惫不堪。此外,我一早就感到不适;到了晚上,我十分虚弱,只好躺在床上,有时觉得浑身发烧,甚至不时地说胡话。科利亚陪我到十一点。但是,我还记得他所说的以及我们谈论的一切。不过在我时而闭目养神的当儿,我总是看到仿佛得到了几百万金钱的伊万·福米奇。他简直不知道该怎么花才好,为此绞尽了脑汁,他怕别人偷钱怕得直哆嗦,末了似乎才决定把钱埋在地下。我劝他别把这一大堆金子白白地埋进地下,不如拿它给那个'冻死'的婴儿铸一口金子的小棺材,再把那个婴儿挖出来盛入金棺。我本来只不过是开个玩笑,可苏里科夫却仿佛感激涕零似的接受了我的建议,立刻着手实现这个计划。我就像啐了一口唾沫似的离开了他。我完全清醒过来以后,科利亚告诉我说,我根本没有睡,而是一直在和他谈论苏里科夫。我不时感到无比苦闷和惊慌,因此科利亚忐忑不安地走了。当我在他走后亲自起床去锁门的时候,我突然回忆起我前不久在罗戈任那里,在他家一间最阴暗的大厅的门楣上方看到的一幅画。

① 这是出自梅尔西爱的《巴黎景象》一书的一句流传很广的成语。

他是顺便把那幅画指给我看的;我在那幅画前大约站了三分钟。那幅画在艺术上毫无可取之处,可是它使我感到一种奇怪的不安。

"那幅画画的是刚从十字架上卸下来的基督。我觉得,画家们在画钉在十字架上或从十字架上卸下的基督的时候,通常总是把他的脸画得特别美;即使在基督忍受着最可怕的折磨的当儿,画家们也还竭力让他保持这种美。可是在罗戈任的那幅画里,根本无美可言;那是一个人的完整尸体,他在上十字架之前就尝尽了无穷的痛苦、创伤和酷刑,当他背着十字架和倒在十字架下的时候,又曾被卫兵和群众殴打,他还被钉在十字架上一连受了六小时的折磨(根据我的计算,至少有六小时)。诚然,这是一个刚刚从十字架上卸下来的人的脸,也就是说,脸上还保留着很多活力和体温。死者躯体的任何部分都还没有僵硬,因此脸上还流露出痛苦的表情,仿佛死者至今还能感受到痛苦(画家很高明地抓住了这一点);不过画家对这张脸毫不留情,把它画得十分逼真。不论是什么人,只要他受过这样的罪,他的尸体的确就应该是这副模样。我知道,基督教教会在最初几个世纪就确认,基督不是象征性地受苦,而是的确受了苦,所以他的身体被钉在十字架上以后也就得完全服从自然的法则。在那幅画上,基督的脸因受到毒打而浮肿了,布满可怕的、浮肿的、带血污的青伤,眼睛睁着,眼珠歪斜;睁开的很大的眼白闪烁着一种死板呆滞的光泽。然而奇怪的是,你瞧着这个受难者的尸体时,会产生一个特别而有趣的问题:既然基督的全体门生,他未来的那些主要的使徒,以及跟他前来并站在十字架旁的妇女们,一切信仰他并崇拜他的人们所看见的就是这样的尸体(它肯定就是这样),那么他们在瞧着这具尸体的当儿又怎能相信这位受难者会复活呢？说到这里，你不免会产生一个想法，那就是：既然死亡是如此可怕，自然法则又如此强大有力，那么怎能制服它们呢？基督生前战胜过自然，使自然屈从于他，他喊了一声：'女儿，起来罢!'①那姑娘就起来了；他喊一声：'拉撒路出来!'那死人就走出来了②；可现在连他都不能战胜自然法则，别人又怎能制服它们？在看这幅画的时候，你仿佛觉得自然就像一头铁石心肠、默不作声的巨兽。如果换一个比较确切的说法——一个虽然确切得多但却很奇怪的说法，——它犹如一台最新式的巨型机器，毫无理性地抓住了一个伟大而尊贵的人，漠不关心地、麻木不仁地把他撕得粉碎，吞了下去，——仅仅这一个人的价值就抵得上整个自然界及其一切法则和整个地球，也许地球只是为了这个人的降临而创造出来的！那幅画所表现的，并且能使你无意中领会到的，似乎就是这么一个想法：这种神秘的、蛮横无礼的、毫无理性的、永恒的力量能主宰一切。那些围在死者身边的人，画中一个也没有画出来，在他们的一切希望乃至信仰一下子被打得粉碎的这天晚上，他们想必都感到无比苦闷和惊慌。他们散去时想必都惊恐万状，虽然每个人都怀着一个已经永远不能放弃的伟大思想。倘若这位导师能在被处死之前看到自己的形象，那么他会像现在这样登上十字架去就义吗？你看着这幅画的时候，也情不自禁地会产生这个问题。

　　"在科利亚走后的整整一个半小时内，这一切断断续续

　　①　见《新约·路加福音》第八章。
　　②　拉撒路复活的故事见《新约·约翰福音》第十一章。

地浮现在我的眼前,也许我当时的确处于谵妄状态,但有时这些幻觉却是有形的。莫非无形之物会在幻觉中成为有形之物?然而我有时仿佛觉得,我看见了这种以奇怪的、不可思议的形式出现的无穷的力量,看见了这个冷漠的、神秘的、默不作声的家伙。我记得,有一个人仿佛拿着蜡烛拉着我的手,让我去看一只巨大的、丑恶的蜘蛛,并开始让我相信,这就是那个神秘的、冷漠的、万能的家伙,他还嘲笑了我的愤怒。在我的房间里,夜里总要在圣像前点一盏光线暗淡微弱的油灯,但是一切都还看得清,灯下甚至还能读书。我觉得当时已经过了午夜,我根本就没有睡,睁着眼睛躺在那里;我的房门突然开了,罗戈任走了进来。

"他进来后就关上门,默默地瞧了瞧我,轻轻地向屋角的一把几乎就放在油灯下面的椅子走去。我很惊奇,惴惴不安地瞧着他;罗戈任把臂肘支在小桌上,开始默默地打量我。这样过了两三分钟,我记得,他的沉默使我很难过,也很气忿。他到底为什么不想说话呢?他来得这么晚,这当然使我觉得奇怪,但是我记得,我对于这一点倒并不十分惊讶,天知道是什么缘故。甚至恰恰相反,虽然直到早上我也没有明确地说出我的想法,但是我知道他是了解的。这种想法具有这么一种性质:为了这种想法,他完全可以跑来和我再谈一次,哪怕时间已经很晚。我认为他是为此而来的。早晨我们分手时双方都怀有几分敌意,我甚至记得,他曾用狠狠嘲笑的神气看了我两三次。直到现在我在他的眼神中也能看到这种嘲笑的神气,这也使我难过。我一开始就毫不怀疑这的确是罗戈任本人,而不是幽灵或幻影。我甚至都不曾有过这种想法。

"当时他继续坐在那里,还是用那种嘲笑的神气瞧着我。

我恶狠狠地在床上翻了个身,也把臂肘支在枕头上,决定也故意默不作声,哪怕我们就一直这样坐下去。也不知为什么,我一定要让他首先开口。我想,这样大约过了二十分钟。我突然产生一个想法:假如这不是罗戈任,而只是一个幽灵,那可怎么办呢?

"无论在我病中还是生病以前,我还从来没有看见过一个幽灵;但我一向觉得,早在我的童年时代,甚至直到如今,也就是在不久以前,只要我看见一次幽灵,我就会当场丧命,尽管我不信任何幽灵。但是,当我想到那不是罗戈任,而只是幽灵的时候,我记得,我一点也不害怕。不但不害怕,我甚至还为此生起气来。还有一件怪事:对于这究竟是幽灵还是罗戈任本人这个问题,我本来应该感到有趣和不安,然而并非如此。我觉得,我当时想的是别的事。譬如说,使我更感兴趣得多的一点,是罗戈任才还穿着睡衣和便鞋,为什么现在竟穿上了燕尾服和白背心,还系了一条白领带?还有一个念头也在心头闪过:既然这是一个幽灵,我又不怕他,那我为什么不站起来走到他面前,亲自加以证实呢?也许我不敢,我害怕。可是当我刚刚想到我害怕的时候,蓦地仿佛有一桶冰水浇遍我的全身;我感到脊梁上发冷,膝盖也直打哆嗦。就在这一瞬间,罗戈任仿佛猜到我害怕似的,挪开了支在桌上的那只手臂,直起身子,开始翕动嘴巴,似乎想笑;他凝视着我。我勃然大怒,恨不得朝他扑去;但是因为我曾发誓不首先开口说话,所以仍留在床上,况且我还没有确定,这究竟是不是罗戈任本人。

"我记不清这种情况持续了多久;也记不清有时我是不是处于昏迷状态。不过罗戈任终于站了起来,像刚才走进来时一样慢悠悠地、仔细地打量我，但已不再嘲笑我了。他轻轻地几乎是踮着脚走到门前把门打开，出去后又把门掩上，就这么走了。我没有下床；也不记得我睁着眼睛躺在那里又想了多久。天知道我想些什么；我也不记得我怎么又昏睡过去。第二天上午九点多，听到有人敲门我才醒来。我曾和他们约定，假如到九点多我自己还不开门喊他们送茶，马特廖娜就该主动来敲我的门。我给她开门的时候，立刻产生一个想法：门锁得好好的，罗戈任怎么能进来呢？我打听了一下，更加相信真正的罗戈任是不可能进来的，因为我家所有的门夜里全都上锁。

"我不厌其详地记述的这桩特殊事件，促使我完全'下定决心'。因此，促使我作出最后决定的并不是逻辑，也不是合理的信念，而是憎恶。生命既然具有这种奇怪的、使我难过的形式，我就不能再活下去了。这个幽灵侮辱了我。我不能屈从以蜘蛛的模样出现的黑暗势力。到了黄昏时分，当我终于感到自己已完全下定了决心时，我才感到轻松一些。这只是第一关；为了过第二关，我就前往帕夫洛夫斯克，不过对这一点我已讲得很充分了。"

七

"我有一把袖珍手枪,那还是我童年时弄到的。当时我正是那种可笑的年龄,突然对决斗和强盗抢劫的故事发生了兴趣,喜欢想象别人也来找我决斗,而我面对着手枪昂然屹立。我在放手枪的小盒里发现了两粒子弹,在装火药的角状筒里找到够开三枪的火药。这是一把很糟糕的手枪,老瞄不准,而且只能射十五步远;但是,如果把枪口顶在太阳穴上,当然也会把脑壳打歪。

"我决定死在帕夫洛夫斯克,在太阳初升的时候到公园里去死,免得惊动别墅里的任何人。我这篇《解释》足以把全部案情向警察交代清楚。喜欢心理学的人和那些想知道底细的人,可以从这篇文章里得出他们所需要的一切结论。可是,我不愿意把这部手稿公布于世。我请公爵自己保留一份,把另一份送给阿格拉娅·伊万诺夫娜·叶潘钦娜。这就是我的心愿。我把自己的尸骨遗赠给医学院做科学研究。

"我不承认审判我的法官,我还知道我现在可以不受任何审判。不久以前有一个想法曾使我忍俊不禁:倘若我现在突然想杀死不管什么人,哪怕一口气杀死十个人,或者干出一件被世人视为罪大恶极的最可怕的事情,那么在拷打和酷刑已被废除的今天,在我只能再活三周的情况下,法官们在我面前该有多么尴尬？我可以在他们的暖和的医院里，在医生的精心治疗下舒舒服服地死去，也许比死在自己家里还要舒服和温暖得多。我不明白，那些和我处境相同的人为什么就不会产生这种想法，哪怕只是开开玩笑？不过也许会产生的；即使在我国，也能找到很多爱开玩笑的人。

"虽然我不承认对我的审判，但我毕竟知道，在我已经成为既聋且哑的被告时，还是要审判我的。我不愿不留一句答辩就走，——我的话是由衷之言，不是迫不得已才说的，不是为了替自己辩护，——哦，不是的！我不必请求任何人原谅，也没有什么可请求原谅的，——而是因为我自己愿意这样。

"首先，这里有一个奇怪的想法：是什么人，根据什么权利，出于什么动机，突然想到在我临死的两三周内对我的权利提出异议？这冒犯了哪一个法庭？是谁非得让我不仅受到判决，还得规规矩矩地熬过刑期？难道果真有人需要这样？这是为了维护道德？我还懂得，倘若我在身强力壮的时候戕害了我这条'本来会对我的邻人有益'的性命，那么道德倒可以按照旧例，责备我擅自处置了我的性命，或者责备我犯了只有它知道的什么过失。但是现在，现在已向我宣判了刑期，那该怎么办呢？有哪一种道德不但需要您的性命，而且还需要最后一声嘶哑的喘息，随着这声喘息您才放弃最后一个生命原子，同时倾听着公爵的安慰，而他根据基督教的论证，肯定会乐观地认为，其实您还是死了的好（像他这样的基督徒一向都会这么认为：这是他们最喜欢议论的问题）。他们干吗总是念叨他们那些可笑的'帕夫洛夫斯克的树木'？要使我在临终时得到安慰吗？难道他们就不明白，我越是忘乎所以，越是迷恋这生命与爱情的最后幻影（他们想用这幻影挡住我的眼睛,让我看不见梅耶尔的墙壁和那么坦率而朴实地写在墙上的一切),他们就会使我更加不幸吗?既然整个这顿永远不散的盛筵一开始就单单把我当作多余的人,那么你们的自然景色,你们的帕夫洛夫斯克公园,你们的日出和日落,你们的蓝天和你们人人满意的面孔,对我又有什么用呢?我现在每分每秒都应该知道,也不能不知道,连那只现在正在我身边的阳光中嗡嗡叫的小苍蝇都参加了这盛筵与合唱,知道自己在其中的地位,喜爱这种地位,并且感到荣幸,只有我一个人被抛在一边,只是由于我的胆怯,我至今还不想明白这一点,在这样的时候,这所有的美景跟我还有什么相干!啊,其实我知道,公爵和他们大家都想使我抛弃所有这些'阴险毒辣'的言词,出于高尚的情操,为了道德的胜利,唱出米尔瓦的一节著名的古典诗:

> 啊,但愿对我的离去置若罔闻的朋友,
> 能看到您神圣的美容!
> 愿他们寿终正寝时有人哭丧,
> 还有朋友替他们合眼送终!①

"但是,请你们相信,请你们相信,忠厚的人们,在这节劝善诗里,在这用法文诗对世人的学院式祝福里,包含着多少内心的愤怒,多少无法调和的、拿韵脚来聊以自慰的怨恨,就连诗人自己说不定也会上当,把这种怨恨当作感动之泪,就此溘然长逝;让他安息吧!你们要知道,一个人可以意识到自己的微不足道和软弱无能,但这种自卑感是有限度的,他不能超越

---

① 原诗为法文。这几行诗并非出自法国诗人米尔瓦(1782—1816)之手,而是出自诗人日尔博(1751—1780)之手,但与原诗略有出入。

这个限度，一旦超越这个限度，他就会开始从这种自卑感中获得极大的快感……当然，从这个意义上说，温顺是一种巨大的力量，我承认这一点，——虽然宗教也把温顺当作一种力量，但我并不是从这个意义上说的。

"宗教！我承认有永恒的生命，说不定我一向都承认。就算意识是被最高力量的意志点燃的，就算意识回顾了一下尘世并说道：'我在！'就算这最高力量突然命令意识自行消亡，因为那里出于某种目的必须如此，——甚至不必说明出于什么目的，——既然有此必要，那就这么办吧，我认为这一切都是可能的，然而又是那个永远解决不了的问题：既然如此，我的温顺还有什么用呢？难道就不能干脆把我吃掉，却并不要求我赞颂我被吃掉？难道那里果真有人会因为我不愿等候两周而见怪？我不相信这一点；最有可能的是那里只不过需要拿我的一条微不足道的性命，一粒原子的性命，去补充整个普遍的和谐，以便增加点什么或减少点什么来形成一种对比，等等，等等，恰如每天都需要牺牲许多生物的性命一样。如果他们不死，其余的世界就存在不下去了（虽说应该指出，这本身并不是一个十分宽宏大量的思想）。但是随它去吧！我同意，倘若不是这样，也就是说倘若不是经常互相吞噬，就决不可能把世界上的事安排好；我甚至还可以承认，我对这种安排一窍不通；但是，我确实知道：既然已经让我意识到'我在'，那么就算世界上有些事安排不当，就算它不这样就维持不下去，这与我又有什么相干呢？既然如此，还有谁会责备我，又为什么责备我呢？随你们怎么说，反正这一切是令人气愤的，而且是不公道的。

"然而我从来也不能想象，来世的生活与上帝是不存在的,尽管我非常希望是这样。最有可能的是这一切都存在着,但是我们根本不懂来世的生活及其法则。但是,既然这一切那么难于理解,甚至根本不可能理解,那么我难道还要为我不能领会不可理解的事物负责吗?诚然,他们会说,公爵当然也会和他们一起说,在这件事上也需要顺从,需要那种完全出于虔诚的、毫无异议的顺从,只要我温顺,我定将在阴间得到报答。我们太不尊重上帝,把我们的观念强加给他,这是由于我们因不能理解他而感到恼火。但是,既然上帝是不可能理解的,我还得重复一遍,那么也就难以为不让人理解的事负责了。既然如此,又怎能由于我不能理解上帝的真正意志和诚律而责备我呢?不,我们最好还是别谈宗教吧。

"我也说得够多的了。我读到这几行的时候,太阳肯定已经升起,'开始在天上发出响声',把它那巨大的、不可估量的力量赐予全世界。好吧!我要正视着力量和生命的源泉而死,我不要这条命了!假如我有不出生之权,那么我肯定不会同意在如此捉弄人的情况下生存。但是,我还有死亡之权,虽然我要退还的日子已屈指可数。这既不是伟大的权力,也不是伟大的反叛。

"最后一点解释:我要死了,但这决不是由于不能忍受这三周;啊,但愿我有足够的力量,倘若我愿意,那么只要意识到我受了欺侮,我就足以自慰了;但我不是法国诗人,不愿意得到这种安慰。最后,还有一种诱惑:大自然宣判我再活三周,这就大大限制了我的活动,因此也许只有自杀才是我还来得及根据自己的意志开始和结束的唯一行动。也好,说不定我也想利用这最后一次采取行动的机会吧?抗议有时并非微不足道的行动……"

《解释》念完了;伊波利特终于停止了朗读……

一个神经质的人到了走投无路的时候,会坦率到完全玩世不恭的地步,他会大动肝火,暴跳如雷,毫无顾忌,什么丑事都干得出来,甚至乐于去干;他会去攻击别人,而自己却抱着一个模糊的、然而是坚定的目的,即一分钟后定要从钟楼上跳下去,从而一下子解决可能由此产生的一切难题。体力日渐衰竭,通常也是这种情况的征兆。伊波利特至今所保持的那种几乎是不自然的高度紧张状态,已达到了这种最后阶段。这个被疾病折磨得奄奄一息的十八岁男孩子,像从树上摘下的一小片颤抖的树叶那样虚弱;但是,他刚把自己的听众环视了一遭,——在最后的一小时内这是第一次,——他的眼神和笑容里就立刻流露出极其傲慢、轻蔑、使人难堪的厌恶表情。他急于向大家挑战。然而听众也怒不可遏。大家吵吵嚷嚷,气愤地从桌旁站了起来。疲倦、酒劲和紧张,使局面更加混乱,甚至可以说使大家的印象更加恶劣。

伊波利特蓦地从椅子上一跃而起,仿佛有人把他揪起来似的。

"太阳出来了!"他欢呼道,看到沐浴在阳光中的树梢,便把那些树梢当作奇迹一般指给公爵看,"出来了!"

"您过去以为太阳不会出来吗?"费尔德先科说。

"又要热上一整天。"加尼亚不经心地以懊恼的口吻喃喃道,他双手拿着帽子,伸着懒腰,打着哈欠。"要是这样旱上一个月,那可怎么办! ……走不走,普季岑?"

伊波利特惊讶得目瞪口呆地倾听着:他的脸色蓦地变得煞白,浑身直哆嗦。

"您故作冷淡想侮辱我,然而装得太不高明了,"他转身凝视着加尼亚说,"您是个混蛋!"

"怎么这样放肆,鬼知道是怎么回事!"费尔德先科嚷了起来,"居然这么虚弱,真少见!"

"简直是傻瓜。"加尼亚说。

伊波利特镇静了一些。

"我明白,诸位,"他依然哆嗦着开始说道,每句话都说得结结巴巴的,"我活该受到你们大家的报复……我用这一篇呓语(他指着手稿)使你们厌烦,这使我感到遗憾,不过我又为我根本就没有使你们厌烦而感到遗憾……(他傻笑了一下)厌烦了吗,叶夫根尼·帕夫雷奇?"他倏地跳到那人面前问道,"厌烦了吗?您说呀!"

"有点冗长,不过……"

"全说出来吧!您一生中哪怕就这一次不撒谎也是好的!"伊波利特哆嗦着命令道。

"噢,我根本不在乎!劳驾,请您别打扰我了。"叶夫根尼·帕夫洛维奇厌恶地转过身去。

"晚安,公爵。"普季岑走到公爵面前说。

"他马上就会开枪自杀,你们怎么啦!你们瞧他呀!"薇拉叫喊着,惊恐万状地向伊波利特冲去,甚至抓住了他的两只胳臂,"他说过,太阳一出来他就开枪自杀,你们怎么啦!"

"他不会自杀的!"包括加尼亚在内的几个人幸灾乐祸地喃喃道。

"诸位,留神呀!"科利亚也抓住伊波利特的一只胳臂喊道,"你们只要瞧瞧他的脸!公爵!公爵,您是怎么啦!"

薇拉、科利亚、凯勒和布尔多夫斯基围住了伊波利特;四个人都抓住他不放。

"他有权，他有权！……"布尔多夫斯基喃喃地说，不过他也完全不知所措了。

"公爵，请问您有何吩咐?"列别杰夫走到公爵面前，他喝得醉醺醺的，已经气得蛮不讲理了。

"什么吩咐?"

"不行，先生;对不起，今天我是主人，先生，虽然我并不想对您有失敬之处……就算您也是主人，我也不愿在我自己的家里发生这样的事……就这样，先生。"

"他不会自杀的。这小子是在胡闹!"伊沃尔金将军突然气愤而又过于自信地喊道。

"将军是好样的!"费尔德先科附和道。

"我知道他不会自杀，将军，敬爱的将军，可是毕竟……因为我是主人。"

"喂，捷连季耶夫先生，"普季岑突然说道，他向公爵告辞后，又向伊波利特伸出手去，"您好像在那一叠纸里提到您的骨头架子，还要把它遗赠给科学院? 您说的是您的骨头架子，您自己的，也就是您要捐献您的骨头?"

"是的，是我的骨头……"

"那就对了。否则会弄错的。据说已经有过这种事了。"

"您何必逗他呢?"公爵突然喊道。

"把他都逗哭了。"费尔德先科补充道。

然而伊波利特根本没哭。他想从座位上站起来，但是围住他的四个人蓦地一下子抓住他的胳臂。有人笑了起来。

"他就是要别人抓住他的胳膊;读那一叠纸也就为了这个，"罗戈任说，"再见，公爵。我们坐得太久;骨头都坐痛了。"

"要是您真想开枪自杀,捷连季耶夫,"叶夫根尼·帕夫洛维奇笑了,"倘若我处于您的地位,听到这一番恭维,为了逗逗他们,我就故意不自杀。"

"他们非常想看到我自杀!"伊波利特气势汹汹地对他喊道。

他说话时仿佛恨不得向对方猛扑过去似的。

"要是他们看不到,就会感到恼火。"

"那么您也认为他们看不到吗?"

"我并不是在煽动您,相反地,我认为您很可能开枪自杀。主要的是,您别生气……"叶夫根尼·帕夫洛维奇用袒护的口吻慢吞吞地说。

"我直到现在才看出,我把这一叠稿纸读给他们听,是犯了一个可怕的错误!"伊波利特说道,他突然信任地看着叶夫根尼·帕夫洛维奇,仿佛向朋友讨教似的。

"可笑的处境,但是……老实说,我不知道该给您出什么主意。"叶夫根尼·帕夫洛维奇笑着答道。

伊波利特严厉地、目不转睛地凝视着他,没有说话。不妨认为他有时完全失去了知觉。

"不,先生,不行,他这种做法算怎么回事呢,先生,"列别杰夫说道,"他说:'我要在公园里开枪自杀,以免惊动任何人!'他的想法就是,只要他下楼朝花园里走三步,就不会惊动任何人了。"

"诸位……"公爵开始说。

"不,先生,对不起,敬爱的公爵,"列别杰夫愤怒地抓住这一点不放,"由于您老人家亲眼看见这不是开玩笑,由于您至少有一半客人都有这种看法,相信他说出这番话以后,为了维护他的体面,现在肯定会开枪自杀,那么我就以主人的身份,当着诸位证人的面宣布,我请您帮忙!"

"究竟该怎么办呢,列别杰夫? 我愿帮您的忙。"

"是这样,先生:第一,他应该立刻把他向我们炫耀过的那支手枪和全部弹药都交出来。只要他交出来,我就同意让他在这幢房子里过一夜,鉴于他的病情,当然要受到我的监视。但是明天他必须离开这里,去什么地方都成。对不起,公爵! 要是他不交出武器,我就立刻抓住他的胳膊,我抓一只,将军抓另一只,还要马上派人去报告警察,那时候这件事就得转交警察局审理了,先生。费尔德先科先生是我的老朋友,就请他去一趟吧,先生。"

一阵喧哗。列别杰夫发起火来,已经什么都不顾了。费尔德先科准备去警察局;加尼亚发狂地一口咬定,说谁都不会开枪自杀。叶夫根尼·帕夫洛维奇默不作声。

"公爵,您可曾从钟楼上跳下去过?"伊波利特突然低声对他说。

"没——有……"公爵天真地答道。

"难道您以为我不曾预见到所有这种仇恨!"伊波利特又低语道,同时目光炯炯地瞧着公爵,仿佛当真期待着他的回答。"够了!"他忽然向大家喊道,"我错了……比任何人都错得厉害! 列别杰夫,钥匙在这里(他掏出一个小钱包,从中取出一个挂着三四把小钥匙的钢圈),就是这把,倒数第二把……科利亚会指给您看的……科利亚! 科利亚上哪儿去了?"他视而不见地瞧着科利亚喊道,"是的……他会指给您看的。他前不久和我一起收拾过旅行袋。你带他去,科利亚;在公爵的书房里,桌子底下……我的旅行袋……就用这把小钥匙,在底下一只小箱子里……我的手枪和装火药的角状筒。列别杰夫先生,那是前不久他自己放进去的,他会指给您看;但是有一个条件:明天一早我回彼得堡去的时候,您得把手枪还给我。您听见没有? 我这样做是为了公爵;并不是为了您。"

"这就好了!"列别杰夫抓住钥匙,狞笑着朝邻室跑去。

科利亚站住了,本想说点什么,但是列别杰夫把他拉走了。

伊波利特瞧着那些嘻嘻哈哈的客人。公爵发现他的牙齿直打战,仿佛发作了非常厉害的寒颤。

"他们全是混蛋!"伊波利特又狂怒地对公爵低语道。他跟公爵说话的时候,总是俯身低语。

"您离开他们吧;您很虚弱……"

"马上,马上……我马上就走。"

他突然拥抱公爵。

"您也许觉得我是个疯子吧?"他瞧着公爵,古怪地笑起来。

"不,但是您……"

"马上,马上,您别说话;一句话也别说;您站好……我想看看您的眼睛……您这样站好,让我看看。我在跟一个大写的人告别。"

他站在那里,呆呆地、默默地把公爵打量了十秒钟左右,脸色煞白,两鬓全是冷汗,他有点古怪地用一只手抓住公爵,似乎怕公爵会走。

"伊波利特! 伊波利特! 您怎么啦?"公爵喊道。

"马上……够了……我要躺下。我要喝一口酒祝太阳健康……我要喝,我要喝,你们别管我!"

他急忙从桌上抓起酒杯,离开原地,转眼就走到凉台的台阶前。公爵想跑上前去追他,不料就在这一瞬间,叶夫根尼·帕夫洛维奇仿佛故意为难似的伸出手来和他握别。过了一秒钟,凉台上突然传来一片喊声。随后人们都大惊失色,乱作一团。

是这么一回事:

伊波利特一直走到凉台的台阶跟前才止步,他左手拿着酒杯,右手伸进他穿的那件大衣右侧的口袋。事后凯勒一口咬定,伊波利特早先一向都把右手放在右边的口袋里,早在他跟公爵说话并用左手抓公爵的肩膀和衣领的时候就是这样。凯勒肯定地说,就是这只放在口袋里的右手,第一次使他起了疑心。不管怎么说,凯勒总感到有点不安,这促使他跑去追赶伊波利特。然而他没有追上。他只看见伊波利特的右手里有什么东西倏忽一闪,就在这一秒钟里,一支袖珍手枪就顶在他的太阳穴上了。凯勒扑上去抓住他的手,但就在这一瞬间,伊波利特扣动了扳机。扳机发出一声刺耳的、干巴巴的音响,然而随后并没有枪声。凯勒拦腰抱住伊波利特,伊波利特倒在他的怀里,仿佛失去了知觉,说不定他果真以为自己已经死了。手枪已经落到凯勒手里。人们搀着伊波利特,端来一把椅子,让他坐下。大家围在他的四周,喊叫着,询问着。大家都听到了扳机的响声,但看见的却是一个活人,甚至都没伤着一根毫毛。伊波利特自己坐在那里,不明白出了什么事,只顾用毫无表情的眼睛环视着周围的人们。列别杰夫和科利亚就在这当儿跑了进来。

"没打响吧?"周围的人们问道。

"也许没装火药吧?"另一些人猜道。

"装了的!"凯勒检查着手枪宣布,"但是……"

"难道没打响?"

"根本没有火帽。"凯勒宣布。

继之而来的那个可悲的场面真是难以描述。大家最初的惊慌很快就被笑声所代替;有些人甚至哈哈大笑起来,获得一种幸灾乐祸的快感。伊波利特歇斯底里地号啕痛哭,绞着自己的手向大家申述,甚至跑到费尔德先科面前,用双手抓住他,向他发誓,说他忘了,"完全是无心地,而不是故意忘了"放火帽,说"火帽全在这里,在我的背心口袋里,有十来个"(他掏出来给大家看),说他早先没装进去,是因为怕手枪在衣袋里走火,他寻思在需要的时候总是来得及把它装进去的,但是突然忘了。他向公爵和叶夫根尼·帕夫洛维奇申述,哀求凯勒把手枪还给他,还说他马上可以对大家证明,"他的体面,体面"……他现在"永远失去了体面!……"

他终于当真不省人事地倒下了。大家把他抬进公爵的书房,列别杰夫酒意全消,立刻打发人去请医生,而自己则同女儿、儿子、布尔多夫斯基和将军留在病人的床前。不省人事的伊波利特被抬走以后,凯勒精神抖擞地站在房间中央,用大家都能听见的嗓门一字一顿、清清楚楚地宣布:

"诸位,要是你们当中还有人胆敢在我面前公然表示,他怀疑火帽是故意漏放的,因此认为这个不幸的年轻人无非演了一出喜剧,那就请他来跟我打交道。"

但是没有人理他。客人们终于一窝蜂似的匆匆散去。普季岑、加尼亚和罗戈任是一同走的。

公爵感到很奇怪:叶夫根尼·帕夫洛维奇竟改变了主意,

没对他说什么就想走。

"您不是想在大家散去以后找我谈谈吗?"公爵问他。

"确是如此,"叶夫根尼·帕夫洛维奇突然在一把椅子上坐下,又请公爵坐在他旁边,"不过现在我暂时改变了主意。老实对您说,我有点心慌,您也是这样。我的思想乱了。此外,我想跟您谈的那件事,不但对我十分重要,对您也是如此。您瞧,公爵,我想在一生中哪怕做一件完全诚实的事,也就是没有不可告人的用心的事,但是我认为,我现在,在此时此刻,不完全能做出绝对诚实的事,也许您也……所以……哦……我们以后再谈吧。现在我要去彼得堡待个两三天,倘若我们再等两三天,事情对于您我也许都会变得明朗起来。"

他说罢,又从椅子上站起来。这就怪了:既然如此,他当初又何必坐下呢。公爵也觉得叶夫根尼·帕夫洛维奇心怀不满,怒气冲冲,眉宇间含有敌意,使他的眼神和刚才截然不同了。

"顺便问一句:您现在想去看望病人吗?"

"是的……我担心。"公爵说。

"别担心;他肯定还能活六周,甚至有可能在这里康复。不过最好明天就把他赶走。"

"也许真是我促使他自杀的。因为……我一句话也没说;他也许认为我不相信他会自杀?您看呢,叶夫根尼·帕夫雷奇?"

"根本不是。您太善良了,居然还在担这份心。这种事我听说过,但是我从来没有真正看到,一个人会为了让别人恭维,或者由于别人不恭维他而满怀怨恨地故意自杀。主要的是,我不相信人会这样公然表现自己的软弱!明天您还是把他赶走吧。"

"您认为他会再次自杀吗?"

"不,目前他是不会自杀的。不过对于我们的这些土生土长的拉瑟涅①您可得当心!我对您重复一遍:犯罪往往是这种无能、急躁、贪婪的小人的避难所。"

"难道他是拉瑟涅?"

"本质相同,虽说扮演的角色也许不同。您会看到的,只要这位先生没有本事仅仅为了'开开玩笑'而弄死十个人,恰如他方才亲自读给我们听的那篇《解释》里所写的那样。他那些话现在会让我睡不着觉。"

"您也许太过虑了。"

"公爵,您可真怪;您不相信他现在能杀死十个人?"

"我害怕回答您;这一切太奇怪了;可是……"

"那就随您的便吧;随您的便吧!"叶夫根尼·帕夫洛维奇末了很生气地说道,"何况您还是一个如此勇敢的人;但愿您自己可别成为十个人中的一个。"

"他多半不会杀死任何人的。"公爵若有所思地瞧着叶夫根尼·帕夫洛维奇说。

叶夫根尼·帕夫洛维奇恶狠狠地大笑起来。

"再见,我该走啦!您可注意到,他把自己的《自白》抄了一份遗赠给阿格拉娅·伊万诺夫娜?"

"是的,我注意到了……我正在想这件事。"

"如果他杀死十个人的话,这就对了。"叶夫根尼·帕夫

---

① 拉瑟涅(1800—1836),十九世纪三十年代轰动一时的一起巴黎刑事案的主人公,一个以极端残酷而出名的凶手。

洛维奇又笑了起来，随后就走了。

一小时后，在三点多钟的时候，公爵走进公园。他曾想在家里睡一觉，但是由于心脏跳得太猛烈而没有睡着。不过家里一切都已安排妥当，尽可能地恢复了宁静。病人入睡了，医生来后，说是没有什么特殊的危险。列别杰夫、科利亚、布尔多夫斯基都睡在病人室内，以便轮流守护；因此就没有什么可担心的了。

但是，公爵的不安却迅速增长。他在公园里徘徊，心不在焉地东张西望。他走到车站前的平台上，看见一排空着的凳子和乐队的乐谱架，诧异地站住了。这个地方使他吃惊，不知为什么他觉得这儿非常丑恶。他转过身去，顺着昨天和叶潘钦娜母女同去车站的那条路，径直走到阿格拉娅约他见面的那条绿色长凳跟前，坐下后突然纵声大笑起来，这使他立刻勃然大怒。他一直闷闷不乐；他想离开这里到什么地方去……但又不知去哪里是好。有一只小鸟在他头顶的树上唱歌，他开始用目光在树叶间寻找它。小鸟突然从树上飞走了，这当儿他不知为什么想起了伊波利特所写的那只在"炎热的阳光中"的"小苍蝇"，"它知道自己的地位，参加了大家的合唱，只有我一个人被抛在一边"。方才这句话曾使他感到惊讶，如今他想起了这一点。一件很早就被遗忘的往事浮现在他心头，而且蓦地一下子变得清晰可见了。

这事发生在瑞士，在他养病的头一年，甚至就在最初的几个月里。那时候他还完全是一个白痴，甚至不大会说话，有时都不明白别人要他干什么。有一次，那是个阳光明媚的日子，他上山走了很久，怀着一种使人痛苦的、但是怎么也弄不清楚的想法。他的眼前是耀眼的天空，下边是一个湖，周围是一望无际的、永无尽头的、明亮的地平线。他看了很久，心中感到痛苦。他现在想起，他曾把双手伸向这明亮的、无边的蓝天哭了起来。他感到痛苦，是因为他跟这一切完全无关。早就吸引着他、从孩提时代起就一直使他神往、但他怎么也不能参加的盛筵，以及那无休无止的永恒的伟大节日究竟是什么样子？每天早晨升起同样光辉的太阳；每天早晨瀑布上都映现彩虹，每天晚上最高的雪山燃起的紫红色火焰都映照在遥远的天边；每一只"正在他身边炎热的阳光中嗡嗡叫的小苍蝇，都参加了这整个合唱：它知道自己在其中的地位，喜爱这种地位，并且感到荣幸"；每根小草都不断生长，幸福异常！万物都有自己的道路，万物都知道自己的道路，它们唱着歌去，唱着歌来；只有他一个人什么也不知道，什么也不明白，他既不了解人们，也不了解声音，他跟一切都毫不相干，独自被扔在一边。哦，他当时当然不能说出这些话来，不能表达自己的疑问；他是有苦说不出；可是现在他觉得他当时也曾说过这一切，说的就是这些话；至于那只"小苍蝇"，是伊波利特从他那里、从他当时的话和泪里借来的。他相信这一点，想到这里，他的心不知为什么怦怦直跳……

他在长凳上睡着了，但是他在梦中依然惊慌不安。他在入梦之前，想起伊波利特将杀死十个人这句话，对这种假设的荒唐付之一笑。他周围景色秀丽，万籁俱寂，只能听见树叶的沙沙声，这仿佛使周围显得更加静谧和孤寂了。他做了很多梦，全是惊恐不安的梦，这使他哆嗦不止，末了，一个女人来到他身边，他认识她，并熟识得使他感到痛苦；他永远能叫出她的名字并认出她来；然而奇怪的是，她的脸现在仿佛和他以前所熟悉的截然不同，他极不愿认为她就是那个女人。这张脸上充满悔恨和恐惧,似乎她是一个可怕的罪犯,刚刚犯下可怕的罪行。泪珠在她苍白的面颊上颤抖;她向他招手,把一根手指按在唇上,仿佛警告他要悄悄地跟着她走。他的心仿佛停止了跳动;他怎么也不愿意,怎么也不愿意承认她是罪犯;但是他感到,马上会发生一件葬送他的一生的可怕的事。看来她想在不远的地方,就在公园里,指给他看一件东西。他起身想跟她前往,蓦地在他身边响起某人爽朗愉快的笑声;他的手中突然塞进一只手来。他抓住这只手,紧紧地握着,不觉醒了过来。阿格拉娅正站在他面前纵声大笑。

八

她虽然在笑,但又很生气。

"睡觉哩！您居然睡着了！"她轻蔑而又诧异地喊道。

"原来是您啊！"公爵喃喃地说道,他还没有完全清醒过来,惊奇地渐渐认出了她。"哟！是啊！这是约会……我却睡着了。"

"我看见啦。"

"除您以外,谁也不曾叫醒我吧？除您以外,谁也不曾在这里待过吗？我曾想,这儿来过……另一个女人……"

"这儿是来过另一个女人……"

他终于完全清醒了。

"那不过是一个梦,"他若有所思地说,"奇怪的是在这时候会做这样的梦……您请坐。"

他拉住她的手,让她在长凳上坐下,自己坐在她身边沉思起来。阿格拉娅没有开始谈话,只是凝视着对方。他也在打量她,然而有时仿佛根本就没看见她在面前。她开始脸红了。

"哟,是啊！"公爵打了一个寒噤,"伊波利特开枪自杀了！"

"什么时候？在您这儿？"她问道,可是并不怎么吃惊,"他昨天晚上不是还活着吗？您碰到这样的事怎么还能在这儿睡觉呢?"她喊道,突然活跃起来。

"可是他并没有死,手枪没打响。"

阿格拉娅逼着公爵立刻把昨夜的事一五一十地告诉她。他讲的时候她常常催他讲得快些,可她自己却不断拿一些几乎毫不相干的问题打断他的叙述。顺便说说,她对叶夫根尼·帕夫洛维奇说的那番话很感兴趣,甚至一再追问。

"唉,够啦,咱们得赶快谈,"她听罢事情的经过,说道,"我们只能在这里待一个钟头,到八点钟为止,因为到了八点我一定要回家,不让他们知道我到这里来过。我是有事才来的。我有许多事要告诉您。可惜您方才把我完全弄糊涂了。关于伊波利特,我认为他的手枪就应该打不响,这对他比较合适。不过,您相信他肯定是想自杀,而不是一场骗局?"

"根本不是骗局。"

"这很可能。所以他当真写道,要请您把他的自白送给我吗? 您干吗不送来呢?"

"可他并没有死呀。我可以去向他要。"

"您一定要送来,不必问啦。他肯定会感到很高兴,因为他向自己开枪的目的,也许就是为了让我事后读到他的自白。请您别嘲笑我的话,列夫·尼古拉耶维奇,因为这是很可能的。"

"我没有嘲笑,因为我自己也相信,您这话很可能也有一部分道理。"

"您相信吗? 难道您也这样认为?"阿格拉娅蓦地大吃一惊。

她迅速地提问,飞快地说话,但有时仿佛前言不搭后语,而且常常不把话说完。她还常常忙于提出什么警告;总之,她显得非常惊慌,虽然看上去很勇敢,有一种挑战的神气,但实际上却可能有点胆怯。她穿着极普通的家常便服,但很合身。她坐在长凳的边沿上,常常哆嗦,脸红。公爵证实,伊波利特自杀的确是为了使她能读到他的自白,这使她很惊讶。

"当然喽,"公爵解释道,"他希望除您以外,我们大家也都恭维他……"

"怎么恭维呢?"

"那就是说……怎么对您说呢?这是很难说的。不过,他肯定希望大家都围住他,对他说,大家都很爱他,也很尊敬他,大家都竭力劝他活下去。很可能他最难忘怀的就是您,因为他竟在那个时候提到您……虽然他也许自己并不知道他说的是您。"

"他说的是我,却并不知道他说的是我,这可叫我莫名其妙了。不过看来我也明白这一点:您可知道,早在我还是十三岁的小姑娘的时候,我曾不下三十次想服毒自杀,并在给父母的信里写明这一切,我还想过,我将躺在棺材内,大家将为我哭泣,并责备自己过去对我太残酷……您干吗又在微笑?"她皱着眉头迅速补充道,"当您独自幻想的时候,关于您自己您还想些什么?也许您想象自己是大元帅,打败了拿破仑吧。"

"嗯,老实说,我是这么想的,尤其是在我快要睡着的时候,"公爵笑了,"不过我打败的不是拿破仑,而是奥地利人。"

"我根本不想跟您开玩笑,列夫·尼古拉耶维奇。我想亲自见到伊波利特;请您预先通知他。从您这一方来说,我认为这一切都很糟糕,因为像您评价伊波利特这样来观察和评价一个人的灵魂,未免太粗暴了。您缺乏柔情,只会讲真话,所以也就不公道。"

公爵陷入了沉思。

"我觉得,您对我并不公道,"他说道,"因为我根本看不出他这种想法有什么不好,因为大家都爱这么想;何况他也许根本就不想,而只是希望如此……他希望最后一次和人们会晤,博得他们的尊敬和喜爱;这本来都是很好的感情,只是结果不知何以完全不是那样;也许是因为他有病,以及别的原因吧!再说,有些人总是一帆风顺,另一些人却一事无成……"

"您这准是说您自己吧?"阿格拉娅说。

"是的,说我自己。"公爵答道,并未注意对方的问话里有任何幸灾乐祸的成分。

"不过要是我处在您的地位,我无论如何也睡不着的。这么说来,不论您待在哪儿,您都睡得着。您这样可太不好呀。"

"可我通宵没睡,以后我又一直走啊,走啊,还去听过音乐……"

"什么音乐?"

"就是昨天演奏音乐的那个地方。以后我才到这里来坐下,想着想着就入睡了。"

"哦,原来是这样?这就对您有利了……可是您干吗要去听音乐呢?"

"我不知道,就这样……"

"好啦,好啦,以后再说;您老是打断我的话。您去听音乐跟我有什么相干?您梦见的是哪一个女人?"

"就是……那个……您没见过……"

"我明白,我很明白。您对她很……您怎么梦见她的?她当时是什么样子?不过,我什么都不想知道,"她忽然气愤地、斩钉截铁地说,"别打断我的话……"

她等了片刻,仿佛在打起精神,或者在竭力驱散懊恼情绪似的。

"我请您到这里来,是为了这么一件事:我想向您提出,请您做我的朋友。您干吗突然这样死盯着我?"她几乎是气愤地补充道。

此刻公爵的确在仔细打量她,发现她的脸又开始红得厉害了。在这种情况下,她的脸越红,看来她也就为此越是生自己的气,她那炯炯目光明显地流露出这一点。通常过了一分钟,她就会把自己的怒气发泄到跟她谈话的那人身上,也不管那人有没有错,就开始和那人争吵。她知道而且感觉到自己脾气古怪又爱害臊,所以通常不大跟别人谈话,比两个姐姐都不爱说话,有时甚至一言不发。当她非开口不可的时候,尤其是碰到这种微妙的场合,她便特别傲慢地、仿佛挑战似的开始谈话。她总能预感到自己何时开始脸红,或者何时就要开始脸红。

"您也许不愿接受我的提议?"她傲慢地瞧了瞧公爵。

"不,我愿意,不过,完全没有这种必要……也就是说,我怎么也想不到需要提出这样的建议。"公爵感到不好意思。

"那么您过去是怎么想的呢? 我请您到这里来是为了什么? 您心里是怎么想的? 不过,您也许跟我全家的人一样,认为我是一个小傻瓜吧?"

"我不知道有人把您看成傻瓜,我……我可不这么看。"

"您不这么看? 您太聪明了,您说的话特别聪明。"

"据我看,您有时甚至也许很聪明,"公爵继续说道,"方才您忽然说了一句很聪明的话。您谈到我怀疑伊波利特的时候说:'只会讲真话,所以也就不公道。'我要记住这句话,好好想想。"

阿格拉娅乐得倏地脸红了。她心里的所有这些变化,都是毫不掩饰地,而且异常迅速地发生的。公爵也高兴起来,甚至瞧着她乐得哈哈大笑。

"您听呀,"她又开始说道,"我等了您很久,想把这一切都告诉您。从您给我写那封信的时候起,甚至在那以前,我就开始等候……您昨天已经听我讲了一半:我认为您是最正直、最老实的人,比任何人都正直老实。要是有人提到您的时候说您的脑子……也就是说您的脑子有时有毛病,那是不公道的。我肯定了这一点,还跟别人争论。因为您的脑子虽说的确有毛病(当然,请您不要生气,我这是从最严格的角度来说的),但是在大事上您比他们所有的人都聪明,他们连做梦也不曾梦到过这样的聪明,因为聪明有两种:一种是大智大慧,另一种是小聪明。是吗? 是这样吧?"

"也许是这样。"公爵勉强地说道;他的心颤抖和跳动得很厉害。

"我就知道您会明白的,"她郑重其事地说道,"Щ 公爵和叶夫根尼·帕夫雷奇一点也不明白怎么会有两种聪明,亚历山德拉也不明白,可是您瞧:妈妈倒明白了。"

"您很像伊丽莎白·普罗科菲耶夫娜。"

"怎么会这样? 难道果真如此?"阿格拉娅感到惊奇。

"真是这样。"

"我谢谢您,"她想了想说道,"我像妈妈,这使我很高兴。如此说来,您很尊敬她?"她补充了一句,完全没有注意这个问题有多么天真。

"很尊敬,很尊敬。您这么干脆就明白了这一点,这使我很高兴。"

"我也高兴,因为我发现别人有时……嘲笑她。但是您听着主要的一点:我想了很久,终于选中了您。我不愿让家里的人笑我;我不愿被人看作小傻瓜;我不愿叫别人逗我……这一切我一下子都明白了,我断然拒绝了叶夫根尼·帕夫雷奇,因为我不愿意别人老想把我嫁出去! 我要……噢,我要……我要离家出走,我选中了您是要您带我的忙。"

"离家出走!"公爵喊道。

"是的,是的,是的,离家出走!"她突然气愤若狂地喊道,"我不愿意,我不愿让他们总是逼得我脸红。我不愿意在他们面前,在 Щ 公爵面前,在叶夫根尼·帕夫雷奇面前,在任何人面前脸红,所以才选中了您。我想对您和盘托出,在我高兴的时候,我甚至想说出那最主要的事情。从您这方面来说,您也应该对我毫不隐瞒。我想哪怕能找到一个人也好,只要跟他就像跟自己一样可以无话不谈。他们忽然说我在等您,说我爱您。这还是您来到这里以前的事,而我也没有给他们看那封信;现在大家都这么说。我要做一个勇敢的人,什么也不怕。我不想参加他们的舞会,我想做点有益的事。我早就想出走了。二十年来我被关在家里,他们老想把我嫁出去。我十四岁的时候就想逃走,虽说那时我还是个傻瓜。现在我已经考虑过一切,就等着向您打听国外的情况了。我连一座哥特式教堂也没见过,我想去罗马,我想去参观一切学者的书房,我想到巴黎去求学;一年来我一直在准备功课,读了许多书;所有的禁书我都读了。亚历山德拉和阿杰莱达什么书都读,不限制她们读书,却要限制我,监督我。我不想跟姐姐们

585

吵嘴,可是我早就对父母宣布,我要彻底改变我的社会地位。我决定从事教育工作,一直指望您的帮助,因为您说过,您喜欢孩子。我们可以一同从事教育工作,虽然现在不成,那么将来再说,好吗? 我们可以一同做点有益的事;我不想做将军的小姐……请问,您是个很有学问的人吧?”

“噢,根本不是。”

“这很可惜。我还以为……我怎么会有这种想法? 您反正会指点我的,因为我选中了您。”

“这可是荒唐,阿格拉娅·伊万诺夫娜。”

“我要,我要离家出走!”她喊道,双眼又熠熠生辉,“要是您不同意,我就嫁给加夫里拉·阿尔达利翁诺维奇。我不想让家里人把我看成一个坏女人,把天晓得的什么罪名加在我头上。”

“您疯了吧?”公爵几乎从座位上跳起来,“他们加给您什么罪名? 谁加的?”

“家里的人全都责备我,母亲,姐姐,父亲,Щ 公爵,甚至还有您的那位可恶的科利亚! 即使他们没有直说,心里却是这样想的。我曾当着他们的面谈到这一点,对父母都讲过。妈妈病了一整天;第二天,亚历山德拉和爸爸就对我说,连我自己都不明白我是在胡说八道,不明白我说的都是些什么话。我当时就老实不客气地告诉他们,我已经明白一切事和一切话,我已经不是小姑娘,为了明白一切,我两年前就特地读了保罗·德·科克①的两部小说。妈妈听了我的话险些昏了过去。”

---

① 保罗·德·科克(1774—1871),法国通俗消遣读物作家。

公爵的脑子里倏然闪过一个奇怪的想法。他定睛瞧了瞧阿格拉娅,莞尔一笑。

他甚至都不敢相信,坐在他面前的就是从前曾那么高傲自大地把加夫里拉·阿尔达利翁诺维奇的信读给他听的那个傲慢的姑娘。他弄不明白,这么一个目空一切、冷若冰霜的美人,怎么居然会是这么一个孩子,一个也许的确直到如今还不明白所有的话的孩子。

"您一直住在家里吗,阿格拉娅·伊万诺夫娜?"他问,"我是想说,您从来没有上过小学或中学吗?"

"我从来没去过任何地方;我一直待在家里,像被关在瓶子里似的,将来就直接从瓶子里出嫁;您干吗又笑了?我发现您大概也在嘲笑我,和他们一个鼻孔出气,"她双眉紧锁地补充道,"您别惹我生气,我就是不生气都不知道我这是怎么回事……我敢肯定,您到这里来的时候,准是确信我爱上了您,是约您来幽会的。"她气愤地断然说。

"昨天我的确曾担心这一点,"公爵天真无邪地说出了实话(他很难为情),"但是,今天我相信,您……"

"怎么!"阿格拉娅喊道,她的下唇突然哆嗦起来,"您担心,我……您竟敢认为我……主啊! 您也许怀疑我把您叫到这里来是引您上钩,好让别人撞见,然后强迫您娶我……"

"阿格拉娅·伊万诺夫娜! 您怎么不害臊呢? 在您诚实纯朴的心里怎么会产生这么肮脏的念头? 我敢打赌,连您自己都不相信您说的任何一句话……您自己都不知道您在说些什么!"

阿格拉娅坐在那里都不敢抬起头来,仿佛被自己说的话给吓坏了。

"我一点也不害臊，"她喃喃地说，"您怎么知道我有一颗纯朴的心？您当时怎么敢给我寄情书？"

"情书？我的信怎么成了情书！这是一封充满敬意的信。这封信是在我一生最痛苦的时刻我内心的自白！我当时回忆起您就像见到了一线光明……我……"

"好啦，好啦。"她蓦地打断了他的话，但那口气却完全不同了，她后悔莫及地、几乎是害怕地向他俯下身去，依然竭力不正眼看他，而是想碰碰他的肩膀，借以更加恳切地请他不要生气。"好啦，"她又非常羞涩地补充了一句，"我感到，我使用了十分愚蠢的词句。我这是……为了试探您一下。您就当我没说好了。假如我得罪了您，请您原谅吧。请您别这样逼视着我，请您转过身去。您说这是很肮脏的念头：我是故意这么说的，想刺您一下。我有时自己对我想说的话都害怕，却又突然说了出来。您方才说，那封信是您在一生中最痛苦的时刻写的……我知道那是什么时刻。"她又瞧着地面悄悄地说。

"唉，倘若您全知道那就好了！"

"我全知道！"她又激动起来，大声喊道，"当时您跟那个坏女人一起逃走，和她在一套房间里住了整整一个月……"

她说这话时已经不再脸红，而是面色苍白，她从座位上霍地站起，仿佛想得出神了；但是她立刻清醒过来，又坐下了。她的嘴唇继续颤抖了很久。沉默了片刻。这种突如其来的乖常举动使公爵大为震惊，他不知道这是什么引起的。

"我根本就不爱您。"她突然斩钉截铁地说。

公爵没有回答；两人又沉默了片刻。

"我爱加夫里拉·阿尔达利翁诺维奇……"她说得很快，但是声音几乎叫人听不清，她的头垂得更低了。

"这不是实话。"公爵也几乎是耳语般说。

"这么说来我是在撒谎？这是实话；前天，就在这条长凳上我答应了嫁给他。"

公爵吓了一跳，沉思了片刻。

"这不是实话，"他坚定地重复道，"这都是您编出来的。"

"您太客气了。您要知道，他已经改过自新。他爱我，胜过爱自己的生命。他在我面前烧自己的手，只是为了证明他爱我胜过爱自己的生命。"

"烧自己的手吗？"

"是啊，是烧自己的手。信不信由您——我无所谓。"

公爵又沉默了。阿格拉娅的话并没有开玩笑的成分；她在生气。

"怎么，如果事情是在这里发生的，难道他把蜡烛带到这里来啦？否则我可想不出……"

"是的……他把蜡烛带来了。这有什么不可能的？"

"是整支蜡烛，还是插在烛台上的？"

"噢……不……是半支蜡烛……蜡烛头……整支蜡烛，——反正一样，您别纠缠啦！……您要是想听，我可以告诉您：他还带来了火柴。他点上蜡烛，把一根手指在蜡烛上放了整整半个钟头。难道这不可能吗？"

"昨天我见过他；他的手指好好的。"

阿格拉娅突然噗哧一笑，完全像个孩子。

"您可知道我方才干吗撒谎？"她蓦地完全像孩子一般满怀信任地转脸瞧着公爵，嘴唇依然因发笑而颤抖不止，"因为只要你撒谎的时候巧妙地塞进一点不大寻常的古怪玩艺儿，您要知道，塞进一点极为罕见、甚至根本不曾有过的东西，那么这个谎言就会变得可信得多。我注意到了这一点。可是由于我不会撒谎,所以露了马脚……"

她蓦地又皱紧眉头,仿佛清醒过来了。

"那一天,"她向公爵转过身去,严肃地、甚至忧郁地瞧着他,"那一天我向您读《不幸的骑士》,虽说我的确是想……为了一件事恭维您,可我还想为了您的行为把您痛骂一顿,并告诉您我无所不知……"

"您对我……以及对您方才说得那么可怕的那个不幸的女人,都很不公平,阿格拉娅。"

"因为我全知道,什么都知道,所以才那么说!我知道您半年前曾当众向她求婚。您别打断我的话,您瞧,我是不加评论地这么说的。在那以后,她和罗戈任逃走了;后来您又和她同住在一个村子里,也许是城市里,她又离开您去找别人。(阿格拉娅满脸通红。)后来她又回到罗戈任那里,他爱她,就像……就像发了疯一样。后来,您也是个很聪明的人,您刚知道她回到了彼得堡,就马上跑到这里来找她。昨天晚上您跑去保护她,方才又梦见她……您瞧,我无所不知;您是为了她,为了她才到这儿来的吧?"

"是的,是为了她。"公爵轻声答道,他忧郁地、若有所思地低下头去,根本没有想到阿格拉娅曾目光炯炯地瞧了他一眼。"是为了她,只不过想弄清……我不相信她和罗戈任在一起会幸福,虽然……总之,我不知道我在这儿能为她做什么事,能帮她什么忙,可我还是来了。"

他打了个寒噤,瞧了瞧阿格拉娅;阿格拉娅憎恨地听着他说。

"既然您到这里来却又不知道为了什么,可见您是很爱她的。"她终于说。

"不，"公爵答道，"不，我不爱她。啊，但愿您能知道，如今我回忆起和她一起度过的那些时日，感到多么可怕！"

他说这番话时浑身发抖。

"您全说出来吧。"阿格拉娅说。

"其中根本就没有什么您不能听的事。为什么我就是想把这一切告诉您，只告诉您一个人，——我不知道；也许是我的确很爱您。这个不幸的女人深信她是世上最堕落、最不规矩的女人。啊，您可别侮辱她，别朝她扔石头！她明知自己蒙受了不该蒙受的耻辱，所以万分痛苦！她有什么错，我的主啊！噢，她一刻不停地狂呼，说她不承认自己有罪，她是别人的牺牲品，是一个色鬼兼恶棍的牺牲品；但是不论她对您说什么，您要知道，她自己首先就不相信自己，相反地，她自己的整个良心都相信是她……自己的错。当我试图驱散这种阴影的时候，她竟陷入极大的痛苦，如今我一想起那段可怕的时期，我的心病便永无痊愈之日。我的心仿佛永远被刺穿了。她离我而去，您可知道是为了什么？只是为了向我证明她是一个下贱的女人。然而最可怕的是她自己也许并不知道她只不过想向我证明这一点，她之所以逃跑，是因为她心里总想做一件可耻的事，以便能够对自己说：'瞧，你又干了一件丑事，所以你是个贱货！'噢，也许您不明白这一点，阿格拉娅！您要知道，对她来说，在这种永无休止的耻辱感中也许包含着一种可怕的、不自然的快感，仿佛是对什么人报了仇，雪了恨。我有时想使她重又看到自己周围的光明；但是她马上又气愤起来，痛苦地责备我蓄意炫耀自己比她高尚（其实我并没有这种念头），对于我的求婚，她末了竟直截了当地向我宣布：她不需要任何人恩赐的同情或帮助,也不想跟任何人平起平坐。您昨天看见她了;难道您认为她和那群人在一起会觉得幸福,她是那帮人的同伙吗?您不知道她多么有修养,理解力有多强!她有时甚至使我吃惊!"

"您在那里也对她这样……说教吗?"

"噢,不,"公爵若有所思地继续说道,没有理会问话的口气,"我几乎一直默不作声。我常想说话,可我实在不知道说什么好。您知道,在某些情况下,最好是一言不发。噢,我爱过她;噢,很爱她……但是后来……后来……后来她全猜到了。"

"猜到了什么?"

"猜到我不过是可怜她,而我……已经不爱她了。"

"您怎么知道,也许她果真爱上了……跟她一起走的那个地主?"

"不,我全知道;她不过是戏弄他罢了。"

"她从来没有戏弄过您?"

"不。她常常气愤地戏弄我。哦,那当儿她总是怒气冲冲地、恶狠狠地责备我,——她自己也非常痛苦!但是……后来……唉,您别提啦,别再对我提这件事啦!"

他用双手捂住了自己的脸。

"您可知道,她几乎每天给我写信?"

"这么说来,这是真的喽!"公爵惊慌地喊道,"我听说过,可一直不愿相信。"

"谁告诉您的?"阿格拉娅胆怯地哆嗦了一下。

"是罗戈任昨天告诉我的,不过说得不太清楚。"

"昨天?是昨天早晨吧?昨天什么时候?是在听音乐以

前还是以后?"

"在听音乐以后;晚上十一点多钟。"

"噢,如果是罗戈任……您可知道,她在那些信里给我写了些什么?"

"不论写什么我也不会吃惊。她是个疯子。"

"这就是那些信(阿格拉娅从口袋里掏出装在信封里的三封信,把信扔到公爵面前)。她已经恳求我整整一个礼拜了,连劝带哄地要我嫁给您。她……她虽然发疯了,但是很聪明,您说得很对,她比我聪明得多……她给我写信,说她爱上了我,说她每天都要找机会看看我,哪怕从远处看我一眼也是好的。她写道,您爱我,她知道这一点,早就看出来了,您和她在那里常谈到我。她希望您获得幸福;她相信只有我能使您幸福……她写得那么荒唐……奇怪……这些信我没有给任何人看过,我等着您;您可知道这是什么意思?您一点也没有猜到?"

"这是疯狂;是她发疯的证据。"公爵说道,他的嘴唇颤抖起来。

"您是不是哭啦?"

"不,阿格拉娅,不,我没有哭。"公爵瞧了瞧她。

"我可怎么办呢?您给我出个什么主意呢?我不能老是收到这样的信呀!"

"噢,别理她,我恳求您,"公爵喊道,"碰到这种莫名其妙的事您能有什么办法?我要竭尽全力让她不再给您写信。"

"若是这样,那您就是一个没良心的人啦!"阿格拉娅喊道,"难道您没有看出,她并不是爱上了我,而是爱上了您,只爱您一个人!既然您看出了她的一切,难道却没看出这一点?

您可知道这是怎么回事？这些信说明了什么？这是嫉妒；这比嫉妒还要厉害！她……您以为她果真会嫁给罗戈任，像她在这些信里所写的那样？只要我们一结婚，她第二天就会自杀！"

公爵打了个寒噤；他的心都快停止跳动了。但他惊讶地瞧着阿格拉娅：他不禁奇怪地发现，这个孩子早就成为女人了。

"上帝可以作证，阿格拉娅，为了使她重又获得安宁并使她幸福，我可以献出我的生命，但是……我已经不能爱她，她也知道这一点！"

"那么您就牺牲自己，这也合乎您的为人！您本来是一个大善人嘛。您别叫我'阿格拉娅'……您方才就光叫我'阿格拉娅'……您应该、您必须使她振作起来，您应该再次带她出走，使她的心获得平静和安宁。您不是爱她吗！"

"我不能这样牺牲自己，虽然有一次我也曾想……说不定现在还想这样。但是，我确实知道，她和我在一起是会毁掉的，所以我要离开她。我今天七点钟本来要去见她；我现在也许不去了。像她这么骄傲，她永远不会原谅我的爱情，——于是我们只得同归于尽！这是不自然的，不过在这件事上一切都不自然。您说她爱我，但是这难道是爱情？在经历了我已忍受过的一切之后，难道还会有这样的爱情！不，这是另一种东西，而不是爱情！"

"您的脸色多么苍白呀！"阿格拉娅突然被吓住了。

"没关系；我睡得太少了；身子虚弱，我……我们当时的确谈起过您，阿格拉娅……"

"那么这是真的？您当真会跟她谈到我，而且……当时您只见过我一次,怎么就会爱上我呢?"

"我也不知道这是怎么回事。处于我当时面临的困境,我曾幻想……也许是依稀看到了一线新的曙光。我不知道怎么会首先想到您。我当时写信给您,说我不知道,那是真话。当时这一切不过是一种幻想,出自当时的恐惧……我后来开始学习;我本可以三年不来这里……"

"这么说来,您是为她而来的?"

阿格拉娅的声音有点颤抖。

"是的,是为了她。"

双方都闷闷不乐地沉默了两三分钟。阿格拉娅从座位上站起来。

"既然您说,"她犹豫不决地开始说道,"既然您自己相信那个……您的那个女人……是个疯子,不过她那些疯狂的念头可与我无关……列夫·尼古拉耶维奇,我请您把这三封信拿去,替我掷还给她! 倘若她,"阿格拉娅蓦地喊道,"倘若她胆敢再给我写一行字,那么您就告诉她,我要去向爸爸告状,叫人把她送进感化院……"

公爵跳了起来,惊恐地瞧着勃然大怒的阿格拉娅;他面前仿佛蓦地出现一片迷雾……

"您不可能有这样的感觉……这不是真话!"他喃喃地说。

"这是真话! 真话!"阿格拉娅几乎是忘情地叫道。

"什么真话? 什么样的真话?"他们的身边响起一个惊恐的声音。

伊丽莎白·普罗科菲耶夫娜站在他们面前。

"我要嫁给加夫里拉·阿尔达利翁诺维奇,这就是真话!

我爱加夫里拉·阿尔达利翁诺维奇,明天我就跟他私奔,这就是真话!"阿格拉娅急忙冲着母亲嚷道,"您听见了吗?您的好奇心得到满足啦?这总该使您满意了吧?"

她跑回家去了。

"不成,老弟,您现在可不能走,"伊丽莎白·普罗科菲耶夫娜拦住了公爵,"劳您的驾,请上我那儿去解释一下……真是活受罪,我通宵没睡……"

公爵跟她走了。

九

伊丽莎白·普罗科菲耶夫娜回到家里,就在头一个房间里站住;她再也走不动了,只得精疲力竭地在沙发床上坐下,甚至都忘了请公爵坐下。这是一个很大的大厅,中央放着一张圆桌,有壁炉,窗边的架子上摆着许多花,后墙上还有一扇通往花园的玻璃门。阿杰莱达和亚历山德拉马上走了进来,疑惑而纳闷地瞧着公爵和母亲。

在别墅里,小姐们通常在九时左右起床,只有阿格拉娅一个人近两三天来起身略早,去花园里散步,不过再早也不是在七点,而是在八点,甚至更晚。伊丽莎白·普罗科菲耶夫娜由于满腹心事,的确通宵未眠,她在八时左右起床,特意去花园里找阿格拉娅,因为她预料阿格拉娅已经起来了,可是无论在花园中还是在卧室里都不见影踪。这时她就着实惊慌起来,把两个大女儿叫醒了。她从女仆口中知道:阿格拉娅·伊万诺夫娜六点多钟就到公园去了。两位姐姐对她们那个古怪妹妹的新花招冷笑了一下,就对妈妈说,倘若妈妈到公园去找阿格拉娅,她也许还会生气的,大概她现在正坐在绿凳上看书,她三天前就提到过那张凳子,为了那张凳子还险些跟Щ公爵吵起来,因为Щ公爵认为那条绿凳附近并没有什么特别之处。伊丽莎白·普罗科菲耶夫娜看见女儿和公爵在那里会面,又听到女儿说出那一番奇怪的话来,由于很多原因,不禁大为震惊。但是,现在她把公爵带来以后,却又觉得难以启齿:"阿格拉娅究竟为什么不能在公园里跟公爵见面与交谈,即使他们是预先约好的?"

"亲爱的公爵,请不要以为,"她终于鼓起勇气说道,"我把您拉到这里来是要审问您……亲爱的,从昨天晚上起,我本来都不愿再见您了,在很长的时间里不再见您……"

她稍稍停顿了一会儿。

"但是您毕竟很想知道,我今天跟阿格拉娅·伊万诺夫娜是怎么会见的吧?"公爵神态自若地替她把话说完。

"我当然想知道!"伊丽莎白·普罗科菲耶夫娜立刻生气了。"我不怕有话直说,因为我并没有得罪任何人,也不想得罪任何人……"

"您别这么说! 不管得罪不得罪,您自然都想知道。您是做母亲的呀。今晨七时正,我应阿格拉娅·伊万诺夫娜昨天的约请,在绿凳那里和她见面。她昨晚给我一纸便笺,说她要见我,还有要事相商。我们见面以后谈了整整一个小时,谈的事都只跟阿格拉娅·伊万诺夫娜一人有关;就是这样。"

"当然就是这样,老弟,无疑就是这样。"伊丽莎白·普罗科菲耶夫娜庄重地说。

"好极了,公爵!"阿格拉娅突然走进室内说道,"我由衷地感谢您,因为您也认为我在这里不会下贱到撒谎的地步。您问够了吧,妈妈,也许您还想审问?"

"你要知道,到现在为止,我还不曾为了什么事在你面前脸红……虽说你也许喜欢这样。"伊丽莎白·普罗科菲耶夫娜用教训的口吻答道。"再见吧,公爵;我打扰了您,请原谅。

我希望您会依然相信我对您始终不渝的敬意。"

公爵立刻向双方领首告辞,默默地走了。亚历山德拉和阿杰莱达笑了笑,互相说了句悄悄话。伊丽莎白·普罗科菲耶夫娜严厉地看了她们一眼。

"妈妈,"阿杰莱达笑了起来,"我们只是看到公爵点头行礼的样子那么潇洒,这才笑的;有的时候他呆若木鸡,不料突然之间竟像……像叶夫根尼·帕夫雷奇。"

"优雅和尊严是修身养性的结果,而不是舞蹈教师教的。"伊丽莎白·普罗科菲耶夫娜用教训的口吻说,随后便上楼回到自己的房间,甚至都没看阿格拉娅一眼。

公爵回到自己那里已九时左右,他在凉台上遇见薇拉·卢基扬诺夫娜和一个女仆。她们正在一起收拾和打扫昨天留下的那个乱摊子。

"谢天谢地,我们总算在您回来以前收拾完了!"薇拉快乐地说。

"您好;我有点头晕。我没睡好;我想睡一觉。"

"就在这凉台上,像昨天一样?好吧。我去告诉大家,让他们别吵醒您。爸爸不知到什么地方去了。"

女仆出去了;薇拉本想跟她出去,但又转身回来,忧心忡忡地走到公爵面前。

"公爵,您可怜可怜那个……不幸的人吧;今天别赶他出去。"

"我决不赶他;随他自己的便。"

"他现在什么也不干了……您对他别太苛刻啦。"

"噢,不会的,我干吗要这样呢?"

"还有……别取笑他;这是最主要的。"

"噢，决不会这样!"

"我很蠢,不该对您这样的人说这种事,"薇拉的脸涨红了,"您虽然很累,"她笑了,半转过身子想走,"可是这会儿您的眼睛却那么可爱……招人喜欢。"

"难道会招人喜欢?"公爵兴奋地问道,开心地笑了起来。

薇拉本是一个天真烂漫、像男孩子一样随便的姑娘,但不知为什么,她忽然害起臊来,脸也越发红得厉害,她照旧笑着,匆匆走到室外去了。

"多么……可爱的姑娘……"公爵想道,但是立刻就把她忘了。他向凉台的角落走去。那里放着一张沙发床,沙发床前面有一张茶儿。他坐下后用双手捂住脸,坐了十来分钟。突然他心慌意乱地急忙把一只手伸进一侧的口袋,掏出三封信来。

然而门又开了,科利亚走了进来,公爵只得把信放回口袋过一会儿再看,不过这倒似乎使他感到高兴。

"嘿,真是新闻!"科利亚说着便在沙发床上坐下。他像和他类似的所有男孩子一样,总是单刀直入。"现在您对伊波利特怎么看? 毫无敬意吧?"

"为什么……但是,科利亚,我累了……何况旧事重提也未免太可悲了……不过,他怎么啦?"

"睡着了,还能睡两个钟头。我明白。您没在家里睡觉,去公园走走……当然,心中不安……那还用说!"

"您怎么会知道我去公园走走,没在家里睡觉?"

"方才薇拉说的。她劝我不要进来;我忍不住还是进来了,只坐一会儿。我在他的床前守了两小时;现在让科斯佳·列别杰夫替我。布尔多夫斯基走了。公爵,您躺下吧:祝您晚……不,祝您日安! 不过您知道,我吃了一惊!"

"当然……所有这一切……"

"不,公爵,不是的;是那篇自白使我吃惊。主要的是他说到上帝和来世生活的那一段。那里面有一个伟——大——的思想!"

公爵温存地看了看科利亚。科利亚之所以进来,当然就是为了尽快谈谈这个伟大的思想。

"但是主要的,主要的不只是思想,而是整个环境! 倘若写这篇东西的是伏尔泰、卢梭、蒲鲁东,那我也会读下去,把它记住,但不会吃惊到这种程度。但是,一个人明知他只能再活十分钟,却说出这样的话来,——这是多么高傲! 要知道,这是傲然物外,目空一切,这简直是无法无天……不,这是巨大的精神力量! 在这以后还一口咬定他故意没放火帽,——这是卑劣的,不自然的! 您知道,他昨天耍了个花招,欺骗了我们:我从来没有和他一起收拾过旅行袋,也从来没见过手枪;都是他自己收拾的,因此,他突然把我弄糊涂了。薇拉说,您答应把他留在这里;我可以发誓,不会有危险,何况我们大家都不离开他。"

"你们当中谁去守的夜?"

"我,科斯佳·列别杰夫,布尔多夫斯基;凯勒待了一会儿,后来就到列别杰夫那儿睡觉去了,因为我们那儿无处可睡。费尔德先科也睡在列别杰夫那儿,七点钟走的。将军一向住在列别杰夫家里,现在也走了……列别杰夫也许马上会到您这里来;我也不知道是为什么,他一直在找您,问了我两次。既然您想睡觉,那么还让不让他进来? 我也要去睡觉。啊,是的,我要告诉您一件事。方才将军使我吃了一惊:布尔多夫斯基在六点多的时候,也许就在六点钟的时候,把我叫醒,叫我去值班。我出去了一会儿,忽然遇见将军,他还醉醺醺的,没有认出我来,只是呆呆地站在我面前。他刚醒过酒来就跑去问我:'病人怎么样啦？我是来打听病人的情况的……'我如此这般地向他作了报告。他说:'这一切都很好,但是,我所以起床到这里来,主要是为了警告你;我有根据认为,在费尔德先科先生面前不能什么都说……要有所保留,'您明白吗,公爵？"

"真的？不过这……对我们来说到无所谓。"

"是的,无疑是无所谓的,我们又不是共济会①会员！所以将军专为此事夜里跑来叫醒我,就不免使我惊奇了。"

"您说,费尔德先科走啦？"

"七点钟走的;还顺便去看了看我,当时我正在值班！他说要去维尔金那里睡个够,——这里有一个醉鬼叫维尔金。好吧,我走啦！啊,卢基扬·季莫费伊奇也来了……公爵想睡觉,卢基扬·季莫费伊奇;请回吧！"

"只待一分钟,敬爱的公爵,为了一件在我看来至关紧要的事,"列别杰夫走了进来,用一种虚张声势的口吻紧张地低声说道,还郑重其事地鞠了一躬。他刚回来,还没来得及进自己的家门,因此手里还拿着帽子。他的脸上愁云密布,还有一种特别的、异乎寻常的庄重神态。公爵请他坐下。

"您打听过我两次吗？您也许还在为昨天的事感到不安……"

"您以为是关于昨天那个孩子的事吗,公爵？哦,不是

———————

① 共济会,当时欧洲各国的一种秘密会社。

的,先生。昨天我的思想很乱……可是今天我已经不打算对您的任何主张提出异议了。"

"提出……您说什么?"

"我说:提出异议;这是个法文词,就像俄文中其他许多外来语一样;可是我特别不赞成这个词儿。"

"列别杰夫,您今天怎么这样一本正经,彬彬有礼,说起话来还慢条斯理的呢?"公爵笑了笑。

"尼古拉·阿尔达利翁诺维奇!"列别杰夫几乎用一种深受感动的声音对科利亚说,"我有一件事要告诉公爵,此事只涉及……"

"噢,那当然,那当然,这与我无关! 再见,公爵!"科利亚立刻离去。

"我喜欢这孩子,因为他聪明,"列别杰夫目送着他说道,"这孩子很机灵,虽说太爱缠人。我倒了大霉,敬爱的公爵,那是在昨天晚上,也可能是今天凌晨……准确的时间我还不能肯定。"

"什么事?"

"从一侧的口袋里遗失了四百卢布,敬爱的公爵。那时已给您祝完了寿!"列别杰夫苦笑着补充道。

"您遗失了四百卢布? 真可惜。"

"对于一个依靠自己的劳动过着清白生活的穷人来说,尤其如此。"

"那当然,那当然;怎么弄丢的?"

"还不是由于喝酒,先生。我就像恳求上帝似的前来找您,敬爱的公爵。我昨天下午五点钟从一个债户那里得到这笔四百银卢布的款子,就坐火车回到这里。皮夹放在口袋里。

当我脱下制服换上常礼服的时候,就把钱改放进常礼服的口袋,打算带在身边,以便晚上借给另一个债户……等候代理人光临。"

"顺便问问,卢基扬·季莫费伊奇,据说您在报上登过发放贷款的广告,不过债户得用金银器皿作抵押,这可是真的?"

"由代理人出面;我自己的名字是不公布的,甚至也不公布住址。我只有一点薄本,由于家中人口增多,您也会同意,我放债的利息是公平合理的……"

"是啊,是啊;我只不过是打听一下,请原谅我打断了您的话。"

"代理人没有来。就在那当儿,他们把那个倒霉家伙弄来了。我吃罢午饭就觉得头重脚轻。后来那些客人来了,喝完……茶,于是……我就倒霉透顶地高兴起来。到了晚上,那个凯勒走了进来,宣布庆祝您的生日,还吩咐开香槟酒,亲爱的、敬爱的公爵,我有一颗心(您大概也看出了这一点,因为我当之无愧),我有一颗心,这颗心虽然说不上是悲天悯人的,可起码是知恩图报的,我也以此自豪,——我为了更为隆重地筹备这次聚会并亲自向您祝贺,突然想去换下我那件旧衣,仍旧穿上我回来时脱下的那件制服,于是我就这么办了,公爵,您大概也看见了我整个晚上都穿着那件制服。我换衣时忘记了常礼服里还有一只皮夹……上帝想惩罚一个人的时候,必先使他忘乎所以:这话一点不假。直到今天早上七点半,我醒来后就像疯子似的跳了起来,首先就一把抓住了那件常礼服,——口袋里已空空如也!皮夹不翼而飞了。"

"唉,这可伤脑筋!"

"的确伤脑筋;您的确是恰如其分地马上就找到了适当的字眼。"列别杰夫不无诡谲地补充道。

"可不是嘛,不过……"公爵想着想着便不安起来,"这可不是闹着玩的。"

"的确不是闹着玩的,公爵,您又找到了一句话来形容……"

"唉,得了吧,卢基扬·季莫费伊奇,这有什么可找的?要紧的不是词句……您是不是认为,皮夹可能是您喝醉以后从口袋里丢掉的?"

"可能是的。喝醉以后什么事都可能发生,正像您坦率指出的那样,敬爱的公爵!但是请您想一想,先生:如果我在换衣服的时候把皮夹从口袋里抖落出来,那抖落出来的东西就该掉在地板上。可是这东西上哪儿去了呢?"

"您没有放进桌子的抽屉里吗?"

"都找过了,到处都翻遍了,何况我根本就没有把它藏在任何地方,也不曾打开任何一个抽屉,我记得很清楚。"

"小柜子里看过没有?"

"首先我就去看小柜子,先生,今天已经看过好几次啦……我怎么会把它放进小柜里呢,可敬的公爵?"

"说实在的,列别杰夫,这使我感到不安。这么说来是什么人从地板上拾去了吧?"

"或者是从口袋里偷走的! 二者必居其一,先生。"

"这使我十分不安,因为究竟是谁……问题就在这里!"

"毫无疑问,主要问题就在这儿;您无比精确地找到了恰当的词汇和想法来说明当时的情况,无比尊贵的公爵。"

"喂,卢基扬·季莫费伊奇,您别挖苦人,在这种情况下……"

"挖苦!"列别杰夫喊道,并举起双手一拍。

"好啦,好啦,我并不生气,这完全是另一码事……我是替别人担心。您怀疑是谁干的?"

"这是个最困难……最复杂的问题! 我不能怀疑女仆:她当时待在厨房里。我也不能怀疑自己的子女……"

"那还用说。"

"这么说来,就是来宾中的什么人了,先生。"

"不过这可能吗?"

"完全不可能,绝对不可能,但是肯定就是这么回事。不过我同意,甚至还相信,倘若这是一桩盗窃案,那也不是发生在晚间大家聚会的时候,而是发生在夜里,甚至是在清晨,作案的是在这里过夜的那些人当中的一个。"

"哎哟,我的主啊!"

"当然,我可以把布尔多夫斯基和尼古拉·阿尔达利翁诺维奇排除在外;他们根本就没去过我的房间,先生。"

"那还用说,就算去过也是一样! 在您那里过夜的都是谁呀?"

"连我在内,共有四人在那里过夜,住在两个毗连的房间里:我,将军,凯勒和费尔德先科先生。这么说来,就是我们四人当中的一个啦,先生!"

"也就是三个人当中的一个;不过究竟是谁呢?"

"为了公平合理起见,我把自己也算在内了;但是您得承认,公爵,我可不会自己偷自己的东西,虽然世上也常有这样的事……"

"唉,列别杰夫,这真烦人!"公爵不耐烦地嚷道,"快说本题吧,您何必东拉西扯! ……"

"这么说来,还剩下三个人,先生,第一个是凯勒先生,他是个反复无常的人,一个酒鬼,在某些场合还是个自由主义者,这是就他对别人口袋的态度而言,先生。但是在别的方面,与其说他是个自由派,倒不如说他是古代的骑士。他起初在这里过夜,睡在病人的房间里,直到半夜,才以睡在光地板上太硬为借口,搬到我们那里去。"

"您怀疑他?"

"我怀疑过,先生。我在早晨七点多钟像疯子似的跳了起来,用一只手狠狠地打着自己的前额,立刻把正做美梦的将军唤醒。我们俩想到费尔德先科奇怪的失踪,就已产生了疑心,因此立刻决定搜查像……像……几乎像一枚钉子似的躺在那儿的凯勒,先生。我们搜查得很彻底:他腰无分文,甚至都找不到一只没破的口袋。一块蓝色的、带方格的棉布手帕已经脏得有伤大雅了,先生。还有一个侍女写给他的一封情书,写信人向他要钱,还写了些恐吓的话,此外就是写在几张纸上的那篇您已经知道的小品文,先生。将军断定不是他偷的。为了获得最充分的情报,我们使劲推他,硬把他弄醒了;他好不容易才明白是怎么回事;他张着嘴,一副喝醉了的模样,脸上的表情是古怪而天真的,甚至是愚蠢的,——决不是他,先生!"

"噢,我多么高兴!"公爵愉快地松了口气,"我方才可真替他担心!"

"您担心吗?这么说来您已经有怀疑他的根据啦?"列别杰夫眯起眼睛说。

"噢,不,我只是随便说说,"公爵说不下去了,"我说我担心,这话说得太蠢了。劳您的驾,列别杰夫,别把这话告诉任何人……"

"公爵,公爵! 我把您的话珍藏在心里……藏进我的心灵深处! 我一定守口如瓶,先生! ……"列别杰夫把帽子捂在心口上,兴高采烈地说。

"好啦,好啦! ……这么说来是费尔德先科啦? 我是想说,您怀疑费尔德先科吧?"

"还能怀疑谁呢?"列别杰夫凝视着公爵轻声说。

"那当然……还能怀疑谁呢……可是我还要问一句:有什么罪证呢?"

"罪证是有的,先生。第一,在早晨七点钟,甚至在七点以前,他就不知去向了。"

"我知道,科利亚告诉过我,说他到科利亚那里去过,还说他要去找……我忘记是找什么人了,反正是要到他的朋友家去睡个够。"

"去找维尔金,先生。这么说来,尼古拉·阿尔达利翁诺维奇已经对您说过啦?"

"他根本没提偷钱的事。"

"他不知道,因为我对这件事暂时保密。这么说来,他是去找维尔金了;一个酒鬼去找另一个跟他一样的酒鬼,哪怕是在天刚发亮的时候,而且又是无缘无故的,看上去这又有什么奇怪呢,先生? 不过这里就露出了马脚:他离开的时候留下了地址……现在请您注意,公爵,这里有个问题:他为什么要留下地址呢? ……他为什么故意走弯路到尼古拉·阿尔达利翁诺维奇那里去一趟,告诉他'我要到维尔金那里去睡个够'呢? 谁会去注意他要离开这里去找维尔金呢? 何必郑重宣布

608

呢？不,这里面有花招,先生,小偷的花招！这就是说:'我故意不隐瞒我的去向,那么我又怎么会是小偷呢？难道小偷会郑重宣布自己的去向?'他多此一举是为了避嫌,也可以说是为了抹去自己留在沙地上的足迹……您明白我的意思吗,敬爱的公爵？"

"明白,很明白,不过罪证还不够充分吧?"

"第二个罪证:他的行踪原来是假的,他留下的地址也不准确。一小时后,也就是在八点钟的时候,我已经去敲维尔金家的门;他就住在这里的五号街上,先生,我还认识他呢,先生。费尔德先科根本不在那里。虽然我从一个完全是聋子的女仆那里打听到,一小时前的确有人敲过门,甚至敲得很凶,把门铃都敲掉了。但是女仆没开门,因为她不愿吵醒维尔金先生,但也许是她自己不愿起床。这是常有的事,先生。"

"这就是您掌握的全部罪证？这还不够。"

"公爵,但是还能怀疑谁呢,您想想看?"列别杰夫末了非常动人地说,他的笑容里流露出一种狡黠的神气。

"您应该在室内和抽屉里再好好地找找！"公爵沉思片刻,忧心忡忡地说。

"找过了,先生!"列别杰夫更为动人地叹了口气。

"哼！……您为什么、为什么要换掉那件常礼服呢？"公爵懊恼地敲了敲桌子喊道。

"这是一出古代喜剧里的问题,先生。但是,大慈大悲的公爵！您太为我的不幸操心了！我不配让您这么操心。也就是说:只有我一个人不配;可是你也在为罪犯……为那个一钱不值的费尔德先科先生难过吧?"

"是啊,是啊,你们的确叫我放心不下,"公爵心不在焉而又不满地打断了他的话，"既然您确信是费尔德先科干的……那么您打算怎么办呢？"

"公爵，敬爱的公爵，此外还能是谁呢，先生？"列别杰夫越来越令人感动地曲意奉承道，"既然没有别人可以怀疑，也可以说除了费尔德先科先生之外，根本不可能再怀疑别人，那么这就可能说是不利于费尔德先科先生的又一个罪证，这已经是第三个罪证啦！因为还是那个老问题，此外还能是谁呢？我总不能怀疑布尔多夫斯基先生吧？哈哈哈！"

"简直是胡扯！"

"最后，总不能怀疑将军吧？哈哈哈！"

"简直胡说八道！"公爵几乎是气愤地说，不耐烦地在座位上转过身去。

"当然是胡说八道啦！哈哈哈！那一位，就是将军，真叫我觉得可笑，先生！我方才不失时机地和他一起追到维尔金家中，先生……您要注意，我在发现失窃以后首先把他叫醒，当时他比我还吃惊，甚至脸色都变了，红一阵，白一阵，末了突然义愤填膺，怒不可遏，简直出乎我的意料，先生。他真是一位无比高尚的人！他虽然撒谎成性，但他具有最崇高的感情，虽说不大精明，却能以他的天真赢得别人的绝对信任。我已对您说过，敬爱的公爵，我不但喜欢他，甚至还爱他，先生。他蓦地在街心站住，敞开常礼服，露出胸脯，说：'你搜我吧。你搜过凯勒，为什么不搜搜我呢？只有这样才公道！'他的手脚直抖，脸色煞白，样子那么可怕。我笑了起来，说：'你听我说，将军，倘若是另一个人对我说你会干这种事，我马上会亲手把我的脑袋取下来放在一个大盘子里，亲自端给一切怀疑您的人，说："你们瞧这个脑袋，我可以用自己的这颗脑袋替他担保,不但用脑袋,就是跳火海也成!'我说:'我打算这样替你担保!'他立刻拥抱了我,就在大街上老泪纵横地哆嗦起来,把我紧紧地搂在胸前,使我都快要咳嗽了。他说:'你是我患难中的唯一知己!'真是个多愁善感的人,先生!噢,不消说,一路上他又借此机会讲了一段故事。他说,他年轻时也有一次被怀疑偷了五十万卢布,但是第二天他就跑进一幢失火的房子,从火中救出了怀疑他的那位伯爵和当时还是姑娘的尼娜·亚历山德罗夫娜。伯爵拥抱了他,尼娜·亚历山德罗夫娜还因此嫁给了他。在失火的第二天,就在火灾留下的废墟里发现了那只装着遗失的金钱的小匣;那是一只英国造的铁匣,装有暗锁,不知怎么掉到地板底下去了,所以谁也没有发现,火灾之后才被找到。这完全是谎话,先生。可是他提到尼娜·亚历山德罗夫娜的时候竟嘤嘤啜泣起来。尼娜·亚历山德罗夫娜是一位无比高尚的女人,虽然她生我的气。"

"你们不认识?"

"几乎不认识,先生,但是我非常愿意认识她,哪怕只是为了在她面前替自己辩解一番也好。尼娜·亚历山德罗夫娜对我不满,说我现在老是让她的丈夫酗酒,使他堕落。然而我非但没有教他堕落,反倒劝他学好;我也许还在使他摆脱那帮极为有害的伙伴。再说,他还是我的朋友,先生;老实告诉您,我现在决不离开他,先生,也就是说:他走到哪里,我也跟到那里,因为对他只能动之以情。如今他根本不再去找他那位大尉夫人了,虽说他心里仍不能忘情于她,有时想起她甚至还唉声叹气的,尤其是在每天早上起身后穿皮靴的当儿,我不知道他为什么非在这个时候叹气。他没有钱,这就坏啦,因为没有钱就休想去找她,先生。他没有向您借过钱吧,敬爱的公爵?"

"不,没借过。"

"他不好意思借。他本来还是想借的;他甚至曾对我承认,他想来打扰您,可又不好意思,先生,因为您前不久刚帮过他的忙,此外他还认为您不会借钱给他。他是把我当作朋友对我这么说的。"

"您没有借钱给他?"

"公爵!敬爱的公爵!不但是钱,为了这个人,我甚至可以说不惜性命……不,我不想夸大其辞,——不是不惜性命,但是这么说吧,不惜为他得一场寒热病,长个什么脓疮,甚至咳嗽不止,——只要确有必要,我的确愿意这样;因为我认为他是一个伟大的、然而已经堕落的人!就是这样,先生;不仅仅是钱,先生!"

"这么说来,您借给他钱了?"

"没有:我不曾借钱给他,先生,他自己也知道,我不会借给他的,先生。但是,这不过是为了限制他,使他改过自新。方才他缠着我,要和我一起去彼得堡。我去彼得堡是为了不失时机地尽快找到费尔德先科,因为我确切地知道,他已经到彼得堡去了,先生。我的将军简直是急不可耐,先生;可是我怀疑他到了彼得堡就会从我身边溜走,去找大尉夫人。老实说,我甚至会故意让他离开我,我们已经约好,到彼得堡后马上分头寻访,以便更容易找到费尔德先科先生。我把他放走以后,再突然到大尉夫人家里去堵住他,就像给他当头浇一桶雪水,——说实在的,这是为了让他明白,作为一个有家室的人,甚至作为一个一般的男人,他都应该感到害臊。"

"您可别惹出乱子,列别杰夫,看在上帝的分上可别惹出乱子。"公爵极为不安地低声说。

"不会的,只不过是让他感到惭愧,让他看看他自己的那副丑态,因为单凭一个人的面部表情就可以得出许多结论,敬爱的公爵,尤其是这种人!啊,公爵!我自己虽然倒了大霉,然而即便是如今我也不能不想到他,不能不考虑怎样改变他的为人。我对您有一个特别的请求,敬爱的公爵,老实说,我就是为此而来的,先生:您已经认识了他的家庭,甚至还在他家里住过,先生。假如您,大慈大悲的公爵,肯在这方面帮我的忙,哪怕仅仅为了将军一个人,为了他的幸福……"

列别杰夫甚至像祈祷那样合起双手。

"究竟是什么事?怎么帮忙?请您相信,我非常愿意彻底了解您的意思,列别杰夫。"

"我正是由于有这样的信心,这才来找您的!可以通过尼娜·亚历山德罗夫娜起点作用;经常从这位将军的家庭内部去观察他,也可以说是监视他。可惜我不认识他们,先生……何况那儿还有尼古拉·阿尔达利翁诺维奇,他崇拜您,对您可说是佩服得五体投地,也许他会帮忙……"

"不……让尼娜·亚历山德罗夫娜过问这件事……千万不能这样!也不能让科利亚……不过我也许还没有理解您的意思,列别杰夫。"

"根本就没有什么需要理解的!"列别杰夫简直是从椅子上跳了起来,"只有,只有同情和温存才是医治我们这位病人的良药。公爵,您可允许我把他当作病人?"

"这简直显示出了您的细致和聪明。"

"我就举一个实际的例子向您说明这一点吧。您瞧,他是一个什么样的人,先生:他现在完全迷上了那位大尉夫人,可是他没有钱就休想登她家的门，为了他的幸福，我今天就想在她家里当场捉住他，先生。但是假定他不光只是迷上了大尉夫人，而且还确实犯了罪，或者干了一件极为可耻的勾当（虽然他根本不会这样），那么我告诉您，这么说吧，只要用一种高尚的柔情就可以摆布他，因为他是一个极易动感情的人，先生！请您相信，他憋不了五天就会不打自招，哭哭啼啼地彻底坦白，——尤其是倘若有人能通过他的家庭和您对他的一举一动的监视而巧妙地、光明正大地行事……啊，大慈大悲的公爵！"列别杰夫简直就像心血来潮似的跳了起来，"我并不是说他肯定……我现在可说是打算为他流尽满腔热血，虽然您应该承认，放荡、酗酒和大尉夫人，这三者加在一起，会使他什么事都干得出来。"

"碰到这种事，我当然总是乐于帮忙的，"公爵站起身来的时候说道，"不过我老实告诉您，列别杰夫，我感到非常不安；请问，您是不是还在……总之，您自己说您怀疑的是费尔德先科先生。"

"除了他，还能怀疑谁呢？此外还能怀疑谁呢，无比诚实的公爵？"列别杰夫又令人感动地合上双手，深受感动地微笑着。

公爵皱起眉头从座位上站起来。

"您瞧，卢基扬·季莫费伊奇，要是弄错了，那可不得了。这个费尔德先科……我本来不想说他的坏话……可是这个费尔德先科……谁知道，也许就是他干的！……我是想说，他也许的确比……比别人更有可能干这种事。"

列别杰夫瞪大眼睛，竖起耳朵。

"您瞧，"公爵心慌意乱，眉头皱得越来越紧，他在室内走来走去,竭力不去看列别杰夫,"有人告诉我……有人对我说,除去别的一切之外,费尔德先科先生还是这么一种人,在他面前可得小心谨慎,不能说……一句多余的话,——您明白吗? 我觉得他也许的确比别人更有可能干这种事……可是不能弄错,——这是主要的一点,您明白吗?"

"是谁在谈到费尔德先科先生时告诉您这一点的?"列别杰夫跳了起来。

"噢,有人附耳告诉我的;不过我自己并不相信这一点……我很遗憾,我不能不把这一点告诉您,但是请您相信,我自己的确不相信这一点……这不过是胡说八道……唉,我干得多蠢哪!"

"您瞧,公爵,"列别杰夫简直浑身都发抖了,"这很重要,现在这太重要了,我这不是指费尔德先科先生而言,而是指这个消息怎么会传到您的耳中这件事而言。(列别杰夫说着就跟在公爵后面跑来跑去,竭力和他步调一致。)是这么一回事,公爵,我现在可以告诉您:方才我和将军一起去找那个维尔金,他给我讲完了那一段失火的故事以后,不消说,接着突然气势汹汹地开始对我就费尔德先科先生的情况作了同样的暗示,可他说得那么颠三倒四、语无伦次,使我不禁向他提出了几个问题,于是我完全相信,这个情况只不过是将军大人一时心血来潮编出来的……其实可以说不过是由于他心好而诌出来的,因为他撒谎往往只是由于不能控制自己深受感动的心情。现在就请您瞧瞧,先生:如果他说了谎(我相信这一点),那么您是怎么听到这个情况的呢? 公爵,您要明白,那不过是他一时心血来潮,——那么究竟是谁告诉您的呢? 这很重要,先生,而且……可以说……"

"这是方才科利亚告诉我的，他是不久以前听他父亲说的。他在六点钟，在六点多钟，为了什么事外出，在前厅里遇见了他的父亲。"

公爵把事情一五一十地说了一遍。

"嘿，这就对了，先生，这就是、这就是所谓的线索，先生！"列别杰夫搓着手，不出声地笑着说道，"我就是这么想的，先生！这就是说，将军大人在五点多钟的时候故意中止了自己天真无邪的美梦去叫醒他心爱的儿子，并告诉儿子，跟费尔德先科先生打交道是极其危险的！既然如此，费尔德先科先生还算得上什么危险人物，将军大人慈父的不安又算怎么回事呢！哈哈哈！"

"您听着，列别杰夫，"公爵一筹莫展了，"您听着，这件事要悄悄地办！可别惹出乱子！我请求您，列别杰夫，我恳求您……在这种情况下我可以发誓，我一定帮您的忙，可是别让任何人知道；别让任何人知道！"

"请您相信，大慈大悲的、无比诚实的、极其高尚的公爵，"列别杰夫兴高采烈地喊道，"请您相信，我把这一切都埋葬在我这颗无比高贵的心里！我们一起悄悄地干，先生！我们一起悄悄地干，先生！我甚至可以付出我的满腔热血……无比尊贵的公爵，我在心灵上和精神上都是卑贱的，可您随便问什么人都成，不但可以问卑贱的小人，甚至也可以问任何一个无赖：他更喜欢跟什么人打交道？是跟像他那样的无赖，还是跟您，无比诚实的公爵，跟您这样最最高尚的人打交道？他会回答道：他愿意跟最最高尚的人打交道，这就是美德的胜利！再见，敬爱的公爵！我们要一同……悄悄地干……悄悄地干，先生。"

十

公爵终于明白了,每当他碰到这三封信的时候,他为什么总是感到发冷,他为什么要推迟到晚上再读它们。他上午还不敢打开三封信中的任何一封,在沙发床上酣睡的时候,他又做了一个可怕的梦,梦见那个"女罪人"又来找他。她又在看他,长长的睫毛上闪烁着晶莹的泪珠。她又在呼唤他跟着她去。他又像前不久那样醒了过来,痛苦地回忆着她的面貌。他本想立刻去找她,但办不到。末了,他几乎是绝望地打开信读了起来。

这三封信也像是一场梦。人们有时会做一些奇怪的、不可思议的、不自然的梦;醒了以后,还清清楚楚地记得这些梦,而且对这么一件怪事感到惊讶:您首先会记得在您整个做梦期间,您并未失去理智;您甚至会记得,在整个这段很长很长的时间里,您的行动一直非常巧妙而又得体,尽管凶手们包围了您,对您耍花招,掩饰自己的意图,跟您称兄道弟,同时他们却已准备好武器,只等发出信号就动手;您会记得,末了您是那么巧妙地骗过了他们,避开了他们;后来您猜到他们已经看穿您的整个骗局,而且知道您藏在什么地方,他们却一点不露声色;然而您又想出一条妙计,再次把他们瞒了过去,这一切您都记得很清楚。然而为什么与此同时,您的理智竟能容忍充斥在您梦中的那些显然十分荒唐也不可能发生的事实呢？在那些包围您的凶手当中，有一个在您的眼前变成了女人，又由女人变成一个矮小的、狡猾的、讨厌的侏儒，——而您却立刻把这一切当作既成事实听之任之，几乎丝毫也不怀疑，同时在另一方面，您的理智又高度紧张，显示出非凡的力量、狡狯、机警和逻辑性，这是什么缘故？为什么在醒来以后，在完全回到现实以后，您几乎每次都感到，有时还特别强烈地感到，您在脱离梦境的同时也失去了一种叫您捉摸不透的东西呢？您会嘲笑您的梦是那么荒唐，同时又会感到，在这一团乱麻似的荒唐事件之中包含着一种思想，不过这种思想已是实际存在的东西，是一种属于您的真实生活的东西，它现在存在于、过去也始终存在于您的心中；您的梦仿佛对您预告了什么新颖的、您所期待的事；您的印象是强烈的，它可能是愉快的，也可能是痛苦的，但它究竟是什么，又告诉了您什么，——这一切您既无法理解，也想不起来了。

读了那三封信以后，几乎也是这种情况。但是公爵还没有打开信封就已感到，这几封信的存在和可能存在这一事实本身就犹如一场噩梦。他在晚上独自徘徊的时候（他有时自己都不记得他在何处徘徊），他曾问自己：她怎么会给她写信呢？她怎么能够写这种事情？她的脑子怎么会产生这么疯狂的幻想？但是，这个幻想已经实现了，他感到最奇怪的是：在他读这三封信的时候，他自己几乎相信了这种幻想是可能的，甚至是有道理的。不错，这当然是一个梦，是一个噩梦，是一种疯狂；然而它里面包含着一种真实使得使人难过、公正得令人痛苦的东西，这种东西可以证明这个梦、这个噩梦和这种疯狂是合理的。他一连几个小时仿佛被读过的信迷住了，不时回想起其中的某些片段,琢磨着、思索着。有时他甚至想对自己说,这一切他早就预感到和预测到了;他甚至觉得,他在很久很久以前就已读过这一切,而他从那时起所忧虑的一切,使他感到痛苦和担心的一切,——这一切全都包含在他早已读过的这几封信里了。

"当您打开这封信的时候(第一封信是这样开始的),请您先看看信末的署名。这个署名可以向您说明一切,解释一切,因此,我大可不必在您面前替自己辩护,也不必向您作解释了。只要我多少和您处于平等的地位,您还有可能埋怨这种唐突行径。然而我是什么人,您又是什么人?我们是截然相反的两个极端,在您面前我一钱不值,所以即使我想侮辱您,我也决不可能得逞。"

她在下面的另一个地方写道:

"请不要把我的话当作狂人的病态狂热,但是在我看来,您是十全十美的!我见过您,我每天都看见您。我现在并不是在评论您;我并不是凭借理智认为您十全十美的;我不过是相信这一点罢了。但是我在您面前也是有罪的,因为我爱您。十全十美的人是不能爱的;对于十全十美的人,只能把他当作十全十美的人来景仰,不是吗?然而我却爱上了您。虽说爱情能使人们平等,可是请您放心,我可没有把您和我同等看待,哪怕在我内心深处也绝无此意。我给您写道:'请您放心';难道您会不放心吗?……倘有可能,我愿吻您的足迹。啊,我可不能和您相比……您看看署名,尽快看看署名吧!"

"不过我得指出(她在另一封信中写道),虽然我正促使您和他结合,却还没有问过一次,您爱不爱他?他只见您一面就爱上您了。他像思念'光明'一样思念您;这是他自己的话,是我从他口中听到的。但是不用他说我也明白,您是他的光明。我在他身边生活了整整一个月,这才明白您也爱他;对于我来说,您和他是一回事。"

"这是怎么回事(她又写道),昨天我打您身边走过,您好像脸红了?这是不可能的,不过是我的错觉。哪怕把您带到一个最龌龊的卖淫窟里,把赤裸裸的罪恶指给您看,您也不应该脸红。您绝不可能由于受了委屈而生气。您可以憎恨一切卑鄙下流的人,但这不是为了自己,而是为了别人,为了那些被他们侮辱的人。您是不会被任何人侮辱的。您可知道,我觉得,您甚至应该爱我。您在我的心目中正如您在他的心目中一样,是光明之神;一个天使是不可能恨人,也不可能不爱人的。是不是能爱一切人、所有的人,爱自己所有的邻人呢?——我常对自己提出这个问题。当然不能,这甚至是不自然的。对人类的爱是抽象的,实际上人几乎总是只爱自己一个人。但是,这对于我们来说是不可能的,而您却是另一回事:既然您不能把自己跟任何人相比,既然您超越了一切委屈,超越了一切私愤,您又怎能不爱什么人呢?只有您一个人才能毫不利己地去爱,只有您一个人才能不是为了自己,而是为了您爱的对象而去爱人。噢,倘若我知道您会为了我而感到羞耻或愤怒,那我会多么痛苦啊!那么一来您也就完了:您一下子就变得和我一样了……

"昨天我遇见您以后回到家中,构思了一幅图画。画家们都根据福音书里的故事来画耶稣:我却想把耶稣画成另一种模样。我要画他一个人,——他的门徒有时也会把他一个人留下的。我只把一个小小的孩子留在他身边。那孩子在他身边游戏;也许正用他那孩子的语言对耶稣讲着什么,耶稣听着他讲,但现在却沉思起来;他的一只手下意识地、已被他忘却地留在孩子长着浅色头发的小脑袋上。他眺望着远方的地平线;他的眼神里蕴藏着和整个世界一样伟大的思想;他愁容满面。孩子不出声了,靠在他的膝头,用一只小手托着脸蛋,抬起小脑袋,就像孩子们有时若有所思地那样凝视着他。太阳快落山了……这就是我的图画!您很天真,您的完美就在于您的天真。哦,您可得记住这一点!我对您的热情跟您有什么相干呢?您现在已经是我的了,我将终生待在您的身边……我快死了。"

末了,在最后一封信里这样写道:

"看在上帝的分上,请不要对我有什么想法;不要认为我这样给您写信有损我自己的尊严,也不要认为我属于那种专以贬低自己为乐的人,哪怕这种人是出于骄傲而这么做。不,我有自己的欢乐;不过我难于向您解释清楚这一点。我甚至也难于对自己清楚地说明这一点,虽然我正为此感到痛苦。但是我知道,即使出于一时的骄傲,我也不会贬低自己。我不能由于心地纯洁而自轻自贱。因此,我根本没有损害自己的尊严。

"为什么我想促使你们结合?是为了你们,还是为了我自己?当然是为了我自己,我早就对自己说过,这样可以使我的一切难题迎刃而解……我听说令姊阿杰莱达看到我的相片时曾说,一个人只要有这样的美貌,就可以把世界翻转过来。但是我已看破红尘。您明明看见我遍体绫罗、满身珠翠,和酒鬼与恶棍为伍,却又听见我说出这种话来,想必会觉得可笑吧?您别理会这一套,我几乎已不存在,这我知道;只有上帝才知道是什么代替我活在我的体内。我每天都可以从经常看着我的两只可怕的眼睛里看出这一点,哪怕这两只眼睛不在我面前的时候也是一样。这双眼睛现在沉默着(它们总是沉默着),可是我知道它们的秘密。他的家阴森森的,枯燥乏味,可其中也隐藏着秘密。我相信他的抽屉里藏着一把裹在绸子里的剃刀,和那个莫斯科的凶手一样;那个凶手也是和母亲同住在一幢房子里,也用一块绸子裹着剃刀,以便割断一个人的喉咙。我待在他们家里的时候,总是觉得在地板底下的什么地方藏着一具死尸,也许还是他父亲藏的,死尸上盖着一块油布,就像那个遇害的莫斯科人一样,周围也摆着一些盛着防腐液的玻璃瓶,我甚至可以把这个角落指给您看。他一直沉默着;可是我知道他爱我已经爱到不能不恨我的程度了。您的婚礼要和我的婚礼同时举行:我和他已经这么定了。我没有瞒着他的秘密。不然我会出于恐惧而杀死他……但是他会先把我杀死……他方才还笑着说我在说梦话呢;他知道我正在给您写信。"

在这三封信里还有许许多多这样的梦呓。第二封信用的两张大信纸上写着密密麻麻的小字。

公爵终于从黑黢黢的公园里走了出来。他和昨天一样,在公园里徘徊了很久。他觉得光亮透明的夜色比平时更为耀眼。他想道:"难道还这么早?"(他忘了带表。)他仿佛听到从远处某地传来的乐曲声。"想必是在车站上,"他又想道,"当然,他们今天没有到那里去。"想到这里,他发现自己已经站在叶潘钦别墅的门前了。他也知道,末了他肯定会到这里来,于是就提心吊胆地登上了凉台。没有人迎接他,凉台上是空的。他等候片刻,便开门走进大厅。"他们这扇门永远也不关。"他心中闪过这样一个念头,但是大厅里也是空的,里面几乎是黢黑一片。他莫名其妙地在房间中央站定。门突然开了,亚历山德拉·伊万诺夫娜擎着蜡烛走了进来。她看见公爵,不禁吃了一惊,探询似的在他面前站住了。她显然只是穿过这个房间,从这一个门走向另一个门,根本不曾料到会碰见什么人。

"您怎么到这里来了?"她终于说。

"我……顺便走……"

"妈妈不大舒服,阿格拉娅也是这样。阿杰莱达要睡了;我也要去睡觉。今天整个晚上我们家里没有一个外人。爸爸和公爵去彼得堡了。"

"我来了……我来找你们……现在……"

"您可知道现在几点啦?"

"不知道……"

"十二点半。我们一向在一点钟就寝。"

"哎呀,我还以为……只有九点半呢。"

"没关系!"她笑了起来,"刚才您干吗不来? 也许有人在等您呢。"

"我……以为……"他嘟哝着走了。

"再见! 明天我要逗大家开开心。"

他顺着环绕公园的路走回自己的别墅。他的心怦怦直跳,脑子里一团乱麻,他周围的一切都恍若梦境。突然,就像前不久他两次从同样的幻觉中惊醒过来一样,他又看见了同样的一个幻影。正是那个女人从公园里出来,在他面前站住,就像在那里等候他似的。他打了个寒噤,便站住了;她抓住他一只手紧紧地握着。"不,这不是幻影!"

她终于面对面地站在他的面前;这是他们分手以后的第

一次见面。她对他说着什么,但他只是默默地瞧着她。他的心百感交集,痛苦得呻吟起来。啊,今后他永远不会忘记和她的这次相逢,并将永远怀着同样的痛苦回忆它。她在他面前跪下,就跪在大街上,简直像一个疯子。他惊恐地后退了一步,她却抓住他的一只手想吻,而且跟他不久以前梦中所见的情形一样,现在泪珠正在她长长的睫毛上闪烁。

"起来吧,起来吧!"他惊恐地低声说,一面把她扶起来,"快起来呀!"

"你幸福吗?幸福吗?"她问,"你只要对我说一句话:现在你幸福吗?就在今天,现在?你见到她了吗?她说什么啦?"

她不站起来,也不听他的话;她急急忙忙地问着,急急忙忙地说着,仿佛有人在后面追赶她似的。

"我按照你的吩咐明天就走。我不会……这是我最后一次见你,最后一次!如今已经完全是最后一次了!"

"你镇静些,站起来吧!"他绝望地说。

她抓住他的两只手,贪婪地看着他。

"别了!"她说着终于站了起来,赶紧离开他,几乎是跑开的。公爵看见罗戈任突然出现在她的身边,搀住她的胳膊把她带走了。

"等一等,公爵,"罗戈任喊道,"我过五分钟再回来。"

过了五分钟,他果真回来了;公爵在原地等他。

"我把她扶上了马车,"他说道,"马车从十点钟起就等在那边的角落里。她就知道你会在那位小姐身边整整待一个晚上。你今天写给我的信,我已经一字不差地转告她了。她不会再给那位小姐写信;她答应了;她还要按照你的愿望,明天离开这里。她想见你最后一面,虽然你拒绝了。我们一直在这儿,就在那边的那张凳子上,等候你回来。"

"是她自己要你一起来的吗?"

"怎么不是呢?"罗戈任咧着嘴大笑起来,"我看见了我已知道的事。信你大概已经读了吧?"

"莫非你真的读过那些信?"公爵问,这个想法使他惊奇。

"那还用说:每封信她都亲自给我看过。你可记得关于剃刀的那些话,哈哈!"

"她是个疯子!"公爵绞着自己的双手喊道。

"谁知道呢,也许并不是。"罗戈任自言自语般地小声说。

公爵没有回答。

"噢,再见,"罗戈任说道,"我明天也要走了;我有什么对不起的地方,请多包涵! 喂,老弟,"他迅速转回身来补充道,"她问你'是不是幸福',你怎么一言不答呢?"

"不,不,不!"公爵悲痛欲绝地喊道。

"你当然不会说'是'!"罗戈任狞笑起来,头也不回地走了。

第 四 部

一

　　自从我们这个故事中的两个人物在绿凳上会见以来,又过了一周左右。一个晴朗的上午,在十点半钟左右,瓦尔瓦拉·阿尔达利翁诺夫娜·普季岑娜外出访友回到家中,深深地陷入悲痛的沉思中。

　　有这么一些人,我们很难一语道破他们最典型也最有代表性的特征;这些人通常被称为"普通人""大多数人",他们在任何社会里的确都占绝大多数。作家在写长篇和中篇小说时,多半要竭力撷取社会上的典型,用形象化和艺术化的手段把他们表现出来,——虽然在实际生活中很难遇到和他们完全相同的典型,然而他们几乎比现实生活本身还要真实。波德科列辛①作为一个典型也许太夸张了,但绝非无中生有。有许许多多聪明人在果戈理的作品中看到波德科列辛,立刻发现自己有数以十计、百计的亲朋好友酷似波德科列辛。他们在读到果戈理的作品之前就已经知道,他们那些亲朋好友和波德科列辛一样,只是还不知道他们就叫这个名字。在现实生活中,新郎很少在婚礼前跳窗而去的,这是因为这毕竟不大方便,别的还姑且不论。然而却有多少新郎,甚至还有不少

---

① 波德科列辛,果戈理的喜剧《婚事》中的一个人物。

体面的聪明人,在婚礼之前打心眼里乐于承认自己就是波德科列辛;也不是所有的丈夫处处都要喊叫:"你这是自讨苦吃,乔治·当丹!"①但是主啊,全世界的丈夫们在度过蜜月之后,谁知道呢,也许就在婚后的第二天,会从内心发出几百万、几千万次这样的呼喊。

我们不拟再作更深入的解释,只想说明,在现实生活中,人物的典型性似乎被水冲淡了,所有这些乔治·当丹和波德科列辛是确实存在的,他们每天在我们面前跑来跑去,只是他们的典型性仿佛被冲淡了而已。最后,为了使上述论点更全面充分,还要附带说明的是:跟莫里哀所创造的乔治·当丹一模一样的人物,在现实生活中是可以遇到的,虽然确实罕见。我们的议论就到此为止吧,因为它开始变得像刊物上的评论了。然而在我们面前依然留下这样一个问题:小说家究竟应该怎样处理平凡的、完全"普通"的人物,怎样才能使他们出现在读者面前时多少有些引人入胜之处?在小说里决不能根本不提他们,因为平凡的人物往往是,而且多半是一连串日常琐事中必不可少的一环,因此不提他们就会失真。在一部小说里,倘若只有一些典型人物,或者为了引人入胜,只写一些子虚乌有的怪人,那就会失真,也许反倒枯燥乏味了。据我看,作家即使写平凡的人物,也应该竭力从他们身上发掘既有趣味又有教益的东西。譬如说,即使有些平凡人物的本质就是他们那种始终不变的平凡性,或者更好一些,尽管这些人物千方百计地想摆脱平凡无奇和墨守成规的常轨,结果依然只得始终不变地墨守成规,那么这种人也就具有了一种独特的

---

① 这是莫里哀的喜剧《乔治·当丹》中的一句台词,后成为常用的成语。

典型性，——也就是这么一种平凡性，这种平凡性说什么也不愿继续维持现状，说什么也要标新立异并独树一帜，但却找不到一点办法来独树一帜。

我们这个故事里的几个人物就属于这种"普通的"或"平凡的"人物之列，我承认，我至今还没有把他们向读者交代清楚。瓦尔瓦拉·阿尔达利翁诺夫娜·普季岑娜，她的丈夫普季岑先生，她的哥哥加夫里拉·阿尔达利翁诺维奇，就是这种人。

平心而论，最叫人苦恼的事莫过于做这么一个人，譬如说吧，他很富有，出身世家，仪表堂堂，颇有教养，人又不笨，甚至还很善良，但同时却没有任何才能，没有任何特点，甚至也毫不古怪，自己也没有任何主见，完全"和大家一样"。财富是有的，但比不上罗特希尔德；虽然出身世家，但这个世家从来没有任何引人注目之处；虽然仪表堂堂，但并没有多少特点；教养倒不坏，但不知该派什么用场；头脑是有的，可是没有自己的主见；心也是有的，但并不宽宏大量，等等，等等，在各方面都是如此。这种人在世上多不胜数，甚至比看上去还多得多；他们像所有的人一样分成两大类：一类是不聪明的，另一类则"聪明得多"。前一类比较幸福。比方说吧，一个不聪明的"普通人"最容易自命不凡，认为自己与众不同，而且深信不疑地引以为乐。在我们的小姐们当中，有些人只要剪掉自己的头发，戴上蓝眼镜，以虚无主义者自居，便立刻相信，她们一旦戴上眼镜便立刻有了自己的"信念"。另一些人只要自己心里稍有一点悲天悯人的善心，便立刻相信，谁也不会具有像他那样的胸怀，他已成为推动社会发展的先驱。还有些人只要听到一种思想，或者读了一页无头无尾的文章，便立刻相信，"这是自己的思想"，是从他自己的脑子里产生出来的。在这种情况下，厚颜无耻的愚蠢（假如可以这么说的话）已到了令人吃惊的程度；这一切都是不可思议的，却屡见不鲜。这种厚颜无耻的愚蠢，蠢人对自己和自己的才能的这种深信不疑，都被果戈理通过皮罗戈夫中尉①这个绝妙的典型表现得入木三分。皮罗戈夫不仅不怀疑自己是个天才，甚至觉得自己比任何天才都高明；他对此深信不疑，甚至一次也不曾向自己就这一点提出疑问；不过对他来说，任何疑问都是不存在的。末了，伟大的作家不得不揍他一顿，以补偿自己的读者被侮辱的道德感，但是，果戈理看见那个伟大人物只是抖了抖身子，为了在挨打以后提提神，还吃了一张分层的馅饼，他在惊讶之余，也只得把双手一摊，顾不得自己的读者了。果戈理只给伟大的皮罗戈夫一个那么小的官衔，这使我永远感到惋惜，因为皮罗戈夫已经自满到这种程度：他可以不费吹灰之力地想象，由于自己的肩章随着时间的推移和"步步高升"而不断加厚和卷起，譬如说吧，他就会成为赫赫有名的统帅；他甚至并不是想象，简直是毫不怀疑这一点：他既已升为将军，怎么不能当统帅呢？有多少这样的人日后在疆场上一败涂地？在我们的文人学者和宣传家当中有过多少皮罗戈夫啊。我虽然说"有过"，但是如今当然也有……

我们这个故事里的登场人物加夫里拉·阿尔达利翁诺维奇·伊沃尔金属于另一类；他属于"聪明得多"的那一类人，虽然他从头到脚浑身都充满了出人头地的愿望。不过我们上文已经说过，这一类人比前一类人不幸得多。问题在于聪明

---

① 皮罗戈夫中尉，中篇小说《涅瓦大街》的主人公。

的"普通"人即使偶然(也许一辈子如此)想象自己是一个天才的、出类拔萃的人,然而他心里毕竟还存在着使他不得安宁的疑虑,这种疑虑有时会使这位聪明人到头来彻底绝望。即使他俯首听命,那他也已完全被根深蒂固的虚荣心所毒害了。不过我们举的毕竟是一个极端的例子:这种聪明人绝大多数根本不会有如此悲惨的下场;充其量到晚年时肝脏多多少少受点损伤,如此而已。但是在听其自然和俯首听命之前,这种人有时毕竟会在很长很长的一段时间里(从青年时代直到俯首听命之年)胡作非为,而这一切全是由于想出人头地。甚至会出现一些怪事:由于想与众不同,有些诚实的人竟会干出卑鄙的勾当;甚至还有这样的事:有些不幸的人不仅为人诚实,心地也很善良,是全家的神明,他们不但用自己的劳动赡养家属,甚至还赡养外人,但结果如何呢? 他一辈子都安不下心来! 尽管他也想到,自己是这么出色地尽了做人的本分,然而这种想法一点也不能使他安心和快慰;这个想法甚至反倒惹恼了他。他说:"瞧我把这一生都用来干什么啦,就是这些事捆住了我的手脚,就是这些事妨碍我发明火药! 要是没有这些事,我也许准会有所发明,——不是发明火药,就是发现美洲,——虽然我还不能确切地知道发明什么,但是我肯定会有所发明!"这些先生最大的特点,就是他们实际上一辈子也不能确切地知道,他们应该发明的究竟是什么,他们毕生准备发明的又是什么;是发明火药,还是发现美洲? 但是他们所感受的痛苦,他们对于创造发明的渴望,却实在不亚于哥伦布或伽利略①。

① 伽利略(1564—1642),意大利科学家。

加夫里拉·阿尔达利翁诺维奇就是这么开始的；只不过他才刚刚开始而已。他还要胡闹很久。他不断地深感自己缺乏才能，同时又不可抗拒地愿意相信自己是一个独一无二的人，这就使他大为伤心，几乎从少年时代开始就是这样。这个青年人嫉妒成性又雄心勃勃，仿佛生来就神经过敏。他把自己的雄心勃勃看成一种力量。他狂热地想出人头地，有时竟不惜采取极其轻率的举动；但是事情一旦发展到使我们这位主人公有可能轻举妄动的当儿，他总是会凭借足够的聪明悬崖勒马。这使他感到绝望。说不定那当儿他甚至已决定去干一件伤天害理的勾当，只求能弄到他梦寐以求的什么东西；但是就像有人故意阻挡似的，情况刚刚发展到这个地步，他总是能够诚实得足以摈弃那种伤天害理的勾当。（不过对于那些微不足道的卑鄙勾当，他倒一向乐于去干。）他眼看自己的家庭日益贫困没落，感到极为难堪和无比痛心。尽管他十分清楚，自己母亲的名声与为人暂时还是他步步高升的主要支柱，可他还是看不起母亲。他去叶潘钦那里供职以后，立刻对自己说："既然要干下流事，那就彻底地干，只要能得到好处就行。"不过他几乎从来没有彻底地干过下流事。他为什么认为自己非干下流事不可呢？他当时简直害怕阿格拉娅，但是并没有跟她断绝往来，只是抱着侥幸心理拖延下去，虽然他从来也没有当真相信她会俯就他。后来，在他钟情于纳斯塔霞·菲利波夫娜期间，他突然认为金钱能买到一切。"既然要干下流事，那就干吧，"当时他每天都洋洋自得地，但也不无恐惧地反复说道："既然要干下流事，那就干他个登峰造极吧。"他时时刻刻鼓舞自己："凡夫俗子在这种情况下是会胆怯的，咱们可不会胆怯！"当他失去了阿格拉娅并走投无路的时候，他一蹶不振，当真把那个疯女人当初从一个疯男人手中得来而又扔给他的那笔款子交给了公爵。对于归还这笔钱，他日后追悔过一千次，虽然也不断引以为荣。在公爵滞留彼得堡期间，他果真痛哭了三天，但是在这三天里，他也终于痛恨起公爵来了，因为公爵太可怜他，虽说像他归还这么一笔巨款这样的事，"并不是任何人都做得出来的"。然而使他极其痛苦的是，他坦率地承认自己的一切苦恼只不过来自不断被压抑的虚荣心而已。直到很久以后，他才看清并且相信，跟阿格拉娅这样天真而又古怪的女人来往，会给他带来多么严重的后果。他追悔莫及；他辞去了职务，陷入苦闷和烦恼之中了。他跟着父母住在普季岑家里，靠普季岑供养，却又公然蔑视普季岑；不过他同时也听普季岑的劝告，还很知趣地几乎总是向他请教。譬如说，加夫里拉·阿尔达利翁诺维奇看到普季岑并不打算成为罗特希尔德，也没有这种志向，就不禁生气。"既然放高利贷，那就该一不做二不休，要压榨人，拿他们来铸钱，要做一个伟人，做犹太人的王！"普季岑为人谦逊文静，他一般只是笑笑，但是有一次，他却认为应该对加尼亚作一番认真的解释，甚至还把此事办得相当体面。他向加尼亚证明，他不做任何不光彩的事，不该称他为犹太佬；如果说钱能通神，那也不能怪他；他的行为诚实而正直，其实他只不过是办"这种"事情的代理人，最后他说，由于他办事认真，他已深为那些头面人物所赏识，于是他的事业蒸蒸日上。"我当不了罗特希尔德，也不必去当，"他笑着补充道，"可我要在翻砂街上弄一幢房屋，甚至两幢，到那时我也就别无所求了。""谁知道呢，也许可以弄三幢哩！"他暗自想道，但从未说出口来，一直掩饰着自己的心愿。造化就是宠爱这种人，它将赏给普季岑的肯定不止三幢,而是四幢房屋,因为他从童年时代起就已经知道,自己永远当不了罗特希尔德。但是造化怎么也不会给他四幢以上的房屋,普季岑的福气也就到此为止了。

加夫里拉·阿尔达利翁诺维奇的妹妹却完全是另一种人。她也怀有种种强烈的愿望,但是这些愿望都很执著,而不是出于一时的冲动。每当什么事情到了紧要关头,她的头脑总是很冷静,不过即使在平时,她的头脑也相当冷静。诚然,她也属于那种总想与众不同的"普通人",不过她很快就认识到自己并没有一点特别出众之处,对此却也并不过于伤心,——谁知道呢,这也许是出于一种特殊的自豪感吧。她下极大的决心采取的第一个实际步骤,就是嫁给普季岑先生;但出嫁时她根本没有对自己说:"既然要干下流事,那就干吧,只要能达到目的就行。"而加夫里拉·阿尔达利翁诺维奇在这种情况下却肯定会这么说(甚至当他以兄长的身份当面赞许她的决定时,他也几乎说了出来)。情况甚至完全相反:瓦尔瓦拉·阿尔达利翁诺夫娜是在确信她的未婚夫是一个谦逊可爱的、几乎可说是有教养的、永远不会干出太不像话的事来的人以后,这才出嫁的。至于那些小小不然的丑事,瓦尔瓦拉·阿尔达利翁诺夫娜认为那都是鸡毛蒜皮,并不过问;这种鸡毛蒜皮的小事哪里没有?她又不是要找一个圣人!况且她知道,她一出嫁,就可以给父母和兄弟找到一个栖身之处。她看见哥哥倒了霉,就想帮他一把,尽管早先家里有过种种隔阂。普季岑有时逼着加尼亚出去做事,当然,这是出于一片好心。"你看不起那些将军和将军头衔,"他有时开玩笑地对加尼亚说道,"可是你瞧,末了'他们'都会当上将军;只要你长寿,就会看到的。""他们怎么知道我看不起将军和将军头衔呢?"加尼亚尖刻地暗自想道。为了帮助哥哥,瓦尔瓦拉·阿尔达利翁诺夫娜决定扩大自己的活动范围:她钻进了叶潘钦家。儿时的回忆在这件事上帮了大忙,因为她和哥哥从小就和叶潘钦家三姐妹在一起玩。我们要在此指出:倘若瓦尔瓦拉·阿尔达利翁诺夫娜访问叶潘钦家是抱有什么奢望,那么她也许立刻就会认为自己已不再属于她把自己列入其中的那一类人了;不过她并未抱什么奢望;她这一步棋下得相当牢靠:她是以这一家人的性格为根据的。她曾孜孜不倦地研究阿格拉娅的性格。她给自己提出的任务,是把她哥哥和阿格拉娅二人重新撮合在一起。说不定她果然也达到了几分目的;但她也可能犯了错误,譬如说,她对哥哥寄托了过多的希望,期待他做出他永远都绝不可能做出的事。不管怎么说,她在叶潘钦家里干得相当巧妙;她一连几周都不提她的哥哥,总是显得非常真诚,举止朴实却又体面。至于她的良心深处,她也并不害怕向里面窥视,也根本没有任何可以自责之处。这也给了她力量。她只不过有时发现,兴许她也会发怒,她的自尊心也很强,甚至还有不少没被压下去的虚荣心;有的时候,尤其是在离开叶潘钦家的时候,她几乎每次都特别清晰地注意到这一点。

现在她正从叶潘钦家回去,我们已经说过,她陷入悲伤的沉思中。在这悲伤里也流露出一种痛苦的、嘲弄人的因素。普季岑住在帕夫洛夫斯克一幢虽不体面却很宽敞的木屋里。这木屋坐落在一条尘土飞扬的街上,不久就会完全归他所有,所以他已开始办理把它出售给什么人的事宜。瓦尔瓦拉·阿尔达利翁诺夫娜走上台阶时,听见楼上吵翻了天,她听出了那是他哥哥和爸爸在叫喊。她走进大厅,看见加尼亚在室内跑来跑去,气得面色苍白,几乎要揪自己的头发。她皱着眉头,也不摘帽子,满面倦容地在沙发上坐下。瓦里娅很清楚,只要她再沉默一分钟,不问哥哥为什么这样跑来跑去,哥哥准会生气,于是她急忙以提问的方式说:

"还是那老一套?"

"可不是嘛!"加尼亚喊道,"还是老一套!不,鬼知道现在出了什么事,跟过去不同!老头子简直发疯了……母亲嚎啕大哭。真的,瓦里娅,不管怎么说,我要把他从家里赶出去,要不……要不我就离开你们。"他补充道,大概是想起了不可能从别人家里赶人出去。

"总得包涵一点吧。"瓦里娅喃喃地说。

"干吗包涵?包涵谁?"加尼亚勃然大怒,"包涵他干的那些丑事吗?不行,不管怎么说也不行!不行,不行,不行!这算什么作风:他自己做错了事,反倒更加神气活现。'我不愿进大门,把围墙拆掉!……'你干吗这样坐着?你怎么脸色不对呀?"

"我的脸色一向如此。"瓦里娅不高兴地答道。

加尼亚更仔细地看了看她。

"去过那里啦?"他突然问。

"去过了。"

"等一等,他们又吵起来了!真可耻,而且还在这个时候!"

"什么这个时候?这个时候并没有什么特别呀。"

加尼亚更加仔细地打量着妹妹。

"你打听到什么啦?"他问。

"至少没有什么意外的事。我打听到,这一切全是事实。我的丈夫说得比咱俩都更有理;他一开始的预言全都应验了。他在哪儿?"

"不在家。应验了什么?"

"公爵已正式成为未婚夫,事情已经定了。是两位姐姐告诉我的。阿格拉娅已经同意;她们甚至都不再保密了。(在这以前她们可一直守口如瓶。)阿杰莱达的婚礼再次延期,以便两个婚礼在同一天一起举行,——真是千古佳话!多么富有诗意。你不如赋诗一首祝贺新婚,总比徒劳地在室内跑来跑去强。别洛孔斯卡娅今晚要去他们那里;她来得真巧;还会有别的客人。他们要把公爵介绍给别洛孔斯卡娅,虽说她已经认识他了。看来会公开宣布的。他们只担心他走进室内迎客的时候会撞翻或碰碎什么东西,或者自己扑通一声跌倒;他是闹得出这种笑话来的。"

加尼亚全神贯注地听着,然而使他的妹妹吃惊的是:这个本来应该使他大为震惊的消息,看来在他身上根本没有产生如此惊人的效果。

"也好,这是明摆着的,"他想了想说道,"这么说来,一切都完了!"他面带一种古怪的笑容补充道,然后狡黠地瞧着妹妹的脸,继续在室内走来走去,但是脚步已轻得多了。

"你能像哲学家似的对待这一切,这还不错;说真的,我很高兴。"瓦里娅说。

"这就可以放心了,起码你是可以放心了。"

"我总算真诚地为你尽了心,既没发议论,也没惹你讨厌。我没有问过你,你想从阿格拉娅那里寻求什么样的幸福。"

"难道我想……从阿格拉娅那里寻求幸福？"

"唉，请你就别谈论哲理啦！当然是这样。全都完了，我们再也没有什么可干的了：我们都成了傻瓜。我老实对你说，我从来没有认真对待过这件事。我承担这项任务的时候不过是想'碰碰运气'。我寄希望于她可笑的性格，不过主要还是想安慰你。十之八九会失败。我甚至至今也不知道你打的是什么主意。"

"现在你和你丈夫会催我去做事；讲一套做人应该不屈不挠、意志坚强、不轻视小事之类的大道理，这一套我早就背熟了。"加尼亚哈哈大笑起来。

"他的脑子里有新主意！"瓦里娅想道。

"那里的情况怎么样？——她的父母都高兴吗？"加尼亚蓦地问道。

"好像不是这样。不过你自己也能推断出来；伊万·费奥多罗维奇很满意；做母亲的感到害怕；她以前一想到他可能是未来的女婿就感到厌恶；这是大家都知道的。"

"我说的不是这个。他是一个叫人受不了的、不可思议的未婚夫，这很清楚。我问的是现在，现在那里的情况怎样？她正式同意啦？"

"她至今还没有说出一个'不'字，——就是这样；但是不可能指望她会是别的样子。你要知道，她至今一直那么腼腆和害羞，简直到了乖僻的程度：她儿时只是为了不出去见客人，常常钻进衣柜里坐两三个小时。她虽然已长得很高，可现在还是那样。你要知道，不知为什么，我总认为其中必有什么非同寻常的奥妙，甚至问题就出在她的身上。据说她一天到晚拼命取笑公爵，以免流露真情；但是，她每天都定要设法对他说几句悄悄话,因为他就像天神那样浑身发光……据说他非常可笑。这也是我从她们那里听来的。我还觉得她们当面嘲笑我,就是那两个姐姐。"

加尼亚终于皱起眉头;瓦里娅也许是为了摸清他的真实想法而故意借题发挥。但楼上又吵起来了。

"我要把他赶出去!"加尼亚大喝一声,仿佛由于能发泄自己的满腔怒火而感到高兴。

"那时他又会像昨天那样到处去丢我们的脸。"

"怎么——像昨天那样? 什么叫做像昨天那样? 难道说……"加尼亚突然大吃一惊。

"哟,我的天哪,难道你不知道?"瓦里娅豁然醒悟。

"怎么……难道他真的去过那里?"加尼亚喊道,羞愧和狂怒使他满面通红,"主啊,你不是从那里来的吗! 你打听到什么啦? 老头子去过那里? 去过没有?"

加尼亚说着就朝门口奔去;瓦里娅追上了他,用两只手抓住他。

"你怎么啦? 你上哪里去?"她说,"你现在放他出去,他会干出更坏的事;他会去找所有的人! ……"

"他在那里干了些什么? 他说了些什么?"

"连她们自己也说不清,也没有弄明白;只不过把大家吓了一跳。他去找伊万·费奥多罗维奇,——将军不在家;他又求见伊丽莎白·普罗科菲耶夫娜。他起初求她给谋个职位,想找个差事,后来就埋怨起我们来了,埋怨我和我的丈夫,尤其是埋怨你……说了好多废话。"

"你没有打听到他说些什么?"加尼亚像歇斯底里发作似的直哆嗦。

"我上哪里去打听呀！他自己也未必明白他说了些什么，但也许别人没把所有的话都告诉我。"

加尼亚捧住头，跑到窗前；瓦里娅在另一个窗子旁边坐下。

"阿格拉娅真可笑，"她突然说道，"她叫住我说：'请您代我向您的双亲转达我个人的特殊敬意；过几天我一定要找个机会和您的爸爸见面。'她这话说得很认真。太奇怪了……"

"这不是嘲笑吧？不是嘲笑吧？"

"问题就在于不是嘲笑；所以才奇怪呀。"

"她可知道老头子的事，你是怎么看的？"

"他们家里的人并不知道，我对这一点毫不怀疑。不过你提醒了我：阿格拉娅也许是知道的。不过只有她一个人知道，因为当她那么认真地请我向父亲转达敬意的时候，两位姐姐也感到惊讶。何必对他致敬呢？倘若她知道，准是公爵告诉她的！"

"不难猜出是谁告诉她的！简直是贼！竟有如此荒唐的事。我们家里出了一个贼！而且是'一家之主'！"

"哼，简直是胡扯！"瓦里娅勃然大怒地喊道，"醉鬼的恶作剧，如此而已。这是谁捏造出来的？列别杰夫，公爵……他们可真是好样的；聪明绝顶。我看就是这么回事。"

"老头子是个贼，又是醉鬼，"加尼亚尖刻地继续说，"我是乞丐，妹夫是放高利贷的，——这就足以让阿格拉娅眼红了！没啥可说的，美不胜收！"

"这个放高利贷的妹夫给你……"

"给我饭吃，是吗？请你不要客气。"

"你干吗生气呢？"瓦里娅醒悟过来，"你真像一个小学生,什么也不懂。你以为这一切会有损你在阿格拉娅心目中的体面吗？你不了解她的性格。她会拒绝一个最体面的未婚夫,却乐于跑到阁楼上去跟一个大学生一起挨饿,——这就是她的理想！你永远不会明白,只要你能坚定而自豪地忍受我们的处境,你在她的心目中就会变得多么有趣。公爵所以能使她上钩,就是因为:第一,他根本没有下钓竿;第二,他是公认的白痴。她为了他而把全家搅得鸡犬不宁,这一件事就使她现在乐不可支。唉,你什么也不懂!"

"我懂还是不懂,咱们走着瞧吧,"加尼亚令人纳闷地嘟哝道,"不过,我还是不愿意她知道老头子的事。我原来认为,公爵忍得住,不会讲的。他也不让列别杰夫乱说;我曾纠缠不休地问他,他对我也不愿和盘托出……"

"这么说来,你瞧,就是他没讲,事情也全泄露出去了。现在这跟你还有什么相干? 你还希望什么? 倘若还有一线希望,那也只不过使你在她的心目中成为一个受难者罢了。"

"噢,不管她多浪漫,她总会害怕丢脸的事吧。万事都有个限度,人人都得适可而止。你们全是这样。"

"阿格拉娅会害怕吗?"瓦里娅鄙夷不屑地看了哥哥一眼,不禁勃然大怒,"你的心可真卑鄙! 你们全都一钱不值。就算她是个可笑的怪物,也比我们大家高尚一千倍。"

"哦,没关系,没关系,你别生气。"加尼亚又洋洋得意地喃喃道。

"我只是觉得妈妈可怜,"瓦里娅继续说,"我就怕爸爸干的这件事传到她耳中,唉,我真怕!"

"肯定已经传到了。"加尼亚说。

瓦里娅站起身来,本想上楼去找尼娜·亚历山德罗夫娜,但她又站住了,仔细地看了看哥哥。

"谁会告诉她呢?"

"想必是伊波利特。我想,他一搬到我们这里来,就把向母亲报告此事当作最大的乐趣。"

"但是请你告诉我,他怎么会知道呢?公爵和列别杰夫决定不告诉任何人,科利亚甚至毫无所知。"

"伊波利特吗?他是自己打听到的。你想象不到这个畜生狡猾到什么程度,他有多么喜欢搬弄是非,他的鼻子又有多尖,他很快就会嗅出一切坏事和丑事。哦,信不信由你,可我相信他会把阿格拉娅抓在手里!即使现在还没有抓住,将来也会抓住。罗戈任也和他有往来。公爵怎么没有注意这一点!他现在很想让我倒霉!他认为我和他有私仇,我早就看穿了,这是为什么呢,他何必这么干呢,他都快咽气了嘛,——我真弄不明白!但是我会叫他上当;你瞧着吧,到头来他不会让我倒霉,可我却会让他倒霉。"

"你既然这么恨他,干吗要把他招引来呢?他值得让别人暗算吗?"

"是你劝我把他招引到我们这里来的。"

"我原以为他会有用的。你可知道,他现在爱上了阿格拉娅,还给她写信吗?有人向我打听过……他几乎要给伊丽莎白·普罗科菲耶夫娜写信呢。"

"就这一点而论,他并不危险!"加尼亚狞笑着说道,"不过你准是弄错了。说他堕入情网,这很有可能,因为他是个傻小子嘛!可是……他决不会给老太婆写匿名信。他是一个那么恶毒的、一钱不值的、沾沾自喜的庸人!……我相信,我确切地知道,他曾在她面前把我说成一个阴谋家,他就从这里入手。说实话,我起初像傻瓜似的把事情泄漏给他了;我原先认为,就凭他要对公爵报仇这一点,他就会对我有利。他是个多么狡猾的畜生!啊,我现在可把他彻底看穿了。关于这桩偷窃案,他是从他的母亲——大尉夫人那里听到的。要是老头子竟敢干出这种事来,那是为了讨大尉夫人的欢心。他突然无缘无故地告诉我,说'将军'答应给他母亲四百卢布,就是这样说得不明不白、毫不客气。这时我全都明白了。他就那样瞧着我的眼睛,露出一种得意的神情。他肯定也对妈妈说过,只是为了拿她的伤心取乐。请你告诉我,他干吗还不死呢?他不是说过,他三周后准死,可到了这里反而长胖了!连咳嗽也停止了;昨天晚上他自己说,已有两天不咯血了。"

"你把他赶出去算了。"

"我不是恨他,而是瞧不起他,"加尼亚骄傲地说道,"噢,是的,就算我恨他,就算是这样!"他突然怒不可遏地喊道,"哪怕在他躺在枕头上快咽气的时候,我也要把这一点当面告诉他!要是你读过他的自白,——我的天,那真是无耻到了愚蠢的程度!他是皮罗戈夫中尉,他是悲剧里的诺兹德廖夫①,主要的是一个毛孩子!啊,我当时真想痛痛快快地揍他一顿,好让他大吃一惊。现在他想对大家报复一下,因为他当时没能……不过,这是怎么回事?又吵起来了!这究竟是怎么回事?我简直受不住了。普季岑!"他向走进室内的普季岑喊道,"这是怎么回事,我们这里究竟要闹到什么地步?这是……这是……"

①　诺兹德廖夫,果戈理的《死魂灵》里的一个喜欢吹牛撒谎的地主。

但是吵闹声很快就来到跟前,门突然敞开,伊沃尔金老头子气得满脸通红,他大为震惊,情不自禁地也向普季岑扑去。尼娜·亚历山德罗夫娜和科利亚跟在老头子后面,走在最后的是伊波利特。

二

　　伊波利特搬到普季岑家中已有五天了。这件事仿佛是自然而然发生的,他和公爵之间并没有谁说过什么特别的话,也没有发生任何争吵;他们不但没有争吵,而且从表面上看来他们分手时简直就像是朋友一般。加夫里拉·阿尔达利翁诺维奇在那天晚上对伊波利特恨之入骨,但在出事后的第三天,大概是由于心血来潮,竟亲自前来看望伊波利特。不知何故,罗戈任也开始常来探望病人。公爵起初觉得,"可怜的孩子"若能从公爵家里迁出,对那孩子也许会有好处。但是伊波利特在搬走的时候,就已说明他要搬到普季岑那里去,因为"那人心善,会给他一个栖身之地",而且他好像故意作对似的,一次也没有表示要搬到加尼亚那里去,虽然加尼亚坚决主张把他接到家里来住。加尼亚当时就察觉了这一点,并耿耿于怀。

　　他对妹妹说,病人已好起来了,这话不假。伊波利特的确比以前好些了,这一眼就能看出。他面带嘲弄的、不怀好意的微笑,从容不迫地跟在大家后头走进室内。尼娜·亚历山德罗夫娜惊恐万状地走了进来。(半年来她有很大变化,人也瘦了;自从她打发女儿出嫁并搬到女儿家中以后,她几乎不再公开干预儿女的事了。)科利亚忧心忡忡,仿佛感到纳闷;按照他的说法,他对于"将军的疯劲"简直摸不着头脑,他当然不知道造成这场新的家庭风波的主要原因。但是他很清楚，父亲每时每刻到处抬杠，突然变得和以前判若两人了。三天来老头子已完全停止喝酒，这也使他感到不安。他知道，父亲已经跟列别杰夫和公爵闹翻，甚至还吵了一架。科利亚刚刚回家，他拿着一大瓶伏特加，是他用自己的钱买的。

"真的，妈妈，"他还在楼上的时候就劝尼娜·亚历山德罗夫娜说，"真的，倒不如让他喝酒呢。他已有三天滴酒不沾，所以感到心烦。真的，倒不如让他去喝；他蹲债户拘留所的时候我也给他送过酒……"

将军把门敞开，站在门口，气得直哆嗦。

"阁下！"他声若雷鸣地对普季岑喊道，"如果您当真决定为了那个乳臭未干的无神论者而牺牲可敬的老人，您的父亲，至少也是您的岳父，国君的功臣，那么我的脚从此刻起就不再跨进您家大门。您选择吧，先生，立刻选择：不是我，就是那个……螺旋！是的，螺旋！我这是无意中说出来的，可他就是螺旋！因为他像螺旋似的钻我的心，毫无敬意……简直像螺旋！"

"您是不是说螺旋拔塞锥？"伊波利特插嘴道。

"不，不是螺旋拔塞锥，因为我在你面前是一名将军，并不是酒瓶。我有勋章……你却一无所有。不是他，就是我！您决定吧，先生，马上决定，立刻决定！"他又发狂般地向普季岑喊道。科利亚递给他一把椅子，他几乎是疲惫不堪地在椅子上坐下。

"真的，您不如去……睡觉。"普季岑大为震惊地喃喃道。

"他居然威胁起来！"加尼亚低声对妹妹说。

"睡觉！"将军喊道，"我没有喝醉，阁下，您这是侮辱我。

我看出来了，"他又站起身来继续说道，"我看出来了，这里的所有东西都反对我，所有的东西和所有的人都反对我。够了！我要离开这里……不过您要知道，阁下，您要知道……"

人们没让他说完，又让他坐下，劝他安静一些。加尼亚怒不可遏地走到角落里去。尼娜·亚历山德罗夫娜哆嗦着哭泣。

"我哪里得罪他啦？他有什么可埋怨的呀！"伊波利特咧嘴笑着嚷道。

"难道您没得罪过他？"尼娜·亚历山德罗夫娜突然说道，"您特别应该感到害臊……折磨老人可不人道……何况又处在您的地位。"

"第一，我所处的是什么地位，太太！我很尊敬您，尊敬您本人，但是……"

"他是螺旋！"将军喊道，"他钻我的灵魂和心房！他想叫我相信无神论！你要知道，乳臭小儿，你还没出生的时候，我已经四海扬名了；你却不过是一条爱嫉妒的虫豸，咳嗽把你的身子都咳成了两半……由于怨恨和不信神而只得等死……加夫里拉为什么把你弄到这里来？大家都跟我作对，从外人直到亲儿子！"

"得了吧，你制造了一出悲剧！"加尼亚喊道，"只要您还没让我们在全城丢尽脸面，就算是万幸了！"

"怎么，乳臭小儿，我会让你丢脸！让你丢脸？我只能使你感到荣幸，决不会让你丢脸！"

他跳了起来，人们已经不能约束他了。但是加夫里拉·阿尔达利翁诺维奇看来也已忍无可忍。

"还有什么荣幸可言！"他恶狠狠地喊道。

"你说什么?"将军面色苍白地咆哮起来,还朝加尼亚迈了一步。

"只要我一开口,就可以……"加尼亚突然号叫起来,但是没有说完。两人面对面站着,都异常激动,尤其是加尼亚。

"加尼亚,你怎么啦!"尼娜·亚历山德罗夫娜喊着就奔上前去拦阻儿子。

"你们怎么都信口雌黄!"瓦里娅怒气冲冲地断然说,"得了吧,妈妈!"她抓住了母亲。

"完全是看母亲的面子,我饶你这一次。"加尼亚悲愤地说道。

"你说呀!"将军完全跟疯了似的吼道,"你说嘛,只要你不怕父亲的诅咒……你就说吧!"

"您瞧,就像我怕您的诅咒似的! 您八天来像疯子一样,这该怨谁呀? 有八天了,您瞧,我数着天数……您得留神,可别把我惹急了;我会全说出来的……您昨天干吗要去叶潘钦家? 还是所谓的老人,是白发苍苍的一家之主,好哇!"

"住嘴,加尼卡!"科利亚喊了起来,"住嘴,傻瓜!"

"我怎么,我怎么侮辱他啦?"伊波利特固执地说道,但仿佛依然是用那种嘲笑的口吻,"他干吗把我叫作螺旋,你们听见没有? 是他自己来纠缠我;他方才跑来谈起一个叫做叶罗皮戈夫的大尉。将军,我根本不想陪您谈话;我以前也总是回避,您自己也知道。叶罗皮戈夫大尉跟我有什么相干,您说是吗? 我并不是为了叶罗皮戈夫大尉才搬到这里来的。我只不过大声对他表明了我的意见,说这位叶罗皮戈夫大尉也许从来就不曾有过。他就吵起来了。"

"无疑不曾有过!"加尼亚斩钉截铁地说。

但是将军却愕然站在那里,只是茫然地东张西望。儿子的话说得非常坦率,这使他吃了一惊。在最初的一刹那,他简直无言以对。末了,伊波利特以哈哈大笑来回答加尼亚,并且喊道:"喂,您听见没有,您的亲儿子也说根本就没有叶罗皮戈夫大尉这个人!"直到这时,老头子才语无伦次地喃喃道:

"是卡皮通·叶罗皮戈夫,不是大尉①……是卡皮通……退伍中校,叶罗皮戈夫……卡皮通。"

"连卡皮通也没有!"加尼亚大发雷霆。

"为……为什么没有?"将军喃喃地说,霎时满脸通红。

"得了吧!"普季岑和瓦里娅劝道。

"住嘴,加尼卡!"科利亚又喊道。

但是,旁人的说情仿佛使将军醒悟过来了。

"怎么没有? 为什么不存在?"他威风凛凛、气势汹汹地质问儿子。

"就是因为没有。没有就是没有,而且根本不可能有!就是这样。我对您说,别纠缠了。"

"他还是儿子……我的亲儿子,我把他……主啊! 硬说没有叶罗皮戈夫,没有叶罗什卡·叶罗皮戈夫!"

"你瞧,一会儿是叶罗什卡,一会儿是卡皮托什卡!"伊波利特插嘴道。

"是卡皮托什卡,先生,卡皮托什卡,不是叶罗什卡! 卡皮通,阿列克谢耶维奇大尉,不对,卡皮通……中校……退役的……娶了玛丽亚……玛丽亚……彼得罗夫娜·苏……苏……朋友和同事……苏图戈娃,甚至从当士官生的时候就

<hr>

① 俄语"大尉"的发音与"卡皮通"很相似。

651

是。我为他流了……我挡住他……被杀死了。居然会没有卡皮托什卡·叶罗皮戈夫！居然会不存在！"

将军非常激动地喊叫着，但是听上去却会使人想到，他想说的是一件事，但他喊叫的却是另一件事。诚然，要是换个时候，他就是听到别人说出比起"根本就没有卡皮通·叶罗皮戈夫这个人"更加使他难堪得多的话来，他也能够忍受，他无非是喊叫两声，闹点别扭，发一通脾气，末了总会躲到楼上自己的房间里去睡觉。然而现在，由于人心总是千奇百怪的，所以就连有人怀疑叶罗皮戈夫是否存在之类的小事，也叫他难以容忍。老头子的脸涨得通红，他举起双手喊道：

"够了！他妈的……我离开这个家！尼古拉，把我的旅行袋拿来，我走……离开这里！"

他怒不可遏地急忙走了。尼娜·亚历山德罗夫娜、科利亚和普季岑都去追他。

"哼，瞧你现在干的好事！"瓦里娅对哥哥说，"兴许他又往那里跑。真丢脸，真丢脸！"

"他总不该偷东西呀！"加尼亚几乎气得下气不接上气地喊道；他的视线蓦地和伊波利特相遇；加尼亚几乎发起抖来。"可是您呢，阁下，"他喊道，"您应该记住，您毕竟是寄人篱下……受人款待，不该触怒老头子，他显然发疯了……"

伊波利特仿佛也打了个寒噤，但他一眨眼的工夫就控制住了自己。

"您说令尊发疯了，我不完全同意，"他平静地答道，"相反，我倒觉得近来他更加通情达理了，这是真的；您不信？他变得那么谨慎，那么多疑，什么事他都打听，每句话他都掂量……他向我提起那个卡皮托什卡是有用意的；您瞧，他是想引我……"

"他想引您去干什么,跟我有什么相干!请您别耍滑头,也别搪塞我,先生!"加尼亚尖叫了一声,"既然您也知道老头子现在心情如此恶劣的真正原因(这五天来您一直在我这儿侦查,您肯定是知道的),那么您就根本不应该去触怒……这个倒霉的人,不该夸大事实折磨我的母亲,因为整个这件事本来就很无聊,只不过是醉鬼闹的把戏,如此而已,甚至都找不到任何证据,我根本就不把它当一回事……不过您倒应该挖苦一番,并当当密探,因为您……您……"

"是个螺旋。"伊波利特微微一笑。

"因为您是一个坏蛋,您把大家折磨了半小时,您用没装子弹的手枪自杀,想借此吓唬他们,却落得一个那么可耻的下场,您这个没出息的自杀者,您这个长着两条腿的……散布苦恼的瘟神。我好心款待您,您长胖了,咳嗽也停止了,而您却恩将仇报……"

"请允许我说两句,先生:我是住在瓦尔瓦拉·阿尔达利翁诺夫娜家里,而不是住在您的家里;您并没有给我任何款待,我甚至认为,您自己也在享受普季岑先生的款待。四天前我曾请家慈在帕夫洛夫斯克为我租一个寓所,叫她也搬到那里去,因为我在这儿确实觉得病情有所好转,虽然我根本没有发胖,而且照旧在咳嗽。家慈昨晚通知我,寓所已租到,所以我赶紧通知您,我向令堂和令妹道了谢,今天就要迁居自己的寓所,这件事我昨晚就决定了。请原谅我打断了您的话;您仿佛还有好多话要说。"

"噢,既然如此……"加尼亚哆嗦起来。

"既然如此,就请允许我坐下吧,"伊波利特补充道,随即满不在乎地在将军坐过的那把椅子上坐下,"我毕竟有病;噢,我现在准备洗耳恭听您的高见,何况这是我们的最后一次谈话,甚至可能是最后一次见面。"

加尼亚突然感到惭愧。

"您要相信,我不会把自己贬低到跟您算账的地步,"他说道,"既然您……"

"您何必这么傲慢呢,"伊波利特打断了他的话,"早在我搬到这儿来的头一天,我就决定不放弃这么一种乐趣,即在我们分手时要完全开诚布公把一切都向您交代清楚。我现在就想履行自己的诺言,当然,要在您说完以后。"

"可我请您离开这个房间。"

"您最好还是讲吧,您要是不讲出来,往后会后悔的。"

"别讲了,伊波利特。这一切太可耻了;劳您驾,别讲了!"瓦里娅说。

"除非是为了一位女士,"伊波利特站起身来哈哈大笑,"好吧,瓦尔瓦拉·阿尔达利翁诺夫娜,为了您,我打算把要说的话缩短一点,但只是缩短一点,因为我和令兄之间有些事是必须彻底解释清楚的。在消除误会之前,我决不离开这里。"

"您简直是一个搬弄是非的家伙,"加尼亚喊道,"所以您不搬弄一番是非是不肯走的。"

"您瞧,"伊波利特冷冷地指出,"您已经按捺不住了。不错,您现在不说出来,将来是会后悔的。我再次让您先说。我可以等一等。"

加夫里拉·阿尔达利翁诺维奇默不作声,轻蔑地瞧着对方。

"您不想说。您想坚持到底——那就随您的便吧。至于我，我要尽可能说得简明扼要。今天我有两三次听到有人责备我接受你们的款待；这不公道。您把我请到这里来，是您自己叫我落网，您指望的是我要对公爵进行报复。况且您又听到阿格拉娅·伊万诺夫娜对我表示同情，还读了我的自白。不知为什么，您以为我会竭力维护您的利益，您希望能得到我的帮助。我就不作更详细的解释啦！我也不要求您的承认和证实；只要我能使您扪心自问；只要我们现在彼此能彻底了解，那也就够了。"

"天知道您怎么把一件最普通的事弄成这样！"瓦里娅喊道。

"我对你说过：'他是一个搬弄是非的坏小子。'"加尼亚说道。

"对不起，瓦尔瓦拉·阿尔达利翁诺夫娜，让我接着往下说。对于公爵，我当然既不能爱他，也不能尊敬他；然而他肯定是一个好人，虽然也很……可笑。可我根本没有理由恨他；在令兄教唆我反对公爵的时候，我没有对他表示什么；我就是指望到末了取笑他一番。我知道令兄会向我泄漏真情并铸成大错。结果真是如此……我现在打算饶了他，但这只是出于对您的敬意，瓦尔瓦拉·阿尔达利翁诺夫娜。但是在对您说明了我并不那么容易上钩以后，我还要对您解释，我为什么总想让令兄在我面前成为傻瓜。您要知道，我这样做是出于憎恨，这我可以坦白地承认。我在临死的时候（因为我毕竟快死了，虽然像你们所说的那样长胖了一点），我在临死的时候，只要能把那无数迫害了我一辈子、我也恨了他们一辈子的人的一个代表愚弄一下，我就会感到我将无比泰然地走进天堂。敬爱的令兄就是这种人的一个突出的典型。我所以恨您,加夫里拉·阿尔达利翁诺维奇,仅仅是由于,——您也许觉得这很奇怪,——仅仅是由于您是最厚颜无耻、最自满自负、最庸俗讨厌的凡夫俗子的一个典型和写照、一个化身和顶峰!您是个傲慢的凡夫俗子,您是个刚愎自用、道貌岸然的凡夫俗子;您是庸人中的庸人!无论在您的脑子里还是在您的心里,命中注定永远不会形成任何一点点自己的思想。但是您的嫉妒心太强;您深信您是最伟大的天才,然而有时在艰难的时刻,您还是会产生怀疑,于是您就生气和嫉妒。哦,在您的视野里还有黑斑;当您彻底变成傻瓜的时候(这已为期不远),这些黑斑就会消失。但是您毕竟还要走一段漫长的、崎岖不平的路。我不能说它是一条令人愉快的路,这使我感到高兴。第一,我可以向您预言,您是弄不到那个女人的……"

"噢,这真叫人不能忍受!"瓦里娅喊道,"您说完没有,讨厌的恶魔?"

加尼亚面色苍白,浑身颤抖,默然不语。伊波利特不再往下说了,很高兴地凝视了他片刻,又把视线移到瓦里娅身上;他笑了笑,鞠了一躬,就出去了,没有再多说一句话。

加夫里拉·阿尔达利翁诺维奇完全有理由抱怨自己的命运和失败。瓦里娅一时不敢跟他攀谈,甚至当他迈着大步从她身旁走过的时候也没看他一眼。最后,他退到窗前,背向她站在那儿。瓦里娅想起了"祸福难测"这句俄国谚语。楼上又传来了吵闹声。

"你要走?"加尼亚听见她从座位上站起来,突然转身问她道,"等一等;你瞧瞧这个。"

他走上前去,把一个叠成便条状的小纸片扔到她面前的一把椅子上。

"主啊!"瓦里娅喊道,并举起双手拍了一下。

便条上写了这么几行:

> 加夫里拉·阿尔达利翁诺维奇!我深信您对我颇有好感,所以决定就一件对我来说至关紧要的事向您请教。我希望明晨七时整在绿凳上和您见面。那儿离我们的别墅不远。瓦尔瓦拉·阿尔达利翁诺夫娜必须陪您前往,她很熟悉那个地方。

阿·叶①

"试试看吧,往后可别再小看她!"瓦尔瓦拉·阿尔达利翁诺夫娜摊开双手。

不管此刻加尼亚怎么不愿意夸口,但仍不能不流露出得意的神气,尤其是在伊波利特说出了那句使人难堪的预言之后。他的脸上毫不掩饰地泛起洋洋得意的笑容,瓦里娅也乐得眉开眼笑。

"这就是他们宣布订婚的那一天!试试看吧,往后可别再小看她!"

"你看她明天打算说什么事呢?"加尼亚问。

"这倒无关紧要,主要的是六个月来她第一次想和你见面。你听我说,加尼亚:不管怎么说,也不论结果如何,你要知道,这至关紧要! 这太重要啦! 你别再摆架子,别再失策,可也别胆怯,记住! 她还能不明白我半年来干吗老往她们家跑吗? 你想想看:她今天连一句话也没有对我说,不露声色。我

<hr>

① 阿·叶,阿格拉娅·叶潘钦娜的姓名缩写。

是偷偷地去她们家的,老太太不知道我待在那里,不然也许会把我赶出去。我为了你前去冒险,无论如何要打听到……"

楼上又传来喊叫声和吵闹声;有几个人从楼梯上下来。

"现在无论如何不能这么闹!"瓦里娅气喘吁吁、惊慌失措地喊道,"要让这件丑事消失得无影无踪! 你去求饶吧!"

但是,一家之主已经上街了。科利亚抱着旅行袋跟在他后面。尼娜·亚历山德罗夫娜站在台阶上啼哭;她本想跑上去追他,但是普季岑拦住了她。

"您这么办只会给他火上浇油,"他对她说道,"他无处可去,半小时后别人又会把他带回来,我已经跟科利亚说过了。您让他去闹一阵吧。"

"您胡闹什么? 您上哪儿去!"加尼亚从窗内喊道,"您无处可去!"

"回来吧,爸爸!"瓦里娅喊道,"左邻右舍都听见啦。"

将军站住了,他转过身来,伸出一只手喊道:

"我诅咒这个家!"

"他非得拿出一副唱戏的调门不可!"加尼亚喃喃道,砰的一声把窗子关上。

邻居们果然听见了。瓦里娅从室内跑了出去。

瓦里娅出去以后,加尼亚从桌上拿起便条吻了一下,咂了咂舌头,还踮着脚转了个圈。

三

　　要是在别的任何时候,将军惹下的乱子总是不了了之。早先他也曾这样突然胡闹起来,不过相当罕见,因为一般说来,他是一个十分温和的人,几乎没有什么恶习。他可能跟近几年来支配了他的反常情绪斗争过上百次。他往往突然想起自己是"一家之主",便流着诚挚的眼泪跟妻子和解了。他尊敬尼娜·亚历山德罗夫娜,甚至达到崇拜她的程度,因为她常常默默地原谅他,即使在他丑态百出、丢人现眼的时候她也爱他。但是跟反常情绪所作的慷慨悲壮的斗争通常持续不久;将军还是一个太"爱冲动"的人,虽然他冲动起来别具一格。他通常忍受不住在家中过的那种闭门思过、无所事事的生活,结果总要造反。他常陷入狂热,在陷入狂热的同时他也许又责备自己,但控制不住自己:他跟别人争吵,口若悬河地夸夸其谈,要求别人尊敬他尊敬到五体投地的程度,末了就弃家出走,有时一走就长期不归。近两年来,他对自己家里的事只是略有所知,或者是听别人说的;他也不仔细打听,因为他根本就不想打听。

　　但是这一次"将军惹下的乱子"却有点不同寻常;大家似乎知道了什么事,大家似乎又怕说出什么事。将军在三天前才"正式"回家,也就是去见尼娜·亚历山德罗夫娜,但是不知为什么却不像他早先每次"露面"时那样恭顺地忏悔,反而肝火极旺。他变得喜欢饶舌,焦灼不安,不论遇到什么人都激动地跟对方攀谈,就像恨不得朝对方猛扑过去似的;但是他的话题却五花八门,无奇不有,叫人怎么也弄不清楚现在究竟是什么使他感到如此不安。他有时很高兴,但更多的时候却陷入沉思,连他自己也不知道他在想什么;他会突然讲起什么来,——讲叶潘钦一家,讲公爵和列别杰夫,——但又戛然而止,一句话也不再说了。倘若有人追问,他也只用傻笑作答,他甚至没有察觉有人在问他,而他在微笑。头一夜他是在叹息与呻吟中度过的,把尼娜·亚历山德罗夫娜折磨得好苦,她不知为什么给他做了一宵热敷;天快亮的时候他忽然睡着了,睡了四个钟头,醒来时疑心病大肆发作,闹得不亦乐乎,结果是和伊波利特吵了一通,还把"这个家"臭骂了一顿。人们还注意到,这三天来他不断地产生极强烈的虚荣心,因此心胸也就特别狭窄。科利亚一定要让母亲相信,这全是由于他想喝酒,也许是想念近来跟将军特别要好的列别杰夫。但是三天前他忽然跟列别杰夫吵了一架,在狂怒中跟对方分手了。他甚至跟公爵也吵过嘴。科利亚曾请求公爵说明究竟,末了却开始怀疑公爵仿佛也有什么事不愿告诉他。倘若就像加尼亚满有把握地推测的那样,伊波利特和尼娜·亚历山德罗夫娜之间有过什么特别的谈话,那么奇怪的是,这个被加尼亚干脆称作搬弄是非者的可恶的先生,却并不乐意用同样的方式去开导科利亚。很有可能,他并不是加尼亚向妹妹描述的那样一种可恶的"坏小子",而是另一种类型;他也未必会仅仅为了"使她伤心"而把自己观察到的什么情况告诉尼娜·亚历山德罗夫娜。我们不可忘记,人类行为的原因,往往远比我们事后对这些原因所作的解释更为复杂多样,而且很少是弄得清楚的。一个讲故事的人有时最好是仅限于简单地叙述各种事件。我们在下面解释将军目前碰到的这场横祸时就要这么办。因为不论我们如何努力,我们也不得不背离原先的设想,给予我们这个故事中的这个二流角色以较多的注意,并提供较多的篇幅。

这些事件是按如下顺序依次发生的:

列别杰夫去彼得堡找费尔德先科,当天就和将军一起回到帕夫洛夫斯克,这时他并未告诉公爵任何特别的新闻。倘若公爵当时不是被其他一些对他来说极为重要的印象占据了头脑而不能分心,那他很快就会发觉,就是在这以后的两天里,列别杰夫不但没对他作任何交代,甚至恰好相反,不知何故仿佛总是避免见他似的。末了公爵注意到了这一点,使他惊奇的是:这两天每当他偶然遇到列别杰夫的时候,他总觉得列别杰夫喜气洋洋,而且几乎总是和将军在一起。两个朋友形影不离。公爵有时听到楼上传来又响又快的谈话声,还有嘻嘻哈哈的、愉快的争论声;有一次在深更半夜,他甚至听到突然有人出乎意料地唱起一支歌颂酒神的军歌,他立刻听出那是将军嘶哑的男低音。不过那支歌没有唱完便戛然而止。后来极其兴奋的谈话持续了大约一小时,从一切迹象来看,谈话的人已经喝醉了。不难猜到,在楼上寻欢作乐的两个朋友在拥抱,最后有一个哭了。接着突然又爆发了激烈的争吵,但争吵也很快平息下来。在整个这一段时间里,科利亚显得特别担心。公爵大部分时间不在家,有时很晚才归来;老是有人向他报告,说科利亚整天找他,打听他的去向。但是,每当他见到科利亚的时候,科利亚也没有什么特别的事可说,只是说他对将军和将军目前的行为极其"不满":"他们总是闲逛,在离这儿不远的一个小饭馆里喝得醉醺醺的,还在大街上互相拥抱、骂架,互相惹对方生气,可是又分不开。"公爵告诉他,早先也几乎是每天如此,科利亚听了根本不知道该怎么回答,也说不清他目前究竟何以感到不安。

在又是唱歌又是争吵的那一夜过去以后的第二天上午十一时左右,公爵正想出门,将军蓦地出现在他面前,不知为什么显然非常不安,几乎是不知所措。

"我早就希望能荣幸地见您一面,敬爱的列夫·尼古拉耶维奇,我等了很久很久,"他喃喃地说,一面紧紧地握着公爵的手,几乎把公爵握痛了,"很久很久了。"

公爵请他坐下。

"不,我不坐,何况我还会耽误您的事,我下次再来吧。看来我可以借此机会恭喜您……了却了……一桩心愿。"

"什么心愿?"

公爵窘住了。跟许多和他的处境相同的人一样,他总觉得绝不会有任何人能够看出、猜到或了解任何事情。

"您放心吧,您放心吧!我不会惊扰您那些极其微妙的感情。我自己也体验过这种感情,我自己也知道俗话所说的……所谓……多管闲事……是怎么回事。我每天早晨都有这种体会。我是为另一件事而来,那是一件重要的事。为了一件十分重要的事,公爵。"

公爵再次请他就座,自己也坐下了。

"只耽搁您一秒钟……我是来请教的。当然,我现在活着并没有实际目的,但我尊重自己……也尊重进取精神,一般说来,俄国人是不大注重这种精神的……我想让自己、内人和

662

我的子女处于这么一种地位……总之,公爵,我向您请教。"

公爵热情地称赞了他的意图。

"嘿,这一切全是废话,"将军迅速打断了他的话说道,"我主要的并不是谈这个,而是谈另一件重要的事。我只不过要向您解释清楚,列夫·尼古拉耶维奇,因为我相信您待人诚恳,感情高尚,因为……因为……您对我的话不感到奇怪吗,公爵?"

公爵即使并不特别惊讶,起码也是非常注意和好奇地注视着他的客人。老人的脸色有些苍白,嘴唇有时微微颤抖,双手仿佛找不到一个合适的地方似的。他只坐了几分钟,不知何故就已有两次突然从椅子上站起来,又突然坐下,显然毫不留意自己的举止。桌上放着几本书,他拿起一本,一面继续说话,一面看了看打开的那一页,立刻又把书合起,放到桌子上;接着又拿起另一本书;但这次没把书打开,在其余的时间里,他一直用右手拿着书在空中不停地挥动。

"够了!"他蓦地喊道,"我看我太打扰您了。"

"一点也不打扰,别那么想。您费心啦,我反倒在洗耳恭听,并希望猜到……"

"公爵!我想得到一个受人尊敬的地位……我想尊重自己和……我的权利。"

"一个人只要有这样的愿望,就足以受到尊敬了。"

公爵说的是句老生常谈,他深信这句话会产生极好的效果。他不知怎么本能地猜到,像这种无聊已极但娓娓动听的句子,如果说得恰是时候,能使将军这样的人,尤其是跟将军怀有同样心情的人,立刻心平气和。无论如何要让这种客人轻松愉快地离去,这就是他的任务。

这句话使将军得到了满足并深受感动，他大为高兴：将军突然深深地动了感情，霎时改变了语气，开始兴高采烈、滔滔不绝地解释起来。但是公爵不论怎样全神贯注，不论怎样洗耳恭听，却实在一点也听不懂。将军兴奋而迅速地说了大约十分钟，仿佛恨不得把自己的满腔愁绪一古脑儿都倾吐出来；末了，他的眼里甚至闪现出泪花，但是他说的毕竟是一些没头没尾的语句、一些出乎意料的话和一些出乎意料的思绪，它们迅速地、出乎意料地源源涌出，前一句还没说完，后一句就跟了上来。

"够了！您了解我，我也就安心了，"他末了蓦地站起来说道，"像您这样的心，是不会不理解一个苦命人的。公爵，您为人高尚，堪称表率！别的人怎能和您相比？不过您还年轻，我祝福您。归根到底，我是来请求您指定一小时的时间和我作一次重要谈话，这就是我最主要的希望。我寻求的只是友谊和同情，公爵；我从来都压制不住我内心的要求。"

"但是现在为什么不能谈呢？我洗耳恭听……"

"不，公爵，不！"将军急忙打断他的话说道，"现在不能谈！现在只是一个幻想！这太重要了，太重要了！这一小时的谈话将最后决定我的命运。那将是我的时刻，我不希望在这么神圣的时刻有一个不速之客，有一个冒失鬼前来打断我们的谈话，这种冒失鬼往往会干出这种事来，"他突然俯下身去，用奇怪的、神秘的、几乎是惊慌失措的口气低声对公爵说，"这种冒失鬼还不如您脚上的鞋后跟值钱，心爱的公爵！噢，我不是说我脚上的鞋后跟！您要特别注意，我并没有提到我的脚；因为我很尊重自己，所以不会坦率地这么说；但是只有您能够了解，我在这种情况下不提我的鞋后跟，也许正是表明我有非常值得自豪的人格。除您之外,任何人都不会了解,他就更不消说了。他什么也不明白,公爵;他完全、完全不会明白!只有有心人才能明白!"

末了公爵几乎害怕起来,只得跟将军约定明天同一个时候会晤。将军兴高采烈地走了,他得到了极大的安慰,几乎已放心了。晚上六点多钟,公爵派人请列别杰夫来一趟。

列别杰夫非常匆忙地走了进来。"我深感荣幸。"他一进来就马上说道;一点也看不出他三天来似乎总是在躲藏,显然避免见到公爵。他在一把椅子的边上坐下,不停地挤眉弄眼,胁肩谄笑,一双笑眯眯的小眼睛老是在东张西望,还搓着双手,装出一副无比天真的期待神情,仿佛在等着听取大家盼望已久却都已猜到的什么很有价值的消息似的。公爵又感到一阵厌恶;他渐渐明白,大家忽然对他开始有所期待,大家看着他,似乎想用种种暗示、微笑和眼色向他祝贺。凯勒已经来过两三趟,也显然想来祝贺:每次都是热情洋溢而又含糊其辞地开个头,不等说完就赶紧溜走了。(近几天来他在某处狂饮无度,还在一家台球室里出过风头。)科利亚尽管伤心,但他也有两次对公爵吞吞吐吐地说了些什么。

公爵直率地而且有点生气地问列别杰夫,他对将军现在这种情况有什么看法,将军何以如此不安?公爵用寥寥数语就把方才那一幕告诉了列别杰夫。

"人人都有自己的不安,公爵……尤其是在我们这个奇怪的、不安定的时代,先生;是这么回事,先生。"列别杰夫有点冷淡地答道,接着就像一个大失所望的人那样深感委屈地沉默了。

"多高明的哲学!"公爵笑了笑。

"哲学是需要的,先生,在我们的时代,很需要把哲学付诸实践,先生,但是大家都轻视它,就是这么回事,先生,从我这方面来说,敬爱的公爵,我虽然在您所知道的某件事上深得您对我的信任,先生,但这也有一定的限度,绝不超出与那件事本身有关的各种情况……我明白这一点,而且毫无怨言。"

"列别杰夫,您好像在为什么事生气吧?"

"一点也不,一点也不生气,敬爱的、无比光辉的公爵,一点也不!"列别杰夫一手按着胸口,热情洋溢地喊道,"恰恰相反,我立刻明白,不论是以我在世上的地位还是以我的头脑和心灵的修养而论,也不论是以财富的多寡还是以我从前的行为和知识而论,——我都根本不配得到远远超出我的希望之外的您对我的信任;即使我也可以为您效劳,我也只能做您的奴隶和雇工……我不是生气,而是发愁,先生。"

"卢基扬·季莫费伊奇,得了吧!"

"只能如此! 现在就是这样,在目前的情况下就是这样!我每次见到您,一面在心里和脑子里关注着您,一面对自己说:我不配得到您的友好的通知,但是作为房东,我也许能在适当的时候,在预料的日期到来之前,得到一个所谓的指示,或者鉴于行将出现某些可以预料的变化,我起码能得到一个通知。"

列别杰夫在说这番话的时候,一直用他那双锐利的小眼睛盯着愕然瞧着他的公爵;他还在希望满足自己的好奇心。

"我简直一点也不明白,"公爵几乎是愤怒地喊道,"您……您真是个最可怕的阴谋家!"他突然极其真诚地笑了起来。

列别杰夫也立刻笑了,他眉开眼笑的神情清楚地表明,他的种种希望不但变得明朗,甚至是倍增了。

"您可知道我要对您说什么,卢基扬·季莫费伊奇?但愿您别生我的气,对于您的天真,而且不仅是对您一个人的天真,我不禁感到惊讶!您如此天真地期待着我说些什么,就是现在,就在此刻,这甚至使我在您面前感到惭愧和害臊,因为我没有任何东西可以满足您的愿望;但是我可以对您发誓,根本就没有任何东西,这您自己也想象得到!"

公爵又笑了。

列别杰夫摆出一副庄严的姿态。不错,他的好奇有时未免过于天真,过于惹人厌烦;但他同时又是一个相当狡猾、城府很深的人,在某些场合甚至狡猾得一言不发;公爵由于总是疏远他,几乎使他成了自己的冤家对头。但是,公爵之所以疏远他,并不是因为看不起他,而是因为使他感到好奇的那件事实在太微妙了。几天以前,公爵还把自己的某些幻想看成一种罪行,而卢基扬·季莫费伊奇却只是把公爵的拒绝看作对他个人的厌恶和不信任,只得伤心地走开,公爵这种态度使他不但嫉妒科利亚和凯勒,甚至还嫉妒自己的女儿薇拉·卢基扬诺夫娜。此刻他本来也许可以并且真心愿意向公爵报告一个能使公爵感到莫大兴趣的消息,但他却闷闷不乐地沉默着,没有说出来。

"说实在的,我究竟怎么才能为您效劳,敬爱的公爵?因为现在您总算把我……叫来啦。"他沉默片刻,终于说道。

"噢,我想问问将军的情况,"公爵也沉思了片刻,蓦地精神一振,"还有……您告诉过我的关于您这次失窃的事……"

"您究竟是指什么呀,先生?"

"哼,就像您现在不明白我的意思似的!哎,主啊,卢基扬·季莫费伊奇,您老是这么装模作样!那笔钱,那笔钱,就是从您的皮夹里遗失的那四百卢布,就是那天早晨您去彼得堡之前跑来告诉我的那笔钱呀,——您到底明白了没有?"

"哦,您是问那四百卢布!"列别杰夫曼声说道,仿佛现在才明白过来似的,"公爵,谢谢您真挚的同情;这对我来说是太荣幸了,不过……那笔钱我已经找到了,先生,早就找到了。"

"您找到了!唉,谢天谢地!"

"您的感叹非常高尚,因为对于一个穷人,对于一个靠艰苦的劳动为生、还要养活一大群没娘的孩子的人来说,四百卢布可是非同小可……"

"我说的不是这个!您找到了,我当然也很高兴,"公爵急忙改正道,"但是……您究竟是怎么找到的呢?"

"非常简单,先生,就在挂常礼服的那把椅子底下找到的,显然那个皮夹是从衣袋里掉到地板上去了。"

"怎么会在椅子底下?这不可能,因为您对我说过,所有的角落您都找遍了;你怎么会把这个最主要的地方漏掉呢?"

"问题就在于我是看过的,先生!我记得很清楚,很清楚,我是看过的,先生!我趴在地上,用手去摸那个地方,还把椅子搬开,因为我不相信自己的眼睛:我看见那里一无所有,只有一块光光的空地,就像我的手掌,先生,可我还是继续摸。一个人在痛心地遗失了一笔巨款而又很想把它找到的时候,总是会一再地干出这种蠢事:他明明什么都没看见,只见一块空地,可还要朝那里看上十几次。"

"是的,就算是这样;但这究竟是怎么回事呢?……我还是不明白,"公爵莫名其妙地喃喃道,"您早先告诉我,那里一无所有,您在那个地方也找过,可是怎么又突然出现了呢?"

"的确是又突然出现了,先生。"

公爵诧异地看了看列别杰夫。

"那么将军呢?"他蓦地问道。

"将军又怎么啦,先生?"列别杰夫又不明白了。

"唉,我的主啊! 我问您,当您在椅子底下找到皮夹的时候,将军说什么啦? 早先你们不是一齐找的吗。"

"早先是一齐找的,先生。但是这一次,老实对您说,我没有声张,先生,而且我宁可不告诉他我已独自把皮夹找到了。"

"为……为什么呢? 钱一分也不少吗?"

"我打开皮夹看过;原封未动,一个卢布也不少,先生。"

"您该来告诉我一声。"公爵若有所思地说。

"我怕当面打扰您,公爵,因为您个人也许正沉浸在非常美妙的所谓遐想之中;此外,我自己也装出一副什么也没发现的样子。我打开皮夹检查了一番,接着就把它合上,重又放到椅子底下去了。"

"这是为什么?"

"这是因为此事进一步激起了我的好奇心,先生。"列别杰夫搓着双手,突然嘿嘿地笑了一声。

"那么皮夹从前天起就一直放在那里,现在还在那里吗?"

"噢,不是的,先生,只放了一昼夜。您瞧,我多多少少是想让将军也找到它,先生。因为既然我终于找到了,那么将军怎么就看不见从椅子底下露出来的那个所谓惹人注目的东西呢。我把那把椅子抬起过好几次,还挪动了一下,让那只皮夹一眼就能看到,但是将军总是没有发现,这样拖了整整一昼夜。他现在看上去心神不定,真叫人莫名其妙。他往往先是说呀,讲呀,微笑呀,哈哈大笑呀,突然对我大发雷霆,我也不知道是为什么,先生。末了我们从室内出去,我故意让门一直敞开着;他踌躇片刻,欲言又止,大概是被装了那么大一笔钱的皮夹吓坏了,但是他又勃然大怒,一句话也不说,先生;我们在街上没走两步,他就扔下我朝另一个方向走去。直到晚上我们才在小饭馆里见面。"

"但是,末了您究竟从椅子底下拾起皮夹没有?"

"没有,先生;就在当天夜里,它从椅子底下不翼而飞了,先生。"

"那么它现在究竟在什么地方呢?"

"就在这里,先生,"列别杰夫蓦地笑了,他笔直地从椅子上站起来,愉快地看着公爵,"它突然在这里,在我常礼服的衣裾里出现了。噢,请您自己瞧瞧,请您摸摸,先生。"

果然,在常礼服左侧衣裾正前方最显眼的地方,仿佛出现了一个完整的口袋,一摸就立刻可以猜到里面是个皮夹,它是从一个破口袋里漏下去的。

"我掏出来看过,分文不少,先生。我又把它放了进去,从昨天早晨起我就这样把它揣在衣裾里,走路的时候它甚至老打我的腿哩。"

"您没有留意吗?"

"我没有留意,先生,哈哈!您想想看,敬爱的公爵,——虽然这玩艺儿并不值得您这样特别注意,——我的衣袋一向完好无损,不料一夜之间却突然有了这么一个大洞!我越发好奇地察看起来,——像是有人用削鹅羽笔的小刀割破的,简直是不可思议,是吧,先生?"

"但是……将军呢?"

"他整天生气,昨天和今天都在生气;他非常不满,先生;他时而高兴,甚至乐得一个劲地奉承我,时而又感动得老泪纵横,再不就忽然大动肝火,使我简直都害怕了,真的;公爵,我毕竟不是军人,先生。昨天我们坐在小饭馆里,我的衣裾似乎偶然被展示在最显眼的地方,简直像一座山;他气呼呼地斜睨着它。如今他早就不正眼看我,先生,除非在他酩酊大醉或深受感动的时候;但是昨天他却正眼看了我两次,简直使我的脊梁不寒而栗。不过我明天打算找到那只皮夹,在这之前我还要带着它去玩一个晚上。"

"您干吗这样折磨他呢?"公爵喊道。

"我没有折磨呀,公爵,我没有折磨呀,"列别杰夫热烈地应声说道,"我真心爱他,先生……还尊敬他,先生;可现在,不管您信不信,我觉得他更加可贵了,先生;我更加器重他了,先生!"

列别杰夫的这一番话说得那么认真和诚恳,甚至使公爵都生气了。

"您爱他,却又这样折磨他!得了吧,他把失物给您放在显眼的地方,放在椅子底下和常礼服里,就凭这一点也能看出他要直接向您表明,他不愿意对您耍花招,而是老老实实地求您宽恕。您听着:他是在求您宽恕!他这是指望您宽大为怀;他这是相信您对他的友谊。不料您竟使这么一个……极其诚实的人如此难堪!"

"极其诚实的人,公爵,极其诚实的人!"列别杰夫目光炯炯地应声说道,"只有您一个人,无比高尚的公爵,只有您一个人能够说出这样的公道话来！我就是由于这一点才信赖您，甚至崇拜您，哪怕我因为染上各种恶习而腐烂了！就这么定了！我现在立刻要找到皮夹，而不是等到明天。我现在就当您的面把它掏出来，先生；这就是它；钱也全在这里；无比高尚的公爵，您拿去吧，拿去保存到明天。明天或者后天我来取，先生；您要知道，公爵，这件失物头一夜显然放在我那个小花园里某处的一块小石头底下，先生；您的看法如何？"

"您得留神，不要当面对他直说您找到了皮夹。只要让他看到衣裾里已经一无所有，他也就明白了。"

"是这样吗，先生？是不是不如告诉他说我已经找到了，但装出一副我至今还猜不透的样子？"

"不，"公爵沉思道，"不，现在已经晚了。这样比较危险；真的，最好别说！您对他要亲热一点，但是……别太过分，而且……而且……您要知道……"

"我知道，公爵，我知道，这就是说，我虽然知道，可我也许做不到。因为这么办需要有一颗像您这样的心。何况我自己肝火太盛，又爱生气，现在他有时对我实在太傲慢了；他时而嘤嘤啜泣跟我拥抱，时而又突然开始侮辱我，鄙薄地挖苦我；所以我才故意把衣裾露在外面，哈哈！再见，公爵，因为我显然耽误了您许多工夫，妨碍了您去领略种种所谓妙不可言的感受……"

"但是看在上帝分上要保守先前的秘密！"

"悄悄地办，先生！悄悄地办，先生！"

事情虽然已经了结，但公爵却几乎比以前更加忧心忡忡了。他急不可耐地等待着明天和将军见面。

四

约定的时间是十二点,但是公爵完全出乎意料地迟到了。他回家时看到将军已在他那里等他。他一眼看去就发现将军心怀不满,也许正是因为等候公爵等急了的缘故。公爵道了歉,急忙坐下,但是胆怯得有点奇怪,似乎他的客人是瓷制的,他时时刻刻担心把客人碰碎。早先他见到将军从不胆怯,也从来不曾有过胆怯的念头。公爵很快看出,他和昨天相比已判若两人;今天他已不惊慌失措和精神恍惚,而是流露出一种不寻常的镇静;可以断定,此人已对什么事下了最后的决心。不过这种镇静主要是表面上的,而不是实际上的。但是无论如何这位客人是落落大方的,虽说那副庄重的神态还带有几分拘谨。起初他对待公爵仿佛有一种宽宏大量的神气,——就像有些受了委屈却很高傲的人有时表现出来的那样落落大方。他说话和蔼可亲,虽然也带点悲哀的口吻。

"这是我前两天向您借的那本书,"他意味深长地朝他带来的那本已放在桌上的书点了点头,"谢谢。"

"噢,是的。您读完那篇文章啦,将军?您喜欢吗?不是很有趣吗?"公爵看到能有机会尽快从一些闲话入手来开始这场谈话,不免感到高兴。

"也许是有趣的,但是写得粗糙,当然是无稽之谈,也许每句都是谎话。"

将军过于自信地说，甚至稍稍曼声地说着每一个字。

"啊，这是个多么朴实的故事；一个曾目击法国人蹂躏莫斯科的老兵讲的故事①；有些地方写得很妙。何况目击者的任何笔记都是弥足珍贵的，甚至不论那目击者是谁。不是吗？"

"假如我是编辑，我是不会发表的；至于一般目击者的笔记，那么人们宁肯相信那种虽然漫天撒谎却说得倒也有趣的人，也不愿相信那些可敬的有功之臣。我知道几种记述一八一二年的笔记，它们……我决定了，公爵，我要离开这幢房子，离开列别杰夫先生的家。"

将军意味深长地瞧了瞧公爵。

"您在帕夫洛夫斯克有自己的住宅，在……令爱那里……"公爵说，但并不知道该说什么。他想起将军是为了一件跟自己生死攸关的特别重要的事情来向他求教的。

"在内人那里；换句话说，是在我自己和小女的家里。"

"对不起，我……"

"我要离开列别杰夫的家，亲爱的公爵，这是因为我和此人绝交了。昨晚绝交的，我后悔没有早一点这么做。我要求别人尊敬我，公爵，也想得到他的尊敬，甚至凡是我向其奉献了我的心的人，我都想得到他们的尊敬。公爵，我常把我的心献给别人，却几乎总是受骗。这个人是不配接受我的馈赠的。"

---

① 公爵交给将军阅读的那篇文章，载于《俄国档案》杂志。陀思妥耶夫斯基大概是指《一八一二年的莫斯科新圣母修道院。目击者，编内公务员谢苗·克利梅奇讲的故事》一文。

"他有很多毛病，"公爵有分寸地指出道，"还有某些特点……但在这一切之中可以看到一颗心，还有一个狡猾的、有时也很有趣的头脑。"

优雅的措辞和尊敬的口吻看来博得了将军的欢心，虽然他有时还带着突如其来的不信任情绪瞧瞧公爵。然而公爵的口气是那么自然，那么诚恳，使人没有怀疑的余地。

"关于他也有一些好的品质这一点，"将军应声说道，"那么在我几乎把我的友谊奉送给此人的时候，是我首先宣布的。我既然有自己的家庭，所以并不需要他的家和他的款待。我不为自己的毛病辩护；我不大检点；我和他一起喝酒，现在我也许还在为此哭泣。但是并不仅仅为了喝酒（公爵，请您原谅一个被激怒的人这种粗野的坦率），并不仅仅为了喝酒我才跟他来往。使我入迷的就是您所说的那些品格。然而凡事都有一定的限度，我连品格也是如此；倘若他突然鲁无礼地当面要我相信，在一八一二年，那时他还是个孩子，他在童年时代就失去了左腿，并把它埋在莫斯科瓦甘科夫公墓，那就超过了限度，显得失敬和厚颜无耻了……"

"也许这不过是为了逗人开心而开的玩笑。"

"我明白，先生。为了逗人开心而说的天真的谎话，即使有伤大雅，也不会使人心感到难堪。有些人撒谎，也可以说仅仅是出于友谊，为了使谈话的对方得到一点乐趣，但是，倘若其中有失敬之处，倘若他们也许正是要借这种失敬来表示他们已感到彼此间的交情成了一种累赘，那么一个自重的人就只得转过身去跟侮辱他的人绝交，让对方真正知道自重。"

将军说话时脸都红了。

"列别杰夫在一八一二年不可能待在莫斯科；那时他还

675

太小;这很可笑。"

"这是第一点;再说,就算他当时已经出生,他又怎能当面叫别人相信,一个法国步兵为了取乐,竟把大炮向他瞄准,打掉了他一条腿;他还把那条腿拾起带回家去,后来把它埋在瓦甘科夫公墓,他还说他在埋腿的地方立了一个墓碑,碑的一面写道:'十级文官列别杰夫之一足安葬于此',另一面写道:'安息吧,亲爱的遗骸,静待快乐之黎明'①,最后还说,他每年都要祭祷那条腿(这简直是渎神行为),为此每年都要去莫斯科一趟。他为了证明此言非虚,还叫我到莫斯科去参观坟墓,甚至还要带我到克里姆林宫去看那尊被缴获的法国大炮。他说,就是从大门口数起的第十一尊旧式法国鹰炮②。"

"况且他的两腿都完好无恙,这很明显嘛!"公爵笑了,"请您相信,这的确是天真的玩笑,您别生气。"

"但是请允许我也谈谈我的看法,先生;就算他明明有两条腿吧,这还并不完全不可思议;他要我相信,他的一条腿是切尔诺斯维托夫给他装的……"

"噢,是的,据说用切尔诺斯维托夫装的假腿还可以跳舞呢。"

"这我完全知道,先生;切尔诺斯维托夫发明假腿的时候,首先就跑来拿给我看。但是切尔诺斯维托夫发明假腿的时间要晚得多……他还一口咬定,他的亡妻在他们结婚以后,一直不知道他,就是她的丈夫,有一条木腿。'既然你,'当我指出他完全是胡说八道的时候,他说,'既然你在一八一二年

---

① 这是俄国作家卡拉姆辛的《墓志铭》之一。一八三七年,根据陀思妥耶夫斯基兄弟的愿望,把这句话刻在他们亡母坟前的墓碑上了。

② 鹰炮,古代一种发射铅弹的小口径大炮。

当过拿破仑的少年侍卫,那么你也会允许我把我的一条腿埋在瓦甘科夫公墓。'"

"难道您……"公爵刚要开口,却又犹豫起来。

将军简直是目中无人地,而且几乎是嘲弄地看了看公爵。

"您把话说完吧,公爵,"他特别从容地曼声说道,"您把话说完吧。我是宽宏大量的,您把一切都说出来吧:您得承认,您一想到会在自己面前看到一个真正潦倒……而又毫无用处的人,同时又听说此人曾亲眼目睹……种种伟大场面,就不禁觉得可笑。他还没有来得及对您……说三道四吧?"

"没有;我没有听到列别杰夫说过任何事情,——如果您指的是列别杰夫……"

"哼,我原先认为情况正好相反。说实在的,昨天我们俩所谈的全是有关……《俄国档案》里的那篇奇文。我指出了那篇文章的荒唐,因为我曾亲眼目睹……您笑了,公爵,您在看我的脸吧?"

"不,我……"

"我的长相倒还年轻,"将军曼声说道,"但是我的年岁其实比看上去要大些。在一八一二年我大约是十岁或十一岁。我的岁数连我自己也不大清楚。履历表上的岁数被减少了;我这一辈子都有自行减少岁数的坏毛病。"

"请您相信,将军,我告诉您,对于一八一二年您在莫斯科这一点,我的确根本不觉得有什么奇怪……当然,您可以讲出一些见闻……跟当时待在那里的所有的人一样。我国有一位自传作家①,在他那本书里一开头就说,一八一二年他还是

---

① 指赫尔岑,见《往事与随想》第一卷第一章。

个吃奶的娃娃，法国兵在莫斯科喂过他面包。"

"您瞧，"将军豁达大度地赞许道，"我碰到的那件事当然非同一般，但其中并无任何不寻常之处。真事看上去往往是不可能的。宫廷少年侍卫！当然，这听起来就很奇怪。但是一个十岁孩子之所以碰到这样的奇遇，也许正是由于他的年龄。十五岁的孩子也许就不会碰到这种事，这是肯定的，因为倘若我当时是十五岁，我决不会在拿破仑入侵莫斯科那天离开我的母亲，从我们在旧巴斯曼街的那幢木房逃走，我母亲因为来不及离开莫斯科而吓得战战兢兢。我当时若是十五岁，我也会胆怯的，可我十岁时却什么都不怕，在拿破仑下马时，我甚至从人群里一直挤到宫殿的台阶跟前。"

"您无疑说得很对，在十岁的时候是不会害怕的……"公爵怯生生地附和道，唯恐马上就会脸红。

"毫无疑问，一切都来得那么简单自然，只有确实发生过的事才会这样；倘若让小说家来写这件事，他准会编出一些子虚乌有的、不可思议的故事来。"

"噢，确是这样！"公爵喊道，"这种想法也曾使我大吃一惊，甚至就在最近。我知道一桩为了偷表而杀人的真正的凶杀案，此案如今各报均已刊载。假如这是作家虚构出来的，——那么凡是熟悉人民生活的人和批评家就会立刻大喊大叫地说，这是不可思议的；可您既然在报上读到这件事，您就会感到，您正是通过这些事来了解俄国的现实。您这一番话说得很妙，将军！"末了公爵热烈地说，由于脸上得以避免出现明显的红晕而喜不自胜。

"不是吗？不是吗？"将军喊道，甚至乐得双眸熠熠生辉。"一个孩子，一个娃娃，他不懂得危险，钻过人群去看豪华的场面、制服、侍从，末了还有他已久闻其名的那个伟人。因为当时大家一连数年不停地议论他。世界各地都能听到这个名字；我可以说从吃奶的时候起就听见了。拿破仑在两步以外走过，无意中看到了我的目光；我当时穿着一身小少爷的衣服，打扮得很体面。在那群人里，只有我一个是这样，这您得承认……"

"毫无疑问，这准会使他大吃一惊，还会向他证明，人并没有走光，还留下一些贵族和他们的子女。"

"正是如此，正是如此！他本来就想拉拢贵族！在他瞪起鹰眼看我的时候，我的眼睛想必在闪闪发光地回答他。'多活泼的男孩子！你爸爸是谁呀？'我激动得几乎喘不过气来，立刻回答他：'一个在祖国的沙场上捐躯的将军。''一个贵族的儿子，这贵族还很勇敢。我喜欢贵族。你喜欢我吗，小孩子？'对于这个迅速提出的问题，我也迅速地回答道：'俄国人的心能辨认出伟人，哪怕他是自己祖国的敌人！'老实说，我并不记得这是不是我当时的原话……我当时是一个孩子……但是大意准保不差！拿破仑吃了一惊，他想了想就对自己的侍从说：'我喜欢这孩子的傲气！但是，倘若俄国人全都像这孩子这样思考，那么……'他没有说完就进宫了。我立刻混在侍从当中跟在他后面跑去。侍从们纷纷给我让路，把我当作天之骄子。但这一切只不过是昙花一现……我只记得皇帝走进第一个大厅，蓦地在叶卡捷琳娜女皇的肖像前站住，若有所思地看了很久，最后说道：'这是一个伟大的女人！'说罢就走开了。过了两天，宫里的人都知道我了，在克里姆林宫里还把我叫做'小贵族'。我每天只是睡觉才回家去。家里人几乎都发疯了。又过了两天，拿破仑的少年侍卫德·巴赞库尔男爵①因为受不了征讨之苦终于死了。拿破仑想起我来。我被找到并带进宫去，也不说明原委就让我试穿死者的制服，死者是个十二岁的男孩子。我穿好了制服就被领去见皇帝。他朝我点点头，别人就对我宣布，我承蒙皇恩被任命为陛下的少年侍卫。我很高兴，我的确早就非常喜欢他……噢，此外您也得承认，一套漂亮制服对于一个孩子来说是太有吸引力了……我穿着深绿色的燕尾服，拖着狭长的后襟；金纽扣，用金线绣的袖子上镶的红色毛皮，绣着金边的、高高竖起的、敞开的领子，后襟上的刺绣；白驼鹿皮紧身裤，白绸坎肩，丝袜，带扣的鞋……在皇帝骑马出游时，要是我也加入侍从的行列，就穿上高筒皮靴。虽然局势并不很妙，已能预感到大祸将临，但仍尽可能地遵守宫廷礼仪，甚至大祸临头的预感越是强烈，反倒越是认真。"

"是啊，当然喽……"公爵几乎惘然若失地喃喃道，"您的见闻若能写下来……定将非常有趣。"

将军现在所讲的，当然就是他昨天对列别杰夫讲过的那一套，所以他讲得很流畅；可这时他又不信任地斜睨了公爵一眼。

"我的见闻，"他用加倍自豪的口吻说道，"写下我的见闻？但是这对我并无诱惑力，公爵！如果您想看的话，我的见闻录已经写好了，但是……放在我的斜面书桌上。等我入土的时候再发表吧，毫无疑问，还会译成别的文字，但这并不是由于它的文学价值，不是的，而是由于那些惊心动魄的事件的

---

① 德·巴赞库尔男爵(1767—1830)，法国将军，曾多次参加拿破仑一世的远征。

重要性,那些事件都是我亲眼目睹的,虽然我当时还是一个孩子。就因为我是个孩子,所以才能钻进这位'伟人'所谓最隐秘的卧室里去!我夜里常听到这位'倒霉的伟人'的呻吟,他不会羞于在一个孩子面前呻吟和哭泣,虽然我已经明白,他痛苦的原因是亚历山大皇帝保持沉默。"

"是啊,他写过信……提出议和……"公爵怯生生地附和道。

"我们并不知道他在信中究竟提出了什么建议,但他每日每时都在写信,一封接着一封地写!他非常焦急。一天夜里,我独自流着眼泪跑去见他(啊,我爱他!),对他喊:'您求饶吧,向亚历山大皇帝求饶吧!'其实我应该说:'请您跟亚历山大皇帝讲和吧!'但我是一个孩子,所以就天真地说出了我的全部想法。'唉,我的孩子!'他答道,——他正在室内踱来踱去,'唉,我的孩子!'他当时仿佛没有注意到我只有十岁,甚至很爱和我攀谈。'唉,我的孩子!我不惜吻亚历山大皇帝的脚,但是对那个普鲁士国王,但是对那个奥地利皇帝,啊,我永远恨他们……而且……最后……你对政治一窍不通!'他仿佛突然想起他在跟谁说话,就沉默了,但是他的两眼还久久地闪耀着火花。假如我把所有这些事实都写出来,——我还是种种惊心动魄的事件的目击者,——假如我现在把它们发表出来,那么所有那些批评家,所有那些文人的虚荣心,所有那些嫉妒,那些派系……不,先生,区区无法从命!"

"关于派系的问题,您当然说得很对,我也同意您的意见,"公爵沉默片刻,轻声答道,"最近我也读过沙拉斯①著的

---

① 沙拉斯(1810—1865),法国自由资产阶级政治活动家和战史家。

那本描述滑铁卢战役的书。那本书显然写得很严肃,专家们都肯定地说,作者非常了解情况。但是,那本书每一页都流露出专以贬抑拿破仑为乐的情绪,只要能对拿破仑在其他战役中的任何天才的表现提出异议,看来沙拉斯都会特别高兴;不过在这样一本严肃的著作里采取这种态度是不好的,因为这就是派性。您在……皇帝身边效劳的时候很忙吧?"

将军非常高兴。公爵的话是那么严肃而朴实,使将军的最后一点点不信任情绪也不见踪影了。

"沙拉斯!噢,我自己也很生气!我当时就写信给他,但是……说实在的,我现在记不得了……您问我当差时忙不忙,哦,不忙!别人管我叫少年侍卫,可我当时就不认为这有什么了不起。何况拿破仑很快就失去了任何拉拢俄国人的希望,当然,他也会忘掉我的,他是出于政治原因才接近我的,倘若……倘若他个人没有爱上我的话,那么我现在可以大胆地说,他当然也会把我忘掉。我可一心向着他。对我的职务没有严格的要求:有时进宫……陪皇帝骑马闲逛,也就是这些。我擅长骑马。他在午饭前总要骑马出去走走,随行的通常是达武①,我,马木留克兵鲁斯丹②……"

"康斯丹。"公爵不知何故蓦地脱口而出。

"不,康斯丹当时不在那里;他当时去送一封信……给约瑟芬皇后③;但是,代替他的是两名传令兵,几名波兰枪骑兵……

① 达武(1770—1823),拿破仑一世的元帅和军事大臣。
② 马木留克兵,拿破仑远征埃及时招募的私人骑兵卫队。鲁斯丹(1780—1845),拿破仑一世特别宠爱的卫士。
③ 约瑟芬皇后(1763—1814),拿破仑一世的第一个妻子,一八〇九年与丈夫离婚。

噢,这就是他的全部侍从,不消说,此外还有一些将军和元帅,拿破仑常带他们出去察看地形和军队部署,共商军机……我现在还记得,最经常在他身边的是达武:一个魁梧肥胖、头脑冷静的人,戴着眼镜,有着奇怪的眼神。皇帝最爱征询他的意见。皇帝很重视他的看法。我记得,他们已商量了好几天;达武早晚都来,他们甚至常常争论;末了拿破仑似乎开始同意了。他俩常待在书房里,他们几乎都没发觉我也在那里。突然,拿破仑的视线偶然落在我的身上,他的眼睛里闪现一个奇怪的主意。'孩子!'他突然对我说,'你看怎么样:假如我信奉东正教,解放你们的农奴,俄国人会服从我吗?''永远不会!'我气愤地喊。拿破仑大吃一惊。他说:'我从这孩子闪耀着爱国主义光芒的眼睛里,看到了全体俄国人民的意见。够了,达武! 这全是幻想! 谈谈您的另一个方案吧。'”

“是的,不过这个方案也是个高明的想法!”公爵说,看来他发生兴趣了。“您认为这个方案是达武提出的吗?”

“起码是他们共同商定的。当然,这是拿破仑的想法,是鹰的思想,但是另一个方案也是一种想法……那就是著名的‘狮子的主意’,拿破仑本人这样称呼达武的这个主意。这个主意就是:率领全军死守克里姆林宫,建营棚,筑工事,安大炮,尽可能多宰些马,好腌马肉;尽可能多买多抢些粮食以备过冬;到来春再杀出俄国人的重围。拿破仑很欣赏这个方案。我们每天骑马围着克里姆林宫墙巡视,他指示何处应该拆除,何处应该筑堡,何处筑眼镜堡,何处筑三角堡,何处造一排碉堡,——他目光锐利,思路敏捷,目标坚定! 一切终于决定了。达武老是催他下最后的决心。他俩又单独在一起,唯一的第三者是我。拿破仑又是背着手在室内走来走去。我目不转睛地瞧着他的脸,我的心怦怦直跳。'我走了,'达武说。'上哪儿去?'拿破仑问。'去腌马肉,'达武说。拿破仑打了个寒噤,命运已定。'孩子!'他突然对我说,'你认为我们的打算怎么样?'不消说,他问我时的那副神气,就像那些绝顶聪明的人有时在最后关头乞灵于一枚钱币的正面或反面一样。我仿佛灵机一动,不是对拿破仑说,而是对达武:'您赶快溜回家去吧,将军!'这方案就破产了。达武耸耸肩膀,临走时低声说:'他变得迷信了。'第二天就宣布退却。"

"这一切都非常有趣,"公爵用极低的声音说,"倘若这一切都是真的……其实我是想说……"他急忙改口道。

"唉,公爵!"将军喊道,他已完全被自己讲的故事所陶醉,兴许不论多冒失的话都说得出来,"您说:'倘若这一切都是真的!'不过还不止这些,请您相信,的确远远不止这些!这一切只不过是些微不足道的政治事件。但是,我要对您再说一遍,我曾目睹这个伟人在深夜流泪和呻吟;除我以外,谁也没有见过此事! 不过,末了他已经不哭了,也不落泪了,有时只是呻吟;可是他的脸色越来越阴沉了。就像永恒已经用它的黑翼把这张脸罩住了。有时候在夜里,我们俩默默无言地度过整整几个小时——马木留克兵鲁斯丹往往在邻室打鼾;这个人睡得太死了。'不过他是忠于我和王朝的。'拿破仑谈到他时曾这么说。有一天我非常痛苦,他突然发现我眼中有泪水,便感动地瞧瞧我,喊道:'你喜欢我! 你,孩子,也许还有一个孩子会喜欢我,那就是我的儿子,罗马王①;其余

① 拿破仑曾封一八一一年出生的儿子约瑟夫–弗朗索瓦–沙尔利为"罗马王"。

的人全恨我,弟兄们在我倒霉的时候会首先出卖我!'我嚎啕痛哭,向他扑去,这时他也忍不住了;我们拥抱在一起,我们的眼泪也流在一起了。'您写信,给约瑟芬皇后写信!'我呜咽着对他说。拿破仑打了个寒噤,想了想便对我说:'你使我想起爱着我的第三颗心;谢谢你,我的朋友!'他立刻坐下给约瑟芬写信,第二天就派康斯丹把信送去。"

"您做得太好了,"公爵说道,"您让他摆脱了恶念,萌发了善心。"

"正是如此,公爵,您解释得真好,这与您自己的心是相符的!"将军兴高采烈地喊道,奇怪的是,他的眼里当真闪现出泪花了。"是的,公爵,是的,这有多么壮观! 您可知道,我几乎跟着他去了巴黎,要是真去了,当然会和他一起'被囚在酷热的岛上',但是,唉! 我们的命运不同啊! 我们分手了:他到了酷热的岛上,在那里,在他悲从中来不能自已的当儿,也许总会有一次想起在莫斯科时,曾有一个可怜的孩子流着泪拥抱他,宽恕他;而我却被送进了士官武备学校,在那里得到的无非是严格的训练、同学的欺负……唉! 一切都化为乌有了!'我不想从你妈妈那里把你夺走,所以就不带你去了!'他在退却那天对我说,'但是我愿为你做一点事。'他已经上马了。'请您在我妹妹的纪念册上题字留念。'我怯生生地说,因为他当时十分伤心,闷闷不乐。他又回来,要了一支鹅羽笔,把纪念册拿了过去。'你妹妹几岁啦?'他问我,而且已经拿起笔来了。'三岁,'我答道。'还完全是个小姑娘。'他说罢便在纪念册上写道:

永远不要撒谎!

您的挚友拿破仑。

在这种时刻竟提出这样的忠告,您瞧,公爵!"

"是啊,这可有重大意义。"

"这张纸放在一个镶金边的玻璃镜框里,一辈子都挂在舍妹客厅里最显眼的地方,一直到舍妹去世,——她是在分娩时死的;这张纸现在何处,这我不知道……但是……唉,我的主啊! 已经两点钟了! 我耽搁了您多久啊,公爵! 这是不可饶恕的。"

将军从椅子上站了起来。

"哦,正好相反!"公爵懒洋洋地说道,"您引起了我的莫大兴趣……而且……这太有趣了;我很感谢您!"

"公爵!"将军说着又把他的手握得发痛,目光炯炯地凝视着他,仿佛他自己蓦地醒悟过来,又像是被什么突如其来的想法给惊呆了,"公爵! 您太善良,太老实,我有时甚至可怜起您来了。我看到您就深受感动。啊,愿上帝赐福于您! 但愿您的生活将重新开始……并在爱情的雨露中……欣欣向荣。我这一辈子算是完了! 噢,请原谅我,请原谅我!"

他双手捂面,急忙走了出去。公爵不能怀疑他的激动是真诚的。他也明白,老人走时已被自己的成就所陶醉;但他依然预感到老人是这样一种说谎者,这种人虽然撒谎成癖,甚至达到无法控制自己的地步,然而就是在他们陶醉到极点的时候,仍不免暗自怀疑别人不相信他们,也不可能相信他们。老人在目前的情况下是会醒悟过来的,他会羞愧得无地自容,怀疑公爵可能非常怜悯他,因而感到受了侮辱。"我触发了他漫天撒谎的灵感,岂不把事情弄得更糟了吗?"公爵深感不安,他突然憋不住狂笑起来,足足笑了十来分钟。他本想责备自己不该这样狂笑;但是立刻明白自己并没有什么可责备的,因为他对将军怀有无限怜悯之情。

他的预感应验了。当天晚上他就收到一封奇怪的便函，便函虽然简短，但口气坚决。将军通知他说，也要跟他绝交，将军虽然既尊敬他也感谢他，但是，哪怕是他的怜悯之心将军也不接受，因为这种怜悯之心"有损一个本来就很不幸的人的体面"。当公爵听说老人躲在尼娜·亚历山德罗夫娜那里不再露面的时候，几乎就不再为他担心了。但是我们已经看到，将军在伊丽莎白·普罗科菲耶夫娜那里也闯了不少祸。我们虽然不能在此一一细表，但要简略地指出，这次会见的结果，是将军使伊丽莎白·普罗科菲耶夫娜吓了一跳。由于他闪烁其辞地说了加尼亚的一些坏话，使她大为生气。他被可耻地撵了出去。他之所以度过了那样的一夜和那样一个上午，精神完全错乱，几乎是疯狂地跑到街上去，原因就在于此。

科利亚还没有完全明白是怎么回事，甚至希望采取严厉措施。

"喂，您以为我们现在该去哪儿，将军？"他说道，"既然您不愿去找公爵，跟列别杰夫也吵翻了，您没有钱，而我又从来是腰无分文：那么我们如今就只得到街上去喝西北风了。"

"西北风总没有香槟酒好喝，"将军喃喃道，"我曾用这句……俏皮话……把一群军官……逗得哄堂大笑……那是在四十四年……一千……八百……四十四年，是的！……我记不得了……噢，你别提醒我，你别提醒我！'我的青春何在，我的朱颜何在！'有人这样感叹……这是谁的感叹，科利亚？"

"这是果戈理的《死魂灵》里的话，爸爸。"科利亚答道，怯生生地斜睨了父亲一眼。

"死魂灵！哦，是的，是死人！等你埋葬我的时候，要在

墓碑上写道:'一个死魂灵长眠于此!'

　　　　耻辱使我不得安宁!

这是谁说的,科利亚?"

　　"我不知道,爸爸。"

　　"居然不知叶罗佩戈夫!不知叶罗什卡·叶罗佩戈夫!……"他在街上站了片刻,疯狂地喊道,"这还是儿子,亲儿子说的!叶罗佩戈夫其人曾和我亲如手足地相处了十一个月之久,我还曾为他决斗……我们的大尉维戈列茨基公爵在喝酒的时候对他说:'格里沙,你的安娜勋章是在哪里得的,你说呀!''在祖国的沙场上,就是在那里得的!'我喊道:'好哇,格里沙!'这么一来就引起了决斗,后来他和玛丽亚·彼得罗夫娜·苏……苏图金娜结婚,捐躯沙场……一颗子弹从我胸前的十字架上一直蹦到他的前额上;'我永世不忘!'他喊了一声就倒下了。我……我一向奉公守法,科利亚。我一向奉公守法,但是耻辱,——'耻辱使我不得安宁!'你和尼娜要去给我上坟……'可怜的尼娜!'我以前这样称呼她,科利亚,那是很久以前的事了,还是在最初的时候,她是那么爱我……尼娜,尼娜!我害得你好苦!你怎么会爱上我,默默忍耐的人啊!你的母亲有一颗天使般的心,科利亚,你听见没有,天使般的心!"

　　"这我知道,爸爸。亲爱的爸爸,我们回家去找妈妈!她方才跑出来追我们。喂,您干吗站住了?您好像不明白……喂,您哭什么呀?"

　　科利亚自己也哭了,他还吻了父亲的手。

　　"你吻我的手,我的手!"

"是的,吻您的手,您的手。这有什么可奇怪的呀? 您干吗在大街上号哭,还号称是将军、是军人呢? 喂,咱们走吧!"

"好孩子,愿上帝赐福于你,因为你尊敬一个可耻的人……是的! 一个可耻的老家伙,你自己的父亲……你将来也会有这样一个孩子……罗马王……噢,'这个家真该死,真该死!'"

"这究竟是怎么回事呀!"科利亚突然激动起来,"出了什么事呀? 为什么您现在不愿意回家? 您怎么疯啦?"

"我要解释,我要向你解释……我要全都告诉您;你别喊,别人会听见的……罗马王……噢,我真厌恶,我真伤心!

　　保姆啊,何处是您的坟墓!

这是谁的呼唤,科利亚?"

"我不知道,我不知道是谁的呼唤! 我们马上回家,马上! 如有必要,我要狠狠地揍加尼亚一顿……您又要上哪里去呀?"

但是将军把他拉到附近一幢房屋的台阶上去了。

"您上哪儿去? 这是别人家的台阶!"

将军在台阶上坐下,一直拉住科利亚的一只手,把他往自己身边拖。

"你弯下腰,弯下腰!"将军喃喃道,"我全告诉你……可耻……你弯下腰……用耳朵,用耳朵;我附在你的耳朵上说……"

"您这是怎么啦!"科利亚大惊失色,但还是把耳朵凑了上去。

"罗马王……"将军低声说,也像是在浑身发抖。

"什么？……您干吗老说罗马王？……什么？"

"我……我……"将军又低语道，一面把"自己的孩子"的肩膀抓得越来越紧，"我……我想……告诉你……一切，玛丽亚，玛丽亚……彼得罗夫娜·苏——苏——苏……"

科利亚挣脱了身子，抓住将军的双肩，像疯子似的看着他。老人的脸涨得通红，嘴唇发青，面部仍不停地微微抽搐。他突然弯下腰，开始慢慢地倒在科利亚的怀里。

"中风了！"科利亚喊得整条街都能听见，他终于猜到出什么事了。

五

老实说,瓦尔瓦拉·阿尔达利翁诺夫娜和哥哥在谈话中提到公爵向阿格拉娅·叶潘钦娜求婚的消息时,有点过甚其辞。也许因为她是个有先见之明的女人,所以预先猜到了会在最近的将来发生的事;也许由于她的梦想已成泡影,因而感到伤心(其实她自己也未必相信这个梦想能够实现);她既然是人,就不免要夸大不幸,把更多的毒汁注入哥哥心中,借以取乐,虽然她真心实意地、满怀同情地爱着他。但是无论如何她不可能从她的女友——叶潘钦家小姐们那里得到如此准确的消息;她得到的不过是一些暗示、未尽之言、缄默和哑谜罢了。阿格拉娅的姐姐们也许有意露点口风,以便从瓦尔瓦拉·阿尔达利翁诺夫娜口中打听点什么;最后,也许她们也像所有的女人那样,总是乐于逗逗女友,哪怕是儿时的女友:在这么长的时间里,她们不可能毫未察觉她的用意。

从另一方面来说,公爵竭力使列别杰夫相信,自己没有任何消息可以奉告,他也根本没有发生什么特别的事,他这一番话虽然完全属实,但他也可能是弄错了。实际上人人都像发生了十分奇怪的事:一方面是什么事都没有发生,但同时又似乎发生了很多的事。瓦尔瓦拉·阿尔达利翁诺夫娜凭借其可靠的女性本能,也猜到了后一种情况。

叶潘钦家的人全都不约而同地突然一下子认为,阿格拉娅发生了一桩重大事件,她的命运即将决定,这究竟是怎么回事呢?——这倒很难有条有理地交代清楚。但是这个想法刚刚掠过大家的心头,大家立刻一齐都说他们早就看出来了,他们早就清楚地预见到了这一切;从《不幸的骑士》开始,甚至还要早,这一切就已昭然若揭,只不过他们当时还不愿相信如此荒唐的事罢了。姐姐们都一口咬定是这样;当然,伊丽莎白·普罗科菲耶夫娜早于大家预见到并获悉了这一切,"她的心病"早就犯了,但是,不管是早是晚,反正她现在一想到公爵,就会突然感到很不自在,因为这种想法已经把她弄糊涂了。这里还有一个问题必须立即解决,但它非但不能得到解决,可怜的伊丽莎白·普罗科菲耶夫娜甚至都弄不大清这究竟是个什么问题,不论她是多么着急。事情很难办:"公爵是好还是不好?这一切是好还是不好?要是不好(这毫无疑问),那么究竟什么地方不好?如果兴许是好事(这也有可能),那又究竟好在什么地方?"身为一家之主的伊万·费奥多罗维奇,起初当然感到惊讶,可是后来突然承认,"真的,这一阵子我一直隐隐约约地感到发生了这一类的事情,如今也间或会突然产生这种感觉!"他看到夫人威严的目光,立刻不作声了;上午他虽然不作声了,然而到了晚上,当他单独和夫人相处不能不再说点什么的时候,他忽然像是特别勇敢地说出了一些出人意料的想法:"这究竟是怎么回事呀?……"(沉默。)"这一切只要都是真的,那当然很奇怪,我并不反对,但是……"(又是沉默。)"从另一方面来说,倘若平心而论,那么公爵倒真是一个非常出色的小伙子,而且……而且……噢,末了还有名声,我们这个家族的名声,这一切都会有助于所谓维护家族在上流社会心目中已经江河日下的名声,也就是说从这个观点出发,也就是因为……当然是上流社会;上流社会就是上流社会;然而公爵毕竟不是一个没有财产的人,哪怕财产并不算多……他还有……还有……还有……"(长久的沉默,将军实在说不下去了。)伊丽莎白·普罗科菲耶夫娜听了丈夫的话,勃然大怒。

照她看来,这完全是"一桩不可饶恕的、甚至是罪恶的胡闹,是一种愚蠢而荒唐的想入非非!"首先,"这小公爵是一个有病的白痴;其次——是个傻瓜,根本没见过世面,在上流社会又毫无地位:把他拿去给谁看,又把他往哪里搁呢? 一个不可容忍的民主派,连官衔都没有,还有……还有……别洛孔斯卡娅会怎么说呢? 我们为阿格拉娅所设想和物色的就是这样的、这样的丈夫吗?"最后一个理由当然是最主要的。母亲一想到这里心就直哆嗦,充满了血和泪,虽说与此同时从这颗心里却产生了一种东西,这东西突然对她说:"公爵有哪一点不合您的意呀?"唉,使伊丽莎白·普罗科菲耶夫娜最为头痛的就是她本人心里的这种不同意见。

不知为什么,阿格拉娅的姐姐们一想到公爵,心里就很高兴;她们甚至认为这并不十分奇怪;总之,她们甚至可能突然完全倒向他的一边。可是她俩决定保持沉默。家中一向都有这么一种情况:当全家都对某件事争论不休时,有时伊丽莎白·普罗科菲耶夫娜反驳和反对得越顽强、越坚决,便越表明她在这件事上可能已经同意了大家的意见。但是,亚历山德拉·伊万诺夫娜是不会完全沉默的。妈妈早就把她视为自己的顾问,如今不时召她前去征询她的意见,主要是让她回忆一些往事,诸如"这一切究竟是怎么发生的? 为什么谁也没有察觉？为什么当时没有人说？当时那篇可恶的《不幸的骑士》是什么意思？为什么她，伊丽莎白·普罗科菲耶夫娜，命中注定要独自一人为大家操心，要注意并预料到一切，而别的人却全都那么漫不经心？"如此等等，不一而足。亚历山德拉·伊万诺夫娜起初倒还谨慎，只说她觉得爸爸的意见很对：选梅什金公爵给叶潘钦家一位小姐做丈夫，在上流社会看来兴许还是一段良缘。但她渐渐兴奋起来，甚至补充道，公爵根本不是"小傻瓜"，而且从来不是这种人，至于地位——天知道几年以后在我们俄国，一个正派人的地位将取决于什么：是跟以前一样必须取决于飞黄腾达呢，还是取决于别的什么？对于这一切，妈妈立刻清清楚楚地说道，亚历山德拉是"一个自由主义者，这一切全是他们那套该死的妇女问题"。过了半小时，妈妈进城去了，又从城里到石岛去找别洛孔斯卡娅，后者当时碰巧正在彼得堡，但不久就要离去。别洛孔斯卡娅是阿格拉娅的教母。

"老太婆"别洛孔斯卡娅听了伊丽莎白·普罗科菲耶夫娜的一番狂热而绝望的自白，丝毫没有被这位弄糊涂了的母亲的眼泪所打动，甚至还嘲弄地瞧了她一阵。这个老太婆极其霸道；她和伊丽莎白·普罗科菲耶夫娜虽是朋友，甚至还是很老很老的朋友，却不容对方跟自己平起平坐，而是仍和三十五年前一样简直把对方看作自己的被保护人，怎么也不能容忍对方生硬的、独立不羁的性格。她顺便指出："你们这一家人看来一向都习惯于小题大做，把苍蝇说成大象；不论我怎么仔细倾听，我也不信你们家中当真发生了什么不得了的事情；倒不如等一等，看看还会出什么事；我认为公爵是一个正派的年轻人，虽然有病，还有点古怪，而且是个无名之辈。最糟的是,他竟公然养了个情妇。"伊丽莎白·普罗科菲耶夫娜十分清楚,别洛孔斯卡娅是由于自己介绍的叶夫根尼·帕夫洛维奇碰了壁而有点恼火。她回到帕夫洛夫斯克的时候,比离开时更加生气,而且立刻就把气撒在大家身上,主要是因为他们"全都疯了",还说除了她家的人谁也不会这么干;"何必这么匆忙? 出了什么事啦? 不论我观察得多么仔细,也根本不能断定当真出了什么事情! 等一等,看看还会出什么事! 伊万·费奥多罗维奇老是想入非非,莫不是把苍蝇当成了大象?"如此等等,不一而足。

这么一来,就只得保持安静,只得从容不迫地观望和等待了。只可惜安静没有保持到十分钟。有关妈妈去石岛期间发生的事的各种消息,使这从容不迫遭到了第一个打击。(伊丽莎白·普罗科菲耶夫娜进城的时间,是在公爵半夜十二点多——不是九点多——拜访叶潘钦家的第二天上午。)两个姐姐对于妈妈急不可耐的盘问作了很详细的回答,她们首先说,"您不在家的时候,看来根本就没有出什么事,"公爵来倒是来过,可是阿格拉娅很久都没有出来见他,过了半个钟头这才出来,她一出来,马上就邀公爵下象棋;但是公爵根本不会下象棋,阿格拉娅很快就把他给赢了;她很高兴,由于公爵不会下象棋而把他狠狠地奚落和嘲笑了一番,叫人不禁可怜起公爵来了。后来她又提议打牌,玩"捉傻瓜"。不料出现了截然相反的局面:公爵玩"捉傻瓜"玩得就像……就像教授那么高明;他玩得真巧;阿格拉娅老是作弊,不是偷偷换牌,就是当着他的面偷被吃的牌,可他还是每次都让她当"傻瓜";一连当了五次。阿格拉娅大发脾气,甚至撒起野来;她对公爵说了许多尖酸刻薄、粗鲁无礼的话,使他都不再笑了。末了她对他说:"往后只要您待在这个房间里,我的脚就再也不会跨入;在发生了一切事情之后,您居然还来找我们,又是在半夜十二点多钟,简直太无耻了。"这时公爵面色煞白。随后她砰的一声把门关上就走了。公爵离开的时候,不论大家怎么安慰他,他那副神气就像刚送完殡回家似的。公爵走后过了一刻钟,阿格拉娅突然急匆匆地从楼上跑到凉台上来,连眼泪都没擦,她的两眼都哭红了;她所以跑下来,是因为科利亚来了,还带来一只刺猬。大家都看起刺猬来了;对于她们提出的种种问题,科利亚解释道,刺猬并不是他的,他方才跟他的朋友科斯佳·列别杰夫在一起,科斯佳也是个中学生,此刻正待在外面,不好意思进来,因为他拿着一把斧子;他们方才碰到一个庄稼汉,从庄稼汉那里买下了刺猬和斧子。那庄稼汉以五十戈比一只的价钱出售刺猬,斧子则是他们主动要求庄稼汉卖给他们的,因为他们碰巧要用它,何况那还是一把很好的斧子。这时阿格拉娅突然死死地缠住科利亚,硬要他马上就把刺猬卖给她。她急不可耐,甚至称科利亚为"亲爱的"。科利亚很久都不答应,但是终于拗不过她,就去把科斯佳·列别杰夫叫来。科斯佳果真拿着一把斧子很腼腆地进来了。不料突然查明,这刺猬根本不是他俩的,而是属于另一个男孩子彼得罗夫的。彼得罗夫曾给了他俩几个钱,让他俩向第四个男孩子买一本施洛塞尔①的《世界史》,因为第四个男孩子正需要钱,所以价钱很便宜。他们本来要去买施洛塞尔的《世界史》,但是憋不住买下了刺猬,所以刺猬和斧子都属于第三个

---

① 施洛塞尔(1776—1861),德国资产阶级历史学家,他的《世界史》的俄译本于一八六八年开始出版。

男孩子,他们现在就要给他送去,以代替施洛塞尔的《世界史》。但是阿格拉娅却非买刺猬不可,最后他们只得决定把刺猬卖给她。阿格拉娅一买到刺猬,就在科利亚的帮助下立刻把它放进一个藤筐,蒙上一幅餐巾,开始请求科利亚以她的名义立刻把刺猬直接给公爵送去,请公爵把它当作"她表示的一点最深的敬意"予以笑纳。科利亚愉快地答应了,并保证他就送去,可是他很快就开始纠缠不休地问:"用刺猬之类作礼物是什么意思?"阿格拉娅回答他说,这与他无关。他回答说,他相信其中必有用意。阿格拉娅大动肝火,断然对他说,他不过是一个坏小子。科利亚立刻反驳她说,倘若他不尊重作为女性的她,特别是倘若他不尊重自己的信念,那么他很快就会叫她看看,他会怎样回敬这种侮辱。不过末了科利亚还是高高兴兴地把刺猬带走了,科斯佳·列别杰夫也跟他跑了。阿格拉娅看见科利亚把筐子摇晃得太厉害,忍不住从凉台上对他的背影喊道:"科利亚,请您别弄丢了,亲爱的!"就像方才没跟科利亚吵过似的;科利亚站住了,也像没跟她吵过似的非常痛快地喊道:"不会,我不会弄丢的,阿格拉娅·伊万诺夫娜。请您完全放心!"说罢又拼命地跑了。此后阿格拉娅纵声大笑,非常满意地跑回自己的闺房,后来一整天都很高兴。

这消息使伊丽莎白·普罗科菲耶夫娜目瞪口呆。这究竟是怎么回事? 不过看来她心绪不佳。她的担忧已达顶点,这主要是由于那只刺猬。刺猬究竟是什么意思? 他们约定了什么? 这又暗示着什么? 这是什么暗号? 什么电报? 况且在她盘问时碰巧在场的那个倒霉的伊万·费奥多罗维奇的回答,又把整个事情完全弄糟了。根据他的意见,其中没有任何电报，至于刺猬呢，"不过是刺猬罢了，——无非是表示彼此友好，捐弃前嫌，互相和解，总之，这一切全是淘气，然而无论如何也是无可非议和情有可原的。"

我们要顺便指出：他完全猜中了。公爵从阿格拉娅那里回到家中，由于受到她的奚落又被她撵走，已经无比懊丧而绝望地坐了半个钟头，这时科利亚忽然拿着一只刺猬来了。顿时云开雾散，重见青天。公爵仿佛死而复活，不停地盘问科利亚，对于科利亚的每一句话都仔细推敲，反反复复地问了十几次，一面像孩子般笑着，还不时握握那两个正笑嘻嘻地坦然瞧着他的男孩子的手。这么说来，阿格拉娅已经原谅他了，他今晚又可以去找她了，这对他来说不但重要，甚至就是一切。

"我们还都是多么天真的孩子，科利亚！而且……而且……我们全是孩子，这有多好呀！"他终于兴高采烈地喊道。

"公爵，她只不过是爱上了您罢了，就是这么回事！"科利亚很有权威也很威严地答道。

公爵脸红了，但是这一次他一句话也没说，科利亚只是拍着手哈哈大笑；过了一会儿，公爵也大笑起来，此后他每隔五分钟便看一次表，看看时间过去多少，到晚上还有多久，直到黄昏降临。

但是这种情绪占了上风：伊丽莎白·普罗科菲耶夫娜终于忍不住，歇斯底里发作了。尽管她的丈夫和女儿们都反对，她还是立刻派人去把阿格拉娅找来，要向她提出一个决定性的问题，并要她作出最明确的最后回答。"为了一下子了结这一切，今后不再挂念，也不必再提了！"她说，"不然我都活不到晚上啦！"直到这时大家才明白，原来事情已经糟到了这步田地。除了故作惊讶、愤怒、哈哈大笑,对公爵和所有盘问者的嘲讽之外,——从阿格拉娅口中一无所获。伊丽莎白·普罗科菲耶夫娜躺在床上,直到喝茶的时候,直到大家恭候公爵前来的时候才出来。她心惊胆战地等候公爵光临,公爵到来时她几乎发作了歇斯底里。

公爵本人也是怯生生地、几乎是偷偷摸摸地走了进来,他奇怪地微笑着,观察着大家的眼色,仿佛在对大家提问似的,由于阿格拉娅又不在室内,这使他立刻害怕起来。这天晚上没有一个外人,都是家里的人。Щ公爵还在彼得堡替叶夫根尼·帕夫洛维奇的伯伯料理后事。“要是他在这里,并且说点什么话,那该有多好。”伊丽莎白·普罗科菲耶夫娜很想念他。伊万·费奥多罗维奇忧心忡忡地坐在那里。两位姐姐也板着脸,仿佛故意闹别扭似的默不作声。伊丽莎白·普罗科菲耶夫娜不知谈话该从哪里开始。末了她忽然破口大骂铁路,断然用挑衅的神态瞧了瞧公爵。

唉!阿格拉娅一直不出来,公爵束手无策了。他几乎是含糊不清地、惘然若失地发表意见,说修路是非常有益的,但是阿杰莱达突然笑了起来,于是公爵又败下阵来了。就在这一刹那,阿格拉娅安详而庄重地走了进来,彬彬有礼地向公爵鞠了一躬,郑重其事地在圆桌旁占据了一个最显眼的位置。她探询地看了公爵一眼。大家都明白,解决一切疑虑的时刻到了。

“您收到了我的刺猬吗?”她坚定地、几乎是生气地问。

“收到了。”公爵答道,他面红耳赤地愣住了。

“请您尽快解释一下,您对这件事有什么想法?这对妈妈和我们全家的安宁都是必要的。”

"你听着,阿格拉娅……"将军突然不安起来。

"这,这简直太过分了!"伊丽莎白·普罗科菲耶夫娜蓦地不知害怕什么。

"这一点也不过分呀,妈妈!"小女儿立刻厉声答道,"我今天派人给公爵送去一只刺猬,我想知道他的意见,怎么样,公爵?"

"您指的是什么意见,阿格拉娅·伊万诺夫娜?"

"关于刺猬的。"

"这就是说……我认为,阿格拉娅·伊万诺夫娜,您是想知道,我怎样接受……那只刺猬……或者不如说我对这个捎来的东西……刺猬……有什么看法……既然如此,我认为……总之……"

他喘不上气来,便沉默了。

"喂,您说得并不多呀,"阿格拉娅等候了大约五秒钟,"好吧,我同意撇开刺猬不谈;但是我很高兴,因为我终于能够打消日积月累的一切疑虑了。最后,请允许我当面问您:您是不是在向我求婚?"

"唉,主啊!"伊丽莎白·普罗科菲耶夫娜脱口而出。

公爵打了个寒噤,急忙闪开身子。伊万·费奥多罗维奇呆若木鸡;姐姐们皱起眉头。

"别撒谎,公爵,要说实话。为了您,人们都奇怪地盘问我;这种盘问究竟有什么根据呢? 说吧!"

"我没向您求过婚,阿格拉娅·伊万诺夫娜,"公爵说道,突然活跃起来了,"但是……您自己也知道,我是多么爱您并信任您……甚至现在……"

"我是问您:您是不是在向我求婚?"

"我是在求婚。"公爵呆呆地答道。

随即出现一阵普遍而强烈的骚动。

"这一切都不对头,亲爱的朋友,"伊万·费奥多罗维奇十分激动地说道,"要是这样的话,这……这几乎是不可能的,格拉莎①……对不起,公爵,对不起,我亲爱的! ……伊丽莎白·普罗科菲耶夫娜!"他向夫人求援,"应该……弄清……"

"我拒绝,我拒绝!"伊丽莎白·普罗科菲耶夫娜直摇手。

"请允许我也说说,妈妈,因为我在这件事里是举足轻重的:现在是决定我命运的紧要关头(阿格拉娅就是这么说的),我自己也愿意知道,此外还乐于当着大家的面……请问您,公爵,既然您'有这种心愿',那么您打算用什么来保障我的幸福呢?"

"我不知道,真的,阿格拉娅·伊万诺夫娜,我不知道该怎么回答您;这……这叫我怎么回答呢? 而且……有必要吗?"

"看来您不好意思,都喘不过气来了。您稍稍休息一下,振作一下精神;喝一杯水吧;不过马上就会给您送茶来。"

"我爱您,阿格拉娅·伊万诺夫娜,我很爱您,我只爱您一个人……请您别开玩笑,我很爱您。"

"不过这可是重大事件;我们不是孩子,要三思而后行……现在请您费心说明一下,您的财产状况怎么样?"

"喂喂,阿格拉娅,你是怎么啦! 这不对头,不对头……"伊万·费奥多罗维奇惊恐地喃喃道。

<hr>

① 格拉莎,阿格拉娅的小名。

"真可耻!"伊丽莎白·普罗科菲耶夫娜大声说。

"她疯了!"亚历山德拉也大声说。

"财产……不就是钱吗?"公爵感到诧异。

"就是呀。"

"我有……我现在有十三万五千卢布。"公爵面红耳赤地喃喃道。

"只有这么一点?"阿格拉娅公然大声地表示惊讶,而且一点也不脸红,"不过没关系;尤其是若能省吃俭用……您打算供职吗?"

"我想去应考,当家庭教师……"

"很合适;这当然会增加我们的收入,您想当宫中的低级侍从吗?"

"宫中的低级侍从? 我可从未想到过这一点,但是……"

不料这当儿两个姐姐都忍不住噗哧一声笑了。阿杰莱达早就发现有一丝止不住的笑意从阿格拉娅抽搐着的脸上迅速掠过,不过阿格拉娅一直在竭力避免笑出声来。阿格拉娅向两个笑了起来的姐姐狠狠地瞪了一眼,然而转眼之间她自己也忍不住了,接着就爆发了一阵极其疯狂的、几乎是歇斯底里的哈哈大笑;末了她跳起来就跑到室外去了。

"我早就知道,这不过是开开玩笑,如此而已!"阿杰莱达喊道,"从一开头,从送那只刺猬起,就是开玩笑。"

"不,我可不准这样,不准这样!"伊丽莎白·普罗科菲耶夫娜勃然大怒,急忙出去追阿格拉娅。两个姐姐也立刻跟着她跑去。室内只留下公爵和一家之主。

"这个,这个……你能想象到会有这种事吗,列夫·尼古拉耶维奇?"将军厉声喊道,显然自己也不明白究竟想说什么,"不,要认真地,认真地说?"

"我看,阿格拉娅·伊万诺夫娜是在取笑我。"公爵伤心地答道。

"等一等,老弟;我先去一趟,你等一等……因为……你最好对我解释一下,列夫·尼古拉耶维奇,最好对我解释一下:这一切是怎么发生的,这一切,这么说吧,总的说来,究竟是什么意思?老弟,你自己也会同意,——我是父亲;我毕竟还是父亲呀,可我一点也不明白;你最好对我解释一下!"

"我爱阿格拉娅·伊万诺夫娜;她知道这一点,而且……好像早就知道了。"

将军猛然耸了耸肩。

"奇怪,奇怪……你很爱她吗?"

"很爱。"

"奇怪,我觉得这一切都奇怪。也就是说,这么一件想不到的事和打击……你瞧,亲爱的,我不是指财产而言(虽然我原先估计你的财产会多一些),但是……我女儿的幸福……到底,你能不能,这么说吧,保障这种……幸福呢?而且……而且……这是怎么回事:她那一方是开玩笑还是真有其事?我不是指你这一方,而是指她那一方?"

从门外传来亚历山德拉·伊万诺夫娜的声音:她在唤爸爸。

"等一等,老弟,等一等! 等一等,再想一想看;我马上就来……"他匆忙中说道,几乎是惊慌失措地向亚历山德拉唤他的地方奔去。

他看到夫人和小女儿正泪流满面地拥抱在一起。这是幸福之泪,感动之泪,和解之泪。阿格拉娅吻着母亲的双手、面颊和嘴唇;两人热烈地紧偎在一起。

"喂,你瞧她,伊万·费奥多雷奇,现在她才完全是我的女儿!"伊丽莎白·普罗科菲耶夫娜说。

阿格拉娅把她幸福的、泪痕斑斑的小脸蛋从妈妈的怀里扭开,看了看爸爸,就大声笑了起来,她跳到他跟前,紧紧地拥抱他,吻了他好几次。接着她又扑到妈妈跟前,把脸完全藏在妈妈的怀里,不让任何人看见,而且立刻又哭了。伊丽莎白·普罗科菲耶夫娜用自己披肩的一端把她盖上。

"唉,你这个狠心的姑娘,今后你究竟要把我们怎么样啊?这就是我要问的!"母亲说道,但是她已经高兴起来,仿佛她突然感到呼吸变得轻快了。

"狠心的!不错,我是狠心的!"阿格拉娅突然应声说道,"我是个坏透了的、惯坏了的姑娘!您告诉爸爸吧。嘿,他在这儿呢。爸爸,您在这儿吧?您听见啦!"她破涕为笑了。

"亲爱的,你是我的宝贝!"将军幸福得眉开眼笑地吻着她的手。(阿格拉娅并不抽回自己的手。)"这么说来,你爱这个……年轻人?"

"不,不,不!我受不了……我受不了您那个年轻人!"阿格拉娅蓦地大发雷霆,并抬起头来,"要是您,爸爸,胆敢再次……我认真地对您说;您听着:我是认真地对您说的!"

她的确是认真地说的:甚至满面通红,目光炯炯。爸爸愣住了,惊慌失措了,但是伊丽莎白·普罗科菲耶夫娜从阿格拉娅背后对他示意,他明白她的意思是:"别刨根问底啦。"

"既然如此,我的天使,那就随你的便吧,随你的便吧,他正独自在那里等候;是不是委婉地暗示他一下,请他离开?"

将军也向伊丽莎白·普罗科菲耶夫娜眨了眨眼。

"不，不，这是多此一举；尤其是不必'委婉地'。您先去陪他；我随后就来。我想对这个……年轻人道歉，因为我得罪了他。"

"大大地得罪了。"伊万·费奥多罗维奇严肃地证实道。

"哦，既然如此……不如你们大家留在这里，我独自先去，你们立刻跟着我去，你们可得马上就来；这样好些。"

她已走到门口，突然又回来了。

"我会笑出声的！我会笑死的！"她忧愁地说。

不料就在这一瞬间，她转身向公爵跑去了。

"喂，这是怎么回事？你怎么看呀？"伊万·费奥多罗维奇急忙问道。

"我可不敢说，"伊丽莎白·普罗科菲耶夫娜也急忙答道，"不过据我看，这很明显。"

"据我看也很明显。像大白天一样明显。她爱他。"

"不但爱上了，简直是迷上他了！"亚历山德拉·伊万诺夫娜附和道，"不过迷上的是个什么人呀？"

"既然她命该如此，就让上帝赐福于她吧！"伊丽莎白·普罗科菲耶夫娜虔诚地在自己身上画了个十字。

"确是命该如此，"将军赞同道，"谁也逃不脱命运的摆布！"

大家都走进了客厅，那儿又有一件意料不到的事在等待他们。

阿格拉娅走到公爵面前的时候，不但没有像她所担心的那样哈哈大笑，反而几乎是怯生生地对他说：

"请您原谅一个愚蠢的、粗野的、惯坏了的姑娘（她抓住他一只手），而且请您相信，我们大家都无限尊敬您。要是我竟敢把您美好而……善良的朴实当作笑柄，那就请您把我当作一个孩子，原谅我的淘气吧；请原谅我方才任性的胡闹，那种胡闹当然不会有任何作用……"

阿格拉娅用特别着重的口吻说出了最后两句话。

父母和姐姐们走进客厅的时候，正好看见并听见了这一切，她所说的"那种胡闹当然不会有任何作用"这句话，尤其是阿格拉娅谈到那胡闹时所流露的那种严肃神情，使大家大吃一惊。大家都探询地面面相觑；然而公爵似乎并没有明白这句话的意思，正沉浸在无比幸福之中。

"您干吗这么说呢，"他喃喃道，"您干吗要……请求……原谅……"

他甚至想说，他是不配让别人向他道歉的。谁知道呢，兴许他已经明白了"那种胡闹当然不会有任何作用"这句话的意义，但是作为一个怪人，说不定他甚至还喜欢这句话哩。毫无疑问，只要还能让他通行无阻地去找阿格拉娅，允许他跟她说话、和她坐在一起、跟她同去散步，这对他来说就已是无上的幸福。谁知道呢，只要能够这样，他也许一辈子就心满意足了！（看来伊丽莎白·普罗科菲耶夫娜暗自害怕的就是这种心满意足；她理解他；有许多事都叫她暗自害怕，可她自己却不会用言词表达出来。）

很难形容公爵当天晚上有多么活跃与兴奋。他是那么高兴，别人只要看着他也会高兴起来，——阿格拉娅的两位姐姐事后曾这么说。他谈笑风生，自从半年前他初次结识叶潘钦一家的那个上午以来，还不曾有过这种情况。他回到彼得堡以后，很明显地故意保持沉默，最近他还当着大家的面对Ш公爵说，他应该约束自己并保持沉默，因为他无权因自己阐述不当而贬低一种思想。当天整个晚上几乎只有他一个人滔滔不绝地说话；他明确、愉快而详细地回答一切问题。可是他的话却一点也不像喁喁情话。他说的都是一些十分严肃、有时甚至还很深奥的思想。公爵甚至阐明了自己的若干观点、自己内心的一些看法。听众事后一致公认，他这番话的确"说得头头是道"，不然的话，这一切也许简直就很可笑了。将军虽然爱听严肃的话题，然而不论是他，还是伊丽莎白·普罗科菲耶夫娜都暗暗觉得，公爵未免讲得太深奥了，因此在快到夜深时分，他们简直有点闷闷不乐了。不过末了公爵竟讲了一些非常可笑的趣事，他讲着讲着，自己先笑了起来，逗得别人也跟着笑了，不过与其说他们是听了那些趣事而笑，倒不如说他们是看到公爵的欢笑才笑的。至于阿格拉娅，她几乎整个晚上都没有说话；但她不断倾听列夫·尼古拉耶维奇说话，甚至主要并不是听他说话，而是瞧着他。

"她目不转睛地瞧着他，不放过他的每一句话；简直是全神贯注，简直是如醉如痴！"伊丽莎白·普罗科菲耶夫娜事后对丈夫说，"然而你要是对她说她爱上了他，那你可就得留神喽！"

"这有什么办法——命该如此啊！"将军耸了耸肩，后来还把他这句心爱的口头禅翻来复去地说了好久。我们还要补充一点：由于他是个务实的人，所以当前这种局面也有许多使他不快之处，主要是因为情况不明；不过眼下他也决定暂时保持沉默，看……伊丽莎白·普罗科菲耶夫娜的眼色行事。

家中的愉快气氛并没有持续多久。翌日阿格拉娅又和公爵吵了一架，往后的几天也天天如此。她往往一连几个钟头取笑公爵，几乎把他当成一个小丑。诚然，他们有时也在家中小花园的凉亭里坐上一两个钟头,但是人们发现,在这种时候公爵几乎总是给阿格拉娅读报或读什么书。

"您要知道,"有一次阿格拉娅打断了读报对他说,"我发现您简直太无知了。要是有人问您,某人是个什么样的人?某件事发生在哪一年?根据哪一项条约?您总是答不好。您太可怜了。"

"我对您说过,我是没有多大学问。"公爵答道。

"既然如此,您还有什么能耐呢?既然如此,我还怎能尊敬您呢?您往下读吧;要不就算了,您就别读啦。"

就在那天晚上,从她的身上又流露出一种使大家都捉摸不透的东西。Щ公爵回来了。阿格拉娅对他十分亲切,问了许多有关叶夫根尼·帕夫洛维奇的情况。(当时列夫·尼古拉耶维奇公爵还没有来。)不知为什么,Щ公爵突然认为不妨暗示一下,"家中不久将有新的变化",从伊丽莎白·普罗科菲耶夫娜透露的几句话来看,阿杰莱达的婚礼也许不得不再次延期,以便两个婚礼同时举行。简直想象不到,阿格拉娅对"所有这些愚蠢的推测"竟会发那么大的脾气;顺便说说,她还脱口而出地说:"我还不想去顶替任何人的情妇。"

这话使大家,特别是她的双亲吃了一惊。伊丽莎白·普罗科菲耶夫娜和丈夫秘密商议时,坚决主张去跟公爵把纳斯塔霞·菲利波夫娜的事彻底谈清楚。

伊万·费奥多罗维奇发誓说,这一切不过是一种"乖常行为",它出于阿格拉娅的"怕羞";倘若Щ公爵不提结婚的事,就不会出现这种"乖常行为",因为阿格拉娅自己也知道,而且确实知道,这一切只不过是居心不良之辈的造谣中伤,而纳斯塔霞·菲利波夫娜要嫁的是罗戈任;公爵非但不曾和她同居,而且跟此事毫不相干;要是说句不折不扣的大实话,那么他甚至从来就跟此事毫不相干。

公爵却丝毫也没有感到不安,依然那么怡然自得。噢,当然,他有时也发现阿格拉娅的眼神里仿佛有一种忧郁的、不耐烦的神情;但是他更加相信另一件事,所以这种阴影也就自行消失了。他一旦相信了什么事情,就不会有任何动摇。他也许太镇静了;至少某一天在公园里和公爵偶然相遇的伊波利特有这样的感觉。

"喂,我当时就对您说,您堕入了情网,不是说对了吗?"伊波利特主动走到公爵面前挡住公爵的去路,开始说道。公爵向他伸出一只手,祝贺他"气色见好"。病人看上去也确实精神很好,这是肺病患者特有的症状。

他走到公爵面前,本想就公爵的满面春风说几句挖苦话,但他立刻离开原来的话题,说起自己的事来了。他开始抱怨,牢骚满腹地抱怨了很久,而且说得语无伦次。

"您不会相信,"他最后说道,"他们所有的人脾气都那么暴躁,他们是那么小气、自私、虚荣而又庸俗,您要相信,他们收留我只有一个条件,就是我得赶快死去,可现在我不但没有死,病情反而有好转,这就使大家都发疯了。真是一出喜剧!我可以打赌,您不相信我!"

公爵并不想反驳他。

"我有时甚至想再次搬到您那里去住,"伊波利特很随便地补充道,"那么您并不认为,他们收留一个人就是为了非让他去死,而且死得越快越好?"

"我认为,他们请您去住是有别的什么打算。"

"嗬!您可不像别人所说的那么简单!现在不是时候,

否则我可以把这个加涅奇卡的情况和他的种种希望向您透露一点。公爵，有人在您背后暗中使坏，毫不留情地暗中使坏……可您这么镇静，真叫人可怜。可惜的是您就只能是这样！"

"您倒可怜起我来了！"公爵笑了起来，"怎么，难道您认为我越是不安就越是幸福？"

"宁肯做一个不幸者却知道真相，也不做一个幸福者却像……傻瓜一般活着。您好像一点也不相信，那一方……也有人和您竞争吗？"

"您这番关于竞争的话说得有点下流，伊波利特；我很抱歉，我无权回答您。至于加夫里拉·阿尔达利翁诺维奇，既然您多少知道一点他的情况，那么您自己也会同意，他在失去了一切之后，还会那么泰然吗？我觉得最好是从这个观点去看。他还来得及洗心革面，他来日方长，前途无量……不过……不过……"公爵蓦地感到惆怅，"关于有人使坏嘛……我甚至都不明白您说的是什么，我们还是别谈这个为好，伊波利特。"

"暂时就不谈吧；再说您也不能没有君子之风。是啊，公爵，您得亲自用手去摸摸，然后再说不相信，哈哈！您现在很看不起我，您看是不是？"

"为什么？为了您过去和现在比我们受的苦都多吗？"

"不，是为了我不配受这种苦。"

"谁受的苦多，谁就配多受些苦。阿格拉娅·伊万诺夫娜读过您的自白以后想见见您，但是……"

"她在拖延……她不能这样，我明白，我明白……"伊波利特打断他的话，仿佛要尽快避开这个话题。"哦，据说您亲自把那篇废话全部朗诵给她听了；真的，那篇东西是在谵妄中写成的……那些事也是在谵妄中干的。我不明白,一个人怎么会落到这步田地,——我姑且不说他残忍(这对于我来说是有失体面的),但我要说他怎么会有那么幼稚的虚荣心和报复心,竟用这篇自白来责备我,把它当作武器来反对我!您别担心,我这不是说您……"

"然而我感到遗憾的是,您否定了这叠手稿,伊波利特,但它是很真诚的,您可知道,哪怕是其中最可笑之处也被苦难给抵消了,——可笑之处是很多(伊波利特使劲皱了皱眉头),——因为承认这一切也是一种苦难……也许还是一种很大的勇气。那种激励您的思想,不论看上去如何,肯定有其高尚的根据。时间越久,这一点我就看得越清楚,我可以对您起誓。我现在并不是在评论您,我这么说是为了表示自己的意见,我感到惋惜的是我当时竟保持沉默……"

伊波利特勃然大怒。他突然想到,公爵是在装腔作势,在欺骗他;但他谛视了一下公爵的脸,就不能不相信公爵是诚恳的;他的面色开朗了。

"反正快要死了!"他说这话时几乎还想在前头加上"像我这样的人!"几个字,"您想想看,您的加涅奇卡真叫我受不了;他假惺惺地反驳说,在当时听过我念手稿的人们之中,也许会有三四个人比我先死!怎么样?他还以为这是安慰我呢,哈哈!首先,他们还没有死;就算那些人都死绝了,我又能得到什么安慰呢,这您自己也会同意的吧!他是以己度人;不过不仅如此,他现在干脆破口大骂,说是在这种情况下,一个正派人会默默地死去,而我干的这一切只不过是出于利己主义!怎么样?不,他的所作所为才是出于利己主义!他们的利己主义有多么雅致,或者不如说同时又像犍牛那么粗陋,可他们还是怎么也看不出自己有这种利己主义！……公爵，您读过十八世纪一个叫斯捷潘·格列博夫①的人被处死的故事吗？我昨天偶然读到……"

"哪一个斯捷潘·格列博夫？"

"彼得大帝时代被钉在木橛子上的那个。"

"哎呀，我的天哪，我知道！他在木橛子上待了十五个钟头，在风雪严寒中穿着皮袄，非常壮烈地死去了；我读过……怎么了？"

"上帝让一些人这样去死，却不让我们这样去死！您也许认为，我不会像格列博夫那样慷慨就义吧？"

"哦，完全不是，"公爵不好意思了，"我只是想说，您……您不见得就不像格列博夫，但是……您……您倒更像那个时代的……"

"我猜到了：更像奥斯特曼②，而不是像格列博夫，——您是不是想这么说？"

"哪一个奥斯特曼？"公爵感到惊讶。

"奥斯特曼，外交家奥斯特曼，彼得大帝时代的奥斯特曼。"伊波利特突然有点迷惘地喃喃道。接着双方都有点窘。

"噢，不，不！我并不是想说这个，"公爵沉默了片刻，蓦地曼声说道，"我觉得，您……永远不会成为奥斯特曼……"

伊波利特皱起眉头。

"不过我之所以这么说，"公爵突然赶紧说下去，显然想改正自己的错误，"是因为当时的人们（我对您发誓，这一点

---

① 格列博夫（约1672—1718），彼得一世的第一个妻子叶夫多基娅·洛普欣娜的情夫，一七一八年受严刑拷打后被处死。

② 奥斯特曼（1686—1747），俄国国务活动家和外交家。

向来使我惊讶),似乎跟咱们现在的人截然不同,不是我们现在这个世纪的种族,简直是另一种人……当时人们不知怎么都只有一个心眼,而现在的人都比较暴躁,比较精明,比较敏感,不知怎么同时有两三个心眼……现在的人眼界比较开阔,——我可以发誓,这也就妨碍他们像古人那样单纯……我……我只是要说明这个意思,并不是……"

"我明白,您曾天真地不赞成我的意见,现在却由于这种天真而一个劲地安慰我,哈哈!您完全是一个孩子,公爵。但是,我注意到,你们大家都看不起我,把我当作……当作一个瓷杯……没关系,没关系,我并不生气。反正我们作了一次十分可笑的谈话;您有时完全是一个孩子,公爵。不过您要知道,我兴许想做一个比奥斯特曼要好一点的人;为了做奥斯特曼可不值得死而复活……不过我看出我应该尽快死去,否则我自己……您别管我啦。再见!哦,好啦,哦,您告诉我,哦,您看我最好怎么个死法?……是不是要尽可能地……合乎道德?喂,您说吧!"

"您就从我们身边走过去,原谅我们还幸福地活着!"公爵轻声说道。

"哈哈哈!果然不出我之所料!我已料到您肯定会说这一类的话!可是您……可是您……好啦,好啦!真是些能说会道的家伙!再见!再见!"

六

　　关于叶潘钦家将在别墅里举行晚会欢迎别洛孔斯卡娅光临的消息，瓦尔瓦拉·阿尔达利翁诺夫娜也十分准确地告诉了她哥哥；当天晚上的确会有佳宾光临；可她这番话仍然说得有点过甚其辞。诚然，此事安排得过于匆忙，人们甚至还毫无必要地有点兴奋，这是因为这一家"什么事都要办得与众不同"。这一切都由于"不愿再疑神疑鬼"的伊丽莎白·普罗科菲耶夫娜已急不可耐，由于双亲的心正为爱女的幸福在剧烈地颤栗。何况别洛孔斯卡娅的确不久就要离开彼得堡。由于她的庇护在上流社会的确是举足轻重，由于叶潘钦夫妇希望她能垂青于公爵，所以他们指望"上流社会"能直接从一位神通广大的"老太婆"手中接纳阿格拉娅的未婚夫，这样一来，即使其中有什么奇怪之处，但由于有她这么一位靠山撑腰，也就会显得没什么奇怪了。问题的关键在于双亲无论如何也拿不准："这件事究竟有没有什么奇怪之处？如果有，那么又奇怪到什么程度？或者根本就没有什么奇怪之处？"眼下多亏阿格拉娅，一切都还没有最后定局，在这种时候，那些有资格的权威人士的友好而坦率的意见是大有用处的。无论如何，公爵迟早会被拽到上流社会去露面的，而他对上流社会的情况却十分茫然。简言之，人们打算让他去"亮亮相"。不过那天的晚会倒安排得很简单;只邀请了若干"亲朋好友",而且寥寥无几。除了别洛孔斯卡娅以外,还邀请了一位夫人,她是一位大官的太太。邀请的年轻人几乎只有叶夫根尼·帕夫洛维奇一人;他将陪别洛孔斯卡娅前来。

公爵几乎在晚会的前三天就听说别洛孔斯卡娅将要光临;至于要举行家庭晚会的事,他是头一天才知道的。不消说,他看出了叶潘钦全家那副忙碌的样子,甚至还从他们跟他说话时那种多少带有暗示和忧虑的神态,看出他们唯恐他出乖露丑。不过叶潘钦家的人不知何故,全都认为他头脑简单,根本看不出大家正如此替他担心。所以大家一看见他就暗暗发愁。不过他也的确没把当前这件事放在心上;他所关心的完全是一些别的事:阿格拉娅一小时比一小时更任性,更忧郁,——这使他极其痛苦。当他听说还邀请了叶夫根尼·帕夫洛维奇的时候,他十分高兴,并说他早就想见此人。不知为什么,谁也不爱听他这句话;阿格拉娅气得从室内走了出去,直到深夜十一点多钟公爵告辞的当儿,她才找到机会在送他回去时单独对他说了几句话。

"我但愿您明天一整天都别来找我们,晚上等那些……客人到齐以后再来。您知道将有客人来吧?"

她很不耐烦地、极其严峻地说道;她这是第一次提到这个"晚会"。一想到那些客人她也几乎不能忍受;大家都看出了这一点。她也许很想为此跟父母吵一架,然而高傲和羞怯使她难于启齿。公爵立刻明白了,她也在为他担心(可又不愿意承认她在担心),自己也突然害怕起来。

"不错,我被邀请了。"他答道。

她显然说不下去了。

"是不是能和您谈点正经的？哪怕一辈子只谈一次？"她突然大发雷霆，也不知道是为什么，反正控制不住自己了。

"可以，我洗耳恭听；我很高兴。"公爵喃喃道。

阿格拉娅又沉默了片刻，显然极为厌恶地开始道：

"我不想就这件事跟他们争吵；在有些情况下你是说不服他们的。我一向讨厌妈妈订的一些规矩。爸爸的事我就不说了；对他不能有任何指望。妈妈当然是一个高尚的女人；你只要胆敢劝她做什么卑鄙的事，那你就瞧着吧。唉，可是对于那群……败类——她却奉若神明！我并不是指别洛孔斯卡娅一个人而言。她虽是一个糟糕的老太婆，脾气也很糟，可是她很聪明，能把他们全都玩弄在股掌之上，——这就是她的能耐。唉，真卑鄙！可笑的是：我们一向是中等阶级，地地道道的中等阶级；干吗非要往上流社会里钻呢？姐姐们也想往那里钻；Ш公爵把大家都弄得心神不定。您为什么对叶夫根尼·帕夫雷奇即将光临感到这么高兴呢？"

"请听我说，阿格拉娅，"公爵说，"我觉得，您很为我担心，唯恐我明天在这伙人里……出丑，是吧？"

"为您？担心？"阿格拉娅当即满面绯红，"我干吗要为您担心，哪怕您……哪怕您名声扫地？这跟我有什么相干？您怎么会使用这样的字眼？什么叫'出丑'？这是个糟糕的、庸俗的字眼。"

"这是……小学生的字眼。"

"哦，不错，这是小学生的字眼！糟糕的字眼！看来您明天也打算用这种字眼说话。您可以回家从您的语汇里多找一些这种字眼，准会一鸣惊人！可惜您好像还懂得怎样体面地走进客厅。您这是从哪儿学来的？在大家故意瞧着您的当儿,您会彬彬有礼地举杯喝茶吗?"

"我想我会的。"

"这很可惜;不然我倒可以寻点开心。您起码也该把客厅里的那个中国花瓶打碎!它很值钱。请您把它打碎吧。这花瓶是别人送的,妈妈准会发疯,当着大家的面哭起来,——她是那么珍惜那只花瓶。您要像通常那样打个手势把它碰倒摔碎。您要故意坐在它旁边。"

"恰好相反,我要尽可能坐得远些:谢谢您的警告。"

"这么说来,您预先就担心自己会挥臂乱舞喽。我敢打赌,您会谈起什么'话题',什么严肃的、深奥的、高尚的话题,是吗?这该有……多体面呀!"

"我觉得这会是愚蠢的……倘若说得不合时宜。"

"您听着,可别忘啦,"阿格拉娅终于忍不住了,"要是您谈起什么死刑,或者俄国的经济状况,或者'美能拯救世界'之类,那么……我当然会很高兴,会大笑一阵,但是……我要预先警告您:往后您再也别来见我!您听着:我说的是正经话!这一次我可说的是正经话!"

她的确是一本正经地这么吓唬他的,因此在她的话里和她的眼神里,甚至都流露出公爵先前从未察觉的一种异样的表情,这当然不像是开玩笑。

"噢,您这么一来,我如今倒非'夸夸其谈'不可了,甚至……有可能……把花瓶打碎。方才我什么都不怕,可如今什么都怕。我准会出丑的。"

"那您就沉默吧。您坐下就保持沉默吧。"

"不能这样,我相信我会由于害怕而夸夸其谈,由于害怕而把花瓶打碎。说不定我会在光滑的地板上滑倒,或者闹出这一类的乱子,因为我已经出过这种洋相;今夜我会通宵梦见这种事;您干吗要谈起这件事!"

阿格拉娅闷闷不乐地瞧了他一眼。

"您可知道:明天我最好是干脆不来! 我就泡病号,不就完啦!"他终于决定了。

阿格拉娅跺了一下脚,脸都气白了。

"主啊! 普天之下哪儿见过这样的事呀! 人家特地为他……他倒不来……噢,天哪! 跟您这种……糊涂虫打交道可真是三生有幸!"

"好吧,我来,我来就是!"公爵急忙打断她的话,"我向您保证,我可以一言不发地整整坐一个晚上。我会这么办的。"

"您这样就好。您方才说'我就泡病号';这种话您究竟是从哪里学来的? 您怎么总爱跟我说这种话? 您是想气我吗?"

"对不起;这也是小学生的话;我以后不说了。我很明白,您……您为我担心……(您可别生气呀!)我非常喜欢这样。您不会相信,我现在有多么害怕——听到您的话又是多么高兴。可是我对您发誓,这种恐惧全是鸡毛蒜皮,全是庸人自扰。真的,阿格拉娅! 可是欢乐却不会消失。我非常喜欢看到您是这样一个孩子,这样一个美好善良的孩子! 啊,您居然会这么美好,阿格拉娅!"

阿格拉娅当然会大发脾气,而且已经想发脾气了,但是有一种她意料不到的感情在一刹那间蓦地主宰了她的整个心灵。

"日后……在什么时候……您不会由于我方才所说的这些粗野的话而责备我吧?"她突然问道。

"您怎么啦,您怎么啦! 您干吗又生气啦? 瞧您又是这么忧郁地看着我! 您有时显得太忧郁了,阿格拉娅,早先您可从来不曾这样。我知道这是什么缘故……"

"别说啦! 别说啦!"

"不,还是说说好。我早就想说;我已经说了,但是……这还不够,因为您不相信我。我们之间毕竟还站着一个人……"

"别说啦,别说啦,别说啦,别说啦!"阿格拉娅蓦地打断了他的话,紧紧抓住他一只手,几乎是恐惧地瞧着他。这时有人叫她;她喜出望外似的撇下他就跑了。

公爵通宵发烧。奇怪的是,他已经一连发了几夜的烧。这一次他在半谵妄中产生一个想法:倘若他明天当众犯病,那该怎么办呢? 他不是常常在醒着的时候犯病吗? 他一想到这点就不寒而栗;他通宵都觉得自己待在一个奇怪的、前所未闻的圈子里,待在一些奇怪的人物中间。主要的是他"夸夸其谈"了一番。他明知不该说话,可他一直说个不停,他在劝导他们。叶夫根尼·帕夫洛维奇和伊波利特也在来宾当中,两人似乎还非常友好。

他在八点多钟时醒了,感到头痛,脑子里很乱,还有一些奇怪的印象。不知为什么,他非常想见到罗戈任;想见到他并跟他畅谈一番,——究竟谈什么,他自己也不知道;后来他不知为什么决定去找伊波利特。他的心里有一种不安之感,因而他在当天上午碰到的那些事给他的印象虽然非常强烈,但仍然是不完整的。那些事情之一就是列别杰夫的来访。

列别杰夫相当早就已露面,刚过九点就来了,几乎喝得酩酊大醉。公爵近来虽说眼睛不尖,但不知怎么还是注意到了,自从伊沃尔金将军三天前搬走以后,列别杰夫的举止很不检点。他不知怎么突然弄得满身油污,肮脏不堪,他的领带歪到一边,常礼服的衣领也撕破了。他在自己家里甚至大吵大闹,隔着小院都能听见;薇拉有一次流着眼泪跑来说了些情况。现在他亲自跑来了,不知何故还捶着自己的胸脯,十分奇怪地说了起来,还埋怨自己犯了什么错误……

"由于我背信弃义和卑鄙无耻,我受到了……受到了惩罚……挨了一记耳光!"末了他悲哀地说。

"耳光!谁打的?……一大早就会出这种事?"

"一大早?"列别杰夫尖刻地笑了笑,"这跟时间毫无关系……哪怕是对肉体惩罚来说也是这样……但是我挨了一记精神上的……精神上的耳光,不是肉体上的!"

他突然毫不客气地坐下,开始叙述事情的原委。他的叙述是颠三倒四的,公爵皱着眉头,本想走开;不料蓦地有几句话使他吃了一惊。他惊讶得愣住了……列别杰夫先生讲了一些怪事。

起初他显然提到过一封信,他提到了阿格拉娅·伊万诺夫娜的名字。后来列别杰夫忽然伤心地责备起公爵来了;不妨认为公爵得罪了他。据他说,公爵起初曾把自己和"某人"(即纳斯塔霞·菲利波夫娜)的事委托给列别杰夫去办;可是后来却跟列别杰夫断交,不留情面地把他撵走,末了甚至使他十分难堪:就连他"天真地问起叶潘钦家中即将发生的一些变化"时,公爵也粗暴地拒不作答。列别杰夫醉眼蒙眬地流着泪承认,"往后我已忍无可忍,尤其是因为我知道很多情况……很多情况……从罗戈任那里,从纳斯塔霞·菲利波夫娜那里,从纳斯塔霞·菲利波夫娜的一位女友那里,从瓦尔瓦拉·阿尔达利翁诺夫娜那里……从她本人口中,先生……以及从……甚至从阿格拉娅·伊万诺夫娜本人那里……您可以想象到,先生,多亏薇拉从中帮忙,由我的爱女薇拉,独生女……是的,先生……不过并不是独生女,因为我有三个女儿。是谁常常写信给伊丽莎白·普罗科菲耶夫娜通风报信,甚至还严格保密,嘿嘿!是谁把纳斯塔霞·菲利波夫娜其人的一切联系和……一举一动都写信告诉她,嘿嘿嘿!请问,那个写匿名信的人是谁,是谁呀?"

"难道是您?"公爵喊道。

"正是鄙人,"醉鬼自负地答道,"就在今天上午八点半,离现在只有半小时……不,先生,已有三刻钟啦,我曾通知那位极其尊贵的母亲,我要转告她一件……重要的事……我写了一张便条,交给一个姑娘,从后门送了进去,先生。她收下了。"

"您方才见到伊丽莎白·普罗科菲耶夫娜啦?"公爵问道,几乎不相信自己的耳朵。

"我方才见到她,还挨了一记耳光……精神上的耳光。她把信还给我,简直是扔给我的,信还没拆……她把我赶了出去……不过只是精神上赶出去,不是肉体上……不过几乎是肉体上赶出去,相去无几!"

"她扔给您的那封没拆的信是什么信呀?"

"难道……嘿嘿嘿!我还没有告诉您呢!可我以为我已经说了……我收到了这样一封信,托我转交……"

"谁的信?给谁的?"

然而列别杰夫的一些"解释"简直叫人弄不清楚,甚至叫人一点也摸不着头脑。不过公爵费了许多力气,终于明白那封信是一大早由一名女仆送给薇拉·列别杰娃,托她按信上的地址转交……"就跟早先一样……就跟早先一样由同一个人物交给某个角色……（我把其中的一个称为"人物",把另一个称为"角色",以资区别,也是为了表示轻蔑;因为一个天真而高贵的将门之女和……一个风流女子有天渊之别,先生)那封信是名字以'阿'起头的那位'人物'写的。"

"这怎么可能呢？给纳斯塔霞·菲利波夫娜写信？无稽之谈！"公爵喊道。

"写过,写过,先生,不是给她,就是给罗戈任,先生,反正一样,给罗戈任,先生……名字以'阿'起头的那个人物有一次甚至还请捷连季耶夫先生转交过一封信。"列别杰夫使了个眼色,还笑了笑。

由于他常常从这件事跳到另一件事,忘记他开头谈的是什么,所以公爵干脆不说话,让他把话说完。但是无论如何也还是弄不清楚:那些信究竟是由他还是由薇拉转交的？既然他自己一口咬定,"不论给罗戈任还是给纳斯塔霞·菲利波夫娜都是一样。"这就是说,倘若真有那些信,那也并不是由他转交的。至于现在这封信怎么会落到他的手里,依然根本没交代清楚;最有可能的是,他设法从薇拉手中偷走……悄悄地偷走,然后别有用心地交给了伊丽莎白·普罗科菲耶夫娜。公爵这样寻思了一番并终于明白过来。

"您疯啦！"他惊恐万状地喊道。

"并不完全如此,敬爱的公爵,"列别杰夫不无气忿地答道,"不错,我本想交给您,交到您本人手中,为了替您效劳……但转念一想,倒不如替那边效劳,把这一切都报告那位极其尊贵的母亲……因为早先我也给她写过一次匿名信。方才我写了一张便条,约她在八点二十分接见我,下面的署名也是:'跟您秘密通信的人';于是他们立刻就迫不及待地让我从后门进去……会见那位极其尊贵的母亲。"

"后来呢?……"

"后来的事您已经知道了,先生,她几乎揍了我一顿,先生;也就是只差一丁点儿,因此简直可以认为几乎已经把我揍了一顿,先生。她把信扔给我了。不错,她本想把信留下,——我看出来了,我注意到了,——可她改变了主意,就扔给我了:'既然别人委托你这样的人转交,那你就转交吧……'她甚至都见怪了。既然她并不羞于在我面前这么说,那就是说她见怪了。她的脾气可真暴躁!"

"现在信在哪儿?"

"一直在我身边,这就是,先生。"

于是他把阿格拉娅给加夫里拉·阿尔达利翁诺维奇的便函交给了公爵,当天上午过了两小时后,那位哥哥曾洋洋得意地给妹妹看过这封便函。

"这封信不能留在您手里。"

"给您,给您!我就是给您带来的,先生,"列别杰夫激动地应声说道,"我背叛过您很短一段时间,可现在我又是您的仆人,完全是您的仆人,从头到心都是,先生!正如托马斯·莫尔①在英国和大不列颠……所说的那样:'要惩罚心,要饶恕胡子',先生。正如罗马教王所说的那样:我违背了教规,

---

① 托马斯·莫尔(1478—1535),英国伟大的人道主义者,空想社会主义的奠基人之一,被英国国王亨利八世作为宗教改革的反对者处以死刑。莫尔在临刑前请求刽子手饶恕他的胡子,因为它"未犯任何叛国罪"。

我违背了教规,①……哦,是罗马教皇,可我把他说成罗马教王了。"

"这封信应该立刻派人送去,"公爵张罗起来,"让我转交吧。"

"是不是不如,不如,无比文雅的公爵,不如……这么办,先生!"

列别杰夫扮了个奇怪的、谄媚的鬼脸;他在自己座位上蓦地极为不安,就像有人突然用针扎了他一下似的,他还调皮地挤眉弄眼,打着手势。

"什么?"公爵威严地问。

"不如先把信拆开,先生!"他极其动人地,而且仿佛很机密似的低声说。

公爵怒不可遏地一跃而起,列别杰夫吓得站起来就跑;但他跑到门口又站住了,想看看公爵会不会宽恕他。

"唉,列别杰夫!难道一个人居然会堕落到像您这样无法无天的程度?"公爵伤心地叫道。列别杰夫不禁笑逐颜开。

"我卑鄙,我卑鄙!"他立刻含泪走上前去,一面捶着自己的胸脯。

"这是卑鄙行为!"

"正是卑鄙行为,先生。这是实话,先生!"

"您怎么养成了这种恶习……居然想干这么荒唐的事?您……简直是个奸细!您干吗要写匿名信去打扰……一位这么高尚而又善良的女人?末了还有一点:阿格拉娅·伊万诺

---

① 原文为拉丁文。这是天主教会宗教歌集中忏悔和坦白自己的罪行的一句拉丁语套话。

夫娜怎么就无权给不论什么人写信呢？您今天是跑去告密的吧？您希望得到什么呢？是什么促使您去告密的呢？"

"只不过出于一种叫人开心的好奇心……也出于一颗甘愿效劳的高尚的心,是的,先生!"列别杰夫喃喃道,"现在我完全是您的,再次完全属于您! 您甚至可以把我绞死!"

"您就是像现在这样去见伊丽莎白·普罗科菲耶夫娜的吗?"公爵无比厌恶地打听道。

"不,先生……比现在清醒,先生……甚至还比现在体面,先生;我是在受了侮辱以后才落到……这步田地的,先生。"

"哦,好吧,您离开我吧。"

不过直到这个请求被重复了好几次以后,客人才终于决定离去。他已经把门完全打开,却又转回身来,踮着脚走到房间中央,又开始用手比划着表示该怎么拆信;他再不敢口头提出自己的劝告;接着他就安详而温和地微笑着走了。

听到这一切令人异常难过。其中最引人注目的主要是这么一件非同小可的事:阿格拉娅不知何故非常担心,非常踌躇,非常痛苦。(公爵喃喃自语道:"由于嫉妒。")还有一点也很明显,那就是有些居心不良的人当然也使她感到不安,然而十分奇怪的是,她竟如此信任他们。当然,在这颗虽然不谙世故但热情而高傲的小脑袋里,正酝酿着一些特别的计划,它们可能极为有害,而且……不成体统。公爵大为震惊,窘得根本不知如何是好。一定要防患于未然,他感觉到了这一点。他再次看了看那封未拆的信上写的收信人的姓名住址:啊,对此他并没有什么怀疑和不安,因为他相信她;使他不安的是这封信的另一点:他不相信加夫里拉·阿尔达利翁诺维奇。可是他决定亲自把这封信送去,他为此已经离家外出,但半路上又改变了主意。几乎就在普季岑家的跟前,公爵碰巧遇见了科利亚,便托他把信交给他哥哥,就说此信是直接从阿格拉娅·伊万诺夫娜那里得到的。科利亚没有细问,就把信送去了,因此加尼亚也就不会想到这封信会几经转手。公爵回家后请薇拉·卢基扬诺夫娜去了他那里一趟,把应该告诉她的事都告诉她了,还安慰了她一番,因为她迄今一直在找那封信,急得都哭了。当她知道信是她父亲拿走的,简直都吓呆了。(事后公爵从她口中获悉,她曾不止一次偷偷地给罗戈任和阿格拉娅·伊万诺夫娜办事;她根本没有想到这么做可能对公爵不利……)

末了公爵非常伤心,以至于过了两个钟头,当科利亚打发人跑来向他报告父亲生病的消息时,起初他几乎不明白是怎么回事。不过这件事却使他恢复了常态,因为他对此事极为关注。他几乎在尼娜·亚历山德罗夫娜室内(不消说,病人被抬到那里去了)一直待到晚上。他待在那里几乎毫无用处,但是有这么一些人,当你在痛苦中看见他们坐在自己身边,不知为什么总会感到愉快。科利亚大为震惊,歇斯底里地哭泣着,但又一直跑来跑去忙个不停:他跑去找医生,一下子找到三个,接着又跑药房和理发馆。将军得救了,但尚未恢复知觉。医生们认为"病人无论如何尚未脱离危险"。瓦里娅和尼娜·亚历山德罗夫娜一直守护在病人身边;加尼亚感到羞愧和震惊,可他不愿上楼,甚至怕见病人。他绞着自己的双手,语无伦次地和公爵交谈,说什么"真倒霉,偏偏又发生在这种时候!"公爵觉得,他明白加尼亚所说的是什么时候。公爵在普季岑家没见到伊波利特。傍晚时分,列别杰夫跑来了。

他在上午作了那番"解释"之后,一直酣睡到现在。他现在几乎是清醒的,真诚地流着眼泪为病人哭泣,就像在哭自己的亲哥哥。他大声认错,但不说明是怎么回事;他缠住了尼娜·亚历山德罗夫娜,喋喋不休地对她说,"这都是我,是我造成的,不能怪任何人……只不过是出于叫人开心的好奇心……'死者'(他不知为什么硬要这么称呼还活着的将军)简直是个绝代奇才!"他特别认真地非说将军是天才不可,仿佛他这么一说在此时此刻会有什么特别的好处。尼娜·亚历山德罗夫娜看见他流着真诚的眼泪,终于丝毫不加责备地、甚至可说是满怀深情地对他说道:"好啦,上帝保佑您,好啦,别哭啦,好啦,上帝会饶恕您的!"这几句话和说话的口吻使列别杰夫喜出望外,因此他整个晚上都不想离开尼娜·亚历山德罗夫娜了(在以后的几天里,他几乎从早到晚都待在他们家里,一直到将军逝世)。那一天,伊丽莎白·普罗科菲耶夫娜曾两次派人到尼娜·亚历山德罗夫娜那里去打听病人的情况。晚九时,当公爵走进高朋满座的叶潘钦家的客厅时,伊丽莎白·普罗科菲耶夫娜立刻满怀同情地开始向他详细打听病人的情况;当别洛孔斯卡娅问"病人是谁?尼娜·亚历山德罗夫娜是什么人?"的时候,她也郑重其事地作了回答。这使公爵十分高兴。他对伊丽莎白·普罗科菲耶夫娜说明情况的时候,按照阿格拉娅的姐姐们事后的说法,讲得"好极了";她们说他讲得"谦逊、沉着,没有废话,不指手画脚,很体面;进门时举止大方,衣着也很考究",他不仅没有像他头一天所担心的那样"在光滑的地板上滑倒",而且显然给大家留下了很好的印象。

　　他坐下后向四周打量了一遭,立刻发现这一伙人根本不像是昨天阿格拉娅拿来吓唬他的那些幽灵,也不像他夜里做的噩梦那么可怕。他生平第一次看到具有"上流社会"这么一个可怕名称的那个去处的一角。他由于怀着一些特别的打算、想法和爱好,早就急于钻进这个迷魂阵,因此最初的印象引起了他浓厚的兴趣。他的这个最初的印象简直令人神往。不知何故他当时突然觉得,所有这些人仿佛生下来就是一伙;他觉得叶潘钦家这天晚上并没有举行什么"晚会",也没有邀请任何来宾,他们全是"自己人",他自己也似乎早已是他们的忠实朋友和同伙,如今他是在短暂的离别之后回到他们中间来的。优雅的举止,朴实的作风,表面上的坦率,都几乎具有一种迷人的魅力。他决不会想到,所有这些淳朴和高尚,机智和气派,也许只不过是一种华而不实的矫揉造作。大多数来宾尽管仪表堂堂,但头脑相当空虚;不过他们由于自负,所以自己都不知道,他们身上的许多优点只不过是矫揉造作罢了。这倒不怪他们,因为这种矫揉造作是他们不知不觉地从祖先那里继承下来的。公爵由于被最初那种迷人的印象所陶醉,甚至都不愿去想这一点。例如他看到一位老人,是个大官,就年龄而论可以当他的祖父了,可这位老人为了听他这么一个初出茅庐的青年说话,竟中止了和别人的谈话;这位老人不但倾听公爵说话,而且显然很重视他的意见,对他那么和蔼,为人又那么真诚厚道,何况他俩本来素不相识,今天还是头一次见面。这种极为优雅的彬彬有礼说不定对公爵多愁善感的心产生了极大作用。说不定他早就十分倾心于这种令人快慰的印象了。

　　所有这些人当然都是叶潘钦家的"朋友",彼此之间也是"朋友",其实他们根本不像公爵刚被介绍同他们相识时所认为的那样跟叶潘钦家有很深的交情,彼此之间也都只有泛泛之交。这里有些人,他们永远也不会承认叶潘钦家的人跟自己是平等的。还有些人甚至彼此势不两立。别洛孔斯卡娅老太婆一辈子都"瞧不起"那位"上了年纪的大官"的夫人,而那位夫人又很不喜欢伊丽莎白·普罗科菲耶夫娜。那位"大官",也就是那位夫人的丈夫,不知为什么从叶潘钦夫妇年轻的时候起就是他们的靠山,现在荣居上座,他在伊万·费奥多罗维奇的心目中是一位了不起的人物,伊万·费奥多罗维奇在他面前只能感到景仰和恐惧,倘若他只有片刻时间认为自己和这位大人物居于平等地位,而不把对方尊为奥林匹斯山的主神,他甚至会真心实意地瞧不起自己。那里有些人已有数年不曾见面,彼此之间一向冷若冰霜,甚至感到厌恶,但如今见面以后,却仿佛昨天还曾欢聚一堂称兄道弟似的。不过今晚出席的人并不多。除了别洛孔斯卡娅和那位"上了年纪的大官"(他的确是一位要人)及其夫人之外,在贵宾之中首屈一指的是一位威风凛凛的武职将军,他是个男爵或者伯爵,取了个德国人的名字。此人沉默寡言,以精通政务而出名,甚至还几乎享有学识渊博之美誉,他是那种"除了俄国本身之外"无所不知的道貌岸然的大官之一,每隔五年总会说出一句"极其深刻"的名言,不过这句名言准会成为一句俗话,甚至还会传入最高阶层;他是这么一种政府官员,他们在宦海中浮沉很久(甚至长久得都有点出奇了),临死时通常官居高位,享受着美差厚禄,尽管并没有什么丰功伟绩,甚至对功绩还怀有某种敌意。这位将军是伊万·费奥多罗维奇的顶头上司,伊万·费奥多罗维奇由于感恩心切,甚至还出于一种特殊的自尊心,认为他也是自己的恩人,可是这位将军却根本不承认自己是伊万·费奥多罗维奇的恩人，所以对他并不热情，虽然倒也乐意让他在大大小小的事情上为自己效劳。一旦这位将军找到什么理由，哪怕是毫不足奇的理由，感到需要让别的官员取代伊万·费奥多罗维奇的职务，他就会立刻照办不误。这里还有一位已过中年、爱摆架子的老爷，仿佛是伊丽莎白·普罗科菲耶夫娜的亲戚，其实根本不是；此人官高爵显，富有家产，出身望族，体格粗壮，十分健康；他很爱饶舌，简直是个出名的牢骚大王（不过他的牢骚都是完全无伤大雅的），他还以脾气暴躁而出名（但是这一点在他身上也是令人愉快的）。他有英国贵族的派头和英国人的嗜好（譬如喜欢吃带血的煎牛里脊，爱用马具和支使仆人等等）。他是那位"大官"的密友，常逗后者开心。此外，伊丽莎白·普罗科菲耶夫娜不知为什么有一个奇怪的想法，认为这位已过中年的先生（此人举止有点轻浮，还有点好色）说不定灵机一动会突然向亚历山德拉求婚。出席晚会的除了这些高贵体面的人物之外，还有一些比较年轻的客人，不过他们也因具有种种极为优美的品质而引人注目。除了Щ公爵和叶夫根尼·帕夫洛维奇以外，属于这个阶层的还有著名的风流小生 N 公爵。此公曾是驰名全欧的猎艳圣手，如今虽已四十五岁，却依然一表人才，伶牙俐齿，他本来很富有，但家道中落，通常大部分时间住在国外。最后，那里还有这么一些人，他们仿佛形成了第三个特殊的阶层，他们本身虽然并不属于社交界那个"不可侵犯的圈子"，但是他们却和叶潘钦夫妇一样，在这个"不可侵犯的圈子"里有时不知为什么也能碰到他们。叶潘钦夫妇虽然不大举行招待会，但是一旦举行招待会，就会出于一种被他们奉为常规的分寸感，把上流社会人士跟一些身份较低的人、跟"中等阶层"的佼佼者混在一起。为此人们甚至夸奖叶潘钦夫妇,说他们颇有自知之明,为人很有分寸,叶潘钦夫妇听到别人对他们的这种意见也很得意。当天晚上,这个中等阶层的代表之一是一位上校技师,他为人严肃,是Ⅲ公爵的莫逆之交,也是由后者介绍给叶潘钦家的。不过此人在社交界一向沉默寡言,右手粗大的食指上戴着一枚极可能是别人赏给他的很显眼的大戒指。最后,那里甚至还有一位作家兼诗人,他出生于德国,却是一位俄国诗人,此外,他还长得十分体面,所以大可放心地把他介绍给上流社会。他看上去是个有福之人,但不知何故有点叫人讨厌,三十八岁上下,衣着无懈可击,出身于一个极其富有却又极为可敬的德国资产阶级家庭。他善于利用各种机会获得上流社会人士的庇护,而且永不失宠。他从德文翻译过一位重要德国诗人的一部重要作品,他善于在自己的译作上题诗一首以献给别人,善于夸耀他和一位已故的俄国著名诗人的友谊(有一大帮作家特别喜欢发表文章炫耀自己和已故的伟大作家的友谊),最近又由那位"上了年纪的大官"的夫人介绍给了叶潘钦夫妇。这位夫人素以热心庇护文人学士出名,而且确曾通过她能左右的几位要人,给一两位作家弄到了生活费。她自有门路。这位夫人约有四十五岁(因此对于像她丈夫那么老的老头子来说,就是个非常年轻的妻子),曾经是个美人,如今就跟许多四十五岁的女士一样,还爱穿红戴绿。她的头脑并不聪明,文学知识就更值得怀疑了。但是,庇护文学家就跟爱穿花衣服一样已成了她的一种癖好。有许多创作和译作都是献给她的;有两三位作家经她的许可,发表了他们写给她的一些讨论种种非常重要的问题的书信……现在公爵把整个这一伙人都看作一枚纯而又纯的金币,看作不含铜锡的成色十足的黄金。不过所有这些人碰巧在这天的晚会上也都兴高采烈,心满意足。他们谁都明白,他们的光临给了叶潘钦夫妇极大的面子。只可惜公爵根本不懂这种奥妙。譬如说,他没有想到,叶潘钦夫妇在准备采取诸如解决女儿们的终身大事之类的重大步骤时,就不敢不让被公认为是他们一家的保护人的那位上了年纪的大官来看看他这位列夫·尼古拉耶维奇公爵。尽管这位上了年纪的大官哪怕听说叶潘钦夫妇遭到了天大的不幸也会无动于衷,不过只要叶潘钦夫妇不跟他商量,也可以说是不征得他的同意,就给自己的女儿订亲,那他准会见怪。N公爵是一位和蔼可亲、显然十分机灵而又光明磊落的人,他深信自己犹如今夜升起在叶潘钦家客厅里的一轮红日。他认为叶潘钦夫妇比自己低贱得无法比拟,正是这种朴实而高尚的想法促使他对叶潘钦夫妇采取了极为随便而又十分友好的态度。他很明白,这天晚上他非得讲点什么使大家为之神往,甚至还费尽心机地作了一番准备。列夫·尼古拉耶维奇公爵后来听了N公爵讲的故事,感到自己还从来不曾从N公爵这种唐璜①式的人物口中听到过任何具有如此出色的幽默感、听来又令人如此高兴,而且天真得几乎令人感动的故事。其实他哪里知道,这个故事已经老掉牙了;在家家的客厅里它都已被人们背得滚瓜烂熟,它已经像一双破鞋那样惹人生厌了;唯有在天真的叶潘钦夫妇家里它又成了一桩新闻,成了一位杰出的优秀人物心血来潮时的一段真诚而美好的回忆!最后,就连那位德国

① 唐璜,英国著名诗人拜伦(1788—1824)一部同名长诗的主人公,风月场中的圣手。

诗人也几乎认为自己的光临给了叶潘钦家面子,尽管他的举止异常殷勤谦逊。然而公爵并没有察觉反面的情况,也没有注意任何内情。连阿格拉娅都没有预见到会这么糟糕。今晚她显得特别美。三位小姐的衣着虽然并不十分华丽,然而都打扮了一番,就连发式都有点特别;阿格拉娅和叶夫根尼·帕夫洛维奇坐在一起,正异常友好地跟他交谈和说笑。叶夫根尼·帕夫洛维奇的举止似乎比平时稳重些,这大概是出于对那些达官贵人的敬意。不过上流社会的人早就认识他了;他虽然年轻,却已是上流社会的一员。这天晚上他去叶潘钦家的时候帽子上缠着黑纱;为了这块黑纱,别洛孔斯卡娅夸他说:要是换一个赶时髦的侄子,在这种场合是不会给这么一位伯伯戴孝的。伊丽莎白·普罗科菲耶夫娜也对此感到满意,但是总的说来,她有点过于担心。公爵发现阿格拉娅留神地瞧了他两次,看来对他尚感满意。他渐渐得意起来。现在他常常突然想起,他前不久跟列别杰夫谈话以后产生的那些"离奇的"想法和担心,简直是一场想入非非的、岂有此理的、甚至荒唐可笑的梦!(这一整天他最主要的、虽然又是不自觉的心愿和意向,就是设法使自己不相信这个梦!)他不大说话,只回答别人的问题,末了干脆就一言不发地坐在那里一直听着,然而又显然十分快乐。他心里渐渐产生一种灵感似的东西,一有机会就会喷发出来……他偶然说起话来,但也是为了回答别人的问题,看上去根本没有什么特别的用心……

七

就在他十分高兴地打量着那正愉快地跟 N 公爵和叶夫根尼·帕夫洛维奇交谈的阿格拉娅的当儿，正在另一个角落照应"大官"并兴奋地对他讲着什么的那位已过中年、崇拜英国的老爷，突然提到了尼古拉·安德烈耶维奇·帕夫利谢夫的名字。公爵迅速朝他们那方面转过身去，侧耳倾听起来。

他们谈论的是目前的时局和某省一些地主庄园的破落。英国迷所讲的情况想必有什么使人开心之处，因为那个老头终于取笑起讲话者的愤愤不平来了。他讲得从容不迫，还带点埋怨情绪地曼声说着每一个字，而且柔和地加重元音字母的读音。他说自己何以不得不根据现行法规以半价卖掉了他在某省的一个极好的庄园，其实他并不特别需要钱用；与此同时，他又不得不保留另一处已经破落、连年亏损、官司还没打完的庄园，甚至还要为它贴钱。"为了避免为帕夫利谢夫的地产再打几场官司，我避开了这些事。要是再有一两宗这样的遗产，我就得破产。不过我在那里得到了三千俄亩极好的良田！"

"原来……伊万·彼得罗维奇是已故的尼古拉·安德烈耶维奇·帕夫利谢夫的亲戚……你不是要找亲戚吗？"突然来到公爵身边的伊万·费奥多罗维奇看见公爵正全神贯注地

倾听谈话,不禁低声对公爵说道。在这之前,他一直在照应他那位将军上司,不过他也早已注意到列夫·尼古拉耶维奇正与众不同地躲在一边,便开始感到不安;他想使公爵在一定程度上加入谈话,以便再次把他引见并介绍给"上流社会人士"。

"列夫·尼古拉耶维奇在父母双亡以后是尼古拉·安德烈耶维奇·帕夫利谢夫的养子。"他碰到了伊万·彼得罗维奇的视线便插嘴道。

"真——叫——人——高——兴,"伊万·彼得罗维奇说道,"我记得很清楚,方才伊万·费奥多罗维奇给我们介绍的时候,我立刻就认出您了,甚至从您的尊容就认出了您。您看上去的确没有多大变化,虽说我看见您的时候您还是个孩子,只有十岁或十一岁。您的面孔令人不禁想起……"

"我小时候您见过我?"公爵以一种特别惊讶的神情问。

"哦,那是很久以前的事了,"伊万·彼得罗维奇接着说道,"在兹拉托韦尔霍沃,当时您住在我的表姐妹家里。我以前常去兹拉托韦尔霍沃,——您不记得我啦?您很可能不记得了……您当时……您当时正生着什么病,我有一次看到您甚至都吃了一惊……"

"我一点也不记得了!"公爵热情地承认。

他们又交谈了几句,交谈时伊万·彼得罗维奇极为泰然,而公爵却非常激动,原来曾抚养公爵的那两位老处女是已故的帕夫利谢夫的亲戚,过去住在他的兹拉托韦尔霍沃庄园里;她们也就是伊万·彼得罗维奇的表姐妹。伊万·彼得罗维奇也和大家一样,几乎根本说不清帕夫利谢夫究竟为什么那么关怀年幼的公爵,即他的养子。他说,"当时我竟忘记打听这一点了，"可是后来却发现他的记性很好，因为他还记得表姐马尔法·尼基季什娜对待她抚养的那个孩子十分严厉，"有一次由于我对教育您的方法有不同意见，竟跟她吵了一架，因为她老是用树条抽打一个有病的孩子，——这真是……您自己也会同意……"可那位表妹纳塔利娅·尼基季什娜却正好相反，很心疼可怜的孩子……"她们姐妹俩，"他接着解释道，"现在住在某省（不过我不知道她们现在是不是还活着），在那里她们得到帕夫利谢夫的一个非常非常不错的小庄园。马尔法·尼基季什娜看来曾想进修道院；不过我不敢肯定；也许我听别人谈到的是另一个人……对了，我前两天听说有一位医生太太想……"

公爵听了这一席话，由于非常高兴和深受感动而目光炯炯。他非常热情地宣布，他在内地各省旅行了六个月，却没抽空去探望抚育过他的两位女恩人，为此他永远不能原谅自己。"我每一天都想去，却总是被别的事缠住了……现在我保证……一定……要去一趟某省……您认识纳塔利娅·尼基季什娜吧？她是一个多么慈善、多么崇高的女人啊！但是马尔法·尼基季什娜也……请原谅，不过您对马尔法·尼基季什娜的看法好像是错了！她虽然严厉，但是……抚养一个像我当时那样的白痴……怎能叫人不失去耐心呢……（嘻嘻！）我当时完全是一个白痴，您简直不会相信（哈哈！）。不过……不过，您当时看见过我，而且……请问，我怎么会记不得您呢？这么说来，您……唉，我的天哪，难道您果真是尼古拉·安德烈耶维奇·帕夫利谢夫的亲戚？"

"请——您——相——信，的——确——如——此。"伊万·彼得罗维奇打量着公爵莞尔一笑。

"噢,我的意思并不是说……我怀疑……其实这有什么可怀疑的呢(嘿嘿!)……哪有丝毫可怀疑的呢?……其实根本无可怀疑!!(嘿嘿!)我要说的是,已故的尼古拉·安德烈伊奇·帕夫利谢夫的确是个极好的人!真的,请您相信,他的确是一个极其厚道的人!"

公爵并没有喘不上气来,而是像阿杰莱达和她的未婚夫Щ公爵在翌日上午谈话时所形容的那样,可以说是"由于心肠太好而憋住气了"。

"唉,我的天哪!"伊万·彼得罗维奇大笑起来,"为什么我不能成为一个极——其——厚——道——的人的亲戚呢?"

"唉,我的天哪!"公爵喊道,他不好意思了,越来越慌张和兴奋,"我……我又说了蠢话,但是……这也是必然的,因为我……我……我,不过这又离题了!跟这么重大的事情相比……跟这种生死攸关的事情相比……请问,现在我又算得了什么!再说还要和这种极其厚道的人相比,——因为他的确是一位极其厚道的人,不是吗?不是吗?"

公爵简直浑身发抖。他为什么突然如此惊慌,为什么如此毫无缘由地、跟谈话的题目毫不相称地深受感动并心花怒放呢,——这是难以确定的。他当时的心情就是如此,此刻他甚至为了什么事而对某人几乎怀着一种极其热烈而又诚挚的感激之情,——也许这某人就是伊万·彼得罗维奇,不过他对所有的来宾几乎也是如此。他真是"喜不自胜"。末了,伊万·彼得罗维奇开始全神贯注地打量他;那位"大官"也很专心地端详他。别洛孔斯卡娅对公爵怒目而视,还闭紧了嘴唇。N公爵、叶夫根尼·帕夫洛维奇、Щ公爵和几位小姐都停止了谈话,侧耳谛听。看来阿格拉娅已惊慌失措,伊丽莎白·普罗科菲耶夫娜简直是害怕了。她们母女俩也真怪:她们本来寻思而且认定,公爵最好是默不作声地坐上一晚;不料刚刚看见他落落寡合地独自待在角落里,而且对自己的处境十分满意,她们又立刻惊慌起来。亚历山德拉已经打算向他那里走去,她想小心翼翼地穿过整个房间加入他们一伙,也就是加入坐在别洛孔斯卡娅身边的N公爵一伙。可是公爵刚刚主动说起话来,她们母女倒更加惊慌了。

"您说他是个极好的人,这话不错,"伊万·彼得罗维奇已收敛了笑容,威严地说,"是的,是的……他是一个很好的人!一个可敬的好人,"他沉默片刻,又补充道,"甚至可以说值得任何人尊敬,"他在第三次停顿以后,更加威严地补充道,"而且……我甚至十分欣慰地看到,您……"

"这个帕夫利谢夫是不是有过一段……奇怪的故事……跟那个天主教修道院院长……跟那个修道院院长……我记不得是跟哪一个修道院院长了,不过当时大家全在议论。"那位"大官"仿佛想起什么似的说道。

"跟古罗院长,就是那个耶稣会教徒,"伊万·彼得罗维奇提醒道,"是的,先生,我们是有这么一些出类拔萃又极为可敬的人,先生!因为他这个人毕竟是世家子弟,有财产,当过宫廷高级侍从,要是他……继续供职……不料他突然抛弃官职和一切,改信了天主教,成为耶稣会教徒,而且还几乎是公开地、兴高采烈地这么干的。真的,他死得正是时候……是的;当时大家都说……"

公爵忘乎所以了。

"帕夫利谢夫……帕夫利谢夫改信天主教啦?这不可

能!"他惊恐地喊道。

"哼,'不可能'!"伊万·彼得罗维奇庄重地喃喃道,"这就言重了,您自己也会承认,我亲爱的公爵……不过您如此看重已故的……他的确是个极好的人。那个老奸巨猾的古罗之所以得逞,我认为主要原因就在于此。可是您不妨问问我,后来我为了这件事……尤其是在跟这个古罗打交道的时候,碰到了多少麻烦!您想想看,"他突然对那个老头儿说道,"他们甚至想根据遗嘱提出种种要求,我当时甚至不得不采取最有力的措施……让他们明白……因为他们都是干这种事的行家!真——是——些——怪——人!不过谢天谢地,这件事幸而发生在莫斯科,我立刻去找伯爵,我们终于让他们……明白过来……"

"您不会相信,您使我多么伤心和吃惊!"公爵又喊道。

"我很抱歉;不过说实在的,这一切其实都无关紧要,而且也会和往常一样不了了之,我相信这一点。去年夏天,"他又对老头儿说道,"据说 K 伯爵夫人也进了国外的一个天主教修道院。我们俄国人一旦被那些老奸巨猾的家伙所左右,不知怎么就经不住了……在国外尤其如此。"

"我认为,这一切都是由于我们……太疲乏了,"老头儿不容反驳地、懒洋洋地说道,"哦,他们那种布道方式……倒也优美别致……他们还善于吓唬人。请你们相信,一八三二年我在维也纳的时候,他们的确也把我吓坏了;不过我没有屈服,从他们那里逃走了,哈哈!"

"我听说,先生,当时您和美貌的伯爵夫人列维茨卡娅一起从维也纳跑到巴黎,还抛弃了自己的职位,您并不是从耶稣会教徒那里逃走的。"别洛孔斯卡娅蓦地插嘴道。

"哪里的话,是从耶稣会教徒那里逃走的,反正是从耶稣会教徒那里逃走的!"老头儿应声说道,一想起愉快的往事,他不禁笑了起来,"您好像笃信上帝,这在如今的年轻人中间是不多见的。"他慈祥地对列夫·尼古拉耶维奇公爵说道,公爵依然惊讶地张着嘴巴听着。老头儿显然想对公爵作进一步的了解。由于某些原因,他开始对公爵发生了浓厚兴趣。

"帕夫利谢夫头脑清楚,又是一个基督教徒,真正的基督教徒,"公爵突然说道,"他怎么会皈依……非基督教的学说呢? ……反正天主教不是基督教!"他突然补充了一句,目光炯炯地瞧着前方,似乎把所有的人都扫了一眼。

"哼,这太过分了。"老头儿喃喃道,还惊奇地瞧了瞧伊万·费奥多罗维奇。

"天主教怎么就不是基督教呢?"伊万·彼得罗维奇在椅子上转过身来,"那它又是什么教呢?"

"首先,它不是基督教!"公爵异常激动,毫不客气地又说了起来,"这是第一;第二,罗马的天主教甚至比无神论还糟,这就是我的看法! 是的,这就是我的看法! 无神论只不过宣传虚无,天主教却走得更远;他们宣传被歪曲了的基督,宣传被他们诬蔑和辱骂的基督的对立物! 他们宣传基督的敌人,我向你们发誓,请你们相信确实如此! 这是我个人早就形成的一种坚定信念,它使我自己无限痛苦……罗马天主教认为,不建立全世界的国家政权,教会在地球上就站不住脚,所以它喊道:我们不能!① 依我看,罗马天主教简直不是宗教,而只

---

① 原文是拉丁文。这是《使徒行传》中的使徒彼得和约翰在几个文士要禁止他们布道的时候回答对方的话。在罗马教皇的诏书中,这句话用作传统的套语。

是西罗马帝国的继续,其中的一切,从信仰开始,都从属于这种思想。教皇占有土地和尘世的王位,手执宝剑,从那时起一直就是如此,只是除了手执宝剑以外,还要撒谎、耍花招、欺骗、发狂、迷信、逞凶,玩弄人民最神圣、最真诚、最纯朴、最热烈的感情,把一切的一切都拿来换取金钱和卑鄙的世俗权利。这不就是反基督的教义吗?! 从他们那里怎么会不产生无神论呢? 无神论就是从他们那里、从罗马天主教本身产生出来的! 无神论首先是从他们那里开始的:他们自己能信仰自己吗? 无神论是由于人们对他们的无比厌恶才站稳脚跟的,是他们的谎言和精神上的无能的产物! 无神论! 在我国,只有前两天被叶夫根尼·帕夫洛维奇形容得那么精彩的那些失去了根基的特殊阶层才不信上帝;但是在那边,在欧洲,已有不计其数的人开始不信神了,——起初是由于愚昧和所信谎言,如今则是由于狂热,由于憎恨教会和基督教!"

公爵停下来换了口气。他说得非常快。他面色苍白,气喘吁吁。大家面面相觑;但是末了老头儿毫无顾忌地笑了起来。N公爵掏出带柄眼镜,目不转睛地打量着公爵。德国诗人不怀好意地微笑着从角落里溜了出来,走到桌子跟前。

"您这是危——言——耸——听,"伊万·彼得罗维奇有点无精打采地曼声说道,甚至好像对什么事感到不好意思似的,"在欧洲的教会里,也有些值得大家尊敬的、德——高——望——重——的代表人物……"

"我从未提到过教会的个别代表人物。我说的是罗马天主教的实质,我说的是罗马。难道教会会完全消失? 我从来不曾这么说!"

"我同意,不过这一切是人所共知的,甚至是——不必要的,而且……属于神学范畴……"

"哦,不,不!并不仅仅属于神学范畴,请您相信,的确不是!这跟我们的关系,比您认为的要密切得多。我们在这方面的全部错误,就在于我们还看不出这件事并不单纯属于神学范畴!因为就连社会主义也是天主教和天主教本质的产物!社会主义跟它的兄弟无神论一样,是从绝望中产生的,从道德的意义上来说,它跟天主教是相反的,它要取代宗教所丧失的道德权威,它要满足嗷嗷待哺的人类精神上的饥渴,不是凭基督,而是凭暴力来拯救人类!这也是一种凭借暴力获得的自由,这也是一种凭借剑与血取得的统一!'不准信仰上帝,不准拥有私人财产,不准有个性,不是兄弟情谊就是死亡,两百万颗脑袋!'常言道,观其行,知其人!你们可别以为这一切都毫无害处,也不值得我们害怕;噢,我们应该回击,而且越快越好,越快越好!要使被我们一直保存起来不为他们所知的我们的基督大放异彩,以便回击西欧!我们不能奴颜婢膝地去上耶稣会教徒的当,而要给他们送去我们俄国的文明,我们现在就应该站在他们面前,还要让我们这里的人别再说他们的布道方式如何优美,方才就有人这么说……"

"但是请允许我说说,请允许我说说,"伊万·彼得罗维奇开始深感不安,他环顾四座,甚至开始发怵,"您的这一切思想当然值得称赞,而且充满爱国主义,但这一切都被夸大到了极点,而且……甚至最好不谈这个问题……"

"不,不但未被夸大,反而被缩小了;它所以被缩小了,就是因为我辞不达意,可是……"

"请——允——许——我说说呀!"

公爵沉默了。他直挺挺地坐在椅子上,一动不动,目光炯炯地瞧着伊万·彼得罗维奇。

"我觉得,您的恩人碰到的那件事使您过于吃惊了,"老头儿温和地、照旧那么镇定地说道,"您大概是由于幽居独处……所以太爱激动了。倘若您能多跟人们交往,那么我希望您能博得上流社会的欢心,因为您是一个出色的年轻人,这样一来,您当然就会心平气和,并且会看到,这一切其实根本就没这么复杂……何况这种罕见的事……之所以发生,依我之见,部分是由于我们厌烦了,部分是由于……无聊……"

"正是如此,正是如此,"公爵喊道,"真是一个绝妙的想法!正是'由于无聊,由于我们的无聊',而不是由于厌烦,相反地倒是由于饥渴……不是由于厌烦,这一点您弄错了!不仅是由于饥渴,甚至是由于发炎,由于发高烧时的口渴!而且……而且您别以为这是一件可以一笑置之的区区小事。对不起,应该有这种预感!我们俄国人一旦到岸,而且确信这就是岸,就会高兴得一口气跑到天边;这是为什么呢?你们对帕夫利谢夫感到惊讶,你们认为一切都是出于他的疯狂或善良,然而并非如此!我们俄国人在这种情况下流露出来的激情,不仅使我们、也使全欧洲都惊异不止:我们俄国人一旦改信天主教,准会成为耶稣会教徒,而且还是一位最神秘的教徒;要是成为无神论者,准会开始要求凭借暴力,也就是用剑来根除对上帝的信仰!这是为什么呢,为什么一下子就这样狂热呢?难道你们不知道?因为他发现了他过去在这里忽略了的祖国,因而感到高兴;他发现了岸,发现了土地,便扑上去吻它!俄国的无神论者和俄国的耶稣会教徒的出现,并不仅仅是由于虚荣心,并不全是单单由于糟糕的虚荣心,也是由于精神上的痛苦,由于精神上的饥渴,由于怀念高尚的事业、坚实的岸和祖国,他们本已不再信仰祖国,因为他们从来都不了解它!俄国人很容易成为无神论者,比全世界其他所有的人都容易!我们俄国人不单是成为无神论者,而且一定要信仰无神论,就像信仰一种新的宗教,毫未觉察他们信仰的是子虚乌有。我们竟饥渴到这种程度!'谁的脚下没有故土,谁也就没有上帝。'这不是我的话。这是我在旅行时遇见的一个信旧教的商人的话。诚然,这并不是他的原话,他是这么说的:'谁放弃了故土,谁就放弃了自己的上帝。'难以想象,我们那些饱学之士竟会信仰鞭身教①……不过在这种情况下,鞭身教究竟比虚无主义、耶稣会教义和无神论又坏在哪里呢?说不定它还深刻些哩!你瞧,苦闷竟会使人落到这步田地!……请你们给口渴和发烧的哥伦布的同伴们发现'新大陆'的海岸,给俄国人发现俄国的'大陆',把这黄金,把这瞒着他们埋在地下的宝藏,给他们找出来!把全人类未来的新生与复活指给他们看,说不定只有俄国的思想、俄国的上帝和基督,才能使全人类复活,那时你们将会看到一个多么强壮、诚实、英明与温和的伟人出现在惊恐的世人面前,他们之所以感到惊恐,是因为他们以为我们只会用剑,用剑和暴力,因为他们以己度人,不可能想象我们竟会抛弃野蛮手段。过去一向是这样,今后越来越会这样!而且……"

不料这当儿突然出了一件事,演说家的高谈阔论非常出人意外地被打断了。

这一整套狂热的宏论,这一整套纷至沓来的热烈而不安的词句和热情洋溢的思想,仿佛在一片混乱中彼此推撞,一个

---

① 鞭身教,旧俄一种神秘论教派。

越过另一个,这一切预示了在一个看来是无缘无故地突然兴奋起来的年轻人的情绪中,有一种危险的、特殊的东西。在客厅里就座的来宾中,凡是认识公爵的人,全都怯生生地(有些人还害羞地)对他的乖常行为感到惊讶,因为这跟他一向那种简直到了胆怯地步的拘谨,跟他在别的时候那种罕见的、特殊的分寸感,跟他对最优雅的礼节的那种出于本能的敏感,是大相径庭的。大家都不明白这是什么缘故;这种情况并不是有关帕夫利谢夫的消息引起的。聚集在另一个角落里的女士们认为他是疯子,别洛孔斯卡娅事后承认,"再过片刻,我就要逃命了"。"老头儿们"吃惊之余几乎茫然不知所措;那位当官的将军在自己的椅子上流露出不满而严厉的表情。上校技师一动不动地坐着。德国人简直是面色苍白,但依然带着假惺惺的笑容瞧着别人:别人会有什么反应呢?不过这一切和"整个这一出丑剧"倒也可以用最普通也最自然的办法了结,也许一分钟后就能了结;伊万·费奥多罗维奇特别吃惊,但是比大家都醒悟得早些,他有好几次都想阻止公爵讲话;他没能成功,现在正胸有成竹地向公爵身边挤去。倘若再过一分钟,只要有必要,他也许会断然以公爵有病为由而友好地把公爵领走,公爵有病也许确系事实,伊万·费奥多罗维奇对此也深信不疑……不料情况发生了变化。

起初,公爵一走进客厅,就尽可能坐得离阿格拉娅曾用来狠狠吓唬过他的那只中国花瓶远些。莫非他昨天听了阿格拉娅的警告以后,心里产生了一种不可磨灭的信念,一种令人吃惊的、不可思议的预感:明天他肯定会打碎那只花瓶,不论他如何躲开它,不论他如何避免这场灾难也是枉然?果然如此。在晚会上,他的心里涌进了另一些强烈的,然而却是愉快的印象;这一点我们已经说过了。他忘记了自己的预感。当他听到别人谈起帕夫利谢夫的事,伊万·费奥多罗维奇又领他再次去见伊万·彼得罗维奇的时候,他就挪到离桌子较近的地方,干脆在那只漂亮的中国大花瓶旁边的一把圈椅里坐了下来,那只花瓶搁在台座上面,几乎就在他的胳膊旁边稍后一点的地方。

他在说最后几句话时蓦地从座位上站起,不慎把手一挥,不知怎么还把肩膀一晃……接着大家就一齐叫了起来!花瓶摇晃了一下,起初好像还拿不定主意,不知是不是最好落到哪一个老头儿的头上,不料它突然朝相反的方向,朝吓得赶紧躲开的德国人的方向倾斜过去,一下子掉到地板上了。一声轰鸣,一片惊叫,纷纷散落在地毯上的贵重瓷器的碎片,一片惶恐,一阵惊惧,——啊,公爵当时的心情实在难以描述,几乎也不必描述!但是我们不能不提到一种奇怪的感觉,这种感觉使他在这一刹那大吃一惊,在他的心目中也突然比别的一大堆模糊不清的奇怪感觉显得更为清晰:最使他吃惊的不是羞愧,不是当众出丑,不是恐惧,也不是事情来得过于突然,而是阿格拉娅的预言居然应验了!这个想法究竟有什么引人入胜之处,他自己也说不清;他只是打心眼里感到震惊,他站在那里,陷入一种几乎是神秘的恐惧中。又过了一刹那,他面前的一切仿佛豁然开朗,代替恐惧的是光明、欢乐和兴奋;他喘不过气来了,而且……但是这一刹那过去了。谢天谢地,并不是那回事!他松了一口气,便向四周环顾了一番。

他仿佛很久都弄不明白他周围的那一片混乱是怎么回事,其实他完全明白,也看到了一切,但是他站在那里,犹如一个置身事外的特殊人物,就像童话里的隐身人那样溜进室内,正在观察那些跟他毫不相干,却使他感到兴趣的人物。他看见人们收拾碎片,听见急速的谈话,看见面色苍白、正奇怪地瞧着他的阿格拉娅,尤为奇怪的是:她的眼神里完全没有憎恨,也毫无怒意;她用吃惊的、但又满怀同情的眼神瞧着他,但她看别人的时候双眸却炯炯发光……他的心突然感到一阵甜蜜的酸痛。他终于惊奇地看见大家都坐下了,甚至还在笑,就像什么事也没出似的!又过了片刻,笑声越来越大了。大家都瞧着他,瞧着他那副呆若木鸡的傻相在笑,不过他们的笑是友好的、愉快的;许多人都跟他攀谈起来,口气也很温和,带头的是伊丽莎白·普罗科菲耶夫娜:她笑吟吟地说了些充满善意的好话。他突然感觉到伊万·费奥多罗维奇友好地在拍他的肩膀;伊万·彼得罗维奇也在笑;不过更为友好、更为招人喜欢也更为富于好感的还是那个老头儿;他抓住公爵一只手,轻轻地捏着,还用另一只手轻轻地拍着,劝他镇静下来,就像劝一个受了惊的孩子似的,这使公爵非常高兴,末了他让公爵坐在紧挨着自己的地方。公爵欣然谛视着他的脸,不知为什么依然说不出话来,总觉得憋得慌。公爵很喜欢老头儿的脸。

"怎么?"他终于喃喃道,"你们当真原谅我?还有……您,伊丽莎白·普罗科菲耶夫娜?"

笑声更响,公爵热泪盈眶;他不相信自己,他入迷了。

"当然,花瓶很漂亮。我记得它在这里已经搁了十五年,是的……十五年……"伊万·彼得罗维奇说。

"哼,这有什么关系!人都免不了一死,何况泥制的陶器!"伊丽莎白·普罗科菲耶夫娜大声说道,"难道你居然吓成这样,列夫·尼古拉耶维奇?"她甚至胆怯地补充道,"算了吧,亲爱的,算了吧!你真把我吓坏啦。"

"您一切都能原谅吗？除了花瓶之外，一切都原谅吗？"公爵突然从座位上站起来，但是老头儿立刻又拉住了他的手，不愿放开他。

"这很有趣，也很重要！"老头儿隔着桌子对伊万·彼得罗维奇低声说，不过声音相当清楚；说不定公爵也听见了。

"那么我没有侮辱你们之中的任何人？你们不会相信，这种想法使我多么高兴，但是也应该这样！难道我会侮辱这里的什么人吗？倘若我这么想，那将又是对你们的侮辱。"

"别这么激动，我的朋友，您言重了。您根本不必这么千恩万谢的；这种感情是美好的，然而太过分了。"

"我不是感谢你们，我不过是在……欣赏你们，我瞧着你们就感到幸福；也许我说的是蠢话，但是——我应该说说，应该解释一下……哪怕是出于尊重自己也该如此。"

他的一言一行都很冲动，也有点惊慌和狂热；很有可能，他说出来的话往往并不是他想说的。他仿佛在用眼神询问：他能不能说话？他的视线落到了别洛孔斯卡娅身上。

"没关系，老弟，说下去，说下去，只是别喘不上气来，"她说道，"方才你刚开头就气短，末了竟落到这步田地；可你别害怕说话：这些先生见过比你还怪的人，你不会使他们吃惊的，你还并不怎么古怪，你只是打碎了一个花瓶，吓了我们一跳罢了。"

公爵微笑着听她讲。

"是您，"他突然对老头儿说道，"是您在三个月之前使大学生波德库莫夫和官员什瓦布林免于流放吧？"

老头儿甚至脸都有点发红，他喃喃地劝公爵别太激动。

"我还听人说起过您，"他又立刻对伊万·彼得罗维奇说道,"当您在某省的那些已获自由并给您带来不少麻烦的庄稼汉遭到火灾无家可归的时候,您曾免费送给他们木材盖房子,是吗?"

"噢,这言——过——其——实了。"伊万·彼得罗维奇喃喃道,不过却很得意地摆出一副了不起的模样。然而这一次他说"这言过其实"倒说得一点不错:公爵听到的只是不可靠的传闻罢了。

"至于您,公爵夫人,"他突然眉开眼笑地对别洛孔斯卡娅说道,"半年以前,您看到了伊丽莎白·普罗科菲耶夫娜的信,不是曾在莫斯科把我当亲儿子看待吗?还的确像对待亲儿子那样给了我一个使我永志不忘的忠告。您记得吗?"

"你何必激动到这种地步?"别洛孔斯卡娅懊恼地说道,"你人倒不错,就是太可笑了:只要给你两个铜板,你就千恩万谢,就像救了你的命似的。你以为这值得称赞,其实叫人讨厌。"

她眼看就要大发雷霆,不料突然又笑了起来,而且这一次的笑是出自一片好心。伊丽莎白·普罗科菲耶夫娜不禁眉开眼笑;伊万·费奥多罗维奇也笑逐颜开。

"我说过,列夫·尼古拉耶维奇为人……为人……总之,只要他不像公爵夫人所说的那样喘不上气来……"将军喜不自胜地喃喃道,一再重复着别洛孔斯卡娅那句使他惊讶的妙语。

只有阿格拉娅一人有点忧郁;但她的脸依然是红红的,可能是余怒未消。

"他确实怪可爱的。"老头儿又对伊万·彼得罗维奇嘀咕道。

"我来到这里的时候,心里很痛苦,"公爵继续说道,他越来越慌张,话说得越来越快,越来越古怪和兴奋,"哦……我怕你们,也怕自己。最怕的是自己。我回到这里,回到彼得堡来的时候,曾暗自发誓,一定要见到我国那些出身于名门世家的第一流人物,我自己也属于这种人,在他们当中,我的出身最高贵。我现在不就正跟我一样的公爵们坐在一起吗?我想了解你们,这是必要的;十分必要,十分必要! ……我老是听到别人说你们的坏话,这些坏话实在太多了,比我听到的好话还多;人们谈到你们如何喜欢吹毛求疵和享受特权,谈到你们如何落后,学识如何浅薄,还养成了一些可笑的习惯,——啊,人们在笔头和口头上对你们的议论真是太多了!今天我好奇地、心慌意乱地来到这里:我应该亲眼看看并亲自证实一下:这个俄国人的上层社会是不是果真已经毫无用处,它的时代是不是已经过去,它是不是阳寿已尽,只得坐以待毙,却又不知自己死期将至,依然从渺小的嫉妒心理出发,跟……未来的人们纠缠不休,阻碍他们前进呢?我早先也根本不信这种意见,因为我们俄国从来没有高级阶层,只有宫廷官员,那是凭制服,或者……凭机遇被选中的,如今他们已销声匿迹了,不是吗,不是吗?"

"哼,根本不是这样。"伊万·彼得罗维奇刻薄地笑了。

"嘿,他又发起怪论来了!"别洛孔斯卡娅憋不住说。

"让他说吧,他浑身都在哆嗦哩。"老头儿又低声警告道。

公爵简直是得意忘形了。

"结果如何呢?我看到了一些优雅、朴实而聪明的人;我看到一位老人,他器重像我这样的孩子,而且愿意听我讲话;我看见一些通情达理和宽宏大量的人,一些善良的俄国人,几乎跟我在国外遇到的那些人一样善良诚恳,几乎并不比他们逊色。你们想,我真是惊喜交集啊!噢,请允许我畅所欲言吧!过去我经常听到,自己也深信不疑:上流社会已徒有其表,只剩下一个老朽的外壳,里面已经空了;可我现在亲眼看到,我国的情况不可能是这样;别处也许会有这种情况,唯独我们这里不会是这样。难道你们现在全是耶稣会教徒和骗子?我听了 N 公爵方才说的一段故事:难道这不是天真无邪又能鼓舞人心的幽默?难道这不是真正的好心?难道这样的话会出自一个心力衰竭、智穷才尽的……死人之口?难道死人会像你们这样对待我?难道这不是足以证明……你们是大有前途、大有希望的材料?难道这样的人会不识时务并落后于时代?"

"我再次请您别这么激动,我亲爱的,这一切我们下次再谈,我将十分高兴……""大官"莞尔一笑。

伊万·彼得罗维奇清了清嗓子,在圈椅上转过身去;伊万·费奥多罗维奇扭动起来;那位将军上司一直在跟大官的夫人交谈,压根儿就没注意公爵;但是大官的夫人却常常谛听公爵讲话,还不时瞧瞧他。

"不,你们要知道,不如让我来说!"公爵再次迸发出一阵狂热的冲动,不知何故特别信任地、甚至是推心置腹地继续对老头儿说道,"阿格拉娅·伊万诺夫娜昨天禁止我说话,甚至还指出了一些不该谈论的话题。她知道我对这些问题有荒谬的看法!我虽已快到二十七岁,但是我知道,我还像个孩子。我无权表达我的思想,这一点我早就说过。我只是在莫斯科跟罗戈任作过推心置腹的谈话……我跟他一起读普希金的作品,全读完了;他一窍不通,连普希金的名字都不知道……我一向担心我可笑的模样会玷污思想和主旨。我说话的时候没个样子。我说话时的模样总是那么难看,这会惹人发笑,有损思想。我又缺乏分寸感,而这却是主要的;这甚至是最主要的……我知道,我最好是坐在那里不说话。在我固执地闷声不响的时候,看上去反倒很明白事理,而且还能深思熟虑。可是现在我还是说说为好。我所以开口,是因为您这么和蔼地瞧着我;您有一张和蔼可亲的脸! 我昨天曾向阿格拉娅·伊万诺夫娜保证,我整个晚上都不说话。"

"真的吗?"老头儿莞尔一笑。

"不过我有时也觉得我这么想不对:诚实不就抵得上讲话的姿势吗,是吧? 是吧?"

"有时是这样。"

"我想说明一切,一切,一切,一切! 啊,是的! 您以为我是一个空想家? 一个思想家? 噢,不,我的一切想法其实都很简单……您不相信? 您笑啦? 您要知道,我有时很卑鄙,因为我失去了信心;方才我到这里来时曾想:'唉,我怎么跟他们攀谈呢? 该怎么开头才能使他们多少明白一点呢?'我很担心,可是我更替你们担心,真可怕,可怕! 然而我能害怕吗?害怕岂不可耻? 就算在一个先进人物后面就有不计其数的落后的坏蛋,那又有什么关系? 使我高兴的是,我现在深信,根本不是不计其数的坏蛋,而全是活生生的材料! 也不必因我们可笑而不好意思,对吗? 因为我们的确既可笑而又轻浮,沾染了种种恶习,我们感到无聊,不善于观察,不善于理解,我们全是这样,无论是您、是我还是他们,都是这样! 我现在当面说您可笑,您不是感到委屈吗? 既然如此,难道您不是材料?您要知道,我认为当一个可笑的人有时甚至是件好事,更好的是这使人们比较容易互相谅解和彼此忍让。我们不能一下子就明白一切,也不能一开始就达到尽善尽美!只有一开始许多事情都不懂,这才能达到尽善尽美!要是我们明白得太快,也许只不过是一知半解。这话我是对你们说的,对许多事情你们已经善于明白……也善于不明白。我现在并不为你们担心;像我这样一个孩子,居然对你们说出这样的话,你们不会生气吧?您笑了,伊万·彼得罗维奇。您以为我是替那些人担心,我是他们的辩护人,是个民主派、平等的鼓吹者吧?"他歇斯底里地笑了起来(他不时发出短促而热烈的笑声)。"我是为你们担心,为你们大家,也为我们大家担心。我自己也是世袭的公爵,正和公爵们坐在一起。我说这番话是为了拯救我们大家,为了使我们这个阶层不至于毫无远见,只顾咒骂一切,输得精光,最后糊里糊涂地白白消亡。既然我们还能保持先进者和领导者的地位,我们为什么要自行消亡,让位给别人呢?只要我们成为先进者,我们也就会成为领导者。为了当领袖,我们要先当仆人。"

他竭力想从圈椅上站起来,但是老头儿一直拽住他不放,而且越来越不安地瞧着他。

"你们听着!我知道夸夸其谈不好:最好是干脆做个榜样,最好是干脆开个头……我已经开了个头……难道当真会是一个不幸者?啊,倘若我能成为一个幸运者,我的痛苦与不幸又算得了什么?你们要知道,我不明白,当一个人从一棵大树旁走过,看到它怎会不感到幸福?跟一个心爱的人谈话,怎会不感到幸福?啊,不过我不善于表达……天涯何处无芳草,就连最绝望的人也认为它们是芳草。你们不妨去看看婴儿,看看神奇的朝霞,看看小草怎么生长,看看那些瞧着你们并爱着你们的眼睛吧……"

他说话时早已站了起来。老头儿心惊胆战地瞧着他。伊丽莎白·普罗科菲耶夫娜喊道:"哎哟,我的天哪!"她第一个发现情况不妙,不禁举起双手拍了一下。阿格拉娅急忙跑到他跟前,及时把他抱住,她听到那个不幸的人发出一声"惊天地、泣鬼神"的狂叫,不禁毛骨悚然,面孔也因痛苦而扭歪了。病人躺在地毯上。有人急忙把一个枕头垫在他的头下。

谁也没有料到会这样。过了一刻钟,N公爵、叶夫根尼·帕夫洛维奇和老头儿试图使晚会的气氛重新活跃起来,但是又过了半小时,大家也就各自走散了。人们说了许多表示同情和难过的话,也发表了一些意见。伊万·彼得罗维奇顺便表示,"这年轻人是斯拉夫派一类的人物,不过这并没有什么危险"。老头儿一声没吭。诚然,事后在第二天和第三天,大家都有点生气;伊万·彼得罗维奇甚至感到委屈,但并不厉害。那位将军上司一度对伊万·费奥多罗维奇有点冷淡。叶潘钦家的"靠山",就是那位大官,也懒洋洋地把这位一家之主教训了一番,还以奉承的口吻表示他十分关心阿格拉娅的命运。他的确是个还算不错的人;然而使他在晚会进行期间对公爵感到好奇的原因之一,却是很久以前公爵和纳斯塔霞·菲利波夫娜的那桩风流韵事。他对那桩韵事略有所闻,而且很感兴趣,甚至还想仔细打听打听。

别洛孔斯卡娅从晚会上退席时,对伊丽莎白·普罗科菲耶夫娜说:

"怎么说呢,这人既有优点也有缺点;既然你想知道我的意见,那么我认为他的缺点较多。你自己也看得出他是个什么样的人,他是个病人!"

伊丽莎白·普罗科菲耶夫娜暗自拿定了主意，"决不能"把女儿嫁给他。夜里她暗自发誓说，"只要我还活着，公爵决不能成为我的阿格拉娅的丈夫"。第二天一早起床时，她的主意还没变。但是到十二点多进午餐的时候，她却陷入极其矛盾的心情中了。

　　阿格拉娅听到两位姐姐非常谨慎地提出的一个问题，突然冷冰冰地、傲慢地、简直是斩钉截铁地说：

　　"我从来没有答应过他任何事情，我这一辈子从来不曾认为他是我的未婚夫。他和任何人一样跟我毫不相干。"

　　伊丽莎白·普罗科菲耶夫娜突然大发雷霆。

　　"我可没料到你会这样，"她伤心地说道，"我知道，他不可能当你的丈夫，谢天谢地，我们的意见完全一致；但是我没想到你会说出这样的话来！我以为你会说些完全不同的话。我宁愿把昨天那些客人全都赶走，也要把他留下，他就是这样的人！……"

　　她突然住口了，自己被自己说的话吓了一跳。但是她哪里知道，她此刻对女儿多不公道啊？在阿格拉娅的头脑里，一切都已决定；她也在等候那个了结一切的时刻到来，任何一个暗示，任何一次不慎的触动，都会在她的心上留下深深的创伤。

八

对于公爵来说,这一天的上午也是在种种令人苦恼的预感的影响下开始的;这些预感的产生,可以说是因为他得了病。不过他根本弄不清自己究竟为什么忧伤,这最使他感到痛苦。诚然,他面前明摆着种种令人苦恼、使人难堪的事实,但是他的忧伤却超出了他所记得和寻思过的一切;他明白,靠他一个人的力量是不能使自己平静下来的。他的心里逐渐确信,今天他准能碰到一桩特别的、有决定意义的事。他昨晚只是轻度昏厥;除了心情忧郁,头脑有点发沉,四肢酸痛以外,他并未感到其他任何不适。他脑子相当清楚,虽然心灵还不正常。他起床很晚,起床后立刻明确地记起了昨天晚会的情景。虽然记得不十分清楚,但毕竟还记得他在昏厥后半小时怎样被人送回家去。有人告诉他,叶潘钦家已派人来打听过他的健康状况。十一时半,又派了另一个人来,这使他感到欣慰。薇拉·列别杰娃是最早跑来看望他并服侍他的人之一。她一看到他就突然哭了起来,公爵立刻安慰了她一番,她又破涕为笑了。这个姑娘非常可怜他,这不知为什么使他蓦然一惊;他抓住她一只手吻了一下。薇拉脸红了。

"哎哟,您这是干吗,您这是干吗?"她惊叫了一声,急忙抽回了自己的手。

她带着一种奇怪的羞涩急忙走了。临走前她顺便提到，她的爸爸在今天天刚亮的时候就跑到"死人"（这是他对将军的称呼）那里去，想知道将军是不是已在夜里去世，她听说将军肯定很快就死。十一点多，列别杰夫回到家里，亲自来见公爵，其实他"只待一会儿，为了打听贵体康复与否"等等，此外还朝"小碗柜"里瞧了瞧。他除了唉声叹气之外什么也没干，公爵很快就让他走了。可他还是总想打听一下公爵昨天昏厥的经过，虽然也看得出来，他已经知道了此事的详情细节。他走后，科利亚跑了进来，也只待了一会儿；科利亚的确很忙，而且忧心忡忡。他一开始就单刀直入地坚决要求公爵把瞒着他的一切都交代清楚，还补充道，昨天他几乎全打听到了。他大为震惊。

公爵尽可能满怀同情地把此事的来龙去脉讲了一遍，而且讲得十分准确，可怜的孩子听到之后像遭到雷击似的惊呆了。他一句话也说不出，默默地哭了起来。公爵感到，这种印象是永远不会忘却的，它将成为这个青年一生的转折点。他急忙把自己对此事的看法告诉对方，还补充说，照他看来，老人之死主要是由于他干了那件事以后一直胆战心惊，这种感觉不是任何人都能承受的。科利亚听完公爵的话，两眼闪闪发光。

"加尼卡、瓦里娅和普季岑都不中用！我不跟他们吵架，但是从今以后我们要分道扬镳了！唉，公爵，我从昨天起有很多新的感触；这是给我的一次教训！我还认为妈妈现在应该完全由我照料；虽然她在瓦里娅那里生活上是有保障的，可这总不对头……"

他想起有人正在等他，便跳了起来，急忙问了问公爵的健

康情况,听到回答以后,他突然匆匆地补充道:

"没有什么别的事吧?我听说,昨天……(虽说我无权这样)不过,要是您在什么时候碰到什么事情,需要一个忠实的仆人,那我随叫随到。看起来咱俩都不大走运,是吧?但是……我不细问了,我不细问了……"

他走了,公爵陷入更深的思考中:大家都预言要发生不幸事件,大家都已做出结论,大家都瞧着他,似乎知道什么他不知道的事;列别杰夫问个不休,科利亚露骨地暗示,薇拉老是哭。末了他懊恼地把手一挥,心里想道:"该死的疑心病。"一点多钟的时候,他看到叶潘钦一家前来看望他"一会儿",这才笑逐颜开。这家人确实只待了"一会儿"。伊丽莎白·普罗科菲耶夫娜用罢午餐便站起来,宣布大家立刻要一齐出去散步。这个通知听上去无异是一道命令,说话人的口气是生硬的、冷冰冰的,也未作任何解释。大家都出去了,大家就是妈妈、小姐们和Щ公爵。伊丽莎白·普罗科菲耶夫娜径直朝跟他们每天外出时正好相反的方向走去。大家明白这是怎么回事,谁都不说话,唯恐惹妈妈生气,她仿佛为了逃避责难和反对似的,便头也不回地走在大家前面。末了阿杰莱达说,散步何必跑得这么快,妈妈简直叫人追不上了。

"这样吧,"伊丽莎白·普罗科菲耶夫娜突然转过身来,"我们现在正经过他的住宅。不管阿格拉娅怎么想,也不管以后会出什么事,他对我们来说毕竟不是陌生人,何况他现在还遭到不幸并生了病;我起码要进去看看他。谁愿意跟我一同进去,那就走吧;谁不愿意进去,那也悉听尊便;没人挡路。"

不消说,大家都进去了。公爵很知趣地急忙再次请她原谅昨天打碎了花瓶……还演出了那幕丑剧。

"唉,这没关系,"伊丽莎白·普罗科菲耶夫娜答道,"花瓶我并不可惜,我可惜的是你,看来你现在自己也看出演了一幕丑剧:这就是'好好地睡上一夜'的功效,但这没关系,因为现在任何人都看得出,不能让你负责。哦,再见。要是办得到,你最好先散散步再去睡觉,这是我的忠告。要是你忽然想上我家,那就照旧前去好了。你要永远相信,不论出什么事情,不论发生什么情况,你照旧还是我们家的朋友,至少是我的朋友。我至少可以对自己负责……"

大家都响应号召,纷纷表示自己和妈妈的心情是一样的。他们走了,但在这种急于说点什么温存的、鼓励的话的一番好心中,却隐藏着许多残忍的因素,对此伊丽莎白·普罗科菲耶夫娜根本就没想到。在邀请他"照旧"上她家去和"至少是我的朋友"这些话里,又流露出一种预言的因素。公爵开始回忆阿格拉娅的神态;不错,她在进门和离去时都奇怪地朝他微笑了一下,然而一句话也没说,甚至在大家保证和他维持友谊的时候,她也只盯了他两眼,什么都没说。她的脸色比平时苍白,仿佛夜里没有睡好。公爵决定当晚一定"照旧"去她们那里,还非常兴奋地看了看表。叶潘钦家的人走了整三分钟,薇拉进来了。

"列夫·尼古拉耶维奇,阿格拉娅·伊万诺夫娜方才偷偷地托我转告您一句话。"

公爵简直哆嗦起来了。

"是信吗?"

"不,先生,是口信;就连这个口信她几乎都来不及送。她请您今天一整天连一分钟也别离开家,直到晚上七点,也可能是九点,我没听清楚。"

"是的……可这是为什么呢?这是什么意思?"

"这我一点也不知道;不过她吩咐我务必给您捎这个口信。"

"她说了'务必'吗?"

"不,先生,她没有直说。她好不容易找了个机会急忙转身对我说了这么几句,好在当时我已经跑到她身边了。不过从她的脸色就看得出她的命令是不是严厉。她瞧了我一眼,我的心都快停止跳动了……"

公爵又问了几句,虽然并没有打听到更多的情况,却越发惊慌了。在只剩他一个人的时候,他躺在沙发上又寻思起来。"也许九点以前有人要去他们那里,所以她又替我担心,怕我在客人面前胡闹。"他终于想出了眉目,又忍不住看起表来,盼望黄昏及早降临。然而远在黄昏降临之前很久,这个谜底就因另一个人的来访而揭晓了,而且是以一种新的、令人痛苦而又莫名其妙的形式揭晓的。叶潘钦一家走了整整半个小时,伊波利特前来找他。伊波利特疲惫不堪,进来后一句话也不说,像失去知觉一般往圈椅里一倒,转眼之间一阵剧烈的咳嗽使他都受不住了。他咯出了血。他目光炯炯,两颊现出红斑。公爵喃喃地对他说了些什么,但他却不回答;此后在很长一段时间里他都不回答对方的问题,只顾摇手让对方暂时别打扰他。末了他清醒过来。

"我要走啦!"他终于用嘶哑的嗓音勉强地说。

"您愿意的话,我送您回去。"公爵说着就从座位上站了起来,可是一想到方才那道不准他外出的禁令,就说不下去了。

伊波利特笑了。

"我并不是要离开您,"他接着说道,一面不停地喘息,老觉得喉咙发痒,"恰好相反,我认为应该到您这里来,因为有一件事……不然我是不会来打扰您的。我就要到那边去了,这一次像是真要去了。完啦!请您相信,我不是来乞求怜悯的……我今天上午十点就倒下了,根本不想再起来,直到那个时刻到来,可是我改变了主意,便再次起身前来找您……可见有此必要。"

"看到您真叫人觉得可怜;您不如打发人来叫我,何必费这么大的力气亲自来呢。"

"唉,这就够了。您已经表示了对我的恻隐之心,从社交界的礼貌来说也就够啦……可是我忘记问了:您的健康情况如何?"

"我很健康。我昨天……不太……"

"我听说啦,我听说啦。那只中国花瓶遭殃啦;可惜我不在场!我是有事前来。第一,我今天荣幸地看见加夫里拉·阿尔达利翁诺维奇和阿格拉娅·伊万诺夫娜在绿凳那里见面。我感到奇怪的是,一个人的模样居然会蠢到这般地步!加夫里拉·阿尔达利翁诺维奇走后,我就对阿格拉娅·伊万诺夫娜本人说了这种看法……您大概觉得什么都不足为奇,公爵,"他满腹疑虑地瞧着公爵平静的脸色补充道,"据说,对一切都感到不足为奇,这是大智大慧的表现;据我看来,这同样也可以是极端愚蠢的表现……不过我并不是指您而言,请原谅……我今天说起话来总是辞不达意。"

"我昨天就知道加夫里拉·阿尔达利翁诺维奇……"公爵说不下去了,显然有些尴尬,尽管伊波利特还在抱怨他对什么都感到不足为奇呢。

"您知道啦！这可是新闻！不过,也许,您别说了……您今天没有亲眼看到他们见面的情形吧?"

"既然您亲自在场,您当然看到了我没在那里。"

"嘿,说不定您蹲在什么地方的灌木丛后头。不过我还是觉得高兴,当然是替您高兴,因为我已经以为加夫里拉·阿尔达利翁诺维奇博得了青睐!"

"我请您别跟我谈这件事,伊波利特,也别用这种辞句。"

"何况您又全知道了。"

"您错了。我几乎什么都不知道,阿格拉娅·伊万诺夫娜也肯定知道我一无所知。我就连这次见面的事也压根不知道……您说他们见面啦?哦,好啦,咱们别谈这个啦……"

"您一会儿知道,一会儿又不知道,这究竟是怎么回事?您是说:'好啦,咱们别谈这个啦'?哼,不成,您不能这样轻信!尤其是如果您一无所知的话。您所以轻信,是因为您不知道。但是您可知道那兄妹二人有什么打算?对这一点您也许有怀疑吧?……好啦,好啦,我不谈这事了……"他看见公爵不耐烦地打了个手势,便补充道,"不过我是为自己的事情来的,我想……把这件事解释一下。真见鬼,不解释清楚我死不瞑目。我的解释长得要命。您想听吗?"

"您说吧,我听。"

"但是我又改变了主意:我还是从加涅奇卡说起。您瞧,我今天也应邀到绿凳那里去了。不过我不想撒谎:是我自己坚持要跟她见面,我曾一再要求,还答应公开一个秘密。我不知道我是不是去得太早(看来我的确去早了),可我在阿格拉娅·伊万诺夫娜身边刚刚坐下,就看见加夫里拉·阿尔达利翁诺维奇和瓦尔瓦拉·阿尔达利翁诺夫娜手挽着手出现在我面前,他们像是在散步。看上去他俩见到我都很惊讶;他们没有料到这一点,甚至有点不好意思。阿格拉娅·伊万诺夫娜面红耳赤,不管您信不信,甚至有点不知所措,这也许是由于我在那里,也许只是由于看到了加夫里拉·阿尔达利翁诺维奇,因为他长得太英俊啦,反正她满脸通红,事情在一秒钟内就十分可笑地了结了。她欠一欠身答谢了加夫里拉·阿尔达利翁诺维奇的鞠躬和瓦尔瓦拉·阿尔达利翁诺夫娜的谄笑,突然斩钉截铁地说:'我只想向你们表示我个人对你们的真诚而友好的感情所感到的喜悦,一旦我需要这种感情,请相信……'这时她行礼告辞,兄妹俩就走了,——我不知道他们是感到受了愚弄,还是自鸣得意;加涅奇卡当然是被愚弄了。他一点也摸不着头脑,脸红得像大虾(他脸上的表情有时很古怪!),但是瓦尔瓦拉·阿尔达利翁诺夫娜似乎明白了,应该尽快走开,阿格拉娅·伊万诺夫娜能够这样也就很不容易,于是她就把哥哥拽走了。她比哥哥聪明些,我相信她现在会自鸣得意的。我去找阿格拉娅·伊万诺夫娜,是要和她商定跟纳斯塔霞·菲利波夫娜见面的事。"

"跟纳斯塔霞·菲利波夫娜见面!"公爵喊道。

"啊哈!看来您已经沉不住气,开始感到惊奇啦?我很高兴,为您想成为一个凡人而高兴。我可以为此让您开开心。为那些心灵高尚的年轻姑娘效劳,会落得这么一个结果:我今天挨了她一记耳光。"

"是精神上的吗?"公爵有点情不自禁地问。

"是的,不是肉体上的。我觉得,任何人都不会举起手来打我这样的人,就连女人现在也不会打我;甚至加涅奇卡也不会打！虽然昨天我一度认为他会冲着我……我可以打赌，我知道您现在想的是什么。您在想：'就算不该打他吧，但是可以趁他在睡梦中时用枕头或湿布把他憋死，——甚至应该如此'……从您的脸色可以看出，直到此刻您还在这么想呢。"

"我从来没有想过这种事！"公爵无比厌恶地说。

"我不知道，我昨夜梦见一个人……用湿布把我憋死了……我可以告诉您那人是谁：您瞧——是罗戈任！您认为可以用湿布把人憋死吗？"

"我不知道。"

"我听说可以这样。好啦，咱们别谈这个。嘿，我怎么成了一个好播弄是非的人啦？为什么她今天骂我是好播弄是非的人？您要注意，那是在她听完了我最后一句话又再问了我一遍之后说的……不过女人都是这样！就是为了她，我才跟罗戈任这个有趣的人物有了来往。我为了她的利益，替她安排好了跟纳斯塔霞·菲利波夫娜见面的事。莫不是由于我曾暗示，她爱吃纳斯塔霞·菲利波夫娜的'残羹剩饭'，从而伤害了她的自尊心？我不否认，我是为了她的利益才不断对她说明这一点，我给她写了两封这样的信，今天是第三次，这次是见面的时候说的……方才我一开头就对她说，这有失她的尊严……况且关于'残羹剩饭'的那句话，其实也不是我说的，而是别人说的；至少在加涅奇卡那里大家都这么说；她自己也承认这一点。那么她干吗还要管我叫好播弄是非的人呢？我看出来了，我看出来了：您现在瞧着我，觉得非常可笑；我敢打赌，您肯定认为下面这两句歪诗用在我的身上十分合适：

也许爱情在诀别时会嫣然一笑，

照亮我可悲的晚年。①

哈哈哈!"他突然歇斯底里地纵声狂笑并咳嗽起来。"您要注意,"他一面咳嗽,一面用嘶哑的声音说道,"加涅奇卡就是这么一个人:尽管他说什么'残羹剩饭',可现在他自己却想拿去享用一番!"

公爵沉默良久;他不寒而栗。

"您说她要跟纳斯塔霞·菲利波夫娜见面?"他终于喃喃道。

"哎,莫非您当真不知道,阿格拉娅·伊万诺夫娜今天要跟纳斯塔霞·菲利波夫娜见面,为此由阿格拉娅·伊万诺夫娜出面,加上我的努力,特地写信给纳斯塔霞·菲利波夫娜,通过罗戈任把她从彼得堡请来,现在她正和罗戈任待在一起,离我们这儿很近,那是她以前住过的地方,就在那位名叫达里娅·阿列克谢耶夫娜的夫人那里……那位十分可疑的夫人是她的女友。今天阿格拉娅·伊万诺夫娜就要去那个可疑的人家,跟纳斯塔霞·菲利波夫娜作一次友好的谈话,解决各种难题。她们想研究算术。您不知道?此话当真?"

"这简直不可思议!"

"噢,要是不可思议,那也好。不过您怎么会知道呢?虽说在这里哪怕有一只苍蝇飞过大家也会知道:一个小地方就是这样!不过我已预先通知了您,您也许会感谢我。好吧,再见——大概要到阴间才能再见啦。还有一件事:虽然我在您面前行为下流,因为……我干吗要坐失良机呢,请您掂量掂量,是为了您的利益吗?我不是把我的自白献给她了吗(您

<hr>

①　引自普希金的《哀诗》(1830)。

不知道这件事?)。然而她是怎样接受的啊!哈哈!可是我在她面前却没干过下流事,我没有任何对不起她的地方;她倒侮辱和愚弄过我……不过我也没有任何对不起您的地方;即使我提到过'残羹剩饭'和诸如此类的事,可我现在还是把见面的日期、时间和地点都告诉您了,把这套把戏全公开了……这当然是出于懊丧,而不是出于宽宏大量。别了,我太饶舌,就像一个结巴或痨病鬼;您得留神,只要您还配得上人的称号,就得尽快采取对策。见面定在今晚,这是确实的。"

伊波利特朝门口走去,但是公爵喊了他一声,他就在门口站住了。

"这么说来,您认为阿格拉娅·伊万诺夫娜今天会亲自去见纳斯塔霞·菲利波夫娜?"公爵问道。他的两颊和前额都现出了红斑。

"我不敢肯定,但是大概会是这样,"伊波利特东张西望地答道,"不过也只能如此。纳斯塔霞·菲利波夫娜总不会去找她吧? 也不会在加涅奇卡那里:他家有一个人都快咽气了。将军的情况如何?"

"单凭这一点就不可能在他家见面!"公爵应声说道,"就算她想去又哪能去得了呢? 您不知道……他们家的规矩:她不可能独自离家去找纳斯塔霞·菲利波夫娜;这是胡扯!"

"您瞧,公爵:平时谁也不会跳窗户,可是一旦发生火灾,就是最体面的老爷太太也会跳窗逃命。到了紧要关头,那就毫无办法,就是我们的千金小姐也会去找纳斯塔霞·菲利波夫娜。难道不准您那几位小姐到任何地方去?"

"不,我不是这个意思……"

"既然不是,那她只要走下台阶,径直前往,哪怕从此不再回家也罢。在某些情况下,有时连船都可以烧掉,甚至也可以不回家:生活并非只由一顿顿早餐、午餐加上 Щ 公爵组成的。我觉得,您把阿格拉娅·伊万诺夫娜看成一位千金小姐或寄宿学校的女生;我已经对她说过这一点;她似乎表示同意。您就等到七八点钟……我要是处在您的地位,就会派人去盯着,以便查明她下台阶的准确时间。噢,您不妨打发科利亚去一趟;他乐意当密探,请相信我,这是为了您……因为一切都涉及……哈哈!"

伊波利特走了。即使公爵可以请什么人去当密探,他也没有必要这么办。阿格拉娅命令他待在家里的原因,现在几乎已经查明:她可能想来约他同去。诚然,也可能她正是不希望他去,所以吩咐他蹲在家里……这种可能也是有的。他头晕了,整个房屋都旋转起来。他躺在沙发上闭目养神。

不管怎样,事情已到了最后的紧要关头。不,公爵并不认为阿格拉娅是千金小姐或寄宿学校的女生;他现在感到,早就使他担心的正是这一类的事情;但是,她为什么想见她呢?他浑身发冷;他又发烧了。

不,他并不认为她是个孩子!使他恐惧的是她近来异样的眼神,异样的谈吐。有时他觉得:她似乎太含蓄、太拘谨了;他记得,这曾使他害怕。诚然,这几天他竭力不去想这件事,不断打消种种令人苦恼的念头;但是这颗心里隐藏着什么呢?这个问题早就在折磨着他,虽然他也相信这颗心。这一切今天就会暴露出来并得到解决。可怕的想法!又是"这个女人"!为什么他一向觉得这个女人就是要在最后关头出现,像扯断一根烂线似的扯断他的整个生命线?他现在不惜发誓,说他一向都有这种感觉,虽然他几乎处于半昏迷状态。就算他近来竭力忘记她,那也仅仅因为他怕她。这是怎么回事:他究竟爱这个女人,还是恨这个女人?他今天还不曾向自己提出这个问题;他的心是纯洁的:他知道他爱的是谁……他并不怎么害怕她俩见面,并不害怕这次见面的奇特,并不害怕他还不知道的促成这次见面的原因,也不害怕这次见面可能带来的任何后果,——他怕的是纳斯塔霞·菲利波夫娜本人,几天以后,他回忆起他在发烧期间几乎始终见到她的眼睛、她的神态,听到她的话语,——那是一些奇怪的话语,虽说在这令人苦恼的几小时发烧时间过去以后,他还记得的情景已寥寥无几。譬如说,他已不大记得薇拉给他端饭和他吃饭的情形,也不记得他饭后睡觉没有。他只知道,这天晚上直到阿格拉娅突然走到凉台上来找他,他从沙发上跳起来走到房间中央迎接她,他才开始能够清清楚楚地分辨一切:当时是七点一刻。阿格拉娅独自进来,衣着简朴,一件轻便的女用大衣仿佛是匆匆披在身上的。她的脸色跟不久前一样苍白,双眸闪耀着明亮而冷淡的光芒;他从未见过她的眼睛里有这种表情。她仔细打量了他一番。

"您完全准备好了,"她仿佛很镇定地轻声说道,"您穿好了衣服,还拿着帽子;看来有人已经预先通知您了,我还知道是谁通知您的:是伊波利特吧?"

"不错,他对我说过……"公爵半死不活地喃喃道。

"咱们走吧:您知道,您一定得陪我前去。我想,您还有力气出门吧?"

"我有,但是……难道有这种可能吗?"

他的话猝然中断,他再也说不出一句话来。这是他为了阻止这个发了疯的女人所作的唯一的努力,以后他就像俘虏似的乖乖跟着她走了。不管他的脑子有多乱，他也还能明白，就是他不去，她也会到那里去的，所以他无论如何也得跟着她去。他估计到了她的决心有多么坚定；他可无法遏制这种无比强烈的冲动。他们默默地走着，一路上几乎一句话也没说。他只是发现她很熟悉道路，当他看到有一条路比较僻静，想穿过一条胡同绕道而行，并向她提出这一建议的时候，她仿佛全神贯注地听着，接着断然答道："反正一样！"当他们几乎已经走到达里娅·阿列克谢耶夫娜的住宅（一幢巨大而古老的木头房子）跟前的时候，一位服饰华丽的太太和一个年轻姑娘从台阶上下来；两人高声谈笑着登上等候在台阶旁的一辆豪华的四轮马车，甚至瞧也没瞧走到跟前的两个人，就像没看见似的。马车刚刚驶去，门又再次打开，恭候已久的罗戈任让公爵和阿格拉娅进去以后，就把门关上了。

"现在整个房间里除了我们四个以外没有任何人。"他高声说道，还奇怪地看了看公爵。

纳斯塔霞·菲利波夫娜就在第一个房间里等候，她也穿得很简朴，浑身黑衣。她起身迎客，但是没有笑，甚至也没有跟公爵握手。

她那专注而不安的视线不耐烦地集中在阿格拉娅身上。两人在相距稍远的地方坐下，阿格拉娅坐在屋角的一张沙发上，纳斯塔霞·菲利波夫娜坐在窗前。公爵和罗戈任没有入座，也无人请他们就座。公爵满腹狐疑地、似乎还有些痛苦地又瞧了瞧罗戈任，但是罗戈任依然和早先一样微笑着。沉默又持续了一会儿。

纳斯塔霞·菲利波夫娜的脸上终于掠过一种不祥之感；她的目光变得固执而坚定，几乎充满仇恨，须臾也不离开那位女客人。阿格拉娅显然很窘,但并不胆怯。她进来的时候稍稍瞧了瞧她的情敌,然后一直垂下视线坐着,好像陷入了沉思。她仿佛无意中把那个房间打量了一两次;她的脸上明显地流露出嫌恶的神气,就像她唯恐会在这儿被弄脏似的。她下意识地整理着自己的衣衫,有一次甚至不安地换了个位置,把身子挪到沙发的角落里。她自己都未必意识到自己的一举一动;然而这种无意识的举动却使人更为难堪。末了她坚定地直视着纳斯塔霞·菲利波夫娜的眼睛,立刻看清了闪耀在她的情敌凶狠的目光中的一切。一个女人理解了另一个女人;阿格拉娅打了个寒噤。

"您当然知道我为什么邀请您。"她终于说道,但是声音很低,这句话虽然很短,可她居然还停顿了两次。

"不,我一点也不知道。"纳斯塔霞·菲利波夫娜冷冰冰地断然答道。

阿格拉娅脸红了。她也许蓦地觉得非常奇怪和不可思议,她现在怎么会跟"这个女人"一起坐在"这个女人"的家里,还要求她回答。纳斯塔霞·菲利波夫娜刚刚开口,她就浑身发抖。凡此种种,当然都被"这个女人"清清楚楚地看在眼里了。

"您全都明白……可您故意装出不明白的样子。"阿格拉娅闷闷不乐地瞧着地面,几乎像耳语般说道。

"这究竟是为什么呢?"纳斯塔霞·菲利波夫娜微微一笑。

"您想利用我的处境……因为现在我在您的家里。"阿格拉娅笨拙可笑地继续说。

"该对这种处境负责的是您,而不是我!"纳斯塔霞·菲利波夫娜蓦地动怒了,"不是我邀请您,而是您邀请我,而且我至今还不知道是为了什么?"

阿格拉娅傲慢地抬起头来。

"您说话别太放肆;我不是用您这种武器前来跟您交锋的……"

"啊! 这么说来,您毕竟还是跑来'交锋'的? 您瞧,可我还以为您……比较机灵呢……"

两人已不再掩饰自己的仇恨,互相对视着。在这两个女人当中,有一个前不久还给另一个写过那样的信。不料刚刚见面,刚开口说话,一切就烟消云散了。这又怎么样呢? 此刻待在这个房间里的四个人似乎没有一个认为这有什么奇怪。公爵昨天还不相信哪怕会在梦中看到这幅情景,现在他站在那里瞧着听着,似乎早就预感到了这一切。最荒唐的梦境突然变成清清楚楚、一目了然的现实。这两个女人之中的一个,这时非常瞧不起另一个,而且急于把这一点告诉对方(按照罗戈任翌日的说法,她也许就是为了这个才来的),以致另一个头脑混乱、内心痛苦的女人不管为人有多么乖僻,她事先打定的任何主意看来都抵挡不住她的情敌那恶毒的、只有女人才有的轻蔑。公爵相信纳斯塔霞·菲利波夫娜不会主动谈起那些信来;看到她炯炯的目光,他猜到了这些信现在使她付出了多大的代价;可他宁愿牺牲下半辈子,也不希望阿格拉娅现在提到这些信。

不料阿格拉娅仿佛突然克制住了自己,一下子就恢复了常态。

"您误会了,"她说,"我不是来跟您……吵架的,虽然我不喜欢您。我……我来找您……是有关心体贴的话要说。我叫您来的时候,我已决定了要对您说些什么,我不会放弃这个决定,哪怕您根本不了解我。这将对您更为不利,并非对我不利。我想答复您写给我的信,亲口答复,因为我觉得这样方便些。请听完我对您的所有来信的答复:就在我认识了列夫·尼古拉耶维奇公爵,后来又知道了在您家的晚会上发生的一切的那一天,我开始第一次可怜起他来。我之所以可怜他,是因为他是一个这么老实的人,正是由于他老实,他才相信他跟这样性格的一个……女人在一起……能获得幸福。我替他担忧的事也就发生了:您并不能爱上他,把他折磨够了就甩开了他。您不能爱他,是因为您太高傲……不,不是由于高傲,我说错了,而是由于您虚荣心太强……甚至也不是这样:您自私到了……疯狂的程度,您写给我的信就能证明这一点。您不能爱上像他这样老实的人,说不定您甚至还暗自鄙视他,嘲笑他,您能爱上的只是自己受到的耻辱,以及念念不忘您蒙受了耻辱并被人侮辱了的心理。倘若您蒙受的耻辱少些,或者根本没有受辱,您就会更加不幸……(阿格拉娅说这番话时很得意,这番话虽然是十分急促地吐出来的,却是她早就准备好和考虑好的,早在她做梦都没有想到会有这次会见的时候她就考虑过了;她用充满恶意的目光观察着这番话在纳斯塔霞·菲利波夫娜那张激动得变了相的脸上产生的效果。)您可记得,"她继续说道,"当时他给我写了一封信。他说您知道这封信,甚至还读过它。根据这封信我明白了一切,而且是正确无误地明白的。前不久他亲自对我证实了这一点,也就是我方才对您说的一切,甚至一句话都不差。我接到他的信就开始等候。我料到您准会到这里来,因为您不能没有彼得堡,倘若您去外省,未免辜负了您的青春和美貌……不过这也不是我的话，"她面红耳赤地补充道，从这时候起直到她说完这番话，她脸上的红晕始终没有消失，"我再次看到公爵的时候，我替他感到无比痛心和难过。您别笑：要是您笑了，您就不配懂得这一点……"

"您瞧，我并没有笑呀。"纳斯塔霞·菲利波夫娜忧伤而严肃地说。

"不过我倒无所谓，您爱笑就笑吧。当我开始亲自问他的时候，他告诉我他早就不爱了，甚至一想起您来就叫他难受，但是他可怜您，每当他想起您的时候他的心就像'永远被刺透了'。我还应该告诉您，我这一生还从来没见过一个像他这样高尚老实、无限信任别人的人。我听他说了这一番话，就预料任何人只要想骗他，就都能如愿以偿，而且不论是什么人骗了他，事后总会得到他的宽恕，我就是为了这个才爱上他的……"

阿格拉娅停顿了片刻，仿佛吃了一惊，好像不相信自己居然会说出这种话来；然而与此同时，她的目光中却闪现出几乎是无限骄傲的神情；看来她现在已经豁出去了，哪怕"这个女人"立刻把她脱口而出的自白当作笑柄，她也毫不在乎。

"我把一切都告诉您了，您现在当然已经明白我有求于您的是什么了吧？"

"我也许明白了；不过还是请您自己说吧。"纳斯塔霞·菲利波夫娜轻声答道。

阿格拉娅怒容满面。

"我倒要向您请教，"她坚定地、一字一顿地说道，"您凭什么权利干涉他对我的感情？您凭什么权利竟敢给我写信？您在亲自抛弃了他并如此无礼而又……无耻地从他身边逃跑之后,还有什么权利口口声声地对他也对我宣称您爱他?"

"我既没有对他、也没有对您宣称我爱他,"纳斯塔霞·菲利波夫娜吃力地说,"还有……您说得对,我是从他身边逃走的……"她用依稀可辨的声音补充道。

"您怎么'既没有对他、也没有对我'宣称呢?"阿格拉娅喊道,"您的那些信是怎么回事? 是谁请您给我们当媒婆并劝我嫁给他的? 难道这不是声明? 您干吗要跟我们纠缠不休? 我起初还以为您想借助于介入我们的事使我讨厌他、抛弃他;后来我才猜到是怎么一回事:您不过是以为,就凭所有这些装腔作势,您就能建立丰功伟业……哼,既然您如此贪图虚荣,您还能爱他吗? 您干吗不干脆离开这里,却要给我写些可笑的信呢? 您现在为什么不嫁给这个高尚的人,既然他这么爱您,还以向您求婚而给了您面子? 原因很明显:一旦您嫁给了罗戈任,还会有什么委屈呢? 您甚至会得到过多的荣幸! 叶夫根尼·帕夫雷奇说您读过许多诗,'处于您这样的……地位,又何必如此渊博';还说您是一个只会读书、无所事事的女人;再加上您的虚荣心,这就是促使您如此行事的全部原因……"

"您不也无所事事吗?"

事态急转直下并十分露骨地发展到了如此出乎预料的地步,说它出乎预料,是因为纳斯塔霞·菲利波夫娜动身前来帕夫洛夫斯克的时候,虽说当然也曾料到凶多吉少,但毕竟还抱着一些幻想。阿格拉娅一时冲动,犹如从山上掉下来似的,再也压不住心头复仇的狂喜。纳斯塔霞·菲利波夫娜看到阿格拉娅这副模样甚至都觉得奇怪;她瞧着阿格拉娅,仿佛不相信自己似的,在最初的一刹那简直不知如何是好。不论她像叶夫根尼·帕夫洛维奇所认为的那样是一个读过许多诗的女人也罢,或者像公爵所相信的那样只不过是一个疯子也罢,但她实际上却比别人可能认定的要腼腆得多、温柔得多、也轻信得多,尽管她有时也要采取那么厚颜无耻和无法无天的手段。诚然,她身上确有许多书呆子和幻想家的习气,有许多孤芳自赏和想入非非的怪癖,然而也有许多坚强而深刻的东西……公爵明白这一点;他脸上流露出痛苦的表情。阿格拉娅觉察到了这一点,恨得发起抖来。

"您怎么胆敢这样对待我?"她摆出难以形容的傲慢态度说道,以回敬纳斯塔霞·菲利波夫娜对她的评语。

"您大概听错了吧,"纳斯塔霞·菲利波夫娜觉得奇怪,"我对您怎么啦?"

"既然您曾想做一个正派的女人,那么您当时干吗不干脆甩掉勾引了您的托茨基……却要演一出戏呢?"阿格拉娅突然无缘无故地说。

"您根本不了解我的处境……竟还敢批评我?"纳斯塔霞·菲利波夫娜打了一个寒噤,脸色变得煞白。

"我知道您并没有出去工作,为了扮演一个被撵出天国的天使而跟富翁罗戈任走了。托茨基为了摆脱这个被撵出天国的天使,曾想开枪自杀,我觉得这并不奇怪!"

"住嘴!"纳斯塔霞深恶痛绝地、仿佛也很痛苦地说道,"您对我的了解就跟……达里娅·阿列克谢耶夫娜的女仆一样,她前两天跟她的未婚夫去找调解法官打过官司。她还比您懂事……"

"她大概是一位贞洁的姑娘,靠自己的劳动谋生。您干吗这么瞧不起女仆?"

"我并不是瞧不起劳动,而是在您谈到劳动的时候瞧不起您。"

"既然想做一个清白的女人,可以去当洗衣工嘛。"

两人都站了起来,面色苍白地瞧着对方。

"阿格拉娅,请别说啦!这话不公道。"公爵张皇失措地喊道。罗戈任已不笑了,但紧闭嘴唇,叉着双手听着。

"你们看她,"纳斯塔霞·菲利波夫娜气得发抖地说道,"你们看这位小姐!我曾把她看作天使!您没带家庭女教师就大驾光临啦,阿格拉娅·伊万诺夫娜?……您可要……您可要我现在毫不夸张地老实告诉您,您为什么光临寒舍?您是由于害怕,这才大驾光临。"

"怕您吗?"阿格拉娅问道,纳斯塔霞·菲利波夫娜竟敢这样对她说话,使她天真地大吃一惊,终于忘乎所以了。

"当然是怕我!既然您决定来找我,那就是怕我。人总不会看不起一个他害怕的人吧。您想想吧,哪怕直到此刻我都一直尊敬您!您可知道您为什么怕我,您现在的主要目的是什么?您想亲自证实一下:跟爱您相比,他是不是更加爱我,因为您太爱吃醋……"

"他已经告诉我,他恨您……"阿格拉娅勉强地嘟哝道。

"也许是这样;也许我配不上他,不过……不过我认为您撒了谎!他不会恨我,他也不会这么说!不过我打算原谅您……考虑到您的处境……虽说我过去总是认为您应该更好些;认为您应该更聪明,甚至长得也更美些,真的!……喂,把您的宝贝拿走吧……他就在这里,正瞧着您,都醒不过来了,您把他带走吧,但是有一个条件:马上离开这里!马上就走!……"

她倒在圈椅里就哭起来了。但是她的眼里蓦地闪现出新的光辉；她固执地凝视了一下阿格拉娅，便从座位上站了起来。

　　"可要我立刻……下——令，你听见了吗？只要我命——令——他，他马上就会甩掉你，永远留在我身边，娶我为妻，而你只得独自跑回家去。要不要，要不要？"她像疯子似的喊道，也许她自己都不相信会说出这样的话来。

　　阿格拉娅吓得朝门口奔去，但在门口站住了，仿佛被钉在那里似的呆呆地听着。

　　"可要我把罗戈任赶走？你以为我为了让你高兴，已经跟罗戈任结婚了吗？我现在就当着你的面喊：'罗戈任，你走吧！'我要对公爵说：'你记得你答应了的事吗？'天哪，我干吗要在他们面前这样贬低自己呢？公爵，你不是曾亲口向我保证，不论我出什么事，你都要跟我走，永远不离开我；还说你爱我，可以原谅我的一切，而且对我表示尊……尊……是的，这话你也说过！我只是为了让你能自由行动，才从你身边逃走，可现在我不干啦！她凭什么像对待一个荡妇似的对待我？至于我是不是荡妇，你问问罗戈任，他会告诉你的！现在她羞辱了我，而且当着你的面，难道你也要转过身去不理我，却挽着她的胳膊把她带走？由于我过去只相信你一个人，你要是这样那就真该死了。你走吧，罗戈任，我不需要你！"她几乎是神魂颠倒地喊叫着，吃力地直抒胸臆，脸孔变了相，嘴唇也干裂了，显然自己也毫不相信自己夸下的海口，然而与此同时，为了欺骗自己，她却希望这个局面哪怕能再延长一秒钟也好。这一阵冲动来势很猛，说不定会置她于死地，至少公爵有这种感觉。"这就是他，你瞧！"她终于指着公爵对阿格拉娅喊道，

"要是他不马上走到我跟前,要是他不娶我,也不抛弃你,你就把他带走,我让给你,我用不着他!……"

她和阿格拉娅都有所期待似的站在那里,两人都像疯子一般瞧着公爵。但是他也许还不明白这个挑战的全部力量,甚至可以肯定地这么说。他只是看见面前有一个绝望的、疯狂的面孔,正如他有一次对阿格拉娅所说,这张面孔使他的"心永远被刺透了"。他再也无法忍受,便指着纳斯塔霞·菲利波夫娜,用哀求和责备的口吻对阿格拉娅说:

"难道会是这样?她是……多么不幸啊!"

但是他刚说完这句话,就看到阿格拉娅可怕的眼神,不由得说不出话来了。这个眼神里流露出那么多痛苦,同时又充满无限的仇恨,使他不由得举起双手一拍,喊了一声就向她奔去,然而为时已晚!她对他一瞬间的迟疑都受不了,用双手捂住面孔喊道:"哎哟,我的天哪!"就从室内跑了出去,罗戈任跟在后面,以便给她开临街门的门闩。

公爵也跑上前去,但是在门口有人把他抱住了。纳斯塔霞·菲利波夫娜那张痛不欲生的、变了相的脸正凝视着他,发青的嘴唇翕动着问:

"追她去?追她去?……"

她不省人事地倒在他怀里。他把她抱起来送进室内,放在圈椅上,呆若木鸡地守候在她身边。小桌上放着一杯水;罗戈任回来后抓起杯子就把水朝她的脸上泼去;她睁开双眸,一时什么也不明白;但她突然环顾四周,打了个寒噤,喊了一声,便向公爵扑去。

"我的!我的!"她喊道,"那个高傲的小姐走啦?哈哈哈!"她歇斯底里地笑了起来,"哈哈哈!我把他送给那位小姐啦！这为什么？有什么目的？我是个疯子！是个疯子！……你走开，罗戈任，哈哈哈！"

　　罗戈任凝视了他们一会儿，没说一句话，便拿起自己的帽子走了。十分钟以后，公爵坐在纳斯塔霞·菲利波夫娜的身边，目不转睛地瞧着她，用两只手抚摩她的头和脸，像抚摩小孩一样。她笑，他也笑；她哭，他也想哭。他一句话也不说，却聚精会神地听着她激动、兴奋、不连贯的絮絮低语，他未必就听懂了什么，却微微地笑着，他刚刚觉得她又开始发愁或哭泣，开始责备或抱怨，他就又立刻开始抚摩她的头，温柔地抚摩她的双颊，安慰她，开导她，就像她是个孩子似的。

九

在前一章叙述的事件过去了两周以后,我们这个故事中的几个人物的情况发生了很大变化,倘若不特别交代一下,我们几乎就讲不下去了。不过我们感到应该只限于单纯叙述事实,尽可能不作特别的解释,原因极为简单:因为在很多情况下,有些事我们自己也解释不清。我们事先这样声明想必会使读者感到奇怪和纳闷:对于你自己都弄不清楚也提不出个人意见的事,你又有什么可讲的呢?为了避免陷入更尴尬的境地,我们不妨举一个例子来说明这一点,这样也许会使好心的读者明白我们的难处所在,何况这个例子也并不离题,相反倒是故事的直接继续。

过了两周,也就是在七月初,以及在这两周内,我们这位主人公的故事,特别是这个故事末尾的那桩意外事件,渐渐变成一桩奇怪的、非常有趣的、几乎是不可思议的、同时又几乎是显而易见的奇闻了,这个奇闻在列别杰夫、普季岑、达里娅·阿列克谢耶夫娜和叶潘钦的别墅附近的大街小巷渐渐传开,简言之,就是几乎传遍了全城,甚至传到了四郊。各界人士——本地人,避暑客,来听音乐的人——几乎都讲起同一个故事来了,不过他们的讲法却千差万别。他们说,一位公爵在一个清白而又出名的人家出了丑,他因迷上了一个名妓,竟抛弃了这家的一位已是他的未婚妻的小姐,断绝了过去的一切交往,既不怕别人威胁,也不怕激起公愤,不顾一切地打算不久就在这里,在帕夫洛夫斯克,跟那个声名狼藉的女人结婚,还要公开地当众举行婚礼,届时他要昂起头来正眼瞧着大家。这个奇闻逐渐被缀以种种丑闻,许多名流和要人都被牵扯进去,还被涂上了种种荒诞神秘的色彩;但在另一方面,它又是以一些确凿无疑而又彰明较著的事实为依据的,因而大家的好奇心和种种流言蜚语当然也就情有可原了。最微妙、最精巧同时又煞有介事的议论,出自几个不可等闲视之的流言家之口,他们都是有识之士,在各界人士中,他们总是最早急于对别人阐明事件的原委,认为这是自己的使命,往往还借以自娱。按照他们的说法,那个年轻人是世家子弟,是一位公爵,可以说是富翁,虽说是个小傻瓜,却是个民主派,迷上了屠格涅夫先生所发现的当代虚无主义①,几乎不会说俄语;他爱上了叶潘钦将军的一个女儿,而且已被那一家认作未来的女婿了。可他却跟报上刚刚发表的那篇奇闻里报道的那个法国教会学校学生相去无几。那个法国学生故意让别人任命他当牧师,故意请求担任神职,他履行了一切仪式、一切礼节、亲吻、宣誓等等,就为了翌日当众发表他给主教的一封信,说他不信仰上帝,认为欺骗人民、让人民白白养活他是可耻的,因此辞去昨天刚刚接受的神职,还把自己的信交给自由派报纸发表。公爵也跟这个无神论者一样虚伪。据说他似乎特地要在他未婚妻的父母举行隆重的晚会把他介绍给许许多多要人的当儿,当众宣布他的思想方式,把那班可敬的达官贵人臭骂一

① 指受到陀思妥耶夫斯基好评的屠格涅夫的长篇小说《父与子》(1862)。

通,公然抛弃自己的未婚妻以示侮辱,仆人撵他出去他还抗拒,竟打碎了一只漂亮的中国花瓶。此外,作为当代风习的写照,有人还补充说,这个糊涂的年轻人的确很爱他的未婚妻,也就是将军的千金小姐,他所以要抛弃她,仅仅是出于虚无主义,为了制造一起丑闻,这样他就可以称心如意地在整个上流社会面前娶一个堕落女人为妻,借以证明在他的信念里既没有堕落女人也没有贞洁女人,而只有一种自由的妇女;他不相信上流社会陈腐的分类法,而只相信"妇女问题"。最后,还要表明在他的心目中,堕落的女人甚至比不堕落的女人还要高尚。这种解释看上去是极为可信的,绝大多数避暑的游客也都能接受,何况它又为每天发生的各种事实所证实。诚然,还有许多事情依然未被解释清楚:据说那个可怜的姑娘非常爱她的未婚夫(有些人说他是个"偷香窃玉的老手"),竟在被他抛弃的第二天就跑去找他,当时他正和情妇待在一起。另一些人的说法却相反,他们说是公爵特意把她骗到他的情妇那里去的,这只是出于虚无主义,也就是为了羞辱她一番。不论究竟是怎么回事,大家对这件事的兴趣与日俱增,何况那个可耻的婚礼的确即将举行,这已是毫无疑问的了。

　　倘若有人请我们解释,——不是解释此事的虚无主义色彩,而只是解释这个既定的婚礼能在多大的程度上满足公爵的真实愿望,此刻他的愿望究竟是些什么,究竟应该怎样说明我们的主人公此刻的精神状态,以及诸如此类的种种问题,那么我们只得承认很难回答。我们只知道一点,那就是婚礼的确已决定了,公爵亲自委托列别杰夫、凯勒和列别杰夫特为此事介绍给公爵的一个朋友承担宗教和经济方面的种种杂务;他还吩咐他们别舍不得花钱,纳斯塔霞·菲利波夫娜非要举行婚礼不可,而且催得很紧。按照凯勒的热情要求,确定让他当公爵的傧相,布尔多夫斯基则被指定为纳斯塔霞·菲利波夫娜的傧相,他非常高兴地接受了任务。婚期定在七月初。但是除了这些极其准确的情况之外,我们还知道这样一些事,这些事简直把我们弄糊涂了,因为它们和上述种种事实是矛盾的。譬如说,我们深感怀疑,公爵在委托列别杰夫等人承办各种杂务以后,几乎当天就忘记了他已经找好主持人和傧相,以及结婚即将举行;就算他已尽快作了安排,把种种杂务交给别人去办,那也只不过为了自己不必再去想它,甚至可能是为了尽快忘掉它。在这种情况下,他自己究竟想些什么,他要回忆起什么,他又力求达到什么目的呢?同样无可怀疑的是,他并未受到任何压力(譬如来自纳斯塔霞·菲利波夫娜的压力),纳斯塔霞·菲利波夫娜的确希望尽快举行婚礼,结婚是她的主张,根本不是公爵的意思;但是公爵自愿地同意了;他甚至有点心不在焉,就像别人求他办的是一件相当平常的事情似的。这种奇怪的事我们屡见不鲜,但是它们非但说明不了问题,而且据我们看来,不论我们列举多少这样的事例,结果反而会使读者更加摸不着头脑。不过让我们再举一个例子吧。

譬如说吧,我们完全知道,两周来公爵和纳斯塔霞·菲利波夫娜朝夕相处,寸步不离;她带他一齐出去散步,听音乐;他每天都跟她乘马车外出,只要有一小时看不见她,他就开始惦念她(从一切迹象来看,他是真心爱她的);他一连几小时和蔼可亲地微笑着听她讲话,不论她对他讲些什么都是如此,而他自己几乎一言不发。但是我们还知道,这些天来他有好几次,甚至很多次,突然去叶潘钦家,也不瞒着纳斯塔霞·菲利波夫娜，这使她几乎陷于绝望。我们知道，叶潘钦家的人在滞留帕夫洛夫斯克期间不再接见他，一再拒绝他要会见阿格拉娅·伊万诺夫娜的要求；他总是默默无言地离开，但是第二天又去，仿佛完全忘了昨天曾被挡驾似的；不消说，他又碰了一次壁。我们还知道，当阿格拉娅·伊万诺夫娜从纳斯塔霞·菲利波夫娜那里跑走一小时以后，也许还不到一小时，公爵就已经来到叶潘钦家，深信能在那里见到阿格拉娅；但他在叶潘钦家一露面，就使全家惊恐万状，因为阿格拉娅还没有回家，而且还是第一次从他口中听说她曾和他一起去找过纳斯塔霞·菲利波夫娜。据说伊丽莎白·普罗科菲耶夫娜和两个女儿，甚至还有Щ公爵，当时对公爵非常严厉和不友好，他们当即就用激烈的措辞宣布跟他绝交，尤其是当瓦尔瓦拉·阿尔达利翁诺夫娜蓦地来找伊丽莎白·普罗科菲耶夫娜的时候。据她说，阿格拉娅·伊万诺夫娜已在她家待了一小时，她神经错乱，看来都不想回家了。这一最新消息使伊丽莎白·普罗科菲耶夫娜尤为震惊，而且完全属实；阿格拉娅从纳斯塔霞·菲利波夫娜那里出来的时候，的确宁肯一死，也不愿立刻去见家里的人，所以就跑去找尼娜·亚历山德罗夫娜。瓦尔瓦拉·阿尔达利翁诺夫娜当即认为，必须刻不容缓地把这一切通知伊丽莎白·普罗科菲耶夫娜。母亲和两个女儿立刻跑去找尼娜·亚历山德罗夫娜，接着那位刚刚回家的一家之主伊万·费奥多罗维奇也跟着去了。列夫·尼古拉耶维奇公爵尽管挨了一顿臭骂并被赶了出去，却也步履蹒跚地跟随他们前往；可是根据瓦尔瓦拉·阿尔达利翁诺夫娜的指示，那里也不让他去见阿格拉娅。阿格拉娅看见母亲和两位姐姐只顾朝着她哭，一点也不责备她，便扑到她们怀里，立刻跟她们回家，事情也就到此了结。还有人说(虽然这种说法并不完全准确),加夫里拉·阿尔达利翁诺维奇这次又倒了大霉;当瓦尔瓦拉·阿尔达利翁诺夫娜跑去找伊丽莎白·普罗科菲耶夫娜,只剩下他和阿格拉娅两人在一起的时候,他抓住这个时机,突然想要诉诉自己的爱慕之情。阿格拉娅尽管非常烦恼和伤心,但是听着听着蓦地哈哈大笑起来,并突然对他提出一个奇怪的问题:为了证明自己的爱情,他能不能马上就把手指放在蜡烛上去烧?据说加夫里拉·阿尔达利翁诺维奇听到这个建议都惊呆了,他心慌意乱,脸上流露出大惑不解的表情,惹得阿格拉娅歇斯底里大发作似的哈哈大笑起来,她离开他跑到楼上去找尼娜·亚历山德罗夫娜,她的父母就在那里找到了她。这段轶事是翌日由伊波利特传到公爵耳中的。已经卧床不起的伊波利特,特地派人去把公爵请来,以便把这个消息告诉他。至于这个消息怎么会传到伊波利特耳中,我们不得而知,但是公爵一听到蜡烛和手指的事就笑了起来,甚至使伊波利特吃了一惊;接着公爵蓦地开始发抖并哭起来了……总之他这几天来极为不安,处于一种恍恍惚惚而又叫人痛苦的非常难堪的状态。伊波利特一口咬定,他认为公爵精神失常了;不过目前无论如何还不能肯定这一点。

我们虽然一一列举了上述事实,也不加解释,却完全无意在读者面前替我们的主人公辩护。非但如此,我们还十分愿意跟大家(甚至包括他的朋友们)一起对他表示愤慨,他这是咎由自取。就连薇拉·列别杰娃一度也生他的气,连科利亚也很气愤;甚至凯勒在被选为傧相以前也气呼呼的,至于列别杰夫,那就不必说了,他甚至已开始在暗中拆公爵的台,那也是出于义愤,甚至是非常真诚的义愤。不过此事我们以后再说。总之，我们完全赞成叶夫根尼·帕夫洛维奇说的那一番非常有力、甚至从心理学角度来看也很深刻的话，而且深有同感。这番话是他在纳斯塔霞·菲利波夫娜住所里出事后的第六天或第七天，在一次友好的谈话中坦率地、毫不客气地对公爵说的。我们要顺便指出，不仅叶潘钦一家，就连举凡与叶潘钦家有直接或间接关系的人，都认为必须跟公爵断绝任何来往。例如Щ公爵在遇到公爵的时候，甚至扭过身去不理他。但是叶夫根尼·帕夫洛维奇却不怕自己的名誉受影响，照旧去拜访公爵，尽管他又开始每天去叶潘钦家，甚至还显然受到日益殷勤的款待。叶潘钦全家离开帕夫洛夫斯克的第二天，他就去找公爵。他进门的时候已经知道了社会上传播的一切流言，其中的一部分甚至可能是他自己帮助传播的。公爵见到他非常高兴，立刻谈起了叶潘钦一家。这个朴实而坦率的开端，使叶夫根尼·帕夫洛维奇变得毫无拘束，于是他就开门见山地直接进入本题。

公爵还不知道叶潘钦家已经离开这里；他吃了一惊，脸色变得苍白；但是过了一会儿，他摇着头，神态尴尬并若有所思地承认"应该如此"；接着立刻就问，"他们上哪儿去了？"

这当儿叶夫根尼·帕夫洛维奇一直在仔细打量他，凡此种种，即提问的迅速，问题的天真，尴尬的神态，同时还有一种奇怪的坦率、不安和紧张，——凡此种种都使他大为诧异。不过他亲切而详细地把一切都告诉了公爵：公爵有好些事还不知道，他是来自叶潘钦家的第一个报信者。他证实阿格拉娅确实病了，几乎一连三昼夜没睡，发着高烧；她的病情现已好转，没有任何危险，但仍处于神经质的歇斯底里状态……"幸亏她家里倒太平无事！他们不但在阿格拉娅面前,就是相互之间都竭力不提往事。父母已经商定,到了秋天给阿杰莱达完婚以后,就立刻到国外旅行;阿格拉娅刚刚听到家里人提起此事,就默默地同意了。"他,即叶夫根尼·帕夫洛维奇,也可能出国。只要能摆脱公务,Щ公爵可能也想和阿杰莱达一同去国外待上两三个月。将军本人留下。他们全家现已迁往科尔米诺,那是他们在离彼得堡约二十俄里处的一个庄园,有一幢供老爷们居住的宽绰的宅邸。别洛孔斯卡娅还没去莫斯科,看来是特地留下的。伊丽莎白·普罗科菲耶夫娜坚决主张,在发生了这一切变故之后,不可能再留在帕夫洛夫斯克了。他,即叶夫根尼·帕夫洛维奇,每天向她报告城里的种种传闻。他们也认为不宜搬到叶拉金的别墅去住。

"噢,真是如此,"叶夫根尼·帕夫洛维奇补充道,"您自己也会同意,这叫人怎么受得了……尤其是他们知道在您这儿的家中每时每刻发生的一切,公爵,再有就是您也不怕吃闭门羹,每天都要上那里去……"

"是啊,是啊,是啊,您说得不错,我想见阿格拉娅·伊万诺夫娜……"公爵又摇起头来。

"唉,亲爱的公爵,"叶夫根尼·帕夫洛维奇突然既兴奋又悲伤地喊道,"您当时怎么就允许……发生这一切呢? 当然,当然,这一切对您而言是如此意外……我同意,您当时想必是慌了神了……您拦不住一个发疯的姑娘,您没这本事! 但是您总该明白,这个姑娘……对您的感情有多么真挚,多么强烈。她不愿跟别的女人平分秋色,而您……您居然把这么一件宝贝遗弃并砸碎了!"

"是啊,是啊,您说得不错。是啊,是我的错。"公爵又心

787

乱如麻地说了起来,"您可知道,只有她一个人,只有阿格拉娅一个人这样看待纳斯塔霞·菲利波夫娜……别人谁都不曾这样看待过她。"

"是啊,正是由于根本就没有任何了不起的,这一切才令人气愤!"叶夫根尼·帕夫洛维奇简直是怒不可遏地喊道。"请原谅我,公爵,但是……我……我一直在想这个问题,公爵;我反复想了多次;我知道以前发生的一切,我知道半年前发生的一切;我全知道,——这一切都没什么了不起! 这一切只不过是头脑发热,是一幅图画,一种幻想,一缕轻烟;只有毫无经验的姑娘一颗受了惊的嫉妒心,才会把这当作什么了不得的事情!"

说到这里,叶夫根尼·帕夫洛维奇已经毫不客气地尽情发泄起自己的满腔义愤来了。他合情合理地、清清楚楚地——我们再重复一遍——甚至还带有深刻的心理分析地把公爵本人过去对纳斯塔霞·菲利波夫娜的态度向公爵一一描述了一番。叶夫根尼·帕夫洛维奇一向能说会道,如今俨然成为雄辩家了。"一开头,"他高声宣布,"您就虚情假意;既以虚伪始,也必以虚伪终;这是自然规律。当别人(不论是谁)称您为白痴的时候,我不赞成,甚至感到愤慨;您太聪明了,不该得到这个称号;然而您又太古怪,显得与众不同,这您自己也会承认。我断定,之所以会发生这一切变故,首先是由于您那可说是与生俱来的不谙世故(公爵,请您注意"与生俱来的"这个词),其次是由于您过于天真;再其次,是由于您非常缺乏分寸感(这一点您自己也承认过好几次了),——最后,是由于您的头脑里塞了一大堆信念,而您为人又特别诚实,至今还认为这些信念是真正的、天赋的、直觉的信念! 您自己也该承认,公爵,您对纳斯塔霞·菲利波夫娜的态度一开头就有一种正统的民主派成分(我这么说是力求简明扼要),可以说是对'妇女问题'的迷恋(这是为了说得更简捷些)。我确切地知道罗戈任把钱送到纳斯塔霞·菲利波夫娜家里时演出的那幕奇怪的丑剧。只要您愿意,我可以对您详详细细地把您本人分析一番,让您像照镜子一样看看您自己,我非常确切地知道那是怎么回事,以及为什么会有这样的变故!您这位年轻人,在瑞士的时候向往着祖国,急于到俄国来,就像急于去一个神奇的乐土。您读了许多关于俄国的书,这些书也许都很好,可是对您却是有害的;您怀着刚刚迸发出来的热情回到俄国,渴望干一番事业,也可以说是奋不顾身地想大干一场!就在当天,有人对您讲了一个受尽屈辱的女人的一段凄切哀婉、令人肠断的故事,居然对您这么一位骑士、一个童男讲女人的故事!当天您就见到了这个女人;您被她的美貌,惊人的、魔鬼般的美貌给迷住了(我也承认她是个美人)。再加上神经质,再加上您的癫痫病,再加上我们彼得堡这种刺激神经的解冻天气;再加上在这个陌生的、对您说来几乎是神奇的城市里度过的那一整天,那是您见到了各种人物和场面的一天,意外地结交了不少朋友的一天,对实际情况感到非常突然的一天,遇见了包括阿格拉娅在内的叶潘钦家三个美女的一天;再加上疲倦和头昏;再加上纳斯塔霞·菲利波夫娜的客厅和那个客厅的情调,以及……这时您还能指望自己怎么样呢,您说呢?"

"是啊,是啊;是啊,是啊,"公爵摇着头,开始脸红了,"是啊,几乎就是这样;您可知道,头天在车厢里,我的确几乎通宵没睡,再早一天我也通宵没睡,我心情很坏……"

"那当然啦,这不就是我要说的吗?"叶夫根尼·帕夫洛维奇兴奋地继续说道,"事情很明显,您可以说是喜极欲狂,迫不及待地想抓住这个机会当众宣布您悲天悯人的想法:您这位世袭的公爵和正人君子,并不认为那个女人是不名誉的,她被人玷污并不是她的过错,而应该归罪于一个可恶的、上流社会的淫棍。啊,天哪,这是不言而喻的!但是,问题并不在这里,亲爱的公爵,而是在于这是不是真的,您是不是真心实意,您究竟是真情流露呢,或者只不过是头脑发热?不知您是怎么想的:一个女人,就像她这样的一个女人,在神殿里得到了宽恕,但是并没有人对她说,她干得好,值得受人钦佩和尊敬,是吗?难道三个月后您的理智就不曾提醒过您究竟是怎么回事?就算她现在是清白无辜的,——我并不肯定这一点,因为我不想肯定,——但是,难道可以拿她一生的遭遇来为她那令人不可容忍的、魔鬼般的骄傲,为她这般厚颜无耻、这般贪得无厌的利己主义辩解吗?请原谅,公爵,我太激动了,但是……"

"是啊,这一切都有可能;也许您说对了……"公爵又喃喃道,"她的确很爱激动,您说得对,当然喽,但是……"

"她值得怜悯?您是不是想说这句话,我的好公爵?可是为了怜悯她,为了让她高兴,难道可以羞辱另一个高贵纯洁的姑娘,让那双傲慢的、那双可恶的眼睛蔑视她?怜悯还会使您进一步干出什么样的事来?这可真是异想天开!您既然爱上一个姑娘,难道可以在亲自向她求婚之后当着她情敌的面贬低她,为了另一个女人,而且就在这另一个女人眼前把她抛弃吗?……您已经向她求过婚了,您是当着她的父母和两个姐姐的面向她求婚的!既然如此,我倒要请您允许我问您一句,公爵,您还称得上是一个正直的人吗？再说……您要那位天仙般的姑娘相信您确实爱她,岂不是欺骗了她？"

"是啊,是啊,您说得对;哎呀,我感到我错了!"公爵懊恼得难于形容地说。

"难道这就够啦?"叶夫根尼·帕夫洛维奇气愤地喊道,"难道光喊一声'哎呀,我错了!'就完啦？您错了,可还这么固执! 当时您的心肠,您的'基督'心肠哪里去啦! 那当儿您不是看见她的脸了吗:难道她的痛苦不如那一位,不如您的另一个女人,不如拆散你们的那个女人强烈？您既然看见了,又怎能无动于衷呢？ 这是怎么回事呀？"

"可是……我并没有无动于衷呀……"不幸的公爵喃喃道。

"您怎么没有无动于衷？"

"我的确对任何事情都从不无动于衷。我至今也不明白,这一切怎么会是这样……我——我当时跑去追阿格拉娅·伊万诺夫娜,不料纳斯塔霞·菲利波夫娜昏过去了,后来大家不让我去见阿格拉娅·伊万诺夫娜,直到现在。"

"横竖一样! 哪怕另一个女人昏倒在地,您也该跑去追阿格拉娅!"

"是啊……是啊……我是应该……不过她会死的! 她会自杀的,您不了解她,而且……反正一样,我以后可以对阿格拉娅·伊万诺夫娜说明一切,而且……您要知道,叶夫根尼·帕夫洛维奇,我看您大概并不全知道。请您告诉我,为什么就不让我去见阿格拉娅·伊万诺夫娜？ 我可以把一切都向她解释清楚。您要知道:当时她俩说的都不是那么回事,完全不是那么回事,所以她们俩都落得这般下场……我怎么也不能对您说清这一点;可是我也许能对阿格拉娅解释清楚……啊,我的天哪!您提起她当时跑出去的一刹那的脸色……啊,我的天哪,我记得!……咱们走吧!"他蓦地拽住叶夫根尼·帕夫洛维奇的袖子,急忙从座位上跳起来。

"上哪儿去?"

"咱们去找阿格拉娅·伊万诺夫娜,马上就去!……"

"可我已经说过,她已不在帕夫洛夫斯克啦。而且干吗要去找她呢?"

"她会明白的,她会明白的!"公爵喃喃道,一面双手合十作哀求状,"她会明白这一切都不是那么回事,完全,完全是另一回事!"

"怎么完全是另一回事呢?您不还是要娶另一个女人吗?这么说来您仍固执……您娶不娶啦?"

"噢,是啊……我要娶的;是啊,我要娶的!"

"那又怎么不是那么回事呢?"

"噢,不,不是那么回事,不是那么回事!我娶不娶她反正一样,这毫不相干!"

"怎么会反正一样又毫不相干呢?这还算小事吗?您要娶一个心爱的女人,使她得到幸福,而阿格拉娅·伊万诺夫娜既看到也知道这件事,那又怎么会反正一样呢?"

"幸福吗?哦,不!我只不过娶她一下罢了;她要这么办。即使我娶了她又有什么呢:我……哦,这反正一样!不过,她肯定会死。我现在看出,她跟罗戈任结婚简直是发疯!我以前不明白的事现在全明白了,您要明白:在她俩面对面站着的时候,我当时受不了纳斯塔霞·菲利波夫娜的脸色……您不知道,叶夫根尼·帕夫洛维奇(他神秘地把声音压低了),我从来没对任何人说过这一点,就是对阿格拉娅也没说过,可我受不了纳斯塔霞·菲利波夫娜的脸色……您方才谈到当时在纳斯塔霞·菲利波夫娜家举行的晚会,您说得都对;但是还有一点您忽略了,因为您不知道:我看到了她的脸!我当天上午看见她的相片就受不住……您瞧,薇拉·列别杰娃的眼睛就完全是另一个样;我……我怕她的脸色!"他毛骨悚然地补充道。

"您害怕?"

"是啊;她是个疯子!"他面色苍白地低声说。

"您能肯定这一点吗?"叶夫根尼·帕夫洛维奇非常好奇地问道。

"是啊,可以肯定;如今已经肯定了;如今,在这几天里,我已经完全肯定了!"

"那您干吗要折磨自己呢?"叶夫根尼·帕夫洛维奇惊呼道,"这么说来,您是出于一种恐惧心理才娶她的? 这根本无法理解……也许您甚至都不爱她吧?"

"噢,不,我全心全意地爱着她! 要知道她是……一个孩子;她现在是个孩子,完全是个孩子! 哎,您什么也不知道!"

"与此同时您又要阿格拉娅·伊万诺夫娜相信您确实爱她?"

"哦,是啊! 是啊!"

"这怎么成? 这么说来您想爱两个女人?"

"哦,是啊! 是啊!"

"得了吧,公爵,您说些什么呀,您醒醒吧!"

"没有阿格拉娅,我会……我一定要见到她! 我……很快就要在睡梦中死去;我认为,我今夜就会在睡梦中死去。

哎,但愿阿格拉娅能知道,知道这一切……也就是非得让她知道一切不可。因为在这种情况下应该知道一切,这是最要紧的!为什么我们在某人犯了错误,应该知道有关他的一切的时候,却从来没法知道呢!……不过我不知道我现在说些什么,我糊涂了;您使我大吃一惊……难道她的脸现在还像她跑出去时那样?哦,是啊,我错了!完全可能都是我的错。我还不知道究竟错在哪里,要是我错了……这里有一点是我对您说不清楚的,叶夫根尼·帕夫洛维奇,我不知该说什么才好,但是……阿格拉娅·伊万诺夫娜会明白的!啊,我永远相信她是会明白的。"

"不,公爵,她不会明白!阿格拉娅·伊万诺夫娜对您的爱,是一个女人的爱,是一个人的爱,而不是……抽象观念的爱。您要知道,我可怜的公爵:完全可能,无论是这个女人还是另一个女人,您都从来没有爱过!"

"我不知道……也许如此,也许如此;您的许多看法都是对的,叶夫根尼·帕夫洛维奇。您非常聪明,叶夫根尼·帕夫洛维奇;哎,我又开始头痛了,咱们去找她吧!看在上帝的分上,看在上帝的分上!"

"我告诉过您,她不在帕夫洛夫斯克,她在科尔米诺。"

"咱们去科尔米诺,现在就去!"

"这是不——可——能——的!"叶夫根尼·帕夫洛维奇站起身来,曼声说道。

"您听着,我要写一封信;请您把信捎去!"

"不,公爵,不成!请别交给我这种差事,我办不到!"

他们分手了。叶夫根尼·帕夫洛维奇离去时抱着一些奇怪的信念:他也认为,公爵有点精神失常。他又怕又爱的

这个面孔究竟是什么意思？与此同时,他见不到阿格拉娅,
说不定当真会死,因此阿格拉娅也许永远不会知道他爱她
已爱到这种程度！哈哈！怎么能爱两个女人呢？用两种不
同的爱情去爱吗？这倒有趣……可怜的白痴！今后他会怎
么样呢？

十

但是公爵在结婚以前,既没有在醒着的时候死去,也没有像他对叶夫根尼·帕夫洛维奇预言的那样"在睡梦中"死去。他可能的确睡得不好,做了些噩梦;但是白天和人们在一起的时候,他看上去倒也和善,甚至很满意,不过有时心事重重,但这种情况往往出现在他独自一人的时候。人们都忙着筹备婚礼:婚期定在叶夫根尼·帕夫洛维奇拜访他之后的一周左右。由于事情来得如此仓促,就连公爵最要好的朋友(假定他真有这样的朋友的话),也会对自己为"拯救"不幸的狂人所作的努力感到失望。有人散布说,对于叶夫根尼·帕夫洛维奇的访问,伊万·费奥多罗维奇将军和他的夫人伊丽莎白·普罗科菲耶夫娜也要担一部分干系。但是,倘若他们二人由于心地无比善良,可能想把可怜的疯子从深渊中救出来,那么他们当然也就只得勉强这样试试;无论是他们的处境或者哪怕是他们的心情,都不允许他们做出更为重大的努力,这是自不待言的。我们曾提到过,就连公爵周围的人也在某种程度上反对他。不过薇拉·列别杰娃还只限于暗自流泪,她多半待在自己家里,不像以前那样常去看望公爵了。科利亚这时正在办理父亲的丧事;老人在第一次中风后的七八天再次中风,终于溘然长逝。公爵对这一家遭到的不幸深表同情,头几天每天都要在尼娜·亚历山德罗夫娜身边待几个钟头；他参加了葬礼，还去了教堂。有许多人注意到，教堂里的群众在公爵进门和出去时都不由得窃窃私语了一阵；在大街上和花园里也往往如此：每逢他步行或乘车路过，总有人嘁嘁喳喳，指指点点，不但提到他的名字，还常常可以听到纳斯塔霞·菲利波夫娜的名字。人们在葬礼上找过她，可是她没参加葬礼。大尉夫人也没有参加葬礼，是列别杰夫及时拦住了她。安魂祈祷给公爵留下了强烈而痛苦的印象；他在教堂里回答列别杰夫什么问题的时候，就曾小声地告诉对方，这是他第一次参加东正教的安魂祈祷，他只记得儿时在一个乡村教堂里也参加过一次安魂祈祷。

"是啊，先生，躺在棺材里的好像并不是最近还曾被我们推为主席的那个人，您记得吗，先生？"列别杰夫小声对公爵说道，"您找谁呀，先生？"

"没什么，我觉得……"

"不是找罗戈任吧？"

"难道他在这里？"

"是在教堂里，先生。"

"怪不得我像是看见了他的眼睛，"公爵不好意思地喃喃道，"这是怎么回事？……他来这里干吗？是被邀请来的吗？"

"根本没想到过他，先生。他完全是个陌生人，先生。这里什么人都有，先生，一大群人哩，先生。您干吗这么吃惊？我如今常常遇见他，一周来我在这里，在帕夫洛夫斯克，已遇到他四五次啦。"

"我还没见过他一次……从那时起。"公爵喃喃道。

由于纳斯塔霞·菲利波夫娜也一次没告诉他,"从那时起"她见到过罗戈任,所以公爵现在断定,罗戈任由于什么缘故如今特地不露面。这一整天他都心事重重;而纳斯塔霞·菲利波夫娜这一整天和整个晚上却特别高兴。

科利亚在父亲去世以前就跟公爵言归于好了,他劝公爵请凯勒和布尔多夫斯基当傧相(因为此事已迫在眉睫,刻不容缓)。他保证凯勒一定会干得很体面,也许还"有用处",至于布尔多夫斯基,那就不用说了,他为人一贯文静持重。尼娜·亚历山德罗夫娜和列别杰夫向公爵指出,既然已决定结婚,何必非得在帕夫洛夫斯克举行婚礼,何况又正赶上游客云集的避暑季节,干吗要这么张扬呢?在彼得堡举行,甚至在家里举行,岂不更好?公爵心里很清楚,所有这些担心是什么意思;但他简单明了地答道,纳斯塔霞·菲利波夫娜非要这么办。

凯勒获悉自己当上了傧相,第二天就来找公爵。他进去以前先在门口站住,一见到公爵就举起右手,伸出食指,像发誓一般喊道:

"我不喝酒了!"

接着他走到公爵面前,紧握公爵的双手摇晃了一下,声称他在听到此事之初当然持反对态度,而且在打台球的时候宣布过;他之所以反对,并不是有什么别的原因,而是因为他每天都像朋友那样急不可耐地盼望公爵能娶一位像公爵夫人德·罗昂①那样的女人;但是,现在他明白了,公爵的想法比他们所有的人"加在一起"所想的至少要高尚十二倍!因为他需要的不是显赫,不是财富,甚至也不是名声,而只是——

①　德·罗昂(1600—1679),法国的女政客。

真理！贵人的同情心是无人不晓的，而公爵是这么有学问，因此一般说来，他不可能不是一位贵人！"可是那帮小人和混蛋却有不同的看法；在城里，在家中，在集会上、别墅里、音乐会上、小酒铺里、台球桌旁，大家议论和争吵的全是就要发生的那件事。我听说，在所谓的'初夜'，他们甚至要到窗下来起哄！公爵，假如您需要一名可靠的保镖，那么在您第二天早晨从合欢床上起身之前，我不惜像一个高尚的人那样射出半打子弹来换取这个差事。"他担心从教堂里出来时要喝喜酒的人太多，又建议在院子里准备一条消防水管；但是列别杰夫反对，他说："要是动用消防水管，房子都会被捣得粉碎。"

"这个列别杰夫正在跟您捣鬼，公爵，真的！您哪里想得到，他们想把您交给官厅监护起来，剥夺您的自由和财产，也就是剥夺使我们每一个人不同于四足动物的两件东西！我听说了，确实听说了！这是千真万确的！"

公爵回忆起他自己仿佛也听到过这一类的话，但是不消说，他并没有放在心上。就是现在他也只是一笑置之，转眼就忘了。列别杰夫倒的确张罗过一阵；此人总是灵机一动便计上心来，由于他过分热心，所以他那些打算就渐渐变得复杂起来，结果节外生枝，反倒背离了他的初衷。他毕生一事无成，其故即在于此。后来，几乎就在举行婚礼的那天，当他到公爵那里去赔罪的时候（他有一个一成不变的习惯，就是总要去向他阴谋反对过的人赔罪，尤其是在阴谋未能得逞的时候），他对公爵说，他生来就是塔列兰①，但不知怎么却始终只不过

---

① 塔列兰(1754—1838)，法国外交官，他的名字已成为诡计多端、恬不知耻的外交家的代名词。

是列别杰夫。接着他向公爵坦白了他玩弄的那一整套把戏，使公爵都听得入迷了。据他说，他起初设法找达官贵人当后台，以便必要时有所依靠，于是就去找伊万·费奥多罗维奇将军。伊万·费奥多罗维奇将军犹豫不决，他对那个"年轻人"倒是一片好心，但是却说："我虽然很想拯救他，但在这件事上却不宜采取行动。"伊丽莎白·普罗科菲耶夫娜既不想听他的话，也不想见他；叶夫根尼·帕夫洛维奇和Щ公爵只是连连摇手。但是他列别杰夫并不灰心，便向一个精明的法律学家请教，那是一位可敬的老人，他的好朋友，而且几乎是他的恩人。法律学家断言，此事完全可以办到，不过必须具备有权威的证据以证明当事人神经失常并完全疯了，同时还得有达官贵人做后台，这是主要的。列别杰夫并未泄气，有一次甚至带了一位医生去见公爵。那医生也是一位可敬的老头儿，脖子上挂着安娜勋章，也是来避暑的，他去公爵那儿的唯一目的，可以说是查明情况，认识一下公爵，非正式地、然而可以说是友好地对公爵的情况提出自己的看法。公爵还记得那位医生的这次拜访。他记得，列别杰夫头一天就缠住他说他身体不好，当公爵断然拒绝就医的时候，列别杰夫突然偕同医生光临，诡称他俩刚从捷连季耶夫先生那里前来，后者病势沉重，医生要跟公爵谈谈病人的情况。公爵夸奖了列别杰夫几句，非常殷勤地接待了医生。他们立刻谈起伊波利特的病情。医生请公爵比较详细地叙述一下当时病人自杀的情景，公爵的叙述和对此事的解释使他都听得入迷了。他们又谈起彼得堡的气候、公爵本人的病情、瑞士、什奈德尔。公爵叙述了什奈德尔疗法和其他一些故事，医生听得入神，竟坐了两个钟头。他一支支地吸着公爵的上等雪茄，列别杰夫也贡献了一瓶非常可口的甜酒,酒是薇拉送来的。那位医生已是有家小的了,却在薇拉面前大献殷勤,使她非常气愤。他们友好地分手了。医生从公爵家出来时告诉列别杰夫,要是把这种人统统监护起来,那又去找谁来做监护人呢?听到列别杰夫悲观地把即将发生的事说了一遍之后,医生阴阳怪气地摇了摇头,末了指出,姑且不论"男婚女嫁,谁也难管",就说"那位迷人精吧,至少据我所知,除了貌若天仙之外(仅此一端就足以使一个富家翁神魂颠倒),她还拥有一大笔从托茨基和罗戈任那里得来的财产,此外还有珍珠和钻石、披肩和家具,因此即将作出的选择非但并不表明亲爱的公爵已愚蠢到了可说是非同小可、引人注目的程度,反倒可以证明他八面玲珑和老谋深算,从而使人得出截然相反的、完全对公爵有利的结论……"这种看法使列别杰夫大吃一惊,他只得就此罢休;现在他对公爵补充道,"如今除了忠心耿耿和不惜流血之外,您再也不会看到我有什么二心;我就是为此而来的。"

最近几天,伊波利特也使公爵常常分心;他常常派人来请公爵。他们住在不远的一所小房子里;孩子们,即伊波利特的弟妹们,很喜欢别墅区,这起码是因为可以到花园里去躲开病人。可怜的大尉夫人对他仍言听计从,完全成了他的牺牲品。公爵每天都得替他们排难解纷,病人仍把他称为自己的"保姆",同时由于他老是充当和事佬,又不能不鄙视他。病人对科利亚非常不满,因为科利亚起初守着垂死的父亲,以后又陪伴守寡的母亲,几乎不去看他了。末了,他还把公爵即将和纳斯塔霞·菲利波夫娜结婚的事当作笑柄,结果得罪了公爵,公爵大动肝火,不再去看他了。过了两天,大尉夫人一大早就摇摇晃晃地去找公爵,含着眼泪哀求公爵去她家一趟,不然那家伙会把她吞了。她补充说,伊波利特想公开一个重大的秘密。公爵去了。伊波利特想跟公爵和好,他哭了起来,不消说,哭罢却更加愤世嫉俗,但又不敢流露怨气。他的病情恶化了,从一切方面可以看出,现在他已奄奄一息。他除了激动(也许是假装的)得可说是喘不过气来地热切请求"提防罗戈任"以外,并没有透露任何秘密。他说"此人是不达目的誓不罢休的;公爵,他跟您我不同;一旦他想干什么,他是决不手软的……"如此等等。公爵开始仔细盘问,想打听到一些事实;但是除了伊波利特个人的感觉和印象之外,没有任何事实。末了伊波利特由于把公爵吓得心惊胆战而感到特别满意。起初公爵不想回答他提出的一些特别的问题,他给公爵出主意说:"哪怕跑到国外也没什么;俄国神甫到处都有,在国外也可以结婚。"公爵只是笑而不答。但是,伊波利特最后提出了这样一个想法:"我只替阿格拉娅·伊万诺夫娜担心;罗戈任知道您有多么爱她;您从他手里夺走了纳斯塔霞·菲利波夫娜,他就会杀死阿格拉娅·伊万诺夫娜;一报还一报;虽然她现在并不是您的,可您还是会感到难过,不是吗?"他达到了目的:公爵离开他的时候,几乎有点神思恍惚。

关于罗戈任的这番警告,是在婚礼的前一天提出的。当天晚上,公爵在婚前最后一次见到纳斯塔霞·菲利波夫娜;但是纳斯塔霞·菲利波夫娜并不能使他安心,近来反倒使他越来越不安了。早先,也就是在几天以前,她每次见到他都千方百计地让他开心,极怕看到他那副忧愁的模样:她甚至还试着唱歌给他听;通常总是对他讲述她记得起来的一切可笑的故事。公爵几乎总是装出一副笑容可掬的模样,有时她讲得出神,往往流露出杰出的才智和崇高的感情,确实会使他笑逐颜开,而她倒也常常讲得出神。她看到公爵的笑容,看到自己给他留下的印象,便喜出望外并得意非凡。然而她现在的忧愁和沮丧,却几乎一小时比一小时更为强烈。他对纳斯塔霞·菲利波夫娜已有明确的看法,不然的话,他现在看到她这一切就难免会觉得莫名其妙和令人费解了。但是,他真诚地相信她还能恢复过来。他对叶夫根尼·帕夫洛维奇说,他全心全意地爱着她,这话一点不假;在他对她的爱情里,的确包含着一种像是对一个可怜的病孩子的眷恋,而这个孩子又是叫人难于割舍,甚至就不可能把他扔下不管的。他没有对任何人解释过自己对她的感情,哪怕在无法回避这个话题时他也不爱谈起此事。每当他和纳斯塔霞·菲利波夫娜待在一起的时候,他们从来不谈"感情"问题,仿佛双方已经有言在先。谁都可以加入他们那种家常的、愉快的、生气勃勃的谈话。达里娅·阿列克谢耶夫娜日后曾说,这段时期她只要瞧着他们就感到开心和满足。

但是他对纳斯塔霞·菲利波夫娜的精神状态和思想情况的这种看法,却使他得以在某种程度上避开了其他许多疑虑。如今跟他在三个月以前所了解的那个女人相比,她已判若两人。譬如说,如今他已不再琢磨,何以她当初哭哭啼啼地、又是咒骂又是责备地逃避和他结婚,如今却又非要赶快结婚不可?"可见她已不像当初那么担心,一旦和我结婚,会使我遭到不幸。"公爵想道。在他看来,她不可能这么快就自然而然地恢复了自信。然而这种自信又不可能仅仅出于对阿格拉娅的恨:纳斯塔霞·菲利波夫娜会有比这更深刻一些的感情。莫不是出于对自己将跟罗戈任共命运这件事的恐惧?总之,所有这些原因再加上其他原因,可能都起了作用。然而对他来说,最明显的正是他早就怀疑的那一点,也就是这颗不幸而痛苦的心已经受不住了。从某一点来看,这一切虽然打消了他的种种疑虑,但是在整个这段时期既没有使他得到安宁,也没有使他得到休息。他有时仿佛竭力什么也不去想;看上去他似乎的确也把婚姻看成了一种无关紧要的手续;他就没把自己的命运放在心上。至于那些反对意见,那些谈话,例如跟叶夫根尼·帕夫洛维奇的谈话,他根本就答不上来,并感到自己一点也不在行,因此也就避免任何诸如此类的谈话。

不过他发现纳斯塔霞·菲利波夫娜却非常清楚并且懂得阿格拉娅对他说来意味着什么。她只是不说而已。但是起初当她有时发现他打算去叶潘钦家的时候,他看到了她的"脸色"。叶潘钦一家走后,她仿佛也容光焕发了。不论他多么没有眼力又不够机灵,但是这样一个想法却使他不安起来:纳斯塔霞·菲利波夫娜可能已决定制造什么事端,以迫使阿格拉娅离开帕夫洛夫斯克。整个别墅区对婚礼甚嚣尘上的议论,当然在一定程度上是纳斯塔霞·菲利波夫娜为了激怒她的情敌而煽动起来的。由于很难遇到叶潘钦家的人,于是纳斯塔霞·菲利波夫娜有一次竟让公爵登上自己的四轮马车,吩咐车夫让马车载着公爵从叶潘钦家别墅的窗前驶过。公爵完全没有想到会来这么一招;他照例是在事情已无法挽救、马车已从窗前驶过的时候才恍然大悟。他什么也没说,但事后一连病了两天;纳斯塔霞·菲利波夫娜也就不敢再重演故技了。在婚前的最后几天,她开始深感忧愁;但她每次都能战胜自己的忧愁,又渐渐快乐起来,然而比较文静,不像前不久那样吵吵嚷嚷、乐不可支了。公爵只得加倍留神。他感到有趣的是,她从来不跟他谈罗戈任的事。只有一次,在他们结婚前四五天,达里娅·阿列克谢耶夫娜突然派人来请公爵马上就去,因为纳斯塔霞·菲利波夫娜得了重病。他发现她似乎完全疯了:她喊叫,发抖,吵吵嚷嚷地说罗戈任就藏在她家的花园里,她刚才还看见他,他夜里准会杀死她……宰了她!一整天她都安静不下来。但是当天晚上,公爵到伊波利特家去待了一会儿,刚办完自己的一些琐事从城里回来的大尉夫人告诉他,今天罗戈任到她在彼得堡的寓所去了一趟,还打听了帕夫洛夫斯克的情况。公爵问,罗戈任究竟是什么时候上她那里去的,大尉夫人回答时说的时间,几乎就是当天纳斯塔霞·菲利波夫娜说她在自己花园里见到罗戈任的那个时间。原来那只不过是她的幻觉罢了。纳斯塔霞·菲利波夫娜亲自去找大尉夫人详细查问了一番,这才完全放心了。

在结婚的前一天,公爵离开纳斯塔霞·菲利波夫娜的时候,她正无比兴奋:时装女工从彼得堡送来了第二天用的服装,有结婚礼服、帽子等等。公爵没想到她看见服装竟会这么兴奋;他把每件东西都夸奖了一番,他的夸奖使她越发开心了。但她说漏了嘴:她已听说城里群情激愤,听说确有一些浪荡公子打算起哄,不但要奏乐,几乎还专门编写了打油诗,而这一切又几乎得到其他各界人士的赞许。现在她就是要在他们面前把头抬得更高,用她时髦而又豪华的服装镇住所有的人,"只要他们有胆量,就让他们去喊,让他们去叫!"她一想到这里,两眼便炯炯发光。她还有一个隐秘的宿愿,但她没有说出口来:她但愿阿格拉娅或者起码是她派遣的什么人,也会混进人群和教堂里观望并看见她的气派,她已暗自作了准备。她在晚上十一点钟左右跟公爵分手的时候,满脑子都是这种想法;但是前半夜还没过去,达里娅·阿列克谢耶夫娜就派人

来找公爵,请他"快去,她得了重病"。公爵发现他的未婚妻
把自己锁在卧室里,正痛不欲生,歇斯底里地放声大哭;她很
久也没有听见别人在锁上了的门外对她说的任何一句话,末
了她终于打开门,只让公爵一个人进去,又把门锁上,在他面
前跪下。(至少达里娅·阿列克谢耶夫娜事后是这么说的,
她好歹偷看到了一点。)

"我干的是什么呀!我干的是什么呀!我怎么能对你这
样!"她痉挛地抱住他的两腿喊道。

公爵和她在一起坐了整整一个钟头;我们不知道他们说
了些什么。据达里娅·阿列克谢耶夫娜说,他们在一小时后
分手时又心平气和、高高兴兴的了。这天夜里,公爵又派人去
打听了一次;但是纳斯塔霞·菲利波夫娜已经入睡。翌日凌
晨她还没睡醒,公爵又先后派了两个人去达里娅·阿列克谢
耶夫娜处,等到派第三个人前去的时候,她吩咐那人转告公
爵:"现在纳斯塔霞·菲利波夫娜身边有一大群从彼得堡来
的时装女工和理发师,昨天的事早已烟消云散,她正忙着打
扮,只有像她这样的美人才会在婚前这样忙于打扮自己,眼
下,就在此刻,正在举行专门会议,研究应该戴哪一种钻石和
怎么个戴法。"公爵完全放心了。

随后发生的一切与婚礼有关的事,均出自那些知情人之
口,而且看来是可信的:

婚礼定于晚八时举行;纳斯塔霞·菲利波夫娜七时就准
备好了。从六时起,就开始有一群群看热闹的人来到列别杰
夫别墅周围,达里娅·阿列克谢耶夫娜家的附近闲人就更多
了。从七时起,人们开始拥进教堂。薇拉·列别杰娃和科利
亚很替公爵担心;可是他们在家里有许多事要办:他们在公爵

的几个房间里张罗接待来宾和安排喜筵的事。不过在婚礼之后几乎并未安排任何聚会。除了必须出席婚礼的人们以外，由列别杰夫邀请了普季岑夫妇、加尼亚、脖子上挂着安娜勋章的医生，还有达里娅·阿列克谢耶夫娜。当公爵好奇地向列别杰夫打听，他怎么会想到邀请"几乎是素不相识的"医生时，列别杰夫沾沾自喜地答道："他脖子上挂着勋章，是一位受人尊敬的人，先生，可以撑撑门面呀，先生。"把公爵都逗笑了。凯勒和布尔多夫斯基穿着燕尾服，戴着手套，看上去很体面；只是凯勒还是有点掩饰不住他好斗的习气，使公爵和委托凯勒办事的那些人依然有点放心不下，他还充满敌意地盯着聚集在房子附近的那些看热闹的人。七时半，公爵终于乘轿式马车前往教堂。我们要顺便指出，他特别注意不可忽略任何传统的风俗习惯；一切都安排得清清楚楚、明明白白、光明正大、"无懈可击"。公爵进了教堂，在群众不停的窃窃私语和感叹声中，由不时向左右投以威严目光的凯勒带路，好容易才穿过人群，暂时躲在圣堂内。接着凯勒又动身去接新娘，他在达里娅·阿列克谢耶夫娜家门口的台阶旁边发现了一群人，他们不但人数要比公爵那里的多一两倍，甚至放肆的程度兴许也高出两倍。他拾级而上的时候听到了使他不能忍受的喊叫声，他已经完全转过身去想对人群发表一篇合乎时宜的演说，幸而被布尔多夫斯基和从门廊里跑出来的达里娅·阿列克谢耶夫娜拦住了；他们抓住他，使劲把他拉到屋里去了。凯勒又气又急。纳斯塔霞·菲利波夫娜站起身来，再次照了照镜子，据凯勒事后说，这时她"似笑非笑"地指出，她的"脸像死人般苍白"；她虔诚地向圣像鞠了一躬，就走出门去。雷鸣般的喊声迎接她的露面。诚然，在最初的一刹那可以听见

笑声和掌声,也许还有哨声;但是过了一会儿,就传来了另一些声音:

"真是个美人儿!"有人在人群里喊道。

"她不是第一个,也不会是最后一个!"

"结婚能遮掩一切,傻瓜们!"

"不,你们可找不到这样的大美人! 乌拉!"站在她身边的人们喊道。

"公爵夫人! 我情愿出卖灵魂来换这么一位公爵夫人!"一个办事员喊道,"我不惜以生命来换一个春宵①! ……"

纳斯塔霞·菲利波夫娜出来的时候,脸色的确白得像一块手帕;但她那双乌黑的大眼睛却像两块红炭朝着人群闪烁;人群受不了这种眼神;愤怒变成了狂热的欢呼。轿式马车的车门已经打开,凯勒已经伸手去搀新娘,她却突然喊了一声,径直从台阶上向人群扑去。陪她的人全都惊呆了,人群给她让出一条路来,这时在离台阶五六步的地方,罗戈任突然出现了。纳斯塔霞·菲利波夫娜在人群里也看到了他的视线。她像发疯似的跑到他面前,抓住了他的双手。

"救救我! 把我带走吧! 随你去哪里都成,马上就去!"

罗戈任几乎把她抱了起来,几乎把她抱到了马车跟前。接着他转眼之间就从皮夹里取出一张一百卢布的钞票,递给了马车夫。

"去火车站,只要赶上了火车,再给你一百卢布!"

他说罢就跟在纳斯塔霞·菲利波夫娜后面跳进马车,关

---

① 引自普希金中篇小说《埃及之夜》(1835)中关于埃及女皇克莉奥佩屈拉的那首长诗。

上了车门。马车夫毫不迟疑地就抽打起马儿来了。事后凯勒委过于事情来得太出乎意外:"只要再等一秒钟,我就会清醒过来,我可不会让他跑掉!"他在叙述这桩奇闻的时候解释道。他和布尔多夫斯基跳上了偶然停在那里的另一辆轻便马车,便急忙前去追赶,但是半路上他又改变了主意:"反正来不及了!硬拉是拉不回来的!"

"而且公爵也不愿这么干!"布尔多夫斯基大为震惊地断言道。

罗戈任和纳斯塔霞·菲利波夫娜及时赶到了车站。罗戈任在跳下马车即将上火车时,还来得及把一个从身边走过的姑娘叫住,那姑娘披着一件虽已陈旧却还像样的黑色短斗篷,头上围着一块绸巾。

"我出五十卢布买您的斗篷,好吗?"他忽然把钱递给那个姑娘。在她惊魂未定还没弄明白是怎么回事的时候,他已经把一张五十卢布的钞票塞进她的手里,拽下了她的斗篷和围巾,披在纳斯塔霞·菲利波夫娜的肩上和头上了。她那套过于华丽的服装太刺目了,在火车上会引起注意。事后那姑娘才明白,人家干吗让她占这么大的便宜买下她那些一钱不值的破旧衣服。

这桩奇闻非常迅速地就被众人七嘴八舌地传到教堂里去了。当凯勒穿过人群朝公爵走去的时候,许多素不相识的人都跑上前去盘问他。一片喧哗,人们直摇头,甚至还有笑声;没有一个人离开教堂,大家都等着瞧新郎听到这消息后的反应。他面色苍白,听到消息后却很镇静,用勉强听得见的声音说:"我一直在担心,可我还是没料到竟会这样……"接着他沉默了片刻,又补充道:"不过……从她的心情来看……这完全是理所当然的。"这种评论事后被凯勒称为"史无前例的哲学"。公爵走出教堂时显然神色自若,精神饱满。起码有许多人注意到了这一点,事后也是这么说的。看来他很想回家,想尽快独自待在家中;但是人们却不让他这样。有些被邀请的客人跟着他走进室内,其中包括普季岑、加夫里拉·阿尔达利翁诺维奇,还有那个也无意离去的医生。此外,整个房子简直就被闲人团团围住了。公爵刚走上凉台,就听见凯勒和列别杰夫正跟几个人在激烈争吵,那几个人的模样像是当官的,但从未见过,他们无论如何也要到凉台上来。公爵走到争吵不休的人们面前,查明了是怎么回事,就客客气气地把列别杰夫和凯勒推开,彬彬有礼地跟站在门口梯级上的那个头发花白、身体健壮的领头的先生打招呼,请他赏光进去坐坐。那位先生腼腆起来,却还是走了进去;随后又进去了一两个。在这群人里居然有七八个人要进去,他们进去时还尽可能地表现得非常随便。但是再没有别人乐意进去了,而且人群里不久就有人开始责备那几个好出风头的家伙。公爵请来客坐下,谈话就开始了,还上了茶,——这一切都非常得体,非常文雅,使来客不禁为之愕然。当然,也有几次曾想使谈话变得生动一些,并把它们引到"正题"上去;提出了几个冒昧的问题,发表了一些"居心不良"的意见。公爵回答大家的问题时态度是那么朴实亲切,同时又那么不卑不亢,而且深信自己的客人都很正派,这就使那些冒昧的问题自然消灭了。谈话渐渐变得严肃起来。一位先生抓住一句话不放,突然大动肝火地发誓说,不论出什么事他也不变卖田产,反而倒要等待,而且总会等到机会,因为"家业总比钱好";"先生,这就是我的经济学,先生,您会明白的,先生。"由于他是对公爵说的,所以公爵热情地恭维了他一番,尽管列别杰夫咬着耳朵告诉他,这位先生一贫如洗,从来没置过什么田产。几乎过了一小时,茶喝完了。喝完了茶,客人们终于不好意思再坐下去了。医生和那位花白头发的先生热情地向公爵告辞;大家也都吵吵嚷嚷地热情告别了。他们表示了一些愿望和意见,诸如"不必发愁,塞翁失马,焉知非福"之类。诚然,也有人要喝香槟酒,但是年长的客人阻止了年轻的。大家散去后,凯勒俯身对列别杰夫说:"要是碰到咱们哥俩,准会大喊大叫,大打出手,弄得臭名远扬,结果招来警察;可他倒交了一帮新朋友,而且是这么一帮朋友;我可知道他们的底细!"列别杰夫醉醺醺地叹了口气说道:"他对大智大慧的有识之士讳莫如深,却对婴儿开诚布公,我早先就这么评论过他;可是现在我要补充一句:上帝保护了这个婴儿,他和他的全体圣徒,把婴儿从深渊中救了出来!"

十点半左右,终于只剩下公爵一人了,他觉得头痛;科利亚帮他脱下结婚礼服,换上便服,所以走得最迟,他们热烈地分手了。科利亚没有再提当天发生的事,然而答应翌日早些来。日后他证明,公爵在他们最后一次分手时并没有预先告诉他任何事情,这就是说,公爵甚至对科利亚也隐瞒了自己的意图。不久,整个屋子里几乎一个人也不剩:布尔多夫斯基去找伊波利特,凯勒和列别杰夫也不知到什么地方去了。只有薇拉·列别杰娃一个人还在屋里待了一会儿,把几间准备办喜事的房间匆匆收拾了一下,使其恢复原状。临走时她去瞧了瞧公爵。他坐在桌旁,把两肘支在桌上,两只手抱住脑袋。她轻轻地走上前去,碰了碰他的肩膀;公爵莫名其妙地瞧了她一眼,几乎回忆了一分钟光景;但当他回忆起来并明白了一切以后,他蓦地异常激动。不过末了无非是他非常急切地请求薇拉翌日凌晨七时敲敲他的房门,好让他赶上第一班火车。薇拉答应了;公爵开始热烈地请求她不要把此事告诉任何人;她也答应了,末了当她已经把门完全打开,准备出去的时候,公爵又第三次叫住她,拉住她的双手吻了吻,接着又吻吻她的前额,用一种"异样"的神情对她说:"明天见!"起码薇拉事后是这样对别人说的。她走开时替他深为担心。第二天早晨她已稍稍振作了一点。七点刚过,她如约去敲公爵的房门,通知他火车在一刻钟以后就要开往彼得堡。她觉得他给她开门时精神很好,甚至面带笑容。他几乎通宵没脱衣服,不过倒睡了一觉。据他说,他当天就可以回来。由此可见,他认为当时只能把他进城的事告诉她一个人,而且也只需告诉她一个人。

十一

一小时后,他已到了彼得堡,九点多钟的时候,他拉了罗戈任家的门铃。他是从楼房的正门进去的,很久没人给他打开房门。末了,罗戈任娜老太婆住宅的门开了,出来一个仪态端庄的年老女仆。

"帕尔芬·谢苗诺维奇不在家,"她在门口宣布道,"您找谁?"

"找帕尔芬·谢苗诺维奇。"

"他老人家不在家,先生。"

女仆非常好奇地打量着公爵。

"至少请您告诉我,他昨晚可曾在家里过夜?还有……他昨天是不是独自回来的?"

女仆依然瞧着他,却没有回答。

"昨天……傍晚的时候……纳斯塔霞·菲利波夫娜是不是跟他一起来过这儿?"

"请问您尊姓大名?"

"列夫·尼古拉耶维奇·梅什金公爵,我们是很要好的朋友。"

"他老人家不在家,先生。"

女仆垂下视线。

"纳斯塔霞·菲利波夫娜呢?"

"这我一点也不知道,先生。"

"慢着,慢着! 他什么时候回来?"

"这个我也不知道,先生。"

门关上了。

公爵决定一小时后再来。他朝院子里瞧了一眼,看见了一个扫院人。

"帕尔芬·谢苗诺维奇在家吗?"

"在家,先生。"

"为什么他们刚才告诉我说不在家呢?"

"是他家里的人说的吧?"

"不,是他母亲的女仆说的,我在帕尔芬·谢苗诺维奇的门口拉铃,没人开门。"

"也许出去了,"扫院人断定道,"他不会留话的。有的时候他把钥匙也带走,房门一连三天都关着。"

"你确实知道他昨天在家吗?"

"是在家。有时从正门进来,那就看不见了。"

"纳斯塔霞·菲利波夫娜昨天是不是跟他在一起?"

"这我可不知道,先生。她不常来。只要她来过,我总会知道的。"

公爵走了,他沉思默想地在人行道上走了一会儿。罗戈任住的几个房间的窗子全关着;他母亲住的那一半几乎所有的窗子全打开了;天气晴朗而炎热;公爵穿过街心,到对面的人行道上站住,又瞧了瞧那些窗户:窗户不但全关着,而且几乎都放下了白窗帘。

他站了片刻,说来也怪,他蓦地觉得一个窗帘的边缘掀了起来,闪现出罗戈任的面孔,但是一闪之后就不见了。他又等了片刻,本已决定再去拉铃,却又改变了主意,决定过一个钟头再说:"谁知道,也许只不过是一个幻觉……"

主要的是,他现在急于去伊斯梅洛夫团找纳斯塔霞·菲利波夫娜前不久住过的那个寓所。他知道,她在三周前按他的请求从帕夫洛夫斯克搬走以后,就住在伊斯梅洛夫团她过去一个好心的女友那里,那女友是一位教师的遗孀,是一位有子女的可敬的太太,她出租带家具的考究住宅,几乎就借此谋生。当纳斯塔霞·菲利波夫娜再度移居帕夫洛夫斯克的时候,十有八九会把这套寓所保留下来;至少她极有可能是在这套寓所里过夜的,那当然是昨天罗戈任把她送去的。公爵雇了一辆马车。他在路上想到,本来就应该从那里找起,因为她大概不会在夜里径直去罗戈任家。这时他又记起了扫院人的话:纳斯塔霞·菲利波夫娜不常去那里。既然在出事之前都不常去,那么现在又何必待在罗戈任家里呢?公爵一路上用这些想法来安慰自己,终于半死不活地来到了伊斯梅洛夫团。

使他大吃一惊的是:教师夫人一家非但昨天和今天都没有听到纳斯塔霞·菲利波夫娜的消息,而且全都跑出来像发现奇迹似的瞧着他。教师夫人家人口众多,——全是姑娘,从七岁到十五岁,一岁一个。她们跟着母亲一拥而出,把他团团围住,张着嘴瞧他。跟在她们后面出来的是她们的面黄肌瘦、披着黑头巾的姨妈,最后出来的是外祖母,那是一个戴眼镜的老太婆。教师夫人执意请他进去坐坐,公爵也就照办了。他立刻猜到了她们完全知道他是什么人,她们很清楚地知道他预订昨天结婚,所以拼命想打听结婚的情况,还想打听这么一件怪事:他现在怎么会向她们了解那个目前肯定跟他一起待在帕夫洛夫斯克的女人的去向，但是她们又不好意思打听。他简略地叙述了一番婚礼的经过，满足了她们的好奇心。她们开始惊讶、叹息、喊叫，使他不得不把其余的事情几乎都讲了一遍，当然只讲一个大概。末了几位聪明绝顶而又十分性急的太太商量了一番，断定首先一定要敲开罗戈任的房门，向他问明一切究竟。要是他真不在家（这事一定得弄清楚），或者不肯说，便乘车上谢苗诺夫团去找一位德国夫人，她是纳斯塔霞·菲利波夫娜的女友，跟母亲住在一起：纳斯塔霞·菲利波夫娜由于心慌意乱而想躲起来，也许会在她们那里过夜。公爵垂头丧气地站了起来；事后据她们说，"他的脸色煞白"；的确，他的两条腿几乎站不住了。他终于从叽叽喳喳闹成一片的声音中听出她们正在商量是不是要跟他一起行动，并向他打听他在城里的住址。他没有住址；她们就劝他找一个旅店落脚。公爵寻思了一下，就给她们留下了他住过的那家旅店的地址，他五周前曾昏倒在那家旅店里。接着他又去找罗戈任家。这次不但罗戈任家没人开门，就连老太婆寓所的门也没人开。公爵下楼去找扫院人，好不容易才在院子里把他找到；扫院人正忙着干什么事情，爱理不理，甚至都没瞧他一眼，但还是肯定地宣称，帕尔芬·谢苗诺维奇"一大早就出门了，去帕夫洛夫斯克，今天不会回家"。

"我要等一等；也许他晚上会回来吧？"

"也许一个礼拜也回不来，谁知道他呢。"

"这么说来，他昨儿个还是在家里过的夜？"

"过夜他倒是过了……"

凡此种种都是值得怀疑而又靠不住的。扫院人在这期间很可能接到了新的指示：方才他还很爱唠叨，可现在干脆就不理他了。公爵决定过两小时再来一趟,倘有必要,也可以在房子附近守候一阵。目前他对那位德国夫人还抱有一线希望,便驱车驰往谢苗诺夫团。

不料到了德国夫人家里,对方甚至都不明白他的来意。从对方偶然透露出来的三言两语里,他可以猜到这位德国美人大约两周前跟纳斯塔霞·菲利波夫娜吵翻了,所以这些天来根本听不到后者任何消息,她现在还竭力表示,她没有兴趣听这种事,"哪怕她嫁给了全世界所有的公爵也管不着"。公爵急忙走了。他顺便想到,她也许会像上次那样去莫斯科,罗戈任自然也跟踪前往,也许还是跟她同去的。"起码也得找出一点蛛丝马迹!"可是他想起他得找个旅店落脚,便匆匆赶往翻砂街;旅店立刻给他开了一个房间。茶房问他可要吃点东西;他心不在焉地答道要吃,但转念一想就痛恨起自己来了,因为吃饭要浪费他半个钟头,后来他才想到,他完全可以把端来的饭菜留下不吃。在这条昏暗闷热的走廊里,他被一种奇怪的感觉所左右,这种感觉正在使人痛苦地力求形成一种想法;可是他怎么也猜不出,这种硬要形成的新想法究竟是什么。末了他心神不定地走出了旅店;他头昏目眩,但是上哪儿去呢? 他又朝罗戈任家跑去。

罗戈任没有回来;拉铃也没人开门;他去拉罗戈任娜老太婆的门铃;门倒是开了,却也说帕尔芬·谢苗诺维奇不在家,也许三四天内不会回来。使公爵感到难堪的是:人们照旧非常好奇地打量他。这次他根本没有找到扫院人。他跟上次一样,走到对面的人行道上瞧着窗户,他在令人窒息的溽暑中来回走了半小时,兴许还要久些;这次没有任何动静;窗户没开,白窗帘纹丝不动。他终于断定,方才肯定只不过是自己的幻觉;从一切迹象都能看出,就连那些窗户也是那么晦暗,而且久未擦洗,即使果真有人隔着玻璃朝外看,窗外的人也看不清那人的面目。想到这里,他高兴起来,便又驱车去伊斯梅洛夫团找教师夫人。

那里已在等他。教师夫人已经去了三四个地方,甚至还到过罗戈任家:毫无消息。公爵默默地听了,便走进室内,在一张沙发上坐下,开始瞧着大家,仿佛不明白别人对他说的都是些什么似的。奇怪的是:他时而头脑非常敏锐,时而又极其心不在焉。事后全家都说,他那天是个"古怪透顶的"怪人,"兴许当时就已经真相大白了"。他终于站起身来,请求让他看看纳斯塔霞·菲利波夫娜住过的房间。那是两个高大宽敞、光线充足的房间,陈设非常考究,租金是不会便宜的。几位太太事后都说,公爵察看着室内的每一件东西,看见小桌上有一本从图书馆借来的打开的书,那是法国小说《包法利夫人》①,便把翻开的那一页折叠起来,要求允许他把书带走;他没有听完有人说那本书是从图书馆借的,不能带走,径自把书揣进了自己的衣袋。他在一扇打开的窗户旁坐下,看见一张呢面牌桌,上面用粉笔写满了字,不禁问道:谁玩过牌? 她们告诉他,纳斯塔霞·菲利波夫娜每晚都跟罗戈任玩捉傻瓜、朴烈费兰斯、磨面粉、惠斯特、叫王牌——什么牌戏都玩,他们是最近从帕夫洛夫斯克搬到彼得堡以后才玩起纸牌来的,因为纳斯塔霞·菲利波夫娜老是埋怨太无聊,埋怨罗戈任整晚都默默地坐在那里,什么也不会说,她还常常哭泣;第二天晚上,罗戈任突然从衣袋里掏出一副纸牌;纳斯塔霞·菲利波夫娜

① 《包法利夫人》,法国作家福楼拜(1821—1880)的代表作。

笑了,他们就玩起牌来。公爵问:他们玩过的纸牌在哪里?但是纸牌不见了;纸牌总是由罗戈任揣在衣袋里带来的,每天都换一副新的,打完就带走。

太太们劝他再去一趟罗戈任家,再敲一次门,要敲得狠些,不过现在别去,等到晚上再去:"说不定那时候他会在家。"同时教师夫人也自告奋勇,天黑以前要到帕夫洛夫斯克去找达里娅·阿列克谢耶夫娜:那里兴许会知道一点消息?她请公爵晚上十时左右再来,无论如何要来一趟,以便商定翌日该怎么办。不论别人怎么安慰他、鼓励他,公爵却已心如死灰。他怀着难以形容的苦闷走回他住的旅店。彼得堡的夏天尘土飞扬,气候闷热,使他简直都喘不过气来;他在神色严峻或醉醺醺的人们当中溜达着,漫无目的地观察人们的面孔,可能走了很多弯路;他走进自己的房间时,几乎天已黑了。他决定稍事休息,然后听从别人的劝告,再去一趟罗戈任家。他在沙发上坐下,两肘支在桌上沉思起来。

天知道他想了多久,天知道他想了些什么。他担心的事太多了,他痛苦而又难受地感到自己非常担心。他想起了薇拉·列别杰娃;后来他不禁想到,说不定列别杰夫对这件事知道点什么,即使不知道,也会比他更快也更容易地打听到。后来他想起伊波利特,想起罗戈任去找过伊波利特。后来他又想起罗戈任本人:想起前不久在安魂祈祷时,以后又在公园里,他都见过罗戈任,以后——就是突然在这儿的走廊里,当时罗戈任躲在角落里,拿着刀子等他。现在他想起了当时罗戈任在黑暗中瞧着他的那双眼睛。他打了个寒噤:方才那个硬要形成的想法此刻蓦地钻进了他的脑海。

这个想法大体上是这样:既然罗戈任在彼得堡,那么就算他暂时躲了起来,末了肯定还是会去找他,去找公爵,不论是怀着好意也罢,还是像上次那样不怀好意也罢,不论是什么情况,只要罗戈任由于什么原因需要找他,那么除了到这里来,再到这条走廊上来以外,就再也无处可去了。罗戈任不知道他的住址;因此他很可能想到公爵会在以前住过的那个旅店落脚;起码会试着到这里来找他……倘若非找他不可的话。谁知道呢,说不定他现在就非找他不可呢?

他这样想着,也不知为什么,他觉得这个想法是完全可能的。倘若他对自己的想法深究一番:"譬如说吧,罗戈任为什么突然这么需要他?为什么他俩最后还非得再次见面不可?"那他是无论如何也弄不清的。然而这个想法叫人难受:"要是他很顺心,他是不会来的,"公爵继续想道,"要是他不顺心,那他很快就会来的;而他肯定是不会顺心的……"

当然,他既然有这种想法,就该待在旅店的房间里等罗戈任;可是他仿佛忍受不了自己这种新的想法,便跳起来抓住帽子就跑了。走廊里几乎已是一片漆黑。"要是他现在突然从那个角落里出来,在楼梯旁拦住我,那可怎么办?"他走到那个熟悉的地方,脑子里不禁闪过这个念头。但是并没有任何人出来。他走下大门外的台阶,踏上人行道,夕阳西下时拥上街头的密集人群(彼得堡在假期中一向如此)使他惊讶,他朝豌豆街的方向走去。在距旅店五十来步的第一个十字路口,人群里突然有人碰了碰他的胳膊肘,在他耳边低声说道:

"列夫·尼古拉耶维奇,跟我走,老弟,有事找你。"

这就是罗戈任。

奇怪的是:公爵忽然高兴地开始向他叙述方才在旅店的走廊里等候他的情形,嘟嘟哝哝地几乎都说不清楚了。

"我去过那里，"罗戈任出乎意外地答道，"咱们走吧。"

公爵对罗戈任的回答感到惊讶，但他至少是在两分钟后明白过来的时候才感到惊讶的。他明白了罗戈任的回答以后就害怕了，便开始仔细打量罗戈任。罗戈任几乎在前面离他半步远的地方走着，一直看着正前方，根本不理会迎面走来的任何行人，一面不自觉地、小心翼翼地给别人让路。

"你既然去过旅店……为什么不到房间里来找我？"公爵蓦地问道。

罗戈任站住了，瞧了他一眼，还想了想，仿佛根本不明白问话的意思似的说：

"你听我说，列夫·尼古拉耶维奇，你从这里一直走到我家，你知道吗？我从街对走。你要注意，咱俩得一起……"

他说罢就穿过街心，踏上了对面的人行道，然后又看看公爵是不是朝前走，他看见公爵正站在那里瞪着眼看他，便冲着公爵朝豌豆街那边挥了挥手，然后朝前走去，还不时回头瞧瞧公爵，叫公爵跟着他走。他看见公爵明白了他的意思，并不从另一侧的人行道穿过街心去找他，显然放心了。公爵不禁想到，罗戈任大概要仔细观察什么人，唯恐在半路上错过了那人，所以要到街对面的人行道上去。"不过他干吗不说他要观察什么人呢？"他们就这样走了五百来步，也不知为什么，公爵突然发起抖来；罗戈任仍不停地回头观望，虽然次数少了些；公爵憋不住就举手招呼他。罗戈任立刻穿过街心来找他。

"纳斯塔霞·菲利波夫娜莫非在你家里？"

"是在我那里。"

"前不久是你从窗帘后面看我来着？"

"是我……"

"你怎么……"

但是公爵不知道接下去该问什么，最后又该问什么；何况他的心又跳得很厉害，连说话都感到困难。罗戈任也沉默不语，像早先那样看着他，也就是仿佛有什么心事似的。

"喂，我要走啦，"他忽然说道，又准备到街对面去，"你自己走吧。我们在街上要分开走……这对我们要好些……各走一边……你会明白的。"

最后，当他们从两条不同的人行道走上豌豆街，快到罗戈任家的时候，公爵的腿又开始发软，几乎走不动了。已是晚上十时左右。老太婆那半边住宅的窗户还跟上午一样开着，罗戈任那边的窗户关着，窗户里放下的白窗帘在暮色中似乎变得更显眼了。公爵从对面的人行道上走到房子跟前；罗戈任从另一条人行道登上了台阶，向公爵挥了挥手。公爵走上台阶到他跟前。

"现在连扫院人也不知道我回家了。我方才说我去帕夫洛夫斯克，也对妈妈说过，"他狡猾而又相当得意地微笑着低语道，"我们进去吧，谁也听不见。"

他已把钥匙拿在手中。登楼梯时他转过身去吓唬了公爵一下，让公爵把脚步放轻些。他轻轻地打开了自己房间的门，先让公爵进去，再蹑手蹑脚地跟在公爵后面进去，然后把门锁上，把钥匙放进衣袋。

"咱们走吧。"他低声说。

从走上翻砂街的人行道开始，他就小声说话了。尽管他表面上还镇定，心里却惊恐万状。当他们走进书房前的大厅时，他走到窗前，神秘地招呼公爵到他跟前去：

"你前不久拉门铃的时候，我立刻猜到是你来了。我蹑起脚走到门口,听见你在跟帕夫努季耶夫娜说话,天刚亮我就嘱咐过她:要是你,或者你派来的什么人,或者不管是什么人,来敲我房门,无论如何也不能说我在家。要是你亲自前来找我,那就更不能说了,我还把你的名字告诉了她。后来你走了,我不由得想到:他现在是不是会站在那里观察动静,或者在街上守候呢?于是我走到这扇窗户跟前,掀开窗帘一看,你果然正站在那里直勾勾地瞧着我……就是这么回事。"

"纳斯塔霞·菲利波夫娜……究竟在哪儿呢?"公爵气喘吁吁地说。

"她……在这里。"罗戈任仿佛迟疑了一下,慢吞吞地说。

"究竟在哪儿?"

罗戈任抬起眼来盯了公爵一眼。

"咱们走吧……"

他一直小声地、不慌不忙地、慢吞吞地说着,照旧有点古怪地想着心事,甚至在他谈到窗帘的时候,也似乎想借此说出别的什么事情,尽管他说话时十分激动。

他们走进书房。自从公爵上次来过以后,这间书房有了些变化:一幅绿色花缎帷幔横贯整个房间,两端各有一个入口,把书房和放罗戈任卧榻的凹室分开。沉重的帷幔放了下来,挡住了两个入口。然而室内很暗;彼得堡夏季的"白夜"开始暗淡了,倘若不是皓月当空,那么在罗戈任那几个挂着窗帘的黑房间里,就很难看见什么东西了。诚然,还可以辨认出对方的面孔,虽说很不清楚。罗戈任的脸色跟平时一样苍白,两眼凝视着公爵,射出强烈的光辉,但是有点呆滞。

"你不能点一支蜡烛吗?"公爵说。

"不,不必。"罗戈任答道,他拉住公爵一只手,把公爵按在一把椅子里。他自己坐在对面,把椅子移到使他的膝盖几乎能碰到公爵膝盖的地方。在他们中间稍稍靠边的地方有一张小圆桌。"你坐下,咱们先坐一会儿!"他说,仿佛劝公爵稍坐片刻。两人沉默了一会儿。"我早知道,你还会在那个旅店落脚,"他开始说道,就像人们有时在谈主要问题之前,总是先从与正题没有直接关系的一些不相干的琐事谈起那样,"我一进走廊就想:也许他也坐在那里,现在正像我此时此刻等候他一样在等候我。你去找过教师夫人吧?"

"去过。"公爵心跳得厉害,勉强才说出这句话来。

"这一点我也想到了。我想,还会有一番议论……后来我又想:我要把他带到这里来过夜,那么这一夜就可以一起度过……"

"罗戈任!纳斯塔霞·菲利波夫娜在哪里?"公爵突然低声说道,手脚哆嗦着站了起来。罗戈任也站起来了。

"在那边。"他朝帷幔点了点头,低声说道。

"睡着啦?"公爵小声说道。

罗戈任像方才那样又凝视了他一下。

"那咱们就去吧!……不过你……好吧,咱们就去吧!"

他把门帘稍稍撩起一点就站住了,又向公爵转过身去。

"你进去吧!"他用头朝门帘后面点了一下,请对方先进去。公爵进去了。

"这里很黑。"他说。

"看得见!"罗戈任喃喃道。

"我勉强看见……一张卧榻。"

"你走近些。"罗戈任小声吩咐道。

公爵又朝前走了一步,两步,便站住了。他站在那里仔细观察了一两分钟。两个人在床边始终没有说出一句话来。公爵的心怦怦直跳,在这死一般沉寂的房间里仿佛能听见心跳声。但他已经习惯了在这个房间里看东西,所以也就看清了整个卧榻;有一个人纹丝不动地躺在床上;听不见一点动静和一丝呼吸。睡觉的人被一床白被单连头蒙住,但四肢的轮廓倒依稀可辨。从凸出部分来看,只能看出此人正直挺挺地躺在那里。周围乱七八糟,无论在床上,在床脚,在床边的圈椅上,甚至在地板上,都乱扔着脱下来的衣裳,一件华丽的白绸衫,花朵,缎带。在床头的小柜上,摘下来后扔得到处都是的钻石在闪闪发光。床脚堆着揉成一团的花边,在发白的花边上面放着从被单底下露出的一只光脚的足尖;这足尖仿佛用大理石雕成,死板得令人害怕。公爵瞧着瞧着便不禁感到,他看得越久,室内就越显得死气沉沉和无声无息。一只被惊动的苍蝇突然嗡嗡地从床的上边飞过,飞到床头就没有动静了。公爵打了个寒噤。

"咱们走吧。"罗戈任碰了碰他的胳膊。

他们走了,又在原先那两把椅子上坐下,依然面对面。公爵哆嗦得越来越厉害,一直用疑问的眼神盯着罗戈任的脸。

"我注意到了,列夫·尼古拉耶维奇,你在发抖,"罗戈任终于说道,"几乎就跟你过去神经失常时一样,你记得吗,在莫斯科?要不就像你有一次犯病以前那样。我想不出现在该把你怎么办……"

公爵全神贯注地听着,想明白对方的意思,他的眼神也一直在询问。

"是你干的?"他终于朝门帘点了点头说。

"是……我……"罗戈任小声说着,低下了头。

他们沉默了五分钟光景。

"因为,"罗戈任蓦地接着说道,仿佛并没有中断自己的话,"因为只要你现在病了,旧病复发,还叫喊起来,那么街上或院子里就会有人听见,会猜到这套房间里有人过夜;他们会来敲门,会走进来……因为他们都以为我不在家。我连蜡烛都不点,就为了让街上和院子里的人都看不出来。因为我不在家的时候总是连钥匙一起带走,所以只要我不在,一连三四天都不会有人来收拾屋子,这是我立的规矩。所以为了不让别人知道我们在这里过夜……"

"慢着,"公爵说,"前不久我问过扫院人和老太婆:纳斯塔霞·菲利波夫娜可曾在这里过夜?这么说来他们已经知道了。"

"我知道你问过。我对帕夫努季耶夫娜说过,纳斯塔霞·菲利波夫娜昨天来过一趟,在我这儿只待了十分钟,当天就回帕夫洛夫斯克了。所以他们并不知道她在这里过夜,——谁也不知道。昨天我们也是偷偷进来的,就像今天跟你进来的情形一样。我在路上就暗自寻思,她可能不愿意偷偷进来,——其实不然!她小声说话,踮起脚走路,让连衣裙紧贴住自己的身子,甚至用手撩起,以免它发出响声,在楼梯上她还伸出一根手指吓唬我,——因为她总是怕你。她在火车上完全跟疯子一样,这都是由于害怕,是她主动要到我这儿来过夜的;起初我想把她送到教师夫人的住处去,——根本不成!她说:'天一亮他就会在那里找到我,你先把我藏起来,明早天一亮就去莫斯科。'后来她又想去奥廖尔的什么地方。睡觉的时候,她还说要和我去奥廖尔……"

"慢着;你现在怎么办,帕尔芬,你现在究竟想怎么办?"

"我为你担心,你一个劲地发抖。咱们就一起在这儿过夜吧。只有那一张床,我想可以把两张沙发上的垫子拿来,就在这里,在帷幔旁边给你我也搭一张床,咱们一起睡。因为倘若有人进来察看或搜寻,马上会看到她并把她抬走。他们会审问我,我会说是我干的,他们马上就会把我带走。所以让她现在躺在我们旁边,躺在我和你的身边……"

"是啊,是啊!"公爵热烈地赞同道。

"这就是说,我们既不招认,也不让他们抬走。"

"决——不!"公爵断然说道,"决——不!"

"我也拿定了主意,老弟,决不把她交给任何人!我们悄悄地过上一夜。我今天只有上午离家外出了一小时,其余时间一直在她身边。后来天晚了,这才出去找你。我还担心天气闷热,会散发出气味。你闻到气味没有?"

"也许闻到了,可我不知道。到明天早晨准会散发出气味。"

"我用一块油布把她盖上了,那是一块很好的美国油布,油布上面又盖了一床被单,还放了四瓶打开了的日丹诺夫消毒液,现在还在那儿。"

"就跟在那里……在莫斯科的做法一样①?"

"因为有气味,老弟。要知道她是怎么躺着的……明早天一亮你就去看看。你怎么啦,站不起来啦?"罗戈任看见公爵颤抖得都站不起身来了,就惊恐地问道。

"腿不听使唤了,"公爵喃喃道,"这是吓的,我知道……

① 指一八六六年莫斯科商人马祖林谋害珠宝商卡尔梅科夫一案。马祖林杀了珠宝商后给他盖了一块"美国油布",还在尸体旁放了四盘日丹诺夫消毒液(日丹诺夫发明的一种用于消毒和除恶臭的药水)。

等恐惧心理消失以后,我就站得起来了……"

"别忙,我先给咱们铺床,你好躺一躺……我也跟你一起躺下……我们来听听……因为我,老弟,还不知道……我,老弟,现在还不知道全部情况,所以预先告诉你,好让你心中有数……"

罗戈任喃喃地说着这些含糊不清的话,一面动手安排床铺。看得出来,他可能早晨就已经想出了这种安排床铺的办法。昨夜他自己就睡在沙发上。可是一张沙发睡不下两个人,而他现在却非要让两个人睡在一起,所以他现在费了好大的劲从房间的另一头把两张沙发上各式各样的垫子都搬到帷幔后面的入口处。床铺好歹总算安排好了;他走到公爵跟前,温存而又非常兴奋地拽住胳膊把对方拉了起来,搀到床铺旁边;不料公爵已能自己行动了;可见"恐惧心理正逐渐消失";不过他还是抖个不停。

"老弟,"罗戈任让公爵躺在左边较好的一个垫子上,自己不脱衣服就伸开腿躺在右边,把双手放在脑后,突然开始说道,"因为今天太热,你知道,难免会有气味……我怕开窗;母亲那里有几盆花,鲜花满枝,香气扑鼻,我本想把它们搬来,不过帕夫努季耶夫娜会起疑心,因为她很好奇。"

"她是很好奇。"公爵附和道。

"也许只得去买了,在她周围放上花束和鲜花,好吗?可我认为,朋友,让她躺在花丛里未免太凄惨了!"

"你听着……"公爵像给弄糊涂了似的问道,他仿佛一直在想他究竟该问点什么,可转眼却又忘了,"你听着,你告诉我:你用什么把她弄死的?用刀子?就是那一把?"

"就是那一把……"

"你再等等！帕尔芬，我还要问你……我有好多事要问你，全要问清楚……可你最好是先告诉我，一开始就告诉我，好让我知道：你在我结婚之前，在举行婚礼之前，在教堂门前的台阶上，就想用刀子杀死她吗？是不是这样？"

"我不知道是不是这样……"罗戈任冷冰冰地回答，对这个问题甚至似乎感到有点惊奇，也不明白它是什么意思。

"你从来没把那把刀子带到帕夫洛夫斯克去吗？"

"从来没带去过。关于那把刀子，我只能告诉你如下的情况，列夫·尼古拉耶维奇，"他沉默了一会儿，又补充道，"我今天早晨才把它从锁上的抽屉里取出来，因为整个这件事都是在早晨三点多钟干的。那把刀子一直夹在我的一本书里……还有……还有一点使我觉得奇怪：那把刀子好像只插进一俄寸半……或者两俄寸……在左胸下方……总共只有半匙血流到衬衫上；往后就不流了……"

"这个，这个，这个，"公爵突然万分激动地欠起身来，"这个，这个我知道，这个我在书本上见过……这叫内出血……有时甚至一滴血也没有。要是正扎在心上……"

"慢着，你听见没有？"罗戈任蓦地迅速打断他的话说，吃惊地在垫子上坐了片刻，"你听见没有？"

"没有！"公爵瞧着罗戈任，同样迅速而吃惊地说。

"有脚步声！听见没有？在大厅里……"

两人开始倾听。

"我听见了。"公爵肯定地喃喃道。

"有脚步声吗？"

"有。"

"要不要关门？"

"关吧……"

门关上了，两个人又躺下来。沉默了很久。

"噢，对啦！"公爵突然又像早先那样兴奋而又性急地低声嘟哝起来，似乎又抓住了一个想法，生怕再失去它，他甚至从床上跳了起来，"对啦……我想要……那副牌！那副纸牌……据说你跟她玩过牌？"

"玩过。"罗戈任沉默了片刻说。

"那副牌……在哪里？"

"牌在这里。"罗戈任沉默了更长一点时间，接着说道，"这不是吗……"

他从衣袋里掏出已经玩过的一副包在纸里的纸牌，递给了公爵。公爵接过来，但仿佛感到困惑。一种新的惆怅之感压在他心头；他忽然明白，在此时此刻，以及很久以来，他说的一直不是他该说的话，干的也全不是他该干的事，他拿着的这副使他那么高兴的纸牌，现在对他竟没有任何一点帮助。他站起来，举起双手拍了一下。罗戈任一动不动地躺着，似乎既没有听见也没有看见他的举动；但是罗戈任的眼睛却在黑暗中闪着亮光，睁得老大地凝视着。公爵在椅子上坐下，开始恐惧地瞧着他。过了半小时；罗戈任突然大声地、断断续续地喊叫并大笑起来，似乎忘了应该低声说话：

"那个军官，那个军官……你可记得，在音乐会上，她抽了那个军官一鞭，你可记得，哈哈哈！还有那个中等军官学校的学生……学生……那学生跳了起来……"

公爵又感到一阵恐怖，不禁从椅子上跳了起来。罗戈任平静下来以后（他突然平静下来了），公爵悄悄地向他俯下身去，跟他并肩坐下，心儿怦怦直跳，几乎透不过气来，就这样开始观察他。罗戈任并不回头看他，甚至像是把他忘了。公爵看着，等着；时间慢慢过去，天开始亮了。罗戈任有时突然大声地、刺耳地说胡话；有时又喊又笑；这时公爵就伸出一只发抖的手，轻轻地碰碰他的头和他的头发，还摸摸头发和他的面颊……此外公爵就完全无能为力了！他自己又开始发抖，两腿似乎又突然麻木了。一种不曾有过的感觉使他心里充满无穷的烦恼。这时天已大亮；公爵终于躺到垫子上，似乎已完全束手无策并陷入绝望，他的脸紧贴在罗戈任苍白的、凝然不动的脸上；泪水从他的眼里流到罗戈任的脸上，可他这时也许已经感觉不到自己正在流泪，他对眼泪已经毫无所知了……

　　至少过了好几个钟头门才打开，人们进来时发现凶手已完全不省人事，正发高烧。公爵一动不动地坐在他旁边的垫子上；每当病人喊叫或说胡话的时候，公爵就急忙伸出一只发抖的手轻轻抚摩他的头发和面颊，仿佛在安慰他，使他平静下来。但是对于别人问他的事，他已一点都不明白，也认不出进来围住他的那些人都是谁了。倘若什奈德尔现在亲自从瑞士赶来看望他过去的学生和患者，那么他回想起公爵去瑞士治病的头一年里有时出现的那种情况，如今准会像当年那样把手一挥说道："白痴！"

十二　尾　声

　　教师夫人乘车驰往帕夫洛夫斯克，径直去找从昨天起就心绪不佳的达里娅·阿列克谢耶夫娜，把所知道的一切都告诉了她，把她都吓呆了。两位女士立刻决定跟列别杰夫取得联系。作为自己房客的朋友和房东，列别杰夫也很着急。薇拉·列别杰娃把她知道的一切都说了。按照列别杰夫的主意。他们决定三人都去彼得堡，尽快防止那件"很有可能发生的事"。于是翌日上午十一时左右，警察、列别杰夫、两位女士，以及住在厢房里的罗戈任的哥哥谢苗·谢苗诺维奇·罗戈任，一齐赶到现场，把罗戈任的寓所打开了。扫院人的证词对破案起的作用最大，据他说，头一天傍晚，他看见帕尔芬·谢苗诺维奇跟一个客人从门廊外进来，有点鬼鬼祟祟。听到这个证词，大家就毫不犹疑地把那扇敲不开的门砸开了。

　　罗戈任患了两个月脑炎，病愈后受到侦讯与审判。他对一切都供认不讳，口供坦率准确，令人十分满意。他的口供使公爵一开始就未受牵连。罗戈任在受审时沉默寡言。他那位能言善辩的律师明确地、合乎逻辑地证明，他的罪行是脑炎所致，被告在犯罪之前很久，由于心绪不佳，早已染上此疾，对此罗戈任并未提出异议。但他本人也未作任何补充来证实律师的论点，照旧明确地承认并回忆作案的一切细节。有些情况使他得以被从轻发落,只判他流放西伯利亚服十五年苦役。他神态严肃、默不作声、"若有所思地"听了对自己的判决。他的巨额财产,除了相对而言是极小的一部分在他最初酗酒时给花掉了以外,其余全部留给了他的哥哥谢苗·谢苗诺维奇,使后者喜出望外。罗戈任娜老太婆仍活在世上,有时仿佛想起自己有一个心爱的儿子叫帕尔芬,却又记不清了:上帝已经拯救了她的头脑和心灵,所以她根本就不知道在她阴森森的屋子里发生的那起惨案。

列别杰夫、凯勒、加尼亚、普季岑和我们这个故事中的其他许多人物照旧活着,也没有多大变化,所以关于他们我们几乎没什么可说的。伊波利特在无比激动中死去,死得比他预料的早些,即在纳斯塔霞·菲利波夫娜死后两周左右。科利亚对这些变故深为震惊;他跟母亲完全相依为命。尼娜·亚历山德罗夫娜为他担心,因为他太少年老成了;他也许会成为一个有作为的人。顺便说说,公爵未来的命运多多少少取决于他的热心奔走:他早就看出,叶夫根尼·帕夫洛维奇·拉多姆斯基跟他最近认识的所有的人都不一样。他首先去找拉多姆斯基,把他所知道的有关此案的一切细节都告诉了对方,还谈到公爵目前的处境。他没看错人:叶夫根尼·帕夫洛维奇热心关怀不幸的"白痴"的命运,由于他的努力和关心,公爵又出国进了瑞士什奈德尔的疗养院。叶夫根尼·帕夫洛维奇本人也到了国外,打算在欧洲长住,并公开自称是"一个在俄国完全多余的人"。他常去什奈德尔那里访问生病的朋友,起码隔几个月要去一次。但是,什奈德尔越来越皱眉蹙额,摇头不已;他暗示公爵的脑子已完全损坏;他还没有肯定地说不能治好,但言外之意却十分悲观。叶夫根尼·帕夫洛维奇十分关心此事;科利亚常给他写信,而他有时甚至也写回信,这就足以证明他是个有心人。但是除此之外,我们还发现他的性格中有一个奇怪的特点,由于这是个优点,所以我们得赶紧指出:叶夫根尼·帕夫洛维奇在每次访问什奈德尔的疗养院以后,除了给科利亚写信之外,还要给彼得堡的一个人写信,满怀同情地把公爵目前的病情点滴不漏地描述一番。在这些信里,除了毕恭毕敬地表示忠贞不渝而外,有时(而且日益频繁)还开始坦率地表明自己的种种看法、见解和感情,——总之,开始吐露一种类似友好亲密感情的心曲。跟叶夫根尼·帕夫洛维奇通信(虽然次数还相当少)并博得他如此关心与尊敬的人,原来是薇拉·列别杰娃。我们怎么也不能确切地知道,这种关系究竟是怎么开始的;当然,这种关系开始于公爵出事以后,当时薇拉·列别杰娃伤心过度,竟病倒了,不过有关他们如何结识并互相发生好感的种种细节——我们就不得而知了。我们所以提到这些信件,主要是因为其中有几封谈到叶潘钦一家的情况,主要是阿格拉娅·伊万诺夫娜·叶潘钦娜的情况。叶夫根尼·帕夫洛维奇在从巴黎寄出的一封写得颠三倒四的信中谈到她时曾说,阿格拉娅在神魂颠倒地爱上了一位流亡国外的波兰伯爵之后不久,忽然嫁给了那位伯爵。这事是违背她父母的意愿的,即使父母最后还是同意了,那也只是因为此事有可能闹得满城风雨。后来叶夫根尼·帕夫洛维奇几乎沉默了半年,终于在一封长信中详细地告诉他的女友说,他最近一次去瑞士见什奈德尔教授时,在他那儿遇见了叶潘钦全家(不消说,伊万·费奥多罗维奇除外,他因公务缠身,留在彼得堡了),还有Щ公爵。这次见面很奇怪;他们见到叶夫根尼·帕夫洛维奇时都很高兴;阿杰莱达和亚历山德拉不知为什么，甚至认为自己应该感谢他"对不幸的公爵无微不至的关怀"。伊丽莎白·普罗科菲耶夫娜看到公爵病势沉重、寄人篱下，不禁真心实意地哭了起来。公爵显然已完全被宽恕了。Щ公爵还讲了几句讨人喜欢的至理名言。叶夫根尼·帕夫洛维奇觉得他和阿杰莱达还不完全情投意合，但是那个烈性子的阿杰莱达将来总难免会心甘情愿地、真心实意地拜倒在Щ公爵的智慧和经验面前。何况她家接受的种种教训，主要是最近阿格拉娅和流亡伯爵的婚事，也对她起了很大作用。叶潘钦家勉强同意阿格拉娅嫁给那位伯爵时所担心的一切，不到半年就全都成为事实，还加上那些简直都不可思议的意外事故。原来这位伯爵根本就不是什么伯爵，即使他真是个流亡者，却有一段值得怀疑的暧昧历史。他用那种对祖国的命运忧心如焚的无比高尚的风度迷住了阿格拉娅，使她尚未出嫁就参加了国外的一个波兰复兴委员会，甚至还踏进了一个被她崇拜得五体投地的著名神甫主持的天主教忏悔室。那位伯爵曾向伊丽莎白·普罗科菲耶夫娜和Щ公爵就自己的巨额家产提供过几乎是千真万确的情报，不料这笔家产实际上并不存在。不但如此，在他们婚后半年，伯爵和他的朋友，就是那位著名的听取忏悔的神甫，挑唆阿格拉娅跟娘家彻底吵翻了，因此她家里的人已有好几个月没见到她……总之，这种事说起来可就多啦，但是伊丽莎白·普罗科菲耶夫娜，她的两个女儿，甚至还有Щ公爵，对所有这些"可怕的事"感到震惊，以致跟叶夫根尼·帕夫洛维奇谈话的时候，有些事连提都不敢提，虽然他们也知道，就是他们不提，他对阿格拉娅·伊万诺夫娜近来的种种荒唐行径也了如指掌。可怜的伊丽莎白·普罗科菲耶夫娜想回俄国去，据叶夫根尼·帕夫洛维奇说,她常满腹牢骚而又不公平地在他面前批评国外的一切:"不管走到哪里都没有人会烤面包,冬天像地窖里的耗子一样挨冻,"她说道,"在这里我起码还能按照俄国方式哭哭这个可怜的人,"她激动地指着已根本认不出她来的公爵补充道,"我们太爱异想天开,现在应该清醒点了。所有这一切,所有这国外的一切,你们这整个欧洲,所有这一切都不过是异想天开,我们在国外的这些人也不过是异想天开……记住我的话,往后您自己就会明白!"她和叶夫根尼·帕夫洛维奇分手的时候,几乎是愤怒地结束了自己的话。

"外国文学名著丛书"书目

第 一 辑

书 名	作 者	译 者
伊索寓言	〔古希腊〕伊索	周作人
源氏物语	〔日〕紫式部	丰子恺
堂吉诃德	〔西班牙〕塞万提斯	杨 绛
泰戈尔诗选	〔印度〕泰戈尔	冰 心 石 真
坎特伯雷故事	〔英〕杰弗雷·乔叟	方 重
失乐园	〔英〕约翰·弥尔顿	朱维之
格列佛游记	〔英〕斯威夫特	张 健
傲慢与偏见	〔英〕简·奥斯丁	王科一
雪莱抒情诗选	〔英〕雪莱	查良铮
瓦尔登湖	〔美〕亨利·戴维·梭罗	徐 迟
欧·亨利短篇小说选	〔美〕欧·亨利	王永年
特利斯当与伊瑟	〔法〕贝迪耶	罗新璋
巨人传	〔法〕拉伯雷	鲍文蔚
忏悔录	〔法〕卢梭	范希衡 等
欧也妮·葛朗台 高老头	〔法〕巴尔扎克	傅 雷
雨果诗选	〔法〕雨果	程曾厚
巴黎圣母院	〔法〕雨果	陈敬容
包法利夫人	〔法〕福楼拜	李健吾
叶甫盖尼·奥涅金	〔俄〕普希金	智 量
死魂灵	〔俄〕果戈理	满 涛 许庆道

书　名	作　者	译　者
波斯人信札	〔法〕孟德斯鸠	罗大冈
伏尔泰小说选	〔法〕伏尔泰	傅　雷
红与黑	〔法〕司汤达	张冠尧
幻灭	〔法〕巴尔扎克	傅　雷
莫泊桑中短篇小说选	〔法〕莫泊桑	张英伦
文字生涯	〔法〕让-保尔·萨特	沈志明
局外人　鼠疫	〔法〕加缪	徐和瑾
契诃夫小说选	〔俄〕契诃夫	汝　龙
布宁中短篇小说选	〔俄〕布宁	陈　馥
一个人的遭遇	〔苏联〕肖洛霍夫	草　婴
少年维特的烦恼	〔德〕歌德	杨武能
德国，一个冬天的童话	〔德〕海涅	冯　至
绿衣亨利	〔瑞士〕戈特弗里德·凯勒	田德望
斯特林堡小说戏剧选	〔瑞典〕斯特林堡	李之义
城堡	〔奥地利〕卡夫卡	高年生

第 三 辑

埃斯库罗斯悲剧二种	〔古希腊〕埃斯库罗斯	罗念生
索福克勒斯悲剧二种	〔古希腊〕索福克勒斯	罗念生
欧里庇得斯悲剧二种	〔古希腊〕欧里庇得斯	罗念生
神曲	〔意大利〕但丁	田德望
西班牙流浪汉小说选	〔西班牙〕克维多　等	杨　绛　等
阿拉伯古代诗选	〔阿拉伯〕乌姆鲁勒·盖斯　等	仲跻昆
列王纪选	〔波斯〕菲尔多西	张鸿年
蕾莉与马杰农	〔波斯〕内扎米	卢　永
莎士比亚喜剧五种	〔英〕威廉·莎士比亚	方　平
鲁滨孙飘流记	〔英〕笛福	徐霞村

第 四 辑

书　名	作　者	译　者
月亮与六便士	〔英〕威廉·萨默塞特·毛姆	谷启楠
萧伯纳戏剧三种	〔爱尔兰〕萧伯纳	潘家洵　等
红字　七个尖角顶的宅第	〔美〕纳撒尼尔·霍桑	胡允桓
汤姆叔叔的小屋	〔美〕斯陀夫人	王家湘
白鲸	〔美〕赫尔曼·梅尔维尔	成　时
马克·吐温中短篇小说选	〔美〕马克·吐温	叶冬心
老人与海	〔美〕欧内斯特·海明威	陈良廷　等
愤怒的葡萄	〔美〕斯坦贝克	胡仲持
蒙田随笔集	〔法〕蒙田	梁宗岱　黄建华
悲惨世界	〔法〕雨果	李　丹　方　于
九三年	〔法〕雨果	郑永慧
梅里美中短篇小说选	〔法〕梅里美	张冠尧
情感教育	〔法〕福楼拜	王文融
茶花女	〔法〕小仲马	王振孙
都德小说选	〔法〕都德	刘　方　陆秉慧
一生	〔法〕莫泊桑	盛澄华
普希金诗选	〔俄〕普希金	高　莽　等
莱蒙托夫诗选	〔俄〕莱蒙托夫	余　振　顾蕴璞
罗亭　贵族之家	〔俄〕屠格涅夫	陆　蠡　丽尼
日瓦戈医生	〔苏联〕帕斯捷尔纳克	张秉衡
大师和玛格丽特	〔苏联〕布尔加科夫	钱　诚
茨威格中短篇小说选	〔奥地利〕斯·茨威格	张玉书　等
玩偶	〔波兰〕普鲁斯	张振辉
万叶集精选	〔日〕大伴家持	钱稻孙
人间失格	〔日〕太宰治	魏大海

第 五 辑